W0016044

DAVID LAGERCRANTZ

VERSCHWÖRUNG

Roman

Aus dem Schwedischen
von Ursel Allenstein

WILHELM HEYNE VERLAG
MÜNCHEN

Die Originalausgabe erschien unter dem Titel
Det som inte dödar oss
bei Norstedts, Stockholm

MIX
Papier aus verantwor-
tungsvollen Quellen
FSC
www.fsc.org   FSC® C014496

Verlagsgruppe Random House FSC® N001967

5. Auflage
Vollständige Taschenbuchausgabe 11/2018
Copyright © 2015 by David Lagercrantz & Moggliden AB,
first published by Norstedts, Sweden in 2015
Published by agreement with Norstedts Agency.
Copyright © 2015 der deutschen Ausgabe
by Wilhelm Heyne Verlag, München,
in der Verlagsgruppe Random House GmbH,
Neumarkter Straße 28, 81673 München
Redaktion: Leena Flegler
Umschlaggestaltung: Nele Schütz Design, München
Umschlagabbildung:
Motion Picture Artwork © 2018 CTMG. All Rights Reserved.
Satz: Vornehm Mediengestaltung GmbH, München
Druck und Bindung: GGP Media GmbH, Pößneck
Printed in Germany

ISBN 978-3-453-50405-9

www.heyne.de

PROLOG

Ein Jahr zuvor im Morgengrauen

Diese Geschichte beginnt mit einem Traum, der für sich genommen nicht weiter bemerkenswert ist. Er handelt lediglich von einer Faust, die im alten Zimmer in der Lundagatan rhythmisch und ausdauernd auf eine Matratze schlägt.

Dennoch treibt dieser Traum Lisbeth Salander im Morgengrauen aus dem Bett. Sie setzt sich an ihren Computer und begibt sich auf die Jagd.

Teil I
Das wachende Auge
1.–21. November

Die National Security Agency, kurz NSA, ist
eine nationale Sicherheitsbehörde der USA,
die dem Verteidigungsministerium untersteht.
Das Hauptquartier liegt am Patuxent Freeway in
Fort Meade in Maryland.

Seit ihrer Gründung im Jahr 1952 ist die NSA
im Bereich der sogenannten Signals Intelligence
aktiv – mittlerweile vor allem durch die Auswertung
von Internet- und Telekommunikationsdaten. Die
Befugnisse der Behörde wurden im Laufe der Zeit
kontinuierlich erweitert. Heute überwacht sie täglich
zwanzig Milliarden Gespräche und Korrespondenzen.

1. KAPITEL

Anfang November

Frans Balder hatte sich immer für einen erbärmlichen Vater gehalten.

Obwohl August schon acht Jahre alt war, hatte Frans bisher kaum je versucht, die Vaterrolle zu übernehmen, und auch jetzt fühlte er sich dieser Aufgabe nicht unbedingt gewachsen. Aber er betrachtete sie als seine Pflicht, denn bei seiner Exfrau und ihrem schrecklichen Mann, dem Schauspieler Lasse Westman, musste der Junge leiden.

Deshalb hatte Frans Balder seine Stelle im Silicon Valley gekündigt und war nach Hause geflogen, und jetzt stand er fast schon in Schockstarre vor dem Terminal in Arlanda und wartete auf ein Taxi. Es war ein Teufelswetter: Regen und Sturm peitschten ihm ins Gesicht, und er fragte sich zum hundertsten Mal, ob er das Richtige tat.

War es nicht völlig absurd, dass ausgerechnet ein egozentrischer Idiot wie er ganz urplötzlich Vollzeitvater werden wollte? Im Grunde hätte er genauso gut einen Job im Zoo annehmen können. Er wusste nichts über Kinder, ja nicht einmal über das Leben im Allgemeinen, und was am allermerkwürdigsten war: Niemand hatte ihn darum gebeten. Keine Mutter, keine Großmutter hatte ihn angerufen und angefleht, er möge endlich seinen Teil der Verantwortung übernehmen.

Es war seine eigene Entscheidung gewesen, und jetzt wollte er trotz einer anderslautenden Sorgerechtsverfügung und ohne Vorwarnung bei seiner Exfrau auftauchen und den Jungen abholen. Bestimmt würde das einen Mordszirkus geben. Und sicher würde dieser verdammte Lasse Westman auf ihn losgehen. Aber daran ließ sich nun mal nichts ändern. Er sprang in ein Taxi, dessen Fahrerin manisch Kaugummi kaute und mit ihm Small Talk betreiben wollte. Das wäre ihr nicht einmal an einem seiner besseren Tage gelungen. Für Plaudereien hatte Frans Balder nämlich nicht viel übrig.

Er saß auf der Rückbank und dachte an seinen Sohn und alles, was in letzter Zeit passiert war. August war nicht der einzige und nicht einmal der wichtigste Grund für seine Kündigung bei Solifon gewesen. Sein ganzes Leben befand sich derzeit im Umbruch, und für einen Moment fragte er sich, ob er all das wirklich würde bewältigen können. Auf dem Weg nach Vasastan fühlte er sich plötzlich komplett blutleer, und er unterdrückte den Impuls, spontan einen Rückzieher zu machen. Nein, das durfte er jetzt nicht.

In der Torsgatan angekommen, zahlte er das Taxi, nahm sein Gepäck und stellte es direkt hinter dem Hauseingang ab. Lediglich den leeren Koffer mit der aufgedruckten bunten Weltkarte, den er am San Francisco International Airport gekauft hatte, nahm er mit, als er die Treppe hinaufstieg. Dann stand er atemlos vor ihrer Wohnungstür, schloss die Augen und malte sich Schreckensszenarien mit Wutausbrüchen und Wahnsinn aus. Im Grunde, dachte er, kann man es ihnen nicht einmal verübeln. Niemand taucht einfach unangemeldet auf und reißt ein Kind aus seiner vertrauten Umgebung, schon gar nicht ein Vater, dessen einziges Engagement bislang in regelmäßigen Überweisungen bestanden hat. Aber dies war eine Notsituation, so schätzte er es jedenfalls ein, und deshalb richtete er sich gerade auf und klingelte, so gern er auch auf dem Absatz kehrtgemacht hätte.

Zunächst reagierte niemand. Dann flog plötzlich die Tür auf, und vor ihm stand Lasse Westman mit seinen eindringlichen blauen Augen, seinem bulligen Oberkörper und seinen riesigen Pranken, die wie dafür geschaffen schienen, anderen Menschen Schmerzen zuzufügen, und derentwegen er in Filmen oft den Bösewicht mimen durfte, wenngleich er in keiner seiner Rollen auch nur annähernd so böse war wie im echten Leben. Davon war Frans Balder überzeugt.

»Du lieber Himmel«, rief Lasse Westman. »Wenn das mal keine Überraschung ist. Das Genie höchstpersönlich gibt sich die Ehre.«

»Ich bin hier, um August abzuholen«, sagte Frans Balder.

»Wie bitte?«

»Ich habe vor, ihn mitzunehmen, Lars.«

»Du machst Witze.«

»Ich habe es noch nie so ernst gemeint wie jetzt«, konterte er, und im selben Moment trat seine Exfrau Hanna im Hintergrund aus einem Zimmer. Sie war zwar nicht mehr ganz so schön wie früher – dazu hatte sie zu viel Tragisches erlebt und vermutlich auch zu viel geraucht und getrunken. Dennoch brandeten bei ihrem Anblick unversehens Gefühle in ihm auf, besonders als er ein blaues Mal an ihrem Hals entdeckte und sie ihn offenbar – trotz allem – willkommen heißen wollte. Aber sie kam nicht mal dazu, den Mund aufzumachen.

»Und warum solltest du dich plötzlich um ihn scheren?«, fragte Lasse Westman.

»Weil es jetzt reicht. August braucht Geborgenheit.«

»Und die willst ausgerechnet du ihm geben, Daniel Düsentrieb? Wann hast du denn zuletzt was anderes gemacht, als in einen Computerbildschirm zu glotzen?«

»Ich habe mich verändert«, sagte er und kam sich lächerlich

vor, und zwar nicht nur, weil er selbst kein bisschen daran glaubte.

Dann zuckte er zusammen, als Lasse Westman mit seinem massiven Körper und seinem unterdrückten Zorn einen Schritt auf ihn zumachte. In diesem Augenblick wurde ihm auf niederschmetternde Weise klar, dass er nichts würde ausrichten können, wenn dieser Irre auf ihn losginge, und dass die ganze Idee von Anfang bis Ende absurd gewesen war. Merkwürdigerweise kam jedoch kein Wutausbruch und keine Szene, sondern lediglich ein bitteres Lachen, gefolgt von den Worten: »Na, das ist doch wunderbar!«

»Wie meinst du das?«

»Ganz einfach. Dass es längst Zeit wurde, oder, Hanna? Endlich zeigt der Herr Geschäftig mal ein bisschen Verantwortungsgefühl. Bravo, bravo!«, rief Lasse Westman und applaudierte theatralisch, was Frans Balder im Nachhinein am meisten Angst machte – wie leicht sie August freigegeben hatten.

Ohne zu protestieren – oder jedenfalls höchstens der Form halber –, überließen sie ihm den Jungen. Vielleicht hatten sie August ja nur als Last angesehen. Ihre Beweggründe waren schwer nachvollziehbar. Hanna warf Frans ein paar unergründliche Blicke zu, ihre Hände zitterten, und ihr Kiefer war angespannt. Trotzdem stellte sie zu wenige Fragen. Eigentlich hätte sie ihn ins Kreuzverhör nehmen, tausend Forderungen und Ermahnungen an ihn richten und besorgt sein müssen, die regelmäßigen Abläufe des Jungen könnten durcheinandergeraten. Stattdessen fragte sie nur: »Bist du dir sicher? Schaffst du das?«

»Ich bin mir sicher«, antwortete er, woraufhin sie in Augusts Zimmer gingen, und da sah Frans seinen Sohn zum ersten Mal seit mehr als einem Jahr wieder und war beschämt.

Wie hatte er einen solchen Jungen nur im Stich lassen können? Er war so wunderbar, so schön, mit seinen dichten Locken, seinem zarten Körper und diesen ernsten blauen Augen, die gerade konzentriert auf ein riesiges Puzzle von einem Segelschiff gerichtet waren. Seine ganze Haltung signalisierte ein stummes »Stört mich nicht!«, und Frans trat nur langsam auf ihn zu, als näherte er sich einem fremden, unberechenbaren Wesen.

Schließlich gelang es ihm, die Aufmerksamkeit des Jungen auf sich zu ziehen und ihn dazu zu bewegen, seine Hand zu nehmen und ihm auf den Flur hinaus zu folgen. Diesen Moment würde Frans nie vergessen. Was dachte August? Was glaubte er? Er sah weder zu Frans auf noch zu seiner Mutter und ignorierte ihre Abschiedsworte und ihr Winken. Er verschwand ganz einfach mit seinem Vater in den Aufzug. Schwieriger war es nicht.

August war Autist. Vermutlich war er auch in seiner körperlichen Entwicklung gestört, auch wenn dazu bisher keine eindeutige Diagnose vorlag und man genauso gut das Gegenteil hätte vermuten können, wenn man ihn mit ein wenig Abstand betrachtete. Mit seinen feinen, konzentrierten Gesichtszügen strahlte er eine fast majestätische Erhabenheit aus oder vermittelte zumindest den Eindruck, er hätte es nicht nötig, seiner Umgebung Beachtung zu schenken. Bei näherem Hinsehen war sein Blick jedoch wie von einem Schleier überzogen, und bisher hatte er noch kein einziges Wort gesprochen.

Damit hatte sich keine der Prognosen, die für den damals Zweijährigen gestellt worden waren, als zutreffend erwiesen. Die Ärzte hatten gemutmaßt, dass August vermutlich zu jener Minderheit autistischer Kinder gehörte, deren geistiges Leistungsvermögen nicht eingeschränkt war. Wenn er sich nur einer intensiven Verhaltenstherapie unterzöge, hätte er trotz allem recht gute Entwicklungschancen. Doch nichts war so gekommen wie erhofft, und wenn er ehrlich mit sich war, hatte Frans Balder keine Ahnung, was aus all den unterstützenden Maßnahmen geworden war – von der Schulbildung des Jungen ganz zu schweigen. Frans hatte in seiner eigenen Welt gelebt, war schließlich in die USA gegangen und dort mit allem und jedem in Konflikt geraten.

Er hatte sich wie ein Idiot verhalten. Aber jetzt würde er es wiedergutmachen und sich um seinen Sohn bemühen, und dafür legte er sich anfangs auch mächtig ins Zeug. Er bat um Einsicht in Augusts Krankenakten und rief Spezialisten und Pädagogen an. Schnell war ihm klar, dass sein Geld nicht August zugutegekommen, sondern anderweitig versickert war, vermutlich in Lasse Westmans ausschweifendem Leben und seinen Spielschulden. Offenbar hatte man den Jungen weitgehend sich selbst und seinen Zwängen überlassen, und vermutlich hatte er noch Schlimmeres über sich ergehen lassen müssen – denn auch aus diesem Grund war Frans nach Hause zurückgekehrt.

Eine Psychologin hatte ihn angerufen und besorgniserregende blaue Flecken am Körper des Jungen erwähnt, die Frans inzwischen mit eigenen Augen gesehen hatte. Sie waren überall auf Augusts Armen und Beinen, dem Brustkorb und den Schultern verteilt. Hanna behauptete, der Junge hätte sie sich bei seinen Anfällen selbst zugefügt, indem er sich wie wild hin- und hergeworfen hatte, und tatsächlich erlebte Frans Balder einen solchen Anfall schon am zweiten Tag mit August und war schockiert. Trotzdem ließen sich die blauen Flecken nicht allein damit erklären, glaubte er.

Er hatte den Verdacht, dass August misshandelt worden war, und zog einen Allgemeinmediziner und einen ehemaligen Polizisten aus seinem Bekanntenkreis zurate, und obwohl sie seine Vermutung nicht mit Sicherheit bestätigen konnten, wurde er immer aufgebrachter und verfasste eine Reihe von Eingaben und Anzeigen. Über all dem hätte er den Jungen beinahe vergessen. Es war tatsächlich leicht, ihn zu vergessen. Meistens saß August auf dem Boden seines Zimmers mit Meerblick, das Frans in seiner Villa in Saltsjöbaden für ihn eingerichtet hatte, und legte Puzzles – seine hoffnungslos komplizierten Puzzles mit zighundert Teilen, die er virtuos zusammenfügte, nur um sie im nächsten Moment wieder durcheinanderzuwirbeln und von vorn anzufangen.

Anfangs hatte Frans ihn dabei fasziniert beobachtet. Es war, als sähe man einem großen Künstler bei der Arbeit zu, und mitunter gab er sich der Illusion hin, der Junge könnte jeden Augenblick zu ihm aufsehen und etwas vollkommen Erwachsenes sagen. Doch August sagte kein Wort, und wenn er mal den Kopf hob, blickte er bloß schräg an Frans vorbei zum Fenster, ins Sonnenlicht, das vom Wasser reflektiert wurde. Frans ließ August dort in seiner Einsamkeit allein und ging auch nur selten mit ihm raus, nicht einmal in den Garten.

Offiziell hätte der Junge sich gar nicht in seiner Obhut befinden dürfen, und er wollte nichts riskieren, ehe die juristischen Voraussetzungen geschaffen waren. Deshalb überließ er seiner Haushälterin Lottie Rask sämtliche Einkäufe sowie das Kochen und Saubermachen. In diesen Lebensbereichen war Frans Balder ohnehin nicht kompetent. Er kannte sich mit seinen Computern und seinen Algorithmen aus, mit viel mehr aber auch nicht, und je mehr Zeit verstrich, umso häufiger widmete er sich ihnen wieder, verwendete die restliche Zeit auf die Korrespondenz mit Anwälten, und nachts schlief er genauso schlecht wie in den USA.

Draußen braute sich ein Unwetter zusammen. Abend für Abend trank er eine Flasche Rotwein, üblicherweise Amarone, was natürlich nichts half, jedenfalls nicht langfristig. Ihm ging es zunehmend schlechter, und er träumte davon, sich einfach in Luft aufzulösen oder an irgendeinem ungastlichen Ort fernab der Zivilisation unterzutauchen. Doch eines Samstags geschah etwas. Es war ein stürmischer, kalter Abend, und August und er gingen frierend den Ringvägen in Södermalm entlang.

Sie waren bei Farah Sharif im Zinkens väg eingeladen

gewesen, und August hätte eigentlich längst im Bett sein müssen. Doch das Abendessen hatte sich in die Länge gezogen, Frans Balder hatte zu viel erzählt. Farah Sharif besaß dieses Talent – sie brachte Menschen dazu, ihr Herz zu öffnen. Frans und sie kannten sich seit dem Informatikstudium am Imperial College. Mittlerweile gehörte Farah zu den wenigen in diesem Land, die das gleiche Format hatten wie er oder zumindest problemlos seinen Gedankengängen folgen konnten, und es war unerhört befreiend für ihn, jemanden zu treffen, der ihn verstand.

Zugleich fand er sie attraktiv, aber obwohl er mehrere Anläufe unternommen hatte, war es ihm nie gelungen, sie zu verführen. Frans Balder war kein großer Verführer. Doch diesmal hatte sie sich mit einer Umarmung von ihm verabschiedet, aus der beinahe ein Kuss geworden wäre, und das betrachtete er als großen Fortschritt und musste immer noch daran denken, als August und er kurze Zeit später den Sportplatz am Zinkensdamm überquerten.

Frans beschloss, beim nächsten Mal einen Babysitter zu engagieren, denn wer wusste schon … Vielleicht. Ein Stück entfernt bellte ein Hund. Hinter ihm schrie eine Frau, ob wütend oder ausgelassen, konnte er nicht heraushören. Er blickte hinüber zur Hornsgatan und zu der Kreuzung, von wo aus er ein Taxi nehmen wollte oder die U-Bahn zum Slussen. Regen lag in der Luft, die Ampel sprang auf Rot, und auf der gegenüberliegenden Straßenseite stand ein verlebter Mann Mitte vierzig, der ihm entfernt bekannt vorkam. In diesem Moment griff er nach Augusts Hand. Er wollte sichergehen, dass der Sohn stehen blieb, und da spürte er es: Die Hand des Jungen war verkrampft, als reagierte er heftig auf irgendwas. Außerdem war sein Blick mit einem Mal intensiv und klar, als wäre der darüberliegende Schleier wie von Zauberhand beiseitegezogen worden und als hätte August, anstatt den Blick wie sonst nach innen zu richten, in diesem Fußgängerüberweg und in der Kreuzung etwas Tieferes, etwas Bedeutsameres erkannt als alle anderen Menschen. Deshalb ignorierte Frans die Ampel, als sie auf Grün umsprang.

Er ließ den Sohn einfach nur dastehen und in Ruhe die Szene betrachten, und ohne genau zu wissen, warum, war Frans in diesem Moment stark bewegt, auch wenn ihn die Gefühlsregung verwunderte, denn schließlich war es nur ein Blick, nichts weiter, und dieser Blick wirkte nicht einmal besonders strahlend oder glücklich. Dennoch erinnerte er Frans an etwas Fernes, Vergessenes, das tief in seinem Gedächtnis geschlummert hatte, und zum ersten Mal seit Langem konnte er aus seinen Gedanken wieder Hoffnung schöpfen.

2. KAPITEL

20. November

Mikael Blomkvist hatte nur ein paar Stunden geschlafen, weil er bis spätnachts einen Krimi von Elizabeth George gelesen hatte. Besonders vernünftig war das nicht gewesen. An diesem Vormittag würde der Medienmogul Ove Levin von Serner Media eine Erklärung zur Neuausrichtung von *Millennium* abgeben, und Mikael hätte besser ausgeruht und kampfbereit sein sollen.

Aber er hatte keine Lust gehabt, vernünftig zu sein. Er war durch und durch unmotiviert, quälte sich nur widerwillig aus dem Bett und machte sich einen besonders starken Cappuccino mit seiner Jura Impressa X7, einer Maschine, die ihm einst mit der begleitenden Erklärung »Ich habe keine Lust zu lernen, wie man sie bedient« nach Hause geliefert worden war und die jetzt wie ein Monument aus besseren Tagen in seiner Küche thronte. Bis heute hatte er keinen Kontakt mehr zu der großzügigen Spenderin. Und seine Arbeit fand er derzeit auch nicht gerade bereichernd.

Am vergangenen Wochenende hatte er sogar darüber nachgedacht, ob er sich beruflich komplett umorientieren sollte – ein ziemlich radikaler Gedanke für einen Mann wie Mikael Blomkvist. *Millennium* war sein Leben und seine Leidenschaft, und viele seiner besten und dramatischsten Erlebnisse waren eng mit der Zeitschrift verbunden. Aber nichts währt ewig, vielleicht nicht mal die Liebe zu *Millennium*, und noch dazu waren die Zeiten für investigative Journalisten hart.

Sämtliche Publikationen mit Anspruch und Ehrgeiz steckten in großen finanziellen Schwierigkeiten, und selbst Mikael hatte schon darüber nachgedacht, dass seine eigene Vision für *Millennium* auf irgendeiner höheren Ebene zwar edel sein mochte, dem Magazin aber nicht unbedingt das Überleben sichern würde. Er ging ins Wohnzimmer, nippte an seinem Kaffee und blickte über den Riddarfjärden. Draußen zog ein schwerer Sturm auf. Nach einem Altweibersommer, der die Stadt bis weit in den Oktober hinein erleuchtet hatte, sodass die Straßencafés viel länger als sonst geöffnet gehabt hatten, war das Wetter urplötzlich auf teuflische Weise umgeschlagen. Windböen und Wolkenbrüche wechselten sich ab, und die Leute eilten nur noch mit gesenkten Köpfen durch die Stadt. Mikael hatte das ganze Wochenende über das Haus nicht verlassen, was streng genommen nicht am Wetter gelegen hatte. Er hatte hochfliegende Rachepläne geschmiedet, die jedoch alle im Sande verlaufen waren. Weder das eine noch das andere sah ihm ähnlich.

Er war kein Underdog, der es anderen heimzahlen musste, und im Unterschied zu manch anderen Größen in der schwedischen Medienlandschaft litt er nicht unter einer übersteigerten Profilierungssucht, die ständig noch mehr Anerkennung und Bestätigung forderte. Andererseits hatte er es in den vergangenen Jahren nicht leicht gehabt, und vor einem knappen Monat hatte der Wirtschaftsjournalist William Borg in der zu Serner gehörenden Zeitschrift *Business Life* eine Kolumne unter dem Titel »Mikael Blomkvists Zeiten sind vorbei« veröffentlicht.

Die Tatsache, dass dieser Beitrag überhaupt geschrieben worden und an so prominenter Stelle erschienen war, war selbstverständlich nur ein Zeichen dafür, dass Mikael nach wie vor eine starke Position innehatte, und niemand hatte die Kolumne für sonderlich brillant formuliert oder originell gehalten. Man hätte sie leicht als Seitenhieb eines neidischen Kollegen abtun können. Aber aus irgendeinem Grund, der sich rückblickend nicht mehr nachvollziehen ließ, hatte sich die Angelegenheit zu einer größeren Affäre ausgewachsen. Möglicherweise hätte sie sich anfangs noch als Diskussion über den Berufsstand auffassen lassen können: ob man als Reporter wie Blomkvist tatsächlich »die Fehler immerzu bei der Wirtschaft suchen und an einem überholten Konzept des Journalismus aus den Siebzigern festhalten« müsse oder wie William Borg selbst vielmehr »allen Neid über Bord werfen und die Größe jener herausragenden Unternehmer anerkennen sollte, die Schweden den Aufschwung beschert haben«.

Doch dann war die Debatte aus dem Ruder gelaufen, und böse Zungen behaupteten, es sei kein Zufall, dass ausgerechnet Blomkvist in den letzten Jahren ins Hintertreffen geraten war, weil er »offenbar davon ausgeht, dass sämtliche Konzernchefs Verbrecher wären« und seine Storys deshalb zu »blindwütig und unbarmherzig« verfolgte. So etwas würde sich eben auf lange Sicht rächen, hatte es geheißen. Sogar der alte Verbrecher Hans-Erik Wennerström, den Blomkvist angeblich in den Tod getrieben hatte, bekam in diesem Zuge noch ein wenig Mitleid ab. Und während sich die seriösen Medien aus der Debatte heraushielten, wurden in den sozialen Netzwerken am laufenden Band Schmähungen ausgespuckt, und hier kamen die Angriffe durchaus nicht nur von Wirtschaftsjournalisten und -vertretern, die gute Gründe gehabt hätten, auf den Gegner einzutreten, jetzt, da er in die Knie zu gehen schien.

Nein, auch jüngere Kollegen nutzten die Gelegenheit, um sich zu profilieren, und wiesen darauf hin, dass Mikael Blomkvist nicht mehr zeitgemäß handelte, weil er weder twitterte noch ein Facebook-Profil besaß und damit als Relikt einer vergangenen Epoche betrachtet werden musste, in der es noch genug Geld gegeben hatte, um sich endlos lange in irgendwelchen modrigen, verstaubten Schriften zu vergraben. Andere nutzten die Gelegenheit einfach nur, um dabei zu sein und lustige Hashtags à la #wiezublomkvistszeiten zu erfinden. Alles in allem ergab das ein buntes Potpourri aus Dummheiten, und niemanden interessierte all dieser Blödsinn weniger als ihn. Das redete er sich zumindest ein.

Allerdings machte es die Sache nicht besser, dass er seit der Zalatschenko-Affäre keine gute Story mehr gelandet hatte und *Millennium* tatsächlich in der Krise steckte. Die Auflage war nach wie vor in Ordnung, sie hatten einundzwanzigtausend Abonnenten. Aber die Anzeigenkunden zogen sich zurück, und ihnen fehlten die Zusatzeinnahmen früherer Bucherfolge. Als ihre Anteilseignerin Harriet Vanger kein Kapital mehr hatte zuschießen können, hatte das übrige Führungsgremium gegen Mikaels Willen zugelassen, dass das norwegische Medienimperium Serner dreißig Prozent der Anteile übernahm. Dies war nicht annähernd so ungewöhnlich, wie es auf den ersten Blick erschien. Serner gab sowohl Wochenzeitschriften als auch Boulevardblätter heraus, außerdem gehörten ein Onlinedating-Portal, zwei kostenpflichtige Fernsehsender und eine Fußballmannschaft aus der ersten norwegischen Liga zum Konzern, weshalb er eigentlich nichts mit einer Zeitschrift wie *Millennium* am Hut hätte haben dürfen, doch Serners Repräsentanten – allen voran der Programmgeschäftsführer Ove Levin – hatten ihnen versichert, der Konzern brauche ein Prestigeprojekt in seinem Portfolio, die Führungsebene bewundere *Millennium* »durch die Bank« und wünsche sich nichts mehr, als dass die Zeitung in ihrer ursprünglichen Form aufrechterhalten werde. »Wir sind nicht gekommen, um Geld zu verdienen«, hatte Levin gesagt. »Wir wollen etwas Wichtiges bewirken.« Er hatte auch sogleich dafür gesorgt, dass die Zeitschrift eine ordentliche Finanz-spritze erhielt.

Anfangs hatte Serner sich tatsächlich nicht in die redaktio-nellen Tätigkeiten eingemischt. Das Geschäft lief wie gehabt, nur mit leicht verbessertem Budget, und in der Redaktion wurde wieder Hoffnung geschöpft. Der Optimismus erfasste sogar Mikael Blomkvist, der endlich wieder genug Zeit hatte, um sich voll und ganz seiner journalistischen Arbeit zu wid-men, und sich nicht länger um die Finanzen sorgen musste. Doch etwa zum selben Zeitpunkt, als die mediale Hetze gegen ihn anfing – und er würde den Verdacht nie loswerden, dass der Konzern die Lage ausgenutzt hatte –, wurde ein neuer Ton angeschlagen und Druck ausgeübt.

Selbstverständlich, so sagte Levin, solle die Zeitschrift auch weiter tief graben, ihren Reportagestil und ihr soziales Pathos und all das beibehalten. Aber es müssten ja nicht alle Beiträge von Veruntreuung, Ungerechtigkeit und politischen Skandalen handeln. Auch über das glamouröse Leben, über Promis und Premieren, sei schon hervorragend berichtet worden, sagte er und schwärmte von *Vanity Fair* und *Esquire* in den USA und von Gay Talese und dessen legendärem Porträt »Frank Sina-tra ist erkältet« und von Norman Mailer und Truman Capote und Tom Wolfe und wie sie alle hießen.

Dagegen hatte Mikael Blomkvist prinzipiell nichts ein-zuwenden. Erst ein halbes Jahr zuvor hatte er eine längere Reportage über die Paparazzi-Industrie geschrieben, und vor-ausgesetzt, er fände einen guten und seriösen Zugang, würde er jedes beliebige Leichtgewicht porträtieren. Nicht das Thema war entscheidend für guten Journalismus, pflegte er zu sagen, sondern die Einstellung. Aber er wehrte sich gegen etwas, was er nur zwischen den Zeilen erahnen konnte: dass dies erst der Anfang eines größeren Angriffs war und dass *Millennium* das Schicksal drohte, so zu werden wie jede andere Zeitschrift innerhalb des Konzerns – eine Publikation, die man verbiegen konnte, wie es einem beliebte, bis sie wieder rentabel war. Und austauschbar.

Deshalb war Mikael am Freitagnachmittag einfach nach Hause verduftet, nachdem er gehört hatte, dass Ove Levin einen Berater engagiert und Marktanalysen hatte durchführen lassen, die er am Montag präsentieren würde. In seiner Wohnung angekommen, hatte Mikael lange am Schreibtisch gesessen und im Bett gelegen und Brandreden formuliert, warum *Millennium* an seiner Vision festhalten müsse. In den Vororten gab es Krawalle. Eine fremdenfeindliche Partei saß im Parlament. Intoleranz war auf dem Vormarsch. Rechtsradikale Positionen wurden zunehmend offen propagiert. Die Zahl der Obdachlosen und Bettler hatte zugenommen. Schweden hatte sich in vielerlei Hinsicht nicht gerade mit Ruhm bekleckert. Eine Menge kluger und edler Worte hatte er gefunden, und in seinen Tagträumen erlebte er eine Reihe fantastischer Triumphe und äußerte so viele treffende und überzeugende Wahrheiten, dass die gesamte Redaktion und sogar der gesamte Serner-Konzern aus ihren Wahnvorstellungen gerissen wurden und sich ihm gesammelt anschlossen.

Doch als er wieder etwas klarer im Kopf wurde, begriff er, wie leicht solche Worte wogen, wenn aus wirtschaftlicher Perspektive niemand an sie glaubte. *Money talks, bullshit walks.* In erster Linie musste sich die Zeitschrift finanziell selbst tragen. Erst dann konnten er und seine Kollegen die Welt verändern. So liefen die Dinge nun mal, und statt weiter wütende Reden zu entwerfen, fragte er sich, ob er nicht doch noch eine gute Story aufstöbern konnte. Vielleicht würde die Hoffnung auf eine große Enthüllung das Selbstvertrauen der Kollegen stärken, damit ihnen Levins Analysen und Prognosen, wie überholt *Millennium* angeblich war – oder was auch immer Ove von sich zu geben gedachte –, egal sein konnten.

Seit seiner letzten großen Exklusivreportage kam Mikael Blomkvist sich vor wie eine Nachrichtenagentur. Täglich trudelten Hinweise über Betrugsfälle und zweifelhafte Geschäfte bei ihm ein. Das meiste davon war blanker Unsinn. Besserwisser, Verschwörungstheoretiker, Lügner und Wichtigtuer kamen mit hanebüchenen Geschichten zu ihm, die nicht der geringsten Überprüfung standhielten oder schlichtweg nicht interessant genug waren. Manchmal wiederum verbarg sich hinter etwas augenscheinlich Banalem oder Alltäglichem eine einzigartige Geschichte. Hinter einem einfachen Versicherungsfall oder einer trivialen Vermisstenmeldung steckte mitunter eine große menschliche Tragödie. Man konnte es nie mit Sicherheit wissen. Es kam darauf an, methodisch und doch unvoreingenommen vorzugehen, und deshalb setzte er sich am Samstagvormittag hinter seinen Laptop und seine Notizbücher und arbeitete sich durch das vorhandene Material.

Er hielt bis fünf Uhr nachmittags durch. Er hatte zwar das eine oder andere entdeckt, das ihm vor zehn Jahren wohl einen Anstoß gegeben hätte, jetzt aber keinen großen Enthusiasmus mehr in ihm zu wecken vermochte – ein typisches Problem, das er wie kein Zweiter kannte. Nach mehreren Jahrzehnten im Beruf erschien einem das meiste altbekannt, und auch wenn man rein intellektuell verstand, dass irgendetwas eine gute Story versprach, sprang man nicht mehr darauf an. Und so unterbrach er seine Arbeit, als ein weiterer eiskalter Regenguss auf das Hausdach niederging, und wandte sich wieder Elizabeth George zu.

Er redete sich ein, dass es kein reiner Eskapismus war. Erfahrungsgemäß kamen einem in Entspannungsphasen die besten Ideen. Wenn man sich mit etwas ganz anderem beschäftigte, ergab sich plötzlich alles wie von selbst. Doch abgesehen von dem Gedanken, dass er öfter einen so guten Roman lesen sollte, fiel ihm nichts Konstruktives ein, und als ihn der Montagmorgen erneut mit Mistwetter empfing, hatte er anderthalb George-Krimis und drei alte Ausgaben des *New*

Yorker durchgelesen, die zuvor auf seinem Nachttisch Staub angesetzt hatten.

Jetzt saß er also mit seinem Cappuccino auf dem Sofa im Wohnzimmer und schaute aus dem Fenster in das Unwetter. Er fühlte sich müde und leer, bis er mit einem heftigen Ruck – als hätte er plötzlich beschlossen, wieder tatkräftig zu sein – aufstand, seine Stiefel und seinen Wintermantel anzog und hinausging. Das Wetter war fast schon klischeehaft scheußlich.

Die Kälte der eisigen, regenschweren Böen kroch einem bis in die Knochen, und er eilte die Hornsgatan hinab, die ungewohnt grau vor ihm lag. Ganz Södermalm schien seiner Farben beraubt zu sein. Nicht ein einziges leuchtendes Herbstblatt wirbelte durch die Luft, und mit gesenktem Kopf und verschränkten Armen setzte er seinen Weg fort, lief an der Maria Magdalena kyrka vorbei in Richtung Slussen, bis er rechts auf den Götgatsbacken einbog und wie immer zwischen dem Kleiderladen »Monki« und dem Pub »Indigo« im Hauseingang verschwand. Er stieg die Treppe zu den Redaktionsräumen hinauf, die im vierten Stock direkt über den Büros von Greenpeace lagen, und hörte schon im Treppenhaus ein lautes Stimmengewirr.

Es waren ungewohnt viele Kollegen anwesend: die gesamte Redaktion, die wichtigsten Freelancer und drei Abgesandte von Serner, zwei Berater sowie Ove Levin, der sich anlässlich seines Besuchs offenbar besonders leger gekleidet hatte. Er sah nicht mehr aus wie ein Geschäftsführer und hatte sich obendrein auch neue Ausdrucksformen zugelegt, unter anderem ein anbiederndes »Grüß dich«.

»Grüß dich, Micke, wie geht's, wie steht's?«

»Das hängt ganz von dir ab«, erwiderte Mikael und meinte es nicht einmal böse, bemerkte aber, dass Ove Levin seine Bemerkung sofort als Kriegserklärung aufgefasst hatte, und so nickte er nur knapp, ging weiter und setzte sich auf einen der Stühle, die wie ein kleines Auditorium in der Redaktion aufgereiht worden waren.

Ove Levin räusperte sich und spähte nervös zu Mikael Blomkvist hinüber. Der Starreporter, der sich in der Tür noch so streitlustig gegeben hatte, wirkte inzwischen höflich interessiert und ließ keine Anzeichen für eine bevorstehende Auseinandersetzung erkennen. Das beruhigte Ove allerdings nicht im Geringsten. Blomkvist und er hatten einmal zur selben Zeit aushilfsweise bei *Expressen* gearbeitet. Damals hatten sie vor allem schnelle Nachrichten und eine Menge dummes Gewäsch verfasst. Nach Feierabend jedoch hatten sie in der Kneipe von großen Reportagen und Enthüllungen geträumt und sich stundenlang darüber ausgelassen, dass sie sich nie mit dem konventionellen, oberflächlichen Schreiben begnügen, sondern immer investigativ tätig sein würden. Sie waren jung und ehrgeizig gewesen und hatten alles auf einmal gewollt. Hin und wieder vermisste Ove diese Zeit. Natürlich nicht das schlechte Gehalt und die Arbeitszeiten, nicht mal das wilde Leben in den Bars und all die Frauengeschichten, aber die Träume – manchmal vermisste er ihre Kraft. Er sehnte sich nach dem drängenden Willen, die Gesellschaft und die Medien zu verändern und so zu schreiben, dass die Welt stillstand und die Mächtigen in die Knie gingen, und selbstverständlich – das war sogar für einen Teufelskerl wie ihn unvermeidlich – stellte er sich mitunter die Frage: Was ist aus all dem geworden? Wo sind meine Träume geblieben?

Mikael Blomkvist hatte jeden dieser Träume verwirklicht – und das nicht nur, weil er die größten Skandale ihrer Zeit aufgedeckt hatte. Er schrieb tatsächlich mit der Wucht und dem Pathos, die sie sich damals auf die Fahnen geschrieben hatten, er beugte sich weder dem Druck von oben, noch verriet er seine Ideale, wohingegen Ove selbst... tja. Aber im Grunde war er es, der die große Karriere hingelegt hatte, oder etwa nicht? Inzwischen verdiente er garantiert zehnmal so viel wie Blomkvist, und das freute ihn außerordentlich. Was hatte Micke denn von seinen Enthüllungsstorys, wenn er sich nicht einmal ein schickeres Ferienhaus zulegen konnte als diese mickrige Bruchbude auf Sandhamn? Herrgott, was war dieser Schuppen im Vergleich zu Oves neuer Villa in Cannes? Nichts. Nein – er war den richtigen Weg gegangen, er und kein anderer.

Anstatt für die Tagespresse zu schuften, hatte Ove eine Stelle als Medienanalyst bei Serner angenommen und eine enge Beziehung zu Haakon Serner persönlich aufgebaut, was sein Leben verändert und ihn reich gemacht hatte. Inzwischen war er der höchste Programmchef einer ganzen Reihe von Zeitungshäusern und TV-Kanälen, und er liebte seine Arbeit. Er liebte die Macht, das Geld und alles, was damit einherging, und doch … Er war großmütig genug zu erkennen, dass auch er manchmal von diesem anderen Leben träumte, wenn auch in begrenztem Maße. Auch er wollte als Publizist Anerkennung finden, genau wie Blomkvist, und sicher hatte er sich auch deshalb so energisch dafür eingesetzt, dass sich der Konzern in *Millennium* einkaufte. Dank eines Vögelchens, das ihm etwas gezwitschert hatte, hatte er gewusst, dass die Zeitschrift in einer finanziellen Krise steckte und die Chefredakteurin Erika Berger, die er insgeheim schon immer scharf gefunden hatte, ihre neuesten Zöglinge Sofie Melker und Emil Grandén um jeden Preis behalten wollte, und das wäre ohne frisches Kapital kaum möglich gewesen.

Kurz gesagt: Ove hatte eine unverhoffte Chance gewittert, sich in eins der größten Prestigeobjekte der schwedischen Medienlandschaft einzukaufen. Allerdings konnte er nicht behaupten, dass der Serner-Vorstand von der Idee begeistert gewesen wäre. Im Gegenteil, dort hatte man gemurrt, *Millennium* sei zu altmodisch und links und habe eine Tendenz, sich mit wichtigen Anzeigenkunden und Kooperationspartnern zu überwerfen, und hätte Ove nicht so leidenschaftlich für den Anteilskauf argumentiert, wäre vermutlich nichts daraus geworden. Aber er war stur geblieben. Eine Investition in *Millennium* sei im Gesamtzusammenhang nur eine Kleinigkeit, hatte er gesagt, ein unbedeutender Einsatz, der ihnen vielleicht nicht zu herausragenden Gewinnen verhelfen werde, dafür aber zu etwas Größerem, nämlich zu Glaubwürdigkeit, und man könne zu diesem Zeitpunkt über Serner vieles sagen, aber für Glaubwürdigkeit stehe der Konzern nach all den Kürzungen und Entlassungen nun gerade nicht. Deshalb sei eine Investition in *Millennium* auch ein Zeichen dafür, dass ihm der Journalismus und die Meinungsfreiheit trotz aller Unkenrufe immer noch etwas wert seien. Die Geschäftsführung von Serner war zwar nicht sonderlich an freier Meinungsäußerung und einem investigativen Journalismus à la *Millennium* interessiert. Andererseits konnte ihnen eine gewisse Glaubwürdigkeit tatsächlich nicht schaden, das hatten sie sich trotz allem eingestehen müssen, und so hatte Ove sein Kaufersuchen schließlich durchsetzen können, und lange schien die Entwicklung auch ein Glückstreffer für alle Beteiligten zu sein.

Serner bekam gute Publicity, und *Millennium* konnte sein Personal behalten und sich auf das konzentrieren, was die Zeitschrift immer schon ausgezeichnet hatte: tiefgründige, gut geschriebene Reportagen. Ove selbst strahlte wie die Sonne und nahm sogar an einer Debatte im Presseklub teil, wo er in aller Bescheidenheit sagte: »Ich glaube an die unternehmerische Verantwortung. Und ich habe mich seit jeher für den investigativen Journalismus eingesetzt.«

Aber dann … Er wollte gar nicht darüber nachdenken. Die Hetzkampagne gegen Blomkvist setzte ein, und eigentlich fand er das nicht mal schlimm, zumindest nicht zu Anfang. Seit Mikael als großer Stern am Reporterhimmel leuchtete, hatte er sich insgeheim immer ins Fäustchen gelacht, wenn Blomkvist in den Medien verhöhnt worden war. Doch diesmal hielt seine Schadenfreude nicht lange an. Serners junger Sohn Thorvald bekam Wind vom Aufruhr in den sozialen Netzwerken und machte eine Riesensache daraus.

Nicht dass es ihn wirklich interessiert hätte. Thorvald gab nichts auf die Meinung von Journalisten. Aber er liebte die Macht, und er liebte Intrigen. Endlich sah er seine Chance gekommen, sich zu profilieren und die alte Führungsriege auf die Plätze zu verweisen, und in kürzester Zeit veranlasste er den Vorstandsvorsitzenden Stig Schmidt – der bis dato keine Zeit für solche Nebensächlichkeiten gehabt hatte – zu der Erklärung, *Millennium* genieße keine Sonderrechte, sondern müsse sich der Zeit anpassen genau wie alle anderen Produkte des Konzerns.

Ove, der Erika Berger gerade noch hoch und heilig versprochen hatte, er werde sich nicht in die Arbeit der Redaktion einmischen und ihnen nur als »Freund und Ratgeber« zur Seite stehen, waren mit einem Mal die Hände gebunden, und er sah sich gezwungen, hinter den Kulissen ein intrikates Spiel zu spielen. Mit allen Mitteln versuchte er, Erika, Malin und Christer von der neuen Zielsetzung zu überzeugen, die im Grunde nie klar formuliert wurde – wie so oft bei Ideen, die in Panik entstehen –, aber die *Millennium* in irgendeiner Weise verjüngen und kommerziell erfolgreich machen sollte.

Natürlich wies Ove immer wieder darauf hin, dass es dabei keinesfalls darum ging, die Seele und den rebellischen Geist des Magazins zu untergraben, obwohl er selbst nicht sicher war, was er damit meinte. Er wusste nur, dass er ein wenig mehr Glamour in die Zeitung bringen musste, um den Vorstand glücklich zu machen, und dass Akteure aus der Wirtschaft nicht mehr so hartnäckig auf den Prüfstand gestellt werden durften, weil dies die Anzeigenkunden verprellte und dem Konzern Feinde machte – aber das sagte er Erika selbstverständlich nicht so.

Er wollte keine unnötigen Konflikte schüren. Als er jetzt

vor der Redaktion stand, war er daher lockerer gekleidet als sonst, um nicht mit schimmerndem Anzug und Schlips zu provozieren, wie sie in der Konzernzentrale gerade schwer in Mode waren. Stattdessen trug er Jeans, ein schlichtes weißes Hemd und einen dunkelblauen Pullover mit V-Ausschnitt, der nicht einmal aus Kaschmir war, und die langen, lockigen Haare, die immer sein kleines rebellisches Markenzeichen gewesen waren, hatte er zu einem Zopf gebunden, ganz nach dem Vorbild der toughsten Fernsehjournalisten. Vor allem aber leitete er seinen Vortrag mit der nötigen Demut ein, so wie er es in seinen Führungsseminaren gelernt hatte.

»Hallo zusammen«, sagte er. »Was für ein grässliches Wetter draußen! Ich habe es ja schon mehrfach gesagt, aber ich kann mich nicht oft genug wiederholen: Wir bei Serner sind unglaublich stolz, bei dieser Reise dabei sein zu dürfen, und auch mir persönlich bedeutet das sehr viel. Es ist das Engagement für Formate wie *Millennium*, das meiner Arbeit einen Sinn verleiht und mich daran erinnert, warum ich diesen Beruf einmal gewählt habe. Weißt du noch, Micke, wie wir damals in der ›Operabaren‹ saßen und von all dem geträumt haben, was wir einmal zusammen auf die Beine stellen würden? Und man kann nun wirklich nicht behaupten, dass wir heute desillusioniert wären, hehe!«

Mikael Blomkvist sah nicht aus, als wüsste er es noch. Doch Ove Levin ließ sich nicht entmutigen.

»Nein, keine Angst, ich hab nicht vor, sentimental zu werden«, fuhr er fort, »und eigentlich gibt es dafür auch keinen Grund. Damals schwamm die Branche noch in Geld. Wenn irgendwo am Ende der Welt ein dreckiger Mord begangen wurde, haben wir einfach einen Helikopter gechartert und im besten Hotel am Platz eine ganze Etage gemietet und abends Champagner für alle bestellt. Stellt euch vor – als ich meine erste Geschäftsreise außerhalb Schwedens machen sollte, hab ich den Auslandskorrespondenten Ulf Nilson gefragt, wie die

D-Mark steht. Keine Ahnung, hat er gesagt, die Währungs-
kurse bestimme ich selbst. Haha! Wir haben die Reisekosten-
abrechnungen damals ordentlich gepimpt, erinnerst du dich
noch, Micke? Wahrscheinlich war das unsere kreativste Leistung. Ansonsten mussten wir unsere Artikel bloß runterreißen,
und die Zeitungen haben sich trotzdem wie geschnitten Brot
verkauft. Aber seither hat sich einiges geändert – das wissen
wir alle. Die Konkurrenz ist mörderisch, und mit Journalismus lässt sich einfach nicht mehr so leicht Geld verdienen,
nicht einmal wenn man Schwedens beste Redaktion hat –
so wie ihr es seid –, und deshalb möchte ich heute mit euch
über die Herausforderungen der Zukunft nachdenken. Es ist
wirklich nicht so, dass ich mir auch nur ansatzweise einbilde,
euch noch etwas beibringen zu können. Ich will euch lediglich eine kleine Diskussionsgrundlage liefern. Wir von Serner
haben Analysen über eure Leserschaft in Auftrag gegeben und
darüber, was die Allgemeinheit von *Millennium* hält. Einige
Ergebnisse werden euch vielleicht erschrecken. Aber statt nie-
dergeschlagen zu sein, solltet ihr sie als Herausforderung verstehen und immer im Hinterkopf behalten, dass dort draußen
gerade ein krasser Veränderungsprozess im Gange ist.«

Ove machte eine kleine Pause und überlegte, ob die For-
mulierung »krass« ein Fehler gewesen war, ein übertriebener
Versuch, lässig und jugendlich zu wirken, und ob er seine
Ansprache vielleicht auch insgesamt zu jovial begonnen hatte.
»Man darf die Humorlosigkeit von unterbezahlten Moralis-
ten nie unterschätzen«, wie Haakon Serner zu sagen pflegte.
Aber nein, dachte Ove, ich werde das Kind schon schaukeln.
Ich werde sie auf meine Seite bringen.

Mikael Blomkvist schaltete ab, als Ove Serner erklärte, sie
alle müssten über ihre »digitale Reife« nachdenken, weshalb
er auch nicht mitbekam, wie referiert wurde, dass der jungen Generation weder *Millennium* noch Mikael Blomkvist

ein Begriff war. Leider wollte es der Zufall, dass er ausgerechnet in diesem Augenblick genug hatte, in die Kaffeeküche ging und deshalb auch verpasste, wie der norwegische Berater Aron Ullman freiheraus sagte: »Das ist doch lächerlich! Hat er wirklich eine so große Angst davor, in Vergessenheit zu geraten?«

Tatsache war, dass Mikael in diesem Moment nichts weniger Sorgen bereitete. Allerdings war er empört, dass Ove Levin anscheinend glaubte, Meinungsumfragen wären die Rettung. Diese Zeitschrift war nicht aus irgendwelchen dämlichen Marktforschungsanalysen heraus entstanden, sondern aus Leidenschaft und Pathos. *Millennium* hatte nur deshalb ein solches Renommee, weil alle darauf gesetzt hatten, was ihnen richtig und wichtig erschienen war, und nicht erst geprüft hatten, woher der Wind gerade wehte. Eine Weile stand er tatenlos in der Kaffeeküche herum und fragte sich, wie lange es wohl dauern würde, bis Erika zu ihm kam.

Ungefähr zwei Minuten, lautete die Antwort. Am Klackern ihrer Absätze versuchte er abzulesen, wie wütend sie war. Doch als sie vor ihm stand, lächelte sie ihn nur resigniert an.

»Was ist los?«, fragte sie.

»Ich hatte keine Lust mehr, mir das anzuhören.«

»Du verstehst aber schon, dass du die Leute in eine verdammt unangenehme Lage bringst, wenn du dich so verhältst.«

»Ja, das weiß ich.«

»Und ich nehme an, du verstehst auch, dass Serner ohne unsere Zustimmung rein gar nichts unternehmen kann. Wir haben nach wie vor die Kontrolle.«

»Einen Dreck haben wir! Wir sind ihre Geiseln, Ricky! Kapierst du das nicht? Wenn wir nicht tun, was sie uns sagen, ziehen sie das Geld ab, und wir sitzen in der Scheiße«, sagte er etwas zu laut und unbeherrscht, und als Erika den Finger auf die Lippen legte und den Kopf schüttelte, fügte er etwas vorsichtiger hinzu: »Tut mir leid. Manchmal geht es eben mit mir durch. Ich mach mich besser wieder auf den Heimweg. Ich muss nachdenken.«

»Deine Arbeitstage werden in letzter Zeit immer kürzer.«

»Ich hab bestimmt noch eine Menge alter Überstunden, die ich abbummeln kann.«

»Da hast du natürlich recht. Möchtest du heute Abend Besuch haben?«

»Ich weiß es nicht. Ich weiß es wirklich nicht, Erika«, antwortete er, und damit verließ er die Redaktion und trat hinaus auf den Götgatsbacken.

Erneut peitschten ihm Sturm und Regen entgegen, und er fror und fluchte und überlegte kurz, in einen Buchladen zu gehen und sich noch einen englischen Krimi zu kaufen, in den er sich flüchten konnte. Stattdessen bog er in die St. Paulsgatan ein, und als er fast bei dem Sushi-Restaurant auf der rechten Seite angekommen war, klingelte sein Handy. Er war sich sicher, dass Erika dran sein würde – aber es war Pernilla, seine Tochter. Sie hatte den denkbar unpassendsten Zeitpunkt gewählt, um ihren Vater anzurufen, den ständig das schlechte Gewissen plagte, weil er sich zu wenig um sie kümmerte.

»Hallo, mein Schatz!«

»Was ist denn das für ein Lärm?«

»Es stürmt, wahrscheinlich hörst du das.«

»Na gut, dann fasse ich mich kurz: Ich bin an der Schreibschule in Biskops Arnö aufgenommen worden.«

»Ach, jetzt willst du also plötzlich Autorin werden«, sagte er viel zu barsch, beinahe sarkastisch, was natürlich durch und durch ungerecht war.

Er hätte ihr einfach nur gratulieren und viel Glück wünschen sollen. Aber Pernilla hatte schon so viel Zeit damit vertrödelt, zwischen obskuren christlichen Sekten und unterschiedlichsten Studiengängen hin- und herzuwechseln, ohne je irgendetwas zu Ende zu bringen, dass er vor allem

Ermüdung verspürte, als sie jetzt wieder eine neue Richtung verkündete.

»Ein Jubelschrei klingt aber anders.«

»Es tut mir leid, Pernilla. Ich stehe heute ein bisschen neben mir.«

»Wann tust du das eigentlich nicht?«

»Ich möchte nur, dass du etwas findest, was wirklich zu dir passt. Und wenn ich bedenke, wie die Branche derzeit aussieht, weiß ich wirklich nicht, ob es eine so gute Idee ist, das Schreiben zum Beruf zu machen.«

»Ich will ja nicht so langweiliges journalistisches Zeug schreiben wie du.«

»Was denn dann?«

»Ich will ernsthaft schreiben.«

»Aha«, sagte er, ohne zu fragen, was sie damit meinte. »Kommst du denn mit dem Geld klar?«

»Ich jobbe bei ›Wayne's Coffee‹.«

»Hast du nicht Lust, heute Abend zum Essen zu kommen, damit wir in Ruhe darüber reden können?«

»Keine Zeit, Papa. Ich wollte es dir nur erzählen«, sagte sie und legte auf, und obwohl er versuchte, ihrem Enthusiasmus etwas abzugewinnen, verschlechterte sich seine Laune nur noch mehr, und er überquerte eilig den Mariatorget, ging die Hornsgatan hinauf und erreichte schließlich seine Dachwohnung in der Bellmansgatan.

Ihm war, als hätte er sie gerade erst verlassen. Plötzlich überkam ihn die sonderbare Vorstellung, keinen Job mehr zu haben. Als würde er in ein neues Dasein treten, in dem er, anstatt Tag und Nacht zu schuften, auf einmal unendlich viel Zeit hatte. Er überlegte kurz, ob er ein wenig aufräumen sollte. Überall lagen Zeitungen, Bücher und Klamotten herum. Doch stattdessen holte er zwei Pilsner Urquell aus dem Kühlschrank, setzte sich im Wohnzimmer aufs Sofa und versuchte, die Lage nüchtern zu analysieren – zumindest so nüchtern, wie es ihm mit Alkohol im Blut noch möglich war. Was hatte er für Möglichkeiten?

Er hatte keine Ahnung, aber was ihn vielleicht am meisten beunruhigte: Er hatte auch keinen großen Kampfeswillen, im Gegenteil, er war merkwürdig resigniert, als würde *Millennium* aus seiner Interessensphäre gleiten, und er fragte sich abermals: Ist es womöglich an der Zeit, etwas Neues anzufangen? Natürlich wäre das ein riesiger Verrat an Erika und den anderen. Aber war er wirklich noch der richtige Mann, um ein Magazin herauszubringen, das von Anzeigen und Abonnenten lebte? Vielleicht wäre er an einem anderen Ort viel besser aufgehoben, wo immer das auch sein mochte.

Selbst die großen Tageszeitungen kämpften mittlerweile ums Überleben, und nur die öffentlichen Rundfunk- und Fernsehsender verfügten noch über genug Geld und Personal für investigative Reportagen. Das Reporterteam von *Ekot* beispielsweise oder der staatliche Fernsehsender SVT … Warum eigentlich nicht? Er musste an Kajsa Åkerstam denken, eine ganz wunderbare Person, mit der er hin und wieder ein Gläschen trinken ging. Kajsa war Redaktionsleiterin bei *Uppdrag granskning*, einem Reportageformat bei SVT. Sie versuchte schon seit Jahren, ihn in ihr Team zu holen. Bisher war das für ihn aber nie infrage gekommen.

Es hatte keine Rolle gespielt, was sie ihm dafür geboten und wie hoch und heilig sie ihm ihre Unterstützung und vollkommene Integrität zugesichert hatte. *Millennium* war sein Herz und sein Zuhause gewesen. Aber jetzt … Vielleicht sollte er anbeißen, sofern das Angebot nach all dem Mist, der über ihn verbreitet worden war, überhaupt noch stand. Er hatte in seinem Berufsleben ja schon vieles gemacht, aber nie fürs Fernsehen gearbeitet, wenn man mal von seinen Auftritten bei unzähligen Talkrunden und seinen Interviews absah. Vielleicht würde die Arbeit bei *Uppdrag granskning* neues Feuer in ihm entfachen.

Sein Handy klingelte, und einen Augenblick lang war er frohen Mutes. Ganz gleich, ob es Erika oder Pernilla wäre, diesmal würde er sich zusammennehmen und wirklich zuhören. Aber nein, es war eine unterdrückte Nummer. Verhalten meldete er sich.

»Spreche ich mit Mikael Blomkvist?«, fragte eine Stimme, die jung klang.

»Ja«, antwortete er knapp.

»Hätten Sie Zeit für ein Gespräch?«

»Wenn du die Freundlichkeit hättest, dich vorzustellen, vielleicht.«

»Ich heiße Linus Brandell.«

»Okay, Linus, und weshalb rufst du an?«

»Ich habe eine Story für Sie.«

»Schieß los.«

»Ich erzähle sie Ihnen, wenn Sie sich einmal quer über die Straße ins ›Bishops Arms‹ begeben. Dort können Sie mich treffen.«

Mikael war irritiert. Es lag nicht nur an dem Befehlston, sondern auch an der ungebetenen Nähe des Anrufers in seinem eigenen Viertel.

»Ich finde, das Telefon muss reichen.«

»Nein, das ist nichts, was man über eine offene Leitung besprechen sollte.«

»Warum bin ich es nur jetzt schon leid, mit dir zu reden, Linus?«

»Vielleicht hatten Sie ja einen schlechten Tag?«

»Das stimmt. Punkt für dich.«

»Na, sehen Sie. Und jetzt schwingen Sie die Hufe und kommen Sie ins ›Bishops‹, dann lade ich Sie auf ein Bier ein und erzähle Ihnen mal was richtig Krasses.«

Eigentlich wollte Mikael nur noch fauchen: Hör auf, mir zu sagen, was ich zu tun habe! Stattdessen sagte er, ohne zu begreifen, warum, oder vielleicht weil er nichts Besseres zu tun hatte, als über seine Zukunft nachzugrübeln: »Ich zahle mein Bier selbst. Aber gut, ich komme.«

»Schlau von Ihnen.«

»Eins noch, Linus...«

»Ja?«

»Wenn du mich vollschwafelst oder irgendwelche wilden Theorien darüber auspackst, dass Elvis lebt oder du weißt, wer Olof Palme erschossen hat, bin ich gleich wieder weg.«

»*Fair enough*«, sagte Linus Brandell.

3. KAPITEL

20. November

Hanna Balder stand in ihrer Küche in der Torsgatan und rauchte eine filterlose Camel. Sie trug einen blauen Morgenmantel und abgewetzte graue Pantoffeln, und obwohl ihr volles Haar glänzte und sie immer noch attraktiv war, wirkte sie stark mitgenommen. Ihre Lippe war geschwollen, und die dicke Make-up-Schicht um ihre Augen hatte nicht nur ästhetische Gründe. Hanna Balder hatte wieder einmal Prügel bezogen.

Sie bezog oft Prügel. Dass sie sich daran gewöhnt hätte, wäre zu viel gesagt gewesen. Niemand gewöhnte sich an solche Misshandlungen, aber inzwischen gehörten sie zu ihrem Alltag, und sie erinnerte sich kaum mehr daran, was für ein glücklicher Mensch sie einmal gewesen war. Die Angst war zu einem Teil ihrer Persönlichkeit geworden, und seit einiger Zeit rauchte sie sechzig Zigaretten am Tag und nahm Beruhigungsmittel.

Drüben im Wohnzimmer fluchte Lasse Westman vor sich hin, und das wunderte sie nicht. Sie hatte geahnt, dass er seine Großzügigkeit gegenüber Frans bereuen würde. Eigentlich war seine Reaktion von Anfang an merkwürdig gewesen. Lasse war von dem Geld abhängig, das Frans ihnen für August überwies. Lange Zeit hatte er fast ausschließlich davon gelebt, und Hanna hatte oft E-Mails an Frans schreiben und irgendwelche unvorhergesehenen Kosten für einen Therapeuten oder Spezialtrainings erfinden müssen, die nicht existierten, aber genau deswegen war es ja so merkwürdig: Warum hatte Lasse freiwillig auf all das verzichtet und den Jungen Frans überlassen?

Im Grunde kannte Hanna die Antwort. Es war der Übermut des Alkohols gewesen – und die Aussicht auf eine Rolle in einer neuen Krimiserie von TV4, die ihn noch überschwänglicher gemacht hatte. Vor allem aber war es August selbst gewesen. Lasse hatte den Jungen schon immer unheimlich und abstoßend gefunden, und das begriff sie am allerwenigsten. Wie konnte man August verabscheuen?

Er saß doch bloß mit seinem Puzzle auf dem Boden und störte niemanden. Trotzdem schien Lasse ihn zu hassen, und vermutlich hatte das mit dem Blick zu tun, diesem merkwürdigen Blick, der eher nach innen gerichtet war als nach außen und der anderen Menschen manchmal ein Lächeln aufs Gesicht zauberte oder die Bemerkung entlockte, der Junge müsse ein reiches Innenleben haben. Lasse schien dieser Blick jedoch unter die Haut zu gehen.

»Verdammt, Hanna! Er kann in mich reinsehen!«, brach es mitunter aus ihm heraus.

»Aber du sagst doch immer, er wäre zurückgeblieben.«

»Ja, er ist zurückgeblieben, aber er hat trotzdem etwas Unheimliches an sich. Ich hab irgendwie das Gefühl, er hat böse Absichten.«

Was blanker Unsinn war. August beachtete Lasse nicht einmal, ja Menschen im Allgemeinen, und er wollte niemandem etwas Böses. Seine Umgebung störte ihn nur, und am glücklichsten war er, wenn er sich in seiner eigenen Welt einkapseln konnte. Trotzdem bildete Lasse sich im Vollrausch ein, der Junge würde einen Rachefeldzug gegen ihn planen, und

das war sicher der Hauptgrund, warum er August und Frans'
Geld so einfach in den Wind geschossen hatte. Es war lächerlich, so hatte Hanna es jedenfalls bisher gesehen. Doch als
sie jetzt neben der Spüle stand und so heftig und nervös an
ihrer Zigarette zog, dass ihr die Tabakkrümel auf der Zunge
landeten, fragte sie sich, ob an der Sache nicht doch was Wahres dran war. Vielleicht erwiderte August Lasses Abneigung.
Vielleicht wollte er ihn wirklich für all die Schläge bestrafen,
die er bekommen hatte, und vielleicht… Hanna schloss die
Augen und biss sich auf die Lippe. Vielleicht hasste der Junge
ja auch sie.

In solchen selbstverachtenden Bahnen dachte sie, seit sie
allabendlich von einer fast unerträglichen Sehnsucht erfasst
wurde, und sie fragte sich auch, ob Lasse und sie August nicht
sogar geschadet hatten. »Ich bin ein schlechter Mensch gewesen«, flüsterte sie in sich hinein, und jetzt brüllte Lasse ihr
auch noch irgendetwas Unverständliches zu.

»Was?«, rief sie.

»Wo zum Teufel hast du die Sorgerechtsverfügung?«

»Was willst du denn damit?«

»Ich will beweisen, dass er kein Recht hat, ihn zu sich zu
holen.«

»Neulich warst du doch noch froh, ihn los zu sein.«

»Da war ich besoffen und blöd.«

»Und jetzt bist du plötzlich nüchtern und schlau?«

»Verdammt schlau«, fauchte er, marschierte wutschnau-
bend und entschlossen auf sie zu, und in diesem Moment
schloss sie erneut die Augen und fragte sich zum tausendsten
Mal, warum alles so schiefgelaufen war.

Frans Balder sah nicht mehr aus wie der adrette Angestellte,
als der er bei seiner Exfrau aufgetaucht war. Inzwischen standen ihm die Haare zu Berge, auf seiner Oberlippe glänzte der
Schweiß, und er hatte sich seit mindestens drei Tagen nicht

mehr rasiert und geduscht. Trotz all der guten Vorsätze, ein Vollzeitvater zu werden, und trotz des intensiven Moments der Hoffnung und Rührung, den er an der Hornsgatan erlebt hatte, war er wieder in jene tiefe Konzentration versunken, die Außenstehende manchmal fälschlicherweise für Wut hielten. Er knirschte sogar mit den Zähnen, und schon seit Stunden hatten die Welt und der heftige Sturm dort draußen für ihn aufgehört zu existieren. Deshalb bemerkte er auch nicht, was sich direkt zu seinen Füßen abspielte. Kleine, sanfte Bewegungen, als wollte sich eine Katze oder ein anderes Tier an seine Beine schmiegen. Erst nach einer Weile wurde ihm bewusst, dass August unter seinen Schreibtisch gekrochen war. Frans sah ihn benebelt an, als strömten die Quellcodes noch immer vor seinen Augen vorbei.

»Was willst du?«

August sah ihn mit flehendem, klarem Blick an.

»Was?«, fragte Frans noch einmal. »Was?«

Und da passierte etwas.

Der Junge zog ein mit Quantenalgorithmen vollgekritzeltes Papier auf den Boden und fuhr fieberhaft mit der Hand darüber, vor und zurück, und Frans fürchtete kurz, August stünde ein neuer Anfall bevor. Aber nein, er schien eher mit hektischen Bewegungen etwas schreiben zu wollen, und Frans spürte, wie die Anspannung in ihm wuchs und er wieder an etwas Wichtiges, Fernes erinnert wurde, genau wie an der Hornsgatan. Allerdings verstand er jetzt schlagartig, was es war.

Er musste an seine eigene Kindheit denken, als Zahlen und Gleichungen für ihn wichtiger gewesen waren als das Leben selbst. Sein Gesicht erhellte sich, und er rief: »Du willst rechnen, oder? Bestimmt willst du rechnen!« Und im nächsten Moment sprang er auf und suchte liniertes A4-Papier und Stifte hervor, die er vor August auf den Boden legte.

Anschließend schrieb er die einfachste Zahlenreihe auf, die

ihm einfiel, die Fibonaccifolge, bei der jede Zahl die Summe ihrer beiden Vorgänger ist – 1, 1, 2, 3, 5, 8, 13, 21 –, und am Ende ließ er Platz für die darauffolgende Zahl, die 34. Dann aber dämmerte es ihm, dass die Aufgabe vermutlich zu einfach sein würde, weshalb er auch noch eine geometrische Reihe notierte – 2, 6, 18, 54 –, in der jede Zahl mit drei multipliziert wird und somit als Nächstes 162 folgt. Um ein solches Problem zu lösen, dachte er, braucht ein begabtes Kind keine besonderen Vorkenntnisse. Frans' Auffassung des mathematisch Einfachen war mit anderen Worten ziemlich speziell, und er begann sofort, davon zu träumen, dass der Junge gar nicht lernbehindert wäre, sondern eher eine Art potenzierte Kopie seines Vaters, dessen sprachliches und soziales Vermögen sich auch erst verhältnismäßig spät ausgebildet hatte, wohingegen er lange, bevor er sein erstes Wort gesagt hatte, komplexe mathematische Zusammenhänge hatte verstehen können.

Eine Weile saß er neben dem Jungen und wartete einfach nur. Natürlich passierte nichts. August fixierte die Zahlen lediglich mit seinem gläsernen Blick, als hoffte er, die Lösung würde von selbst aus dem Papier aufsteigen, und am Ende ließ Frans ihn allein, ging die Treppe hinauf, trank ein Glas Mineralwasser und arbeitete am Küchentisch weiter mit Stift und Papier. Allerdings war seine Konzentration mittlerweile wie weggefegt, daher blätterte er irgendwann nur noch zerstreut in der neuen Ausgabe des *New Scientist*.

Nach etwa einer halben Stunde stand er wieder auf und begab sich nach unten zu August, und zunächst schien es, als wäre rein gar nichts passiert. August hockte immer noch genauso reglos da, wie Frans ihn zurückgelassen hatte. Aber dann bemerkte er etwas. Anfangs war er nur neugierig.

Im nächsten Moment sah er sich mit etwas Unerklärlichem konfrontiert.

Das »Bishops Arms« war nicht gut besucht. Der Nachmittag war kaum angebrochen, und das Wetter verlockte nicht gerade zu Ausflügen, nicht einmal in die nächste Kneipe. Dennoch wurde Mikael mit Rufen und Gelächter begrüßt, und eine heisere Stimme grölte: »Kalle Blomkvist!«

Sie gehörte einem rotgesichtigen Mann mit wirrem Haar und einem gezwirbelten Schnurrbart, den Mikael schon oft im Viertel gesehen hatte. Er meinte sich zu erinnern, dass der Mann Arne hieß. Normalerweise konnte man die Uhr danach stellen, dass er jeden Nachmittag um Punkt zwei in das Pub kam, aber heute war er offenbar schon früher aufgetaucht und hatte sich zusammen mit drei Trinkkumpanen an einem Tisch links von der Bar niedergelassen.

»Mikael«, korrigierte Mikael lächelnd.

Arne – oder wie auch immer er hieß – und seine Freunde lachten, als wäre der Name Mikael das Komischste, was sie je gehört hätten.

»Bist du wieder einer großen Sache auf der Spur?«, fragte Arne.

»Ich überlege gerade, ob ich die ganze Halbwelt hier im ›Bishops Arms‹ ins Visier nehmen soll.«

»Glaubst du, Schweden ist reif für so eine Geschichte?«

»Nein, vermutlich nicht.«

Eigentlich mochte Mikael das Trüppchen, auch wenn er mit den Männern nie mehr als ein paar Bemerkungen im Vorbeigehen wechselte. Trotzdem waren die Kerle ein Teil des Alltags, der das Leben in diesem Viertel so angenehm machte. Deshalb nahm er es ihm auch nicht übel, als ein anderer rief: »Wie ich gehört hab, geht's mit dir bergab?«

Ganz im Gegenteil, die Frage schien die ganze Hetzjagd endlich auf das niedere, fast schon absurde Niveau zu bringen, wo sie hingehörte.

»Fünfzehn Jahre geht es schon mit mir bergab. Hej, Bruder Buddel, alles Schöne führt ins Grab«, konterte er mit

Gustaf Fröding und sah sich im Pub nach jemandem um, der großspurig genug aussah, um einen müden Journalisten in die Kneipe abzukommandieren. Aber abgesehen von Arne und seinen Kumpels konnte er niemanden entdecken, und so stellte er sich stattdessen zu Amir an die Bar.

Amir war groß, dick und gutmütig, ein hart arbeitender Vater von vier Kindern, der die Kneipe vor einigen Jahren übernommen hatte. Inzwischen waren Mikael und er recht gute Freunde, was nicht in erster Linie daran lag, dass Mikael Stammgast war, sondern an den verschiedenen Gefälligkeiten, die sie einander im Laufe der Zeit erwiesen hatten. Amir hatte Blomkvist diverse Male mit ein paar Flaschen Rotwein ausgeholfen, wenn er Damenbesuch erwartet und es nicht mehr rechtzeitig zum Systembolaget geschafft hatte, und Mikael wiederum hatte einem Freund von Amir, der keine Papiere besaß, bei der Korrespondenz mit den Behörden geholfen.

»Was verschafft uns die Ehre?«, fragte Amir.

»Ich will hier jemanden treffen.«

»Was Interessantes?«

»Glaub ich kaum. Wie geht's Sara?«

»Sie jammert und nimmt Schmerztabletten.«

»Klingt anstrengend. Grüß sie von mir.«

»Mach ich«, sagte Amir, und dann plauderten sie weiter über dies und jenes.

Linus Brandell tauchte nicht auf, und am Ende dachte Mikael schon, jemand hätte ihm einen Streich gespielt. Andererseits gab es Schlimmeres, als in die eigene Stammkneipe gelockt zu werden, und er blieb noch eine Viertelstunde sitzen und ließ sich die finanziellen und gesundheitlichen Sorgen von Amirs Familie schildern, ehe er sich auf den Heimweg machen wollte, als genau in dem Moment ein Typ zur Tür hereinkam.

August hatte nicht die Zahlenfolgen ergänzt. Das hätte einen Mann wie Frans Balder auch nicht sonderlich beeindruckt.

Ihn faszinierte vielmehr, was sich neben den Zahlenreihen befand und im ersten Moment wie eine Fotografie aussah, in Wirklichkeit aber eine Zeichnung war – und zwar die exakte Wiedergabe der Ampelkreuzung an der Hornsgatan, an der sie kürzlich unterwegs gewesen waren.

Die Szene war nicht nur auf einzigartige Weise eingefangen und bis ins kleinste Detail und mit einer geradezu mathematischen Präzision ausgearbeitet. Sie leuchtete förmlich. August hatte nie auch nur ansatzweise perspektivisch zeichnen gelernt und wusste auch nicht, wie ein Künstler mit Licht und Schatten arbeitete, und dennoch schien er es auf einmal bis zur Vollendung zu beherrschen. Das rote Auge der Ampel funkelte den Betrachter regelrecht an. Es war umgeben vom herbstlichen Dämmerlicht der Hornsgatan, das ebenfalls zu glimmen schien, und mitten auf der Straße stand der Mann, der Frans vage bekannt vorgekommen war. Sein Kopf war oberhalb der Augenbrauen abgeschnitten. Er sah ängstlich oder zumindest unangenehm berührt aus, als hätte August ihn irgendwie aus dem Gleichgewicht gebracht, und schien auch ein wenig unsicher zu gehen, wie auch immer es dem Jungen gelungen war, das darzustellen.

»Meine Güte«, sagte Frans. »Hast du das gemacht?«

Weder nickte August, noch schüttelte er den Kopf, er blickte nur auf zum Fenster, und Frans Balder hatte das eigentümliche Gefühl, dass sein Leben von nun an nie mehr so sein würde wie zuvor.

Mikael wusste eigentlich nicht genau, was er erwartet hatte. Einen Snob vom Stureplan vermutlich, irgend so einen jungen Schnösel. Stattdessen stand dieser ungepflegte Typ mit kaputten Jeans und langem, dunklem, ungewaschenem Haar vor ihm. In seinem Blick lag etwas Schläfriges, Ausweichendes. Er war maximal fünfundzwanzig, hatte schlechte Haut und einen zu langen Pony, der ihm über die Augen fiel, und obendrein einen ziemlich hässlichen Herpes an der Lippe. Linus Brandell sah nicht gerade aus wie jemand, der auf einer brandheißen Geschichte saß.

»Linus Brandell, vermute ich?«

»Stimmt genau. Sorry, dass ich zu spät bin. Hab noch ein Mädchen getroffen, das ich kenne. Wir waren zusammen in der Neunten, und sie...«

»Lass uns die Sache über die Bühne bringen«, fiel Mikael ihm ins Wort und ging voraus zu einem Tisch im hinteren Teil des Pubs.

Amir kam an ihren Tisch und lächelte diskret, und sie bestellten zwei Guinness und verfielen dann für einige Sekunden in Schweigen. Mikael hatte keine Ahnung, warum er so gereizt war. Das sah ihm gar nicht ähnlich. Vermutlich lag es an dem ganzen Serner-Drama. Er grinste Arne und seiner Bande zu, die ihn und seine Verabredung aufmerksam beobachteten.

»Ich will direkt zur Sache kommen«, sagte Linus.

»Klingt gut.«

»Kennen Sie Supercraft?«

Mikael Blomkvist wusste nicht viel über Computerspiele, aber von Supercraft hatte selbst er schon mal gehört.

»Dem Namen nach, ja.«

»Mehr nicht?«

»Nein.«

»Dann wissen Sie nicht, dass das Besondere an diesem Spiel seine KI-Funktion ist. Man kann sich mit einem Mitkämpfer über die Kriegsstrategie austauschen, ohne sich dabei ganz sicher sein zu können, ob man mit einem echten Menschen oder mit einer virtuellen Schöpfung spricht... zumindest am Anfang.«

»Sieh einer an«, sagte Mikael Blomkvist. Nichts interessierte ihn weniger als die Finessen irgendeines dämlichen Spiels.

»Das ist eine kleine Revolution in dem Bereich, und ich war an der Entwicklung beteiligt«, fuhr Linus Brandell fort.

»Gratuliere, dann hast du ja bestimmt ein hübsches Sümmchen verdient.«

»Da ist es ja gerade.«

»Worauf willst du hinaus?«

»Irgendwer hat uns die Technik geklaut, und jetzt verdient Truegames Milliarden damit, ohne dass wir auch nur eine einzige Öre gesehen hätten.«

Diese Leier hörte Mikael nicht zum ersten Mal. Er hatte sogar schon einmal mit einer älteren Dame gesprochen, die behauptet hatte, in Wirklichkeit hätte sie die Harry-Potter-Bücher geschrieben, und J.K. Rowling hätte sie ihr mithilfe telepathischer Kräfte entwendet.

»Und wie soll das vonstattengegangen sein?«, fragte er.

»Man hat uns gehackt.«

»Woher wollt ihr das wissen?«

»Das haben die Geheimdienstleute festgestellt – ich kann Ihnen einen Namen bei der FRA nennen, wenn Sie wollen, und dann auch noch eine...«

Linus hielt abrupt inne.

»Ja?«

»Ach, nichts. Aber neben der FRA beschäftigt sich auch der nationale Nachrichtendienst mit der Sache. Dort können Sie mit Gabriella Grane sprechen, die ist Analystin bei der Säpo. Sie wird es Ihnen bestätigen, sie hat den Vorfall letztes Jahr in einem öffentlichen Bericht erwähnt. Ich hab das Aktenzeichen hier...«

»Mit anderen Worten ist es keine Neuigkeit«, fiel Mikael ihm ins Wort.

»Nein, nicht in dieser Hinsicht. *Ny teknik* und *Computer Sweden* haben schon darüber berichtet. Aber weil Frans nicht darüber reden wollte und in Teilen sogar abgestritten hat, dass es überhaupt eine Attacke gab, wurde die Geschichte nie groß verbreitet.«

»Aber es ist trotzdem ein alter Hut.«

»An und für sich schon …«

»Warum sollte ich dir dann weiter zuhören, Linus?«

»Weil Frans gerade aus San Francisco zurückgekommen ist und scheinbar endlich verstanden hat, was damals passiert ist. Ich glaube, er sitzt auf dem reinsten Sprengstoff. Auf einmal ist er in Sachen Sicherheit total besessen, benutzt nur noch die krassesten Verschlüsselungen für Telefon und E-Mail und hat sich gerade eine neue Alarmanlage mit Kameras, Sensoren und dem ganzen Mist einbauen lassen. Ich finde, Sie sollten mit ihm sprechen, darum hab ich mich auch bei Ihnen gemeldet. Ein Typ wie Sie kann ihn vielleicht dazu bewegen. Auf mich hört er nicht mehr.«

»Du hast mich also herbestellt, weil irgendwer namens Frans vielleicht etwas Brisantes weiß.«

»Nicht irgendwer, Blomkvist! Kein Geringerer als Frans Balder! Hab ich das nicht erwähnt? Ich war einer seiner Assistenten.«

Mikael kramte in seinem Gedächtnis, aber den Namen Balder brachte er lediglich mit dieser Schauspielerin in Verbindung, Hanna, was immer aus der geworden war.

»Und wer soll das sein?«

Linus bedachte Mikael mit einem so verächtlichen Blick, dass er ganz baff war.

»Haben Sie auf dem Mars gelebt? Frans Balder ist doch ein Begriff. Eine Legende.«

»Wirklich?«

»Aber hallo!«, fuhr Linus fort. »Googeln Sie ihn mal, Sie werden es sehen. Er wurde mit siebenundzwanzig Jahren Professor der Informatik. Seit zwei Jahrzehnten ist er eine weltweit führende Autorität im Bereich der KI-Forschung. Was die Entwicklung von Quantencomputern und künstlichen neuronalen Netzen angeht, kann es kaum jemand mit ihm aufnehmen. Er findet immer wieder schräge, unorthodoxe Lösungen. Er hat ein irres Hirn, das alles auf den Kopf stellt.

Denkt in vollkommen neuen Bahnen, und wie Sie sich vielleicht vorstellen können, reißt sich die Computerindustrie seit Jahren um ihn. Aber Balder hat sich lange geweigert, sich von irgendjemandem abwerben zu lassen. Er wollte allein arbeiten. Oder, was heißt allein … Er hatte immer schon Assistenten wie mich, die er verschlissen hat. Er verlangt Ergebnisse, nichts anderes, und er liegt einem ständig in den Ohren mit seinem ›Nichts ist unmöglich. Unser Job ist es, Grenzen zu verschieben. Bla, bla, bla.‹ Man kann sich völlig für ihn aufopfern, aber für uns Nerds ist er der reinste Gott.«

»Das hört man.«

»Glauben Sie ja nicht, ich wäre einfach nur ein unkritischer Fan. Das bin ich auf keinen Fall. Man zahlt einen hohen Preis, das habe ich am eigenen Leib erfahren. Man erschafft großartige Dinge mit ihm, aber man kann auch daran zugrunde gehen. Wissen Sie, Frans darf sich nicht mal mehr um seinen eigenen Sohn kümmern. Hat sich mal irgendeinen unverzeihlichen Schnitzer geleistet. Und das ist nicht die einzige Geschichte dieser Art. Assistenten, die vor Erschöpfung zusammenbrechen und sich das ganze Leben kaputtmachen und weiß der Himmel. Aber obwohl er immer schon besessen und unverbesserlich war, hat er sich noch nie so benommen wie jetzt. So hysterisch und sicherheitsfixiert. Deshalb bin ich auch hier. Ich möchte, dass Sie mit ihm reden. Ich weiß einfach, dass er einer großen Sache auf der Spur ist.«

»Soso, das weißt du einfach.«

»Er ist normalerweise kein paranoider Mensch, müssen Sie wissen, im Gegenteil, eigentlich war er immer schon viel zu sorglos, wenn man bedenkt, womit er sich beschäftigt hat. Aber jetzt verschanzt er sich auf einmal in seinem Haus und geht kaum noch raus. Er scheint Angst zu haben – dabei hat er sich sonst nicht so schnell in die Hose gemacht. Er war immer ein Draufgänger, einer, der einfach wild drauflosgeprescht ist.«

»Und er arbeitet mit Computerspielen?«, fragte Mikael, ohne seine Skepsis zu verbergen.

»Es ist eher so … Frans wusste, dass wir alle Spielefreaks waren, und er fand wohl auch, dass wir etwas tun sollten, was uns Spaß machte. Davon abgesehen passt sein KI-Programm aber auch zu dieser Branche. Sie ist dafür das perfekte Experimentierlabor, und wir haben unglaubliche Ergebnisse erzielt. Wir haben völlig neue Wege eingeschlagen. Das einzige Problem …«

»Komm zur Sache, Linus.«

»Die Sache ist die – als Frans und seine Patentanwälte ein Schutzrecht auf die wichtigsten Bestandteile der neuen Technik anmelden wollten … da kam der erste Schock. Ein russischer Ingenieur von Truegames hatte kurz vorher ebenfalls eine Anmeldung zusammengeflickt und eingereicht, die unser Patent blockierte. Das war kein Zufall. Aber eigentlich spielte es auch keine Rolle. In diesem Zusammenhang wäre das Patent nur ein Papiertiger gewesen. Viel wichtiger war die Frage, wie sie überhaupt herausfinden konnten, woran wir gearbeitet hatten. Und weil wir alle Frans gegenüber loyal bis in den Tod waren, gab es eigentlich nur eine Möglichkeit. Wir mussten gehackt worden sein, trotz aller Vorsichtsmaßnahmen.«

»Und dann habt ihr euch an die Geheimdienste gewandt.«

»Nicht sofort. Frans ist misstrauisch gegenüber Leuten, die Krawatten tragen und von neun bis fünf im Büro hocken. Er zieht Nerds vor, die nächtelang wie besessen vor ihren Computern sitzen, und deshalb hat er sich stattdessen auch an diese Hackerin gewandt, die er irgendwoher kannte, und die hat sofort festgestellt, dass wir Opfer einer Attacke geworden waren. Dabei hat sie nicht gerade einen glaubwürdigen Eindruck gemacht. Ich hätte sie nicht eingestellt, wenn Sie verstehen, was ich meine, und vielleicht hat sie ja auch nur Blödsinn erzählt. Aber ihre wichtigsten Ergebnisse wurden später von den FRA-Leuten bestätigt.«

»Aber ihr wisst nicht, wer euch gehackt hat?«

»Nein, so etwas nachweisen zu wollen ist meistens aussichtslos. Aber fest steht, dass es Profis gewesen sein müssen. Wir hatten viel für die IT-Sicherheit getan.«

»Und jetzt glaubst du, Frans Balder hätte etwas herausgefunden?«

»Definitiv. Sonst würde er sich nicht so merkwürdig verhalten. Ich weiß, dass er bei Solifon von irgendetwas Wind bekommen hat.«

»Also hat er dort gearbeitet?«

»Ja, komischerweise. Wie schon gesagt, war Frans immer dagegen, sich von den großen Riesen abhängig zu machen. Kein Mensch hat je so viel von Unabhängigkeit gefaselt wie er. Von der Wichtigkeit, frei zu sein, sich nicht zum Sklaven kommerzieller Kräfte zu machen und so weiter. Aber als wir auf einmal mit heruntergelassenen Hosen dastanden, weil man uns die Technik geklaut hatte, nahm er urplötzlich dieses Angebot an – ausgerechnet von Solifon. Warum, hat niemand verstanden. Gut, sie haben ihm ein Wahnsinnsgehalt, freie Hand und all den Mist geboten, so nach dem Motto: Mach, was du willst, aber mach es für uns, und vielleicht klang das ja verlockend. Für jeden anderen wäre es garantiert verlockend gewesen, aber doch nicht für Frans Balder. Solche Angebote hat er ständig bekommen – von Google, Apple und so weiter. Warum sollte also ausgerechnet dieses Angebot so interessant gewesen sein? Das hat er uns nie verraten. Er hat einfach seine Sachen gepackt, und nach allem, was ich gehört habe, lief anfangs auch alles blendend. Frans hat unsere Technik weiterentwickelt, und ich glaube, der Firmenboss Nicolas Grant hat schon von neuen Milliardeneinnahmen geträumt. Die Erwartungen waren riesig. Aber dann muss irgendwas passiert sein.«

»Etwas, worüber du eigentlich nichts weißt.«

»Nein, wir haben ja keinen Kontakt mehr zueinander. Im

Grunde hat Frans sämtliche Kontakte abgebrochen. Aber es muss etwas Gravierendes gewesen sein, so viel steht fest. Frans hat ja immer Offenheit gepredigt und von der Weisheit der vielen und all dem geschwärmt. Wie wichtig es ist, das Wissen möglichst vieler Menschen zu vereinen, der ganze Linuxgedanke ... Aber bei Solifon hielt er sogar vor seinen engsten Mitarbeitern jedes Kommazeichen geheim, und dann hat er Knall auf Fall gekündigt und ist wieder nach Hause gekommen, und jetzt hockt er in seiner Villa in Saltsjöbaden, betritt nicht mal den Garten und lässt sich gehen.«

»Das heißt, du hast eine Story über einen Professor, der offenbar unter Druck steht und der sich gehen lässt – wie auch immer man das wissen kann, wenn er sich in seinem Haus verschanzt.«

»Schon ... aber ich glaube ...«

»Ich glaube auch, dass das eine interessante Geschichte sein könnte, Linus. Aber leider nicht für mich. Ich bin kein EDV-Experte – ich bin ein Steinzeitmensch, wie eine kluge Person kürzlich erst über mich geschrieben hat. Ich würde dir empfehlen, Raoul Sigvardsson von *Svenska Morgonposten* zu kontaktieren. Der kennt sich mit so was aus.«

»Nein, nein, Sigvardsson hat nicht genug Format. Das übersteigt seine Fähigkeiten.«

»Ich glaube, du unterschätzt ihn.«

»Kommen Sie schon, machen Sie jetzt bitte keinen Rückzieher. Das könnte Ihr Comeback werden, Blomkvist!«

Mikael nickte Amir, der in einer anderen Ecke gerade den Tisch abwischte, müde zu.

»Darf ich dir einen Rat geben?«, fragte Mikael.

»Was? Ja, klar.«

»Wenn du das nächste Mal eine Story verkaufen willst, erklär dem Journalisten nicht, welchen Erfolg er damit haben wird. Weißt du, wie viele Leute mir das schon vorgebetet haben? ›Das wird der größte Coup deines Lebens. Das ist größer als Watergate.‹ Mit ein bisschen normaler Sachlichkeit kommt man viel weiter, Linus.«

»Ich meinte doch nur…«

»Tja, was meintest du eigentlich?«

»Dass Sie mit ihm reden sollten. Ich glaube, er würde Sie mögen. Sie beide sind ähnlich kompromisslos.«

Linus schien mit einem Mal sein Selbstbewusstsein verloren zu haben, und Mikael fragte sich, ob er unnötig hart gewesen war. Normalerweise war er Informanten gegenüber aus Prinzip freundlich und aufmunternd, so verrückt ihre Geschichten auch klingen mochten, und zwar nicht nur weil auch eine verrückte Geschichte interessant sein konnte, sondern weil er wusste, dass er für die Leute oftmals der Strohhalm war, an den sie sich klammerten. Viele wandten sich an ihn, wenn andere nicht mehr bereit waren zuzuhören. Nicht selten war er die letzte Hoffnung dieser Menschen, und er hatte kein Recht, sie zu verhöhnen.

»Du«, sagte er, »ich hatte einen beschissenen Tag. Ich wollte nicht sarkastisch sein.«

»Schon okay.«

»Und eigentlich hast du recht«, fuhr Mikael fort. »Wenn ich darüber nachdenke, gibt es in dieser Geschichte wirklich ein Detail, das mich interessiert. Du hast gesagt, ihr hättet Besuch von einer Hackerin gehabt.«

»Ja, wobei das im Grunde nicht viel mit dieser Sache zu tun hat. Sie war wohl vor allem eine Art Sozialprojekt für Balder.«

»Aber sie schien ihr Handwerk zu beherrschen.«

»Vielleicht hat ihr auch nur der Zufall recht gegeben. Sie hat darüber hinaus ziemlichen Stuss erzählt.«

»Also hast du sie kennengelernt?«

»Ja, als Balder gerade ins Silicon Valley abgehauen war.«

»Wie lange ist das her?«

»Elf Monate. Ich hatte unsere Computer in meine Wohnung

in der Brantingsgatan gebracht. Zu dem Zeitpunkt war mein Leben nicht gerade der Kracher. Ich war Single, vollkommen blank und ständig verkatert, und bei mir zu Hause sah es wüst aus. Ich hatte gerade mit Frans telefoniert, der diese Hackerin beauftragt hatte, und er hatte wie ein nerviger Oberlehrer geklungen. Beurteile sie nicht nach ihrem Aussehen, der Schein kann trügen und so weiter. So was sagt der zu mir! Ich bin ja auch nicht gerade der Traum aller Schwiegermütter. Hab noch nie in meinem Leben Anzug und Schlips getragen und weiß, wie die Leute in der Hackerszene normalerweise herumlaufen. Jedenfalls saß ich anschließend da und wartete auf diese Tussi. Ich hatte erwartet, dass sie wenigstens anklopfen würde. Aber sie hat einfach die Tür aufgemacht und stand plötzlich in meiner Wohnung.«

»Und wie sah sie aus?«

»Total daneben... oder, na ja, auf eine fiese Art war sie irgendwie sexy. Aber eben einfach total daneben.«

»Linus, ich hab nicht gemeint, dass du ihr Aussehen bewerten sollst. Ich wollte wissen, was sie anhatte und ob sie sich vielleicht vorgestellt hat.«

»Nein, keine Ahnung, wer sie war«, fuhr Linus fort, »obwohl sie mir aus irgendeinem Zusammenhang bekannt vorkam, aber ich glaube, das war nichts Gutes... Sie war tätowiert und gepierct und sah aus wie ein Grufti oder Punk, und sie war total dürr.«

Ohne darüber nachzudenken, gab Mikael Amir ein Zeichen, ein neues Guinness einzuschenken.

»Was ist passiert?«, fragte er dann.

»Ja, was soll ich sagen? Ich hatte wohl gedacht, dass wir nicht sofort mit der Arbeit loslegen müssten, also hab ich mich auf mein Bett gesetzt. In meinem Zimmer gibt es kaum andere Sitzgelegenheiten. Dann habe ich vorgeschlagen, dass wir ja erst was trinken könnten. Und wissen Sie, was sie da gemacht hat? Sie hat mich gebeten zu gehen. Sie hat mich dazu aufgefordert, meine eigene Wohnung zu verlassen, als wäre es das Normalste auf der Welt, und natürlich hab ich mich geweigert. Hab es erst einmal versucht mit: ›Ich wohn zufällig hier.‹ Aber sie hat nur geantwortet: ›Los, hau ab, verpiss dich‹, und da ist mir nichts Besseres eingefallen, als zu gehen, und ich bin ziemlich lange weggeblieben. Als ich zurückkam, hat sie rauchend auf meinem Bett gelegen und irgendein Buch über die Stringtheorie gelesen – vollkommen krank –, und vielleicht hab ich sie irgendwie auch zu lange angegafft oder was weiß ich. Jedenfalls hat sie erklärt, sie hätte nicht vor, mit mir ins Bett zu gehen, nicht einmal ansatzweise. ›Nicht einmal ansatzweise‹, hat sie gesagt, und ich glaube, sie hat mir dabei kein einziges Mal in die Augen gesehen. Hat nur beiläufig fallen lassen, dass wir einen Trojaner in unseren Computern gehabt hätten, einen R.A.T., und dass sie das Muster der Attacke wiedererkannt hätte – die Schöpfungshöhe des Programms. ›Man hat euch abgezockt‹, hat sie gesagt. Und dann ist sie gegangen.«

»Ohne sich zu verabschieden?«

»Ohne ein Wort.«

»Meine Güte«, entfuhr es Mikael.

»Wobei ich ehrlich gestanden glaube, dass sie vor allem angeben wollte. Der Experte vom Geheimdienst, der einige Zeit später das Gleiche behauptet hat und der sich mit dieser Art von Angriffen logischerweise viel besser auskennt, hat klipp und klar gesagt, man könne solche Schlüsse nicht so einfach ziehen, und sosehr er auch gesucht habe, könne er keine Spyware finden. Trotzdem hat auch er zu der Annahme tendiert, dass wir gehackt worden sein könnten. Molde hieß er übrigens, Stefan Molde.«

»Und diese Hackerin hat sich nie irgendwie vorgestellt?«

»Ich wollte ihr tatsächlich entlocken, wie sie heißt, aber da hat sie nur mürrisch gesagt, ich könne sie ja Pippi nennen. Natürlich war das nicht ihr richtiger Name, aber …«

»Ja?«

»Trotzdem fand ich, dass er irgendwie zu ihr passte.«

»Du«, sagte Mikael, »vor Kurzem war ich noch drauf und dran, wieder nach Hause zu gehen.«

»Ja, das habe ich gemerkt.«

»Aber jetzt ist die Lage eine andere. Hast du nicht gesagt, dass Frans Balder diese Frau kennt?«

»Doch.«

»Dann würde ich gern so schnell wie möglich mit ihm in Verbindung treten.«

»Wegen des Mädchens?«

»So ungefähr.«

»Okay, gut«, erwiderte Linus nachdenklich. »Aber Sie werden keine Kontaktdaten von ihm finden. Wie ich schon gesagt habe: Er macht neuerdings aus allem ein Geheimnis. Haben Sie ein iPhone?«

»Ja, hab ich.«

»Dann vergessen Sie's. Frans ist der Meinung, dass Apple sich mehr oder weniger an die NSA verkauft hat. Wenn Sie mit ihm sprechen wollen, müssen Sie sich ein Blackphone kaufen oder wenigstens ein Android ausleihen und ein spezielles Verschlüsselungsprogramm draufladen. Aber ich kann versuchen, ihn dazu zu bringen, dass er sich bei Ihnen meldet. Dann können Sie sich an einem sicheren Ort verabreden.«

»Super, Linus, vielen Dank.«

Mikael blieb noch ein Weilchen sitzen, nachdem Linus gegangen war, leerte sein Guinness und sah zum Fenster hinaus. Hinter ihm lachten Arne und seine Jungs über irgendwas, aber Mikael war so tief in Gedanken versunken, dass er davon nichts mitbekam und nicht einmal richtig wahrnahm, dass Amir sich neben ihn setzte und die neueste Unwetterwarnung an ihn weitergab.

Anscheinend spielte das Klima jetzt völlig verrückt. Die

Temperaturen sollten angeblich auf minus zehn Grad sinken, und der erste Schnee des Jahres würde fallen. Nur sollte das Zeug nicht etwa beschaulich und idyllisch vom Himmel rieseln, sondern schräg von der Seite angefegt kommen, im schlimmsten Sturm, den das Land seit Langem gesehen hatte.

»Es könnte Orkanböen geben«, sagte Amir, und Mikael, der immer noch nicht richtig zuhörte, entgegnete nur knapp: »Wie schön.«

»Schön?«

»Ja … was … na, besser als gar kein Wetter!«

»Das ist wahr. Sag mal, was ist eigentlich los mit dir? Du siehst irgendwie geschockt aus. Lief das Treffen nicht gut?«

»Doch, doch, es war ganz okay.«

»Aber du hast irgendetwas Erschütterndes erfahren, oder nicht?«

»Das kann ich noch nicht so genau sagen. Momentan ist einfach alles ein bisschen in der Schwebe. Ich denke darüber nach, ob ich bei *Millennium* aufhören soll.«

»Ich dachte immer, die Zeitschrift und du, ihr wärt eins?«

»Dachte ich auch. Aber alles hat seine Zeit, nehme ich an.«

»Auch wieder wahr«, erwiderte Amir. »Mein alter Vater hat immer gesagt, sogar die Ewigkeit hat ihre Zeit.«

»Und wie hat er das gemeint?«

»Ich glaube, er hatte die ewige Liebe im Sinn. Das war, kurz bevor er meine Mutter verließ.«

Mikael kicherte.

»Tja. Was die ewige Liebe angeht, war ich bisher auch nicht gerade erfolgreich. Aber es gibt da …«

Er hielt kurz inne.

»Es gab mal eine Frau, die ich gekannt habe und die schon lange aus meinem Leben verschwunden ist.«

»Klingt kompliziert.«

»Ja, es ist wirklich ein bisschen speziell. Aber jetzt habe ich plötzlich ein Lebenszeichen von ihr erhalten, und vielleicht sehe ich deshalb so verstört aus.«

»Verstehe.«

»Sei's drum. Ich muss langsam nach Hause. Was bin ich dir schuldig?«

»Das klären wir ein andermal.«

»Fein. Mach's gut, Amir«, sagte er und ging an den übrigen Stammgästen vorbei, die wie auch schon zuvor ein paar frotzelnde Bemerkungen von sich gaben. Dann trat er in den Sturm hinaus.

Es war brutal. Die Windböen pressten gegen seinen Körper. Trotzdem blieb er einen Moment lang reglos stehen und verlor sich in alten Erinnerungen. Dann ging er langsam nach Hause. Aus irgendeinem Grund hatte er Schwierigkeiten, die Wohnungstür zu öffnen. Er musste mit dem Schlüssel mehrmals hin- und herruckeln, bis er endlich aus den Schuhen schlüpfen konnte und sich an seinen Computer setzte, um sich über Professor Frans Balder schlauzumachen, doch er war hoffnungslos unkonzentriert und fragte sich wie schon so oft, wo sie bloß steckte. Abgesehen von einem kurzen Update durch ihren alten Arbeitgeber Dragan Armanskij hatte er von ihr schon ewig nichts mehr gehört. Sie war wie vom Erdboden verschluckt, und obwohl sie nicht weit voneinander entfernt wohnten, sah er nie auch nur eine Spur von ihr. Linus' Worte hatten etwas in ihm in Gang gesetzt.

An sich hätte die Hackerin, die an jenem Tag bei Linus gewesen war, auch jemand anders sein können. Das war natürlich möglich, aber nicht sehr wahrscheinlich. Wer außer Lisbeth marschierte einfach so herein, ohne den Leuten ins Gesicht zu sehen, verscheuchte sie aus ihrer Wohnung, kam den tiefsten Geheimnissen ihrer Computer auf die Spur und gab Kommentare von sich wie: »Ich hab nicht vor, mit dir ins Bett zu gehen, nicht einmal ansatzweise«? Das musste Lisbeth gewesen sein. Und auch Pippi – das war einfach zu typisch.

An ihrer Klingel in der Fiskargatan stand »V. Kulla«, und er verstand nur zu gut, warum sie dort nicht ihren richtigen Namen preisgab. Er war einfach zu leicht zu identifizieren und mit dramatischen Ereignissen verknüpft. Wo mochte sie jetzt stecken? Es war nicht das erste Mal, dass sie sich in Luft aufgelöst hatte. Aber seit jenem Tag, da er an ihre Tür in der Lundagatan geklopft und ihr die Leviten gelesen hatte, weil sie einen etwas zu eingehenden Recherchebericht über ihn geschrieben hatte, waren sie noch nie so lange voneinander getrennt gewesen wie jetzt, und das war ein merkwürdiges Gefühl. Immerhin war Lisbeth doch seine ... Ja, was zum Teufel war sie eigentlich?

Eine Freundin wohl kaum. Freunde traf man. Freunde verschwanden nicht einfach, Freunde ließen nicht bloß von sich hören, indem sie sich in anderer Leute Computer hackten. Trotzdem fühlte er sich eng mit Lisbeth verbunden, aber vor allem – das ließ sich nicht leugnen – machte er sich Sorgen um sie. Ihr alter Vormund Holger Palmgren behauptete zwar, dass Lisbeth sich immer irgendwie durchzuschlagen vermochte. Trotz ihrer furchtbaren Kindheit – oder vielleicht gerade deswegen – war sie eine Kämpfernatur. Und da war sicher etwas Wahres dran.

Aber Garantien gab es nicht – nicht für ein Mädchen mit einem solchen Hintergrund und einem solchen Talent, sich Feinde zu machen. Womöglich war Lisbeth wirklich auf die schiefe Bahn geraten, wie es Dragan Armanskij angedeutet hatte, als sie sich vor einem guten halben Jahr zum Lunch im »Gondolen« getroffen hatten, an einem Samstag im Frühling, und als Dragan darauf bestanden hatte, ihn auf Bier und Schnaps und so weiter einzuladen. Mikael hatte das Gefühl gehabt, Dragan wollte sich etwas von der Seele reden. Obwohl sie einander offiziell als alte Bekannte trafen, bestand kein Zweifel daran, dass er in Wahrheit über Lisbeth sprechen und sich mithilfe des Alkohols der Sentimentalität hingeben wollte.

Dragan erzählte unter anderem, dass sein Unternehmen, Milton Security, eine Notrufanlage an ein Altersheim in Högdalen geliefert habe – ein anständiges System, wie er behauptete. Aber was half das schon, wenn der Strom ausfiel und niemand etwas dagegen unternahm? Genau das war nämlich eines späten Abends passiert, und in der Nacht war eine alte Dame namens Rut Åkerman gestürzt und hatte sich den Oberschenkelhals gebrochen. Stunde um Stunde hatte sie auf dem Boden gelegen und vergebens den Notrufknopf gedrückt. Am nächsten Morgen war ihr Zustand kritisch gewesen, und weil die Zeitungen zu jener Zeit ohnehin gerade die unhaltbaren Zustände in Pflegeheimen angeprangert hatten, war ausführlich über den Fall berichtet worden.

Glücklicherweise überlebte Rut. Unglücklicherweise war sie die Mutter eines ranghohen Politikers bei den Schwedendemokraten. Als auf der parteieigenen Website unter der Rubrik »Unverpixelt« verbreitet wurde, Armanskij sei Araber – was im Übrigen gar nicht stimmte –, löste dies eine regelrechte Lawine aus. Hunderte anonymer Kommentatoren liefen Sturm, so etwas würde eben passieren, »wenn wir unsere Technik bei diesen Kanaken einkaufen«, und Dragan war tief getroffen, insbesondere weil man sogar seine alte Mutter verunglimpfte.

Doch dann waren auf einmal wie von Zauberhand all die Kommentatoren nicht länger anonym. Unter den Schmähungen standen Namen, Wohnorte, Berufsbezeichnungen und Altersangaben der Verfasser – ordentlich aufgereiht, als hätten sie allesamt ein Formular ausgefüllt, als wäre plötzlich die gesamte Website »unverpixelt«. Und natürlich stellte sich heraus, dass nicht nur sozial benachteiligte, verbitterte Nörgler unter den Hetzern waren, sondern durchaus auch zahlreiche gut situierte Herrschaften und sogar einige von Armanskijs Konkurrenten aus der Sicherheitsbranche, und lange Zeit waren die Seitenbetreiber vollkommen machtlos. Sie verstanden nicht, wie so etwas hatte geschehen können, und rauften sich die Haare, bis sie die Seite schließlich vom Netz nahmen. Sie schworen, den Schuldigen zur Rechenschaft zu ziehen, nur wusste niemand, wer hinter dem Angriff steckte. Niemand – außer Dragan Armanskij.

»Das war ein klassisches Lisbeth-Ding, klar«, sagte er, »und ich habe mich nicht beklagt. Ich war schlichtweg nicht großmütig genug, um Mitleid mit denen zu haben, die da bloßgestellt worden waren, sosehr ich mich in meinem Beruf auch für IT-Sicherheit einsetze. Weißt du, ich hatte ja schon ewig nichts mehr von ihr gehört und dachte schon, dass ich ihr piepegal wäre. Aber dann passierte diese Sache. Das war echt schön. Sie machte sich stark für mich, und ich schickte ihr eine überschwängliche Dankesmail. Zu meinem Erstaunen bekam ich sogar eine Antwort. Und weißt du, was sie geschrieben hat?«

»Nein.«

»Nur einen Satz: ›Wie um alles in der Welt könnt ihr dieses Ekel Sandvall von der Östermalmsklinik schützen?‹«

»Wer ist Sandvall?«

»Ein Schönheitschirurg, dem wir Personenschützer zur Seite gestellt hatten. Er war bedroht worden, nachdem er eine junge Estin betatscht hatte, die sich bei ihm einer Brust-OP unterzogen hatte. Nur war das Mädchen zufällig die Freundin eines berüchtigten Kriminellen.«

»Oje.«

»Ganz genau. Nicht gerade schlau von ihm. Ich antwortete Lisbeth, ich wäre auch nicht unbedingt von Sandvalls Unschuld überzeugt. Ich wusste sogar, dass er kein Engel war. Aber wir können uns solche Urteile nun mal nicht leisten, und das habe ich versucht, ihr zu verdeutlichen. Wir können nicht nur moralisch integre Menschen schützen. Selbst solche Schweine haben ein Recht auf Sicherheit, und weil Sandvall ernsthaft bedroht worden war und uns um Hilfe gebeten hatte, haben wir diese Hilfe auch bereitgestellt – zum doppelten Preis. Mehr war da nicht zu machen.«

»Aber Lisbeth hat diese Argumentation nicht überzeugt?«

»Sie hat jedenfalls nicht darauf reagiert – zumindest nicht per Mail. Aber man könnte wohl sagen, dass sie auf andere Weise reagiert hat.«

»Und wie?«

»Sie ist zu unseren Wachleuten in die Klinik marschiert und hat sie aufgefordert, sich im Hintergrund zu halten. Ich glaube, sie hat ihnen sogar schöne Grüße von mir bestellt. Dann ist sie schnurstracks an sämtlichen Patienten, Krankenschwestern und Ärzten vorbei in Sandvalls Sprechzimmer marschiert, hat ihm drei Finger gebrochen und üble Drohungen gegen ihn ausgesprochen.«

»Du liebe Güte!«

»Das kann man wohl sagen. Vollkommen irre. Ich meine, sich so etwas zu erlauben – vor derart vielen Zeugen und noch dazu in einer Klinik!«

»Ja, das ist ziemlich verrückt.«

»Und natürlich ging danach ein fürchterliches Geschrei los. Von Klagen und Schadenersatz und dem ganzen Quatsch war die Rede. Du weißt schon: Wenn einem Chirurgen die Finger gebrochen werden, von dem es heißt, er hätte einen Haufen Geld mit teuren Liftings, Spritzen und Schnippeleien verdient, haben die Staranwälte sofort Dollarzeichen in den Augen.«

»Und was ist dann passiert?«

»Nichts, gar nichts – und vielleicht ist das am merkwürdigsten. Die Sache verlief im Sande, offenbar wollte der Chirurg keine rechtlichen Schritte einleiten. Trotzdem, Mikael, es war der Wahnsinn. Kein Mensch, der mit sich im Reinen ist, stiefelt am helllichten Tag in eine Klinik und bricht einem Arzt die Finger. Nicht einmal Lisbeth.«

Was diese Annahme betraf, war Mikael Blomkvist sich nicht ganz so sicher. Er fand, diese Aktion klang ziemlich folgerichtig, Lisbeth-logisch, und auf diesem Gebiet war er mehr oder weniger Experte. Niemand wusste so gut wie er, wie rational diese Frau dachte – nicht rational im herkömmlichen Sinne, sondern rational im Sinne von Grundsätzen, die sie selbst festgelegt hatte. Und er zweifelte keine Sekunde daran, dass dieser Arzt weit Schlimmeres getan haben musste, als die Freundin des falschen Mannes zu begrapschen. Dennoch grübelte auch er darüber nach, ob in diesem Fall irgendetwas bei Lisbeth versagt hatte, und sei es nur die Risikoanalyse. Ihn streifte sogar der Gedanke, dass sie sich absichtlich in Schwierigkeiten hatte bringen wollen. Vielleicht hatte sie geglaubt, diese Aktion würde sie wieder aufleben lassen. Aber das war wahrscheinlich ungerecht. Er wusste nichts über ihre Beweggründe. Inzwischen wusste er rein gar nichts mehr über ihr Leben, und während der Sturm an den Fensterscheiben rüttelte und er vor seinem Computer saß und Frans Balder googelte, versuchte er, sich an dem Gedanken zu erfreuen, dass sie sich wenigstens indirekt wieder begegnet waren. Das war immerhin besser als nichts, und vermutlich sollte er froh darüber sein, dass sie immer noch die Alte war. Doch, Lisbeth schien so zu sein wie immer, und wer weiß, vielleicht hatte sie ihm sogar eine Story beschert. Aus irgendeinem Grund war Linus ihm von Anfang an auf die Nerven gegangen, und wahrscheinlich hätte er nicht einmal dann was darauf gegeben, wenn Linus mit etwas Sensationellem hätte aufwarten können. Aber kaum war Lisbeth in seinem Bericht aufgetaucht, hatte Mikael plötzlich alles in einem neuen Licht gesehen.

An ihrem Intellekt gab es schließlich nichts auszusetzen, und wenn sie sich in dieser Angelegenheit engagiert hatte, gab es vielleicht auch für ihn Gründe, sich damit zu beschäftigen. Er konnte den Fall zumindest näher untersuchen und mit ein wenig Glück ganz nebenbei etwas über Lisbeth in Erfahrung bringen. Denn wenn ihn nicht alles täuschte, stellte sich gleich zu Beginn eine Millionenfrage.

Warum war sie in dieser Sache auf den Plan getreten?

Sie war schließlich kein Computer-Notdienst. Natürlich konnte sie sich über das Unrecht auf dieser Welt in Rage bringen. Sie war sogar zur Selbstjustiz fähig. Aber dass sich ausgerechnet diese Frau, die beim Hacken keine Grenzen kannte, über eine Cyberattacke empörte, war verwunderlich. Einem Chirurgen die Finger brechen – na schön. Aber warf sie nicht mit Steinen, obwohl sie selbst im Glashaus saß, wenn sie sich gegen illegalen Datenklau einsetzte? Andererseits wusste er im Grunde überhaupt nichts.

Vermutlich gab es irgendeine Vorgeschichte. Vielleicht waren Balder und sie Freunde oder Diskussionspartner. Undenkbar war es nicht. Er googelte versuchsweise ihrer beider Namen, ohne dabei auf nennenswerte Ergebnisse zu stoßen, und eine Weile saß Mikael einfach nur da und dachte an ein Drachen-Tattoo auf einem mageren, blassen Rücken, an eine eiskalte Zeit in Hedestad und an ein freigeschaufeltes Grab in Gosseberga.

Anschließend recherchierte er weiter nach Frans Balder, über den es nicht an Lesestoff mangelte. Die Suche ergab rund zwei Millionen Treffer. Dennoch war es nicht einfach, eine biografische Übersicht zu finden. Das meiste waren wissenschaftliche Artikel und Kommentare. Offenbar gab Frans Balder keine Interviews, weshalb Einzelheiten aus seinem Leben fast schon mythologisch erhöht zu sein schienen – als wären sie von bewundernden Studenten aufgebauscht und romantisiert worden.

So war beispielsweise zu lesen, dass man ihn als Kind für mehr oder weniger zurückgeblieben gehalten hatte, bis er eines Tages den Direktor seiner Schule in Ekerö aufsuchte und auf einen Fehler in den Mathebüchern der neunten Klasse hinwies, der die imaginären Zahlen betraf. Die Korrektur wurde in späteren Auflagen übernommen. Im darauffolgenden Frühling gewann Frans einen landesweiten Mathematikwettbewerb.

Es hieß, er könne rückwärts sprechen und lange Palindrome entwickeln. In einem frühen Schulaufsatz, der im Internet zugänglich war, verriss er H. G. Wells' Roman *Krieg der Welten*, weil er es für unglaubwürdig hielt, dass Wesen, die uns in allem überlegen sein sollten, etwas so Grundlegendes wie die unterschiedliche Bakterienflora auf Mars und Erde nicht verstanden.

Nach dem Abitur studierte er Informatik am Imperial College in London und promovierte mit einer bahnbrechenden Arbeit über Algorithmen in künstlichen neuronalen Netzen. Er wurde jüngster Professor an der Technischen Hochschule in Stockholm und in die Königliche Akademie der Ingenieurwissenschaften aufgenommen. Heute galt er weltweit als Koryphäe auf dem Gebiet des hypothetischen Begriffs der »technologischen Singularität«, jenem Punkt, ab dem die Intelligenz einer Maschine die des Menschen übersteigt.

Er war kein aufsehenerregender oder attraktiver Typ. Auf Fotos wirkte er eher wie ein ungepflegter Troll mit kleinen Augen, dessen Haare in alle Richtungen abstanden. Dennoch heiratete er die glamouröse Schauspielerin Hanna Lind, die seinen Namen annahm. Das Paar bekam einen Sohn, der offenbar geistig schwerbehindert war, wenn man dem Porträt aus einer Boulevardzeitung unter der Schlagzeile »Hannas großer Schicksalsschlag« Glauben schenkte. Dabei sah der Junge auf den abgebildeten Fotos kein bisschen zurückgeblieben aus.

Die Ehe ging in die Brüche, und kurz vor einem dramatischen Sorgerechtsstreit vor dem Amtsgericht in Nacka betrat das Enfant terrible der Schauspielszene, Lasse Westman, die Bühne und forderte lauthals, man müsse Balder jedes Recht entziehen, sich um den Sohn zu kümmern, denn die künstliche Intelligenz sei ihm wichtiger als die Intelligenz von Kindern. Mikael vertiefte sich nicht weiter in den Scheidungsprozess, sondern versuchte stattdessen, Balders Forschung und die Rechtsstreitigkeiten zu verstehen, in die er verwickelt war, und widmete sich lange einer komplizierten Ausführung über Quantenprozessoren.

Anschließend öffnete er eine Datei, die er vor etwa einem Jahr selbst angelegt hatte. Sie hieß »LISBETHS KASTEN«. Er hatte keine Ahnung, ob sie sich überhaupt noch für seine Reportagen interessierte und immer noch seinen Computer durchforstete. Aber er hatte die Hoffnung noch nicht aufgegeben, und jetzt überlegte er, ob er ihr nicht doch einen kleinen Gruß hinterlassen sollte. Das Problem war nur: Was sollte er schreiben?

Lange, persönliche Briefe waren nicht ihr Ding – so etwas nervte sie nur. Besser, er dachte sich etwas Kurzes, Geheimnisvolles aus. Er versuchte es mit einer Frage.

Was halten wir von Frans Balders künstlicher Intelligenz?

Dann stand er auf und starrte lange hinaus in den Schneesturm.

4. KAPITEL

20. November

Edwin Needham, auch Ed the Ned genannt, war vielleicht nicht der höchstbezahlte Sicherheitstechniker in den USA, aber der beste und stolzeste. Sein Vater Sammy war ein wahrer Taugenichts gewesen, ein versoffener Spinner, der hin und wieder Gelegenheitsjobs im Hafen angenommen hatte, die meiste Zeit aber zu wilden Sauftouren unterwegs gewesen war, die nicht selten im Gefängnis oder im Krankenhaus geendet hatten.

Nichtsdestotrotz waren Sammys Kneipenrunden noch die angenehmste Zeit für die Familie gewesen, denn solange er unterwegs war, stellte sich daheim zumindest eine kleine Atempause ein, in der die Mutter Rita ihre beiden Kinder an sich drückte und ihnen versprach, irgendwie werde schon alles gut werden. Davon abgesehen lief zu Hause das meiste schief. Die Familie wohnte in Dorchester in Boston, und wenn der Vater sich zu Hause blicken ließ, prügelte er Rita nicht selten grün und blau. Dann schloss sie sich für Stunden und manchmal sogar Tage zitternd und weinend auf der Toilette ein. In den schlimmsten Zeiten spuckte sie Blut, und niemand wunderte sich, als Rita im Alter von nur sechsundvierzig Jahren an inneren Verletzungen starb, Eds große Schwester an Crack zugrunde ging und der Vater und der Junge anschließend an der Schwelle zur Obdachlosigkeit lebten.

Eigentlich hatte Eds Kindheit den Grundstein für ein gescheitertes Leben gelegt, und als Jugendlicher hatte er fast schon folgerichtig einer Gang namens »The Fuckers« angehört, die in Dorchester Angst und Schrecken verbreitet hatte, indem sie Bandenkriege anheizte und Supermärkte ausraubte. Eds bester Freund, ein Typ namens Daniel Gottfried, wurde ermordet, nachdem man ihn an einen Fleischerhaken gehängt hatte und dann mit einer Machete abschlachtete. Als Jugendlicher balancierte Ed ständig am Abgrund.

Seine Ausstrahlung war abgestumpft, brutal, und dass er nie lachte und eine klaffende Zahnlücke hatte, machte die Sache nicht besser. Er war groß, stark und unerschrocken, und sein Gesicht trug ständig Spuren von Auseinandersetzungen: Faustkämpfe mit seinem Vater, Schlägereien mit verfeindeten Gangs. Die meisten Lehrer an seiner Schule hatten eine Heidenangst vor Ed, und alle waren davon überzeugt, dass er eines Tages im Gefängnis oder mit einer Kugel im Kopf enden würde. Doch es gab auch Leute, die ihn förderten. Wahrscheinlich hatten sie in seinen leuchtend blauen Augen noch etwas anderes erkannt als Aggressivität.

Ed hatte einen unbändigen Entdeckerdrang und konnte ein Buch mit der gleichen Leidenschaft verschlingen, mit der er die Einrichtung eines Stadtbusses zu Kleinholz schlug. Oft drückte er sich davor, von der Schule nach Hause zu gehen. Dann blieb er gern im sogenannten Technikraum, wo einige PCs standen, vor denen er Stunden zubringen konnte. Ein Physiklehrer mit dem schwedisch klingenden Namen Larson entdeckte schließlich Eds Begabung, und nach einer Untersuchung, an der auch die Sozialbehörden beteiligt waren, bekam Ed ein Stipendium und durfte an eine Schule mit lernwilligeren Mitschülern wechseln.

Von da an glänzte er im Unterricht und erhielt immer neue Stipendien und Auszeichnungen, und am Ende studierte er am MIT in Massachusetts EECS – Electrical Engineering and Computer Science. Ein kleines Wunder, wenn man bedachte, welche Voraussetzungen er gehabt hatte. Er promovierte über spezifische Probleme in asymmetrischen Kryptosystemen wie dem RSA-Verfahren und arbeitete anschließend auf wichtigen Positionen bei Microsoft und Cisco, bevor er am Ende von der NSA in Fort Meade rekrutiert wurde.

Eigentlich war sein Lebenslauf für die dortige Anstellung nicht makellos genug, nicht allein wegen der kriminellen Aktivitäten in seiner Jugend. Am College hatte er ziemlich viel Gras geraucht und Sympathien für sozialistische und sogar anarchistische Ideen gehegt, und auch später noch war er zweimal wegen Gewaltdelikten verhaftet worden – nichts Besonderes, banale Kneipenprügeleien. Seine Launenhaftigkeit war legendär, und jeder, der Ed kannte, ging Meinungsverschiedenheiten mit ihm aus dem Weg.

Doch die NSA hatte seine Qualitäten erkannt, und noch dazu schrieb man den Herbst 2001. Der amerikanische Nachrichtendienst brauchte so händeringend Datentechniker, dass man fast jeden eingestellt hätte, und auch in den folgenden Jahren zweifelte niemand je an Eds Loyalität oder Patriotismus, und wenn es doch mal jemand tat, überwogen trotzdem stets die Vorzüge.

Ed hatte nicht nur eine herausragende Begabung. Er war auch besessen, manisch genau und rasend effektiv – eine ideale Kombination für einen Mann, der für die IT-Sicherheit der geheimsten aller amerikanischen Behörden verantwortlich war. Niemand auf der Welt sollte sein System knacken können, das war ihm ein persönliches Anliegen, und so machte er sich in Fort Meade schnell unentbehrlich. Die Leute standen Schlange, um seinen Rat einzuholen. Gleichzeitig hatten immer noch viele einen Heidenrespekt vor Ed, der seine Mitarbeiter oft völlig unangemessen zusammenstauchte. Selbst dem NSA-Chef, dem legendären Admiral Charles O'Connor, las er einmal die Leviten.

»Kümmern Sie sich gefälligst um Dinge, von denen Ihr viel beschäftigtes Gehirn etwas versteht«, brüllte er ihn an, als der Admiral anhob, seine Arbeit zu kritisieren.

Aber Charles O'Connor ließ es wie alle anderen geschehen. Sie wussten, dass Ed im Grunde nur aus berechtigten Gründen ausflippte – wenn jemand die Sicherheitsvorschriften missachtete oder über etwas sprach, wovon er keine Ahnung hatte. In die übrige Arbeit der Spionageorganisation würde er sich nie einmischen, obwohl er kraft seiner Befugnisse Einsicht in fast alles hatte und obgleich die Behörde im vergangenen Jahr einem Sturm der Kritik ausgesetzt gewesen war, in dem Linke wie Rechte die NSA als das personifizierte Böse dargestellt hatten – als Reinkarnation von Orwells Big Brother. Doch wenn es nach Ed ging, durfte sein Arbeitgeber machen, was er wollte, solange sein Sicherheitssystem undurchlässig und intakt blieb. Weil er keine Familie hatte, wohnte er mehr oder weniger in seinem Büro.

Er war eine Kraft, der man vertraute. Und obwohl er natürlich eine Reihe personeller Überprüfungen über sich hatte ergehen lassen müssen, hatte es dabei nie etwas zu beanstanden gegeben, wenn man von ein paar üblen Besäufnissen absah, bei denen er in letzter Zeit erschreckend sentimental geworden war und ausgeplaudert hatte, was er als Kind hatte durchmachen müssen. Aber selbst in solchen Situationen hatte er Außenstehenden offenbar nie etwas von seiner Arbeit erzählt. Draußen, in der realen Welt, war er verschlossen wie eine Muschel, und wenn man ihn unter Druck setzte, hielt er sich an die einstudierten Lügen, die im Internet und in den Datenbanken bestätigt wurden.

Es war weder Zufall noch die Folge von Intrigen und Machtspielchen, dass er zum höchsten verantwortlichen

Sicherheitsleiter im Hauptquartier aufgestiegen war und dort alles auf den Kopf gestellt hatte, damit »kein neuer Whistleblower auftaucht und uns die Fresse poliert«. Ed und sein Team hatten die interne Überwachung in allen Punkten radikal verschärft. In endlosen Nachtschichten hatten sie das geschaffen, was er abwechselnd als »unüberwindbare Mauer« und »bissigen kleinen Bluthund« bezeichnete. »Kein Schwein kommt hier rein, und kein Schwein darf dort drinnen ohne meine Erlaubnis rumwühlen«, sagte er mit unverkennbarem Stolz.

Zumindest bis zu diesem verfluchten Novembermorgen. Es war ein schöner, wolkenloser Tag. Von den infernalischen Unwettern, die in Europa tobten, war in Maryland keine Rede. Die Leute trugen Hemden, leichte Windjacken, und Ed, der mit den Jahren ein bisschen rundlich geworden war, kam gerade mit seinem charakteristisch wiegenden Gang von der Kaffeemaschine zurück.

Kraft seiner Stellung ignorierte er jede Kleiderordnung. Er trug Jeans und ein rot kariertes Holzfällerhemd, das an einer Stelle aus dem Hosenbund heraushing, und als er sich an seinen Computer setzte, ächzte er. Er hatte Schmerzen im Rücken und im rechten Knie, und er verfluchte seine Kollegin Alona Casales, eine betörende und ziemlich unverblümte Lesbe, die früher beim FBI gearbeitet hatte und der es vor zwei Tagen gelungen war, ihn zu einer Laufrunde zu überreden – vermutlich aus reinem Sadismus.

Bei der Arbeit gab es zum Glück gerade keine akuten Probleme, mit denen er sich hätte beschäftigen müssen. Er musste nur mehr eine Hausmitteilung schreiben, in der er den Verantwortlichen von COST, einem Kooperationsprogramm mit einigen großen IT-Konzernen, ein paar neue Verhaltensregeln auferlegte. Aber er kam nicht weit. In seinem üblichen, ein wenig schnoddrigen Stil schrieb er lediglich:

Damit niemand sich wieder zu idiotischem Verhalten
hinreißen lässt, sondern alle gute, paranoide Cyberagenten
bleiben, schlage ich vor ...

Dann wurde er von seinem eigenen Alarm unterbrochen.

Erst war er nicht groß beunruhigt. Seine Warnsysteme waren so empfindlich, dass sie schon auf die kleinste Abweichung im Informationsstrom reagierten. Sicher war es nur eine kleine Anomalie, vielleicht versuchte in diesem Moment jemand, seine Befugnisse zu übertreten oder was auch immer. Eine marginale Störung.

Tatsache war jedoch, dass er es nicht mehr schaffte, der Ursache nachzugehen. Denn im nächsten Augenblick geschah etwas so Gespenstisches, dass er es in den ersten Sekunden gar nicht fassen konnte. Er blieb einfach nur sitzen und starrte auf den Bildschirm. Trotzdem wusste er im Grunde genau, was gerade passierte. Jedenfalls wusste es der Bereich seines Hirns, der noch zu klarem Denken fähig war. Sie hatten einen R.A.T. in ihrem Intranet, im NSANet, und in jedem anderen Fall hätte er gedacht: Diese Teufel, ich mach sie fertig. Aber hier, im hermetisch geschlossenen, kontrolliertesten Bereich von allen, den er und sein Team allein im vergangenen Jahr siebentausendelfmal durchforstet hatten, um jede denkbare noch so kleine Schwachstelle aufzuspüren ... Nein, das war unmöglich, das konnte nicht sein.

Unwillkürlich schloss er die Augen, als hoffte er, das alles würde einfach wieder verschwinden, wenn er es nur lange genug ausblendete. Doch als er wieder auf den Bildschirm sah, schrieb sich der Satz weiter, den er zuvor begonnen hatte. Hinter *schlage ich vor* stand jetzt: *dass ihr endlich aufhört, immer wieder Gesetze zu brechen, und eigentlich ist es ja ganz einfach: Wer das Volk überwacht, wird eines Tages selbst vom Volk überwacht. Darin liegt eine fundamentale demokratische Logik.*

»Verdammte Scheiße«, fluchte er in sich hinein, was immerhin darauf hindeutete, dass er langsam wieder zur Besinnung kam.

Aber da ging der Text weiter: *Reg dich nicht auf, Ed. Lass uns stattdessen einen kleinen Ausflug machen. Ich hab Root –* und in diesem Moment stieß er einen lauten Schrei aus. Beim Wort »Root« wurde er fast ohnmächtig, und während sein Rechner einige Minuten lang blitzschnell die geheimsten Bereiche des Systems durchpflügte, stand er kurz vor einem Herzinfarkt. Nur durch einen Nebelschleier nahm er wahr, wie sich die Kollegen um ihn herum versammelten.

Hanna Balder hätte dringend einkaufen gehen müssen. Im Kühlschrank fehlten Bier und etwas Ordentliches zu essen. Lasse konnte jeden Moment nach Hause kommen und wäre kaum erfreut, wenn er sein Pilsner nicht bekäme. Aber das Wetter war einfach scheußlich, und so schob sie den Einkauf vor sich her, blieb stattdessen in der Küche sitzen und rauchte, obwohl das Rauchen ihrer Haut schadete und nicht nur das, und spielte mit ihrem Telefon.

Zwei-, dreimal ging sie ihre Adressliste durch und hoffte, auf irgendeinen neuen Namen zu stoßen. Natürlich fand sie keinen. Nur alte Namen – die immer selben Menschen, die mittlerweile samt und sonders genervt von ihr waren. Trotzdem rief sie wider besseres Wissen Mia an. Mia war ihre Agentin. Vor Ewigkeiten waren sie sogar mal beste Freundinnen gewesen und hatten davon geträumt, zusammen die Welt zu erobern. Jetzt war Hanna in erster Linie Mias personifiziertes schlechtes Gewissen, und Hanna konnte gar nicht mehr zählen, wie viele Ausreden und unverbindliche Floskeln sie in letzter Zeit von Mia zu hören bekommen hatte. »Für eine Schauspielerin ist es nicht leicht, älter zu werden, bla, bla.« Sie ertrug es nicht mehr. Warum konnte sie nicht freiheraus sagen: »Du siehst kaputt aus, Hanna. Das Publikum will dich nicht mehr.«

Natürlich ging Mia nicht ans Telefon. Wahrscheinlich war das auch besser so. Das Gespräch hätte ihnen beiden nicht gutgetan. Stattdessen warf Hanna einen Blick in Augusts Zimmer, nur um diesen Stich der Sehnsucht zu spüren, der ihr signalisierte, dass sie nun auch die wichtigste Lebensaufgabe verloren hatte: ihre Mutterrolle. Merkwürdigerweise schöpfte sie daraus ein wenig neue Kraft. Auf irgendeine verquere Weise wurde sie von ihrem eigenen Selbstmitleid getröstet, und als sie kurz davor war, doch noch das Haus zu verlassen und ein paar Flaschen Bier zu kaufen, klingelte das Telefon.

Es war Frans. Sie verzog das Gesicht. Sie hatte den ganzen Tag darüber nachgedacht, ihn anzurufen, es aber nicht über sich gebracht. Sie hätte ihm gern gesagt, dass sie August wieder zu sich nehmen wollte. Nicht weil sie sich nach dem Jungen sehnte oder glaubte, es würde ihm bei ihr besser gehen, sondern um die Katastrophe zu verhindern.

Denn Lasse wollte den Jungen zu ihnen zurückholen, um wieder an Geld zu kommen, und wer wusste schon, was passieren würde, wenn Lasse in Saltsjöbaden auftauchte und sein Recht einforderte, dachte Hanna. Vielleicht würde er Frans windelweich prügeln und August aus dem Haus zerren und ihm dabei eine Todesangst einjagen. Sie musste Frans dazu bringen, das zu verstehen, doch als sie seinen Anruf entgegennahm und ihr Anliegen vorbringen wollte, war mit ihm nicht zu reden. In einem fort faselte er von einer merkwürdigen Geschichte, die angeblich »völlig unglaublich und einzigartig« und vieles mehr war.

»Entschuldige, Frans, ich verstehe dich nicht. Wovon redest du?«, fragte sie.

»August ist ein Savant! Ein Genie!«

»Bist du verrückt geworden?«

»Ganz im Gegenteil, meine Liebe, ich bin endlich zur Vernunft gekommen. Du musst herkommen, am besten sofort!

Das ist die einzige Möglichkeit – sonst verstehst du es nicht. Ich bezahl dir das Taxi. Du wirst umfallen, das verspreche ich dir. Er muss ein fotografisches Gedächtnis haben, weißt du? Auf irgendeine unbegreifliche Weise hat er sich das perspektivische Zeichnen selbst beigebracht. Sie ist so schön, Hanna, so exakt – sie leuchtet regelrecht, wie aus einer anderen Welt.«

»Was leuchtet?«

»Die Ampel! Hörst du mir nicht zu? Die Ampel, an der wir neulich abends vorbeigekommen sind und von der er jetzt eine ganze Reihe perfekter Zeichnungen angefertigt hat, ja, mehr als perfekt…«

»Mehr als…«

»Oder wie soll ich sagen? Er hat das Gesehene nicht einfach kopiert, nicht nur perfekt kopiert, er hat seinem Bild auch noch etwas hinzugefügt – eine künstlerische Dimension. In dem, was er geschaffen hat, liegt eine merkwürdige Glut und – das mag jetzt vielleicht paradox klingen – eine mathematische Exaktheit. Als würde er sogar etwas von Axonometrie verstehen.«

»Axo…«

»Vergiss es, Hanna. Du musst herkommen und es dir ansehen«, wiederholte er, und erst da begann sie zu verstehen.

August hatte urplötzlich und ohne Vorwarnung wie ein Virtuose gezeichnet. Jedenfalls behauptete das Frans, und wenn das stimmte, wäre es natürlich fantastisch. Trotzdem war Hanna nicht glücklich, und zunächst verstand sie nicht, woran das lag. Dann dämmerte es ihr. Sie konnte sich nicht freuen, weil es bei Frans passiert war. Jahrelang hatte der Junge bei Lasse und ihr gelebt, ohne einen einzigen Fortschritt zu machen. Hatte vor seinen Puzzles und Bauklötzen gesessen und kein Wort gesagt. Nur seine unheimlichen Anfälle hatte er bekommen, mit seiner schneidenden, geplagten Stimme geschrien und den Kopf gegen die Wand geschlagen, und dann … Simsalabim – ein paar Wochen beim Vater, und schon war er angeblich ein Genie.

Das war einfach zu viel. Natürlich freute sie sich für den Jungen. Trotzdem schmerzte es sie, und was am schlimmsten war: Sie war nicht annähernd so verwundert, wie sie es hätte sein sollen, im Gegenteil, sie hatte das Gefühl, es irgendwie geahnt zu haben. Natürlich nicht, dass ihr Sohn ausgerechnet eine Ampel zeichnen würde. Aber dass etwas in ihm geschlummert hatte.

Sie hatte es in seinen Augen gesehen, in diesem Blick, der in Momenten der Erregung jedes noch so kleine Detail seiner Umgebung wahrzunehmen schien. Sie hatte es in der Art und Weise gesehen, wie er seinen Lehrern zuhörte und wie er nervös in den Mathematikbüchern blätterte, die sie ihm gekauft hatte. Vor allem aber hatte sie es in den Zahlen gesehen. Stundenlang konnte er endlose Reihen von unbegreiflich großen Zahlen aufschreiben, und Hanna hatte wirklich versucht, sie zu verstehen oder wenigstens halbwegs zu verstehen, worum es überhaupt ging. Aber sosehr sie sich auch angestrengt hatte, war sie doch nie schlau daraus geworden, und jetzt vermutete sie, ihr könnte etwas Wichtiges entgangen sein. Sie war zu unglücklich und selbstfixiert gewesen, um zu begreifen, was sich im Kopf ihres Sohnes abgespielt hatte. War es nicht so?

»Ich weiß nicht …«, sagte sie.

»Was weißt du nicht?«, fragte Frans irritiert.

»Ich weiß nicht, ob ich kommen kann«, erklärte sie und hörte im selben Moment Geräusche von der Haustür.

Es waren Lasse und sein Saufkumpan Roger Winter, und sie zuckte erschrocken zusammen, murmelte eine hastige Ausrede in den Hörer und dachte zum tausendsten Mal, dass sie eine schlechte Mutter war.

Frans stand mit dem Telefon in der Hand im Schlafzimmer auf dem Fußboden mit Schachbrettmuster und fluchte. Er hatte den Boden so legen lassen, weil er seiner Vorliebe für geometrische Ordnung entsprach und sich das schwarz-weiße Muster in den Spiegeln der Kleiderschränke rechts und links des Bettes ins Unendliche fortsetzte. Es gab Tage, an denen ihm die Verdoppelung der Felder im Spiegel wie ein wimmelndes Rätsel vorkam, als würde sich etwas Lebendiges aus dem Schematischen, Regelmäßigen herausbilden, so wie Gedanken und Träume aus den Neuronen des Gehirns erwuchsen oder Computerprogramme aus Binärcodes. In diesem Augenblick war er allerdings in andere Gedanken versunken.

»Mein Kleiner, was ist bloß mit deiner Mutter passiert?«, fragte er.

August, der neben ihm auf dem Fußboden saß und ein Butterbrot mit Salzgurke und Käse aß, sah mit konzentriertem Blick auf, und in dieser Sekunde hatte Frans erneut das merkwürdige Gefühl, sein Sohn würde gleich etwas vollkommen Erwachsenes, Kluges von sich geben. Aber das war natürlich Unsinn. August sprach so wenig wie eh und je, nämlich gar nicht, und wusste auch nichts über Frauen, die in die Jahre gekommen und verblüht waren. Dass Frans überhaupt auf die Idee gekommen war, lag an den Zeichnungen.

Die Zeichnungen – mittlerweile waren es drei – erschienen ihm in gewissen Momenten nicht bloß wie Zeichen für eine künstlerische und mathematische Begabung, sondern auch für eine tiefere Weisheit. In ihrer geometrischen Präzision wirkten sie derart reif und komplex, dass Frans sie einfach nicht mit seinem Bild von August als geistig Zurückgebliebenem vereinbaren konnte oder besser nicht vereinbaren *wollte*, denn insgeheim hatte er längst geahnt, was in dem Jungen steckte, und zwar nicht nur weil er seinerzeit wie alle anderen den Film *Rain Man* gesehen hatte.

Als Vater eines Autisten war er schon früh auf den Begriff »Savant« gestoßen, der jene Menschen beschrieb, die trotz schwerer kognitiver Einschränkungen über eine besondere

Begabung in begrenzten Bereichen verfügten. Oft handelte es sich um Talente, die in irgendeiner Weise mit einem fantastischen Gedächtnis oder Detailsinn zusammenhingen. Frans hatte von Anfang an den Verdacht gehegt, dass viele Eltern – sozusagen als Trostpreis bei einer solchen Diagnose – auf eine derartige Begabung hofften, doch die Statistik sprach dagegen.

Man schätzte, dass im Durchschnitt nur eines von zehn autistischen Kindern eine sogenannte Inselbegabung besaß, und in der Regel waren ihre Talente auch nicht ganz so überragend wie die des Rain Man aus dem Film.

Trotzdem gab es autistische Personen, die zu jedem Datum in einem Zeitraum von mehreren hundert Jahren den jeweiligen Wochentag nennen konnten, im Extremfall sogar über eine Spanne von viertausend Jahren. Andere Autisten besaßen ein geradezu enzyklopädisches Wissen auf einem ganz speziellen Gebiet – wie Busfahrpläne oder Telefonnummern. Manche konnten im Kopf riesige Summen bilden oder berichten, wie das Wetter an jedem einzelnen Tag ihres Lebens gewesen war, oder auf die Sekunde genau die Zeit angeben, ohne auf die Uhr zu sehen. Es gab eine ganze Reihe mehr oder weniger absurder Talente, und soweit Frans wusste, wurden Personen mit solchen Eigenschaften als begabte Savants bezeichnet – als Menschen, die in Anbetracht ihrer sonstigen Behinderung etwas Einzigartiges beherrschten.

Darüber hinaus gab es aber noch eine weitere Gruppe, die noch viel seltener war und in der Frans August vermutete: die sogenannten genialen Savants. Darunter verstand man Autisten, deren Talente auch aus einer allgemeineren Perspektive betrachtet sensationell waren. Da war zum Beispiel Kim Peek, der kürzlich an einem Herzinfarkt gestorben war. Er war nicht in der Lage gewesen, sich ohne fremde Hilfe anzuziehen, und hatte unter einer schweren geistigen Behinderung gelitten. Dennoch hatte er knapp zwölftausend Bücher auswendig gekannt und nahezu jede Faktenfrage daraus blitzschnell zu beantworten gewusst. Er war wie eine lebende Datenbank gewesen, weshalb man ihn auch Kimputer genannt hatte.

Unter die Definition des genialen Savants fiel auch der Musiker Leslie Lemke, ein blinder und mental retardierter Mann, der im Alter von sechzehn Jahren mitten in der Nacht aufgestanden war und – ohne Unterricht und Übung – Tschaikowskis erstes Klavierkonzert zum Besten gegeben hatte, nachdem er es zuvor ein einziges Mal im Fernsehen gehört hatte. Vor allem aber waren es Menschen wie Stephen Wiltshire, ein britischer Autist, der extrem zurückgezogen lebte und erst mit sechs Jahren sein erstes Wort gesprochen hatte – das rein zufällig »Papier« gewesen war. Ab dem Alter von acht Jahren hatte er riesige Gebäudekomplexe perfekt und bis ins kleinste Detail nachzeichnen können, auch wenn er sie zuvor nur mit einem kurzen Blick bedacht hatte. Einmal war er in einem Hubschrauber über London geflogen und hatte auf die Häuser und Straßen hinabgestarrt. Nachdem er wieder gelandet war, hatte er die Stadt in einem fantastischen, lebendigen Panorama zu Papier gebracht. Dabei hatte er keineswegs nur kopiert, was er gesehen hatte. Sein Werk hatte schon früh eine faszinierende Eigenständigkeit erkennen lassen, und mittlerweile galt er in jeder Hinsicht als großer Künstler.

Es waren Jungen wie er, ja, vor allem Jungen.

Nur jeder sechste Savant war ein Mädchen, was vermutlich mit einer inzwischen anerkannten Ursache für Autismus zusammenhing – erhöhten Testosteronwerten im Mutterleib, die zwangsläufig vor allem männliche Föten betrafen. Testosteron kann sich schädlich auf das Gehirn auswirken, und fast immer ist die linke Gehirnhälfte betroffen, weil sie sich langsamer entwickelt und sensibler ist. Das Savant-Syndrom ist die Kompensation der rechten Gehirnhälfte für Schäden der linken.

Weil sich die beiden Gehirnhälften jedoch voneinander unterscheiden – die linke ist für das abstrakte Denken und die

Fähigkeit zuständig, größere Zusammenhänge zu erkennen –, fällt das Ergebnis dennoch sehr speziell aus. Eine Art neue Perspektive entsteht, eine gewisse Detailfixierung. Wenn Frans es richtig verstand, hatten August und er diese Ampel auf ganz unterschiedliche Weise wahrgenommen. Nicht allein weil der Junge offenbar so viel konzentrierter gewesen war, sondern auch weil Frans' Gehirn alles Unwichtige im Handumdrehen aussortiert und sich aufs Wesentliche konzentriert hatte, nämlich auf die Verkehrssicherheit und die schlichte Botschaft der Ampel: stehen bleiben oder losgehen. Wahrscheinlich war sein Blick auch noch von etwas anderem getrübt gewesen – vor allem von Farah Sharif. Für ihn hatte sich die Ampelkreuzung mit einem Strom von Erinnerungen und Hoffnungen in Bezug auf diese Frau vermischt, während August die Ampel als genau das wahrgenommen hatte, was sie war.

So hatte er bis ins kleinste Detail die Kreuzung und den Mann fixieren können. Anschließend hatte er das Bild wie eine feine Ätzung in seinem Kopf mit sich herumgetragen und erst nach Wochen das Bedürfnis verspürt, es loszuwerden, und was am erstaunlichsten war: Er hatte mehr getan, als nur die Ampel und den Mann wiederzugeben. Er hatte seine Zeichnung mit einem beunruhigenden Licht versehen, und Frans wurde den Eindruck nicht los, dass August ihm mehr damit sagen wollte als nur: Schau her, was ich kann! Zum hundertsten Mal starrte er auf die Zeichnungen hinab, und plötzlich hatte er das Gefühl, als drillte sich ihm eine Nadel ins Herz.

Er hatte Angst – eine diffuse Angst. Sie musste mit dem Mann auf der Zeichnung zusammenhängen, der Frans entfernt bekannt vorgekommen war. Seine Augen waren wässrig und hart gewesen, sein Kiefer angespannt und die Lippen seltsam schmal, fast nicht vorhanden. Er wirkte umso furchterregender, je länger Frans auf sein Porträt starrte. Es war, als wäre er ein böses Omen.

»Ich liebe dich, mein Junge«, murmelte er beinahe unbewusst und wiederholte den Satz so oft, bis ihm die Worte fremd vorkamen. Ihm wurde schmerzlich klar, dass er sie nie zuvor ausgesprochen hatte, und als er sich vom ersten Schock erholt hatte, dämmerte es ihm, wie zutiefst unwürdig das war. Hatte sein Kind wirklich erst eine einzigartige Begabung zeigen müssen, damit er es lieben konnte? Das war so typisch. Schon sein ganzes Leben lang war er krampfhaft auf Ergebnisse fixiert gewesen, hatte sich ausschließlich für das Bahnbrechende, Geniale interessiert, und als er Schweden verlassen hatte, um ins Silicon Valley zu gehen, hatte er August kaum mehr im Sinn gehabt. Sein Sohn war eher ein Störfaktor bei den epochalen Entdeckungen gewesen, denen Frans auf der Spur gewesen war.

Aber daran würde sich jetzt etwas ändern, das schwor er sich. Er würde seine Forschung links liegen lassen, alles, was ihn in den letzten Monaten geplagt und gejagt hatte, und sich nur mehr um den Jungen kümmern.

Er würde ein neuer Mensch werden, trotz allem.

5. KAPITEL

20. November

Wie Gabriella Grane beim Geheimdienst gelandet war, verstand kein Mensch, sie selbst am allerwenigsten. Sie war eines jener Mädchen gewesen, dem alle eine glänzende Zukunft prophezeit hatten. Dass Gabriella inzwischen schon dreiunddreißig war und weder berühmt noch reich und immer noch Single, bereitete ihren alten Freundinnen aus Djursholm Kummer.

»Was ist bloß aus dir geworden, Gabriella? Willst du etwa dein Leben lang Polizistin bleiben?«

Meistens hatte sie keine Lust, ihnen zu widersprechen und zu erklären, dass sie keinesfalls Polizistin war, sondern Analystin, und dass sie mittlerweile Texte verfasste, die wesentlich komplexer waren als ihre Dossiers für das Außenministerium oder ihre Leitartikel für *Svenska Dagbladet*. Außerdem durfte sie über das meiste ohnehin nicht reden. Da konnte sie genauso gut den Mund halten und auf das unsinnige Statusdenken der anderen pfeifen und einfach hinnehmen, dass eine Stelle bei der Säpo als Griff ins Klo galt – bei ihren Freunden aus der Oberschicht sowieso, bei ihren intellektuellen Freunden aber noch viel mehr.

In deren Augen waren die Geheimdienstler Trottel mit

rechter Gesinnung, die aus rassistischen Gründen Jagd auf Araber und Kurden machten und nicht vor Verbrechen zurückschreckten, um ehemalige sowjetische Topspione zu beschützen. Und natürlich musste sie ihnen manchmal recht geben. Innerhalb der Organisation waren Inkompetenz und ungesundes Gedankengut durchaus verbreitet, und die Zalatschenko-Affäre war und blieb ein Schandfleck. Dennoch war das nicht die ganze Wahrheit. Man verrichtete bei der Säpo sehr wohl eine wichtige und spannende Arbeit, vor allem jetzt, da die Organisation gewisse Mitarbeiter losgeworden war. Und mitunter fand sie auch, dass gerade hier interessante Gedanken zur Sprache kamen. Jedenfalls erkannte man hier eher als in den Leitartikeln oder Hörsälen, in was für einem Umbruch sich die Welt derzeit befand. Natürlich fragte sie sich trotzdem oft, wie sie hier gelandet und warum sie immer noch da war.

Vermutlich hatte es zu einem nicht unerheblichen Teil damit zu tun, dass sie sich geschmeichelt gefühlt hatte. Keine Geringere als die neue Säpo-Chefin Helena Kraft persönlich hatte sie kontaktiert und ihr erklärt, dass der Nachrichtendienst nach all den Katastrophen und Schmähartikeln auf neue Weise Mitarbeiter zu rekrutieren suche. »Wir müssen allmählich anfangen, so zu denken wie die Briten, und die herausragenden Talente aus der akademischen Welt an uns binden, und da fällt mir ehrlich gesagt niemand Geeigneteres ein als Sie«, hatte Helena Kraft gesagt, und mehr war nicht nötig gewesen.

Gabriella wurde als Analystin bei der Spionageabwehr eingesetzt und später in der Abteilung Industrieschutz, und obwohl sie auf den ersten Blick nicht für diese Aufgabe gemacht zu sein schien, weil sie jung, weiblich und obendrein auch noch außerordentlich hübsch war, war sie doch in jeder anderen Hinsicht geeignet. Von den Kollegen wurde sie zwar als »bessere Tochter« und »Oberschichtentussi« bezeichnet, was zu unnötigen

Spannungen führte, doch in Wahrheit war sie ein Zugewinn: schnell, aufnahmefähig und mit dem Talent, jenseits gewohnter Bahnen zu denken. Überdies sprach sie Russisch.

Die russische Sprache hatte sie sich neben dem Studium an der Handelshochschule in Stockholm angeeignet, wo sie eine Musterstudentin gewesen war, obwohl das Studium sie nicht gerade mit Leidenschaft erfüllt hatte. Sie hatte von etwas Besserem als der freien Wirtschaft geträumt. Nach einer Zwischenstation bei der Zeitung hatte sie sich beim Außenministerium beworben und war sofort angestellt worden. Aber die Diplomaten waren ihr zu steif und angepasst gewesen, und so hatte sie sich auch dort auf Dauer unterfordert gefühlt. Genau in dieser Situation hatte Helena Kraft sie kontaktiert, und mittlerweile war sie seit fünf Jahren beim Nachrichtendienst. Allmählich erkannte man dort ihre Begabungen an, wenngleich sie es nicht immer leicht hatte.

Auch heute hatte sie es nicht leicht gehabt, und das lag nicht nur an dem grässlichen Wetter. Der Abteilungsleiter Ragnar Olofsson war in ihrer Tür erschienen, hatte mürrisch und verbiestert dreingeblickt und sie angeblafft, sie solle verdammt noch mal nicht so viel flirten, wenn sie beruflich unterwegs war.

»Flirten?«

»Es sind Blumen gekommen.«

»Und das ist meine Schuld?«

»Ja, ich finde, du hast da durchaus eine gewisse Verantwortung. Wir müssen seriös und korrekt auftreten, wenn wir draußen im Feld sind. Wir repräsentieren eine zentrale Behörde.«

»Großartig, lieber Ragnar. Von dir kann man immer wieder etwas Neues lernen. Jetzt kapier ich endlich, dass es mein Fehler ist, wenn der Forschungsleiter von Ericsson nicht zwischen angemessen höflichem Verhalten und einem Flirt unterscheiden kann. Jetzt kapier ich endlich, dass es meine

Verantwortung ist, wenn das Wunschdenken mancher Männer so groß ist, dass sie ein höfliches Lächeln als unmoralisches Angebot auffassen.«

»Spiel dich nicht so auf«, sagte Ragnar und verschwand, und anschließend bereute sie ihre Reaktion.

Solche Ausfälle führten zu nichts. Andererseits musste sie sich so einen Mist mittlerweile schon viel zu lange gefallen lassen. Es war an der Zeit, endlich für sich einzustehen.

Sie sortierte schnell ihren Schreibtisch und hatte sich gerade eine Analyse der britischen Government Communications Headquarters über russische Industriespionage in europäischen Softwareunternehmen vorgenommen, als das Telefon klingelte. Es war Helena Kraft. Gabriella war erleichtert. Die Chefin hatte sich noch nie bei ihr gemeldet, um Beschwerden oder Kritik loszuwerden, ganz im Gegenteil.

»Lass mich direkt zur Sache kommen«, sagte Helena. »Ich habe einen Anruf aus den USA bekommen, der möglicherweise dringend ist. Kannst du ihn auf deinem Cisco-Telefon entgegennehmen? Wir haben eine sichere Leitung eingerichtet.«

»Ja, selbstverständlich.«

»Gut. Ich möchte, dass du die Informationen, die du gleich bekommen wirst, für mich analysierst und bewertest, ob da was dran sein könnte. Es klingt ernst, aber irgendwie hab ich ein komisches Gefühl bei der Quelle – die übrigens behauptet, sie würde dich kennen.«

»Stell sie durch.«

Es war Alona Casales von der NSA in Maryland – obwohl Gabriella für einen Moment bezweifelte, dass sie es wirklich war. Als sie sich zuletzt bei einer Konferenz in Washington begegnet waren, hatte die selbstbewusste und charismatische Frau einen Vortrag über ein Thema gehalten, das sie ein wenig euphemistisch »aktive elektronische Aufklärung« genannt hatte – im Klartext Hacking –, und anschließend hatten Gabriella und sie eine Weile Drinks geschlürft und sich bestens unterhalten. Gabriella war wider Willen hingerissen gewesen. Alona rauchte Zigarillos und hatte eine tiefe, sinnliche Stimme, die sie gern zu schlagfertigen Bemerkungen und sexuellen Anspielungen erhob. Doch jetzt, am Telefon, klang sie auf einmal irgendwie konfus und verlor immer wieder auf unerklärliche Weise den Faden.

Alona war nicht sofort nervös geworden, und normalerweise hatte sie auch kein Problem damit, sich auf ein Thema zu konzentrieren. Sie war achtundvierzig Jahre alt, hochgewachsen und alles, nur nicht auf den Mund gefallen. Sie hatte einen üppigen Busen und schmale, intelligente Augen, mit denen sie jeden verunsichern konnte. Oft schien es, als könnte sie in ihr Gegenüber hineinsehen, und sie hatte keinen übertriebenen Respekt vor ihren Vorgesetzten. Sie legte sich mit jedem an – und sei es der Justizminister auf Behördenbesuch –, und genau deshalb verstand sich Ed the Ned so gut mit ihr. Keiner der beiden scherte sich groß um Hierarchien. Sie waren an Fähigkeiten interessiert und an nichts weiter, und deshalb war selbst die oberste Chefin des schwedischen Nachrichtendiensts nur eine kleine Nummer für Alona.

Trotzdem war sie bei ihren Maßnahmen zur Einleitung des gesicherten Telefonats völlig aus dem Konzept geraten. Mit Helena Kraft hatte das allerdings wenig zu tun. Es lag vielmehr an dem Drama, das sich hinter ihr in der Bürolandschaft abspielte und in diesem Augenblick seinen Höhepunkt erreichte. Eds Wutausbrüche war inzwischen jeder gewöhnt. Er schrie und brüllte aus nichtigsten Anlässen und schlug mit der Faust auf den Tisch. Aber irgendetwas hatte ihr sofort gesagt, dass es diesmal anders war.

Der Kerl war wie gelähmt, und während Alona dasaß und einige konfuse Sätze ins Telefon stammelte, begannen die Kollegen, sich um Ed zu versammeln. Ein paar griffen zu ihren Telefonen, ausnahmslos alle wirkten aufgeregt oder sogar verängstigt. Nur Alona war in dem Moment wie vor den Kopf gestoßen oder vielleicht auch zu schockiert, und deshalb legte sie nicht einfach auf oder bat darum, später noch einmal anrufen zu dürfen. Nein, sie ließ sich weiterverbinden und landete wie gewünscht bei Gabriella Grane, dieser hinreißenden jungen Analystin, die sie in Washington kennengelernt hatte und schon damals hatte aufreißen wollen, und auch wenn ihr das nicht gelungen war, hatte Alona sich mit einem Gefühl tiefen Wohlbehagens von ihr verabschiedet.

»Hallo, meine Liebe«, sagte sie. »Wie geht's?«

»Ganz gut«, antwortete Gabriella. »Wir haben gerade ein furchtbares Unwetter, aber ansonsten alles bestens.«

»Das war doch ein nettes Treffen neulich, oder?«

»Ja, sehr nett. Allerdings hatte ich tags drauf einen schlimmen Kater. Aber ich nehme nicht an, dass du mich anrufst, um ein neues Treffen vorzuschlagen?«

»Leider nein. Bedauerlicherweise. Ich rufe an, weil wir Hinweise erhalten haben, dass eine ernste Bedrohung gegen einen schwedischen Wissenschaftler vorliegen könnte.«

»Und gegen wen?«

»Wir konnten die Information lange nicht deuten und haben auch erst nicht verstanden, um welches Land es überhaupt ging. Es sind nur Codes gefallen. Ein Großteil der Kommunikation war verschlüsselt und unmöglich zu knacken, aber trotzdem … wie so oft … mithilfe kleiner Puzzleteilchen … was zum Teufel …«

»Wie bitte?«

»Warte mal kurz …«

»Na klar.«

Alonas Computer blinkte auf. Dann erlosch der Bildschirm, und soweit sie sehen konnte, passierte überall im Büro das Gleiche, und sie überlegte kurz, was sie jetzt tun sollte. Dann führte sie das Gespräch fort, jedenfalls bis auf

Weiteres. Vielleicht war es ja nur ein Stromausfall – obwohl das Licht immer noch brannte.

»Danke für deine Geduld. Bitte entschuldige, hier herrscht gerade ein fürchterliches Durcheinander. Wo war ich stehen geblieben?«

»Du hast etwas von Puzzleteilen erzählt.«

»Ja, genau, wir haben eins und eins zusammengezählt, irgendjemand erlaubt sich immer einen Patzer, egal wie professionell sie sein wollen … oder irgendjemand …«

»Ja?«

»… plaudert etwas aus, erwähnt eine Adresse oder so, aber in diesem Fall war es eher eine …«

Alona verstummte erneut. Kein Geringerer als Commander Jonny Ingram, ein hohes Tier mit besten Kontakten zum Weißen Haus, hatte soeben das Büro betreten. Er versuchte, so kühl und versnobt zu wirken wie immer, und machte ein paar Scherze mit einigen Kollegen. Aber er konnte sie nicht täuschen. Unter seiner polierten, sonnengebräunten Oberfläche – seit seiner Zeit als Chef des Kryptologischen Zentrums der NSA auf Oahu war er das ganze Jahr über braun gebrannt – schwelte Nervosität, und jetzt gerade schien er alle um ihre Aufmerksamkeit zu bitten.

»Hallo? Bist du noch dran?«, fragte Gabriella am anderen Ende der Leitung.

»Ich muss leider Schluss machen. Ich melde mich wieder«, sagte Alona hastig und legte auf, und in diesem Moment wurde sie wirklich unruhig.

Es lag geradezu in der Luft, dass etwas Schreckliches passiert sein musste. Ein neuer Terroranschlag? Doch Jonny Ingram setzte sein beschwichtigendes Schauspiel fort, und obwohl er seine Hände rang und ihm der Schweiß auf Oberlippe und Stirn stand, betonte er ein ums andere Mal, dass nichts Gravierendes geschehen sei. Es handle sich vielmehr um einen Virus, der trotz aller Sicherheitsvorkehrungen ins Intranet gelangt war.

»Vorsichtshalber haben wir alle unsere Server heruntergefahren«, erklärte er, und für einen kurzen Augenblick entspannte sich die Stimmung tatsächlich. »Allerhand, ein Virus!«, schienen die Leute zu denken. »Aber so richtig gefährlich wird es wohl kaum sein.«

Doch dann wurde Jonny Ingram ausschweifender und immer vager, und irgendwann konnte Alona sich nicht mehr beherrschen und rief: »Reden Sie endlich Klartext!«

»Noch wissen wir nicht viel, es ist ja gerade erst passiert. Aber möglicherweise ist jemand in unser Datensystem vorgedrungen. Wir melden uns wieder, sobald wir mehr in Erfahrung gebracht haben«, sagte Jonny jetzt wieder merklich nervös, und da ging ein Raunen durch die Menge.

»Vielleicht wieder die Iraner…«, überlegte jemand laut.

»Wir glauben…«, fuhr Ingram fort – doch weiter kam er nicht. Derjenige, der schon von Anfang an dort hätte stehen und alles erklären müssen, schnitt ihm barsch das Wort ab und richtete seine bärengleiche Statur zur vollen Größe auf. Jetzt konnte wirklich niemand mehr leugnen, dass er einen ziemlich imposanten Anblick bot. Auch wenn Ed Needham noch vor wenigen Sekunden völlig geplättet und schockiert gewesen war, strahlte er jetzt eine wilde Entschlossenheit aus.

»Nein«, keifte er. »Es ist ein Hacker, ein verdammter Superhacker, und ich schwöre, dem werde ich die Eier abschneiden!«

Gabriella Grane hatte gerade ihren Mantel angezogen, um nach Hause zu gehen, als Alona Casales erneut anrief. Im ersten Moment war Gabriella irritiert, und das nicht nur weil die amerikanische Kollegin beim letzten Telefonat so unkonzentriert gewesen war. Sie hatte aufbrechen wollen, bevor der Sturm dort draußen vollkommen unberechenbar wurde. Laut Wettervorhersage sollte er eine Geschwindigkeit von bis zu dreißig Metern pro Sekunde erreichen und die Temperatur auf minus zehn Grad sinken, und dafür war sie viel zu leicht gekleidet.

»Entschuldige, dass es so lange gedauert hat«, sagte Alona Casales. »Wir hatten einen vollkommen verrückten Vormittag. Totales Chaos.«

»Hier auch«, antwortete Gabriella höflich und sah auf die Uhr.

»Aber, wie gesagt, ich hab ein Anliegen, das wichtig ist, zumindest meiner Einschätzung zufolge. Das lässt sich leider nicht so leicht beurteilen. Ich habe gerade angefangen, eine Gruppe von Russen unter die Lupe zu nehmen – hatte ich das schon gesagt?«, fuhr Alona fort.

»Nein.«

»Beziehungsweise ... Es sind wohl auch ein paar Deutsche und Amerikaner dabei und vielleicht auch der eine oder andere Schwede.«

»Über was für eine Gruppe reden wir?«

»Kriminelle. Ziemlich gewiefte Kriminelle, muss ich wohl sagen, die nicht länger Banken überfallen und mit Drogen handeln, sondern Geschäftsgeheimnisse und vertrauliche Informationen klauen.«

»*Black hats.*«

»Es sind nicht allein Hacker. Sie erpressen und bedrohen ihre Opfer. Vielleicht beschäftigen sie sich sogar mit so altmodischen Straftaten wie Mord. Aber ehrlich gesagt habe ich im Augenblick nicht viel über sie – nur ein paar Codewörter und unbestätigte Verbindungen, aber auch Namen von jungen Informatikern in niedrigen Positionen. Die Bande beschäftigt sich mit hoch qualifizierter Computerspionage, und deshalb ist der Fall auf meinem Schreibtisch gelandet. Wir befürchten, dass amerikanische Spitzentechnologie in russische Hände gelangt sein könnte.«

»Verstehe.«

»Es ist nicht einfach, ihnen auf die Spur zu kommen. Sie

schützen sich gut, und sosehr ich mich auch ins Zeug gelegt habe, weiß ich über die Anführer bisher nicht viel mehr, als dass ihr Boss Thanos genannt wird.«

»Thanos?«

»Ja, das leitet sich von Thanatos ab, dem Totengott in der griechischen Mythologie. Er ist der Sohn von Nyx, der Nacht, und der Zwillingsbruder von Hypnos, dem Schlaf.«

»Klingt dramatisch.«

»Eher kindisch, wenn du mich fragst. Thanos ist nämlich auch ein böser Krieger aus den *Marvel Comics*, du weißt schon, diese Serien mit Hulk, Iron Man und Captain America, und das ist auf den ersten Blick nicht gerade russisch. Aber vor allem ist es auch ... wie soll ich sagen ...«

»Verspielt? Oder überheblich?«

»Ja, genau, als wäre es eine großschnäuzige Schülerbande, die uns auf der Nase herumtanzen will, und so was ärgert mich. Ehrlich gesagt gibt es an dieser Geschichte vieles, was mich stört, und deshalb war ich auch sehr daran interessiert, als unsere Signals Intelligence in Erfahrung gebracht hat, dass es möglicherweise einen Aussteiger aus diesem Netzwerk gibt. Jemanden, der uns einen kleinen Einblick ermöglichen könnte – sofern wir ihn zum Reden bringen, ehe die andere Seite ihn mundtot macht. Aber als wir uns die Sache genauer angesehen haben, ist uns aufgegangen, dass es sich ganz und gar nicht so verhält, wie wir zuerst geglaubt haben ...«

»Inwiefern?«

»Dieser Aussteiger ist nicht etwa ein Krimineller, sondern eine ziemlich achtbare Person. Der Mann hat das Unternehmen verlassen, das von der Organisation unterwandert worden ist. Vermutlich hat er dort zufällig etwas mitbekommen.«

»Erzähl weiter.«

»Nach unserer Einschätzung schwebt er in großer Gefahr. Er braucht Schutz. Nur wussten wir bis vor Kurzem nicht mal, wo wir nach ihm suchen sollten. Wir wussten nicht, bei welchem Unternehmen er gearbeitet hat. Aber jetzt glaube ich, dass wir ihn eingekreist haben«, fuhr Alona fort. »In den letzten Tagen hat einer dieser Typen etwas Verräterisches über den Mann gesagt, und zwar: ›Mit ihm sind die ganzen verdammten Ts flöten gegangen.‹«

»Verdammte Ts?«

»Ja, das mag kryptisch klingen, hat aber den Vorteil, dass es sehr spezifisch ist und sich leicht recherchieren lässt. ›Verdammte Ts‹ ergab natürlich erst mal nichts. Aber das T im Allgemeinen, im Zusammenhang mit Hightechunternehmen, hat immer wieder auf dieselbe Spur geführt: zu Nicolas Grant und seiner Maxime ›Toleranz, Talent und Teilhabe‹.«

»Es geht also um Solifon«, sagte Gabriella.

»Das vermuten wir. Jedenfalls haben wir das Gefühl, dass sich alles plötzlich zu einem logischen Bild zusammenfügt. Deshalb haben wir auch untersucht, wer in letzter Zeit bei Solifon abgesprungen ist. Zuerst kamen wir nicht weit. In diesem Unternehmen ist die Fluktuation verhältnismäßig hoch. Talente kommen und gehen. Aber dann haben wir angefangen, über die Ts nachzudenken. Weißt du, was Grant darunter versteht?«

»Nicht richtig.«

»Es ist sein Rezept für Kreativität. Unter Toleranz versteht er die Offenheit gegenüber verrückten Ideen und Menschen. Je größer die Offenheit gegenüber andersartigen Menschen oder Minderheiten im Allgemeinen, umso größer die Durchlässigkeit für neue Gedanken. Ein bisschen wie Richard Floridas Gay-Index, wenn du verstehst: Wo solche wie ich toleriert werden, herrscht auch generell eine größere Offenheit und Kreativität.«

»Organisationen, die zu homogen und in sich geschlossen bleiben, kommen nicht voran.«

»Genau. Und Talente – ja, Talente, das sagt er auch – bringen nicht bloß von sich aus gute Ergebnisse. Sie locken andere

Talente überhaupt erst an. Sie schaffen eine Umgebung, in der sich Menschen wohlfühlen, und schon vom ersten Moment an hat sich Grant eher darum bemüht, lieber Genies anzuwerben als hoch spezialisierte Experten. ›Lasst die Talente die Richtung vorgeben und nicht umgekehrt‹, sagt er immer.«

»Und die Teilhabe?«

»Tja. Die Talente sollen ungehindert ihre Ideen untereinander austauschen und mitbestimmen dürfen. Man muss sich jenseits aller bürokratischen Vorgaben treffen können, ganz ohne Hierarchien und ohne erst Termine vereinbaren und mit der Sekretärin streiten zu müssen. Man darf überall einfach reinmarschieren, diskutieren, sich einmischen. Damit die Ideen ungehindert fließen können. Und wie du sicher weißt, hat Solifon ja auch eine ganz anständige Erfolgsgeschichte vorzuweisen. Solifon liefert in unterschiedlichste Bereiche bahnbrechende Technologien. Unter uns gesagt – sogar an die NSA. Aber dann tauchte dieses neue Genie auf, ein Landsmann von dir, und mit ihm ...«

»Sind diese Ts flöten gegangen.«

»Genau.«

»Sprichst du von Balder?«

»Ganz genau. Und ich glaube, dass der normalerweise kein Problem mit Toleranz hat und auch nicht mit der Teilhabe. Aber er hat wohl schon von Anfang an dort Gift verspritzt und sich geweigert, seine Gedanken mit anderen zu teilen. In null Komma nichts ist es ihm gelungen, die gute Stimmung unter den Eliteforschern zu verderben, insbesondere als er den Leuten irgendwann vorwarf, sie wären Diebe und Epigonen. Außerdem lag er mit dem Firmenchef Nicolas Grant im Clinch. Der will allerdings niemandem erzählen, worum es dabei ging – nur dass es sich angeblich um eine private Angelegenheit gehandelt hat. Und kurz darauf hat Balder gekündigt.«

»Ich weiß.«

»Ja, und die meisten waren wohl auch froh, dass er weg war. Man hatte wieder Luft zum Atmen, und die Mitarbeiter fassten neues Vertrauen zueinander. Nur Nicolas Grant war alles andere als glücklich – und auch nicht seine Anwälte. Balder hat mitgenommen, was er bei Solifon entwickelt hatte, und es heißt – vielleicht gerade weil niemand einen Einblick in seine Arbeit erhalten hat und ein Gerücht das nächste jagt –, dass er auf irgendetwas Sensationellem sitzt, was den Quantencomputer, an dem Solifon forscht, revolutionieren könnte.«

»Und unter juristischen Gesichtspunkten gehört das, was er entwickelt hat, dem Unternehmen und nicht ihm persönlich.«

»Genau. Obwohl Balder sich über Diebstahl beschwerte, war letzten Endes er der Dieb. Offenbar wird es vor Gericht bald krachen, es sei denn, Balder kann den Staranwälten mit irgendetwas kontern. Er hat verlauten lassen, die Information sei seine Lebensversicherung, und das mag auch sein, aber schlimmstenfalls bedeutet sie auch ...«

»Seinen Tod.«

»Jedenfalls mache ich mir Sorgen«, fuhr Alona fort. »Die Indizien deuten immer deutlicher darauf hin, dass sich irgendetwas zusammenbraut, und wenn ich deine Chefin richtig verstanden habe, kannst du uns mit ein paar entscheidenden Hinweisen unterstützen.«

Gabriella blickte erneut in den Sturm hinaus und sehnte sich nach ihrem Zuhause, weg von alledem. Trotzdem zog sie ihren Mantel wieder aus und setzte sich auf ihren Stuhl. Sie verspürte ein tiefes Unbehagen.

»Wie kann ich euch unterstützen?«

»Was weiß er deiner Meinung nach?«

»Soll das heißen, dass es euch nicht gelungen ist, ihn zu hacken oder abzuhören?«

»So eine Frage beantworte ich nicht, Herzchen. Was glaubst du?«

Gabriella musste daran denken, wie Frans Balder vor noch

gar nicht allzu langer Zeit hier in der Tür ihres Büros gestanden und gemurmelt hatte, er träume von einem »neuen Leben« – was immer er damit gemeint hatte.

»Ich vermute, du weißt, dass Balder glaubt, man hätte ihm schon hier in Schweden irgendeine Technik geraubt«, sagte Gabriella. »Unser Auslandsgeheimdienst FRA hat eine ziemlich umfassende Untersuchung durchgeführt, die ihm zu einem gewissen Teil recht gab, auch wenn nicht viel dabei herausgekommen ist. Bei dieser Gelegenheit habe ich Balder zum ersten Mal persönlich getroffen. Erst war er mir nicht sonderlich sympathisch. Er hat mir die Ohren abgekaut und war blind für alles, was nicht mit ihm oder mit seiner Forschung zusammenhing. Ich weiß noch, wie ich dachte: Kein Erfolg auf dieser Welt ist es wert, so engstirnig zu werden. Wenn man so sein muss, um weltberühmt zu werden, dann will ich das auf keinen Fall. Aber vielleicht habe ich mich auch nur von dem Urteil gegen ihn beeinflussen lassen.«

»Dem Sorgerechtsurteil?«

»Ja. Man hatte ihm gerade jedes Recht entzogen, sich um seinen autistischen Sohn zu kümmern, weil er ihn vernachlässigt und nicht einmal mitbekommen hatte, wie dem Kind beinahe das gesamte Bücherregal auf den Kopf gefallen wäre. Und als ich dann gehört habe, dass er bei Solifon fast alle gegen sich aufgebracht hat, konnte ich mir das sehr gut vorstellen. Geschieht ihm recht, habe ich wohl gedacht.«

»Und was ist dann passiert?«

»Dann ist er wieder heimgekommen, und da wurde intern über einen Schutz für ihn beraten, und ich habe ihn wieder getroffen. Das ist nur wenige Wochen her, und es war fast unglaublich: Er war vollkommen verändert. Nicht nur weil er beim Friseur gewesen war, seinen Bart abrasiert und ziemlich abgenommen hatte. Er wirkte auch zurückhaltender, fast schon ein bisschen unsicher. Von seiner Besessenheit war nichts mehr zu spüren, und ich erinnere mich noch daran, dass ich ihn gefragt habe, ob er wegen der bevorstehenden Gerichtsverfahren beunruhigt sei. Und weißt du, was er geantwortet hat?«

»Nein?«

»Er hat in einem unglaublich sarkastischen Ton gesagt, er mache sich nicht die geringsten Sorgen. Vor dem Gesetz seien wir schließlich alle gleich.«

»Und was hat er damit gemeint?«

»Dass wir gleich sind – wenn wir gleich viel bezahlen. In seiner Welt, hat er gesagt, sei das Gesetz nichts als ein Schwert, mit dem man solche wie ihn durchbohrt. Das heißt: Ja, er war beunruhigt. Er ist beunruhigt, weil er Dinge weiß, die schwer auf ihm lasten, obwohl sie ihn gleichzeitig retten könnten.«

»Aber er hat nicht gesagt, was das für Dinge sind?«

»Nein. Er wolle seine einzige Trumpfkarte nicht verlieren, hat er gesagt. Er will abwarten und sehen, wie weit sein Gegner bereit ist zu gehen. Aber ich habe ihm angemerkt, dass er erschüttert war, und bei einer Gelegenheit hat er auch gemurmelt, dass es durchaus Menschen gebe, die ihm Böses wollen.«

»Inwiefern?«

»Nicht im Sinne von physischer Gewalt, meinte er. ›Sie sind vor allem auf meine Forschung und meinen Ruhm aus‹, hat er gesagt. Aber ich bin mir nicht sicher, ob er wirklich glaubt, dass sie es dabei belassen. Deshalb habe ich ihm auch geraten, sich einen Wachhund anzuschaffen. Ich finde grundsätzlich, ein Hund ist eine ausgezeichnete Gesellschaft für einen Mann, der allein in einem Vorort in einem viel zu großen Haus lebt. Aber er hat es abgetan. ›Ich kann jetzt keinen Hund haben‹, hat er in ziemlich scharfem Ton zu mir gesagt.«

»Und warum nicht?«

»Ich weiß es nicht genau. Aber ich hatte das Gefühl, dass ihn irgendetwas bedrückt, und er hat dann auch nicht groß protestiert, als ich dafür gesorgt habe, dass man bei ihm eine neue, ausgeklügelte Alarmanlage einbaut. Sie ist gerade erst installiert worden.«

»Von wem?«

»Von einer Sicherheitsfirma, mit der wir zusammenarbeiten. Milton Security.«

»Gut. Sehr gut. Aber ich würde trotzdem vorschlagen, dass ihr ihn an einen sicheren Ort bringt.«

»Ist es wirklich so schlimm?«

»Zumindest gibt es ein gewisses Risiko, und das sollte reichen, findest du nicht?«

»O doch«, antwortete Gabriella. »Kannst du mir dazu irgendeine Aufstellung schicken, damit ich mit meinen Vorgesetzten reden kann?«

»Mal sehen … Ich bin mir nicht sicher, was ich gerade hinbekomme … Wir hatten … ziemlich ernsthafte Computerprobleme.«

»Kann sich das eine Behörde wie eure überhaupt leisten?«

»Nein, kann sie nicht, da liegst du goldrichtig. Ich melde mich wieder, Herzchen!«, sagte Alona zum Abschied und legte auf, und Gabriella saß einige Sekunden lang reglos da. Dann griff sie beherzt nach ihrem Blackphone und rief Frans Balder an. Sie versuchte es wieder und wieder. Nicht nur um ihn zu warnen und dafür zu sorgen, dass er sofort an einen sicheren Ort umzog, sondern auch weil sie urplötzlich Lust verspürte, mit ihm zu reden. Sie wollte herausfinden, was er gemeint hatte, als er zu ihr gesagt hatte: »In den letzten Tagen habe ich von einem neuen Leben geträumt.«

Doch ohne dass jemand davon gewusst oder es geglaubt hätte, war Frans Balder in diesem Augenblick vollauf damit beschäftigt, seinen Sohn zu einer weiteren Zeichnung zu bewegen, die mit jener merkwürdigen Glut aus einer anderen Welt leuchtete.

6. KAPITEL

20. November

Auf dem Bildschirm blinkten die Worte auf:

Mission accomplished.

Plague stieß einen irren, heiseren Schrei aus. Vielleicht war das unvorsichtig, aber selbst wenn die Nachbarn zufällig etwas gehört haben sollten, konnten sie nicht ahnen, worum es ging. Immerhin erweckte Plagues Bude nicht gerade den Eindruck eines Ortes, an dem sicherheitspolitische Coups auf höchstem internationalen Niveau gelandet wurden. Viel eher sah es so aus, als hauste hier ein Sozialfall. Plague lebte im Högklintavägen in Sundbyberg, einer alles andere als glamourösen Gegend mit tristen vierstöckigen Häusern aus verblichenen Ziegeln. Und auch über die Wohnung gab es nicht viel Gutes zu sagen. Die Luft war abgestanden und muffig. Auf seinem Schreibtisch lag allerlei Müll – McDonald's-Verpackungen, Coca-Cola-Dosen, zerknüllte Notizzettel, Kekskrümel, benutzte Kaffeetassen und leere Süßigkeitentüten –, und selbst wenn hin und wieder ein Teil davon in den Mülleimer wanderte, war auch dieser schon seit Wochen nicht mehr geleert worden, und man konnte kaum einen Schritt tun, ohne in etwas Klebriges zu treten.

Niemand, der ihn kannte, wäre von all dem überrascht gewesen. Plague befand es nämlich auch nicht für nötig, allzu oft zu duschen oder die Klamotten zu wechseln. Er verbrachte sein Leben fast ausschließlich vor dem Computer, und selbst in weniger extremen Arbeitsphasen sah er erbärmlich aus: übergewichtig, aufgedunsen und ungepflegt, wenn auch mit der Andeutung eines stilechten Spitzbarts. Dieser Bart hatte sich allerdings schon seit Längerem zu unförmigem Gestrüpp ausgewachsen. Plague war riesengroß und hatte eine schlechte Haltung, und er ächzte und stöhnte gern, wenn er sich gezwungenermaßen einmal bewegen musste. Aber der Kerl hatte andere Talente.

Am Computer war er ein Virtuose, ein Hacker, der ungehindert durch den Cyberspace flitzte und vielleicht nur einen Meister kannte oder, besser gesagt, eine Meisterin. Schon allein wie er mit den Fingern über die Tastatur tanzte, war eine Augenweide. So schwerfällig und plump er in der realen Welt war, so leichtfüßig und flink bewegte er sich im Internet. Und während irgendwo über ihm ein Nachbar, vermutlich Herr Jansson, auf den Boden klopfte, antwortete er auf die Nachricht, die er gerade erhalten hatte:

Wasp, du verdammtes Genie! Man sollte dir ein Denkmal errichten!

Er lehnte sich mit einem seligen Lächeln zurück und versuchte, den Handlungsverlauf zu rekapitulieren, um noch eine Weile im Triumph zu schwelgen. Dann versuchte er, Wasp jedes Detail zu entlocken und sich so vielleicht auch zu vergewissern, dass sie ihre Spuren wirklich sorgfältig verwischt hatte. Niemand sollte sie finden können, niemand.

Sie legten sich nicht zum ersten Mal mit einer mächtigen Organisation an. Aber diesmal hatten sie ein neues Level erreicht, und viele in der exklusiven Gesellschaft, der sie angehörten, der sogenannten Hacker Republic, hatten sich der Idee erst widersetzt, allen voran Wasp selbst. Wenn nötig, kämpfte Wasp gegen jede Behörde oder Person. Aber sie zettelte nicht gern Streit an, nur um ein Exempel zu statuieren. Mit derart kindischem Hackergetue hatte sie nichts am Hut. Sie drang nicht in Supercomputer ein, um sich aufzuspielen. Wasp brauchte einen guten Grund und analysierte jedes Mal vorweg verdammt genau die Konsequenzen. Stets wog sie die langfristigen Risiken gegen den schnellen Erfolg ab – und niemand hätte behaupten können, dass ein Hack der NSA besonders vernünftig gewesen wäre. Trotzdem hatte sie sich irgendwann überreden lassen. Warum, hatte niemand so genau verstanden.

Vielleicht hatte sie Stimulation gebraucht. Vielleicht war sie gelangweilt gewesen und hatte ein bisschen Chaos verursachen wollen, um nicht vor Passivität einzugehen. Oder sie hatte ohnehin schon Ärger mit der NSA gehabt, und die Attacke war nichts als ein privater Rachefeldzug, wie einige aus der Gruppe behaupteten. Andere bezweifelten das und argwöhnten, Wasp suche nach Informationen – sie sei irgendetwas auf der Spur, seit ihr Vater Alexander Zalatschenko im Sahlgrenska-Krankenhaus in Göteborg umgebracht worden war.

Aber niemand wusste es sicher. Wasp hatte immer ihre Geheimnisse gehabt, und eigentlich spielte das Motiv ja auch gar keine Rolle, jedenfalls versuchten sie, sich das einzureden. Wenn sie helfen wollte, konnten sie das Angebot nur dankbar annehmen und mussten nicht länger darüber nachdenken, dass Wasp anfangs keinen größeren Enthusiasmus an den Tag gelegt hatte. Genau genommen sogar gar keine Emotionen. Aber immerhin stellte sie sich nicht mehr quer, und das war die Hauptsache, denn mit Wasp an Bord war das Projekt erfolgversprechender. Sie alle wussten besser als die meisten anderen Leute, dass die NSA ihre Befugnisse in den letzten

Jahren aufs Gröbste überschritten hatte. Heute hörte die Behörde nicht nur Terroristen, vermeintliche Gefährder und ausländische Staatschefs ab, sondern alles und jeden. Millionen, Abermillionen, Milliarden Gespräche, Korrespondenzen und Internetaktivitäten wurden überwacht und archiviert. Die NSA weitete kontinuierlich ihre Kompetenzen aus, bohrte sich immer tiefer in unser aller Privatleben und verwandelte sich zusehends in ein riesengroßes, böses wachendes Auge.

Nicht dass auch nur ein einziger Bürger der Hacker Republic größere Vorbehalte gegen eine solche Vorgehensweise gehabt hätte. Sie drangen ausnahmslos alle in digitale Landschaften vor, in denen sie nichts zu suchen hatten. Das war gewissermaßen die Voraussetzung. Ein Hacker war ein Grenzgänger im Guten wie im Schlechten. Mit seinem Handeln trotzte er zwangsläufig den Regeln und Grenzen dessen, was er wissen durfte, und scherte sich dabei nicht um den Unterschied zwischen privat und öffentlich. Dennoch mangelte es ihm nicht an Moral. Er wusste auch aus eigener Erfahrung, wie sehr Macht korrumpierte, vor allem Macht ohne Einsicht. Keinem gefiel der Gedanke, dass die schwierigsten und skrupellosesten Hacks nicht länger von einsamen Rebellen oder Outlaws ausgeführt wurden, sondern von staatlich gesteuerten Kolossen, die kein anderes Ziel kannten, als die Bevölkerung zu kontrollieren. Und genau deshalb hatten Plague, Trinity, Bob the Dog, Flipper, Zod und Cat und die gesamte Hacker Republic beschlossen zurückzuschlagen, indem sie die NSA hackten oder auf andere Weise Unruhe stifteten.

Eine leichte Übung war das allerdings nicht. Es war ein bisschen so, als wollten sie das Gold aus Fort Knox klauen, und durchgeknallt, wie sie waren, wollten sie nicht nur auf das System zugreifen. Sie wollten es auch unter ihre Kontrolle bringen. Sie wollten das Superuser-Konto erobern, in der Linuxsprache auch Root genannt. Damit das gelang, mussten sie erst unbekannte Sicherheitslücken ausfindig

machen, sogenannte Zero-days – erst auf der Serverplattform der NSA und anschließend im NSANet, dem Intranet,
von dem aus die Behörde ihre weltweiten Überwachungsak-
tivitäten betrieb.

Wie immer begannen sie mit ein bisschen Social Engineering. Sie mussten die Namen der Systemadministratoren und
Infrastrukturanalysten in Erfahrung bringen, die über die
komplizierten Passwörter herrschten. Zusätzlich konnte es
auch nicht schaden, irgendeinen Trottel aufzustöbern, der hin
und wieder die Sicherheitsvorkehrungen ein bisschen schleifen ließ. Am Ende hatten sie über ihre Kanäle tatsächlich eine
Handvoll Personen ausfindig gemacht, darunter einen Typen
namens Richard Fuller.

Fuller arbeitete im NISIRT, dem NSA Information Systems
Incident Response Team. Dieses Team fahndete im Intranet
der Behörde dauerhaft nach Lecks und Infiltranten. Richard
Fuller war ein Prachtkerl – Juraexamen in Harvard, Republikaner, früherer Quarterback. Ein Bilderbuchpatriot, wenn
man seinem offiziellen Lebenslauf Glauben schenkte. Aber
Bob the Dog hatte über eine von Fullers verflossenen Affä-
ren herausgefunden, dass der Mann seinem Arbeitgeber eine
bipolare Störung verheimlichte und noch dazu kokste.

In seinen manischen Phasen beging er alle möglichen
Dummheiten. Dann lud er sogar Dateien oder Dokumente
herunter, ohne sie zuerst in eine Sandbox zu legen. Davon
abgesehen sah er gut aus, wenn auch ein bisschen schmierig.
Er erinnerte eher an einen Banker vom Schlag eines Gordon
Gekko als an einen Geheimagenten. Und irgendjemand –
wahrscheinlich Bob the Dog selbst – schlug vor, Wasp solle
in Fullers Heimat Baltimore fliegen und ihm eine Honigfalle
stellen.

Wasp wünschte sie alle zum Teufel.

Dann schmetterte sie auch die zweite Idee der anderen ab,
sie könnten ein brisantes Schreiben mit Informationen über

ebenjene Infiltranten und Lecks in der Hauptzentrale in Fort Meade verfassen und genau dieses Dokument mit einem Spionageprogramm versehen – einem ausgefuchsten Trojaner, den Plague und Wasp entwickeln sollten. Anschließend würden sie Köder im Netz auslegen, die Fuller zu der Datei lockten und ihn im besten Fall derart aus der Fassung brachten, dass er die Sicherheit in den Wind schoss. Grundsätzlich keine schlechte Idee. Vor allem würde er sie so ins Computersystem der NSA führen, ohne dass ein aktiver Zugriff nötig wäre, der sich möglicherweise zurückverfolgen ließ.

Aber Wasp wollte nicht so lange warten, bis ihnen dieser Trottel Fuller auf den Leim ging. Sie wollte sich nicht von Fehlern anderer Leute abhängig machen und blieb bockig und stur, und niemand war verwundert, als sie plötzlich die ganze Aktion selbst in die Hand nahm. Trotz einiger Diskussionen und Proteste stimmten die anderen am Ende unter der Bedingung zu, dass sie sich an eine Reihe von Verhaltensvorschriften hielt. Und tatsächlich notierte Wasp sich sorgfältig die Informationen und Namen der Systemadministratoren, die sie identifiziert hatten, und bat um Hilfe bei der sogenannten Operation Fingerprint: der Erkundung von Serverplattform und Betriebssystem. Doch anschließend sperrte sie die Hacker Republic und den Rest der Welt aus, und Plague mutmaßte, dass sie auch nicht länger auf seinen Rat hörte. So hatte er ihr beispielsweise empfohlen, ihren Handle, ihren Alias, nicht zu benutzen und nicht von zu Hause aus zu arbeiten, sondern lieber in einem entlegenen Hotel unter falscher Identität für den Fall, dass es den Bluthunden der NSA wider Erwarten gelänge, sie trotz aller labyrinthischen Irrwege des Tor-Netzwerks aufzuspüren. Natürlich machte sie trotzdem alles so, wie sie es wollte, und Plague konnte nichts weiter tun, als an seinem Schreibtisch in Sundbyberg zu sitzen und mit zum Zerreißen gespannten Nerven zu warten, und deshalb hatte er auch nach wie vor keine Ahnung, wie sie tatsächlich vorgegangen war.

Nur eines wusste er sicher: Ihr war etwas Großes und Legendäres gelungen. Während der Sturm draußen weiterheulte, räumte er ein bisschen Müll von seinem Schreibtisch, ehe er sich über den Computer beugte und schrieb:

Erzähl! Wie fühlt es sich an?
Leer, antwortete sie.

Leer.

So fühlte es sich an. Lisbeth hatte seit einer Woche kaum geschlafen und viel zu wenig getrunken und gegessen, und jetzt tat ihr der Kopf weh, die Augen brannten, und die Hände zitterten, und am liebsten hätte sie ihre gesamte Ausrüstung vom Schreibtisch gefegt. Aber in gewisser Hinsicht war sie auch zufrieden, wenn auch aus einem anderen Grund, als Plague und die anderen Bürger der Hacker Republic glaubten. Sie war zufrieden, weil sie Neues über die kriminelle Gruppierung in Erfahrung gebracht hatte, der sie nachspürte, und weil sie Zusammenhänge hatte nachweisen können, die sie zuvor lediglich vermutet hatte. Aber das behielt sie für sich, und es wunderte sie, dass die anderen tatsächlich glaubten, sie hätte das System nur um der Sache willen gehackt.

Sie war kein hormongesteuerter Teenie, kein Idiot, der lediglich den Kick suchte und andere beeindrucken wollte. Wenn sie sich auf ein solches Wagnis einließ, hatte sie etwas ganz Konkretes im Sinn, obwohl das Hacken auch für sie immer schon mehr als nur ein Werkzeug gewesen war. In den schlimmsten Zeiten ihrer Kindheit war es auch ein Weg gewesen, um ihrem Dasein zu entfliehen und sich weniger eingesperrt zu fühlen.

Mithilfe von Computern hatte sie Mauern und Barrieren überwinden können, die man ihr in den Weg gestellt hatte, und Momente der Freiheit erlebt, und sicher schwang dieses Gefühl auch heute noch ein wenig mit.

In erster Linie war sie jedoch auf der Jagd, schon seit sie vor Monaten im Morgengrauen aus ihrem Traum von der Faust erwacht war, die in ihrem alten Zimmer in der Lundagatan rhythmisch und ausdauernd auf eine Matratze geschlagen hatte. Und niemand hätte behaupten können, dass diese Jagd einfach wäre. Ihre Gegner verschleierten ihre Identität, und vielleicht war Lisbeth auch deshalb in letzter Zeit so schwierig und widerspenstig gewesen. Sie war wie von einer neuen Dunkelheit umgeben. Abgesehen von einem hochgewachsenen, großspurigen Boxtrainer namens Obinze und zwei, drei Liebhabern und Liebhaberinnen hatte sie keine Menschenseele getroffen, und sie sah mehr denn je so aus, als sollte man sich besser nicht mit ihr anlegen. Ihr Haar war wirr, der Blick finster, und für Höflichkeitsfloskeln hatte sie weniger übrig denn je.

Sie sagte entweder die Wahrheit oder kein Wort, und auch ihre Wohnung in der Fiskargatan war ein Kapitel für sich. Hier hätte sie eine Familie mit sieben Kindern beherbergen können, und obwohl sie schon vor Jahren hier eingezogen war, war die Wohnung nach wie vor kaum möbliert und erst recht nicht gemütlich. Sie besaß lediglich ein paar mehr oder weniger willkürlich platzierte Ikea-Möbel und nicht einmal eine Stereoanlage, was vielleicht auch daran lag, dass sie nichts von Musik verstand. Eine Differenzialgleichung sagte ihr mehr als ein Stück von Beethoven. Doch obwohl ihre Einrichtung es nicht vermuten ließ, war sie steinreich. Das Vermögen, das sie dem Verbrecher Hans-Erik Wennerström abgeluchst hatte, war inzwischen auf rund fünf Milliarden Kronen angewachsen. Trotzdem hatte das Geld ihren Charakter kaum verändert, es hatte sie höchstens noch unerschrockener gemacht. Jedenfalls hatte sie in letzter Zeit immer drastischere Dinge angestellt. Hatte einem Vergewaltiger drei Finger gebrochen und sich ins NSANet verirrt.

Wahrscheinlich war sie an diesem Punkt zu weit gegangen.

Aber sie hatte es für nötig befunden, und sie war davon tage- und nächtelang vollkommen absorbiert gewesen und hatte nichts anderes mehr getan. Jetzt, da sie es geschafft hatte, betrachtete sie mit zusammengekniffenen Augen ihren Arbeitsplatz, zwei zu einem L gestellte Schreibtische. Auf den Tischen stand ihre Ausrüstung: ihr eigener normaler Rechner und dann die Testmaschine, die sie sich gekauft und auf der sie eine Kopie des Servers und Betriebssystems der NSA installiert hatte.

Sie hatte sich nicht die geringste Unaufmerksamkeit leisten dürfen und deshalb erst die Kopie des Servers von allen Seiten durchleuchtet. Dann hatte sie den Testrechner einem eigens für diesen Zweck geschriebenen Fuzzing-Programm ausgesetzt, das nach Fehlern und Schlupflöchern in der Plattform suchte, und anschließend diverse Debugger-, Blackbox- und Beta-Attacken daran exerziert und die Ergebnisse ihrem Spionagevirus, ihrem R.A.T., zugrunde gelegt. Wenn sie sofort auf die echte Plattform losgegangen wäre, hätten die NSA-Techniker das umgehend bemerkt und Lunte gerochen, und der Spaß hätte ein schnelles Ende genommen.

Doch auf diese Weise hatte sie ungestört Tag für Tag weitermachen können, und sie hatte nur selten den Computer stehen lassen, um ein kurzes Nickerchen auf dem Sofa zu machen oder sich eine Pizza in der Mikrowelle aufzuwärmen. Davon abgesehen hatte sie geschuftet, bis ihr die Augen brannten; nicht zuletzt an der Entwicklung von Zero-day Exploit, ihrer eigenen Software, die nach bislang unentdeckten Sicherheitslücken forschte und ihren eigenen Status permanent aktualisieren sollte, sobald sie in das System eingedrungen wäre. Im Grunde war es der reinste Wahnsinn.

Lisbeth hatte ein Programm geschrieben, das ihr nicht allein die Kontrolle über das System gab, sondern auch die Chance, alles Mögliche im Intranet zu steuern, von dem sie allenfalls ein lückenhaftes Wissen besaß. Doch selbst damit war der Gipfel des Absurden noch nicht erreicht.

Sie wollte nicht nur das System knacken. Sie wollte von dort aus weiter vordringen ins NSANet, das ein eigenständiges, kaum mit dem normalen Internet verbundenes Universum darstellte. Sie sah zwar aus wie ein Teenie mit miserablen Schulnoten, aber wenn es um Quellcodes und um logische Zusammenhänge im Allgemeinen ging, machte ihr Gehirn einfach klick, und schon hatte sie ein ganz neues, verfeinertes Spionageprogramm erschaffen, einen hoch entwickelten Virus, der ein eigenständiges Leben führte.

Als sie schließlich zufrieden war, kam die nächste Phase ihrer Arbeit. Jetzt würde sie nicht mehr nur in ihrer eigenen Werkstatt spielen, sondern zum realen Angriff übergehen.

Zu diesem Zweck kramte sie eine Prepaid-SIM-Karte von T-Mobile hervor, die sie sich in Berlin gekauft hatte, und legte sie in ihr Handy. Dann stellte sie die Verbindung zum Mobilfunknetz her, und vielleicht wäre es tatsächlich besser gewesen, an einem anderen Ort zu sein, weit weg, am Ende der Welt, vielleicht sogar in ihrer Rolle als Irene Nesser, ihrer zweiten Identität. So aber würden die Sicherheitsleute der NSA, vorausgesetzt, sie wären fleißig und kompetent, sie bis zur Telenor-Mobilfunksendeanlage in ihrem eigenen Viertel zurückverfolgen können. Ganz bis ans Ziel würden sie nicht gelangen, aber doch nahe genug, und das wäre auf keinen Fall gut. Trotzdem fand sie, dass die Vorteile, von zu Hause aus zu arbeiten, insgesamt überwogen, und sie ergriff alle erdenklichen Sicherheitsmaßnahmen. Wie so viele andere Hacker benutzte sie Tor, das ihre Daten zwischen Tausenden und Abertausenden Nutzern hin- und herschickte. Sie wusste jedoch auch, dass nicht einmal Tor sicher war. Die NSA verfügte über ein Programm namens Egotistical Giraffe, mit dessen Hilfe sie das Netzwerk zu knacken vermochte. Sie unternahm also weitere Arbeitsschritte, um ihren persönlichen Schutz zu verbessern, bevor sie die eigentliche Attacke startete.

Sie zerschnitt die Plattform wie ein Blatt Papier. Aber auch das war noch lange kein Grund zum Übermut. Jetzt musste sie blitzschnell die Systemadministratoren finden, deren Namen sie erhalten hatte, um ihr Spionageprogramm in deren Dateien zu injizieren und eine Brücke zwischen dem Servernet und dem Intranet zu bauen, und das war ungeheuer heikel. Es durften keine Kontrolllampen aufblinken, keine Antivirenprogramme anschlagen. Am Ende wählte sie einen Mann namens Tom Breckinridge und überführte seine Identität ins NSANet, und dann… Jeder Muskel ihres Körpers war angespannt. Und vor ihren Augen, ihren überarbeiteten, durchwachten Augen, entfaltete sich die Magie.

Ihr Spionageprogramm führte sie tiefer und tiefer in das Geheimste des Geheimen, und natürlich wusste sie genau, was ihr Ziel war: das Active Directory oder seine Entsprechung, um an ihrem Status zu schrauben. Sie würde von einer unwillkommenen kleinen Besucherin zur Superuserin werden und erst danach versuchen, sich eine gewisse Übersicht über das System zu verschaffen, was ebenfalls nicht ganz einfach war.

Sie hatte es eilig, sehr eilig. Sie verausgabte sich regelrecht dabei, alle Codes, Begriffe und Hinweise zu verstehen, und als sie schon drauf und dran war aufzugeben, fand sie am Ende ein Dokument, das mit *Top Secret* und *Noforn* gekennzeichnet war – *No Foreign Distribution*. Für sich genommen war es kein besonderes Papier. Doch im Licht der Verbindung zwischen Zigmund Eckerwald von Solifon und den Cyberagenten von der Abteilung zur Überwachung strategischer Technologien war es hochbrisant, und Lisbeth grinste und prägte sich jedes kleinste Detail ein. Im nächsten Moment fluchte sie, als sie eine weitere Datei entdeckte, die etwas mit der Sache zu tun haben könnte. Das Dokument war verschlüsselt, und sie sah auf die Schnelle keinen anderen Ausweg, als es zu kopieren, doch in diesem Augenblick, fürchtete sie, schrillten in Fort Meade die Alarmglocken.

Allmählich wurde die Lage akut. Außerdem war sie

gezwungen, ihren offiziellen Auftrag zu erfüllen, sofern denn »offiziell« in diesem Zusammenhang der richtige Ausdruck war. Aber sie hatte Plague und den anderen Bürgern der Hacker Republic hoch und heilig versprochen, der NSA die Hosen runterzuziehen und ihr den Hochmut auszutreiben, und deshalb versuchte sie herauszufinden, wer der richtige Ansprechpartner sein könnte. Wer sollte ihre Botschaft empfangen?

Ihre Wahl fiel auf Edwin Needham, auch Ed the Ned genannt. Überall, wo es um IT-Sicherheit ging, tauchte sein Name auf, und als sie sich im Intranet über ihn schlaumachte, verspürte sie wider Willen einen gewissen Respekt. Ed the Ned war ein Star. Jetzt würde sie ihn trotzdem an der Nase herumführen, und sie zögerte einen Moment, ehe sie sich zu erkennen gab.

Ihr Besuch würde ein heilloses Durcheinander auslösen. Aber genau das wollte sie bezwecken, und deshalb ging sie jetzt zum Angriff über. Sie hatte keine Ahnung, wie viel Uhr es war. Es hätte Nacht sein können oder Tag, Herbst oder Frühling, und nur ganz entfernt, tief in ihrem Bewusstsein, registrierte sie, dass der Sturm draußen an Stärke zunahm, als wäre das Wetter auf ihren Coup abgestimmt, und im fernen Maryland – unweit der berühmten Kreuzung Baltimore Parkway und Maryland Route 32 – hatte Ed the Ned gerade begonnen, eine E-Mail zu schreiben.

Er kam nicht weit, denn in der nächsten Sekunde übernahm sie, führte seinen Satz fort und schrieb:

Wer das Volk überwacht, wird eines Tages selbst vom Volk überwacht. Darin liegt eine fundamentale demokratische Logik.

Für einen kurzen Moment hatte sie das Gefühl, die Worte träfen genau ins Schwarze. Sie schmeckte die Süße der Rache, und anschließend nahm sie Ed the Ned mit auf eine Reise durchs System. Die beiden wirbelten und tanzten durch die ganze flimmernde Welt all dessen, was um jeden Preis geheim bleiben musste.

Es war zweifelsohne ein schwindelerregendes Erlebnis gewesen, aber dennoch... Als sie sich ausloggte und all ihre Logdateien automatisch gelöscht wurden, kam der Katzenjammer. Es war wie ein Orgasmus mit dem falschen Partner, und die Sätze, die ihr vor Kurzem noch so geistreich und treffend erschienen waren, klangen jetzt wie kindischer Hackerquatsch. Im nächsten Moment hatte sie das Bedürfnis, sich hemmungslos zu betrinken. Müden, schlurfenden Schritts ging sie in die Küche, holte sich eine Flasche Tullamore Dew und ein paar Bier, um nachzuspülen, setzte sich vor ihren Computer und begann zu trinken. Nicht um zu feiern, keineswegs. Der Siegesrausch in ihrem Körper war wie weggeblasen. Eher spürte sie... Tja, was? Vielleicht Trotz.

Sie trank und trank, während der Sturm draußen weitertobte und die Hurrarufe der Hacker Republic hereinströmten. Aber nichts von all dem ging sie noch etwas an. Am Ende konnte sie sich kaum noch aufrecht halten, und sie fegte mit dem Arm über den Tisch und sah gleichgültig zu, wie die Flaschen und Aschenbecher auf den Boden krachten. Dann dachte sie an Mikael Blomkvist.

Sicher lag es am Alkohol. Blomkvist tauchte immer in ihren Gedanken auf, wenn sie betrunken war, so wie es alte Liebhaber mitunter tun, und sie hackte sich mehr oder weniger beiläufig in seinen Computer, der kein Vergleich zur NSA war. Schon seit Langem war dies ihr direkter Draht zu ihm, und kurz fragte sie sich, was sie dort überhaupt zu suchen hatte.

Denn im Grunde war er ihr egal. Er war Geschichte, ein attraktiver Idiot, in den sie sich versehentlich verliebt hatte, und diesen Fehler wollte sie nicht noch einmal begehen. Nein, eigentlich sollte sie sich schnell wieder ausloggen und sich in den kommenden Wochen von allen Computern fernhalten. Trotzdem blieb sie auf seinem Server, und im nächsten Moment hellte sich ihre Miene auf. Kalle fucking Blomkvist hatte doch tatsächlich eine Datei namens »LISBETHS KASTEN« angelegt, und in dem Dokument stand eine an sie gerichtete Frage:

Was halten wir von Frans Balders künstlicher Intelligenz?

Da musste sie trotz allem ein wenig grinsen – was zu einem gewissen Teil auch an Frans Balder lag. Er war genau ihr Typ von Computernerd, vollkommen absorbiert von Quellcodes, Quantenprozessoren und den Möglichkeiten der Logik. Vor allem aber musste sie grinsen, weil Mikael Blomkvist offenbar über dasselbe Thema gestolpert war wie sie, und auch wenn sie lange darüber nachdachte, den Rechner einfach auszuschalten und schlafen zu gehen, schrieb sie schließlich zurück:

Balders Intelligenz ist alles andere als künstlich. Aber wie steht's zurzeit um deine, Blomkvist?
Und was passiert, wenn wir eine Maschine entwickeln, die ein bisschen schlauer ist als wir selbst?

Anschließend schlurfte sie in eines ihrer Schlafzimmer und fiel angezogen aufs Bett.

7. KAPITEL

20. November

In der Redaktion war offenbar schon wieder etwas Ungutes vorgefallen, aber Erika wollte am Telefon keine Einzelheiten nennen. Sie bestand darauf, ihn zu besuchen. Erst hatte Mikael ihr abgeraten. »Du wirst dir deinen hübschen Hintern abfrieren!«, hatte er sie gewarnt.

Doch Erika hatte nicht auf ihn hören wollen, und hätte sie nicht so merkwürdig geklungen, hätte ihre Beharrlichkeit ihn sogar gefreut. Seit er die Redaktionsräume verlassen hatte, sehnte er sich danach, mit ihr zu reden, und vielleicht auch danach, sie ins Schlafzimmer zu zerren und ihr die Kleider vom Leib zu reißen. Aber irgendetwas sagte ihm, dass es dazu nicht kommen würde. Erika hatte verstört geklungen und »Verzeih mir« gemurmelt, was ihn nur noch mehr beunruhigte.

»Ich nehme ein Taxi«, sagte sie noch.

Doch dann verspätete sie sich doch, und weil ihm in der Zwischenzeit nichts anderes einfiel, ging er ins Bad und betrachtete sich im Spiegel. Er hatte schon bessere Tage gesehen. Sein Haar war zerzaust und zu lang, und er hatte dunkle Schatten unter den Augen. Daran war Elizabeth George schuld, und er fluchte, verließ das Bad und räumte ein bisschen auf.

Wenigstens über die Unordnung in seiner Wohnung sollte

Erika sich nicht beschweren. Obwohl sie sich schon so lange kannten und ihrer beider Leben so eng miteinander verbunden waren, litt er, was Ordnung betraf, immer noch unter einem kleinen Komplex. Er war der Arbeitersohn und Junggeselle, sie die verheiratete Oberschichtendame mit dem perfekten Haus in Saltsjöbaden. Und davon abgesehen konnte es ja nicht schaden, wenn es bei ihm zu Hause halbwegs ordentlich aussah. Er räumte die Spülmaschine ein, wischte die Arbeitsfläche ab und brachte flugs auch noch den Müll runter.

Er hatte es sogar noch geschafft, im Wohnzimmer zu staubsaugen, die Blumen zu gießen und das Bücherregal und den Zeitungsständer ein wenig zu sortieren, als es klingelte. Oder besser gesagt energisch klopfte und klingelte. Eine ungeduldige Person begehrte Einlass, und als er die Tür öffnete, war er geradezu gerührt.

Erika war vollkommen durchgefroren. Sie zitterte wie Espenlaub, was nicht nur am Wetter lag. Ihre Kleidung hatte ihr Übriges getan. Sie trug nicht einmal eine Mütze. Das sorgsam frisierte Haar vom Vormittag war in alle Richtungen geweht worden, und auf ihrer rechten Wange glaubte er eine Schürfwunde zu erkennen.

»Ricky«, sagte er. »Was hast du denn angestellt?«

»Mir meinen hübschen Hintern abgefroren. Es war einfach kein Taxi zu kriegen.«

»Und was ist mit deiner Wange passiert?«

»Ich bin gestolpert. Dreimal, glaube ich.«

Er blickte auf ihre rotbraunen italienischen Stiefel mit den hohen Absätzen hinab.

»Du hast ja auch die perfekten Schneestiefel an.«

»Mehr als perfekt. Ganz zu schweigen davon, dass ich heute Morgen auf die warme Strumpfhose verzichtet habe. Genial!«

»Komm rein, dann wärm ich dich auf.«

Sie fiel in seine Arme und zitterte noch mehr, und er drückte sie fest an sich.

»Verzeih mir«, sagte sie noch einmal.

»Was denn?«

»Alles. Serner. Ich war ein Idiot.«

»Jetzt übertreib mal nicht, Ricky.«

Er strich ihr die Schneeflocken aus dem Haar und von der Stirn und nahm vorsichtig die Wunde auf ihrer Wange in Augenschein.

»Keine Sorge, ich werde dir das ganze Ausmaß schon noch darlegen«, sagte sie.

»Aber erst befreie ich dich von deinen nassen Klamotten und lasse dir ein warmes Bad ein. Willst du auch ein Glas Rotwein?«

Das wollte sie, und sie blieb lange in der Badewanne, mit ihrem Weinglas, das er zwischendurch mehrmals auffüllte. Er saß neben ihr auf dem Klodeckel und lauschte ihrer Erzählung, und trotz all der unheilvollen Nachrichten hatte ihr Gespräch etwas Versöhnliches. Als würden sie eine Mauer einreißen, die sich in jüngster Zeit zwischen ihnen aufgetan hatte.

»Ich weiß, dass du meine Entscheidung von Anfang an für dumm gehalten hast«, sagte sie. »Nein, keine Widerrede, dafür kenne ich dich zu gut. Aber du musst verstehen, dass Christer, Malin und ich damals keine andere Lösung gesehen haben. Wir hatten gerade Emil und Sofie abgeworben und waren so stolz darauf – damals hat es kaum begehrtere Reporter gegeben, weißt du noch? Die beiden waren fast schon eine Prestigesache für uns. Ihre Anstellung hat allen signalisiert, dass wir immer noch am Ball waren, und sie hat ja tatsächlich auch eine gute Außenwirkung gehabt und für eine positive Berichterstattung in *Resumé* und *Dagens Media* gesorgt. Es war wie in alten Zeiten, und ehrlich gesagt ist es mir wichtig, dass ich Sofie und Emil versprochen habe, sie würden sich bei uns sicher fühlen können. Unsere Finanzen seien stabil, hab ich damals gesagt. Wir haben Harriet Vanger im Rücken. Wir haben genug Geld für fantastische investigative Reportagen. Und du weißt, ich habe wirklich daran geglaubt. Aber dann...«

»Dann ist der Himmel ein wenig gefallen...«

»Genau. Es war ja nicht nur die Zeitungskrise oder der eingebrochene Anzeigenmarkt, sondern auch das ganze Durcheinander beim Vanger-Konzern. Ich weiß nicht, ob du überhaupt begriffen hast, wie schlimm es war. Man könnte fast von einem Putsch reden. All die Dunkelmänner in dieser Familie und in diesem Fall auch Dunkelfrauen – du kennst sie ja besser als jeder andere –, all die alten Rassisten und Reaktionäre haben sich zusammengetan und Harriet das Messer in den Rücken gerammt. Ihren Anruf werde ich nie vergessen. Sie haben mich plattgemacht, hat sie gesagt. Ich bin am Ende. Natürlich waren vor allem ihre Versuche, den Konzern zu verjüngen und zu modernisieren, den anderen ein Dorn im Auge. Und dann natürlich ihre Entscheidung, David Goldman in den Aufsichtsrat zu wählen, den Sohn von Rabbi Viktor Goldman. Aber wir waren ebenfalls ein Teil des Ganzen. Erinnere dich daran: Andrei hatte damals gerade seine Reportage über die Bettler in Stockholm geschrieben, die wir alle für das Beste hielten, was er je gemacht hatte, und die überall zitiert wurde, sogar im Ausland. Aber von den Vanger-Leuten wurde sie nur...«

»Als linkes Geschwätz abgetan.«

»Schlimmer, Mikael. Als Propaganda für faules, arbeitsscheues Gesindel.«

»Haben sie das so gesagt?«

»Ja, so in der Richtung, aber ich vermute, dass die Reportage eigentlich nicht ausschlaggebend war. Das war nur ihre Ausrede, ein vorgeschobenes Argument, um Harriets Position im Konzern weiter zu schwächen. Sie wollten sich von allem distanzieren, wofür Henrik und Harriet gestanden haben.«

»Idioten.«

»Allerdings, aber was hilft uns das? Ich erinnere mich noch genau an diese Tage – es war, als hätte man mir den Boden unter den Füßen weggezogen. Und ich weiß, ich hätte dich stärker miteinbeziehen sollen. Aber ich habe geglaubt, dass wir alle davon profitieren, wenn du dich nur um deine Storys kümmerst.«

»Und trotzdem hab ich nichts Vernünftiges geliefert.«

»Du hast es versucht, Mikael. Du hast es wirklich versucht. Aber worauf ich hinauswill, ist eigentlich, dass genau in dem Moment, als es so aussah, als wären wir gegen die Wand gefahren, Ove Levin anrief.«

»Wahrscheinlich hatte ihm jemand einen Tipp gegeben.«

»Ganz sicher, und ich brauche dir wohl auch nicht zu erklären, wie skeptisch ich anfangs war. Ich brachte Serner ausschließlich mit Boulevardgeschmiere in Verbindung. Aber Ove hat hartnäckig auf mich eingeredet und mich sogar in seine Villa nach Cannes eingeladen.«

»Wie bitte?«

»Entschuldige, ja, das habe ich dir auch nicht erzählt. Vermutlich weil ich mich dafür geschämt habe. Aber ich wollte sowieso zu den Filmfestspielen, um diese iranische Regisseurin zu porträtieren. Du weißt schon, die Frau, die verfolgt wurde, weil sie eine Dokumentation über die neunzehnjährige Sara gedreht hat, die gesteinigt worden war. Und ich fand, es könnte nicht schaden, wenn Serner uns bei den Reisekosten unterstützte. Wie auch immer, Ove und ich redeten die ganze Nacht, aber ich war immer noch skeptisch. Er hat so lächerlich geprahlt und geredet wie ein Verkäufer, aber am Ende habe ich ihm dann doch zugehört, und weißt du, warum?«

»Weil er so gut im Bett war?«

»Nein, nein. Es war das Verhältnis, das er zu dir hatte.«

»Wollte er stattdessen mit mir ins Bett?«

»Er bewundert dich grenzenlos.«

»So ein Quatsch.«

»Nein, Mikael, da irrst du dich. Er liebt seine Macht und sein Geld und sein Haus in Cannes. Aber es nagt furchtbar an ihm, dass er nicht das gleiche Ansehen genießt wie du. Wenn es um Wertschätzung geht, ist er arm, und du bist steinreich, Mikael. Tief in seinem Inneren will er so sein wie du, das habe ich sofort gespürt. Und ja, ich hätte wissen müssen, dass Neid gefährlich werden kann. Diese ganze Hetze gegen dich war ja nichts anderes, das weißt du hoffentlich. Du erinnerst sie mit deiner bloßen Existenz daran, dass sie selbst ihre Seelen verkauft haben, und je mehr man dich feiert, umso erbärmlicher stehen sie da, und in solchen Situationen kennen sie nur ein Mittel, um sich zu verteidigen: Sie ziehen dich in den Dreck. Wenn du fällst, fühlen sie sich besser. Das dumme Gerede über dich gibt ihnen ein bisschen was von ihrer Würde zurück. Jedenfalls bilden sie sich das ein.«

»Danke, Erika, aber so was ist mir wirklich egal.«

»Ja, ich weiß. Oder zumindest hoffe ich es. Aber jedenfalls habe ich damals begriffen, dass Ove wirklich dabei sein und sich wie einer von uns fühlen wollte. Er wollte etwas von unserem Renommee abhaben, und ich fand, das könnte durchaus ein guter Anreiz sein. Wenn er wirklich so cool sein wollte wie du, wäre es tödlich für ihn, *Millennium* in ein stinknormales kommerzielles Serner-Produkt zu verwandeln. Wenn er dagegen eine der legendärsten Zeitschriften Schwedens kaputt machen würde, wäre damit auch sein letztes bisschen Ansehen zerstört. Deshalb habe ich ihm geglaubt, als er sagte, der Konzern und er bräuchten ein Prestigeformat, ein Alibi, wenn man so will, und dass er uns nur dabei unterstützen wollte, genau den Journalismus zu betreiben, an den wir glaubten. Natürlich sagte er, dass er sich auch selbst bei *Millennium* engagieren würde, aber das hielt ich für reine Eitelkeit. Ich dachte, er wollte bloß ein bisschen aufschneiden und vor seinen oberflächlichen Freunden behaupten, er wäre unser Spindoktor oder so etwas in der Art. Ich hätte nie geglaubt, dass er es wagen würde, auf die Seele der Zeitschrift loszugehen.«

»Und trotzdem macht er gerade genau das.«

»Ja, leider.«

»Und wie verhält sich das zu deiner schönen psychologischen Theorie?«

»Ich habe die Macht des Opportunismus unterschätzt. Wie du ja gemerkt hast, haben sich Ove und Serner vor dieser Hetzjagd auf dich vorbildlich verhalten, aber dann...«

»Hat er sie ausgenutzt.«

»Nein, nein, jemand anders hat sie ausgenutzt. Jemand, der ihm schaden will. Erst später habe ich verstanden, dass es Ove nicht leichtgefallen war, die anderen davon zu überzeugen, sich bei uns einzukaufen. Wie du dir denken kannst, leiden nicht alle bei Serner unter journalistischen Minderwertigkeitskomplexen. Die meisten sind doch bloß Geschäftsleute, und sie hassen all dieses Gerede darüber, dass man für etwas Wichtiges eintreten muss und so weiter. Sie haben sich an Oves ›falschem Idealismus‹ gestoßen, und in der Hetze gegen dich sahen sie ihre Chance, ihn unter Druck zu setzen.«

»Oje.«

»Wenn du wüsstest! Erst wirkte alles noch gemäßigt. Es kamen nur ein paar Forderungen nach einer gewissen Marktanpassung, und wie du weißt, fand ich, dass ein Großteil davon sogar halbwegs vernünftig klang. Ich habe auch selbst schon häufiger darüber nachgedacht, wie wir eine jüngere Zielgruppe erreichen könnten. Ich fand wirklich, dass Ove und ich einen guten Dialog darüber führten, und deshalb habe ich mir auch keine allzu großen Gedanken über seine heutige Präsentation gemacht.«

»Nein, das habe ich gemerkt.«

»Aber dann ging der ganze Zirkus los.«

»Von welchem Zirkus reden wir?«

»Von dem Zirkus, der ausbrach, als du Oves Stellung untergraben hast.«

»Ich habe nichts untergraben, Erika. Ich bin einfach gegangen.«

Erika lag in der Badewanne, nahm einen Schluck Wein und lächelte ein wenig wehmütig.

»Wann lernst du es endlich, Mikael Blomkvist?«, fragte sie.

»Ich dachte eigentlich, ich würde es allmählich ein bisschen besser durchschauen.«

»Das scheint mir nicht so… sonst hättest du nämlich begriffen, dass es eine große Sache ist, wenn Mikael Blomkvist bei einer Präsentation zu seiner eigenen Zeitschrift einfach rausmarschiert, egal ob Mikael Blomkvist das bezweckt oder nicht.«

»Dann entschuldige ich mich hiermit für meine Sabotage.«

»Nein, nein, ich mache dir das gar nicht zum Vorwurf. Nicht mehr. Jetzt bin ich diejenige, die um Verzeihung bittet, wie du gemerkt haben solltest. Ich habe uns in diese Lage gebracht. Das Schlamassel wäre sicher auch entstanden, wenn du nicht gegangen wärst. Sie haben nur auf eine Gelegenheit gewartet, um über uns herzufallen.«

»Was ist denn passiert?«

»Nachdem du verschwunden warst, ist uns allen die Luft ausgegangen, und Ove, dessen Selbstbewusstsein einen gehörigen Dämpfer abbekommen hatte, brach seinen Vortrag abrupt ab. So habe es keinen Sinn, hat er gesagt. Anschließend hat er in der Konzernzentrale angerufen und Bericht erstattet, und es würde mich nicht wundern, wenn er das Ganze ordentlich dramatisiert hätte. Dieser Neid, auf den ich gesetzt hatte, ist anscheinend einer miesen Kleinlichkeit und Boshaftigkeit gewichen. Nach einer Weile kam er zurück und sagte, der Konzern sei bereit, weiter auf *Millennium* zu setzen und all seine Kanäle zu nutzen, um die Zeitschrift besser zu vermarkten…«

»Und das bedeutet anscheinend nichts Gutes.«

»Nein, und das hatte ich schon geahnt, bevor er es sagte. Man konnte es an seinem Gesichtsausdruck ablesen. Er hat eine Mischung aus Angst und Triumph ausgestrahlt. Erst ist es ihm schwergefallen, die richtigen Worte zu finden. Er hat ziemlich viel geschwafelt und gesagt, der Konzern wolle einen tieferen Einblick in unsere Arbeit erlangen, eine Verjüngung des Inhalts vornehmen, mehr Promis… aber dann…«

Erika schloss die Augen, fuhr sich mit der Hand durchs nasse Haar und kippte den letzten Rest Wein hinunter.

»Ja?«

»Dann hat er gesagt, dass er dich nicht mehr in der Redaktion haben will.«

»Was?«

»Natürlich konnte weder er noch der Konzern das so direkt sagen – und noch viel weniger können sie Schlagzeilen riskieren wie ›Serner feuert Blomkvist‹. Also hat Ove es sehr freundlich ausgedrückt und seine Vorstellung dargelegt, du solltest größere Freiräume bekommen und dich auf das konzentrieren, was du am besten kannst: Reportagen zu schreiben. Er hat einen strategischen Standort in London und einen großzügigen Honorarvertrag vorgeschlagen.«

»London?«

»Er hat gesagt, Schweden sei zu klein für einen Typen von deinem Format… aber du verstehst bestimmt, worum es eigentlich geht.«

»Sie glauben also, dass sie ihre Veränderungsvorschläge nicht durchsetzen können, solange ich noch in der Redaktion bin.«

»So ungefähr. Gleichzeitig glaube ich, dass niemand von ihnen erstaunt war, als Christer, Malin und ich entschieden Nein sagten und dass so etwas nicht zur Debatte stehe – von Andreis Reaktion ganz zu schweigen.«

»Was hat er gemacht?«

»Es ist mir fast ein bisschen peinlich, das zu erzählen. Andrei ist aufgestanden und hat gesagt, etwas so Schändliches habe er in seinem ganzen Leben noch nicht gehört. Er hat gesagt, du gehörtest zu den Besten, die dieses Land jemals hervorgebracht hat, ein wahrer Stolz für die Demokratie und für den Journalismus, und der gesamte Serner-Konzern solle sich schämen. Außerdem hat er gesagt, du seist ein großer Mann...«

»Der trägt aber ganz schön dick auf.«

»Aber er ist ein feiner Kerl.«

»Allerdings. Wie haben die Serner-Leute reagiert?«

»Ove war natürlich darauf vorbereitet. Ihr könnt uns selbstverständlich abfinden, hat er gesagt. Allerdings solltet ihr wissen, dass...«

»Dass der Preis inzwischen gestiegen ist«, ergänzte Mikael.

»Genau. Jede gründliche Analyse, so Ove, würde zeigen, dass sich der Anteilswert mindestens verdoppelt hätte, seit Serner eingestiegen ist, erst recht wenn man den Mehrwert und den Goodwill miteinberechnen würde, den sie geschaffen haben...«

»Goodwill? Spinnen die?«

»O nein. Sie sind schlau, und sie wollen uns über den Tisch ziehen. Und ich frage mich auch, ob sie nicht mehrere Fliegen mit einer Klappe schlagen wollen: ein gutes Geschäft machen, uns finanziell ruinieren und gleichzeitig einen Konkurrenten loswerden.«

»Und was zum Teufel können wir dagegen tun?«

»Das, was wir am besten können, Mikael: kämpfen. Ich räume meine Konten, und wir kaufen ihren Anteil zurück und setzen alles daran, auch weiterhin die beste Zeitschrift Nordeuropas herauszubringen.«

»Wunderbar, Erika, aber was dann? Unsere finanzielle Situation wird auch weiterhin erbärmlich sein, und daran kannst nicht einmal du etwas ändern.«

»Ich weiß, aber es wird schon gehen. Wir haben in der

Vergangenheit auch schon ganz andere schwierige Situationen gemeistert. Wir beide könnten eine Weile auf unser Gehalt verzichten. Wir kommen doch auch so zurecht, oder?«

»Alles hat mal ein Ende, Erika.«

»Sag so was nicht! Niemals!«

»Nicht einmal, wenn es stimmt?«

»Vor allem dann nicht.«

»Na gut.«

»Hast du denn nicht irgendwas auf Lager?«, fragte sie dann. »Was auch immer, irgendetwas, womit wir es dem medialen Schweden zeigen könnten?«

Mikael legte den Kopf in die Hände, und aus irgendeinem Grund musste er an Pernilla denken, seine Tochter, die gesagt hatte, im Unterschied zu ihm wolle sie »ernsthaft schreiben«, was auch immer an dem, was er machte, nicht ernsthaft war.

»Ich glaube nicht«, antwortete er.

Erika schlug mit der Hand so heftig ins Badewasser, dass es bis über seine Socken spritzte.

»Verdammt, du musst doch irgendwas in petto haben! Ich kenne niemanden in diesem Land, der so viele Hinweise kriegt wie du!«

»Das meiste davon ist Müll«, sagte er. »Aber vielleicht… Ich bin da einer Sache auf der Spur.«

Erika setzte sich mit einem Ruck in der Badewanne auf.

»Welcher Sache?«

»Ach, nichts… Wahrscheinlich ist es reines Wunschdenken«, beschwichtigte er sie.

»In einer solchen Lage bleibt uns nichts als Wunschdenken.«

»Ja, aber es ist wirklich… nur eine Menge Schall und Rauch und nichts, was sich beweisen ließe.«

»Und trotzdem glaubt ein Teil von dir daran?«

»Mag sein. Das liegt dann aber nur an einem einzigen Detail, das im Grunde nichts mit der eigentlichen Geschichte zu tun hat.«

»Was denn?«

»Dass meine alte Kampfgefährtin ebenfalls an dieser Sache dran war.«

»Du meinst *sie?*«

»Ganz genau.«

»Aber das klingt doch vielversprechend, oder?«, fragte Erika und erhob sich nackt und betörend aus der Badewanne.

8. KAPITEL

Am Abend des 20. November

August kniete auf dem Schachbrettboden im Schlafzimmer vor dem Stillleben einer Kerze auf einem blauen Untersetzer, zwei grünen Äpfeln und einer Apfelsine, die sein Vater für ihn arrangiert hatte. Doch nichts passierte. August starrte lediglich mit leerem Blick in das Unwetter hinaus, und Frans fragte sich, ob es womöglich Blödsinn war, dem Jungen ein Motiv vorzusetzen.

Anscheinend reichte ihm ja ein kurzer Blick, um sich etwas einzuprägen. Warum also sollte ausgerechnet sein Vater vorgeben, was er zeichnete? August schien tausend eigene Bilder im Kopf zu haben, und vielleicht war ein Teller mit Obst im Vergleich dazu vollkommen albern. Vermutlich interessierte sich der Junge für ganz andere Dinge, und Frans fragte sich erneut: Hatte der Junge ihm mit seiner Zeichnung der Ampel irgendetwas sagen wollen? Das Bild war keine nette kleine Studie gewesen, ganz im Gegenteil. Die rote Ampel funkelte wie ein böses Auge, und vielleicht – was wusste Frans schon – hatte August sich ebenfalls von dem Mann an dem Fußgängerüberweg bedroht gefühlt.

Frans betrachtete seinen Sohn zum hundertsten Mal an diesem Tag. Es war beschämend. Früher hatte er August vor allem als merkwürdig und undurchschaubar angesehen. Jetzt überlegte er erneut, ob sein Sohn und er selbst sich in Wahrheit nicht ziemlich ähnlich waren. Als Frans jung gewesen war, hatten die Ärzte keine großen Diagnosen gestellt. Damals waren Patienten leichtfertig als seltsam und versponnen abgetan worden. Aber er selbst war definitiv anders gewesen. Viel zu ernst, mit einer viel zu unbewegten Miene, und auf dem Schulhof hatte ihn niemand besonders cool gefunden. Andererseits hatte er die anderen Kinder auch nicht für besonders spannend gehalten. Er hatte sich lieber in seine Zahlen und Gleichungen geflüchtet und kein überflüssiges Wort gesprochen.

Vermutlich wäre er damals nicht wie August als autistisch eingestuft worden, doch heutzutage hätte man ihn sicher in die Asperger-Schublade gesteckt, was gut oder schlecht sein konnte. Das spielte kaum eine Rolle. Das Wesentliche war, dass Hanna und er damals geglaubt hatten, die frühe Diagnose würde ihnen helfen, trotzdem war seither wenig passiert, und erst jetzt, da August bereits acht Jahre alt war, begriff Frans, dass sein Sohn eine besondere Begabung hatte, vermutlich sowohl im räumlichen als auch im mathematischen Bereich. Warum hatten Hanna und Lasse nichts davon geahnt?

Lasse war ein Dreckskerl, aber Hanna war im Grunde eine sensible, feinfühlige Person. Ihre erste Begegnung würde Frans nie vergessen: Es war ein Abend an der Königlichen Akademie der Ingenieurwissenschaften im Rathaus gewesen, wo man ihm irgendeinen Preis überreicht hatte, der ihm nichts bedeutete. Das ganze Dinner über hatte er sich gelangweilt und sich an seinen Computer zurückgesehnt, als plötzlich eine schöne Frau, die er nur vage wiedererkannte – Frans' Kenntnis der Promiwelt hielt sich in Grenzen –, auf ihn zukam und sich mit ihm unterhalten wollte. Frans selbst sah sich noch immer als den Spinner an, zu dem man ihn in der Schule abgestempelt hatte und dem die Mädchen höchstens verächtliche Blicke zuwarfen.

Er konnte nicht begreifen, was eine Frau wie Hanna an ihm fand. Zu jener Zeit hatte sie, wie er später erfuhr, auf dem Höhepunkt ihrer Karriere gestanden. Trotzdem verführte sie ihn in jener Nacht und liebte ihn, wie keine Frau ihn je geliebt hatte. Es folgte die glücklichste Zeit in Frans' Leben, bis ... die binären Codes schließlich über die Liebe siegten.

Mit seiner ständigen Arbeit zerstörte er ihre Ehe, und danach ging alles bergab. Lasse Westman übernahm seinen Platz, Hanna verblühte, und August tat es ihr vermutlich gleich. Eigentlich hätte das Frans wütend machen müssen, aber er wusste, dass auch er Schuld daran trug. Er hatte sich freigekauft und den Sohn vernachlässigt, und vielleicht stimmte ja wirklich, was in dem Sorgerechtsstreit behauptet worden war: dass ihm der Traum von der künstlichen Intelligenz mehr bedeutet hatte als der eigene Sohn. Was für ein Idiot er doch gewesen war!

Er holte seinen Laptop und stellte im Internet weiter Nachforschungen über das Savant-Syndrom an. Er hatte sich schon eine Reihe Bücher bestellt, unter anderem das Standardwerk zum Thema, *Islands of Genius* von Professor Darold A. Treffert. Wie immer hatte er sich vorgenommen, sich alles anzueignen, was man von einer Sache wissen konnte. Kein dahergelaufener Psychologe oder Pädagoge sollte ihm auf die Finger klopfen und sagen können, was August in einer solchen Situation benötigte. Bald würde er es besser wissen als jeder andere, und deshalb setzte er seine Suche fort, blieb aber schon bald bei einer Geschichte hängen – der Geschichte eines autistischen Mädchens namens Nadia.

Lorna Selfe hatte sie in ihrem Buch *Nadia: A Case of Extraordinary Drawing Ability in an Autistic Child* ebenso geschildert wie Oliver Sacks in *Der Mann, der seine Frau mit einem Hut verwechselte*. Frans las beide Bücher mit großer Faszination. Nadias Schicksal war wirklich ergreifend, und Frans sah zahlreiche Parallelen zu August. Genau wie er hatte Nadia bei der

Geburt vollkommen gesund gewirkt, und ihre Eltern hatten erst allmählich bemerkt, dass irgendetwas mit ihr nicht stimmte.

Nadia lernte weder sprechen, noch sah sie Menschen in die Augen. Sie mochte keinen Körperkontakt und reagierte auch nicht, wenn die Mutter lächelte oder auf andere Weise mit ihr in Verbindung treten wollte. Meistens blieb sie stumm und in sich zurückgezogen und zerschnitt zwanghaft Papier in unbeschreiblich schmale Streifen. Mit sechs Jahren hatte sie immer noch kein Wort gesagt.

Trotzdem zeichnete sie wie ein da Vinci. Schon im Alter von drei Jahren hatte sie von einem Tag auf den anderen plötzlich Pferde gezeichnet. Im Unterschied zu anderen Kindern begann sie nicht mit dem Umriss, dem Ganzen, sondern mit einem kleinen Detail, einem Huf, dem Stiefel des Reiters, dem Schweif. Und das Merkwürdigste: Sie zeichnete wahnsinnig schnell. In rasender Geschwindigkeit setzte sie die Einzelteile zu einem perfekten Ganzen zusammen, zu einem Pferd, das sich im Schritt oder Galopp bewegte. Von seinen eigenen Malversuchen als Kind wusste Frans, dass nichts schwerer war, als ein Tier in Bewegung einzufangen. Sosehr wir es auch versuchen, bleibt das Ergebnis doch meist unnatürlich und steif. Es erfordert einen Meister, die Leichtigkeit im Sprung einzufangen. Und Nadia war schon im Alter von drei Jahren eine Meisterin.

Ihre Pferde waren perfekte Standbilder, mit leichter Hand entworfen, und das nicht als Folge langen Übens. Ihre Virtuosität sprudelte unvermittelt aus ihr heraus wie Wasser durch einen gebrochenen Damm, und das faszinierte ihre Mitmenschen. Wie konnte ihr das gelingen? Wie war es möglich, dass sie mit ein paar wenigen, schnellen Handbewegungen ganze Jahrhunderte der kunstgeschichtlichen Entwicklung übersprang? Die australischen Wissenschaftler Allan Snyder und John Mitchell untersuchten die Zeichnungen und legten 1999 eine inzwischen allgemein anerkannte Theorie vor. Sie gingen davon aus, dass wir alle von Geburt an über diese Form der

Virtuosität verfügen, jenes Talent jedoch bei den meisten von uns blockiert wird.

Wenn wir beispielsweise einen Fußball sehen, erkennen wir nicht unmittelbar, dass es sich um ein dreidimensionales Objekt handelt. Stattdessen deutet das Gehirn binnen Sekundenbruchteilen eine Reihe von Details – Schatten, Unterschiede in der Tiefe und in den Nuancen – und zieht davon ausgehend Schlüsse über die Form. Auch wenn wir uns dessen nicht bewusst sind, erfordert es eine Analyse der Einzelteile, etwas so Einfaches zu begreifen wie den Unterschied zwischen einem Ball und einem Kreis.

Das Gehirn erzeugt die endgültige Form selbst, und während dies geschieht, sehen wir die Details nicht mehr, die wir im ersten Augenblick erfasst haben. Man könnte sagen, wir sehen vor lauter Wald die Bäume nicht. Mitchell und Snyder glaubten, dass wir, wenn es uns nur gelänge, das ursprüngliche Bild aus unserem Gehirn wieder hervorzuholen, die Welt auf eine neue Weise betrachten und sie vielleicht auch leichter nachbilden könnten, so wie es Nadia ohne jede Übung gelungen war.

Ihre Theorie fußte mit anderen Worten darauf, dass Nadia der Zugang zu diesem Ursprungsbild gewährt geblieben war, dem eigentlichen Rohmaterial der Wahrnehmung. Sie sah das Gewimmel von Details und Schatten in ihrer unbearbeiteten Form und fing die Einzelteile ein und nicht das Ganze, weil das Ganze im herkömmlichen Sinne für sie nicht existierte. Obwohl Frans Balder durchaus Probleme in dieser Theorie ausmachte oder ihm zumindest – wie immer – eine Reihe kritischer Fragen in den Sinn kam, gefiel ihm der grundsätzliche Gedanke.

In vielen Punkten entsprach er einer ursprünglichen Betrachtungsweise, die er in seiner Forschung immer gesucht hatte – einer Perspektive, die nichts als gegeben hinnahm, sondern die kleinen Einzelheiten jenseits des Offensichtlichen in den

Fokus rückte. Überhaupt war er zunehmend von dem Thema besessen und las darüber mit wachsender Faszination – bis es ihm plötzlich eiskalt den Rücken hinunterlief. Er fluchte und warf seinem Sohn einen angsterfüllten Blick zu. Doch nicht die Forschungsergebnisse ließen Frans erschaudern, sondern die Schilderung von Nadias erstem Schuljahr.

Nadia war in eine Klasse für autistische Kinder gekommen, und der Unterricht hatte sich darauf konzentriert, ihr das Sprechen beizubringen. Tatsächlich machte das Mädchen Fortschritte. Nach und nach kamen die Worte. Aber Nadia zahlte einen hohen Preis dafür. Sowie sie zu sprechen begann, erlosch ihre überragende zeichnerische Begabung. Die Autorin Lorna Selfe stellte die These auf, das Mädchen habe die eine Sprache durch die andere ersetzt. Vom Künstlergenie wurde Nadia wieder zu einem ganz normalen schwerbehinderten autistischen Mädchen, das sich nun zwar äußern konnte, aber jenes Talent einbüßte, das die Welt in Staunen versetzt hatte. War es das wert gewesen?

Nein!, wollte Frans ausrufen, vielleicht auch weil er selbst immer bereit gewesen war, jeden Preis zu zahlen, um auf seinem Gebiet allwissend zu werden. Er wollte lieber jemand bleiben, der keinen vernünftigen Small Talk zustande brachte, als sich in einen mittelmäßigen Menschen zu verwandeln. Alles, nur nicht ordinär – genau das war stets die Richtschnur in seinem Leben gewesen, und dennoch verstand er, dass seine eigenen elitären Prinzipien in diesem Fall nicht unbedingt richtig sein mussten. Vielleicht waren ein paar großartige Zeichnungen ja weniger wichtig als die Möglichkeit, um ein Glas Milch bitten zu können oder ein paar Worte mit einem Freund zu wechseln oder mit einem Vater – was wusste er schon darüber?

Trotzdem verweigerte er sich einer derartigen Entscheidung. Er ertrug den Gedanken nicht, auf das Größte verzichten zu müssen, was je in Augusts Leben passiert war. Nein, eine solche Frage durfte es nicht geben. Kein Elternteil sollte sich zwischen den Alternativen Genie oder Nicht-Genie entscheiden müssen. Schließlich konnte niemand im Voraus wissen, was für das Kind am besten war.

Je mehr er über die Frage nachdachte, umso unangemessener erschien sie ihm, und ihm wurde bewusst, dass er eigentlich nicht daran glaubte oder vielmehr nicht daran glauben *wollte*. Nadia war trotz allem nur ein Fallbeispiel, und ein Fallbeispiel war keine im wissenschaftlichen Sinne hinreichende Grundlage.

Er musste mehr herausfinden und wandte sich wieder seiner Internetrecherche zu, als im nächsten Moment sein Handy klingelte. In den vergangenen Stunden hatte es immer wieder geklingelt. Unter anderem hatte eine unterdrückte Nummer versucht, ihn zu erreichen, dann Linus, sein ehemaliger Assistent, mit dem er sich zunehmend schwertat, ja dem er womöglich nicht mehr ganz vertraute und mit dem er gerade jetzt auf keinen Fall sprechen wollte. Er wollte weiter Nadias Schicksal erforschen und sonst nichts.

Trotzdem ging er dran – vielleicht aus reiner Nervosität. Es war Gabriella Grane, die hinreißende Säpo-Analystin, und da musste Frans trotz allem lächeln. Wenn Farah Sharif bei ihm auf Platz eins stand, war Gabriella eine gute Zwei. Sie hatte schöne, funkelnde Augen und einen wachen Geist. Und Frans hatte eine Schwäche für kluge Frauen.

»Gabriella Grane!«, rief er. »Wie gern würde ich jetzt mit Ihnen sprechen. Aber ich habe keine Zeit, ich bin gerade mit etwas sehr Wichtigem beschäftigt.«

»Für mein Anliegen haben Sie definitiv Zeit«, erwiderte sie ungewohnt streng. »Sie sind in Gefahr.«

»Unsinn! Das habe ich Ihnen doch schon gesagt: Man wird bei Gericht versuchen, mich bis aufs letzte Hemd auszuziehen, mehr aber auch nicht.«

»Tut mir leid, aber wir haben neue Informationen aus einer

sehr zuverlässigen Quelle erhalten. Wir müssen wohl tatsächlich von einer Bedrohungslage ausgehen.«

»Wie meinen Sie das?«, fragte er ein wenig zerstreut.

Das Telefon zwischen Ohr und Schulter eingeklemmt, suchte er weiter im Internet nach Nadias verlorener Begabung.

»Ich kann diese Informationen zwar nur schwer bewerten, aber sie beunruhigen mich. Ich glaube, wir sollten sie ernst nehmen.«

»Dann werde ich mich darum bemühen. Ich verspreche Ihnen, dass ich besonders vorsichtig sein werde. Und ich werde wie gewohnt das Haus nicht verlassen. Aber wie gesagt habe ich gerade zu tun, und außerdem bin ich mir ganz sicher, dass Sie sich irren. Bei Solifon…«

»Natürlich könnte ich mich irren«, fiel sie ihm ins Wort, »das ist gut möglich, aber stellen Sie sich vor, ich hätte recht. Stellen Sie sich vor, es bestünde nur ein klitzekleines Restrisiko, dass es wirklich so ist?«

»Durchaus, aber…«

»Kein Aber, Herr Balder. Jetzt hören Sie mir mal zu. Ich glaube, Ihre Einschätzung ist korrekt. Bei Solifon will Ihnen niemand etwas Böses, jedenfalls nicht im konkreten Sinne. Aber es scheint, als hätte ein oder als hätten mehrere Mitarbeiter Kontakt zu einer kriminellen Organisation, einer ziemlich gefährlichen Gruppe, die Verzweigungen in Russland und in Schweden hat, und von dort geht die Bedrohung aus.«

Zum ersten Mal hob Frans seinen Blick vom Bildschirm. Er wusste schließlich, dass Zigmund Eckerwald bei Solifon mit einer kriminellen Gruppierung zusammenarbeitete. Er hatte sogar einige Schlüsselworte über deren Anführer aufgeschnappt, aber er konnte sich nicht vorstellen, warum es diese Gruppe auf ihn abgesehen haben sollte – oder doch?

»Eine kriminelle Organisation?«, brummte er.

»Ganz genau«, fuhr Gabriella fort. »Und ist das nicht gewissermaßen logisch? Sie haben sich doch selbst schon über so etwas Gedanken gemacht, oder nicht? Dass man, wenn man einmal damit angefangen hat, sich die Ideen anderer anzueignen und damit Geld zu verdienen, eine Grenze überschreitet, von der an es nur mehr bergab geht?«

»Ich glaube, ich habe eher gesagt, dass man lediglich eine Bande von Anwälten braucht. Mit ein paar aalglatten Juristen im Schlepptau kann man sich ruhigen Gewissens alles unter den Nagel reißen. Juristen sind die Schlägertrupps unserer Zeit.«

»Gut, das mag sein. Aber hören Sie mir trotzdem zu. Ich warte noch auf die Genehmigung für den Personenschutz. In der Zwischenzeit möchte ich Sie an einen sicheren Ort bringen, und ich habe vor, Sie jetzt gleich abzuholen.«

»Wie bitte?«

»Ich glaube, wir müssen sofort handeln.«

»Nie im Leben«, sagte er. »Ich und…«

Er hielt inne.

»Ist jemand bei Ihnen?«, fragte sie.

»Nein, nein. Aber ich kann jetzt nirgends hinfahren.«

»Verstehen Sie nicht, was ich gesagt habe?«

»Doch, ich verstehe Sie sehr gut. Aber bei allem Respekt klingt das für mich wie reine Spekulation.«

»Um eine Bedrohungslage einzuschätzen, muss man nun mal spekulieren. Aber unser Informant… Also, eigentlich dürfte ich das gar nicht sagen, aber es ist eine NSA-Agentin, die diese Organisation gerade unter die Lupe nimmt.«

»Die NSA«, schnaubte er verächtlich.

»Ich weiß, dass Sie ihr skeptisch gegenüberstehen.«

»Skeptisch ist gar kein Ausdruck.«

»Okay, okay. Aber diesmal steht sie auf Ihrer Seite – zumindest die Kollegin, die mich angerufen hat. Sie ist gut. Und bei einer Abhöraktion hat sie etwas aufgeschnappt, was möglicherweise auf einen Mord hinweisen könnte.«

»Jemand will mich umbringen?«

»Es deutet vieles darauf hin.«

»*Möglicherweise … deutet darauf hin …* Das klingt nicht gerade konkret.«

Vor ihm streckte August sich gerade nach seinen Stiften, und Frans war schlagartig davon gebannt.

»Ich bleibe«, sagte er.

»Sie machen Scherze.«

»O nein. Ich ziehe gern um, sobald Sie weitere Informationen haben, aber nicht jetzt. Außerdem scheint mir diese Alarmanlage, die Milton eingebaut hat, mehr als ausreichend zu sein. Hier sind überall Kameras und Sensoren.«

»Ist das Ihr Ernst?«

»Ja, und Sie wissen, dass ich ein Sturkopf bin.«

»Haben Sie eine Waffe?«

»Was glauben Sie wohl? Ich und eine Waffe! Das Gefährlichste, was ich besitze, ist wahrscheinlich ein Käsehobel.«

»Hören Sie …«, sagte sie zögernd.

»Ja?«

»Ich werde Personenschutz für Sie organisieren, ob Sie es wollen oder nicht. Sie brauchen sich deswegen keine Sorgen zu machen. Wahrscheinlich werden Sie es nicht einmal bemerken. Aber wenn Sie unbedingt so verdammt stur sein wollen, dann habe ich noch einen anderen Rat für Sie.«

»Und der lautet?«

»Gehen Sie an die Öffentlichkeit. Das wäre die beste Lebensversicherung. Erzählen Sie den Medien, was Sie wissen – dann wäre es im Zweifel sinnlos, Sie noch aus dem Weg räumen zu wollen.«

»Ich werde es mir überlegen.«

Frans hörte, wie Gabriella Grane plötzlich abgelenkt war.

»Warten Sie mal kurz«, sagte sie dann. »Ich hab jemand anders in der Leitung, ich muss …«

Ihre Stimme verschwand, und Frans, der eigentlich ganz andere Sorgen hätte haben sollen, dachte in diesem Moment nur über eines nach: Wird August seine zeichnerischen Fähigkeiten verlieren, wenn ich ihm das Sprechen beibringe?

»Sind Sie noch dran?«, fragte Gabriella nach einer Weile.

»Selbstverständlich.«

»Ich muss leider Schluss machen. Aber ich verspreche, dass ich so schnell wie möglich Schutz für Sie organisiere. Ich melde mich wieder. Geben Sie auf sich acht!«

Er legte auf und seufzte, und wieder musste er an Hanna denken, an August und an das Schachbrettmuster, das sich im Kleiderschrank spiegelte, und an alles Mögliche, was in diesem Zusammenhang eigentlich nicht von Bedeutung war, und nur ganz nebenbei, zerstreut, murmelte er vor sich hin: »Sie sind hinter mir her.«

Tief in seinem Inneren sah er durchaus ein, dass es nicht gänzlich auszuschließen war, dass sie Gewalt anwenden würden, auch wenn er es nicht so recht glauben wollte. Aber was wusste er schon? Nichts. Außerdem hatte er jetzt gerade nicht die Nerven, sich damit auseinanderzusetzen. Stattdessen widmete er sich weiter Nadias Schicksal und was es für seinen Sohn bedeuten mochte, und natürlich war das nicht klug. Er tat weiterhin so, als wäre nichts geschehen. Der Bedrohung zum Trotz surfte er weiter im Internet, und schon bald stieß er auf einen Professor der Neurologie, einen führenden Experten auf dem Gebiet des Savant-Syndroms namens Charles Edelman. Doch statt wie üblich weiterzulesen – Balder zog die Literatur dem Gespräch mit Menschen vor –, griff er zum Hörer und rief in der Zentrale des Karolinska Institutet an.

Ihm war klar, dass es bereits zu spät sein würde. Edelman hatte sein Büro bestimmt schon lange verlassen, und eine private Nummer war nirgends aufzufinden. Doch dann stieß Frans darauf, dass Edelman auch eine Einrichtung für autistische Kinder mit besonderen Begabungen leitete, die sich Ekliden nannte, und dort versuchte er es. Das Freizeichen ertönte drei-, viermal, dann meldete sich eine Dame, die sich als Schwester Lindros vorstellte.

»Verzeihung, dass ich noch so spät störe«, sagte Frans Balder. »Ich würde gerne mit Professor Edelman sprechen. Ist er vielleicht noch da?«

»Ja, bei diesem Unwetter kommt ja niemand mehr nach Hause. Wen darf ich anmelden?«

»Frans Balder«, antwortete er und ergänzte, weil es vielleicht von Vorteil war: »Professor Frans Balder.«

»Einen Moment bitte«, sagte Schwester Lindros. »Ich schau mal, ob er Zeit hat.«

Frans betrachtete August, der erneut einen Stift in die Hand nahm und zögerte, und das beunruhigte seinen Vater, als wäre dies ein unheilvolles Omen. »Eine kriminelle Organisation«, murmelte er leise.

»Charles Edelman«, meldete sich eine Stimme am anderen Ende der Leitung. »Spreche ich tatsächlich mit Professor Balder?«

»Am Apparat. Ich habe eine kleine ...«

»Sie ahnen ja nicht, welche Ehre das für mich ist!«, sagte Edelman. »Ich bin gerade von einer Konferenz in Stanford zurückgekehrt, und da haben wir über Ihre Forschung im Bereich der neuronalen Netze gesprochen, ja, wir haben uns sogar die Frage gestellt, ob wir Neurologen nicht von der KI-Forschung profitieren und etwas über das Gehirn lernen könnten, sozusagen auf umgekehrtem Wege. Wir haben überlegt ...«

»Das schmeichelt mir sehr«, fiel Frans ihm ins Wort. »Aber eigentlich rufe ich an, weil ich eine Frage an Sie habe.«

»Oh, wirklich? Im Zusammenhang mit Ihrer Forschung?«

»Ganz und gar nicht. Ich habe einen autistischen Sohn. Er ist acht Jahre alt und spricht bis heute kein Wort, aber neulich haben wir an der Hornsgatan eine Ampelkreuzung überquert, und danach ...«

»Ja?«

»…hat er sich hingesetzt und sie in einer irrsinnigen Geschwindigkeit nachgezeichnet – vollkommen perfekt. Wirklich unglaublich.«

»Und jetzt möchten Sie, dass ich vorbeikomme und mir die Zeichnung ansehe?«

»Das wäre toll. Aber deshalb rufe ich nicht an. In Wirklichkeit bin ich beunruhigt. Ich habe gelesen, dass das Zeichnen womöglich sein Weg sein könnte, sich mit der Außenwelt zu verständigen, und dass er seine Begabung vielleicht verliert, wenn er sprechen lernt. Dass die eine Kommunikationsform die andere ablöst, sozusagen.«

»Sie beziehen sich auf den Fall Nadia.«

»Wie haben Sie das erraten?«

»Weil sie in dieser Frage immer als Beispiel herangezogen wird. Aber Sie können unbesorgt sein. Ich bin unglaublich froh, dass Sie anrufen, und ich kann Sie wirklich beruhigen. Sie müssen sich keine Gedanken machen. Nadia ist die Ausnahme, die die Regel bestätigt, nichts weiter. Die Forschungslage weist eher darauf hin, dass die sprachliche Entwicklung eine solche Inselbegabung noch vertieft. Man muss sich nur mal Stephen Wiltshire ansehen, von dem Sie sicher auch schon mal gehört haben?«

»Der Mann, der fast ganz London aus der Vogelperspektive gezeichnet hat?«

»Genau. Er hat sich in jeder Hinsicht weiterentwickelt, künstlerisch, intellektuell und sprachlich. Heute gilt er als großer Künstler. Sehen Sie es also gelassen. Natürlich verlieren Kinder mitunter ihre Savant-Talente, aber meistens hat das andere Gründe. Sie werden müde oder sind mit einem einschneidenden Erlebnis konfrontiert. Bestimmt haben Sie auch gelesen, dass Nadia etwa zur selben Zeit ihre Mutter verloren hat.«

»Ja.«

»Vielleicht war das die wahre Ursache. Natürlich kann

niemand das sicher sagen. Aber es lag mitnichten daran, dass sie sprechen gelernt hat. Man findet kaum andere dokumentierte Beispiele für eine solche Entwicklung, und das sage ich nicht einfach so – auch nicht, weil es meiner eigenen wissenschaftlichen Hypothese entspricht. Es herrscht mittlerweile Konsens darüber, dass Savants nur davon profitieren, ihre intellektuellen Fähigkeiten auf allen Ebenen auszubauen.«

»Sind Sie sich da ganz sicher?«

»Ja, definitiv.«

»Mein Sohn kann auch gut mit Zahlen umgehen.«

»Wirklich?«, fragte Charles Edelman.

»Warum wundert Sie das?«

»Weil eine künstlerische Begabung bei Inselbegabten äußerst selten mit mathematischem Talent einhergeht. Es handelt sich um zwei unterschiedliche Bereiche, die nicht miteinander verwandt sind. Oft scheinen sie sich sogar gegenseitig zu blockieren.«

»Aber so ist es. Seine Zeichnungen wirken im Übrigen geometrisch exakt – als hätte er die Proportionen berechnet.«

»Hochinteressant. Wann darf ich ihn kennenlernen?«

»Das kann ich noch nicht sagen. Ich wollte erst einmal nur Ihren Rat einholen.«

»Mein Rat ist ganz eindeutig: Setzen Sie auf den Jungen. Stimulieren Sie ihn. Lassen Sie zu, dass er seine Talente weiterentwickelt.«

»Ich …«

Frans spürte einen eigentümlichen Druck auf der Brust und hatte Schwierigkeiten, die Worte hervorzubringen.

»Ich möchte Ihnen danken«, fuhr er schließlich fort. »Ich bin Ihnen wirklich sehr dankbar. Aber jetzt muss ich …«

»Es war mir eine große Ehre, mit Ihnen zu sprechen, und es wäre wunderbar, wenn ich Sie und Ihren Sohn einmal treffen dürfte. Ich habe einen ziemlich ausgeklügelten Test für Savants entwickelt, wenn ich ein bisschen prahlen darf.

Damit könnten wir den Jungen gemeinsam besser kennenlernen.«

»Gewiss, das wäre natürlich gut. Aber jetzt muss ich wirklich…«, murmelte Frans, ohne zu wissen, was er eigentlich
sagen wollte. »Danke. Auf Wiederhören.«

»Aber selbstverständlich. Keine Ursache. Ich hoffe, wir hören uns bald wieder.«

Frans legte auf, blieb eine Weile reglos sitzen, die Hände
vor der Brust verschränkt, und betrachtete August, der noch
immer zögerlich den Stift in seiner Hand wiegte und in die
brennende Kerze starrte. Dann erzitterten Frans' Schultern,
und plötzlich kamen ihm die Tränen. Man konnte vieles über
Professor Balder sagen, aber er weinte nicht einfach so. Er
wusste nicht mal mehr, wann es zuletzt passiert war. Er hatte
nicht geweint, als seine Mutter gestorben war, und er weinte
definitiv nicht, wenn er etwas Rührendes las oder mit ansah.
Eigentlich betrachtete er sich selbst als so unerschütterlich
wie einen Stein. Aber jetzt, vor seinem Sohn und dessen Stiften, weinte der Professor wie ein Kind und ließ es einfach
so geschehen, und vermutlich waren Charles Edelmans Worte
der Auslöser gewesen.

Jetzt konnte August also sowohl sprechen lernen als auch
weiter zeichnen, und das war großartig. Aber natürlich weinte
Frans nicht nur deshalb. Es lag auch an dem Drama bei Solifon. Und an der Morddrohung. Und an den Geheimnissen,
die er besaß, und an der Sehnsucht nach Hanna oder Farah
oder welcher Frau auch immer, die vielleicht die Leere in seiner Brust auszufüllen vermochte.

»Mein kleiner Junge«, sagte er so ergriffen, dass er noch
nicht einmal bemerkte, wie sein Laptop aufflackerte und
Bilder einer Überwachungskamera auf seinem Grundstück
übertrug.

Draußen im Garten, im peitschenden Sturm, lief ein schlaksiger Mann in einer gefütterten Lederjacke und einer tief ins

Gesicht gezogenen grauen Kappe herum. Wer immer der Mann war – er wusste, dass er gefilmt wurde, und obwohl er mager und feingliedrig aussah, erinnerte irgendwas an seinem wiegenden, leicht theatralischen Gang an einen Schwergewichtsboxer auf dem Weg in den Ring.

Gabriella Grane saß immer noch in ihrem Büro bei der Säpo und durchsuchte das Internet und die Behördenregister, war aber nach wie vor kein bisschen schlauer, weil sie nicht wusste, wonach genau sie suchen sollte. Aber irgendetwas Neues, Beunruhigendes nagte an ihr, etwas, was immer noch vage und unklar war.

Sie war während des Telefonats mit Balder unterbrochen worden. Helena Kraft, die Chefin des Nachrichtendienstes, hatte sie erneut kontaktiert, und es war um dasselbe Thema gegangen wie beim letzten Mal. Alona Casales von der NSA hatte noch einmal mit ihr sprechen wollen, und diesmal hatte sie bedeutend ruhiger geklungen und war sogar wieder zum Flirten aufgelegt.

»Habt ihr eure Computer wieder zum Laufen gebracht?«, fragte Gabriella.

»Ha, ja, das war ein ziemliches Durcheinander, aber jetzt ist das Problem wohl wieder behoben. Tut mir leid, dass ich beim letzten Mal ein bisschen geheimnistuerisch war. Vielleicht muss ich das teilweise jetzt wieder sein, aber ich habe weitere Informationen für dich, und ich möchte noch mal betonen, dass ich die Bedrohung für Professor Balder als sehr real und ernst einschätze, auch wenn mit Sicherheit noch gar nichts feststeht. Habt ihr schon etwas unternommen?«

»Ich habe mit ihm geredet. Er weigert sich, sein Haus zu verlassen. Er sagt, er sei gerade mit einer wichtigen Sache beschäftigt. Ich bin gerade dabei, Personenschutz für ihn zu organisieren.«

»Ausgezeichnet. Ach, was ich letztens noch sagen wollte: Wie du vielleicht schon ahnst, hab ich dir nicht nur schöne Augen gemacht, sondern dich auch anderweitig gecheckt. Und ich muss sagen, ich bin beeindruckt, Fräulein Grane. Sollte jemand wie du nicht bei Goldman Sachs arbeiten und Millionen verdienen?«

»Ist nicht mein Stil.«

»Meiner auch nicht. Zu dem Geld würde ich zwar nicht Nein sagen, aber dieses unterbezahlte Herumschnüffeln liegt mir einfach mehr. Tja, Herzchen, jedenfalls sieht es wie folgt aus: Für uns ist das alles keine große Sache – was ich persönlich für eine Fehleinschätzung halte. Ich bin nicht nur davon überzeugt, dass diese Gruppe eine Gefahr für die wirtschaftlichen Interessen unseres Landes darstellt. Ich glaube darüber hinaus, dass es um politische Interessen geht. Einer dieser russischen Informatiker, die ich dir gegenüber erwähnt habe, Anatoli Tschabarow heißt er, hat Verbindungen zu einem berüchtigten Duma-Abgeordneten namens Iwan Gribanow, der wiederum Großaktionär bei Gazprom ist.«

»Verstehe.«

»Aber das meiste sind bisher nur vage Spuren. Ich habe stattdessen ein bisschen Zeit darauf verwendet, die Identität des Bosses zu knacken.«

»Der Mann, der sich Thanos nennt.«

»Oder die Frau.«

»Die Frau?«

»Ja, wobei ich mich wahrscheinlich täusche. Diese Art von kriminellen Gruppierungen nutzen Frauen ja normalerweise eher aus, statt sie an die Spitze zu setzen. Und meistens ist von einem Er die Rede, wenn es um diesen Boss geht.«

»Was veranlasst dich zu der Annahme, dass es trotzdem eine Frau sein könnte?«

»Eine gewisse Hochachtung, die man dieser Person entgegenbringt. Es wird auf eine Weise von ihr gesprochen, wie

Männer immer schon von Frauen gesprochen haben, die sie begehren und bewundern.«

»Eine Schönheit also.«

»Scheint so, aber vielleicht hab ich da auch nur ein paar homoerotische Spannungen aufgeschnappt. Niemand würde sich mehr darüber freuen als ich, wenn sich russische Gangster oder, besser noch, russische Machthaber in diesem Bereich ein bisschen stärker engagieren würden.«

»O ja, zu wahr.«

»Aber das erwähne ich eigentlich nur, damit du die Augen und Ohren in alle Richtungen offen hältst, sobald dieses Schlamassel auf deinem Schreibtisch landet. In diesen Fall sind übrigens ziemlich viele Anwälte involviert. Aber irgendwie sind sie das immer, oder? Mithilfe von Hackern klauen diese Firmen Daten, und mithilfe von Anwälten legitimieren sie den Diebstahl. Wie hat Balder es noch mal ausgedrückt?«

»Vor dem Gesetz sind wir alle gleich – wenn wir gleich viel bezahlen.«

»Genau. Wer sich eine starke Verteidigung leisten kann, darf sich heutzutage fast alles unter den Nagel reißen. Von Balders juristischem Gegner, der Washingtoner Kanzlei Dackstone & Partner, hast du sicherlich schon mal gehört.«

»Allerdings.«

»Dann weißt du bestimmt, dass die Kanzlei auch von großen Technologieunternehmen beauftragt wird und sämtliche Erfinder und Entwickler, die meinen, sie hätten ein Anrecht auf eine kleine Beteiligung, in Grund und Boden klagt.«

»Ja, natürlich. Das weiß ich spätestens, seit wir uns mit den Patentrechtsverletzungen beschäftigt haben, gegen die der Erfinder Håkan Lans prozessiert hat.«

»Auch eine gruselige Geschichte, oder? Das Interessante an unserem Fall ist aber, dass Dackstone & Partner auch in einer der wenigen Korrespondenzen dieses kriminellen Netzwerks erwähnt wird, die wir lesen und entschlüsseln konnten. Wobei sie die Kanzlei lediglich D. P. nennen oder sogar nur D.«

»Also beschäftigt Solifon dieselben Juristen wie diese Gangster.«

»Scheint so, und damit nicht genug. Jetzt will Dackstone & Partner auch noch in Stockholm eine Niederlassung gründen, und weißt du, wie ich das herausgefunden habe?«

»Nein«, sagte Gabriella, die sich zunehmend gestresst fühlte. Sie wollte das Gespräch so schnell wie möglich beenden, um endlich den Polizeischutz für Balder anzufordern.

»Durch die Überwachung dieser obskuren Gruppe«, fuhr Alona fort. »Tschabarow hat es in einem Nebensatz erwähnt, was darauf schließen lässt, dass eine enge Verbindung zu der Kanzlei besteht. Die Bande wusste von der Gründung, noch ehe sie offiziell verlautbart wurde.«

»Ach ja?«

»Ja, und in Stockholm wird sich Dackstone & Partner mit einem schwedischen Anwalt namens Kenny Brodin zusammentun, einem früheren Strafverteidiger, über den es einmal hieß, er würde ein etwas zu enges Verhältnis zu seinen Mandanten pflegen.«

»Zumindest ging einmal ein Foto von ihm durch die Klatschpresse, auf dem er mit seinen Gangstern feiert und ein Callgirl begrapscht«, sagte Gabriella.

»Ja, das hab ich auch gesehen, und ich vermute, dieser Brodin wäre ein guter Ausgangspunkt, wenn ihr die Geschichte näher untersuchen wollt. Wer weiß, vielleicht ist er das Bindeglied zwischen der großen Finanzwelt und dieser kriminellen Vereinigung.«

»Ich werde es mir ansehen«, antwortete Gabriella. »Aber jetzt muss ich erst dringend noch ein paar andere Sachen erledigen. Wir hören uns sicher bald wieder.«

Sowie sie aufgelegt hatte, rief sie den diensthabenden Kollegen vom Personenschutz an. An diesem Abend war das ausgerechnet Stig Yttergren, was die Sache nicht gerade leichter machte. Yttergren war sechzig Jahre alt und korpulent und trank gerne einen über den Durst. Am liebsten spielte er im Internet Karten und legte Patiencen. Er wurde von vielen nur »Herr Unmöglich« genannt, und deshalb gab sich Gabriella alle Mühe, die Lage dramatisch darzustellen, und forderte schnellstmöglich Personenschutz für Professor Frans Balder in Saltsjöbaden an. Wie erwartet erklärte Stig Yttergren, das sei gerade schwierig, wenn nicht gar unmöglich, und als sie damit konterte, es handle sich hierbei um eine Anordnung der Säpo-Chefin höchstpersönlich, murmelte er nur irgendetwas, was man schlimmstenfalls als »nervige Fotze« deuten konnte.

»Das hab ich gerade nicht gehört«, sagte sie streng und fügte hinzu: »Und sorgen Sie dafür, dass es schnell geht.«

Aber natürlich ging es nicht schnell. Während sie wartete, trommelte sie erst nervös mit den Fingern auf der Tischplatte, dann stellte sie ein paar Nachforschungen zu Dackstone & Partner und allem anderen an, wovon Alona ihr erzählt hatte, und ganz allmählich beschlich sie das Gefühl, dass ihr etwas an diesem Fall erschreckend bekannt vorkam. Allerdings kam sie nicht darauf, was. Schließlich rief Stig Yttergren zurück und teilte ihr wie befürchtet mit, dass niemand aus der Abteilung Personenschutz verfügbar sei. Man habe derzeit mehr Kollegen als gewöhnlich für die Königsfamilie beordert, weil irgendein Spektakel rund um das norwegische Kronprinzenpaar stattfinde, und noch dazu habe jemand dem neuen Parteichef der Schwedendemokraten ein Softeis in die Haare geschmiert, ohne dass die Wachleute rechtzeitig eingegriffen hätten, weshalb man seinen Schutz bei einer Rede in Södertälje habe verstärken müssen.

Yttergren hatte stattdessen »zwei fantastische Jungs von der Streife« namens Peter Blom und Dan Flinck abgestellt, und damit musste Gabriella sich wohl oder übel zufriedengeben, obwohl die Namen Blom und Flinck sie an die Dorfpolizisten

Kling und Klang bei Pippi Langstrumpf erinnerten und bei ihr böse Vorahnungen weckten. Dann wurde sie wütend auf sich selbst.

Es war so typisch für sie und ihren Snobismus, die Leute ausschließlich nach ihrem Namen zu beurteilen. Im Grunde hätte sie sich eher bei einem feinen Namen wie Gyllentofs Gedanken machen müssen. Denn dann wären die beiden unter Garantie degeneriert und faul gewesen. Es wird schon glattgehen, dachte sie und schob ihre Befürchtungen beiseite.

Anschließend arbeitete sie weiter. Es würde eine lange Nacht werden.

9. KAPITEL

In der Nacht zum 21. November

Als Lisbeth aufwachte, lag sie quer in ihrem großen Doppelbett. Sie hatte gerade von ihrem Vater geträumt. Ein Gefühl von Bedrohung lastete auf ihr wie eine schwere Decke. Dann fiel ihr der gestrige Abend wieder ein, und sie begriff, dass es sich genauso gut um eine chemische Reaktion ihres Körpers handeln mochte. Sie war mächtig verkatert. Sie stemmte sich auf die wackligen Beine und wankte in das große Badezimmer mit der Whirlpool-Wanne, dem Marmorfußboden und all dem anderen Pipapo, um sich zu übergeben. Doch es ging nicht. Sie sank lediglich neben der Toilette auf den Boden und atmete schwer.

Nach einer Weile stand sie wieder auf und betrachtete sich im Spiegel, was nicht gerade erbaulich war. Ihre Augen waren blutunterlaufen. Andererseits war es erst kurz nach Mitternacht. Sie konnte noch nicht lange geschlafen haben. Aus dem Badezimmerschrank nahm sie ein Glas und füllte es mit Wasser, doch im nächsten Moment kehrten ihre Erinnerungen an den Traum zurück, und sie drückte das Glas in ihrer Hand so fest zusammen, dass es zerbrach und sie sich an den Scherben schnitt. Blut tropfte auf den Boden, und sie fluchte. Sie wusste genau, dass sie nun nicht mehr würde einschlafen können.

Ob sie versuchen sollte, die Datei zu entschlüsseln, die sie gestern heruntergeladen hatte? Nein, in ihrem derzeitigen Zustand wäre das aussichtslos. Stattdessen wickelte sie sich ein Handtuch um die blutende Hand, ging hinüber ans Bücherregal und zog eine neue Studie der Physikerin Julie Tammet von der Princeton University heraus, die davon handelte, wie ein Stern zu einem schwarzen Loch kollabierte, und mit diesem Buch legte Lisbeth sich auf das rote Sofa neben dem Fenster, das auf den Slussen und den Riddarfjärden hinausging.

Sowie sie zu lesen begann, ging es ihr ein wenig besser. Zwar sickerte das Blut durch das Handtuch auf die Seiten, und ihre Kopfschmerzen wollten auch nicht verschwinden, aber sie versank immer tiefer in der Lektüre und machte sich hie und da einige Randnotizen. Sie wusste besser als manch anderer, dass ein Stern von zwei gegenläufigen Kräften am Leben erhalten wurde: der Kernfusion in seinem Inneren, die ihn ausweitete, und der Gravitation, die ihn zusammenhielt. Sie betrachtete es als einen Balanceakt, ein Tauziehen, das lange ausgewogen blieb. Am Ende jedoch, wenn der Kernbrennstoff versiegte und die Reaktionen schwächer wurden, ging unweigerlich eine Kraft als Sieger hervor.

Wenn die Schwerkraft die Oberhand gewann, fiel der Himmelskörper in sich zusammen wie ein Ballon, der Luft verlor und immer kleiner wurde. Auf diese Weise konnte ein Stern bis zur Unsichtbarkeit verschwinden. Mit einer unglaublichen Eleganz, eingefangen in der Formel

$$R_S = \frac{2GM}{c^2}$$

in der G die Gravitationskonstante darstellt, beschrieb Karl Schwarzschild schon während des Ersten Weltkriegs jenes Stadium, in dem ein Stern so dicht zusammengepresst wird, dass nicht einmal mehr Licht aus ihm entweichen kann, und dann gibt es kein Zurück mehr. Dann ist der Himmelskörper dazu verdammt, in sich zusammenzufallen. Jedes Atom in ihm wird nach innen gezogen, zu einem singulären Punkt, an dem Raum und Zeit enden und womöglich auch noch andere merkwürdige Dinge geschehen – eine vollkommen irrationale Darbietung inmitten eines von physikalischen Gesetzen definierten Universums.

Diese Singularität, die eher als Punkt beschrieben werden kann denn als Ereignis, die Endstation aller bekannten physikalischen Gesetze, ist nichtsdestoweniger von einem Ereignishorizont umgeben, und gemeinsam bilden sie ein sogenanntes schwarzes Loch. Lisbeth mochte schwarze Löcher. Sie fühlte sich ihnen verbunden.

Dennoch war sie wie Julie Tammet nicht in erster Linie an Schwarzen Löchern als solchen interessiert, sondern an deren Entstehungsprozess und vor allem der Tatsache, dass der Kollaps von Sternen in jenem weiten, ausgedehnten Teil des Universums stattfand, den wir mit Einsteins Relativitätstheorie zu erklären pflegen, obwohl er in der verschwindend kleinen Welt endet, die den quantenmechanischen Prinzipien unterliegt.

Lisbeth war davon überzeugt, dass man, wenn man nur in der Lage wäre, diesen Prozess zu beschreiben, auch die beiden unvereinbaren Sprachen des Universums zusammenbringen könnte: die Quantenphysik und die Relativitätstheorie. Allerdings überstieg das wohl doch ihre Fähigkeiten, genau wie diese verdammte Verschlüsselung, und am Ende musste sie zwangsläufig wieder an ihren Vater denken.

In ihrer Kindheit hatte dieses Schwein ihre Mutter wiederholt vergewaltigt. Die Misshandlungen waren so lange ungehindert weitergegangen, bis ihre Mutter schwere, unheilbare körperliche Schäden davongetragen hatte und Lisbeth selbst, als sie zwölf Jahre alt gewesen war, mit fürchterlicher Kraft zurückgeschlagen hatte. Zu jener Zeit hatte sie noch nicht geahnt, dass ihr Vater ein übergelaufener Topspion des sowjetischen Militärnachrichtendienstes GRU gewesen war, und noch viel weniger, dass die sogenannte Sektion, eine Sonderabteilung der schwedischen Säpo, ihn um jeden Preis zu schützen suchte. Trotzdem verstand sie schon damals, dass ihr Vater von einer rätselhaften Aura umgeben war, einer Art Dunkelheit, der sich niemand nähern konnte, ja deren Existenz nicht mal zur Sprache kommen durfte. Das betraf selbst so einfache Dinge wie seinen Namen.

Sämtliche Briefe und Schriftstücke waren an Karl Axel Bodin adressiert, und von Außenstehenden wollte er auch Karl genannt werden. Die Familie in der Lundagatan wusste allerdings, dass es sich dabei um eine falsche Identität handelte. Sein echter Name war Alexander Zalatschenko, kurz Zala. Er war ein Mann, der Menschen mit subtilen Mitteln eine Todesangst einjagen konnte. Vor allem aber war er unverletzlich, jedenfalls kam es Lisbeth so vor.

Auch wenn sie sein Geheimnis damals noch nicht kannte, verstand sie doch, dass ihr Vater sich alles erlauben konnte und trotzdem jedes Mal davonkam. Das war einer der Gründe für seine ekelhafte Großspurigkeit. Er war ein Mensch, dem man auf legalem Wege nichts anhaben konnte und der sich dessen auch vollkommen bewusst war. Andere Väter konnte man bei den Sozialbehörden oder der Polizei anzeigen. Zala aber hatte Kräfte im Rücken, die über solche Dinge erhaben waren. In ihrem Traum war Lisbeth an jenen Tag zurückversetzt worden, als sie ihre Mutter leblos auf dem Boden gefunden und beschlossen hatte, den Vater für immer unschädlich zu machen.

Das – und noch eine weitere Sache. Das waren ihre wahren schwarzen Löcher.

Der Alarm ging um 1 Uhr 18 los, und Frans Balder wurde mit einem Ruck wach. War jemand ins Haus eingedrungen?

Er spürte eine unerklärliche Angst und tastete mit dem Arm nach der anderen Betthälfte. August lag neben ihm. Der Junge musste sich wie üblich in sein Bett geschlichen haben, und jetzt wimmerte er leise im Traum. Mein Kleiner, dachte Frans. Dann erstarrte er. Waren das Schritte?

Nein, sicher bildete er sich das nur ein. Man konnte ohnehin nichts anderes hören als den Alarm, und er warf einen unruhigen Blick aus dem Fenster, hinter dem das Unwetter tobte. Der Sturm wirkte schlimmer denn je, Wasser peitschte gegen den Bootssteg und das Ufer, und der Wind rüttelte an den Fensterrahmen. Konnten die Böen den Alarm ausgelöst haben? Vielleicht gab es ja eine einfache Erklärung.

Trotzdem musste er natürlich prüfen, was los war, und notfalls Hilfe rufen. Und er musste nachsehen, ob diese Personenschützer endlich angekommen waren, die Gabriella Grane für ihn abgestellt hatte. Zwei Polizeibeamte, die angeblich schon seit Stunden auf dem Weg zu ihm sein sollten. Es war vollkommen absurd. Ständig waren sie vom Unwetter oder einer Reihe anderslautender Befehle gehindert worden: Kommt und helft bei diesem und jenem. Andauernd hatten sie neue Aufgaben zu erledigen gehabt, und er hatte Gabriella beipflichten müssen, dass die ganze Unternehmung hoffnungslos dilettantisch wirkte.

Aber darum würde er sich später kümmern. Jetzt musste er erst den Anruf erledigen. Allerdings schien August gerade wach zu werden, zumindest bewegte er sich unruhig, und Frans musste schnell reagieren. Ein hysterischer Junge, der seinen Kopf gegen das Bettgestell schlug, war das Letzte, was er im Moment gebrauchen konnte. Die Ohrenstöpsel, dachte er, die alten grünen Ohrenstöpsel, die er am Frankfurter Flughafen gekauft hatte.

Er holte sie aus der Nachttischschublade und steckte sie seinem Sohn vorsichtig in die Ohren. Dann legte er die Bettdecke wieder über ihm zurecht, küsste ihn leicht auf die

Wange und strich ihm über die wirren Locken. Anschließend richtete er den Kragen von Augusts Schlafanzug und sah nach, ob sein Kopf bequem auf dem Kissen lag. Es war unbegreiflich. Eigentlich war Frans in Panik und großer Eile oder hätte es zumindest sein sollen. Stattdessen zögerte er und umhegte seinen Sohn. Vielleicht war es eine Sentimentalität im Krisenmoment – oder aber er wollte die Konfrontation mit dem hinauszögern, was ihn dort draußen erwartete. Für einen Moment wünschte er sich wirklich, er hätte eine Waffe, obwohl er gar nicht in der Lage gewesen wäre, sie zu benutzen.

Er war nur ein elender Programmierer, der auf seine alten Tage Vatergefühle entwickelt hatte, mehr nicht. Er hätte gar nicht erst in diese ausweglose Situation geraten dürfen. Der Teufel sollte Solifon und die NSA und all die kriminellen Organisationen holen! Aber jetzt musste er die Zähne zusammenbeißen, und mit leisen, unsicheren Schritten ging er auf den Flur hinaus.

Als Allererstes, noch ehe er einen Blick nach draußen auf die Straße warf, stellte er den Alarm ab. Der Lärm hatte seine Nerven blank gelegt, und in der plötzlichen Stille, die folgte, blieb er reglos stehen. Er war zu keiner Handlung fähig. Im nächsten Augenblick klingelte sein Handy, und obwohl er erschrocken zusammenzuckte, war er für die Ablenkung doch dankbar.

»Ja?«, sagte er.

»Hallo, hier ist Jonas Anderberg von Milton Security. Ist alles in Ordnung bei Ihnen?«

»Was? Ja, ich glaube schon. Der Alarm wurde ausgelöst.«

»Ja, das weiß ich, und laut Vorschrift müssen Sie jetzt umgehend in einen bestimmten Kellerraum gehen und die Tür von innen verriegeln. Sind Sie schon dort?«

»Ja«, behauptete er.

»Gut, sehr gut. Wissen Sie, was passiert ist?«

»Nein, keine Ahnung. Der Alarm hat mich geweckt. Ich habe keine Ahnung, wodurch er ausgelöst wurde. Könnte es der Sturm gewesen sein?«

»Auf keinen Fall ... Warten Sie mal kurz!«

Jonas Anderberg klang plötzlich abgelenkt.

»Was ist denn?«, fragte Frans nervös.

»Es scheint ...«

»Sagen Sie mir, was los ist, ich mache mir sonst gleich ins Hemd.«

»Entschuldigung. Einen Augenblick noch ... Ich sehe gerade die Aufnahmen der Kameras durch ... und ich fürchte, dass ...«

»Dass was?«

»Dass Sie Besuch hatten. Ein Mann, ja, Sie können sich das ja später selbst anschauen. Ein schlaksiger Mann mit einer dunklen Sonnenbrille und einer Kappe hat auf Ihrem Grundstück herumgeschnüffelt. Wenn ich es richtig sehe, war er zweimal da, aber wie gesagt ... ich habe es gerade erst entdeckt. Ich muss die Bilder näher untersuchen, um Genaueres sagen zu können.«

»Was war das für ein Typ?«

»Tja, wissen Sie, das lässt sich nicht so leicht sagen ...«

Jonas Anderberg schien erneut die Kamerasequenzen zu untersuchen.

»Aber vielleicht, ich weiß nicht ... Nein, ich sollte zu einem so frühen Zeitpunkt nicht spekulieren«, fuhr er fort.

»Doch, bitte, tun Sie das, ich brauche was Konkretes – zur Beruhigung.«

»Na gut. Man könnte womöglich sagen, dass es da einen Umstand gibt, der halbwegs beruhigend ist ...«

»Und der wäre?«

»Sein Gang. Dieser Mann geht, als hätte er sich gerade Speed reingezogen. Seine Bewegungen wirken irgendwie künstlich, mechanisch, und das könnte darauf hindeuten, dass er nur ein ganz normaler Junkie oder Kleinkrimineller ist. Andererseits ...«

»Ja?«

»Versteckt er sein Gesicht beunruhigend gut, und dann ...«

Jonas Anderberg verstummte erneut.

»Reden Sie weiter!«

»Moment.«

»Sie machen mich ganz nervös, ist Ihnen das eigentlich klar?«

»War nicht so gemeint. Aber wissen Sie, was ...«

Frans Balder erstarrte. Er hörte Motorengeräusche in seiner Garagenauffahrt.

»Sie bekommen schon wieder Besuch.«

»Und was soll ich tun?«

»Bleiben Sie, wo Sie sind.«

»Gut«, sagte Frans und blieb wie gelähmt stehen – an einem anderen Ort, als Jonas Anderberg ihn vermutete.

Als sein Handy um 1 Uhr 58 klingelte, war Mikael Blomkvist immer noch wach. Weil das Telefon noch in der Tasche seiner Jeans steckte, die wiederum am Boden lag, schaffte er es allerdings nicht rechtzeitig dranzugehen. Außerdem war es eine unterdrückte Nummer, und er fluchte nur, kroch wieder unter die Bettdecke und schloss die Augen.

In dieser Nacht durfte er nicht schon wieder wach liegen. Seit Erika um kurz vor Mitternacht eingeschlafen war, hatte er sich hin und her gewälzt und über sein Leben nachgedacht, und es war ihm nicht gerade berauschend vorgekommen – nicht mal seine Beziehung zu Erika. Dabei liebte er Erika seit Jahrzehnten, und nichts deutete darauf hin, dass sie nicht das Gleiche für ihn empfinden würde.

Aber es war nicht mehr so leicht wie früher. Vielleicht hatte Mikael ja begonnen, insgeheim Sympathien für Greger zu entwickeln. Greger Beckman, Erikas Mann, war Künstler und nun wirklich niemand, den man als kleinlich hätte bezeichnen können, ganz im Gegenteil: Nachdem Greger verstanden hatte, dass Erika niemals über Mikael hinwegkommen würde und sich auch nicht davon abhalten ließe, ihm gelegentlich die Kleider vom Leib zu reißen, war er nicht etwa an die Decke gegangen oder hatte damit gedroht, mit seiner Frau nach China zu ziehen. Stattdessen hatte er eine Abmachung mit ihr getroffen.

»Du darfst mit ihm ins Bett – solange du immer zu mir zurückkommst.« Und so war es dann auch geschehen.

Sie hatten eine Ménage-à-trois – eine ungewöhnliche Konstellation, in der Erika meistens zu Hause in Saltsjöbaden bei Greger schlief, manchmal aber auch bei Mikael in der Bellmansgatan übernachtete, und in den vergangenen Jahren hatte er dies für ein hervorragendes Arrangement gehalten, das er auch anderen Paaren anstelle einer Diktatur der Zweisamkeit empfohlen hätte. Immer wenn Erika gesagt hatte: »Ich liebe meinen Mann nur umso mehr, wenn ich auch mit dir zusammen sein darf«, oder wenn Greger auf irgendeiner Cocktailparty brüderlich den Arm um ihn gelegt hatte, hatte Mikael dem Schicksal für diese Vereinbarung gedankt.

Und doch waren ihm in letzter Zeit Zweifel gekommen. Wahrscheinlich lag es daran, dass er generell mehr Zeit gehabt hatte, über sein Leben nachzudenken, und ihm bewusst geworden war, dass nicht alle sogenannten Vereinbarungen tatsächlich auf Gegenseitigkeit beruhten.

Manchmal konnte eine Partei auch etwas durchsetzen, was zunächst wie eine gemeinsame Entscheidung aussah, aber auf Dauer stellte sich dann doch heraus, dass irgendjemand darunter litt. Bestimmt hatte Greger Erikas Anruf am Vorabend nicht unbedingt mit Beifall quittiert. Vielleicht lag er ja ebenfalls gerade wach.

Mikael bemühte sich, an etwas anderes zu denken. Für kurze Zeit versuchte er sogar, seinen Tagträumen nachzuhängen.

Aber es half nichts, und am Ende stand er auf, fest entschlossen, stattdessen etwas Sinnvolles zu tun. Warum sollte er sich nicht ein bisschen über Industriespionage schlaumachen oder, noch besser, einen alternativen Finanzplan für *Millennium* entwerfen? Er zog sich an, setzte sich an seinen Computer und überflog seine E-Mails.

Wie immer war ein Großteil davon Müll, aber einige Nachrichten gaben ihm auch neue Kraft. Es waren Anfeuerungsrufe von Christer, Malin, Andrei Zander und Harriet Vanger für die bevorstehende Auseinandersetzung mit Serner, und seine Antworten fielen kampfeslustiger aus, als er sich in Wahrheit fühlte. Ohne große Erwartungen warf er am Ende noch einen Blick in Lisbeths Dokument, und seine Miene hellte sich schlagartig auf. Sie hatte ihm geantwortet. Zum ersten Mal seit einer Ewigkeit hatte sie ihm ein Lebenszeichen geschickt.

Balders Intelligenz ist alles andere als künstlich. Aber wie steht's zurzeit um deine, Blomkvist?
Und was passiert, wenn wir eine Maschine entwickeln, die ein bisschen schlauer ist als wir selbst?

Ein Lächeln stahl sich auf Mikaels Gesicht, und er erinnerte sich wieder an das letzte Mal, als sie sich in einer Cafébar an der St. Paulsgatan begegnet waren. Deshalb dauerte es auch eine ganze Weile, ehe er über die zwei Fragen nachdachte, die sie ihm gestellt hatte. Erstere war eine freundschaftliche Stichelei, die leider ein Körnchen Wahrheit enthielt. Was er zuletzt in der Zeitschrift veröffentlicht hatte, war nicht besonders intelligent und alles in allem ohne allzu großen Nachrichtenwert gewesen. Wie so viele Journalisten hatte er einfach drauflosgearbeitet und nur die üblichen Techniken und Formulierungen benutzt. Aber so war es nun einmal. Mehr Spaß bereitete es ihm, über Lisbeths zweite Frage, über ihr kleines Rätsel nachzudenken. Nicht weil es ihn übermäßig interessiert hätte, sondern weil er etwas Geistreiches darauf antworten wollte.

Wenn wir eine Maschine entwickeln, die ein bisschen schlauer ist als wir selbst, dachte er, was passiert dann? Er ging in die Küche, öffnete eine Flasche Ramlösa und setzte sich an den Tisch. Eine Etage tiefer hatte Frau Gerner offenbar einen bösen Hustenanfall, und irgendwo in der Ferne drang die Sirene eines Krankenwagens durch den Lärm der Stadt und durch den Sturm. Tja, antwortete er sich selbst, dann haben wir eine Maschine, die all die klugen Dinge tut, die wir selbst tun könnten, plus noch etwas mehr, zum Beispiel … Er musste lachen, als er endlich die Pointe begriff. Wenn wir Menschen eine solche Maschine entwickeln könnten, würde auch sie wiederum eine Maschine entwickeln können, die klüger wäre als sie selbst, und was würde dann passieren?

Vermutlich könnte auch diese neue Maschine eine noch klügere Maschine entwickeln, und das Gleiche gälte natürlich auch für die nächste und immer so fort, und irgendwann wäre der Ursprung all dessen – der Mensch – für das neueste Modell nicht mehr viel interessanter als eine weiße Maus. Das Ergebnis wäre eine Intelligenzexplosion, die der Mensch nicht länger kontrollieren könnte – wie in den *Matrix*-Filmen. Mikael lächelte, ging an seinen Computer zurück und schrieb:

Wenn wir eine solche Maschine entwickelten, würden wir irgendwann in einer Welt leben, die sogar eine Lisbeth Salander das Fürchten lehrt.

Anschließend blieb er noch eine Weile sitzen und sah aus dem Fenster, obwohl man draußen im Schneegestöber kaum mehr etwas erkennen konnte. Hin und wieder warf er einen Blick durch die offene Tür auf Erika, die tief und fest schlief und nichts ahnte von Maschinen, die intelligenter waren als

Menschen, oder die sich zumindest in diesem Moment nicht darum scherte. Dann griff er zu seinem Handy.

Er glaubte ein Piepen gehört zu haben, und tatsächlich hatte er eine neue Nachricht erhalten und wurde von einer merkwürdigen Unruhe erfasst. Abgesehen von alten Liebhaberinnen, die ihn in angeheitertem Zustand anriefen, weil sie Sex mit ihm haben wollten, erhielt er nachts in aller Regel eher schlechte Nachrichten, weshalb er sofort seine Mailbox aufrief. Die Stimme darauf klang gehetzt.

Hallo, mein Name ist Frans Balder. Es ist natürlich unverschämt, dass ich Sie zu einer solchen Uhrzeit anrufe, bitte sehen Sie es mir nach. Ich befinde mich allerdings gerade in einer kritischen Lage – jedenfalls kommt es mir so vor. Außerdem habe ich kürzlich erfahren, dass Sie mit mir sprechen wollen, und das erscheint mir wie ein schicksalhafter Zufall. Ich weiß einige Dinge, die ich schon seit einer Weile bekannt machen will und die Sie möglicherweise interessieren könnten. Es würde mich freuen, wenn Sie sich so schnell wie möglich bei mir meldeten. Ich habe irgendwie das Gefühl, dass es dringend ist.

Am Ende gab Frans Balder eine Telefonnummer und eine E-Mail-Adresse an, und Mikael schrieb mit, blieb noch kurz sitzen und trommelte mit den Fingern auf den Küchentisch. Dann rief er zurück.

Der Schreck saß ihm immer noch in den Gliedern, als Frans Balder sich wieder ins Bett legte. Trotzdem hatte er sich in der Zwischenzeit ein wenig beruhigt. Das Auto, das bei ihm vorgefahren war, hatte sich als die Polizeistreife entpuppt, die ihn bewachen sollte. Zwei Männer um die vierzig, der eine sehr groß, der andere sehr klein. Beide wirkten ein wenig zu selbstsicher und aufgeblasen und hatten die gleichen gestylten Kurzhaarfrisuren. Davon abgesehen wirkten sie aber höflich und entschuldigten sich mit dem angemessenen Respekt für ihre Verspätung.

»Wir sind von Milton Security und Gabriella Grane über die Lage informiert worden«, erklärten sie.

Sie wussten, dass ein Mann mit Kappe und dunkler Sonnenbrille auf dem Grundstück umhergestreift war und dass sie achtsam sein mussten. Deshalb lehnten sie dankend ab, als Frans ihnen eine Tasse Tee anbot. Sie wollten das Haus im Blick behalten, was in Frans' Ohren professionell und vernünftig klang. Davon abgesehen hatte er zwar keinen übertrieben positiven Eindruck von ihnen, allerdings auch keinen übertrieben negativen. Nachdem er sich ihre Telefonnummern hatte geben lassen, ging er wieder ins Bett, zurück zu August, der immer noch schlief, zusammengekauert und mit grünen Ohrenstöpseln.

Doch natürlich konnte Frans nicht wieder einschlafen. Er horchte nach Geräuschen im Sturm, und am Ende setzte er sich im Bett auf. Er musste etwas unternehmen, damit er nicht durchdrehte. Zuerst hörte er seine Mailbox ab. Darauf waren zwei Nachrichten von Linus Brandell, der gleichermaßen eifrig wie defensiv klang, und im ersten Moment wollte Frans schon wieder auflegen. Er hatte keine Lust, sich Linus' Genörgel anzuhören.

Aber dann erfuhr er doch ein paar interessante Dinge. Linus hatte mit dem Journalisten Mikael Blomkvist von der Zeitschrift *Millennium* gesprochen, und jetzt wollte dieser Kontakt zu ihm aufnehmen, und Frans geriet ins Grübeln. Mikael Blomkvist, murmelte er.

Sollte er meine Verbindung zur Welt werden?

Frans Balder hatte nicht viel Ahnung von der schwedischen Medienlandschaft, aber Mikael Blomkvist kannte selbst er. Soweit Frans wusste, war Blomkvist jemand, der unnachgiebig nachbohrte und sich von anderen nicht unter Druck setzen ließ. Trotzdem musste er nicht unbedingt der richtige Mann für diese Aufgabe sein. Frans erinnerte sich dunkel daran, dass er auch andere, weniger schmeichelhafte Dinge über Blomkvist gehört hatte, und deshalb stand er auf und rief erneut Gabriella Grane an, die bestens über die Medien im Bilde war und angekündigt hatte, sie werde die Nacht durcharbeiten.

»Hallo«, sagte sie sofort. »Ich wollte mich gerade bei Ihnen melden. Ich habe mir soeben diesen Mann von den Überwachungsbildern angesehen. Wir sollten Sie sofort an einen anderen Ort bringen.«

»Meine Güte, jetzt sind doch endlich diese beiden Polizisten angekommen. Sie sitzen direkt vor meiner Tür.«

»Der Mann muss ja nicht unbedingt durch den Haupteingang kommen.«

»Warum sollte er überhaupt wiederkommen? Bei Milton hat man gesagt, er würde aussehen wie ein ganz normaler Junkie.«

»Da wäre ich mir nicht ganz so sicher. Er hält irgendeinen Kasten in der Hand, ein technisches Gerät. Wir sollten lieber auf Nummer sicher gehen.«

Frans warf einen Blick auf August.

»Meinetwegen ziehe ich morgen um. Das würde meinen Nerven wahrscheinlich auch guttun. Aber heute Nacht rühre ich keinen Finger mehr – ich finde, Ihre Polizisten wirken ganz professionell oder zumindest brauchbar.«

»Wollen Sie schon wieder den Sturkopf spielen?«

»Ja, will ich.«

»Na gut. Dann werde ich wenigstens dafür sorgen, dass Flinck und Blom ihren Hintern bewegen und Ihr Grundstück absuchen.«

»Von mir aus. Aber deshalb habe ich Sie nicht angerufen. Sie haben mir doch geraten, an die Öffentlichkeit zu gehen, erinnern Sie sich noch?«

»Doch ... ja ... Es ist vielleicht nicht unbedingt ein Rat, den man von einem Nachrichtendienst erwarten würde, aber im Grunde halte ich es nach wie vor für eine gute Idee. Aber erst sollten Sie uns erzählen, was Sie wissen. Ich habe schon die eine oder andere böse Vorahnung.«

»Dann lassen Sie uns morgen früh darüber reden, wenn wir beide ausgeschlafen haben. Aber was ich fragen wollte – was halten Sie eigentlich von diesem Mikael Blomkvist von *Millennium?* Wäre das jemand, mit dem ich sprechen könnte?«

Gabriella lachte auf.

»Wenn Sie wollen, dass meine Kollegen der Schlag trifft, sollten Sie definitiv mit ihm reden.«

»Ist es so schlimm?«

»Hier bei der Säpo scheut man ihn wie die Pest. Wenn Mikael Blomkvist bei dir anklopft, dann weißt du, dass das Jahr für dich gelaufen ist, heißt es hier. Jeder meiner Kollegen – inklusive Helena Kraft – würde Ihnen dringend abraten.«

»Aber ich frage nun mal Sie.«

»Und ich würde antworten, dass Sie richtig gedacht haben. Er ist ein verdammt guter Journalist.«

»Er wurde aber auch kritisiert.«

»Das stimmt. In letzter Zeit hieß es immer häufiger, er hätte seinen Zenit überschritten. Er würde nicht positiv und optimistisch genug schreiben oder was immer man ihm vorgehalten hat. Er ist nun mal ein guter, altmodischer Investigativreporter. Haben Sie seine Kontaktdaten?«

»Mein ehemaliger Assistent hat sie mir gegeben.«

»Großartig. Aber ehe Sie ihn kontaktieren, müssen Sie es uns erzählen. Versprochen?«

»Versprochen. Allerdings muss ich jetzt erst mal ein paar Stunden schlafen.«

»Tun Sie das. Ich bleibe mit Flinck und Blom in Kontakt und organisiere einen sicheren Ort für Sie, an den Sie morgen umziehen können.«

Als er aufgelegt hatte, versuchte er, wieder Ruhe zu finden – vergebens. Der Sturm setzte ihm zu. Er hatte das Gefühl, etwas Böses käme über das Meer und wäre auf dem Weg zu ihm. Widerwillig und angespannt horchte er auf jede Abweichung in der Geräuschkulisse, die ihn umgab, und wurde zunehmend rastlos und unruhig.

Er hatte Gabriella zwar versprochen, zuerst mit ihr zu reden, aber nach einer Weile hatte er das Gefühl, nicht länger warten zu können. All die Dinge, die er so lange für sich behalten hatte, drängten nach draußen, auch wenn er verstand, dass das irrational war. Nichts konnte so akut sein. Es war mitten in der Nacht, und unabhängig davon, was Gabriella gesagt hatte, war er vermutlich sicherer denn je. Er stand unter Polizeischutz und hatte eine erstklassige Alarmanlage. Trotzdem war er ruhelos, und deshalb wählte er die Nummer, die Linus ihm gegeben hatte.

Natürlich ging Mikael Blomkvist nicht ans Telefon. Warum sollte er auch? Es war viel zu spät. Stattdessen flüsterte Frans ihm mit angestrengter Stimme eine Nachricht auf die Mailbox, um August nicht zu wecken. Dann stand er auf, schaltete seine Nachttischlampe ein und stöberte ein wenig im Regal, das rechts vom Bett stand.

Dort standen diverse Bücher, die nichts mit seiner Arbeit zu tun hatten. Schließlich zog er den alten Stephen-King-Roman *Friedhof der Kuscheltiere* heraus, blätterte zerstreut darin herum und hatte prompt umso mehr böse Gestalten im Sinn, die sich in der nächtlichen Dunkelheit herumtrieben. Er blieb lange mit dem Buch in der Hand stehen, und in diesen Minuten geschah etwas mit ihm. Ihm kam ein Gedanke, eine schwerwiegende Befürchtung, die er bei Tageslicht vielleicht als Unsinn abgetan hätte. Doch in diesem Augenblick erschien sie ihm höchst real, und er hatte plötzlich das Bedürfnis, mit Farah Sharif zu sprechen. Oder vielleicht noch besser mit Steven Warburton in Los Angeles, der jetzt bestimmt wach wäre, und während er noch über die Frage nachsann und sich alle möglichen unheimlichen Szenarien ausmalte, sah er aufs Meer und auf die rastlosen Wolken hinaus, die am Himmel vorüberrasten. Im selben Moment klingelte sein Telefon, als hätten die Kollegen sein Flehen erhört. Doch es war weder Farah noch Steven.

»Hier ist Mikael Blomkvist«, sagte eine Stimme. »Sie wollten mich sprechen.«

»Ja, richtig. Es tut mir leid, dass ich Sie so spät angerufen habe.«

»Kein Problem, ich konnte sowieso nicht schlafen.«

»Geht mir genauso. Hätten Sie denn jetzt gerade Zeit?«

»Natürlich. Ich warte im Augenblick auf eine Nachricht von einer Person, die wir beide kennen, glaube ich. Salander heißt sie.«

»Wer soll das sein?«

»Verzeihung, vielleicht habe ich das Ganze auch missverstanden. Aber ich dachte, Sie hätten sie einmal beauftragt, Ihre Computer zu checken und einen vermeintlichen Hackerangriff nachzuweisen.«

Frans lachte.

»Ach ja, Gott, das ist ein ganz spezielles Mädchen«, sagte er. »Aber sie hat mir nie ihren Nachnamen verraten, obwohl wir eine Zeit lang viel Kontakt hatten. Ich dachte mir, dass sie wohl ihre Gründe hatte, deshalb habe ich sie auch nie bedrängt. Ich habe sie bei einer Vorlesung kennengelernt, die ich an der KTH gehalten habe. Das kann ich gern ein anderes Mal erzählen – es ist eine ganz erstaunliche Geschichte. Aber was ich Sie eigentlich fragen wollte, ist… Na ja, Sie werden das sicher für eine wahnsinnige Idee halten.«

»Ich mag wahnsinnige Ideen.«

»Hätten Sie Lust, jetzt gleich zu mir zu kommen? Das würde mir viel bedeuten. Ich verfüge über ein paar Informationen, die eine gewisse Sprengkraft haben. Ich zahle Ihnen auch das Taxi.«

»Das ist nett von Ihnen, aber wir zahlen unsere Spesen immer selbst. Warum müssen wir denn mitten in der Nacht darüber reden?«

»Weil …« Frans zögerte. »Weil ich das Gefühl habe, es ist dringend. Nein, eigentlich ist es mehr als nur ein Gefühl. Ich habe gerade erfahren, dass ich mich in Gefahr befinde, und erst vor wenigen Stunden ist jemand auf meinem Grundstück herumgeschlichen. Um ehrlich zu sein, habe ich Angst, und ich möchte diese Geschichte loswerden. Ich möchte nicht mehr der Einzige sein, der sie kennt.«

»Okay.«

»Das heißt …«

»Ich komme – sofern ich ein Taxi kriege.«

Frans gab ihm die Adresse und legte auf. Dann rief er Professor Steven Warburton in Los Angeles an und telefonierte mit ihm eine knappe halbe Stunde lang über eine gesicherte Leitung. Anschließend stand er auf, zog sich Jeans und einen schwarzen Kaschmirpullover an und wollte gerade eine Flasche Amarone herausstellen für den Fall, dass Mikael Blomkvist solchen Genüssen zugeneigt wäre. Aber er kam nur bis zur Tür. Dann zuckte er zusammen.

Er glaubte eine Bewegung wahrgenommen zu haben, etwas, was draußen vorbeihuschte, und spähte erneut auf den Bootssteg und das Meer hinaus, konnte aber nichts erkennen. Es war dieselbe sturmgepeitschte Landschaft wie zuvor, und er tat es als Einbildung ab, als nervöses Hirngespinst. Jedenfalls versuchte er es. Danach verließ er das Schlafzimmer und setzte seinen Weg am großen Fenster vorbei fort, um ins Obergeschoss zu gelangen. Wieder wurde er von einer unerklärlichen Unruhe befallen und fuhr herum, und diesmal konnte er drüben am Haus seiner Nachbarn, den Cedervalls, tatsächlich etwas erkennen. Eine Gestalt rannte dort im Schutz der Bäume vorbei, und obwohl Frans sie nur kurz sehen konnte, registrierte er doch, dass es ein durchtrainierter Mann war, der dunkle Kleidung und einen Rucksack trug. Er lief geduckt, und irgendetwas an seiner Haltung sah professionell aus, als wäre er schon oft so gerannt – vielleicht in einem fernen Krieg. Sein Bewegungsablauf erschien Frans effektiv und routiniert und erinnerte ihn an etwas, was er in Filmen gesehen hatte, und das machte ihm Angst. Vielleicht zögerte er deshalb einige Sekunden, ehe er sein Handy aus der Tasche holte und die Nummern der beiden Polizisten aufrief, die dort draußen Wache hielten. Er hatte die Nummern nicht unter seinen Kontakten gespeichert, sondern lediglich angerufen, damit er sie auf dem Display hatte, und jetzt war er plötzlich unsicher, welche Nummer zu wem gehörte. Er wusste es nicht mehr, und mit zitternder Hand versuchte er es mit einer, die er für wahrscheinlich hielt. Erst nach dem vierten oder fünften Klingeln meldete sich eine schnaufende Stimme: »Blom hier, was gibt's?«

»Ich habe einen Mann hinter den Bäumen am Nachbarhaus entlangrennen sehen. Wo er jetzt ist, weiß ich nicht. Aber es könnte gut sein, dass er in Ihre Richtung läuft.«

»Gut, wir sehen mal nach.«

»Er wirkte…«, fuhr Frans fort.

»Wie?«

»Ich weiß nicht. Verdammt schnell.«

Dan Flinck und Peter Blom hatten im Streifenwagen gesessen und sich über ihre junge Kollegin Anna Berzelius und deren Hintern ausgetauscht. Peter und Dan waren beide frisch geschieden. Ihre Trennungen waren anfangs wirklich aufreibend gewesen. Beide hatten kleine Kinder, Exfrauen, die sich im Stich gelassen fühlten, und Schwiegereltern, die sie wortreich als unverantwortliche Drecskerle beschimpften. Als sich alles halbwegs beruhigt hatte, sie das geteilte Sorgerecht erhalten und neue, wenn auch weniger komfortable Wohnungen bezogen hatten, waren beide zu der gleichen Einsicht gekommen: Sie hatten ihr Junggesellendasein vermisst, und neuerdings ließen sie in ihrer kinderfreien Zeit so wild wie nie zuvor die Puppen tanzen. Anschließend hingen sie, genau wie in ihrer Jugend, den Erinnerungen an ihre Partynächte nach, gingen die Frauen, die ihnen begegnet waren, von Kopf bis Fuß durch, bewerteten ihre Körper und malten sich aus, wie sie wohl im Bett wären. Doch diesmal konnten sie sich nicht so ausführlich mit Anna Berzelius' Allerwertestem beschäftigen, wie sie es sich gewünscht hätten.

Peters Handy klingelte, und sie zuckten zusammen, was teils daran lag, dass Peters Klingelton seit Neuestem eine ziemlich extreme Coverversion von »Satisfaction« war, teils aber auch daran, dass der Sturm und die Einsamkeit hier draußen sie schreckhaft gemacht hatten. Peters Telefon steckte tief in der Hosentasche, und weil seine Hose ein wenig spannte – sein ausschweifendes Leben hatte bereits erste Spuren am Bauch hinterlassen –, dauerte es eine Weile, bis er es hervorgezogen hatte. Nachdem er den Anruf beendet hatte, wirkte er besorgt.

»Was ist los?«

»Balder hat einen Mann gesehen. Einen verdammt schnellen Mann anscheinend.«

»Und wo?«

»Dahinten bei den Bäumen neben dem Nachbarhaus. Aber vermutlich bewegt sich der Typ in unsere Richtung.«

Peter und Dan stiegen aus dem Auto und erschauderten erneut angesichts der Temperaturen. Im Laufe dieses langen Abends und der Nacht waren sie schon häufig draußen gewesen. Aber sie hatten nie so heftig gezittert wie jetzt, und für einen Moment blieben sie einfach nur stehen und blickten verfroren nach rechts und links. Dann übernahm Peter – der Größere der beiden – endlich das Kommando und ordnete an, Dan solle oben an der Straße stehen bleiben, während er selbst zum Wasser hinabgehen wollte.

Das Gelände fiel entlang eines Holzzauns und einer kleinen Allee aus neu gepflanzten Bäumen zum Wasser hin leicht ab. Es hatte geschneit, die Erde war überfroren, und am Ende des Hangs lag die See, der Baggensfjärden, wie Peter vermutete, und eigentlich, dachte er, war es merkwürdig, dass das Wasser noch nicht gefroren war. Vielleicht war es dafür zu aufgewühlt. Der Sturm war irrsinnig, und Peter verfluchte ihn und die Nachtschicht, die an ihm zehrte und ihm den Schönheitsschlaf raubte. Dennoch versuchte er, seiner Arbeit nachzugehen, vielleicht nicht mit vollem Herzen, aber immerhin.

Er horchte auf Geräusche und sah sich um. Zunächst bemerkte er rein gar nichts, was sich von der Umgebung abgehoben hätte. Andererseits war es stockfinster. Nur eine einsame Laterne unten am Bootssteg erleuchtete einen Teil des Grundstücks, und er stapfte den Hang hinab, an einem grauen oder grünen Holzstuhl vorbei, der vom Sturm umgeweht worden war, und im nächsten Moment entdeckte er Frans Balder hinter dem großen Glasfenster.

Er beugte sich ein Stück tiefer im Inneren des Hauses über ein großes Bett. Die Haltung verriet seine Anspannung. Vielleicht legte er gerade die Bettdecke zurecht, das war nicht genau zu erkennen. Er schien mit irgendeinem Detail beschäftigt zu sein, und eigentlich hätte Peter sich nicht weiter darum kümmern dürfen. Er hätte das Grundstück im Blick behalten sollen. Aber irgendetwas an Balders Körpersprache faszinierte ihn, und für ein, zwei Sekunden war er abgelenkt. Dann wurde er in die Wirklichkeit zurückgeholt.

Er hatte das unbehagliche Gefühl, dass ihn jemand beobachtete, und wandte sich hastig um. Sein Blick irrte umher, doch er konnte nichts sehen, jedenfalls nicht sofort, und als er sich gerade wieder beruhigt hatte, registrierte er zwei Dinge auf einmal – eine plötzliche Bewegung bei den metallenen Mülltonnen am Zaun und das Geräusch eines sich nähernden Autos oben auf der Straße. Das Auto bremste, und eine Tür wurde geöffnet.

Für sich genommen war nichts davon bemerkenswert. Die

Bewegung an den Mülltonnen mochte von einem Tier stammen, und natürlich konnten hier auch noch spät in der Nacht Autos unterwegs sein. Dennoch war jeder Muskel in Peters Körper gespannt, und für einen kurzen Moment blieb er einfach stehen, unsicher, wie er reagieren sollte. Dann hörte er Dans Stimme.

»Da kommt jemand!«

Peter rührte sich nicht von der Stelle. Er fühlte einen Blick, der auf ihm ruhte, tastete unwillkürlich nach seiner Dienstwaffe und musste plötzlich an seine Mutter denken, an seine Exfrau und die Kinder, als stünde ihm ein umwälzendes Ereignis bevor. Doch weiter kam er nicht in seinen Überlegungen. Dan schrie erneut, diesmal in verzweifeltem Tonfall: »Polizei, bleiben Sie stehen!« Ohne darüber nachzudenken, sprintete Peter zurück in Richtung Straße, auch wenn er das unbestimmte Gefühl hatte, dass er etwas Bedrohliches dort bei den Mülltonnen zurückließ. Doch wenn sein Kollege so schrie, blieb ihm keine andere Wahl, und insgeheim war er erleichtert. Seine Angst war größer, als er zugeben wollte. Er stürmte den Hang hinauf und erreichte stolpernd die Anhöhe.

Ein Stück entfernt sah er, wie Dan einem taumelnden Mann mit breitem Kreuz in viel zu dünner Kleidung nachsetzte, und obwohl Peter noch dachte, dass man diese Gestalt schwerlich als »verdammt schnell« bezeichnen konnte, rannte er den beiden nach. Kurz darauf konnten sie den Mann am Straßengraben überwältigen, direkt vor ein paar Briefkästen und einer kleinen Lampe, die das ganze Spektakel in einen matten Schein tauchte.

»Wer sind Sie?«, schrie Dan. Er klang erstaunlich aggressiv, vielleicht hatte ja auch er Angst bekommen. Der am Boden liegende Mann sah sie verwirrt und erschrocken an.

Er trug keine Mütze, Bart und Haar waren von Raureif durchzogen, und man konnte ihm ansehen, dass er fror und auch sonst in einem erbärmlichen Zustand war. Vor allem aber kam sein Gesicht Peter bekannt vor.

Kurz glaubte er, sie hätten einen berühmt-berüchtigten Verbrecher dingfest gemacht, und war für eine Sekunde stolz.

Frans Balder war ins Schlafzimmer zurückgekehrt und hatte die Bettdecke um August festgesteckt, vielleicht in der unbewussten Absicht, ihn darunter zu verstecken, falls irgendetwas passierte. Anschließend kam ihm ein spontaner Gedanke, der aus der Befürchtung entsprang, die er zuvor gehabt hatte und die durch sein Telefonat mit Steven Warburton zusätzlich verstärkt worden war, obwohl er sie zunächst als Blödsinn abgetan hatte – als etwas, was einem nur mitten in der Nacht in den Sinn kommen konnte, wenn das Bewusstsein von Aufregung und Furcht eingetrübt war.

Dann begriff er allmählich, dass der Gedanke eigentlich gar nicht neu war, sondern schon während der endlosen durchwachten Nächte in den USA in ihm herangereift war. Deshalb nahm er seinen Laptop, seinen eigenen kleinen Supercomputer, der mit einer Reihe weiterer Rechner verbunden war, um die erforderliche Kapazität zu haben, und sein KI-Programm, dem er sein Leben verschrieben hatte, und dann... War es nicht unbegreiflich?

Er dachte kaum darüber nach. Er löschte einfach nur die Datei und sämtliche Back-ups und fühlte sich wie ein böser Gott, der ein Leben ausmerzte, und vielleicht war es in diesem Augenblick auch so – niemand würde es je wissen, nicht einmal er selbst, und er blieb eine Weile sitzen und fragte sich, ob er an seiner Reue zerbrechen würde. Sein Lebenswerk war mit einem Tastendruck vernichtet.

Erstaunlicherweise machte es ihn jedoch ruhiger, als hätte er sich wenigstens in diesem Punkt geschützt. Dann stand er auf und starrte erneut in die stürmische Nacht hinaus, als das Telefon klingelte. Es war Dan Flinck, der zweite Polizist.

»Ich wollte nur Bescheid geben, dass wir die Person, die Sie gesehen haben, erwischen konnten«, erklärte er. »Mit anderen Worten: Sie brauchen sich keine Sorgen mehr zu machen. Wir haben die Lage unter Kontrolle.«

»Wer war es?«, fragte Frans.

»Das kann ich noch nicht sagen. Er ist stark alkoholisiert, und wir müssen ihn erst einmal beruhigen. Wir melden uns wieder.«

Frans legte das Handy auf den Nachttisch, direkt neben den Laptop, und versuchte, sich zu gratulieren. Der Mann war gefasst, und seine Forschung konnte nicht mehr in die falschen Hände geraten. Trotzdem wurde er seine Unruhe nicht los. Erst verstand er nicht, warum. Dann kam es ihm: Der Mann, der hinter den Bäumen entlanggerannt war, war auf gar keinen Fall betrunken gewesen.

Es dauerte eine Weile, bis Peter Blom begriff, dass sie keineswegs einen gesuchten Verbrecher gefasst hatten, sondern den Schauspieler Lasse Westman, der im Fernsehen zwar oft Schurken spielte, im echten Leben aber nicht zur Fahndung ausgeschrieben war, und diese Erkenntnis beruhigte ihn nicht gerade. Er ahnte, dass es möglicherweise ein Fehler gewesen war, die Bäume und Mülltonnen nicht kontrolliert zu haben. Noch dazu ahnte er intuitiv, dass dieser Zwischenfall Schlagzeilen und Skandale nach sich ziehen würde.

Immerhin kannte er Lasse Westman doch gut genug, um zu wissen, dass dieser Typ alles dafür tat, um in die Schlagzeilen zu kommen, und im Augenblick machte der Schauspieler keinen besonders fröhlichen Eindruck. Er ächzte und fluchte und mühte sich ab, um wieder auf die Beine zu kommen, und Peter versuchte zu verstehen, was um alles in der Welt der Kerl hier mitten in der Nacht zu suchen hatte.

»Wohnen Sie hier?«, fragte er.

»Das geht Sie einen Scheißdreck an«, zischte Lasse

Westman, und Peter wandte sich an Dan, um zu erfahren, wie das ganze Drama eigentlich begonnen hatte.

Aber Dan hatte sich gerade ein Stück entfernt; anscheinend telefonierte er mit Balder. Bestimmt wollte er sich hervortun und ihm mitteilen, dass sie den Verdächtigen geschnappt hätten – falls es sich wirklich um den richtigen Mann handelte.

»Sind Sie auf Professor Balders Grundstück herumgeschlichen?«, fragte Peter den alkoholisierten Schauspieler.

»Haben Sie mich nicht verstanden? Das geht Sie einen Scheißdreck an. Ich schlendere hier ganz friedlich durch die Gegend, und dann kommt dieser Trottel angelaufen und fuchtelt mit seiner Pistole herum. Das ist ein Skandal! Sie wissen doch wohl, wen Sie hier vor sich haben?«

»Ich weiß, wer Sie sind, und wenn wir Sie nicht angemessen behandelt haben sollten, tut es mir leid. Wir werden sicher noch die Gelegenheit haben, in Ruhe darüber zu sprechen. Aber wir befinden uns gerade in einer angespannten Lage, und deshalb muss ich Sie jetzt auffordern, mir sofort zu erzählen, weshalb Sie Professor Balder aufgesucht haben. Nein, nein, versuchen Sie jetzt bloß nicht wegzulaufen!«

Lasse Westman hatte sich aufgerichtet, doch von einem Fluchtversuch konnte nicht die Rede sein. Er hatte Schwierigkeiten, überhaupt das Gleichgewicht zu halten. Dann räusperte er sich demonstrativ und spuckte aus. Sein Speichel flog allerdings nicht weit, sondern kehrte wie ein Bumerang zu ihm zurück und gefror auf seiner Wange zu Eis.

»Wissen Sie, was?«, fragte er und fuhr sich mit der Hand übers Gesicht.

»Nein?«

»In dieser Geschichte bin nicht ich der Bösewicht.«

Peter warf einen unruhigen Blick zum Meer und auf die von Bäumen gesäumte Allee und fragte sich zum wiederholten Mal, was er dort unten zurückgelassen hatte. Trotzdem blieb er wie paralysiert stehen.

»Wer ist denn dann der Bösewicht?«, fragte er.

»Balder.«

»Und warum?«

»Er hat meiner Freundin den Sohn weggenommen.«

»Warum sollte er das getan haben?«

»Das dürfen Sie mich nicht fragen. Fragen Sie das Computergenie da drinnen! Dieser Drecskerl hat überhaupt kein Recht dazu, ihn einfach zu sich zu holen«, sagte Lasse Westman und nestelte in der Innentasche seines Mantels herum, als würde er nach etwas suchen.

»Er hat kein Kind bei sich, falls Sie das glauben«, sagte Peter.

»Doch, verdammt. Das hat er ganz sicher.«

»Wirklich?«

»Wirklich!«

»Und jetzt haben Sie also vor, hier mitten in der Nacht sturzbetrunken aufzutauchen und das Kind zurückzuholen?«, fragte Peter und wollte gerade noch mehr hinzufügen, als er von einem Geräusch abgelenkt wurde, einem schwachen Klirren, das vom Wasser her zu ihnen heraufdrang.

»Was war das?«, fragte er.

»Was?«, fragte Dan, der jetzt wieder neben ihm stand und anscheinend nichts gehört hatte, und tatsächlich war das Geräusch auch nicht besonders laut gewesen, jedenfalls nicht dort, wo sie jetzt standen.

Dennoch lief Peter ein kalter Schauder über den Rücken. Er war drauf und dran nachzusehen, was passiert war, zögerte dann aber erneut. Schwer zu sagen, ob er eingeschüchtert war oder einfach nur unentschlossen und unfähig. Er sah sich lediglich nervös um, und plötzlich glaubte er ein weiteres Auto zu hören, das sich näherte.

Es war ein Taxi, das an ihnen vorbeifuhr und vor Frans Balders Pforte hielt, und es bot Peter eine willkommene Ausrede, um auf der Straße stehen zu bleiben. Während der Fahrgast zahlte, warf Peter noch einen unruhigen Blick in Richtung Meer und glaubte erneut etwas zu hören – und auch diesmal war es kein beruhigendes Geräusch. Aber er war sich nicht sicher, und dann wurde die Autotür geöffnet, und ein Mann stieg aus, den Peter mit einiger Verwirrung als den Journalisten Mikael Blomkvist wiedererkannte, und er fragte sich, warum all diese Promis sich mitten in der Nacht ausgerechnet an diesem Ort versammeln mussten.

10. KAPITEL

Am frühen Morgen des 21. November

Frans Balder stand im Schlafzimmer neben seinem Computer und dem Telefon und betrachtete August, der immer noch unruhig im Schlaf wimmerte. Er fragte sich, was der Junge wohl träumte. Ob er sich überhaupt in einer Welt befand, die Frans begreifen konnte? Plötzlich hatte er das Gefühl, es wissen zu müssen. Er hatte das Gefühl, dass er endlich anfangen musste zu leben, anstatt sich weiter in Quantenalgorithmen und Quellcodes zu vergraben. Und vor allem wollte er nicht mehr ängstlich und paranoid sein.

Er wollte glücklich sein, nicht mehr von dieser ständigen Schwermut geplagt werden, sondern sich stattdessen in etwas Wildes und Großartiges stürzen, in eine Romanze oder sogar in eine Beziehung, und ein paar Sekunden lang dachte er an eine Reihe Frauen, die ihn fasziniert hatten: Gabriella Grane, Farah Sharif und einige mehr.

Die Frau, die offenbar Salander hieß, kam ihm ebenfalls in den Sinn. Sie hatte ihn geradezu verhext, und als er jetzt an sie zurückdachte, glaubte er etwas in ihr erkannt zu haben, was ihm bekannt und zugleich fremd vorgekommen war. Und mit einem Mal wusste er es: Sie hatte ihn an August erinnert. Im Grunde war es absurd. August war ein kleiner autistischer Junge. Lisbeth war zwar auch nicht alt gewesen und hatte irgendwie sogar was Jungenhaftes an sich gehabt. Doch davon abgesehen war sie Augusts genaues Gegenteil. Sie trug schwarze Kleider, wirkte rebellisch und vollkommen kompromisslos. Und trotzdem kam ihm der Gedanke, dass ihre Augen den gleichen eigenartigen Glanz gehabt hatten wie Augusts, als er auf die Ampel an der Hornsgatan gestarrt hatte.

Frans hatte Lisbeth bei einer Vorlesung an der Königlich Technischen Hochschule in Stockholm kennengelernt, als er über technologische Singularität gesprochen hatte – den hypothetischen Zustand, da eine Maschine intelligenter wurde als der Mensch. Er hatte gerade damit begonnen, den Begriff der Singularität nach mathematischen und physikalischen Maßstäben zu definieren, als ein schwarz gekleidetes, mageres Wesen den Hörsaal betreten hatte. Wie traurig, war es ihm kurz durch den Kopf geschossen, dass die Junkies keinen anderen Ort mehr haben, an dem sie sich aufhalten können. Dann jedoch fragte er sich, ob diese junge Frau wirklich drogenabhängig war. Eigentlich wirkte sie nicht heruntergekommen, sondern eher müde und gereizt, und sie schien seinem Vortrag zunächst nicht einmal zuzuhören. Sie hing einfach nur apathisch auf ihrem Stuhl, und irgendwann inmitten einer Theorie über den singulären Punkt, an dem in einer komplexen mathematischen Analyse die Grenzwerte unendlich werden, fragte er sie freiheraus, was sie von all dem halte. Das war gemein. Und versnobt. Denn warum sollte dieses Mädchen an seinem spezialisierten, versponnenen Wissen teilhaben ... Doch was passierte?

Das Mädchen sah zu ihm auf und hielt ihm vor, statt mit vagen Begriffen um sich zu werfen, solle er lieber vorsichtig sein, solange seine eigene Berechnungsgrundlage nicht ausreiche. Es deute alles nicht etwa auf einen physikalischen Zusammenbruch in der tatsächlichen Welt hin, sondern vielmehr darauf, dass seine mathematische Beweisführung der Realität nicht standhalte, und deshalb sei es reiner Populismus, wenn er die Singularität im Bereich der schwarzen Löcher mystifiziere, obwohl das Hauptproblem doch vor allem darin liege, dass eine quantenmechanische Methode fehle, um die Gravitation zu berechnen.

Dann kritisierte sie mit eiskalter Präzision – die für ein Raunen im Hörsaal sorgte – die Singularitätstheoretiker, die er zuvor zitiert hatte, und ihm fiel daraufhin nichts Besseres ein als der bestürzte Ausruf: »Wer zum Teufel sind Sie?«

So hatten sie sich kennengelernt, und später sollte Lisbeth ihn noch häufiger überraschen. Mit einem einzigen glasigen Blick und rasend schnell verstand sie, womit er sich beschäftigte, und als er am Ende feststellen musste, dass man ihnen die Technologie gestohlen hatte, bat er sie um Hilfe, was sie noch mehr zusammenschweißte. Seither teilten sie ein Geheimnis, und jetzt stand er hier in seinem Schlafzimmer und dachte an sie. Dann wurde er jäh aus seinen Gedanken gerissen. Erneut überkam ihn ein eisiges Unbehagen, und sein Blick wanderte durch die offene Tür zu dem großen Fenster, das aufs Wasser hinausging.

Davor stand eine hochgewachsene Gestalt in dunkler Kleidung, mit einer eng anliegenden schwarzen Mütze und einer Stirnlampe. Sie machte sich an der Fensterscheibe zu schaffen, fuhr mit einer behänden, kraftvollen Bewegung darüber wie ein Künstler mit dem Pinsel über eine Leinwand, und noch ehe Frans auch nur einen einzigen Ton herausbrachte, fiel das ganze Fenster klirrend nach unten, und die schwarz gekleidete Gestalt setzte sich in Bewegung.

Die Gestalt nannte sich Jan Holtser und gab meist an, im Bereich der industriellen Sicherheit tätig zu sein. In Wahrheit jedoch war Holtser ein ehemaliger russischer Elitesoldat, der Sicherheitslösungen nicht entwickelte, sondern knackte. Er führte Einsätze wie diesen durch, und in der Regel bereitete er sich derart sorgfältig vor, dass die Risiken viel geringer ausfielen, als man vermuten sollte.

Er hatte einen kleinen Stab von guten Leuten. Mit einundfünfzig Jahren war er zwar nicht mehr der Jüngste, hielt sich aber mit strengem Training in Form und war für seine Effektivität und sein Improvisationstalent bekannt. Wenn sich die Umstände plötzlich änderten, analysierte er sie blitzschnell und änderte seinen Plan.

Überhaupt kompensierte er mit seiner Erfahrung alles, was er an jugendlicher Frische eingebüßt hatte, und vor den wenigen Leuten, denen gegenüber er offen reden konnte, sprach er manchmal von einem siebten Sinn, einem antrainierten Instinkt. Mit der Zeit hatte er gelernt, wann er abwarten und wann er zuschlagen musste, und obwohl er vor einigen Jahren eine tiefe Krise erlebt und Zeichen von Schwäche gezeigt hatte – seine Tochter würde es Menschlichkeit nennen –, fühlte er sich derzeit kompetenter denn je.

Er hatte die Freude an seiner Arbeit wiedergefunden, das alte Gefühl von Nervenstärke und Anspannung. Nach wie vor nahm er vor jedem Einsatz zehn Gramm Stesolid, weil es seine Präzision an der Waffe verstärkte und er so auch in kritischen Momenten glasklar und hellwach blieb. Vor allem aber führte er immer das aus, womit er beauftragt war. Jan Holtser betrachtete sich als jemanden, der nie versagte oder einen Rückzieher machte.

Dennoch hatte er in dieser Nacht erwogen, die Operation abzubrechen, obwohl seine Auftraggeber betont hatten, wie eilig es sei. Das Unwetter war ein Faktor. Es machte die Arbeit unberechenbar. Der Sturm an sich hätte jedoch nie ausgereicht, um einen Rückzug in Erwägung zu ziehen. Schließlich war er Russe und Soldat und hatte schon unter schlimmeren Bedingungen gearbeitet, und er hasste Leute, die sich wegen Kleinigkeiten anstellten.

Was ihn viel mehr beunruhigte, war der Polizeischutz, der plötzlich und ohne Vorwarnung aufgetaucht war. Im Grunde hielt er die anwesenden Beamten für keine große Gefahr. Er hatte sie von seinem Versteck aus beobachtet und gesehen, dass sie nur widerwillig und ziellos auf dem Gelände umhergewandert waren wie kleine Jungs, die man bei schlechtem Wetter vor die Tür geschickt hatte. Am liebsten wären sie wohl in ihrem Auto sitzen geblieben und hätten weiterpalavert. Noch dazu waren es offenbar Angsthasen; besonders der Größere wirkte feige. Die Dunkelheit, der Sturm und das dunkle Wasser schienen ihm nicht zu behagen. Noch vor ein paar Minuten war er vor Schreck wie gelähmt gewesen und hatte auf die Bäume gestarrt. Vermutlich hatte er Jans Anwesenheit gespürt, aber den kümmerte das wenig. Er wusste, dass er dem Polizisten im Nu lautlos die Kehle würde durchschneiden können.

Trotzdem war die Anwesenheit der Bullen natürlich alles andere als optimal. Auch wenn es sich zweifelsohne um Dilettanten handelte, steigerten sie das Risiko erheblich, und vor allem deutete es darauf hin, dass ein Teil ihres Plans durchgesickert und nun erhöhte Alarmbereitschaft geboten war. Vielleicht hatte der Professor sogar zu singen begonnen. Dann wäre die ganze Aktion sinnlos und könnte ihre Lage sogar verschlimmern, und Jan wollte seine Auftraggeber auf keinen Fall unnötigen Gefahren aussetzen. Auch das betrachtete er als seine Stärke. Er sah immer den größeren Zusammenhang, und trotz seiner Profession war oft er derjenige, der zur Vorsicht mahnte.

Er konnte gar nicht mehr zählen, wie viele kriminelle Organisationen in seiner Heimat zerschlagen worden oder zerfallen waren, weil sie einseitig zu Gewalt geneigt hatten. Gewalt vermochte Respekt einzuflößen. Gewalt konnte die Leute zum Schweigen bringen, einschüchtern und potenzielle Risiken und Gefahren verringern. Gewalt konnte aber auch Chaos und eine Reihe unerwünschter Effekte nach sich ziehen, und an all das hatte er in seinem Versteck hinter den Bäumen bei den Mülltonnen gedacht. Einige Sekunden lang war er sich sogar sicher gewesen, dass er den Einsatz abbrechen und in sein Hotelzimmer zurückkehren würde. Doch dann kam alles anders.

Irgendjemand traf dort oben mit dem Auto ein und zog die Aufmerksamkeit der Polizisten auf sich, und da sah er seine Chance gekommen. Er befestigte die Stirnlampe an seinem Kopf, holte die Diamantsäge und die Waffe hervor, eine 1911 R1 Carry mit spezialangefertigtem Schalldämpfer, und wog beides in der Hand. Dann murmelte er wie immer: »Dein Wille geschehe, amen.«

Dennoch rührte er sich erst einmal nicht. Er wurde die Unsicherheit nicht los. War es wirklich richtig? Er wäre gezwungen, innerhalb von Sekunden zu handeln. Andererseits kannte er den Grundriss des Hauses in- und auswendig, und Juri war zweimal hier gewesen und hatte die Alarmanlage manipuliert. Außerdem waren die Polizisten hoffnungslose Amateure. Selbst wenn sich der Ablauf im Haus verzögern würde – wenn der Laptop des Professors nicht neben dem Bett läge, wie alle gemutmaßt hatten – und die Polizei rechtzeitig zu Hilfe käme, würde Jan problemlos auch die Bullen liquidieren können. Er freute sich sogar darauf, und deshalb murmelte er noch einmal: »Dein Wille geschehe, amen.«

Anschließend entsicherte er die Waffe, begab sich schnellen Schritts hinüber zu dem großen Fenster, das aufs Wasser hinausging, und spähte ins Haus. Vielleicht lag es an der unsicheren Situation, aber er reagierte unerwartet stark, als er Frans Balder tief versunken drinnen im Schlafzimmer stehen sah. Er redete sich ein, dass alles gut wäre. Sein Ziel war deutlich sichtbar. Dennoch hatte er ein ungutes Gefühl, und er überlegte erneut, ob er den Einsatz abbrechen sollte.

Er tat es nicht. Stattdessen spannte er den rechten Arm an,

zog die Diamantsäge mit aller Kraft über das Fenster und drückte dagegen. Das Fenster fiel mit einem beunruhigenden Klirren nach unten, und er stürmte hinein und zielte mit der Waffe auf Frans Balder, der ihn anstarrte und wie zu einem verzweifelten Gruß die Hand hob. Dann sagte der Professor in einer Art Trance etwas, was verwirrt und zugleich feierlich klang, wie ein Gebet oder eine Litanei. Aber statt »Gott« oder »Jesus« hörte Jan nur das Wort »Idiot«. Mehr verstand er nicht, und es hatte inmitten dieser Ereignisse auch nichts zu bedeuten. Die Leute sagten alle möglichen merkwürdigen Dinge zu ihm.

Er zeigte dennoch keine Gnade.

Schnell, rasend schnell und beinahe lautlos bewegte sich die Gestalt durch den Flur ins Schlafzimmer. Trotzdem wunderte Frans sich kurz, warum die Alarmanlage nicht losgegangen war, und registrierte noch das Symbol einer grauen Spinne auf dem Pullover des Mannes unterhalb seiner Schulter und eine schmale, längliche Narbe auf seiner Stirn direkt unter dem Rand der Mütze.

Erst dann sah er die Waffe. Der Mann richtete eine Pistole auf ihn, und da hob er die Hand, als könnte ihn das beschützen, und dachte an August. Ja, obwohl sein Leben bedroht wurde und die Furcht ihre Klauen in ihn schlug, dachte er an seinen Sohn und an nichts anderes. Was auch immer geschehen mochte, und wenn es sein eigener Tod war – August durfte nicht sterben, und deshalb rief er aus: »Lassen Sie meinen Sohn leben! Er ist ein Idiot, er versteht das alles nicht!«

Frans Balder erfuhr nicht mehr, ob sein Wunsch erhört wurde. Die ganze Welt gefror, und die Nacht und der Sturm schienen von draußen auf ihn zuzukommen, und dann wurde alles schwarz.

Jan Holtser schoss, und wie erwartet ließ seine Präzision nichts zu wünschen übrig. Er traf Frans Balder zweimal in den Kopf. Der Professor sackte zusammen und war ohne jeden Zweifel tot. Doch irgendetwas störte Jan Holtser. Der Wind kam vom Meer durch das offene Fenster hereingeweht und strich wie eine kalte Hand über seinen Nacken, und für den Bruchteil einer Sekunde wusste er nicht, wie ihm geschah.

Alles war nach Plan verlaufen, und dort drüben stand Balders Computer, genau wie man es ihm gesagt hatte. Er hätte ihn einfach packen und herausstürmen können. Er hätte mit der ihm üblichen rasenden Effektivität arbeiten müssen. Trotzdem blieb er wie angewurzelt stehen und begriff erst mit einer eigentümlichen Verzögerung, woran das lag.

In dem großen Doppelbett, fast völlig unter der Daunendecke verborgen, lag ein kleiner Junge mit wirrem Haar und betrachtete ihn mit einem gläsernen Blick, der Jan Holtser ein intensives Unbehagen bereitete. Es hatte den Anschein, als könnte der Junge in ihn hineinsehen. Und da war noch etwas, was ihn verstörte. Andererseits spielte es keine Rolle.

Er musste seinen Auftrag durchführen. Nichts durfte den Einsatz gefährden oder ein zusätzliches Risiko herbeiführen, und dieser Junge dort war eindeutig ein Zeuge, und Zeugen durfte es nicht geben, vor allem jetzt nicht, nachdem er sein Gesicht gezeigt hatte. Deshalb hob er erneut die Waffe, sah dem Jungen in die eigenartig glänzenden Augen und murmelte zum dritten Mal: »Dein Wille geschehe, amen.«

Mikael Blomkvist stieg aus dem Taxi. Er trug schwarze Stiefel, einen hellen Ledermantel mit Lammfellkragen, den er aus den Tiefen seines Kleiderschranks hervorgeholt hatte, und die alte Pelzmütze seines Vaters.

Es war drei Uhr nachts. In den Nachrichten war über einen schweren Verkehrsunfall mit einem Fernlaster berichtet worden, der nun den Värmdöleden blockierte, doch Mikael und der Taxifahrer hatten nichts davon gesehen. Einsam waren sie durch die Dunkelheit und die sturmgepeitschten Vororte gefahren. Mikael war vor Müdigkeit schon ganz schlecht, und er hätte nichts lieber getan, als zurück zu Erika ins Bett zu kriechen und endlich zu schlafen.

Aber er hatte Balders Bitte nicht ausschlagen können – warum, wusste er selbst nicht recht. Vielleicht hatte er sich dazu verpflichtet gefühlt, weil er sich nicht zurücklehnen durfte, jetzt, da die Zeitung in einer Krise steckte. Vielleicht lag es aber auch daran, dass Balder so einsam und angsterfüllt geklungen und Mikaels Mitgefühl, aber auch seine Neugier geweckt hatte. Womöglich würde er vor allem die Rolle eines Therapeuten einnehmen. Eine Nachtwache im Sturm abhalten. Andererseits konnte man nie wissen. Und wieder kam ihm Lisbeth in den Sinn. Lisbeth, die selten etwas ohne guten Grund unternahm. Außerdem war Frans Balder zweifellos eine faszinierende Persönlichkeit, die sonst nie Interviews gab. Das wird ganz sicher interessant, dachte Mikael und sah sich in der Dunkelheit um.

Eine Laterne erleuchtete das Haus mit bläulichem Schein – ein ziemlich beeindruckendes Gebäude, von Architektenhand gezeichnet, mit großen Glasfenstern. Neben dem Briefkasten stand ein großer, sonnengebräunter Polizist um die vierzig, der angestrengt und leicht nervös dreinblickte. Ein Stück entfernt auf der Straße stand ein kleinerer Kollege und diskutierte mit einem wild gestikulierenden Säufer. Hier draußen war eindeutig mehr los, als Mikael erwartet hatte.

»Was geht denn hier vor?«, fragte er den größeren Polizisten, bekam jedoch keine Antwort. Als das Handy des Beamten klingelte, verstand Mikael sofort, dass etwas passiert sein musste. Irgendetwas schien mit Balders Alarmanlage nicht in Ordnung zu sein. Mehr konnte er dem Telefonat nicht mehr entnehmen, denn plötzlich hörte er ein Geräusch vom Grundstück herauf, ein beunruhigendes Klirren, das er intuitiv mit dem Anruf in Verbindung brachte. Er trat ein paar Schritte nach rechts und starrte den Hang entlang, der zu einem Bootssteg und dem Meer hin abfiel und wo eine weitere Laterne einen matten Schein verbreitete. Im selben Moment kam eine Gestalt aus dem Nichts geschossen, und Mikael begriff, dass hier irgendetwas ganz und gar nicht stimmte.

Jan Holtser hatte gerade den Finger auf den Abzug gelegt, um den Jungen zu erschießen, als er draußen auf der Straße ein weiteres Auto hörte und erneut innehielt. Doch eigentlich zögerte er nicht wegen des Autos. Es war das Wort »Idiot«, das sich ihm immer wieder aufdrängte, und natürlich war er sich darüber im Klaren, dass der Professor im letzten Augenblick seines Lebens allen Grund zu lügen gehabt hätte. Jetzt aber, da Jan das Kind eingehend betrachtete, fragte er sich, ob es nicht doch die Wahrheit gewesen war. Der Blick des Jungen war viel zu glasig und starr, um irgendetwas wahrzunehmen.

Er gehörte einem stummen, unwissenden Menschen, und das bildete Jan sich nicht nur ein. Er erinnerte sich wieder daran, bei seiner Recherche etwas darüber gelesen zu haben: Balder hatte einen geistig behinderten Sohn. Sowohl in den Zeitungen als auch in den Gerichtsakten hatte allerdings gestanden, dem Professor sei das Sorgerecht entzogen worden. Dennoch handelte es sich zweifellos um ein und denselben Jungen – und Jan konnte und musste ihn auch nicht erschießen. Das wäre sinnlos – ein Verstoß gegen sein Berufsethos –, und diese Einsicht bescherte ihm eine enorme Erleichterung, auch wenn sie ihn hätte misstrauisch stimmen müssen.

Stattdessen senkte er die Pistole, nahm den Laptop und das Telefon vom Nachttisch und stopfte beides in seinen Rucksack. Dann rannte er in den Sturm und in die Nacht hinaus und jenem Fluchtweg entgegen, den er sich zuvor zurechtgelegt hatte. Doch er kam nicht weit. In seinem Rücken hörte er eine Stimme und schnellte herum. Dort oben am Weg stand ein Mann. Es war weder der kleine noch der große Polizist, sondern ein dritter. Er trug einen Lammfellmantel und eine Pelzmütze und strahlte eine ganz andere Autorität aus, und vielleicht zog Jan Holtser aus diesem Grund erneut die Waffe. Er witterte Gefahr.

Der Mann, der dort unten vorbeistürmte, war schwarz gekleidet und durchtrainiert und trug eine kleine Stirnlampe über der Mütze, und aus irgendeinem Grund hatte Mikael den Eindruck, der Mann sei Teil einer größeren Aktion, eines koordinierten Einsatzes. Mikael rechnete fast schon damit, dass jeden Moment weitere Gestalten aus der Dunkelheit auftauchen würden, und sein Unbehagen stieg ins Unermessliche. Trotzdem rief er: »Halt, stehen bleiben!«

Das war ein Fehler. Mikael sah es ein, sowie der Mann herumwirbelte wie ein Soldat im Krieg, und sicher reagierte er deshalb so schnell. Als der Mann seine Waffe zog und mit einer verblüffenden Selbstverständlichkeit einen Schuss abfeuerte, hatte Mikael sich bereits mit einem Hechtsprung hinter die Hausecke gerettet. Der Schuss war kaum zu hören, doch die Kugel schlug krachend in Balders Briefkasten ein, sodass kein Zweifel blieb, was gerade passiert war. Der größere Polizist beendete abrupt sein Telefonat, rührte sich aber nicht vom Fleck, sondern stand nur wie gelähmt da, und der Einzige, der etwas sagte, war der Betrunkene.

»Was zum Teufel ist hier los?«, schrie er mit einer kräftigen Stimme, die Mikael merkwürdig bekannt vorkam, und erst daraufhin tauschten die Polizisten sich im nervösen Flüsterton aus.

»Hat hier gerade jemand geschossen?«

»Ich glaube schon.«

»Was sollen wir tun?«

»Verstärkung rufen.«

»Aber dann entkommt uns der da unten.«

»Dann lass uns nachsehen«, sagte der Große, und sie zogen so zögerlich ihre Waffen, als wollten sie den Schützen absichtlich entkommen lassen, und trotteten zum Wasser hinab.

Irgendwo in der Dunkelheit bellte ein aufgeregter kleiner Hund, und vom Meer blies starker Wind herauf. Inzwischen herrschte wildes Schneegestöber, und der Boden war spiegelglatt. Der kleine Polizist rutschte beinahe aus und ruderte mit den Armen wie ein Clown. Mit etwas Glück würden sie der Gestalt dort unten nicht mehr begegnen. Denn irgendetwas sagte Mikael, dass dieser schwarz gekleidete Mann mit den beiden Polizisten kurzen Prozess machen würde. Die Art und Weise, wie er herumgeschnellt war und seine Waffe gezogen hatte, deutete darauf hin, dass er für Situationen wie diese ausgebildet war. Mikael überlegte fieberhaft, was er jetzt unternehmen sollte.

Er hatte nichts, womit er sich hätte verteidigen können. Trotzdem stand er auf, klopfte sich den Schnee vom Mantel und warf einen vorsichtigen Blick zum Wasser. Soweit er es erkennen konnte, war dort nichts Dramatisches im Gange. Die Polizisten bewegten sich am Ufer entlang auf die Nachbarvilla zu. Von dem schwarz gekleideten Schützen war nichts mehr zu sehen. Mikael lief um das Haus herum und stellte nur Sekunden später fest, dass ein großes Fenster eingeschlagen worden war.

Direkt dahinter stand eine Tür offen. Mikael fragte sich, ob er die Polizisten rufen sollte, doch dazu kam es nicht mehr. Er hörte etwas – ein merkwürdiges, leises Wimmern –, und ohne weiter darüber nachzudenken, stieg er durch das Loch im Fenster, gelangte in einen Flur mit schönem, schwach glänzendem Eichenparkett und ging von dort aus langsam auf die geöffnete Tür zu. Das Geräusch kam eindeutig von dort.

»Herr Balder«, rief er. »Ich bin's, Mikael Blomkvist. Ist irgendetwas passiert?«

Er bekam keine Antwort, aber das Wimmern wurde lauter.

Er holte tief Luft und trat ein, und im nächsten Moment zuckte er heftig zusammen, und anschließend wusste er nicht mehr, was er zuerst gesehen und was ihn am meisten mitgenommen hatte. Er war sich nicht einmal mehr sicher, ob es wirklich der Körper auf dem Boden gewesen war, trotz des Bluts und des starren, leblosen Blicks.

Es mochte genauso gut die Szene gewesen sein, die sich daneben auf dem großen Doppelbett abgespielt hatte – auch wenn er sie im ersten Moment nicht verstand. Dort kauerte ein kleines Kind von vielleicht sieben oder acht Jahren, ein Junge mit feinen Gesichtszügen und wirrem, dunkelblondem Haar, der einen blau karierten Schlafanzug trug und seinen Körper immer wieder gegen das Kopfende des Bettes und gegen die Wand warf. Der Junge schien sich um jeden Preis wehtun zu wollen. Und er wimmerte nicht wie ein leidendes, weinendes Kind, sondern vor Anstrengung, weil er dabei all seine Kraft einsetzte. Mikael zögerte nicht lange und stürzte auf ihn zu. Das machte die Sache jedoch nicht besser, denn der Junge schlug und trat jetzt wie wild um sich.

»Ruhig«, rief Mikael und schlang die Arme um ihn. »Ganz ruhig!«

Doch der Junge zappelte und wand sich mit erstaunlicher Kraft. In Windeseile gelang es ihm, sich aus Mikaels Griff zu befreien, vielleicht auch weil dieser ihn nicht zu grob hatte anfassen wollen. Er stürmte zur Tür hinaus, rannte barfuß durch die Glassplitter auf das eingeschlagene Fenster zu, und erst da setzte Mikael ihm nach. »Nein, nicht!«, schrie er – und da endlich tauchten die Polizisten auf.

Völlig verwirrt standen sie draußen im Schnee.

11. KAPITEL

21. November

Im Nachhinein wurde festgestellt, dass die Polizei den Ablauf nicht unter Kontrolle gehabt und das Gebiet erst abgesperrt hatte, als es längst zu spät gewesen war. Der Mann, der Professor Frans Balder erschossen hatte, war in aller Ruhe entkommen. Die beiden Polizisten vor Ort, Peter Blom und Dan Flinck, die von ihren Kollegen höhnisch »die zwei Casanovas« genannt wurden, hatten zu lange gezögert, Alarm zu schlagen, oder es zumindest nicht mit der erforderlichen Vehemenz und Autorität getan.

Erst um zwanzig vor vier am Morgen trafen die Spurensicherung und die Ermittler von der Abteilung für Gewaltverbrechen ein, samt einer jungen Frau, die sich als Gabriella Grane vorstellte. Weil sie so außer sich war, hielten die meisten sie zunächst für eine Angehörige, aber wie sich herausstellte, war sie Analystin des Nachrichtendienstes und von der Säpo-Chefin persönlich entsandt worden, was Gabriella allerdings nicht zum Vorteil gereichte. Dank der gesammelten Vorurteile aufseiten der Polizei fiel ihr die Aufgabe zu, auf das Kind aufzupassen. Vielleicht wollte man ihr auch nur deutlich zu verstehen geben, dass man sie als Außenstehende betrachtete.

»Sie sehen aus, als könnten Sie gut mit Kindern umgehen«,

sagte der diensthabende Fahndungsleiter Erik Zetterlund, als er sah, wie Gabriella sich vorsichtig hinabbeugte, um die verletzten Füße des Jungen in Augenschein zu nehmen. Und obwohl sie Zetterlund daraufhin anfuhr, sie habe Wichtigeres zu tun, wurde sie am Ende weich, als sie dem Jungen in die Augen sah.

August – so hieß er – war starr vor Schreck, und lange saß er nur im Obergeschoss auf dem Boden und fuhr mechanisch mit der Hand über einen roten Perserteppich. Peter Blom, der zuvor nicht allzu viel Tatkraft bewiesen hatte, suchte eifrig Pflaster und Strümpfe heraus und verarztete die Füße des Jungen. Gleichzeitig stellten sie fest, dass der Körper des Kindes mit blauen Flecken übersät und seine Lippe aufgeplatzt war. Nach Aussage des Journalisten Mikael Blomkvist, dessen Anwesenheit vor Ort für Nervosität sorgte, hatte der Junge unten im Schlafzimmer seinen Körper gegen das Bett und die Wand geworfen und war anschließend barfuß durch die Glasscherben gerannt.

Gabriella Grane, die aus irgendeinem Grund davor zurückschreckte, sich mit Blomkvist bekannt zu machen, wusste intuitiv, dass August ein wichtiger Zeuge war, konnte aber nicht den geringsten Kontakt zu ihm aufbauen, und es gelang ihr auch nicht, ihn zu trösten. Umarmungen und Zuwendung im herkömmlichen Sinne waren anscheinend nicht die richtige Methode. Dagegen wurde August ein wenig ruhiger, sobald sie einfach nur mit etwas Abstand neben ihm saß und sich um ihre eigenen Angelegenheiten kümmerte. Nur einmal schien er aufzuhorchen, als Gabriella in einem Telefonat mit Helena Kraft die Hausnummer erwähnte. 79. Aber in diesem Moment dachte sie nicht weiter darüber nach, denn kurz darauf musste sie mit einer vollkommen aufgelösten Hanna Balder telefonieren.

Hanna wollte ihren Sohn auf der Stelle wiederhaben und erklärte überraschend, dass Gabriella ihm umgehend ein Puzzle vorsetzen solle, am besten das Puzzle mit der Galeone *Vasa*, das sich irgendwo in Frans' Haus befinden musste. Mit keiner Silbe warf sie ihrem Exmann vor, den Jungen eigenmächtig zu sich geholt zu haben, wusste aber auch keine Antwort auf die Frage, warum ihr neuer Lebensgefährte hier vor Ort gewesen war und August hatte zurückfordern wollen. Die Sorge um das Kind schien Lasse Westman jedenfalls nicht angetrieben zu haben.

Davon abgesehen wurde Gabriella durch die Anwesenheit des Jungen einiges klar. Endlich verstand sie, warum Frans Balder ihr gegenüber immer wieder ausweichend reagiert und warum er keinen Wachhund hatte haben wollen. Während dieser Morgenstunden sorgte Gabriella auch dafür, dass ein Psychologe und ein Arzt kommen und August zur Mutter nach Vasastan begleiten würden, sobald sich herausgestellt hätte, dass er keine weitergehende medizinische Versorgung benötigte.

Dann kam ihr noch ein anderer Gedanke. Das Motiv des Täters musste nicht unbedingt darin gelegen haben, Balder zum Schweigen zu bringen. Es konnte genauso gut ein Raubüberfall gewesen sein – mitnichten der Raub von etwas so Banalem wie Geld, sondern von Forschungsergebnissen. Gabriella hatte keine Ahnung, woran Frans Balder in den letzten Jahren seines Lebens gearbeitet hatte. Womöglich hatte das niemand außer ihm selbst gewusst. Man konnte es allerdings in etwa ahnen: Aller Wahrscheinlichkeit nach handelte es sich um eine Weiterentwicklung seines KI-Programms, das schon als revolutionär gegolten hatte, als man es ihm zum ersten Mal gestohlen hatte.

Seine Kollegen bei Solifon hatten alles darangesetzt, Einblick in seine Arbeit zu erhalten, doch Frans hatte ihr gegenüber einmal ausgeplaudert, dass er über das Programm gewacht habe wie eine Mutter über ihr Kind. Musste das nicht auch bedeuten, dass er es sogar mit ins Bett genommen hatte?, schoss es Gabriella durch den Kopf. Oder zumindest neben das Bett gelegt hatte? Sie stand auf, bat Peter Blom, kurz auf August aufzupassen, und ging hinunter ins Schlafzimmer, wo die Männer von der Spurensicherung immer noch zu Werke gingen.

»Lag hier irgendwo ein Laptop?«

Die Männer schüttelten den Kopf. Gabriella zückte ihr Handy und rief erneut Helena Kraft an.

Irgendwann fiel es jemandem auf, dass Lasse Westman spurlos verschwunden war. Im allgemeinen Tumult musste er den Ort verlassen haben, und der Fahndungsleiter Erik Zetterlund fluchte und keifte, vor allem als sich zeigte, dass Westman auch nicht zu Hause in der Torsgatan war.

Zetterlund überlegte kurz, ihn zur Fahndung auszuschreiben, was seinen jungen Kollegen Axel Andersson zu der Frage veranlasste, ob Lasse Westman denn als gefährlich eingestuft werden müsse. Vermutlich war Andersson nicht in der Lage, zwischen Westman und seinen Rollen als Bösewicht zu unterscheiden. Zu Anderssons Gunsten sprach allerdings, dass die Lage generell immer unübersichtlicher wurde.

Der Mord an Balder war offenbar kein Familiendrama gewesen, kein aus dem Ruder gelaufenes Besäufnis und keine im Affekt begangene Tat, sondern ein kaltblütig geplantes Attentat auf einen schwedischen Spitzenforscher. Noch dazu meldete sich kurz darauf der Kreispolizeidirektor Jan-Henrik Rolf mit der Nachricht, der Mord müsse als schwerer Schlag gegen die Interessen der schwedischen Industrie eingestuft werden. Mit einem Mal fand Zetterlund sich inmitten einer innenpolitischen Affäre von größter Brisanz, und obwohl er nicht der Hellste war, begriff er doch, dass alles, was er von nun an tun würde, für die künftigen Ermittlungen von entscheidender Bedeutung wäre.

Erik Zetterlund, der zwei Tage zuvor einundvierzig geworden

war und immer noch unter den Spätfolgen seiner Geburtstags-
feier litt, hatte nie auch nur annähernd eine Ermittlung dieses
Formats geleitet. Dass es überhaupt so weit gekommen war, lag
natürlich daran, dass zu dieser Stunde nicht allzu viele kompetente Kollegen verfügbar gewesen waren und sein Vorgesetzter
beschlossen hatte, die Herren von der Reichsmordkommission
oder andere, erfahrenere Kommissare lieber noch nicht zu
wecken.

In dem ganzen Durcheinander wurde Erik Zetterlund zusehends unsicher und erteilte Befehle nur mehr schreiend. In
erster Linie versuchte er, die Befragung von Balders Nachbarn
zu organisieren. Er wollte, so schnell es ging, so viele Aussagen wie nur möglich sammeln, obwohl er insgeheim keine
allzu großen Hoffnungen hatte. Es war mitten in der Nacht,
es war dunkel, und es stürmte. Vermutlich hatten die Nachbarn nicht viel beobachtet. Andererseits konnte man nie wissen. Außerdem hatte Zetterlund Mikael Blomkvist befragt,
was immer dieser Kerl hier zu suchen gehabt hatte.

Die Anwesenheit eines der bekanntesten Journalisten
Schwedens erschwerte die ganze Angelegenheit bloß, und eine
Weile bildete Zetterlund sich ein, dass Blomkvist ihn kritisch
beobachtete, nur um anschließend einen Enthüllungsartikel
schreiben zu können. Aber das waren sicher nur Hirngespinste.
Blomkvist schien vor allem erschüttert zu sein und zeigte sich
während der Befragung durchweg höflich und hilfsbereit.

Viel beitragen konnte er allerdings nicht. Es sei viel zu
schnell gegangen, was aber für sich genommen schon auffällig
sei, meinte der Journalist.

Der vermeintliche Täter habe sich zielsicher und effektiv
bewegt, und es sei keineswegs abwegig, dass der Mann militärisch geschult, womöglich sogar ein Elitesoldat gewesen sei.
Es habe überaus routiniert gewirkt, als er sich umgedreht und
geschossen habe. Leider hatte Mikael Blomkvist das Gesicht
des Täters nicht sehen können, obwohl dieser eine Stirnlampe

über der engen schwarzen Mütze getragen hatte. Der Abstand war schlichtweg zu groß gewesen, und Mikael hatte sich im selben Moment zu Boden geworfen, als die Gestalt herumgeschnellt war. Vermutlich musste er froh sein, dass er überhaupt noch am Leben war. Deshalb konnte er auch nur grob den Körperbau und die Kleidung des Flüchtigen beschreiben, was er aber sehr gut machte. Nach Angaben des Journalisten war der Mann nicht mehr ganz jung, vielleicht sogar über vierzig. Er war durchtrainiert und überdurchschnittlich groß – zwischen eins fünfundachtzig und eins fünfundneunzig –, muskulös, mit breiten Schultern, schmalen Hüften und hatte Stiefel und eine Art Kampfanzug in Schwarz getragen sowie einen Rucksack auf den Schultern gehabt. Außerdem war an seinem rechten Bein etwas befestigt gewesen, vermutlich ein Messer.

Mikael Blomkvist glaubte, der Mann sei zum Ufer hinab verschwunden, an den Nachbarvillen vorbei, was mit den Aussagen von Peter Blom und Dan Flinck übereinstimmte. Die Polizisten hatten den Mann zwar nicht mehr sehen können, aber sie hatten seine Schritte am Wasser verhallen hören und vergeblich die Verfolgung aufgenommen, zumindest behaupteten sie das. Erik Zetterlund war sich in diesem Punkt allerdings nicht hundertprozentig sicher.

Er vermutete, dass Blom und Flinck den Schwanz eingezogen hatten, zitternd in der Dunkelheit stehen geblieben waren und sich nicht von der Stelle gerührt hatten. Sie hatten einen Fehler nach dem anderen begangen. Statt einen Polizeieinsatz zu organisieren, die Fluchtwege in der näheren Umgebung zu lokalisieren und Straßensperren errichten zu lassen, war so gut wie gar nichts passiert. Flinck und Blom hatten zu diesem Zeitpunkt allerdings auch noch nicht mitbekommen, dass ein Mord stattgefunden hatte, und dann waren sie eine Weile vollauf mit einem barfüßigen Jungen beschäftigt gewesen, der hysterisch aus dem Haus gestürmt war. Sicher war es nicht leicht gewesen, in dieser Situation einen kühlen Kopf zu bewahren. Dennoch hatten sie wertvolle Zeit verstreichen lassen, und auch wenn Mikael Blomkvist sich zurückhielt, konnte er seine Kritik doch nicht verhehlen. Er habe die Polizisten zweimal gefragt, ob sie Verstärkung angefordert hätten, gab Blomkvist an, und sie hätten beide Male genickt.

Als Mikael später ein Gespräch aufschnappte, das Flinck mit der Einsatzzentrale führte, begriff er, dass dieses Nicken wohl doch eher ein Nein gewesen war oder bestenfalls verwirrtes Unverständnis ausgedrückt hatte. Der Alarm war jedenfalls erst mit Verzögerung eingegangen, und nicht einmal als es endlich so weit gewesen war, waren die Dinge korrekt vonstattengegangen, was vermutlich Flincks diffusen Aussagen geschuldet war.

Die Handlungsunfähigkeit hatte sich daraufhin in alle Ebenen fortgesetzt, und Erik Zetterlund war unendlich froh, dass man ihm das nicht anlasten konnte. Zu diesem Zeitpunkt war er nämlich noch nicht mit den Ermittlungen betraut gewesen. Allerdings war er es jetzt, und er durfte die Sache nicht noch schlimmer machen. In letzter Zeit hatte er keine nennenswerten Verdienste erworben, und nun musste er die Chance nutzen und allen zeigen, was er konnte. Oder sich zumindest nicht komplett blamieren.

Jetzt stand er auf der Schwelle zum Wohnzimmer. Er hatte gerade ein Gespräch mit Milton Security beendet. Es war um die Person gegangen, die früher in der Nacht auf den Überwachungsbildern zu sehen gewesen war. Das Äußere des Mannes stimmte absolut nicht mit der Beschreibung überein, die Mikael Blomkvist von dem vermeintlichen Mörder abgegeben hatte. Er wirkte eher wie ein abgemagerter Junkie – allerdings einer mit großer technischer Kompetenz. Bei Milton Security glaubte man nämlich, dieser Mann könnte die Alarmanlage gehackt und die Kameras und Sensoren außer Gefecht gesetzt haben, was die Geschichte nur noch unheimlicher machte.

Nicht allein die professionelle Planung, sondern auch die

Kaltblütigkeit, trotz Polizeischutz und einer hoch entwickelten Alarmanlage einen Mord zu verüben... Welches Selbstvertrauen musste dahinterstecken! Erik Zetterlund war eigentlich gerade auf dem Weg zur Spurensicherung gewesen, die im Untergeschoss zugange war, blieb dann aber noch kurz oben stehen und starrte betreten in die Luft, bis er schließlich Balders Sohn bemerkte, der ihr Hauptzeuge zu sein schien. Nur leider konnte er wohl nicht sprechen und verstand auch ihre Fragen nicht. Mit anderen Worten verhielt es sich mit ihm nicht anders, als es in diesem verfahrenen Schlamassel zu erwarten war.

Erik sah noch, wie der Junge gerade ein winziges Teil eines viel zu großen Puzzles in der Hand hielt, und machte sich dann auf den Weg die Wendeltreppe hinab ins Untergeschoss. Im nächsten Moment blieb er abrupt stehen. Er erinnerte sich wieder an den ersten Eindruck, den er von dem Jungen gehabt hatte. Als er das Haus betreten und noch kaum etwas über die Ereignisse gewusst hatte, hatte August Balder zunächst wie ein ganz normales Kind auf ihn gewirkt. Abgesehen von seinem erschrockenen Blick und den hochgezogenen Schultern hatte er nichts Außergewöhnliches an ihm feststellen können. Mit seinen großen Augen und seinen wirren Locken hätte man August sogar als besonders niedlichen Jungen beschreiben können. Erst später hatte er erfahren, dass das Kind autistisch und schwer entwicklungsgestört war. Das hätte Erik zumindest anfangs nicht gedacht, was seiner Meinung nach bedeuten musste, dass der Mörder den Jungen entweder von früher gekannt oder gewusst hatte, wie es um ihn stand. Sonst hätte er ihn wohl kaum am Leben gelassen und riskiert, bei einer Gegenüberstellung als Täter identifiziert zu werden. Obwohl Erik sich nicht die Zeit nahm, seinen Gedanken in Ruhe zu Ende zu führen, erregte ihn diese Einsicht, und er machte eilig auf dem Absatz kehrt.

»Wir müssen den Jungen sofort befragen!«, rief er unbeabsichtigt laut und gehetzt.

»Du liebe Güte, seien Sie doch ein bisschen vorsichtiger mit ihm!«, entgegnete Mikael Blomkvist, der zufällig direkt danebenstand.

»Mischen Sie sich nicht ein«, fauchte Erik. »Er könnte den Täter wiedererkannt haben. Wir müssen Bilderalben finden und sie ihm zeigen. Wir müssen irgendwie …«

Der Junge unterbrach ihn, indem er unvermittelt mit der Faust auf sein Puzzle schlug, und Erik Zetterlund fiel nichts anderes ein, als eine Entschuldigung zu murmeln und zu seinen Technikern hinunterzugehen.

Als Zetterlund nach unten verschwunden war, blieb Mikael Blomkvist stehen und sah August an. Er hatte das Gefühl, als würde irgendetwas in ihm vorgehen. Vielleicht bahnte sich ein neuer Anfall an, und Mikael wollte um jeden Preis verhindern, dass der Junge sich erneut Schaden zufügte. Doch stattdessen erstarrte er kurz und fuhr dann in rasender Geschwindigkeit mit der rechten Hand über den Teppich.

Anschließend hielt er abrupt inne und sah ihn flehend an. Mikael fragte sich, was das bedeuten mochte. Doch er wurde abgelenkt, als der größere Polizist – Peter Blom, wie Mikael inzwischen wusste – sich zu dem Jungen setzte und versuchte, ihn wieder für das Puzzle zu begeistern. Mikael ging in die Küche, um ein wenig Ruhe zu finden. Er war todmüde und wollte nach Hause, doch erst sollte er sich die Bilder von der Überwachungskamera ansehen. Wann das passieren würde, wusste er allerdings nicht. Alles zog sich in die Länge und wirkte nur mehr chaotisch, und Mikael sehnte sich verzweifelt nach seinem Bett.

Er hatte bereits zweimal mit Erika telefoniert und sie darüber informiert, was passiert war. Und obwohl sie bisher nur wenig über den Mord wussten, waren sie sich einig, dass Mikael für die nächste *Millennium*-Ausgabe einen längeren Artikel darüber schreiben sollte. Natürlich handelte es sich um eine dramatische Tat, und Frans Balders Leben war es wert, geschildert zu werden. Doch Mikael hatte überdies einen persönlichen Zugang zu der Geschichte, der den Wert der Reportage erhöhen und ihnen einen Vorsprung vor der Konkurrenz verschaffen würde. Allein der dramatische Anruf in der Nacht, der ihn dazu bewogen hatte hierherzufahren, würde seinem Artikel ein besonderes Extra verleihen.

Die Situation mit Serner und die Krise, in der ihr Magazin steckte, hatten sie während ihres Telefonats mit keinem Wort erwähnt, doch beides war unterschwellig in ihren Überlegungen mit angeklungen, und Erika hatte kurzerhand beschlossen, dass ihre ständige Aushilfe Andrei Zander anfangen sollte, die Hintergründe zu recherchieren, während Mikael erst einmal ausschlief. Sie hatte sehr entschieden – wie eine Mischung aus besorgter Mutter und autoritärer Chefredakteurin – darauf bestanden, dass ihr bester Reporter sich nicht zerrieb, ehe die Arbeit überhaupt begonnen hatte.

Mikael hatte ihren Vorschlag ohne Murren akzeptiert. Andrei war ehrgeizig und sympathisch, und es wäre ein schönes Gefühl, mit dem Wissen aufzuwachen, dass er die Vorabrecherche bereits geleistet und im Idealfall sogar schon Listen zusammengestellt hätte, wen aus Balders Umfeld Mikael interviewen sollte. Er dachte kurz über Andreis ewiges Frauenproblem nach, in das der Kollege ihn während ein paar langer Abende im »Kvarnen« eingeweiht hatte. Andrei war jung, intelligent und gut aussehend. Eigentlich hätte er als guter Fang gelten müssen. Doch weil er gleichzeitig so sensibel und fast schon unterwürfig war, wurde er ständig verlassen, und das traf ihn schwer. Andrei war ein unverbesserlicher Romantiker. Er träumte von der großen Liebe und einer großen Geschichte.

Mikael setzte sich in Balders Küche und starrte in die Dunkelheit hinaus. Vor ihm auf dem Tisch, neben einer Streichholzschachtel, einer Ausgabe des *New Scientist* und einem

Block mit unbegreiflichen Gleichungen, lag eine sehr gelungene, fast schon bedrohlich wirkende Zeichnung eines Fußgängerüberwegs. Neben einer Ampel war darauf auch ein Mann mit wässrigen, blinzelnden Augen und schmalen Lippen zu sehen. Er war mitten in der Bewegung dargestellt, und trotzdem konnte man jede Falte in seinem Gesicht, in der Stoffjacke und seiner Hose erkennen. Auf seinem Kinn stach ein herzförmiger Leberfleck hervor. Besonders sympathisch sah er nicht aus.

Dennoch war es vor allem die Ampel, die diese Zeichnung dominierte. Sie verbreitete ein prägnantes, beunruhigendes Licht und war gekonnt in einer perspektivischen Technik wiedergegeben, fast als könnte man die geometrischen Linien dahinter erahnen. Vermutlich hatte Frans Balder in seiner Freizeit gezeichnet, und Mikael wunderte sich ein wenig über das Motiv. Es war nicht gerade klassisch.

Andererseits – warum sollte jemand wie Balder Sonnenuntergänge und Schiffe gezeichnet haben? Eine Ampel war schließlich genauso interessant wie alles andere. Die Zeichnung glich einer Momentaufnahme, und Mikael war fasziniert. Selbst wenn Frans Balder vor der Ampel gesessen und sie länger studiert hatte, konnte er diesen Mann schwerlich gebeten haben, wieder und wieder die Straße zu überqueren. Vielleicht war dieser Typ aber auch nur eine fiktive Ergänzung, oder Frans Balder hatte ein fotografisches Gedächtnis gehabt, genau wie … Mikael versank in Gedanken. Anschließend nahm er sein Handy und rief Erika ein drittes Mal an.

»Bist du schon auf dem Weg nach Hause?«, fragte sie.

»Nein, leider immer noch nicht. Ich soll mir erst noch ein paar Dinge ansehen. Aber ich wollte dich um einen Gefallen bitten.«

»Wozu bin ich sonst da?«

»Könntest du an meinen Computer gehen und dich einloggen? Du weißt doch mein Passwort?«

»Ich weiß alles über dich.«

»Gut. Dann geh in meine eigenen Dateien und öffne ein Dokument namens ›LISBETHS KASTEN‹.«

»Ich glaube, ich ahne, worauf du hinauswillst.«

»Tatsächlich? Und dann möchte ich, dass du etwas schreibst ...«

»Einen Moment, ich muss es erst aufmachen ... Okay, jetzt. Warte, hier stehen ja schon Sachen.«

»Vergiss den Rest. Folgendes soll ganz oben stehen, verstehst du, was ich meine?«

»Ja, ich verstehe.«

»Schreib: *Lisbeth, vielleicht weißt du es schon. Frans Balder ist mit zwei Schüssen in den Kopf ermordet worden. Kannst du herausfinden, warum man ihn umgebracht hat?*«

»Ist das alles?«

»Das ist nicht gerade wenig, wenn man bedenkt, dass wir schon lange nichts mehr voneinander gehört haben. Aber ich glaube, es kann nicht schaden, wenn sie uns hilft.«

»Du meinst, ein bisschen illegales Hacking kann nicht schaden.«

»Das will ich nicht gehört haben. Hoffentlich sehen wir uns bald.«

»Ja, hoffentlich.«

Lisbeth war irgendwann doch noch eingeschlafen und wurde um halb acht morgens wach. Topfit war sie immer noch nicht, sie hatte Kopfschmerzen, und ihr war übel. Trotzdem fühlte sie sich besser. Sie schlüpfte in ihre Klamotten und nahm ein schnelles Frühstück zu sich, das aus zwei mit Hackfleisch gefüllten Piroggen und einem großen Glas Cola bestand. Anschließend warf sie ihre Sportsachen in eine schwarze Tasche und verließ das Haus. Der Sturm hatte sich gelegt, doch auf den Straßen lagen immer noch überall Müll und Zeitungen herum, die der Wind über die Stadt verteilt hatte.

Sie ging vom Mosebacke torg weiter Richtung Götgatan und brummelte vor sich hin.

Sie sah wütend aus, und mindestens zwei Passanten wichen ihr erschrocken aus. Dabei war Lisbeth im Grunde gar nicht wütend, sondern nur konzentriert und zielstrebig. Eigentlich hatte sie gar keine Lust aufs Training, sie wollte nur an ihren Routinen festhalten und das Gift in ihrem Körper ausschwitzen. Deshalb bog sie auf die Hornsgatan ein und stieg, kurz bevor die Straße anstieg, rechts zum Boxklub Zero hinunter, der im Keller lag und an diesem Morgen verfallener wirkte denn je.

Ein wenig Farbe und diverse andere Schönheitsreparaturen hätten den Räumlichkeiten gutgetan. Hier schien sich seit den Siebzigerjahren nichts mehr verändert zu haben – weder die Einrichtung noch die Poster. An den Wänden hingen nach wie vor Ali und Foreman. Es sah immer noch aus wie am Tag nach ihrem legendären Kampf in Kinshasa, was vermutlich daran lag, dass Obinze, der für den Klub verantwortlich war, den Fight als kleiner Junge vor Ort miterlebt hatte und anschließend im erlösenden Monsun umhergerannt war und geschrien hatte: »Ali Bomaye!« Dieser Lauf im Regen war nicht nur seine glücklichste Erinnerung. Er war auch die letzte Erinnerung an eine Zeit, die er »Tage der Unschuld« nannte.

Kurz danach hatte er mit seiner Familie vor Mobutus Terror fliehen müssen, und anschließend war nichts mehr wie zuvor gewesen, und vielleicht war es deshalb auch nicht weiter verwunderlich, dass er jenen Augenblick in der Geschichte bewahren oder zumindest auf diesen gottverlassenen Boxklub in Södermalm übertragen wollte. Obinze sprach ständig über diesen Kampf. Im Grunde sprach er ständig über alles Mögliche.

Er war groß, massig, glatzköpfig und ein Schwätzer vor dem Herrn. Und er war nur einer von vielen hier, die ein Auge auf

Lisbeth hatten, obwohl er sie für durchgeknallt hielt und mit dieser Meinung nicht allein dastand. Phasenweise trainierte sie härter als alle anderen und ging wie wild auf Punchingbälle, Boxsäcke und Sparringspartner los. Sie hatte eine tief sitzende, rasende Energie in sich, wie sie Obinze nur selten begegnet war, und bevor er sie besser kennengelernt hatte, hatte er ihr einmal vorgeschlagen, sie solle Profiboxerin werden.

Sie hatte so verächtlich geschnaubt, dass er sie nie wieder gefragt hatte. Warum sie trotzdem so hart trainierte, hatte er nie so recht verstanden, aber eigentlich musste er es auch gar nicht wissen. Um erbittert zu trainieren, brauchte man keinen Grund. Und es war immerhin besser, als erbittert zu saufen. Es war besser als vieles andere – und vielleicht stimmte es ja, was sie ihm vor Jahren einmal zu später Stunde gesagt hatte: dass sie einfach nur körperlich vorbereitet sein wollte, wenn sie wieder in Schwierigkeiten geriet.

Er wusste, dass sie auch früher schon in Schwierigkeiten geraten war, das hatte er bereits vor einiger Zeit herausgefunden. Er hatte im Internet jedes Wort über sie gelesen, das er finden konnte, und er wusste auch, dass sie in Form bleiben wollte für den Fall, dass wieder ein böser Schatten aus ihrer Vergangenheit auftauchte. Das konnte er gut verstehen. Er selbst hatte seine Eltern im Krieg verloren. Mobutus Schergen hatten sie ermordet.

Was er indes nicht verstehen konnte, war, warum Lisbeth in regelmäßigen Abständen komplett auf das Training pfiff und sich in dieser Zeit kaum je bewegte und sich nur ungesunden Dreck einverleibte. Dieser jähe Wechsel zwischen zwei Extremen war ihm schier unbegreiflich, und als sie an diesem Morgen den Klub betrat, wie immer schwarz gekleidet und gepierct, hatte er sie schon seit zwei Wochen nicht mehr gesehen.

»Hallo, meine Schöne. Was hast du in letzter Zeit so getrieben?«, fragte er.

»Krumme Dinger gedreht«, antwortete sie.

»Das kann ich mir vorstellen. Bestimmt hast du eine ganze Rockerbande plattgemacht.«

Auf diesen Spaß ging sie nicht ein. Sie steuerte nur weiter mürrisch auf die Umkleidekabine zu, und da tat er etwas, wovon er wusste, dass es sie hassen würde. Er stellte sich ihr in den Weg und sah ihr direkt ins Gesicht.

»Du hast knallrote Augen.«

»Ich hab einen schlimmen Kater. Aus dem Weg!«

»Wenn das so ist, will ich dich hier nicht sehen, das weißt du.«

»*Skip the crap*. Ich will, dass du mich allemachst«, fauchte sie, zog sich um und kam in ihren viel zu großen Trainingsshorts und ihrem weißen T-Shirt mit dem schwarzen Totenkopf wieder heraus, und da wusste er keinen anderen Rat, als sie bis an den Rand der Erschöpfung zu treiben. Er setzte ihr so lange zu, bis sie dreimal in seinen Mülleimer gekotzt hatte, und schimpfte sie gründlich aus, und sie schimpfte gründlich zurück. Anschließend verzog sie sich wieder in die Umkleidekabine, und Obinze überkam, wie oft in solchen Momenten, ein Gefühl der Leere. Vielleicht war er tatsächlich ein bisschen verliebt in sie. In jedem Fall berührte sie ihn – alles andere wäre auch merkwürdig gewesen bei einem Mädchen, das so boxen konnte.

Das Letzte, was er von ihr sah, waren ihre Waden, die die Treppe hinauf verschwanden, und deshalb ahnte er auch nicht, dass ihr schwarz vor Augen wurde, sowie sie die Hornsgatan erreichte. Sie stützte sich an der Hauswand ab und atmete schwer. Nach einer Weile setzte sie ihren Weg nach Hause in die Fiskargatan fort. Dort angekommen, trank sie ein großes Glas Cola und einen halben Liter Saft. Danach fiel sie schwer aufs Bett, starrte eine Viertelstunde lang an die Decke und dachte an dies und jenes – an Singularität, Ereignishorizonte und spezielle Aspekte der Schrödingergleichung, an Ed the Ned und vieles mehr.

Erst als die Welt ihre alten Farben zurückerlangt hatte, stand sie wieder auf und setzte sich an den Computer. Sosehr es ihr missfiel, zog es sie nach wie vor mit einer Kraft dorthin, die seit ihrer Kindheit nicht abgenommen hatte. An diesem Vormittag war sie allerdings nicht zu großen Taten bereit. Sie hackte sich lediglich in Mikael Blomkvists Computer – und im nächsten Moment erstarrte sie. Erst weigerte sie sich, es zu verstehen. Vor Kurzem hatten sie noch über Balder gescherzt. Doch jetzt hatte Mikael geschrieben, der Professor sei mit zwei Kopfschüssen ermordet worden.

»Verdammt«, murmelte sie und rief die Internetseiten diverser Zeitungen auf.

Anscheinend waren die Details noch nicht bis zu den Medien vorgedrungen. Aber man musste kein Genie sein, um zu schlussfolgern, dass sich hinter der Formulierung »Schwedischer Akademiker in seinem Haus in Saltsjöbaden erschossen« niemand anders als Frans Balder verbarg. Die Polizei schien derzeit nichts Näheres über den Fall bekannt geben zu wollen, und die Journalisten hatten noch nicht ausreichend Gespür und Hartnäckigkeit bewiesen. Vermutlich war ihnen die Brisanz der Geschichte bislang komplett entgangen. Aus der vergangenen Nacht gab es wohl wichtigere Meldungen: den Sturm, die Stromausfälle im ganzen Land, die eklatanten Verspätungen im Bahnverkehr und irgendeine Prominachricht, die Lisbeth nicht interessierte.

Über den Mord stand lediglich zu lesen, dass er gegen drei Uhr nachts geschehen war und die Polizei nach Zeugen in der Nachbarschaft suchte, die etwas Ungewöhnliches beobachtet hatten. Bisher gab es noch keinen Verdächtigen, man hatte jedoch auf dem Grundstück suspekte Personen beobachtet, und die Polizei fahndete diesbezüglich nach Hinweisen. Am Ende des Artikels war von einer Pressekonferenz die Rede, die im Laufe des Tages unter der Leitung von Kriminalkommissar Jan Bublanski abgehalten würde. Lisbeth lächelte wehmütig.

Mit Bublanski – oder Bubbla, wie er auch genannt wurde – hatte sie durchaus schon zu tun gehabt. Solange man ihm keine verblödeten Mitarbeiter zuwies, würde die Ermittlung sicher effektiv geführt.

Anschließend las sie Mikael Blomkvists Nachricht noch einmal. Mikael brauchte Hilfe, und ohne nachzudenken, schrieb sie: *Okay*. Nicht nur, weil er sie darum gebeten hatte. Es war ihr auch ein persönliches Anliegen. Trauer war nichts für sie, jedenfalls nicht im traditionellen Sinne. Wut hingegen schon – ein kühler, tickender Zorn. Und auch wenn sie Jan Bublanski einen gewissen Respekt entgegenbrachte, war ihr Vertrauen in die Ordnungsmacht ansonsten eher gering.

Sie war es gewohnt, die Dinge selbst in die Hand zu nehmen, und sie hatte viele gute Gründe, um herauszufinden, warum Frans Balder ermordet worden war. Es war kein Zufall gewesen, dass sie ihn aufgesucht und sich für ihn interessiert hatte. Mit hoher Wahrscheinlichkeit waren seine Feinde auch die ihren.

Alles hatte mit der alten Frage begonnen, ob das Werk ihres Vaters in irgendeiner Weise weitergeführt wurde. Alexander Zalatschenko hatte nicht nur ihre Mutter umgebracht und Lisbeths Kindheit zerstört. Er hatte auch ein kriminelles Netzwerk betrieben und mit Drogen und Waffen und Frauen gehandelt, und ihrer Überzeugung nach löste sich eine solche Bösartigkeit nicht einfach in Luft auf. Sie nahm lediglich andere Formen an – und seit sie in der Dämmerung im Hotel Schloss Elmau in den bayerischen Alpen aufgewacht war, war Lisbeth der Frage nachgegangen, was mit Zalas Erbe wohl passiert sein mochte.

Aus Zalas alten Komplizen schienen hauptsächlich Verlierer geworden zu sein – verkommene Ganoven, Zuhälter und Kleinkriminelle. Keiner von ihnen war ein Schurke vom Format ihres Vaters, und Lisbeth war lange davon ausgegangen, dass die Organisation seit Zalatschenkos Tod zunehmend verfallen war und an Bedeutung verloren hatte. Dennoch hatte sie nicht lockergelassen, und am Ende war sie auf etwas gestoßen, was in eine unerwartete Richtung gewiesen hatte. Sie war auf der Fährte eines jungen Adepten Zalas, eines gewissen Sigfrid Gruber, dorthin gelangt.

Schon zu Zalas Lebzeiten hatte Gruber zu den intelligenteren Mitgliedern des Netzwerks gehört. Im Unterschied zu den anderen hatte er Informatik und Betriebswirtschaftslehre studiert, was ihm offenbar Zugang zu exklusiveren Kreisen ermöglicht hatte. Inzwischen tauchte er in diversen Ermittlungen auf, bei denen es um schwere Straftaten gegen Unternehmen aus dem Bereich der Spitzentechnologie ging: Industriespionage, Erpressung, Insiderhandel und Hackerangriffe.

Normalerweise hätte Lisbeth diese Spur nicht weiterverfolgt. Abgesehen von Grubers Beteiligung über geraume Zeit schien die ganze Sache nichts mit den alten Machenschaften ihres Vaters zu tun zu haben. Und es kümmerte sie nicht im Geringsten, wenn einigen reichen Konzernen ein paar innovative Ideen geklaut wurden. Doch dann auf einmal hatte sich alles verändert.

In einem geheimen Bericht der Government Communications Headquarters in Cheltenham, auf den sie gestoßen war, hatte sie Schlüsselwörter ausfindig gemacht, die etwas mit der Bande zu tun hatten, der Gruber mittlerweile anzugehören schien. Und diese Wörter hatten sie so stutzig gemacht, dass es sie nicht mehr losgelassen hatte. Sie hatte begonnen, so viele Informationen wie nur möglich über die Gruppe zu sammeln. Am Ende war sie – auf etwas so Unprofessionellem wie einer semiöffentlichen Hackerseite – auf das wiederkehrende Gerücht gestoßen, dass ausgerechnet Grubers Netzwerk sich Frans Balders KI-Technologie unter den Nagel gerissen und sie an das russisch-amerikanische Unternehmen Truegames verkauft hatte.

Dieses Gerücht hatte dazu geführt, dass sie Professor Balders Vorlesung an der Königlich Technischen Hochschule besucht und mit ihm über die Singularität bei schwarzen Löchern diskutiert hatte. Jedenfalls war das ein Grund gewesen.

Teil II
Gedächtnislabyrinthe
21.–23. November

Eidetik: Lehre von Menschen mit einem eidetischen oder auch fotografischen Gedächtnis.

Die Forschung hat gezeigt, dass Menschen mit einem eidetischen Gedächtnis eher zu Nervosität und Stress neigen.

Menschen mit eidetischem Gedächtnis sind mehrheitlich Autisten. Außerdem besteht ein Zusammenhang zwischen dem fotografischen Gedächtnis und der Synästhesie – jenem Zustand, in dem zwei oder mehr Sinnesreize miteinander verknüpft und so z. B. Zahlen, die an Farben gekoppelt sind, in der Vorstellung des Synästhetikers zu Bildern werden.

12. KAPITEL

21. November

Jan Bublanski hatte sich auf einen freien Tag und auf ein ausführliches Gespräch mit Rabbi Goldman von der Söder-Gemeinde gefreut, mit dem er ein paar Fragen zur Existenz Gottes diskutieren wollte, die ihn in letzter Zeit beschäftigt hatten.

Er drohte nicht unbedingt zum Atheisten zu werden, aber der Gottesbegriff an sich bereitete ihm zunehmend Probleme, und er wollte mit Goldman darüber reden, was ihm in letzter Zeit widerfahren war. Vielleicht auch über seine Überlegungen zu kündigen.

Jan Bublanski betrachtete sich selbst durchaus als guten Ermittler. Seine Aufklärungsquote war einzigartig, und hin und wieder beflügelte ihn die Arbeit sogar. Aber er war sich nicht mehr sicher, ob er weiterhin Mordfälle lösen wollte. Vielleicht sollte er umschulen, solange es noch möglich war. Er träumte davon zu unterrichten, wollte junge Menschen dazu ermutigen, an ihren Aufgaben zu wachsen und an sich selbst zu glauben. Vielleicht entsprang dieser Wunsch ja auch der Tatsache, dass er selbst oft in tiefsten Selbstzweifeln versank. In welchem Fach er unterrichten wollte, wusste er allerdings nicht. Jan Bublanski hatte sich nie auf etwas anderes spezialisiert als auf das berufliche Los, das ihm seither beschieden war: ungeklärte Todesfälle und morbide Perversionen. Und darüber wollte er lieber niemandem etwas beibringen.

Es war zehn nach acht am Morgen. Er stand vor dem Spiegel im Bad und setzte seine Kippa auf, die leider schon viel zu viele Jahre auf dem Buckel hatte. Früher war sie fast schon extravagant leuchtend blau gewesen. Jetzt sah sie vor allem blass und verschlissen aus, wie ein Symbol von Bublanskis eigener Entwicklung, denn mit seinem Aussehen war er nicht gerade zufrieden.

Er fühlte sich verlebt, schwabbelig und kahl. Zerstreut griff er nach Isaac Bashevis Singers Roman *Der Zauberer von Lublin*, den er so innig liebte, dass er ihn seit mehreren Jahren neben der Toilette liegen hatte für den Fall, dass ihn die Leselust überkam, wenn die Verdauung ihm mal wieder Schwierigkeiten bereitete. Er schaffte nicht mehr als ein paar Zeilen. Sein Telefon klingelte, und er war nicht begeistert, als er sah, dass es Oberstaatsanwalt Richard Ekström war. Ein Anruf von Ekström bedeutete nicht nur Arbeit, sondern vermutlich vor allem politisch und medial verwertbare Arbeit. Weniger prestigeträchtigen Aufgaben entwand sich Ekström nämlich so geschickt wie ein Aal.

»Hallo, Ekström, wie schön, von Ihnen zu hören«, log Bublanski. »Leider hab ich gerade keine Zeit...«

»Was? Doch, doch, dafür haben Sie Zeit. Das können Sie sich nicht entgehen lassen. Wie ich gehört habe, haben Sie heute frei?«

»Das stimmt, aber ich war gerade auf dem Weg...«

»Zur Synagoge« wollte er nicht sagen. Dass er jüdisch war, stieß bei einigen Kollegen auf Skepsis.

»...zum Arzt«, ergänzte er.

»Sind Sie krank?«

»Nicht richtig.«

»Was soll das heißen? Beinahe krank?«

»So ungefähr.«

»Aber dann ist es doch wohl kein Problem. Beinahe krank sind wir doch alle, oder? Das hier ist wichtig. Sogar die Wirtschaftsministerin, Lisa Green, hat sich schon eingeschaltet, und sie ist damit einverstanden, dass Sie die Ermittlungen leiten.«

»Ich kann mir nur schwer vorstellen, dass Lisa Green überhaupt weiß, wer ich bin.«

»Na ja, vielleicht kennt sie Sie nicht beim Namen, und eigentlich sollte sie sich auch gar nicht einmischen. Aber wir sind uns zumindest alle einig, dass wir einen Spitzenermittler brauchen.«

»Schmeicheleien ziehen bei mir nicht mehr, Ekström. Worum geht es überhaupt?«, fragte er und bereute es, sowie er es gesagt hatte.

Allein die Frage war schon eine halbe Zusage, und Richard Ekström fasste sie auch sofort als Teilsieg auf.

»Professor Frans Balder wurde heute Nacht in seinem Haus in Saltsjöbaden ermordet.«

»Wer soll das sein?«

»Einer unserer bekanntesten Forscher. Er gehört zu den weltweit führenden Namen auf dem Gebiet der KI-Technologie.«

»Auf welchem Gebiet?«

»Er hat mit neuronalen Netzen und digitalen Quantenprozessoren und solchen Sachen gearbeitet.«

»Ich verstehe immer noch kein Wort.«

»Anders formuliert: Er versucht, Computer zum Denken zu bringen, also, ganz einfach das menschliche Gehirn nachzuahmen.«

Das menschliche Gehirn nachzuahmen? Jan Bublanski fragte sich, wie Rabbi Goldman dazu stehen würde.

»Er wurde wohl vor einiger Zeit Opfer von Industriespionage«, fuhr Richard Ekström fort. »Deshalb befasst sich auch das Wirtschaftsministerium mit dem Fall. Sie wissen ja sicher, wie nachdrücklich sich Lisa Green vor einiger Zeit für den Schutz der schwedischen Forschung und Innovationstechnologie ausgesprochen hat.«

»Kann sein.«

»Offenbar gab es aber auch eine Bedrohungslage. Balder stand unter Polizeischutz.«

»Heißt das, er wurde trotzdem ermordet?«

»Tja, es handelte sich womöglich nicht um den besten Polizeischutz der Welt... Flinck und Blom von der Streife.«

»Die zwei Casanovas?«

»Ja, und sie mussten mitten in der Nacht im Sturm und im allgemeinen Chaos dort einspringen. Man muss zu ihren Gunsten allerdings sagen, dass sie es echt nicht leicht hatten. Es ging ziemlich turbulent zu. Frans Balder wurde durch zwei Kopfschüsse getötet, als die beiden Burschen gerade gezwungen waren, einen Betrunkenen zu bändigen, der wie aus dem Nichts aufgetaucht war. Und wie Sie sich vorstellen können, hat der Täter diesen Moment der Unaufmerksamkeit genutzt.«

»Klingt nicht gut.«

»Nein, da scheinen Profis am Werk gewesen zu sein. Offenbar haben sie sogar die Alarmanlage gehackt.«

»Also waren es mehrere?«

»Davon gehen wir aus. Und es gibt noch ein paar weitere prekäre Details.«

»Die den Medien gefallen werden?«

»Die sie lieben werden«, fuhr Ekström fort. »Dieser plötzlich aufgetauchte Betrunkene war niemand Geringeres als Lasse Westman.«

»Der Schauspieler?«

»Genau der. Und das ist ziemlich lästig...«

»Weil es in die Schlagzeilen kommt.«

»Ja, das ist natürlich ein Grund. Aber es besteht auch die Gefahr, dass wir uns zusätzlich mit den schmutzigen Details einer Scheidung herumschlagen müssen. Lasse Westman hat nämlich behauptet, er sei vor Ort gewesen, um seinen acht-jährigen Stiefsohn abzuholen, den Frans Balder bei sich hatte, einen Jungen ... Augenblick ... ich muss erst nachsehen, damit ich nichts Falsches sage ... dessen leiblicher Vater Balder zwar war ... aber man hatte ihm das Sorgerecht entzogen, weil er nicht in der Lage gewesen war, sich um das Kind zu kümmern.«

»Warum sollte ein Professor, der irgendwelche Computer erfindet, die den Menschen nachahmen, nicht in der Lage sein, sich um sein eigenes Kind zu kümmern?«

»Weil er seine Aufsichtspflicht verletzt und gearbeitet hat, anstatt sich um seinen Sohn zu kümmern, und überhaupt ein ziemlich erbärmlicher Vater war, wenn ich es recht verstehe. Auf jeden Fall ist es eine heikle Geschichte. Und dieser kleine Junge, der eigentlich gar nicht bei Balder hätte sein dürfen, ist vermutlich Zeuge des Mords.«

»Du liebe Güte! Und was sagt er?«

»Nichts.«

»Steht er unter Schock?«

»Bestimmt, aber er spricht auch sonst nicht. Er ist stumm. Offenbar schwer entwicklungsgestört. Er wird uns nicht groß weiterbringen.«

»Das heißt, es gibt keine Verdächtigen.«

»Es sei denn, es war kein Zufall, dass Lasse Westman im selben Moment auftauchte, als der Mörder ins Erdgeschoss des Hauses eingedrungen ist und Balder erschossen hat. Sie müssen Westman schnellstmöglich befragen.«

»Sofern ich den Fall übernehme.«

»Das werden Sie tun.«

»Ist das so sicher?«

»Ich würde sagen, Ihnen bleibt gar keine andere Wahl. Außerdem hab ich das Beste bis zum Schluss aufgehoben.«

»Und das wäre?«

»Mikael Blomkvist.«

»Was ist mit ihm?«

»Aus irgendeinem Grund war er ebenfalls vor Ort. Ich glaube, Frans Balder hat ihn kontaktiert, weil er ihm wichtige Informationen geben wollte.«

»Mitten in der Nacht?«

»Scheint so.«

»Aber dann wurde er erschossen?«

»Ja, ganz kurz bevor Blomkvist anklopfte – anscheinend hat er den Mörder sogar gesehen.«

Jan Bublanski musste lachen. Natürlich war das eine völlig unpassende Reaktion, die er sich im Grunde nicht einmal selbst erklären konnte. Vielleicht war es eine plötzliche Nervosität – womöglich hatte er aber auch das Gefühl, dass sich das Leben gerade wiederholte.

»Bitte?«, fragte Richard Ekström.

»Ich musste nur husten. Und jetzt haben Sie also Angst, einen Privatermittler am Hals zu haben, der Sie alle in den Schatten stellen könnte.«

»Hm, ja, vielleicht. Jedenfalls nehmen wir an, dass *Millennium* schon an einer Geschichte dran ist, und ich bin momentan damit beschäftigt, irgendeinen Paragrafen zu finden, mit dem man das verhindern oder zumindest einschränken könnte. Es ist durchaus möglich, dass dieser Mord als eine Bedrohung für die nationale Sicherheit eingestuft wird.«

»Also haben wir auch noch die Säpo an der Backe.«

»Kein Kommentar«, antwortete Ekström.

Fahr zur Hölle, dachte Bublanski.

»Sind Ragnar Olofsson und die anderen vom Industrieschutz involviert?«

»Wie gesagt, kein Kommentar. Wann können Sie anfangen?«

Fahr gleich noch mal zur Hölle, dachte Bublanski.

»Ich fange nur unter bestimmten Bedingungen an«, sagte er schließlich. »Ich will mit meinen üblichen Leuten arbeiten: Sonja Modig, Curt Svensson, Jerker Holmberg und Amanda Flod.«

»Na gut. Aber Sie bekommen auch Hans Faste mit dazu.«

»Nie im Leben! Nur über meine Leiche!«

»Tut mir leid, Bublanski, das ist nicht verhandelbar. Sie können froh sein, dass Sie sich die anderen aussuchen dürfen.«

»Sie sind unverbesserlich, wissen Sie das?«

»Zumindest höre ich das nicht zum ersten Mal.«

»Also wird Faste unser kleiner Säpo-Spitzel?«

»Das ist doch Quatsch. Außerdem finde ich, dass unsere Arbeitsgruppen davon profitieren, auch mal grenzüberschreitend zu denken.«

»Heißt das, nachdem wir endlich alle Vorurteile und vorgefassten Meinungen hinter uns gelassen haben, brauchen wir jemanden, der uns wieder dorthin zurückwirft?«

»Seien Sie nicht albern.«

»Faste ist ein Idiot.«

»Nein, das ist er nicht. Er ist eher …«

»Ja, was?«

»Konservativ. Er ist eben ein Mensch, der sich nicht von jeder neuen feministischen Strömung mitreißen lässt.«

»Auch nicht von irgendeiner alten. Vermutlich hat er gerade erst verkraftet, dass Frauen mittlerweile wählen dürfen.«

»Nun lassen Sie es mal gut sein. Faste ist ein zuverlässiger und loyaler Ermittler, und jetzt will ich nichts mehr davon hören. Hatten Sie noch weitere Wünsche?«

Dass du zur Hölle fährst, dachte Bublanski.

»Ich muss erst noch zum Arzt. Währenddessen soll Sonja Modig die Ermittlungen leiten«, sagte er.

»Ist das so klug?«

»Das ist verdammt klug.«

»Okay, okay, dann sorge ich dafür, dass Erik Zetterlund mit ihr die Übergabe macht.«

Nachdem er aufgelegt hatte, verzog Ekström das Gesicht.

Er war sich nicht einmal selbst sicher, ob er diese Ermittlung wirklich hätte annehmen dürfen.

Alona Casales arbeitete nur selten nachts. Jahrelang war es ihr erspart geblieben, nachdem sie – durchaus mit Recht – auf ihren Rheumatismus verwiesen hatte. Zeitweise zwang die Erkrankung sie, starke Kortisontabletten zu nehmen, die nicht nur ihr Gesicht zu einem Ballon anschwellen ließen, sondern auch ihren Blutdruck in die Höhe trieben. Sie brauchte ihren Schlaf und feste Tagesabläufe. Trotzdem war sie jetzt im Büro. Es war zehn nach drei. Im leichten Regen war sie mit dem Auto von ihrer Wohnung in Laurel, Maryland, aufgebrochen und hatte auf der 175 East im Nieselregen das Ausfahrtsschild »NSA Employees Only« passiert.

Sie war an den Sperren und dem Elektrozaun vorbei auf das quadratische Hauptgebäude in Fort Meade zugefahren und hatte auf dem großen Parkplatz gehalten – unmittelbar rechts von dem hellblauen Radom, das wie ein riesiger Golfball mit dicht gedrängten Parabolantennen aussah. Dann hatte sie die Sicherheitsschleuse passiert und war zu ihrem Arbeitsplatz im zwölften Stock marschiert. Viel Betrieb hatte dort nicht geherrscht.

Trotzdem war sie von einer angespannten Atmosphäre empfangen worden, die über der gesamten Bürolandschaft lag, und schon nach kurzer Zeit begriff sie, dass Ed the Ned und seine jungen Hacker für die ernste Stimmung verantwortlich waren. Obwohl sie den Kollegen verhältnismäßig gut kannte, hatte sie unter diesen Umständen keine Lust, bei ihm vorbeizugehen.

Ed sah gehetzt aus. Gerade war er von seinem Stuhl aufgesprungen und brüllte einen jungen Mann an. Merkwürdiger Typ, dachte Alona. Genau wie all die anderen jungen Hackergenies, die Ed um sich scharte. Der Mann sah mager und blutleer aus und hatte eine wilde Frisur. Sein Rücken war merkwürdig krumm, und seine Schultern wurden immer wieder von Zuckungen geschüttelt. Möglicherweise hatte er wirklich Angst, und Ed machte es sicher nicht besser, indem er nun gegen dessen Stuhlbein trat. Der blasse Typ schien schon mit einer Ohrfeige zu rechnen, als etwas Unerwartetes geschah.

Von einer Sekunde auf die nächste war Ed wieder vollkommen ruhig und zerzauste dem jungen Kerl sogar das Haar, ganz wie ein liebevoller Vater. Das sah ihm gar nicht ähnlich. Mit Zärtlichkeiten und anderem Blödsinn hatte Ed nicht viel am Hut. Er war ein echter Cowboy, der nie etwas so Suspektes getan hätte, wie einen anderen Mann zu umarmen. Vielleicht war er inzwischen so verzweifelt, dass ihm als letztes Mittel nur mehr die Menschlichkeit geblieben war.

Er hatte den obersten Hosenknopf geöffnet. Auf sein Hemd hatte er Cola oder Kaffee verschüttet. Sein Gesicht hatte eine ungesunde tiefrote Farbe, und seine Stimme klang rau und heiser, als hätte er zu viel geschrien. Niemand in seinem Alter und mit seinem Übergewicht sollte derart an seine Grenzen gehen müssen, dachte Alona insgeheim.

Obwohl erst vierundzwanzig Stunden verstrichen waren, sah es aus, als wohnten Ed und seine Jungs schon seit einer Woche hier. Überall lagen leere Kaffeebecher, Fast-Food-Packungen, abgelegte Baseballkappen und Sweatshirts herum, und ihre Körper verströmten den säuerlichen Geruch nach Schweiß und Stress. Offenbar war die Gruppe gerade dabei, die ganze Welt auf den Kopf zu stellen, um den Hacker ausfindig zu machen, und schließlich rief sie ihnen im Vorbeigehen zu: »Gebt alles, Jungs!«

»Wenn du wüsstest…«

»Weiter so. Schnappt euch den Teufel!«

Eigentlich meinte sie das nicht ganz ernst, denn insgeheim fand sie die Attacke sogar lustig. Viele der Kollegen schienen zu glauben, sie könnten sich alles erlauben, als hätten sie eine Carte blanche, und vielleicht war es für sie ja heilsam, auch mal auf Widerstand zu stoßen. *Wer das Volk überwacht, wird eines Tages selbst vom Volk überwacht*, hatte der Hacker angeblich geschrieben, und das fand sie ziemlich amüsant, auch wenn es alles andere als wahr war.

Hier im Puzzle Palace herrschte im Allgemeinen ein Gefühl der Überlegenheit, aber dass es auch hier gewisse Unzulänglichkeiten gab, offenbarte sich, sobald sie sich etwas wirklich Ernstem gegenübersahen, so wie jetzt gerade. Catrin Hopkins hatte sie angerufen und geweckt, um sie darüber zu informieren, dass der schwedische Professor in seinem Haus außerhalb von Stockholm ermordet worden war. Auch wenn das für die NSA keine große Sache war – jedenfalls noch nicht –, war es für Alona sehr wohl von Belang.

Dass Balder ermordet worden war, bedeutete, dass sie die Vorzeichen richtig gedeutet hatte, und jetzt musste sie schleunigst einen Schritt weiterkommen. Deshalb loggte sie sich in ihren Computer ein und öffnete eine Übersichtsgrafik der Organisation, auf der ihr ungreifbarer und geheimnisvoller Thanos ganz zuoberst stand. Aber es gab darauf auch konkrete Namen: Iwan Gribanow, den russischen Duma-Abgeordneten, oder Sigfrid Gruber, einen gut ausgebildeten Deutschen, der in einen komplexen Fall von Menschenhandel verwickelt gewesen war.

Eigentlich verstand sie nicht, warum die Angelegenheit bei ihnen eine so niedrige Priorität hatte und ihre Chefs sie in einem fort an die normalen Strafverfolgungsbehörden verwiesen. Immerhin gab es gewisse Hinweise, dass dieses Netzwerk staatlich protegiert wurde oder zumindest Verbindungen zum russischen Geheimdienst unterhielt und man es somit als Teil eines Handelskriegs zwischen Ost und West betrachten konnte. Auch wenn die Beweislage dünn und nicht gerade eindeutig war, gab es doch deutliche Indizien dafür, dass westliche Technologie gestohlen worden und in russische Hände gelangt war.

Zugegeben, die Lage war unübersichtlich, und ob eine Straftat vorlag oder ganz einfach zufällig andernorts eine vergleichbare Technologie entwickelt worden war, ließ sich oft nicht leicht feststellen. Außerdem war Diebstahl innerhalb der Wirtschaft inzwischen ein sehr dehnbarer Begriff. Unentwegt wurde entliehen und entwendet – teils im Rahmen eines kreativen Austauschs, teils weil derlei Übergriffe juristisch legitimiert wurden.

Große Unternehmen jagten kleineren Firmen mithilfe mächtiger Anwälte eine Heidenangst ein, und niemand störte sich daran, dass manch ein Entwickler sich mehr oder weniger rechtlos vorkam. Industriespionage und Hackerangriffe wurden fast schon als Bestandteile normaler Konkurrenzanalysen betrachtet, und niemand hätte je behauptet, dass man hier im Puzzle Palace ausgerechnet auf diesem Gebiet einen moralischen Kurswechsel anstrebte.

Andererseits… Ein Mord ließ sich nicht so einfach relativieren, und Alona gelobte feierlich, jedes Puzzleteil einzeln umzudrehen, um der Organisation auf die Schliche zu kommen. Weit kam sie allerdings nicht. Sie hatte gerade einmal die Arme gehoben, um sich den Nacken zu massieren, als sie hörte, wie sich in ihrem Rücken stampfende Schritte näherten.

Es war Ed, und er sah mitgenommen aus – sein Gang war schief und verrenkt. Offenbar machte auch sein Rücken inzwischen nicht mehr mit. Sie musste ihn nur ansehen, und schon ging es ihrem eigenen Nacken besser.

»Ed, was verschafft mir die Ehre?«

»Ich frage mich gerade, ob wir womöglich ein gemeinsames Problem haben.«

»Setz dich, alter Mann. Du siehst so aus, als müsstest du zur Abwechslung mal ausruhen.«

»Oder auf die Streckbank. Weißt du, wenn ich diesen Fall aus meiner begrenzten Perspektive betrachte…«

»Stell dein Licht nicht unter den Scheffel, Ed.«

»Einen Scheiß mach ich. Aber wie dir bekannt sein dürfte, geht es mir am Arsch vorbei, wer in der Hierarchie oben oder unten steht oder wer dies oder jenes denkt. Ich konzentriere mich auf meine Aufgaben. Ich schütze unser System, und das Einzige, was mich wirklich beeindruckt, ist Know-how.«

»Du würdest den Teufel persönlich anwerben, wenn er ein guter Informatiker wäre.«

»Jedenfalls empfinde ich für jeden Feind Respekt, wenn er nur geschickt genug ist. Kannst du das irgendwie nachvollziehen?«

»Ja, kann ich.«

»Allmählich denke ich sogar, dass dieser Hacker und ich uns durchaus ähnlich sind. Wir sind nur aus Zufall auf verschiedenen Seiten gelandet. Wie du vielleicht gehört hast, ist ein Spionageprogramm – ein R.A.T. – in unseren Server und darüber weiter ins Intranet gelangt, und dieses Programm, Alona, ist die reinste Musik! Kompakt und elegant geschrieben…«

»Du bist auf einen ebenbürtigen Gegner gestoßen.«

»Kein Zweifel. Und meine Jungs da drüben sind genauso beeindruckt. Sie geben sich empört oder patriotisch oder was auch immer, aber insgeheim würden sie nichts lieber tun, als diesen Hacker persönlich zu treffen und sich mit ihm zu messen. Und für einen kurzen Moment hab sogar ich selbst gedacht: Okay, in Ordnung, Ed. Find dich damit ab. Vielleicht ist der Schaden ja gar nicht so groß. Es ist doch nur ein einzelnes Hackergenie, das sich ein bisschen aufspielen will, und möglicherweise kommt sogar was Gutes dabei heraus. Wir haben jetzt schon einiges über unsere eigenen Schwachpunkte gelernt, indem wir dieses Phantom jagen. Aber dann…«

»Ja?«

»Dann hab ich mich gefragt, ob ich nicht auch in dieser Hinsicht hinters Licht geführt worden bin – ob diese Vorführung auf meinem Mailserver vielleicht ein Ablenkungsmanöver war – reine Taktik, um etwas anderes zu verschleiern…«

»Aber was?«

»Dem Anschein nach wollte er gewisse Dinge rausfinden.«

»Jetzt machst du mich neugierig.«

»Zu Recht. Wir können inzwischen nachweisen, wonach der Hacker gesucht hat. Im Großen und Ganzen geht es immer nur um das eine – nämlich dieses Netzwerk, an dem du gerade arbeitest, Alona. Wie nennen die sich – Spiders?«

»The Spider Society. Aber das ist wohl eher ironisch gemeint.«

»Der Hacker hat jedenfalls nach Informationen über diese Leute und ihre Zusammenarbeit mit Solifon gesucht, und zuerst hab ich gedacht, dass er vielleicht selbst zu dem Netzwerk gehört und herausfinden wollte, was wir über ihn wissen.«

»Das klingt nicht unwahrscheinlich. Hackerkompetenz scheinen sie ja zu haben.«

»Aber dann kamen mir Zweifel.«

»Und warum?«

»Weil es so aussieht, als wollte dieser Hacker uns auf etwas hinweisen. Es ist ihm tatsächlich gelungen, Superuser-Status zu erlangen, und deshalb konnte er auch Dokumente einsehen, die einer besonderen Geheimhaltung unterliegen – die vielleicht nicht mal du kennst. Allerdings ist die Datei, die er sich heruntergeladen hat, derart verschlüsselt, dass weder er noch wir auch nur den Hauch einer Chance hätten, sie zu knacken. Es sei denn, derjenige, der sie geschrieben hat, würde uns den Schlüssel verraten. Jedenfalls ...«

»Was?«

»... hat der Hacker in unserem eigenen System offengelegt, dass wir mit Solifon auf die gleiche Art und Weise wie die Spiders zusammenarbeiten. Wusstest du das?«

»Um Himmels willen, nein.«

»Das hab ich mir gedacht. Aber es sieht tatsächlich so aus, als hätten sogar wir Leute in Eckerwalds Gruppe. Wir nehmen die gleichen Dienste in Anspruch, die Solifon auch diesen Spiders zur Verfügung stellt. Das Unternehmen betreibt einen

Teil unserer Industriespionage, und bestimmt hat dein Fall deshalb eine so niedrige Priorität – weil deine Ermittlungen negativ auf uns abfärben könnten.«

»Diese Idioten!«

»Da muss ich dir zustimmen, und es ist vermutlich nicht mal unwahrscheinlich, dass man dir den Fall jetzt ganz entziehen wird.«

»Dann raste ich aus.«

»Immer mit der Ruhe. Es gibt da einen Ausweg. Genau deshalb hab ich meinen armen Körper den ganzen Weg bis zu deinem Schreibtisch geschleppt. Du könntest stattdessen für mich arbeiten.«

»Wie meinst du das?«

»Dieser verdammte Hacker weiß gewisse Sachen über die Spiders, und wenn wir es schaffen, seine Identität zu lüften, gelingt uns beiden der Durchbruch. Dann hast du sogar die Chance, jede beliebige Wahrheit auszusprechen.«

»Ich verstehe, worauf du hinauswillst.«

»Darf ich das als Ja auffassen?«

»Eher als Jein«, antwortete sie. »Ich will mich weiter darauf konzentrieren, wer Frans Balder erschossen hat.«

»Aber du hältst mich auf dem Laufenden?«

»Mach ich.«

»Gut.«

»Aber, du«, sagte sie, »wenn der Hacker so grandios ist, hat er doch bestimmt daran gedacht, seine Spuren zu verwischen?«

»In dieser Hinsicht brauchst du dir keine Gedanken zu machen. Es spielt keine Rolle, wie schlau er ist. Wir werden ihn finden und ihm bei lebendigem Leib die Haut abziehen.«

»Wo ist denn dein Respekt vor dem Gegner hin?«

»Der ist immer noch vorhanden, meine Liebe. Aber wir werden ihn trotzdem vernichten und lebenslang hinter Gitter bringen. Niemand dringt in mein System ein.«

13. KAPITEL

21. November

Auch diesmal bekam Mikael Blomkvist wenig Schlaf. Die Ereignisse der vergangenen Nacht verfolgten ihn immer noch, und um Viertel nach elf am Vormittag kapitulierte er schließlich und setzte sich in seinem Bett auf.

Er ging in die Küche, machte sich zwei Brote mit Cheddar und Prosciutto und löffelte Müsli und Joghurt in eine Schale. Aber er bekam nicht viel davon hinunter. Stattdessen hielt er sich lieber an Kaffee, Wasser und Kopfschmerztabletten. Nachdem er mehrere Gläser Ramlösa getrunken und zwei Paracetamol geschluckt hatte, griff er zu einem Notizheft, um die jüngsten Ereignisse zusammenzufassen – doch auch diesmal kam er nicht weit. Die Hölle brach los. Das Telefon klingelte Sturm, und es dauerte nicht lange, bis er verstand, was gerade passiert war.

Die Bombe war geplatzt, und die wichtigste Nachricht des Tages lautete, dass »Starjournalist Mikael Blomkvist und Schauspieler Lasse Westman« in ein »geheimnisvolles Morddrama« verwickelt waren – geheimnisvoll allein aus dem Grund, weil niemand begreifen konnte, warum ausgerechnet Westman und Blomkvist, ob nun unabhängig voneinander oder gemeinsam, vor Ort gewesen waren, als man einen schwedischen Professor mit zwei Kopfschüssen ermordet hatte. Die Fragen, die sich Blomkvists Kollegen stellten, enthielten versteckte Anschuldigungen, und vielleicht gab Mikael Blomkvist gerade deshalb ganz offen darüber Auskunft, dass er trotz der späten Stunde zu Balder gefahren war, weil er geglaubt hatte, dieser habe ihm etwas Wichtiges mitzuteilen.

»Ich war aus beruflichen Gründe dort«, erklärte er.

Damit ging er unnötig in die Defensive, aber er fühlte sich zu Unrecht verdächtigt und wollte sich erklären, auch wenn gerade das vermutlich weitere Reporter dazu animieren würde weiterzubohren. Davon abgesehen hieß es nur noch »kein Kommentar« – und auch das war keine ideale Antwort. Aber sie war immerhin direkt und unmissverständlich. Irgendwann schaltete er sein Handy ab, zog den alten Wintermantel seines Vaters an, begab sich hinaus und ging in Richtung Götgatan.

Der Hochbetrieb in der Redaktion erinnerte ihn an alte Zeiten. In sämtlichen Winkeln und Ecken saßen Kollegen konzentriert bei der Arbeit. Gewiss hatte Erika irgendeine Brandrede gehalten, und sicher waren sich alle über den Ernst der Lage im Klaren. Bis zur nächsten Deadline waren es nur noch zehn Tage, und über ihnen schwebte die Bedrohung durch Levin und Serner. Jeder schien zum Kampf bereit. Als sie ihn eintreten sahen, sprangen trotzdem alle auf und wollten etwas über Balder und die Nacht und seine Reaktion hören – und nicht zuletzt seine Meinung zum Vorstoß der Norweger. Aber er wollte seinen fleißigen Kollegen in nichts nachstehen.

»Später, später«, sagte er nur und marschierte auf Andrei Zander zu.

Andrei Zander war sechsundzwanzig und damit der jüngste Mitarbeiter der Redaktion. Er hatte ein Praktikum bei *Millennium* gemacht und war geblieben, mal so wie jetzt, als Vertretung, mal als Freelancer. Es schmerzte Mikael, dass sie ihm immer noch keinen festen Job hatten anbieten können, vor allem seit sie Emil Grandén und Sofie Melker eingestellt hatten. Er selbst hätte stattdessen lieber Andrei an die Redaktion gebunden, doch der hatte sich noch keinen Namen gemacht und schrieb nach wie vor nicht gut genug.

Aber er war ein hervorragender Teamplayer, und das war gut für die Zeitschrift, wenn auch nicht unbedingt für ihn selbst. Nicht in dieser harten Branche. Der Kerl war einfach nicht eitel genug, obwohl er allen Grund dazu gehabt hätte. Er sah aus wie ein junger Antonio Banderas und hatte eine schnellere Auffassungsgabe als die meisten anderen Menschen. Und trotzdem tat er nichts, um sich in den Vordergrund zu stellen. Er wollte einfach nur dabei sein und guten Journalismus betreiben – und er liebte *Millennium*. Plötzlich wurde Mikael von dem unbändigen Gefühl überwältigt, all diejenigen zu lieben, die *Millennium* liebten. Eines Tages würde er etwas Großes für Andrei Zander tun.

»Hallo, Andrei«, sagte er. »Wie steht's?«

»Ganz gut. Viel zu tun.«

»Das hatte ich nicht anders erwartet. Was hast du bislang herausgefunden?«

»So einiges. Liegt alles auf deinem Schreibtisch. Ich hab dir auch eine Zusammenfassung geschrieben. Aber darf ich dir einen Rat geben?«

»Ein guter Rat ist genau das, was ich jetzt brauche.«

»Fahr sofort in den Zinkens väg und triff dich mit Farah Sharif.«

»Wer ist das?«

»Eine sehr attraktive Informatikprofessorin, die dort wohnt und sich den ganzen Tag freigenommen hat.«

»Du meinst, was ich jetzt wirklich brauche, ist eine richtig hübsche, intelligente Frau.«

»Nicht direkt. Aber sie hat gerade angerufen, weil sie erfahren hat, dass Balder dir etwas erzählen wollte. Sie glaubt zu wissen, worum es hätte gehen sollen, und deshalb will sie mit dir reden. Vielleicht um Balders Anliegen einzulösen. Ich finde, es klingt zumindest nach einem guten Start.«

»Hast du sie unabhängig davon überprüft?«

»Na klar, und natürlich können wir nicht ausschließen, dass sie ihre eigene Agenda verfolgt. Aber sie stand Balder nahe. Die beiden haben an derselben Uni studiert und sogar gemeinsam ein paar wissenschaftliche Artikel geschrieben. Es gibt einige Schnappschüsse, auf denen sie beide zu sehen sind. Sie ist eine Koryphäe auf ihrem Gebiet.«

»Okay, ich mach mich sofort auf den Weg. Sagst du ihr Bescheid, dass ich komme?«

»Mach ich«, antwortete Andrei und gab Mikael die exakte Adresse, und dann war alles wieder genau wie am Vortag.

Mikael verließ die Redaktion, kaum dass er sie betreten hatte, und sobald er sich in Richtung Hornsgatan gewandt hatte, fing er noch im Gehen an, das Recherchematerial zu studieren. Ein paarmal stieß er mit anderen Passanten zusammen, war aber so auf die Lektüre konzentriert, dass er sich kaum entschuldigte. Statt auf direktem Weg zu Farah Sharif zu gehen, schlug er einen Umweg ein, betrat die »Mellqvist Kaffebar« und trank dort zwei doppelte Espressi im Stehen, und das nicht nur, um die Müdigkeit aus seinem Körper zu vertreiben. Vielleicht würde das Koffein ja auch seine Kopfschmerzen lindern. Anschließend bezweifelte er jedoch, dass es die richtige Medizin gewesen war. Als er das Café wieder verließ, war er in einer noch schlechteren Verfassung, aber das lag nicht am Espresso. Er ärgerte sich vielmehr über all die Trottel, die von dem nächtlichen Drama Wind bekommen hatten und jetzt lautstark idiotische Kommentare abgaben. Es hieß ja, die jungen Leute von heute wollten nichts lieber, als berühmt zu werden. Er hätte ihnen erklären sollen, dass das nichts Erstrebenswertes war. Man wurde nur verrückt dabei, vor allem wenn man nicht geschlafen und Dinge gesehen hatte, die niemand sollte sehen müssen.

Mikael Blomkvist ging am McDonald's und Coop vorbei die Hornsgatan hinauf, überquerte den Ringvägen, warf einen kurzen Blick nach rechts – und erstarrte, als hätte er gerade etwas Wichtiges gesehen. Aber was? Hier war nichts – nur eine elende, unglücksträchtige Kreuzung, von Abgasen verpestet, mehr nicht. Dann fiel es ihm wieder ein.

Genau diese Ampel hatte Frans Balder mit nahezu mathematischer Präzision gezeichnet, und jetzt wunderte Mikael sich schon zum zweiten Mal über das Motiv. Nicht einmal als Fußgängerüberweg war diese Kreuzung etwas Besonderes. Vielleicht lag aber genau darin ja die Pointe.

Es ging nicht ums Motiv, sondern darum, was man darin erkannte. Kunst entsprang im Auge des Betrachters und hatte nichts mit dem Betrachteten an sich zu tun – außer dass es verriet, dass Frans Balder hier gewesen war. Möglicherweise hatte er ja auf einem Stuhl gesessen und die Ampel studiert.

Mikael ging am Sportplatz vorbei und bog rechts in den Zinkens väg ein.

Kriminalinspektorin Sonja Modig hatte in den Morgenstunden konzentriert gearbeitet. Jetzt saß sie in ihrem Büro und betrachtete das gerahmte Foto auf ihrem Schreibtisch. Es zeigte ihren sechsjährigen Sohn Axel, der auf dem Fußballplatz jubelnd die Arme in die Höhe riss, nachdem er ein Tor geschossen hatte. Sonja war alleinerziehend, und ihren Alltag zu organisieren war mitunter höllisch schwer. Trotzdem war sie abgeklärt genug, um zu wissen, dass in nächster Zeit erst recht die Hölle los sein würde.

Es klopfte an der Tür. Endlich kam Bublanski, und sie konnte die Verantwortung für die Ermittlungen an ihn abtreten. Obwohl Bublanski im Augenblick nicht so wirkte, als wollte er irgendetwas verantworten.

Er war ungewohnt gut gekleidet, trug Jackett und Krawatte und ein frisch gebügeltes Hemd. Sein Haar war ordentlich über die Glatze gekämmt, sein Blick fast schon verträumt. Er schien an alles zu denken, nur nicht an einen Mordfall.

»Was hat der Arzt gesagt?«, fragte sie.

»Der Arzt hat gesagt: Wichtig ist nicht, dass wir an Gott glauben. Gott ist nicht kleinlich. Wichtig ist, dass wir begreifen, wie groß und reich das Leben ist. Wir sollten es schätzen und gleichzeitig versuchen, die Welt zu verbessern. Wer das Gleichgewicht zwischen beidem findet, kommt Gott nahe.«

»Also warst du in Wahrheit bei deinem Rabbi?«

»Richtig.«

»Okay, Jan, ich weiß nicht genau, was man dafür tun kann, um das Leben zu schätzen. Ich kann dir höchstens ein Stück Schweizer Orangenschokolade anbieten, die zufällig in meiner Schreibtischschublade liegt. Aber wenn wir diesen Typen zu fassen kriegen, der Frans Balder erschossen hat, verbessern wir die Welt definitiv.«

»Schweizer Orangenschokolade und ein aufgeklärter Mord klingen für mich nach einem guten Anfang.«

Sonja holte die Schokolade hervor, brach ein Stück ab und reichte es Bublanski, der andächtig darauf herumkaute.

»Ausgezeichnet«, sagte er.

»Ja, nicht wahr?«

»Stell dir vor, das Leben wäre zwischendurch auch so«, sagte er und deutete auf das Bild des jubelnden Axel auf ihrem Schreibtisch.

»Wie?«

»Ich meine, wenn sich das Glück mit der gleichen Kraft offenbaren würde wie der Schmerz«, sagte er.

»Ja, eine schöne Vorstellung.«

»Wie geht es Balders Sohn?«, fragte er. »August, so heißt er doch?«

»Schwer zu sagen«, antwortete sie. »Er ist jetzt bei seiner Mutter. Ein Psychologe hat ihn untersucht.«

»Und was haben wir bisher?«

»Leider nicht viel. Wir haben den Waffentyp, eine Remington 1911 R1 Carry, vermutlich ziemlich neu. Wir sind weiter dran, aber ich bin mir leider jetzt schon ziemlich sicher, dass wir ihren Ursprung nicht ermitteln können. Dann haben wir noch die Aufnahmen der Überwachungskamera, die gerade ausgewertet werden, aber sosehr wir uns bemühen: Sein Gesicht ist nicht zu erkennen. Keine besonderen Merkmale, kein Leberfleck, nichts – nur eine Armbanduhr, die man in einer Sequenz erkennen kann und die verhältnismäßig teuer aussieht. Der Täter ist schwarz gekleidet. Seine Mütze ist grau, ohne Aufdruck. Jerker meint, er bewege sich wie ein alter Junkie. Auf einem Ausschnitt hält er eine kleine schwarze Kiste in der Hand, vermutlich irgendein Computer oder ein BTS-Gerät. Wahrscheinlich hat er damit die Alarmanlage gehackt.«

»Ja, davon hab ich gehört. Wie kann man denn eine Alarmanlage hacken?«

»Auch damit hat Jerker sich genauer beschäftigt. Es ist nicht leicht, vor allem nicht bei einer derart ausgetüftelten Alarmanlage, aber es geht. Die Anlage war ans Internet und ans Mobilfunknetz angeschlossen und hat kontinuierlich Daten an Milton Security gesendet. Es ist nicht ausgeschlossen, dass der Typ mit seiner Kiste irgendeine Frequenz aufgefangen hat und sie auf diesem Weg hacken konnte. Oder er ist Balder bei einem Spaziergang begegnet und hat dabei elektronische Daten aus der NFC des Professors gestohlen.«

»NFC?«

»Das ist die sogenannte Nahfeldkommunikation – eine Funktion auf Frans Balders Handy, mit deren Hilfe er die Alarmanlage einschalten konnte.«

»Früher, als Diebe noch mit Brecheisen losgezogen sind,

war so was einfacher«, sagte Bublanski. »Keine Autos in der näheren Umgebung?«

»Hundert Meter entfernt am Straßenrand stand ein dunkles Fahrzeug mit laufendem Motor, aber die einzige Zeugin, die es gesehen hat, ist eine ältere Dame namens Birgitta Roos, die keine Ahnung von Automarken hat. Vielleicht ein Volvo, hat sie gesagt. Oder das Gleiche, was ihr Sohn hat – und der fährt einen BMW.«

»Seufz.«

»Ja, sieht ziemlich düster aus an der Fahndungsfront«, fuhr Sonja Modig fort. »Der Täter hat davon profitiert, dass es eine stürmische Nacht war. Er konnte sich ungestört in der Nähe bewegen. Abgesehen von Mikael Blomkvists Zeugenaussage haben wir eigentlich nur eine weitere Beobachtung aufgenommen: von einem Dreizehnjährigen namens Ivan Grede. Ein komischer, dürrer Vogel, der als Kind Leukämie hatte und sein Zimmer komplett im japanischen Stil eingerichtet hat. Kommt ein bisschen altklug daher. Ivan musste wohl nachts auf die Toilette, und da hat er vom Badezimmerfenster aus beobachtet, wie sich ein durchtrainierter Mann am Ufer entlangbewegte. Der Mann hätte aufs Meer gesehen und sich dann mit den Fäusten bekreuzigt. Es hätte gleichzeitig aggressiv und religiös ausgesehen, hat Ivan gesagt.«

»Keine gute Mischung.«

»Nein, die Kombination Religion und Gewalt verheißt selten etwas Gutes. Ivan war sich allerdings nicht sicher, ob der Mann sich wirklich bekreuzigt hat. Vielleicht war es auch ein erweitertes Kreuzzeichen, hat er gesagt. Oder irgendwas Militärisches. Für einen Moment hatte er Angst, der Mann würde ins Wasser gehen und sich umbringen. Die Situation hätte etwas Feierliches gehabt, aber irgendwie hätte das Ganze auch aggressiv gewirkt.«

»Aber es kam nicht zum Suizid.«

»Nein. Der Mann ist anschließend auf Balders Haus

zugejoggt. Er hat einen Rucksack getragen und dunkle Kleidung, vielleicht Tarnhosen. Er war kräftig und muskulös, und er hat Ivan an seine alten Spielzeugfiguren erinnert. Ninjas.«

»Auch das klingt nicht gut.«

»Ganz und gar nicht. Vermutlich war es derselbe Mann, der auch auf Mikael Blomkvist geschossen hat.«

»Aber Blomkvist hat sein Gesicht nicht gesehen?«

»Nein, er hat sich auf den Boden geworfen, als der Mann herumgewirbelt ist und geschossen hat. Außerdem ist alles wohl sehr schnell gegangen. Laut Blomkvist war der Mann vermutlich militärisch ausgebildet, was mit Ivan Gredes Beobachtungen übereinstimmt, und das halte ich auch für wahrscheinlich. Die Schnelligkeit und die Effektivität der Tat deuten darauf hin.«

»Haben wir denn schon eine Ahnung, warum Blomkvist dort gewesen ist?«

»Allerdings. Wenn es was gibt, was man in dieser Nacht korrekt erledigt hat, dann seine Befragung. Hier kannst du sie dir ansehen.« Sonja reichte ihm einen Ausdruck. »Blomkvist hatte Kontakt zu einem ehemaligen Assistenten von Balder, der behauptete, der Professor sei Opfer einer Hackerattacke geworden, bei der man ihm seine Technologie gestohlen hat. Und für diese Geschichte hat sich Blomkvist interessiert. Er wollte mit Balder in Verbindung treten, aber der hat sich erst mal nicht gemeldet – was wohl typisch für ihn war. In letzter Zeit hat er angeblich sehr isoliert gelebt und kaum Kontakt mit seiner Umgebung gehabt. Hausarbeit und Einkäufe hat er von einer Haushaltshilfe erledigen lassen. Sie heißt... Moment... Lottie Rask. Die im Übrigen streng ermahnt wurde, kein Wort über die Anwesenheit des Sohnes zu verlieren. Darauf komme ich aber gleich noch zurück. Jedenfalls muss in dieser Nacht etwas geschehen sein. Ich vermute, Balder war nervös und wollte irgendetwas loswerden, was auf ihm lastete. Er war gerade darüber informiert worden, dass er in Gefahr war. Außerdem wurde seine Alarmanlage ausgelöst, und zwei Polizisten bewachten das Haus. Vielleicht ahnte er, dass seine Tage gezählt waren, ich weiß es nicht. Jedenfalls rief er mitten in der Nacht Mikael Blomkvist an und wollte mit ihm reden.«

»Früher hat man in solchen Situationen einen Pfarrer bestellt.«

»Und jetzt bestellt man anscheinend einen Journalisten. Na ja, all das ist reine Spekulation. Sicher ist nur, was Balder auf Blomkvists Mailbox gesprochen hat. Davon abgesehen wissen wir nicht, was er ihm erzählen wollte. Blomkvist sagt, er wisse es auch nicht, und ich glaube ihm. Mit dieser Meinung stehe ich allerdings alleine da. Richard Ekström, der im Übrigen ziemlich nervt, ist davon überzeugt, dass Blomkvist irgendwas zurückhält, was er demnächst in seiner Zeitschrift veröffentlichen will. Ich kann mir das nur schwer vorstellen. Blomkvist ist ein Schlitzohr, das wissen wir alle, aber er ist niemand, der vorsätzlich eine polizeiliche Ermittlung sabotiert.«

»Nein, wirklich nicht.«

»Allerdings dreht Ekström gerade durch und sagt, man müsse Blomkvist verhaften und wegen Meineids anklagen und so weiter. Der weiß mehr, faucht er die ganze Zeit. Ich habe das Gefühl, dass er irgendeine Aktion plant.«

»Das kann nichts Gutes bedeuten.«

»Nein, und angesichts von Blomkvists Format halte ich es für besser, dass wir Freunde bleiben.«

»Ich nehme an, wir müssen ihn noch mal befragen.«

»Ja, das glaube ich auch.«

»Und die Sache mit Lasse Westman?«

»Den haben wir gerade befragt. Keine schöne Geschichte. Westman war im ›KB‹ und im ›Teatergrillen‹ und in der ›Operabaren‹ und im ›Riche‹ und sonst wo und hat stundenlang von Balder und seinem Jungen geschwafelt. Seine Kumpels waren schon total genervt. Je mehr Geld Westman an diesem

Abend verschleudert hat, umso heftiger hat er sich auf das Thema eingeschossen.«

»Warum war ihm das denn so wichtig?«

»Teils war es wohl ein typischer Spleen, wie ihn Alkoholiker oft entwickeln. Ich kenne das von meinem alten Onkel. Immer wenn der getrunken hatte, kam ihm irgendeine komische Idee, in die er sich dann festgebissen hat. Aber natürlich ist da noch mehr. Westman hat die ganze Zeit von diesem Sorgerechtsurteil gesprochen, und wenn er ein anderer, empathischerer Mensch wäre, würde das vielleicht sogar einiges erklären. Dann könnte man glauben, er wollte nur das Beste für den Jungen. Aber so... Du weißt vielleicht, dass Westman wegen Körperverletzung vorbestraft ist.«

»Nein, das wusste ich nicht.«

»Er war eine Weile mit dieser Modebloggerin zusammen – Renata Kapusinski. Er hat sie grün und blau geschlagen. Wenn ich mich richtig erinnere, hat er ihr sogar die Wange zerbissen.«

»Fies!«

»Außerdem hatte Balder ein paar Anzeigen geschrieben, die er nicht losgeschickt hat, vermutlich wegen der unsicheren Rechtslage. Daraus geht allerdings deutlich hervor, dass er Lasse Westman im Verdacht hatte, auch seinen Sohn misshandelt zu haben.«

»Und wie schätzt du das ein?«

»Balder hatte verdächtige blaue Flecken am Körper des Jungen entdeckt – das hat auch eine Psychologin vom Autismus-Zentrum bestätigt. Also ist Lasse Westman wohl kaum...«

»Aus reiner Fürsorge und Zärtlichkeit nach Saltsjöbaden gefahren.«

»Nein, eher aus Geldgier. Nachdem Balder den Sohn abgeholt hatte, hat er nämlich seine Unterhaltszahlungen eingestellt oder zumindest eingedampft.«

»Und Westman hat nicht versucht, ihn deswegen anzuzeigen?«

»Vor dem Hintergrund der weiteren Umstände hat er sich das offenbar nicht getraut.«

»Was steht noch in dem Sorgerechtsurteil?«

»Dass Balder ein erbärmlicher Vater war.«

»Und stimmt das?«

»Eine böswillige Person – wie beispielsweise Westman – war er jedenfalls nicht. Aber es gab da einen Vorfall... Nach der Scheidung hatte Balder seinen Sohn jedes zweite Wochenende bei sich. Zu der Zeit hatte er eine Wohnung in Östermalm, die vom Boden bis zur Decke mit Bücherregalen vollgestellt war. An einem Wochenende, als August sechs Jahre alt war, hat der Junge im Wohnzimmer gesessen, während Balder wie immer am Computer im Zimmer nebenan arbeitete. An einem der Bücherregale lehnte eine kleine Leiter. August ist wohl daran hochgeklettert, hat ein paar Bücher herausgezogen, die ganz oben standen, ist dabei von der Leiter gefallen, hat sich den Ellbogen gebrochen und war eine Weile bewusstlos. Balder hat von all dem nichts mitbekommen. Er hat weitergearbeitet, und erst nach Stunden hat er August wimmernd auf dem Boden zwischen den Büchern gefunden. Er hat den Jungen sofort in die Notaufnahme gefahren.«

»Und daraufhin hat man ihm das Sorgerecht entzogen?«

»Nicht nur das. Man hat auch festgestellt, dass er emotional nicht in der Lage war, sich um sein Kind zu kümmern. Er durfte nicht mehr mit August alleine sein. Aber ehrlich gesagt gebe ich nicht wahnsinnig viel auf dieses Urteil.«

»Warum nicht?«

»Weil es ein Prozess ohne Verteidigung war. Der Anwalt der Exfrau war knallhart, während Frans Balder nur zu Kreuze gekrochen ist und gesagt hat, er sei untauglich und unverantwortlich und lebensunfähig und was weiß ich. Das Gericht hat wirklich tendenziös geurteilt. Balder sei nicht in der Lage, eine emotionale Bindung zu anderen Menschen einzugehen, und suche ausschließlich bei seinen Maschinen

Zuflucht. Nachdem ich mich eingehend mit seinem Leben beschäftigt habe, halte ich das nicht für besonders glaubwürdig. Allerdings hat das Gericht die schuldbewussten Tiraden und Selbstbezichtigungen für bare Münze genommen, und Balder war in jeder Hinsicht kooperativ. Er hat sich sogar bereit erklärt, üppig Unterhalt zu bezahlen – vierzigtausend Kronen im Monat, glaube ich, plus eine Einmalzahlung von neunhunderttausend Kronen für unvorhergesehene Ausgaben. Kurze Zeit später ist er in die USA gezogen.«

»Aber dann kam er zurück.«

»Ja, und das hatte wahrscheinlich mehrere Gründe. Man hatte ihm seine Technologie gestohlen, und vielleicht hatte er dort erfahren, wer hinter dem Diebstahl steckte. Außerdem hat er sich mit seinem Arbeitgeber überworfen. Trotzdem glaube ich, dass es auch um den Sohn ging. Diese Frau vom Autismus-Zentrum, die ich erwähnt habe – Hilda Melin heißt sie übrigens –, war in einem frühen Stadium durchaus optimistisch im Hinblick auf die Entwicklung des Jungen. Doch es kam nicht so, wie sie gehofft hat. Außerdem hat sie wohl Mitteilungen darüber erhalten, dass Hanna und Lasse Westman ihrer Verantwortung für Augusts Schulpflicht nicht nachgekommen sind. Es gab da wohl eine Vereinbarung, dass August zu Hause unterrichtet werden sollte, aber offenbar sind die Sonderpädagogen, die dafür eingestellt wurden, gegeneinander ausgespielt worden, und es kam auch zu Betrügereien mit dem Schulgeld und erfundenen Lehrernamen. Aller nur denkbarer Mist. Aber das ist eine andere Geschichte, die man später überprüfen sollte...«

»Du warst gerade bei dieser Frau vom Autismus-Zentrum.«

»Richtig, Hilda Melin. Die Sache war ihr nicht geheuer, und sie hat Hanna und Lasse angerufen, die ihr versichert haben, dass alles in Ordnung sei. Aber irgendetwas sagte ihr wohl, dass das nicht stimmte. Deswegen hat sie den beiden entgegen der üblichen Praxis einen Besuch abgestattet, und als man sie endlich hereinließ, hatte sie das Gefühl, dem Jungen gehe es nicht gut und seine Entwicklung stagniere. Außerdem sind ihr die besagten blauen Flecken aufgefallen, und anschließend hat sie ein langes Telefonat mit Frans Balder in San Francisco geführt. Kurz darauf ist er wieder nach Schweden gezogen und hat seinen Sohn in sein neues Haus in Saltsjöbaden mitgenommen, ohne Rücksicht darauf, was in dem Sorgerechtsurteil stand.«

»Wie konnte das denn gehen, wenn Lasse Westman so sehr auf den Unterhalt aus war?«

»Gute Frage. Wenn man Westman glauben will, hat Balder den Jungen mehr oder weniger gekidnappt. Hannas Version klingt allerdings ein bisschen anders. Sie sagt, Frans sei bei ihr aufgetaucht und habe verändert gewirkt, und deshalb habe sie ihm den Jungen überlassen. Sie glaubte sogar, dass es August bei seinem leiblichen Vater besser gehen würde.«

»Und Westman?«

»Hanna sagt, Westman sei betrunken gewesen. Er habe gerade eine große Rolle in einer neuen Fernsehserie bekommen. Nur deshalb sei er so selbstgewiss und übermütig gewesen und habe diese Sache akzeptiert. Sosehr er auch das Wohlbefinden des Jungen betont hat, war er im Grunde wohl insgeheim froh, ihn los zu sein.«

»Aber dann …«

»Dann hat er es bereut, und zu allem Überfluss hat man ihn bei der Produktionsfirma gefeuert, weil er ständig betrunken war, und da wollte er August plötzlich wieder zurückhaben – beziehungsweise nicht ihn, sondern …«

»Den Unterhalt.«

»Ganz genau. Und das haben auch die Kumpels, mit denen er unterwegs war, bestätigt, unter anderem dieser Veranstaltungsmanager, Rindevall. Als sie in der Bar Westmans Kreditkarte abgelehnt haben, hat er angefangen, wie besessen von dem Jungen zu reden. Und irgendwann hat er sich dann fünfhundert Kronen von einem Mädel am Tresen geliehen und ist mitten in der Nacht mit dem Taxi nach Saltsjöbaden gefahren.«

Jan Bublanski saß eine Weile gedankenversunken da und betrachtete noch einmal das Bild des jubelnden Axel.

»Was für ein Schlamassel«, sagte er.

»Ja.«

»Und im Normalfall wären wir der Lösung ganz nah. Dann wäre das Motiv sicher im Sorgerechtsstreit oder in dieser Scheidung zu finden. Aber diese Typen hacken Alarmanlagen und sehen aus wie Ninjas, und das passt wirklich nicht ins Bild.«

»Nein.«

»Aber eins wundert mich doch.«

»Und zwar?«

»Was hatte August mit den Büchern vor, wenn er doch gar nicht lesen konnte?«

Mikael Blomkvist saß Farah Sharif bei einer Tasse Tee gegenüber und sah auf den Tantolunden hinaus. Obwohl er wusste, dass dies ein Zeichen seiner Schwäche war, wünschte er sich, er müsste hierüber keine Story schreiben. Er wünschte sich, er könnte einfach nur hier sitzen und müsste diese Frau nicht unter Druck setzen.

Es schien ihr schwerzufallen, darüber zu reden. Ihr Gesicht wirkte abgespannt, und die dunklen, eindringlichen Augen, die an der Tür geradewegs in ihn hineingesehen hatten, schienen fast schon desorientiert. Zwischendurch murmelte sie Frans' Namen wie ein Mantra oder eine Beschwörungsformel. Vielleicht hatte sie ihn ja geliebt. Ganz sicher hatte er sie geliebt. Farah war zweiundfünfzig Jahre alt und überaus attraktiv, zwar nicht im klassischen Sinne schön – aber sie hatte die Haltung einer Königin.

»Wie war er?«, fragte Mikael.

»Frans?«

»Ja.«

»Paradox.«

»In welcher Hinsicht?«

»In vielerlei Hinsicht. Vielleicht hauptsächlich weil er so intensiv an einer Sache arbeitete, die ihn gleichzeitig beunruhigte – ein bisschen wie Oppenheimer in Los Alamos. Er beschäftigte sich mit etwas, wovon er glaubte, es würde unseren Untergang bedeuten.«

»Ich kann nicht ganz folgen...«

»Frans wollte die biologische Evolution digital nachbilden. Er hat im Bereich der evolutionären Algorithmen geforscht – die aus Erfahrungen und Fehlern lernen und sich im Rückschluss selbst verbessern. Er hat auch zur Entwicklung der sogenannten Quantencomputer beigetragen, mit denen Google, Solifon und die NSA arbeiten. Sein Ziel war die Entwicklung einer AGI, einer Artificial General Intelligence.«

»Und was ist das?«

»Der Punkt, an dem eine Maschine die gleiche Intelligenz hat wie ein Mensch, zugleich aber in sämtlichen mechanischen Disziplinen ihre Schnelligkeit und Präzision beibehält. Eine solche Erfindung würde uns enorme Vorteile in allen Forschungsbereichen verschaffen.«

»Sicher.«

»In diesem Bereich wird intensiv geforscht, und auch wenn nicht unbedingt alle den Zustand einer AGI anstreben, treibt uns die Konkurrenz fast zwangsläufig dorthin. Niemand kann es sich leisten, auf die Entwicklung von möglichst intelligenten Anwendungen zu verzichten oder seine Forschungsergebnisse zurückzuhalten. Denken Sie nur daran, wie weit wir jetzt schon gekommen sind – was Ihr Telefon vor fünf Jahren konnte und was es heute kann.«

»Ja.«

»Früher – bevor er so geheimnistuerisch wurde – ging

Frans immer davon aus, dass wir in dreißig oder vierzig Jahren einen Zustand der AGI erreichen würden, und das mag jetzt vielleicht drastisch klingen, aber ich persönlich frage mich, ob seine Einschätzung nicht sogar zu vorsichtig war. Die Kapazitäten von Computern verdoppeln sich alle achtzehn Monate, und unser Gehirn ist kaum mehr in der Lage zu begreifen, wohin diese exponentielle Entwicklung führt. Das ist ein bisschen so wie das Reiskorn auf dem Schachbrett, wissen Sie? Man legt ein Reiskorn auf das erste Feld und zwei auf das zweite und vier auf das dritte und acht auf das vierte ...«

»Und bald darauf überschwemmen die Reiskörner die ganze Welt.«

»Die Zuwachsrate steigt und steigt, und am Ende liegt sie jenseits unserer Kontrolle. Interessant ist eigentlich nicht so sehr, was passiert, sobald die AGI erreicht ist, sondern was danach kommt. Hier gibt es eine Menge Szenarien – die auch davon abhängen, auf welchem Weg wir dorthin gelangt sind. Sicher aber werden wir Programme benutzen, die sich selbst aktualisieren und korrigieren. Aber wir dürfen nicht vergessen, dass wir auch einen neuen Zeitbegriff bekommen.«

»Wie meinen Sie das?«

»Wir werden menschliche Beschränkungen überwinden und in eine neue Ordnung hineingeworfen, in der sich Maschinen blitzschnell rund um die Uhr aktualisieren. Nur wenige Tage, nachdem die AGI realisiert ist, wird es auch zu einer ASI kommen.«

»Und was ist das?«

»Die Artificial Superintelligence. Etwas, was intelligenter ist als wir. Und dann wird sich alles beschleunigen. Die Computer werden sich mit zunehmender Geschwindigkeit verbessern, vielleicht mit einem Faktor von zehn, und hundert-, tausend-, ja zehntausendmal schlauer sein als wir, und was passiert dann?«

»Sagen Sie es mir.«

»Tja, genau das ist ein Problem. Intelligenz ist nichts Vorhersehbares. Wir wissen nicht, wo uns die menschliche Intelligenz hinführen wird. Und noch weniger wissen wir, was aus der Superintelligenz wird.«

»Schlimmstenfalls sind wir für die Computer dann also nicht mehr interessanter als weiße Mäuse«, sagte Mikael und musste unwillkürlich daran denken, was er Lisbeth geschrieben hatte.

»Schlimmstenfalls? Unsere und die DNA von Mäusen sind zu neunzig Prozent identisch. Man schätzt, dass wir hundertmal so intelligent sind. Hundertmal – nicht mehr. Hier stehen wir aber vor etwas ganz Neuem, das sämtlichen mathematischen Modellen zufolge keine Begrenzung kennt – das vielleicht eine Million mal so intelligent sein mag. Können Sie sich das vorstellen?«

»Ich versuche es zumindest«, antwortete Mikael mit einem schiefen Lächeln.

»Ich meine«, fuhr sie fort, »was glauben Sie, wie sich ein Computer fühlt, wenn er aufwacht und merkt, dass er von primitiven Wesen wie uns gefangen gehalten und kontrolliert wird? Warum sollte er sich mit einer solchen Situation abfinden? Warum sollte er überhaupt noch Rücksicht auf uns nehmen und zulassen, dass wir in seinem Inneren wühlen, um diesen Prozess zu stoppen? Wir riskieren eine Intelligenzexplosion, die Vernor Vinge als ›technologische Singularität‹ bezeichnet hat. Alles, was anschließend passiert, liegt jenseits unseres Ereignishorizonts.«

»Das heißt also, im selben Moment, in dem wir eine solche Superintelligenz erschaffen, verlieren wir die Kontrolle darüber.«

»Es besteht das Risiko, dass alles, was wir über unsere Welt wissen, seine Gültigkeit verliert, und das könnte das Ende unserer menschlichen Existenz bedeuten.«

»Machen Sie Scherze?«

»Für jemanden, der sich nicht mit dieser Problematik beschäftigt, klingt das vollkommen übergeschnappt, ich weiß. Und trotzdem ist es eine höchst reale Frage. Heute arbeiten auf der ganzen Welt Tausende Menschen daran, so etwas zu verhindern. Viele sind dabei optimistisch, aber ihre Ideen sind geradezu utopisch. Sie sprechen von einer *friendly* ASI, von freundlicher Superintelligenz, die von Anfang an so programmiert ist, dass sie uns ausschließlich hilft. Man stellt sich so was Ähnliches vor wie Asimov in seinem Roman *Ich, der Robot:* eingebaute Gesetze, die verhindern, dass die Maschinen uns schaden können. Der Erfinder und Autor Ray Kurzweil hat eine wunderbare Welt entworfen, in der wir mithilfe der Nanotechnologie einträchtig mit unseren Computern zusammenleben und die Zukunft mit ihnen teilen. Aber natürlich gibt es dafür keinerlei Garantien. Gesetze können aufgehoben, die Bedeutung von initialen Programmierungen verändert werden, und es ist unerhört leicht, anthropomorphe Fehlschlüsse zu ziehen, indem man den Maschinen menschliche Züge zuschreibt und die ihnen innewohnende Triebkraft missversteht. Frans war von diesen Fragen wie besessen, und wie ich schon sagte, befand er sich in einem inneren Zwiespalt. Er sehnte sich nach intelligenten Computern und fürchtete sich gleichzeitig vor ihnen.«

»Er konnte nicht aufhören, Monster zu bauen.«

»Ja, so ungefähr, wenn man es drastisch formulieren will.«

»Wie weit ist er damit gekommen?«

»Weiter, als sich irgendjemand vorstellen kann, glaube ich, und das war wohl auch ein Grund, warum er um seine Arbeit bei Solifon ein solches Geheimnis gemacht hat. Er hatte Angst, sein Programm könnte in falsche Hände geraten. Er hatte sogar Angst, es könnte Kontakt mit dem Internet aufnehmen und sich mit ihm vereinen. Er hat es August genannt – nach seinem Sohn.«

»Und wo befindet es sich jetzt?«

»Er hat nie einen Schritt getan, ohne es bei sich zu haben. Vermutlich lag sein Computer neben seinem Bett, als er erschossen wurde. Das Unheimliche ist, dass die Polizei sagt, sie habe dort keinen Laptop gefunden.«

»Ich hab auch keinen gesehen. Allerdings galt meine Aufmerksamkeit auch anderen Dingen.«

»Es muss schrecklich gewesen sein…«

»Vielleicht wissen Sie, dass ich den Täter noch gesehen habe«, sagte Mikael. »Er hatte einen großen Rucksack bei sich.«

»Das klingt nicht gut. Mit ein bisschen Glück ist der Computer inzwischen irgendwo anders im Haus aufgetaucht. Ich habe nur ganz kurz mit der Polizei gesprochen, und da hatte ich nicht gerade das Gefühl, sie hätten die Lage im Griff.«

»Wollen wir hoffen, dass sie den Laptop noch finden. Haben Sie eine Idee, wer seine Technologie beim ersten Mal gestohlen haben könnte?«

»Ja, habe ich.«

»Jetzt bin ich aber neugierig.«

»Das verstehe ich. Für mich ist an dieser Geschichte am traurigsten, dass ich selbst eine Verantwortung an dem Dilemma trage. Wissen Sie… Frans hat Tag und Nacht gearbeitet, und ich hatte Angst, dass er sich völlig aufreiben würde. Damals hatte er gerade das Sorgerecht verloren.«

»Wann war das?«

»Vor zwei Jahren – da taumelte er nur noch völlig übernächtigt durch die Gegend und machte sich schlimme Vorwürfe. Trotzdem konnte er nicht von seiner Forschung lassen. Er stürzte sich in das Einzige, was ihm vom Leben noch geblieben war, und deshalb hab ich ihm zur Entlastung ein paar Assistenten ausgesucht. Ich konnte einige meiner besten Studenten dafür gewinnen. Ich wusste zwar, dass keiner von ihnen ein Unschuldsengel war, aber sie waren ehrgeizig und talentiert, und eine Zeit lang sah es auch wirklich vielversprechend aus. Aber dann...«

»Wurde er bestohlen.«

»Er hatte es schwarz auf weiß, als im August letzten Jahres eine Patentanmeldung von Truegames beim amerikanischen Patentamt einging. All die einzigartigen Bestandteile seiner Technologie waren kopiert und darin niedergeschrieben worden. Natürlich dachten sie erst, dass ihre Computer gehackt worden wären. Diesbezüglich war ich von Anfang an skeptisch. Ich wusste schließlich, was für ein hohes Niveau Frans' Sicherheitssysteme hatten. Weil aber zunächst keine andere Erklärung plausibel schien, gingen sie erst einmal davon aus. Eine Weile glaubte Frans sogar wohl selbst daran, aber es war natürlich Unsinn.«

»Was meinen Sie damit?«, fragte Mikael. »Der Zugriff wurde doch von Experten bestätigt.«

»Von irgendeinem Idioten von der FRA, der sich wichtigmachen wollte. Davon abgesehen wollte Frans seine Jungs beschützen und nicht nur das, fürchte ich. Ich habe den Verdacht, dass er auch Detektiv spielen wollte, wie immer er so dumm sein konnte. Wissen Sie...«

Farah holte tief Luft.

»Ich hab das alles erst vor ein paar Wochen erfahren. Frans und der kleine August waren abends zum Essen hier, und ich hatte sofort das Gefühl, dass Frans mir etwas Wichtiges sagen wollte. Es lag in der Luft, und nach ein paar Gläsern bat er mich, mein Handy an einen anderen Ort zu legen, und fing an zu flüstern. Ich muss zugeben, dass ich zuerst irritiert war. Er hat wieder von seinem jungen Hackergenie angefangen...«

»Hackergenie?«, fragte Mikael bemüht neutral.

»Ein Mädchen, von dem er so viel redete, dass mir schon die Ohren wehtaten. Ich will Sie nicht damit ermüden. Es war bloß irgendein Mädchen, das aus dem Blauen heraus in seiner

Vorlesung aufgetaucht war und ihm etwas vom Singularitätsbegriff erzählte.«

»Wie das?«

Farah schwieg eine Weile gedankenversunken.

»Was … Also, eigentlich hat das überhaupt nichts mit der Sache zu tun«, antwortete sie schließlich. »Aber der Begriff ›technologische Singularität‹ ist ursprünglich aus der gravitativen Singularität entlehnt …«

»Und was ist das?«

»Das Herz der Finsternis, sage ich immer. Das, was im tiefsten Inneren der Schwarzen Löcher existiert und vielleicht die Endstation all dessen ist, was wir über das Universum wissen. Was vielleicht sogar den Zugang zu anderen Welten und Zeitaltern ermöglicht. Viele betrachten die Singularität als etwas völlig Irrationales und meinen, dass sie notwendigerweise einen Ereignishorizont erfordert. Aber dieses Mädchen hat offenbar nach quantenmechanischen Rechenwegen gesucht und behauptet, es könnte sehr wohl nackte Singularitäten ohne Ereignishorizonte geben. Ersparen Sie es mir, dieses Thema weiter vertiefen zu müssen. Jedenfalls hat sie Frans imponiert, und er hat sich ihr geöffnet, und das kann man ja womöglich auch verstehen. Ein Nerd wie Frans kannte nicht viele Menschen, mit denen er sich auf seinem Niveau unterhalten konnte, und als er erfuhr, dass diese junge Frau eine Hackerin war, hat er sie gebeten, seine Computer zu durchforsten. Die ganze Ausrüstung stand zu Hause bei einem seiner Assistenten, einem Typen namens Linus Brandell.«

Mikael beschloss einmal mehr, nicht zu erzählen, was er schon wusste.

»Linus Brandell«, sagte er nur.

»Genau«, fuhr sie fort. »Die junge Frau hat ihn zu Hause in Östermalm besucht und wohl aus seiner eigenen Wohnung vertrieben. Anschließend hat sie sich die Computer vorgenommen. Sie konnte zwar keinerlei Anzeichen für eine

Attacke finden, aber damit hat sie sich nicht zufriedengegeben. Sie hatte eine Liste von Frans' Assistenten und hat sie alle von Linus' Computer aus gehackt, und es hat nicht lange gedauert, bis sie entdeckt hat, dass einer von ihnen sie verraten und verkauft hatte – ausgerechnet an Solifon.«

»Und wer?«

»Frans wollte damit nicht rausrücken, sosehr ich auch auf ihn eingeredet habe. Anscheinend hat das Mädchen ihn aber noch von Linus' Wohnung aus angerufen, und Sie können sich ja denken, wie schockiert er war. Von einem seiner eigenen Leute verraten! Ich hätte erwartet, dass er den Typen direkt anzeigt und kein gutes Haar mehr an ihm lässt und ihm die Hölle heißmacht. Aber er hatte einen anderen Plan. Er hat das Mädchen gebeten, so zu tun, als hätte es tatsächlich eine Hackerattacke gegeben.«

»Aber warum?«

»Er wollte verhindern, dass mögliche Spuren oder Beweise verwischt würden. Er wollte besser verstehen, was genau passiert war, und vielleicht kann man das trotz allem nachvollziehen. Dass eines der weltweit führenden Softwareunternehmen seine Technologie gestohlen und verkauft hatte, war sicher gravierender als die Tatsache, dass irgendein schwarzes Schaf, ein skrupelloser Dreckskerl, ihn hintergangen hatte. Solifon zählt ja nicht nur zu den renommiertesten Forschungskonzernen in den USA. Sie hatten auch jahrelang versucht, Frans anzuwerben, und das hat ihn rasend gemacht. ›Diese Teufel haben mich hofiert und gleichzeitig bestohlen‹, schimpfte er damals.«

»Moment mal«, ging Mikael dazwischen. »Nur damit ich es richtig verstehe – Sie meinen also, er hat die Stelle bei Solifon nur angenommen, um herauszufinden, warum man ihn bestohlen hatte?«

»Wenn ich eins mit der Zeit gelernt habe, dann dass die Motive der Menschen nicht immer ganz leicht nachzuvollziehen sind. Das Gehalt und die Freiheit und die Ressourcen hatten sicher auch eine gewisse Bedeutung. Aber davon abgesehen war es wohl so, ja. Anscheinend hatte er längst gemutmaßt, dass Solifon in den Angriff verwickelt gewesen war, noch bevor das Mädchen seine Computer durchforstet hat. Aber diese Hackerin hat ihm wohl noch genauere Informationen gegeben, und erst da hat er wirklich angefangen, im Dreck zu wühlen. Wie sich herausstellte, war das viel schwerer, als er gedacht hatte, und er hat einiges Misstrauen um sich herum erregt und sich unbeliebt gemacht und sich am Ende immer mehr von den anderen zurückgezogen. Aber er hat tatsächlich etwas herausgefunden.«

»Und was?«

»An dieser Stelle wird die Geschichte sehr heikel, und eigentlich sollte ich Ihnen das gar nicht erzählen.«

»Und trotzdem sitzen wir hier.«

»Ja, und trotzdem sitzen wir hier, und das liegt nicht nur daran, dass ich immer schon einen großen Respekt vor Ihrer Arbeit hatte. Heute Morgen kam mir der Gedanke, dass es vielleicht kein Zufall war, dass Frans letzte Nacht ausgerechnet Sie angerufen hat und nicht die Abteilung für Industrieschutz bei der Säpo, mit der er ebenfalls in Kontakt stand. Ich glaube, er hatte den Verdacht, dass es beim Geheimdienst eine undichte Stelle geben könnte. Natürlich kann das auch Paranoia gewesen sein. Frans hat alle möglichen Zeichen von Verfolgungswahn an den Tag gelegt. Aber bei Ihnen hat er sich gemeldet – und jetzt hoffe ich einfach, dass ich mit ein bisschen Glück seine Mission weiterführen kann.«

»Ich verstehe.«

»Bei Solifon gibt es eine Abteilung, die schlicht und einfach Y heißt«, erklärte Farah. »Das Vorbild ist Google X – jene Abteilung, die mit Moonshots arbeitet, wie sie es dort nennen: wilde und weit hergeholte Ideen wie das ewige Leben oder eine Verbindung zwischen den Suchmaschinen und den Neuronen des Gehirns. Wenn es einen Ort gibt, wo man einer

AGI oder ASI immer näher kommt, dann genau dort. Und deshalb wurde Frans auch an Y angegliedert. Aber das war nicht annähernd so klug, wie es jetzt vielleicht klingt.«

»Warum?«

»Weil er von seiner Hackerin erfahren hatte, dass es eine geheime Gruppe von Konkurrenzanalysten in der Abteilung Y gab, die von einem Mann namens Zigmund Eckerwald geleitet wurde.«

»Zigmund Eckerwald?«

»Genau, auch Zeke genannt.«

»Und wer ist das?«

»Dieselbe Person, die mit Frans' treulosem Assistenten in Verbindung stand.«

»Also war Eckerwald der Dieb.«

»Das kann man wohl sagen. Wenn auch ein Dieb auf hohem Niveau. Von außen betrachtet war die Arbeit von Eckerwalds Leuten vollkommen legitim: Sie legten Verzeichnisse von überragenden Forschern und vielversprechenden Forschungsprojekten an. Alle großen Hightechfirmen machen so was. Man will schließlich wissen, was dort draußen los ist und wen man besser an sich binden sollte. Allerdings hat Frans erkannt, dass diese Gruppe wohl noch weiter ging. Sie haben nicht nur Aufstellungen gemacht. Sie gingen auch auf Diebeszug: mit Hackerattacken, Spionage, Bespitzelung und Drohungen.«

»Und warum hat er sie nicht angezeigt?«

»Die Beweislage war kompliziert. Sie sind natürlich vorsichtig vorgegangen. Am Ende hat Frans sich sogar an den Unternehmenschef Nicolas Grant gewandt. Grant war zutiefst bestürzt, und Frans zufolge hat er eine interne Untersuchung eingeleitet. Die hat allerdings nichts zutage gefördert. Entweder hatte Eckerwald die Beweise vernichtet, oder aber die Untersuchung war von vornherein eine Farce. Das hat Frans in eine prekäre Lage gebracht, denn der ganze Zorn richtete sich jetzt gegen ihn. Eckerwald hat ihn wohl angeheizt, und vermutlich fiel es ihm nicht schwer, die anderen auf seine Seite zu bringen. Frans galt schon damals als paranoid und misstrauisch und wurde von den Kollegen zunehmend isoliert und ausgegrenzt. Ich kann ihn mir in dieser Situation nur zu gut vorstellen – wie er immer unfreundlicher und schroffer wurde und kein Wort mehr gesagt hat.«

»Sie meinen also, er hatte keine konkreten Beweise in der Hand?«

»Doch, zumindest hatte ihm die Hackerin einen Nachweis darüber erbracht, dass seine Technologie tatsächlich von Eckerwald geklaut und weiterverkauft worden war.«

»Das wusste er also sicher?«

»Ja, ohne Zweifel. Außerdem hatte er herausgefunden, dass Eckerwalds Gruppe nicht allein arbeitete. Sie hatten Unterstützung von außen – vermutlich von den amerikanischen Geheimdiensten und auch von…«

Farah hielt inne.

»Ja?«

»Was das anging, hat er sich eher kryptisch ausgedrückt, und vielleicht wusste er auch gar nicht viel. Er hat aber erzählt, dass er auf den Decknamen jener Person gestoßen sei, die der wahre Anführer der Organisation außerhalb von Solifon gewesen ist. Der Deckname lautete Thanos.«

»Thanos?«

»Genau. Offenbar eine berühmt-berüchtigte Person. Mehr wollte er nicht verraten. Er sagte nur, er brauche eine Art Lebensversicherung, sobald die Anwälte hinter ihm her seien.«

»Sie haben gesagt, Sie wüssten nicht, welcher seiner Assistenten ihn verraten hat. Aber Sie haben sich doch bestimmt Gedanken darüber gemacht«, sagte Mikael.

»Ja, natürlich, und manchmal… ich weiß nicht…«

»Was denn?«

»…frage ich mich, ob sie nicht alle zusammen dahintersteckten.«

»Wie kommen Sie darauf?«

»Als sie anfingen, für Frans zu arbeiten, waren sie jung, begabt und ehrgeizig. Als sie aufhörten, waren sie müde und dünnhäutig. Vielleicht hat Frans sie überfordert – vielleicht hat sie aber auch irgendwas ganz anderes geplagt.«

»Haben Sie die Namen?«

»Selbstverständlich. Es waren ja meine Studenten. Leider, muss ich wohl sagen. Da ist zunächst einmal Linus Brandell, den ich bereits erwähnt habe. Mittlerweile ist er vierundzwanzig, gammelt nur noch rum, spielt Computerspiele und trinkt zu viel. Eine Weile hatte er einen anständigen Job als Spieleentwickler bei Crossfire, aber den hat er verloren, weil er ständig krank war und seinen Kollegen vorwarf, sie würden ihn ausspionieren. Dann Arvid Wrange, von dem Sie vielleicht schon mal gehört haben. Er war ein vielversprechender Schachspieler. Sein Vater hat ihn leider unter unmenschlichen Erfolgsdruck gesetzt, und am Ende hatte Arvid die Nase voll und hat stattdessen angefangen, bei mir zu studieren. Eigentlich hatte ich gehofft, dass er inzwischen mit seiner Promotion fertig sein würde. Stattdessen hängt er in den Kneipen rund um den Stureplan herum und scheint komplett aus der Bahn geraten zu sein. Eine Zeit lang konnte er Frans' hohe Ansprüche tatsächlich erfüllen. Zwischen den jungen Assistenten herrschte aber auch viel unsinnige Konkurrenz, und Arvid und Basim – so heißt der Dritte im Bunde – waren sich irgendwann spinnefeind … oder zumindest hasste Arvid Basim. Basim Malik selbst hat eigentlich keine Veranlagung dazu. Er ist ein sensibler, sehr talentierter junger Mann. Vor einem Jahr hat er eine Stelle bei Solifon Norden bekommen, aber da ging ihm schnell die Luft aus. Inzwischen wird er wegen Depressionen im Ersta-Krankenhaus behandelt. Ich habe gerade erst mit seiner Mutter telefoniert, einer entfernten Bekannten von mir, und sie hat mir erzählt, dass er im künstlichen Koma liegt. Als er erfahren hat, was mit Frans passiert ist, hat er versucht, sich die Pulsadern aufzuschneiden. Das trifft mich natürlich schwer. Gleichzeitig frage ich mich aber auch: War es wirklich nur Trauer? Oder auch Schuld?«

»Wie geht es ihm?«

»Rein körperlich wird er sich wieder erholen. Außerdem war unter Frans' Assistenten noch Niklas Lagerstedt, und der... tja. Was soll ich sagen? Er ist jedenfalls nicht so wie die anderen, zumindest äußerlich betrachtet. Also keiner, der sich die Hirnzellen wegsäuft oder auf den Gedanken kommt, sich selbst zu schaden. Stattdessen lehnt er vieles aus moralischen Gründen ab, wie beispielsweise gewaltverherrlichende Computerspiele und Pornografie. Er engagiert sich in der Freikirche. Seine Frau ist Kinderärztin, und sie haben einen kleinen Sohn namens Jesper. Außerdem berät er die Reichskripo. Dort ist er für ein Computersystem verantwortlich, das im neuen Jahr eingeführt wird, was eigentlich bedeuten sollte, dass er sich einer Sicherheitsprüfung hat unterziehen müssen. Aber wie gründlich die war, weiß ich natürlich nicht.«

»Wieso haben Sie da Zweifel?«

»Weil hinter der glatten Fassade in Wirklichkeit ein gieriges kleines Aas steckt. Ich habe zufällig erfahren, dass er Teile des Vermögens seines Schwiegervaters und seiner Frau verprasst hat. Er ist ein Heuchler.«

»Hat man die Assistenten damals befragt?«

»Die Säpo hat mit ihnen gesprochen, aber dabei ist angeblich nichts herausgekommen. Zu der Zeit glaubte man ja auch noch, dass Frans Opfer eines Hackerangriffs geworden wäre.«

»Dann tippe ich mal, dass die Polizei sie jetzt noch einmal verhören wird.«

»Davon gehe ich aus.«

»Wussten Sie eigentlich, dass Balder in seiner Freizeit gezeichnet hat?«

»Gezeichnet?«

»Ja, dass es ihm Spaß gemacht hat, Dinge bis ins kleinste Detail abzubilden?«

»Nein, davon hab ich noch nie gehört«, sagte sie. »Wie kommen Sie darauf?«

»Ich habe eine fantastische Zeichnung bei ihm zu Hause gesehen, auf der die Ampel hier an der Kreuzung Hornsgatan Ecke Ringvägen dargestellt war. Vollkommen perfekt – eine Art Schnappschuss in der Dunkelheit.«

»Das kommt mir doch sehr merkwürdig vor. Frans war sonst nie hier in der Gegend unterwegs.«

»Komisch.«

»Allerdings.«

»Irgendetwas an dieser Zeichnung lässt mich tatsächlich nicht mehr los«, sagte Mikael, und zu seiner Verwunderung spürte er im nächsten Moment, wie Farah seine Hand ergriff.

Er strich ihr übers Haar. Dann stand er mit dem Gefühl auf, dass er einer wichtigen Sache auf der Spur war, verabschiedete sich von Farah Sharif und ging hinaus.

Als er den Zinkens väg entlanglief, rief er Erika an und bat sie abermals, eine Frage in LISBETHS KASTEN zu schreiben.

14. KAPITEL

21. November

Ove Levin saß in seinem Büro mit Aussicht auf den Slussen und den Riddarfjärden und war ausschließlich damit beschäftigt, sich selbst zu googeln – in der Hoffnung, auf irgendwas Erfreuliches zu stoßen. Stattdessen musste er im Blog eines jungen Mädchens von der Journalistenschule lesen, dass er schmierig und feist sei und seine Ideale verkauft habe. Darüber geriet er derart außer sich, dass er es nicht einmal mehr schaffte, ihren Namen auf seine schwarze Liste der Personen zu setzen, die niemals eine Anstellung im Serner-Konzern erhalten würden.

Er hatte gerade keinen Nerv, sein Hirn mit solchen Idioten zu belasten, die keine Ahnung hatten, was wirklich wesentlich war, und die – wenn überhaupt – ohnehin nie etwas anderes tun würden, als unterbezahlte Artikel für obskure Kulturzeitschriften zu schreiben. Anstatt sich in destruktiven Gedanken zu verlieren, ging er lieber auf die Seite seiner Internetbank, um den Stand seiner Aktien zu überprüfen, und das besserte seine Laune ein wenig, zumindest anfänglich. Es war ein guter Tag an der Börse. Nasdaq und Dow Jones waren gestern Abend gestiegen, und der Stockholmsindex verzeichnete ein Plus von 1,1 Prozent. Auch der Dollar, auf dessen Basis er die meisten Aktien handelte, war im Aufwind, und nach den letzten sekündlichen Aktualisierungen hatte sein Portfolio einen Gesamtwert von 12 161 389 Kronen. Nicht schlecht für einen Typen, der einmal in der Boulevardpresse Artikel über Brände und Messerstechereien geschrieben hatte. Zwölf Millionen plus die Wohnung in bester Lage in Villastaden und das Haus in Cannes. Sollten sie in ihren dämlichen Blogs doch schreiben, was sie wollten. Er hatte seine Schäflein im Trockenen, und zufrieden prüfte er den Gesamtwert gleich noch einmal. 12 149 101. Verdammt, was war denn jetzt los? 12 131 737.

Er verzog das Gesicht. Es gab doch überhaupt keinen Grund dafür, dass die Börse jetzt nachgab. Die Geschäftszahlen waren schließlich gut gewesen. Er nahm den Einbruch beinahe persönlich und musste gegen seinen Willen wieder an *Millennium* denken, so unbedeutend die Angelegenheit im Gesamtzusammenhang auch sein mochte. Trotzdem regte er sich darüber auf, und obwohl er es eigentlich verdrängen wollte, fiel ihm wieder ein, wie Erika Bergers schönes Gesicht am gestrigen Nachmittag in reiner Feindseligkeit erstarrt war und sich auch an diesem Morgen nicht zum Positiven verändert hatte.

Er hatte einen schweren Schock erlitten. Mikael Blomkvist war in allen Medien präsent, und das tat weh. Dabei hatte Ove Levin doch gerade erst mit großer Genugtuung verkündet, dass die jüngere Generation kaum noch wusste, wer Blomkvist war. Er hasste diese Medienlogik, mit der alle plötzlich zu Starjournalisten und Megapromis wurden, kaum dass sie einmal in Schwierigkeiten gerieten. Eigentlich hätte dort, wenn es nach Ove und Serner Media gegangen wäre, »Exstarreporter Blomkvist« stehen müssen. Er hätte nicht einmal bei seiner eigenen Zeitung bleiben dürfen. Das Problem war nur – Frans Balder!

Warum musste ausgerechnet er vor Mikael Blomkvists

Augen erschossen werden? Das war mal wieder typisch. Und so aussichtslos. Auch wenn es einige hoffnungslose Reporter dort draußen immer noch nicht kapiert hatten – Ove wusste genau, dass Frans Balder ein VIP gewesen war. Serners eigene Wirtschaftszeitung *Dagens Affärsliv* hatte ihn vor nicht allzu langer Zeit quasi mit einem Preisschild versehen. Vier Milliarden – wie auch immer sie das ausgerechnet hatten. Balder war zweifellos ein Überflieger gewesen, und noch dazu hatte er die Allüren einer Garbo gehabt. Er hatte keine Interviews gegeben, was seine Strahlkraft umso mehr erhöht hatte.

Wie viele Anfragen hatten ihm nicht allein Serners eigene Journalisten gestellt? Genauso viele, wie er abgelehnt oder nicht einmal beantwortet hatte. Diverse Kollegen – das wusste Ove – glaubten tatsächlich, dass dieser Mensch eine brisante Story zu berichten gehabt hatte, und deshalb brachte es ihn auf die Palme, dass Balder laut Medienangaben mitten in der Nacht ausgerechnet mit Blomkvist hatte reden wollen. Mikael Blomkvist war doch hoffentlich nicht einer heißen Sache auf der Spur? Das wäre schrecklich. Von Neuem – fast schon zwanghaft – rief Ove die Homepage von *Aftonbladet* auf, wo ihm die Schlagzeile entgegensprang:

**Was wollte der schwedische Starforscher
Mikael Blomkvist sagen?
Geheimnisvolles Telefonat kurz
vor dem Mord**

Der Artikel war mit einem großen Foto von Mikael illustriert, der nicht im Geringsten feist aussah. Diese verdammten Schreiberlinge hatten natürlich ein möglichst vorteilhaftes Bild herausgesucht, und darüber fluchte Ove noch ein wenig mehr. Ich muss was unternehmen, dachte er. Aber was? Wie konnte er Mikael stoppen, ohne dass es nach Stasi-Zensur aussah und er so alles nur noch schlimmer machte? Wie sollte er ... Er sah erneut auf den Riddarfjärden hinaus. William Borg, dachte er. Der Feind meines Feindes könnte mein bester Freund werden.

»Sanna«, rief er. Sanna Lind war seine junge Sekretärin.

»Ja?«

»Mach sofort einen Termin zum Mittagessen im ›Sturehof‹ mit William Borg. Wenn er keine Zeit hat, sag ihm, dass es wichtig ist. Es könnte sogar eine kleine Lohnerhöhung für ihn rausspringen«, erklärte er und dachte: Warum nicht? Wenn er mir aus dieser Misere helfen kann, hat er sich durchaus ein paar Kröten verdient.

Hanna Balder stand im Wohnzimmer in der Torsgatan und sah verzweifelt zu, wie August sich wieder einmal Papier und Stifte zusammensuchte. Eigentlich sollte Hanna ihn gemäß den Anweisungen, die sie bekommen hatte, genau daran hindern, doch irgendwie behagte ihr das nicht. Es war nicht so, als würde sie den Rat und das Wissen des Psychologen infrage stellen. Trotzdem hatte sie ihre Zweifel. August hatte mit ansehen müssen, wie sein Vater ermordet worden war. Warum sollte man ihn jetzt daran hindern, wenn er zeichnen wollte? Wenngleich es ihm tatsächlich nicht gutzutun schien.

Sobald er einen Stift auch nur zur Hand nahm, zitterte er am ganzen Körper, und seine Augen brannten mit einer gequälten Intensität. Und tatsächlich war ein Schachbrettmuster, das sich ausbreitete und in Spiegeln vervielfachte, ein merkwürdiges Motiv, wenn man bedachte, was passiert war. Aber was wusste sie schon? Vielleicht war es genau wie mit seinen Zahlenreihen. Auch wenn sie nichts davon verstand, bedeuteten sie ihm sicher irgendwas, und womöglich – wer weiß? – verarbeitete er seine Erlebnisse eben mithilfe dieses Schachbrettmusters. Sollte sie das Verbot nicht einfach ignorieren? Es musste ja niemand erfahren. Irgendwo hatte sie einmal gelesen, dass eine Mutter ihrer eigenen Intuition trauen sollte. Oft war das Bauchgefühl ein besserer Anhaltspunkt als irgendwelche psychologischen Theorien. Deshalb beschloss sie, August das Zeichnen zu erlauben.

Plötzlich aber spannte sich der Rücken des Jungen wie ein Bogen, und Hanna musste doch wieder an die Worte des Psychologen denken. Sie trat einen Schritt vor und sah auf das Blatt hinab. Im nächsten Moment zuckte sie unangenehm berührt zusammen. Zuerst verstand sie nicht, warum.

Es war das gleiche Schachbrettmuster wie zuvor, das sich in den Spiegeln fortsetzte, und es sah wirklich gekonnt aus. Doch diesmal war da auch noch etwas anderes – ein Schatten, der aus den schwarz-weißen Feldern zu steigen schien, ein Dämon, und der jagte Hanna einen eisigen Schrecken ein. Sie musste an Filme über Kinder denken, die von bösen Geistern besessen waren, und entriss dem Jungen die Zeichnung mit einer heftigen Bewegung und zerknüllte sie. Anschließend schloss sie die Augen. Sie rechnete damit, gleich einen herzzerreißenden, schrillen Schrei zu hören.

Doch es kam kein Schrei, nur ein Brummeln, das fast an Worte erinnerte. Aber das konnte nicht sein, der Junge redete schließlich nicht. Hanna bereitete sich auf einen neuerlichen Anfall vor, einen heftigen Ausbruch, bei dem August seinen Körper auf dem Wohnzimmerfußboden hin- und herwerfen würde. Doch auch der Anfall blieb aus. Stattdessen nahm sich August still und zielstrebig ein neues Blatt und fing an, das gleiche Schachbrettmuster noch einmal zu zeichnen, und Hanna wusste sich keinen anderen Rat, als ihn zurück in sein Zimmer zu schleifen. Später würde sie sich eingestehen, dass sie diese Maßnahme aus Angst ergriffen hatte.

Prompt fing August an zu schreien und trat und schlug um sich, und Hanna gelang es gerade so, ihn festzuhalten. Lange lagen August und sie – die Arme wie zu einem Knoten um ihn geschlungen – auf dem Bett, und am liebsten hätte auch sie sich die Seele aus dem Leib geschrien. Für einen kurzen

Moment fragte sie sich, ob sie Lasse wecken und ihn bitten sollte, August diese Beruhigungszäpfchen zu geben, die man ihnen dagelassen hatte, aber sie verwarf den Gedanken sofort wieder. Lasse hätte sicher eine miserable Laune, und obwohl sie selbst Valium nahm, war sie nicht unbedingt dafür, einem Kind Beruhigungsmittel zu verabreichen. Es musste eine andere Lösung geben.

Sie war drauf und dran kaputtzugehen. Suchte verzweifelt nach einem Ausweg. Sie dachte an ihre Mutter in Katrineholm, an ihre Agentin Mia, an Gabriella, die freundliche Frau, die in der vergangenen Nacht angerufen hatte, und dann erneut an den Psychologen, Einar Soundso, der August zu ihr gebracht hatte. Er hatte nicht besonders sympathisch auf sie gewirkt. Andererseits hatte er ihr angeboten, den Jungen vorübergehend bei sich aufzunehmen, und diese ganze Misere hier war immerhin seine Schuld. Schließlich hatte er behauptet, August dürfe nicht zeichnen, und deshalb war es jetzt auch seine Aufgabe, alles wieder in Ordnung zu bringen. Und so ließ sie ihren Sohn am Ende los und kramte die Visitenkarte des Psychologen hervor. Als sie ihn anrief, sauste August zurück ins Wohnzimmer, um ein weiteres vermaledeites Schachbrettmuster zu zeichnen.

Einar Forsberg hatte eigentlich nicht viel Erfahrung. Er war achtundvierzig Jahre alt, und mit seinen tief liegenden blauen Augen, seinem neuen Brillengestell von Dior und seinem braunen Cordjackett hätte man ihn leicht für einen Intellektuellen halten können. Allerdings wusste jeder, der schon mal mit ihm diskutiert hatte, dass seine Denkweise eher plump und dogmatisch war und er sein Unwissen gern hinter Lehrsätzen und kühnen Behauptungen versteckte.

Es war gerade erst zwei Jahre her, dass er sein Psychologieexamen bestanden hatte. Ursprünglich war er in Tyresö Gymnasiallehrer gewesen, und hätte man seine alten Schüler nach ihm gefragt, hätten sie sicher alle gebrüllt: »Silentium, Vieh! Schweigt, Kreaturen!« Das hatte Einar immer geschrien, wenn er die Klasse zur Ruhe bringen wollte, und auch wenn niemand ihn als Lieblingslehrer bezeichnet hätte, hatte er seine Jungs doch halbwegs gut im Griff gehabt, und dieses Talent hatte ihn schließlich davon überzeugt, dass seine psychologischen Fertigkeiten in anderen Zusammenhängen von noch größerem Nutzen sein würden.

Seit einem Jahr arbeitete er für die Odens Kinder- und Jugendstation am Sveavägen in Stockholm. Das Oden war eine Art Notaufnahme für Kinder und Jugendliche, deren Eltern überfordert waren. Nicht einmal Einar – der seine Arbeitsstellen immer mit einer gewissen Leidenschaft verteidigt hatte – war der Meinung, die Station würde optimal geführt. Es ging zu sehr um akute Krisenbewältigung; langfristige Therapien kamen da zu kurz. Die Kinder landeten bei ihnen, weil sie zu Hause etwas Traumatisches erlebt hatten, und die Psychologen hatten viel zu sehr mit Zusammenbrüchen und Aggressionen zu kämpfen, als dass sie auf die tieferen Ursachen eingehen konnten. Trotzdem war Einar der Meinung, hier wertvolle Dienste zu leisten, insbesondere wenn er die hysterischen Kinder mit seiner ganzen Autorität des ehemaligen Lehrers zum Verstummen brachte oder kritische Situationen im Feld meisterte.

Er arbeitete gern mit der Polizei zusammen und liebte die Spannung und Stille, die nach dramatischen Ereignissen in der Luft hing. Als er während des Nachtdiensts zu diesem Haus in Saltsjöbaden hinausgefahren war, war er voller Erwartungen gewesen. Die Szenerie hatte etwas von Hollywood gehabt, fand er. Ein schwedischer Forscher war ermordet worden, sein achtjähriger Sohn hatte die Tat mit angesehen, und kein Geringerer als Einar sollte den Jungen nun dazu bewegen, sich zu öffnen.

Auf dem Weg zum Tatort hatte er wieder und wieder sein

Haar und die Brille gerichtet. Er hatte einen stilvollen Auftritt hinlegen wollen. Doch vor Ort war ihm das nicht geglückt. Er wurde einfach nicht schlau aus dem Jungen. Trotzdem ahnte er, dass er beachtet und für unentbehrlich gehalten wurde. Die Kriminalbeamten baten ihn um Rat, wie sie das Kind befragen sollten, und obwohl er keine Ahnung hatte, wurden seine Antworten mit Respekt quittiert. Und so plusterte er sich noch ein wenig mehr auf und tat sein Bestes, um zu helfen. Er erfuhr, dass der Junge unter infantilem Autismus litt, noch nie gesprochen hatte und seiner Umgebung gegenüber auch allgemein wenig empfänglich war.

»Zum gegenwärtigen Zeitpunkt gibt es nichts, was wir tun können. Seine intellektuelle Kapazität ist zu gering, und als Psychologe muss ich seinem Behandlungsbedarf höchste Priorität einräumen«, sagte er, und die Polizisten lauschten ihm mit ernsten Mienen und ließen zu, dass er den Jungen zu seiner Mutter brachte – was ein weiterer Pluspunkt bei dieser Geschichte war.

Denn die Mutter war die Schauspielerin Hanna Balder, die er bewunderte, seit er sie in der Fernsehserie *Die Meuterer* gesehen hatte. Er erinnerte sich noch gut an ihre wohlgeformte Taille und die langen Beine, und obwohl sie gealtert zu sein schien, war sie immer noch attraktiv. Obendrein war ihr jetziger Mann offensichtlich ein richtiger Dreckskerl. Einar bemühte sich, so kompetent und charmant wie nur möglich aufzutreten, und hatte fast umgehend die Chance, den Mann in seine Schranken zu weisen, worauf er besonders stolz war.

Mit einem vollkommen irren Gesichtsausdruck hatte der Sohn sofort angefangen, schwarz-weiße Karos zu malen, und Einar hatte intuitiv gewusst: Dies war kein gesundes Verhalten. Es war genau die Art von destruktiver Zwanghaftigkeit, in die autistische Kinder leicht gerieten. Deshalb bestand er darauf, dass August sofort damit aufhören müsse. Seine Worte wurden zwar nicht so dankbar aufgenommen, wie er gehofft hatte, aber er fühlte sich dennoch tatkräftig und männlich und war schon drauf und dran, Hanna ein Kompliment für ihre schauspielerische Leistung in *Die Meuterer* zu machen, fand den Moment dann aber doch nicht passend. Vielleicht war das ein Fehler gewesen.

Jetzt war es ein Uhr mittags, und er war gerade in sein Reihenhaus in Vällingby zurückgekehrt. Er stand mit seiner elektrischen Zahnbürste im Badezimmer und war erschöpft. Als dann auch noch sein Handy klingelte, war er zunächst eher irritiert. Dann legte sich ein Lächeln auf sein Gesicht. Es war Hanna Balder.

»Forsberg«, meldete er sich diensteifrig.

»Hallo …«

Sie klang verzweifelt und wütend, was er zunächst nicht deuten konnte.

»August«, sagte sie nur. »August …«

»Was ist mit ihm?«

»Er will nichts anderes machen, als Schachbrettmuster zu malen, aber Sie haben gesagt, das soll er nicht …«

»Nein, nein, das ist zwanghaft. Aber jetzt kommen Sie erst mal zur Ruhe.«

»Wie um alles in der Welt soll ich bei all dem zur Ruhe kommen?«

»Weil Ihr Junge Ruhe braucht.«

»Aber ich schaff das nicht! Er schreit und schlägt um sich. Sie haben doch gesagt, dass Sie uns helfen würden …«

»Schon«, erwiderte er ein wenig zögerlich. Dann breitete sich ein Strahlen auf seinem Gesicht aus, als hätte er einen unverhofften Sieg errungen. »Aber natürlich! Ich werde dafür sorgen, dass er einen Platz im Oden bekommt.«

»Lasse ich ihn denn damit nicht im Stich?«

»Ganz im Gegenteil! Sie nehmen Rücksicht auf seine Bedürfnisse, und ich werde persönlich dafür sorgen, dass Sie ihn so oft besuchen können, wie Sie wollen.«

»Vielleicht ist es wirklich besser so.«

»Davon bin ich überzeugt.«

»Wann können Sie hier sein?«

»Ich bin so schnell wie möglich bei Ihnen«, antwortete er. Dann schoss es ihm durch den Kopf, dass er sich erst noch ein bisschen stylen sollte. Er fügte sicherheitshalber hinzu: »Hab ich Ihnen eigentlich gesagt, wie großartig Sie in *Die Meuterer* waren?«

Es wunderte Ove Levin kein bisschen, dass William Borg schon vor ihm im »Sturehof« war, und noch viel weniger, dass er sich bereits das Teuerste bestellt hatte, was er auf der Karte hatte finden können: eine Seezunge à la meunière und ein Glas Pouilly Fumé. Die Journalisten hielten sich zwar nie zurück, wenn Ove sie zum Essen einlud, aber dass William einfach so die Initiative ergriffen hatte, als wäre er derjenige mit Macht und Geld, irritierte Ove dann doch. Warum war ihm das mit der Lohnerhöhung rausgerutscht? Er hätte William auf die Folter spannen, ihn ein bisschen schwitzen lassen sollen.

»Ein Vögelchen hat mir gezwitschert, dass ihr Probleme mit *Millennium* habt«, sagte William Borg, und Ove dachte: Ich würde meinen rechten Arm dafür geben, dir dieses selbstgefällige Grinsen aus dem Gesicht zu wischen.

»Da bist du falsch informiert«, antwortete er reserviert.

»Wirklich?«

»Wir haben die Lage unter Kontrolle.«

»Und wie, wenn ich fragen darf?«

»Sofern die Redaktion Veränderungen offen gegenübersteht und ihren eigenen Problemen ins Auge sieht, werden wir die Zeitschrift weiter unterstützen.«

»Und wenn nicht?«

»Dann ziehen wir uns zurück. Dann wird *Millennium* sich höchstens noch ein paar Monate über Wasser halten können, was natürlich sehr bedauerlich wäre. Aber so ist nun mal die Marktlage. Es sind schon bessere Zeitschriften als *Millennium* den Bach runtergegangen, und für uns war es nur eine bescheidene Investition. Wir kommen auch ohne sie klar.«

»*Skip the bullshit*, Ove. Ich weiß, dass das eine Prestigesache für dich ist.«

»Es ist eine reine Geschäftsangelegenheit.«

»Ich hab außerdem gehört, dass ihr Blomkvist vor die Tür setzen wollt.«

»Wir haben uns lediglich überlegt, ihn nach London zu versetzen.«

»Ein bisschen frech, muss man schon sagen – wenn man bedenkt, was er für diese Zeitschrift geleistet hat.«

»Wir haben ihm ein großzügiges Angebot gemacht«, erwiderte Ove lahm und unnötig defensiv. Fast hätte er darüber sein eigentliches Anliegen vergessen.

»Das werfe ich euch ja auch gar nicht vor«, fuhr William Borg fort. »Meinetwegen könnt ihr ihn auch nach China schicken. Ich frage mich nur, ob es euch nicht Probleme bereiten könnte, wenn Mikael Blomkvist jetzt sein großes Comeback mit dieser Balder-Geschichte feiert.«

»Warum sollte er? Er hat seinen Schwung doch längst verloren, worauf du ja selbst hingewiesen hast – mit beträchtlichem Erfolg«, sagte Ove sarkastisch.

»Na ja, ich hatte ja auch ein bisschen Schützenhilfe.«

»Nicht von mir, das ist mal sicher. Ich fand deine Kolumne ekelhaft. Sie war schlecht geschrieben und tendenziös. Es war Thorvald Serner, der diese Hetzjagd in Gang gesetzt hat, das wissen wir beide.«

»Aber so, wie die Lage jetzt aussieht, kann dir diese Entwicklung doch nur recht sein, oder?«

»Hör zu, William. Ich habe großen Respekt vor Mikael Blomkvist.«

»Mir gegenüber brauchst du nicht den Politiker zu spielen, Ove.«

Doch Ove hatte das Bedürfnis, William Borg mit noch viel mehr Politikergerede das Maul zu stopfen.

»Ich bin lediglich offen und ehrlich«, sagte er. »Und Mikael ist nun mal ein fantastischer Reporter. Ja, ein ganz anderes Kaliber als du und alle anderen eurer Generation.«

»Aha«, antwortete William Borg und klang schlagartig alarmiert, und Ove fühlte sich sofort besser.

»Genauso ist es. Wir müssen Mikael Blomkvist für all seine Enthüllungen dankbar sein, und ich wünsche ihm nur das Beste. Das tue ich wirklich. Aber zu meinem Job gehört es nun mal nicht, nostalgisch zu sein und zurückzublicken. Leider, muss ich sagen. Und ich gebe dir recht, dass Blomkvist nicht mehr auf der Höhe der Zeit ist und dass er einer programmatischen Neuausrichtung von *Millennium* im Weg stehen könnte.«

»Zu wahr.«

»Deshalb wäre es gut, wenn er derzeit nicht allzu viele Schlagzeilen machen würde.«

»Du meinst, nicht allzu viele positive Schlagzeilen.«

»Ja, vielleicht«, fuhr Ove fort. »Und aus diesem Grund wollte ich dich auch zum Essen einladen.«

»Wofür ich natürlich sehr dankbar bin. Und ich glaube tatsächlich, dass ich gute Nachrichten für dich habe. Heute Vormittag hab ich einen Anruf von meinem alten Squashkumpel bekommen«, sagte William Borg. Er versuchte offenbar, mit Eifer sein früheres Selbstvertrauen zurückzugewinnen.

»Wer soll das sein?«

»Richard Ekström, der Oberstaatsanwalt. Er leitet die Voruntersuchung im Mordfall Balder. Und er gehört wirklich nicht zu Blomkvists Fanklub.«

»Das hat mit dieser Zalatschenko-Affäre zu tun, nehme ich an?«

»Ganz genau. Blomkvist hat ihm damals ordentlich in die Suppe gespuckt, und jetzt macht Ekström sich Sorgen, dass Blomkvist auch diese Ermittlung sabotieren könnte oder, besser gesagt, dass er es vielleicht schon tut.«

»Inwiefern?«

»Blomkvist rückt nicht mit allem raus, was er weiß. Er hat noch kurz vor dem Mord mit Balder gesprochen, und außerdem hat er dem Mörder direkt ins Gesicht gesehen. Trotzdem hat er bei der Befragung erstaunlich wenig sagen wollen. Richard Ekström hat den Verdacht, dass er sich die besten Informationen für einen Artikel aufhebt.«

»Interessant.«

»Ja, nicht wahr? Wir reden hier von einem Typen, der so verzweifelt auf der Suche nach einer Exklusivgeschichte ist – nachdem die Medien ihn derart verhöhnt haben –, dass er dafür einen Mörder entkommen lassen würde. Ein alter Starjournalist, der bereit ist, seine gesellschaftliche Verantwortung über Bord zu werfen. Und der gerade erfahren hat, dass Serner ihn aus seiner Redaktion kegeln will. Ist es da so verwunderlich, dass die Pferde mit ihm durchgehen?«

»Ich verstehe, worauf du hinauswillst. Würdest du das aber auch schreiben?«

»Ehrlich gesagt hielte ich das nicht für sonderlich klug. Dass Blomkvist und ich nicht gut aufeinander zu sprechen sind, weiß jedes Kind. Ihr solltet den Tipp lieber an einen Nachrichtenreporter weitergeben und das Ganze auf euren Kommentarseiten unterfüttern. Richard Ekström wird euch sicher ein schönes Zitat liefern.«

»Hm.« Ove sah auf den Stureplan hinaus, wo gerade eine attraktive Frau mit einem leuchtend roten Rock und langem rotblondem Haar vorbeispazierte, und zum ersten Mal an diesem Tag musste er breit und aufrichtig lächeln. »Vielleicht ist das gar keine so dumme Idee«, fügte er hinzu und bestellte sich ebenfalls ein Glas Wein.

Mikael Blomkvist ging die Hornsgatan entlang Richtung Mariatorget. Ein Stück entfernt vor der Maria Magdalena kyrka hatte ein weißer Lieferwagen mit einer großen Beule in der Motorhaube angehalten, und zwei Männer standen wild gestikulierend daneben und schrien einander an. Die Szene erregte großes Aufsehen, aber Mikael bemerkte sie kaum.

Er musste immer wieder daran denken, wie Frans Balders Sohn im Obergeschoss des großen Hauses in Saltsjöbaden gesessen und seine Hand über den Perserteppich bewegt hatte. Mikael sah die Hand des Jungen bildhaft vor sich – sie war weiß gewesen, mit Flecken auf Fingern und Handrücken wie von Filzstiften, und dieses Kreisen über dem Teppich, hatte das nicht so ausgesehen, als wollte der Junge irgendwas Kompliziertes in die Luft malen? Plötzlich erschien Mikael die ganze Szene wie in einem neuen Licht, und ihm kam der gleiche Gedanke wie schon zuvor bei Farah Sharif: Vielleicht war es gar nicht Frans Balder gewesen, der die Ampel gezeichnet hatte.

Vielleicht besaß der Junge ein unerwartetes großes Talent, und aus irgendeinem Grund hätte ihn das nicht einmal verwundert. Schon als er August Balder zum ersten Mal begegnet war, im Schlafzimmer im Untergeschoss, wo er neben seinem toten Vater gekauert hatte, hatte er das Gefühl gehabt, dass an dem Jungen irgendwas besonders war. Jetzt, da er den Mariatorget überquerte, kam Mikael eine merkwürdige Idee, die vermutlich ziemlich weit hergeholt war und ihn trotzdem nicht mehr losließ, und als er den Götgatsbacken erreicht hatte, blieb er abrupt stehen.

Er musste dieser Idee ganz einfach nachgehen. Er kramte sein Handy hervor, um Hanna Balders Kontaktdaten zu googeln. Hatte sie nicht eine Geheimnummer? Die war vermutlich nicht einmal im Adressverzeichnis von *Millennium* zu finden. Was sollte er also tun? Ihm kam Freja Granliden in den Sinn, Klatschreporterin bei *Expressen*. Ihre Themen machten ihrem Berufsstand vielleicht nicht unbedingt alle Ehre – Scheidungen, Romanzen und das Königshaus –, aber sie war clever und schlagfertig, und wann immer Mikael und sie sich begegnet waren, hatten sie sich bestens verstanden. Deshalb wählte er jetzt ihre Nummer. Natürlich war besetzt.

Boulevardreporter telefonierten mittlerweile nonstop. Sie standen so sehr unter Zeitdruck, dass sie es nicht einmal mehr schafften, ihre Schreibtische zu verlassen und einen Blick auf die Wirklichkeit zu werfen. Sie hockten nur noch auf ihren Bürostühlen und spuckten eine Story nach der anderen aus. Am Ende kam er aber doch durch.

Sie stieß einen kleinen Freudenschrei aus.

»Mikael! Was für eine Ehre! Hast du endlich eine brisante Geschichte für mich? Darauf warte ich jetzt schon so lange!«

»Sorry, diesmal musst *du* mir helfen. Ich brauche eine Adresse und Telefonnummer.«

»Und was krieg ich dafür? Vielleicht ein cooles Zitat darüber, was du letzte Nacht getrieben hast?«

»Du kriegst höchstens einen beruflichen Rat von mir.«

»Und der wäre?«

»Hör auf, solchen Quatsch zu schreiben.«

»Ha, und wer soll dann bitte all die Telefonnummern sammeln, die ihr feinen Journalisten braucht? Um welche Person geht es denn?«

»Hanna Balder.«

»Ich ahne, warum. Ihr Alter war gestern anscheinend völlig besoffen. Seid ihr euch dort draußen begegnet?«

»Versuch jetzt bloß nicht, mir etwas aus der Nase zu ziehen. Weißt du, wo sie wohnt?«

»In der Torsgatan 40.«

»Und das hast du einfach so im Kopf?«

»Solchen Quatsch kann ich mir eben merken. Warte kurz, dann kann ich dir auch den Türcode und die Telefonnummer geben.«

»Danke.«

»Aber du ...«

»Ja?«

»Du bist nicht der Einzige, der mit ihr sprechen will. Unsere eigenen Bluthunde sind auch schon an ihr dran, aber soweit ich weiß, ist sie den ganzen Tag nicht ans Telefon gegangen.«

»Kluge Frau.«

Anschließend blieb Mikael ein paar Sekunden lang auf der Straße stehen und wusste nicht, was er als Nächstes tun sollte. Die Situation gefiel ihm ganz und gar nicht. Zusammen mit einer Meute von Boulevardjournalisten einer unglücklichen Mutter nachzujagen – so hatte er sich den restlichen Tag nicht vorgestellt. Trotzdem winkte er ein Taxi an den Straßenrand und ließ sich nach Vasastan bringen.

Hanna Balder hatte August und Einar Forsberg zur Odens Kinder- und Jugendstation begleitet, die am Sveavägen direkt gegenüber vom Observatorielunden lag. Die Station bestand aus zwei größeren Wohnungen, die man zusammengelegt hatte. Auch wenn die Einrichtung und der angeschlossene Hof heimelig und gemütlich aussahen, wirkte sie wie eine Anstalt, was an den langen Korridoren und an den verschlossenen Türen lag, vor allem aber an den verbitterten, wachsamen Mienen des Personals. Sämtliche Angestellte sahen aus, als hätten sie gegenüber den Kindern, für die sie verantwortlich waren, ein tiefes Misstrauen entwickelt.

Der Leiter der Station, Torkel Lindén, war ein kleiner, eitler Mann, der von sich behauptete, eine enorme Erfahrung im Umgang mit autistischen Kindern zu haben, und das klang natürlich vertrauenerweckend. Trotzdem gefiel es Hanna nicht, wie er August ansah, und auch der große Altersunterschied auf der Station schien ihr verdächtig: Von Kleinkindern bis Teenagern war alles vertreten. Doch um sich jetzt noch eines Besseren zu besinnen, war es zu spät, und auf dem

Heimweg tröstete sie sich damit, dass es schließlich bloß für kurze Zeit wäre. Vielleicht konnte sie August ja schon am Abend wieder abholen?

Sie ließ ihre Gedanken schweifen, dachte an Lasse und seine Exzesse, und wieder einmal überlegte sie, ob es nicht an der Zeit wäre, dass sie ihn endlich verließ und ihr Leben wieder in den Griff bekam.

Als sie zu Hause in der Torsgatan aus dem Aufzug stieg, schrak sie zusammen. Auf ihrem Treppenabsatz saß ein attraktiver Mann und schrieb etwas in ein Notizbuch. Als er aufstand, um sie zu begrüßen, erkannte sie Mikael Blomkvist, und sie erstarrte. Womöglich lasteten die Schuldgefühle schon so schwer auf ihr, dass sie inzwischen Angst hatte, er könnte sie bloßstellen. Das war natürlich absurd. Blomkvist lächelte sie nur schüchtern an und entschuldigte sich gleich zweimal für die Störung, und allmählich machte sich Erleichterung in ihr breit. Insgeheim gefiel ihr, was er beruflich machte.

»Ich will die Sache nicht kommentieren«, sagte sie mit einer Stimme, die das Gegenteil andeutete.

»Das erwarte ich auch gar nicht«, erwiderte er, und sie erinnerte sich wieder daran, dass Lasse und Blomkvist in der Nacht zusammen oder zumindest gleichzeitig bei Frans eingetroffen waren, auch wenn sie sich kaum vorstellen konnte, was für eine Verbindung die beiden zueinander haben sollten. In diesem Moment erschienen sie ihr wie absolute Gegensätze.

»Wollen Sie zu Lasse?«, fragte sie.

»Nein, ich wollte Sie nach Augusts Zeichnungen fragen«, sagte er, und sofort stieg wieder Panik in ihr auf.

Trotzdem bat sie ihn herein, was sicher unvorsichtig war. Lasse hatte das Haus verlassen, um seinen Kater in irgendeiner Kneipe in der Nähe mit noch mehr Alkohol zu bekämpfen, und konnte jeden Moment zurück sein. Er würde durchdrehen, wenn er einen Journalisten dieses Kalibers bei ihnen zu Hause antreffen würde. Doch Hanna war nicht allein nervös, sie war auch neugierig. Wie um alles in der Welt hatte Blomkvist von den Zeichnungen erfahren? Sie bat ihn, auf dem grauen Sofa im Wohnzimmer Platz zu nehmen, während sie in die Küche ging, Tee aufsetzte und ein paar Kekse in eine Schale füllte. Als sie mit dem Tablett zurückkam, sagte er: »Ich würde Sie nicht stören, wenn es nicht wichtig wäre.«

»Sie stören nicht«, entgegnete sie.

»Wissen Sie, ich habe August letzte Nacht gesehen«, fuhr er fort, »und seither muss ich immer wieder daran denken...«

»Aha?«

»In dem Moment hab ich es nicht begriffen«, fuhr er fort. »Aber irgendwie war mir, als wollte er uns etwas sagen, und im Nachhinein glaube ich, er wollte zeichnen. Er hat mit der Hand zielstrebige Bewegungen über dem Boden gemacht.«

»Er ist ganz besessen davon.«

»Also hat er hier damit weitergemacht?«

»Und wie! Er hat damit angefangen, sowie wir zu Hause waren. Er war fast schon manisch, und was er zeichnete, war wirklich fantastisch. Allerdings wurde er gleichzeitig ganz rot im Gesicht und atmete heftig, und der Psychologe, der hier war, meinte, August müsse sofort damit aufhören. So ein Verhalten sei zwanghaft und destruktiv.«

»Was hat August denn gezeichnet?«

»Nichts Spezielles. Ich nehme an, dass ihn sein Puzzle inspiriert hat. Aber es war wirklich geschickt gemacht – perspektivisch, mit Schatten und allem.«

»Und das Motiv?«

»Ein Muster.«

»Was für ein Muster?«

»Ein Schachbrettmuster, glaube ich«, antwortete sie, und vielleicht bildete sie es sich ja auch nur ein, aber sie glaubte ein gespanntes Interesse in Mikael Blomkvists Augen aufflackern zu sehen.

»Nur das?«, fragte er. »Mehr nicht?«

»Spiegel«, antwortete sie. »Die das Muster wiedergaben.«

»Waren Sie jemals bei Frans zu Hause?«

»Warum fragen Sie?«

»Weil der Boden im Schlafzimmer – wo Frans ermordet wurde – genau so ein Muster hat, das sich im Kleiderschrank widerspiegelt.«

»O nein!«

»Was ist?«

Sie spürte eine Woge der Scham in sich aufsteigen.

»Das Letzte, was ich gesehen habe, bevor ich ihm die Zeichnung weggenommen habe, war ein bedrohlicher Schatten, der aus diesem Muster aufragte«, sagte sie.

»Haben Sie die Zeichnung hier?«

»Ja, oder… das heißt… nein.«

»Nein?«

»Ich fürchte, ich hab sie weggeworfen.«

»Mist.«

»Aber vielleicht… liegt sie ja noch im Müll?«

Mikael Blomkvist hatte Kaffeesatz und Joghurt an den Händen, als er ein zerknülltes Blatt aus dem Mülleimer zog und es vorsichtig auf der Arbeitsfläche in der Küche auffaltete und glättete. Er säuberte das Papier mit dem Handrücken und betrachtete es im Licht der Spots unter dem Küchenschrank. Die Zeichnung war noch lange nicht fertig, und genau wie Hanna gesagt hatte, bestand sie größtenteils aus schwarzweißen Feldern. Wer noch nie in Frans Balders Schlafzimmer gewesen war, hätte kaum erkennen können, dass sie den dortigen Fußboden darstellten. Mikael dagegen sah die Spiegel des Kleiderschranks zur Rechten, und vermutlich erkannte er auch die Finsternis, diese ganz spezielle Finsternis, mit der er in jener Nacht konfrontiert gewesen war.

Er fühlte sich regelrecht in jenen Augenblick zurückversetzt, als er durch das eingeschlagene Fenster gestiegen war.

Abgesehen von einem wichtigen Detail: Das Zimmer, das er betreten hatte, war dunkel gewesen. Auf der Zeichnung war dagegen eine dünne Lichtquelle zu erkennen, die von schräg oben kam und sich über die Fenster erstreckte und einem Schatten Kontur verlieh, der nicht besonders deutlich oder prägnant war, aber vielleicht gerade deshalb so unheimlich wirkte.

Der Schatten streckte eine Hand aus, und Mikael, der die Zeichnung mit einem ganz anderen Wissen betrachtete als Hanna, erkannte unschwer, was die Intention dahinter war. Die Hand wollte töten. Über dem Schachbrettmuster und dem Schatten wäre ein Gesicht entstanden, hätte Hanna dem Jungen das Blatt nicht entrissen.

»Wo ist August jetzt?«, fragte Mikael. »Schläft er?«

»Nein. Er…«

»Was?«

»Ich habe ihn vorübergehend weggebracht. Um ehrlich zu sein, war ich mit ihm überfordert.«

»Und wo ist er jetzt?«

»In der Odens Kinder- und Jugendstation am Sveavägen.«

»Wer weiß, dass er dort ist?«

»Niemand.«

»Also nur Sie und das Personal?«

»Ja.«

»So muss das auch bleiben. Bitte entschuldigen Sie mich einen Augenblick.«

Mikael nahm sein Handy und rief Jan Bublanski an. Und er hatte bereits eine weitere Frage für LISBETHS KASTEN im Kopf.

Jan Bublanski war frustriert. Die Ermittlungen kamen nicht voran, und weder Frans Balders Blackphone noch sein Laptop waren gefunden worden. Trotz intensiver Gespräche mit seinem Telefonanbieter wussten sie daher auch immer noch nichts über seine Kontakte und hatten auch nach wie vor keine Einsicht in die juristischen Vorgänge gewinnen können, in die er verwickelt gewesen war.

Bisher wussten sie eigentlich nur, dass irgendein Ninja schnell und behände aufgetaucht und anschließend in der Dunkelheit verschwunden war. Überhaupt erschien Bublanski diese Tat allzu perfekt – als wäre sie nicht von einer Person begangen worden, die unter den üblichen menschlichen Schwächen und Widersprüchen litt, wie man sie sonst immer hinter dem Gesamtbild eines Mordes erahnen konnte. Die Ausführung wirkte makellos, klinisch, und Bublanski hatte den Verdacht, dass dieser Täter möglicherweise einen ganz normalen Arbeitstag hinter sich gebracht hatte. Darüber grübelte er, als Mikael Blomkvist anrief.

»Ach, hallo«, sagte er. »Wir haben gerade von Ihnen gesprochen. Wir würden Sie gern so schnell wie möglich noch einmal befragen.«

»Ja, kein Problem. Aber gerade rufe ich an, weil ich etwas Dringendes zu berichten habe. Ihr Zeuge, August Balder, ist ein Savant«, erklärte Mikael Blomkvist.

»Wie bitte?«

»Jemand, der möglicherweise schwerbehindert ist, aber trotzdem eine ganz besondere Begabung hat. August zeichnet wie ein Meister – mit einer bemerkenswerten mathematischen Präzision. Haben Sie die Zeichnungen von der Kreuzung gesehen, die in Saltsjöbaden auf dem Küchentisch lagen?«

»Ja, kurz, im Vorbeigehen. Und die soll Frans Balder angefertigt…«

»Nein, nein, der Junge!«

»Das schienen mir aber sehr ausgereifte Kunstwerke zu sein…«

»Sie stammen von August. Und heute Vormittag hat er sich hingesetzt und das Schachbrettmuster vom Boden in Balders Schlafzimmer gezeichnet – und nicht nur das. Er hat auch einen Leuchtstreifen und eine Kontur dargestellt. Ich glaube, das sind der Schatten des Täters und das Licht seiner Stirnlampe. Mit Sicherheit lässt sich das aber noch nicht sagen – der Junge wurde nämlich bei der Arbeit unterbrochen.«

»Machen Sie Witze?«

»Dies ist wohl kaum der richtige Zeitpunkt, um Witze zu machen.«

»Woher wissen Sie das alles?«

»Ich bin gerade zu Hause bei der Mutter, Hanna Balder, und habe mir die Zeichnung angesehen. Der Junge ist im Augenblick nicht hier. Er ist in …« Mikael zögerte. »Das möchte ich lieber nicht am Telefon sagen«, sagte er dann.

»Sie haben gesagt, der Junge sei vom Zeichnen abgehalten worden?«

»Irgendein Psychologe hat es ihm verboten.«

»Wie kann man so was denn verbieten?«

»Vermutlich hat der Psychologe nicht begriffen, was die Zeichnungen darstellen sollten. Er hat es schlicht als zwanghaftes Verhalten interpretiert. Ich würde Ihnen empfehlen, sofort Leute zu schicken. Jetzt haben Sie Ihren Zeugen.«

»Wir kommen sofort. Dann werden wir ja auch die Gelegenheit haben, ausführlicher mit Ihnen zu sprechen.«

»Ich bin leider auf dem Sprung. Ich muss dringend zurück in die Redaktion.«

»Mir wäre es lieber, wenn Sie noch eine Weile dableiben könnten. Aber ich kann Sie verstehen. Und noch was …«

»Ja?«

»Danke!«

Jan Bublanski legte auf und informierte sein Team, was sich später als Fehler erweisen sollte.

15. KAPITEL

21. November

Lisbeth Salander stand vor dem Schachklub »Raucher« in der Hälsingegatan. Eigentlich hatte sie keine große Lust zu spielen. Sie hatte Kopfschmerzen, aber sie war bereits den ganzen Tag auf Jagd gewesen, und ihre Jagd hatte sie jetzt hierhergeführt. Als sie damals herausgefunden hatte, dass Frans Balder von seinen eigenen Leuten verraten worden war, hatte sie ihm zusichern müssen, die Schuldigen in Ruhe zu lassen. Sein Entschluss hatte ihr nicht gefallen, aber sie hatte Wort gehalten. Nach seiner Ermordung sah sie sich allerdings nicht länger an das Versprechen gebunden.

Jetzt würde sie nach ihren eigenen Regeln vorgehen. Ganz einfach war dies allerdings nicht. Arvid Wrange war nicht zu Hause gewesen. Sie hatte ihn auch nicht anrufen wollen, sondern wollte lieber wie ein Blitz in sein Leben einschlagen, und deshalb war sie umhergestreift, die Kapuze ihrer Jacke tief in die Stirn gezogen, und hatte nach ihm Ausschau gehalten. Arvid gammelte herum. Aber wie bei so vielen Gammlern gab es selbst in seinem Leben gewisse Regelmäßigkeiten, und die Bilder, die er auf Instagram und Facebook teilte, hatten Lisbeth ein paar Anhaltspunkte gegeben: das »Riche« in der Birger Jarlsgatan, der »Teatergrillen« in der Nybrogatan, der

Schachklub »Raucher« und das »Café Ritorno« in der Odengatan sowie ein Schießstand in der Fridhemsgatan und die Adressen zweier Freundinnen. Arvid Wrange hatte sich verändert, seit sie ihn das letzte Mal observiert hatte.

Rein äußerlich hatte er alles Nerdige abgelegt – aber offenbar war damit auch seine Moral einhergegangen. Lisbeth hielt zwar nicht viel von psychologischen Theorien, musste aber doch feststellen, dass Arvids erster Tabubruch viele weitere nach sich gezogen hatte. Er war kein ehrgeiziger und wissbegieriger Student mehr. Inzwischen surfte er wie ein Süchtiger im Internet nach Pornos und kaufte Sex, gewalttätigen Sex. Zwei der drei Frauen, mit denen er in Kontakt gewesen war, hatten anschließend damit gedroht, ihn anzuzeigen.

Statt für ausgefuchste Computerspiele und die KI-Forschung schien er sich nur noch für Alkohol und Prostituierte zu interessieren. Offenbar hatte er ziemlich viel Geld, aber auch ziemlich viele Probleme. Noch am Vormittag hatte er die Suchbegriffe »Zeugenschutz, Schweden« gegoogelt, was natürlich unvorsichtig gewesen war. Denn obwohl er keinen Kontakt mehr zu Solifon hatte, zumindest nicht über seinen Computer, hatten sie ihn dort unter Garantie im Auge behalten. Alles andere wäre auch unprofessionell gewesen. Vielleicht war er kurz davor, hinter seiner neuen, weltgewandten Fassade zusammenzubrechen, und das war gar nicht so schlecht. Das kam Lisbeths Vorhaben entgegen. Und als sie schließlich erneut im »Raucher« angerufen hatte – denn Schach schien das Einzige zu sein, was aus Arvids früherem Leben noch übrig geblieben war –, hatte man ihr überraschend mitgeteilt, dass er gerade eingetroffen sei.

Deshalb stieg sie jetzt die kleine Treppe an der Hälsingegatan hinab und schlenderte durch einen Flur in einen grauen, abgenutzten Raum, wo eine verstreute Schar überwiegend älterer Männer an Schachbrettern hockte. Die Stimmung war schläfrig, und niemand nahm ihre Anwesenheit zur Kenntnis.

Jeder war mit sich selbst beschäftigt. Nur das Ticken der Schachuhren war zu hören, vereinzelt auch das eine oder andere Fluchen. An den Wänden hingen Bilder von Kasparow, Magnus Carlsen und Bobby Fischer und sogar von einem jungen, pickligen Arvid Wrange, wie er gegen die Schachgröße Judit Polgár spielte.

In einer veränderten, älteren Ausgabe saß er an einem Tisch weiter rechts und schien gerade eine neue Eröffnung auszuprobieren. Neben ihm standen ein paar Einkaufstüten. Er trug ein frisch gebügeltes weißes Hemd, einen gelben Pullover aus Lammwolle und ein Paar polierte englische Schuhe. Er wirkte ein wenig zu schick für die Umgebung. Lisbeth ging mit vorsichtigen Schritten auf ihn zu und fragte, ob er eine Partie mit ihr spielen würde. Statt zu antworten, musterte er sie erst einmal von Kopf bis Fuß.

»Okay«, sagte er dann.

»Nett von dir«, erwiderte sie wie ein braves Mädchen und setzte sich ihm gegenüber, und als sie mit e4 eröffnete, antwortete er mit b5, einem polnischen Gambit, und anschließend schloss sie die Augen und ließ ihn erst mal spielen.

Arvid Wrange versuchte, sich auf die Partie zu konzentrieren, aber es fiel ihm schwer. Zum Glück war diese Punktussi nicht gerade ein Ass. Sie war nicht wirklich schlecht, vermutlich sogar eine leidenschaftliche Spielerin – aber was half das schon. Er spielte mit ihr, und sie war hoffentlich beeindruckt. Wer weiß, vielleicht würde er sie anschließend sogar mit heimnehmen. Sie sah zwar ziemlich bockig aus, und Arvid mochte keine bockigen Frauen. Aber ihre Titten waren okay, und vielleicht würde er sich ein bisschen an ihr abreagieren können. Sein Vormittag war beschissen gewesen. Die Nachricht, dass Frans Balder ermordet worden war, hatte ihn fast umgehauen.

Trauer hatte er allerdings keine gespürt – sondern Angst.

Arvid Wrange redete sich zwar ein, dass er richtig gehandelt hatte. Was hatte dieser verdammte Professor denn erwartet, nachdem er sie alle wie Luft behandelt hatte? Trotzdem würde es keinen guten Eindruck machen, wenn herauskäme, dass Arvid ihn verraten hatte, und das Schlimmste war, dass es mit Sicherheit einen Zusammenhang mit seiner Geschichte gab. Er begriff zwar nicht genau, worin dieser Zusammenhang bestehen mochte, und versuchte, sich damit zu trösten, dass Balder ein Idiot gewesen war, der sich sicher tausend Feinde gemacht hatte. Aber tief in seinem Inneren wusste er, dass das eine Ereignis mit dem anderen zusammenhing, und fürchtete um sein Leben.

Schon seit Frans die Stelle bei Solifon angenommen hatte, war Arvid beunruhigt gewesen und hatte befürchtet, das Drama könnte eine neue, erschreckende Wendung nehmen. Und jetzt saß er hier und hoffte, das ganze Problem würde sich einfach in Luft auflösen. Bestimmt war er deshalb heute in der Stadt gewesen und hatte wie unter Zwang Markenklamotten geshoppt, und am Ende war er hier im Schachklub gelandet. Manchmal konnte ihn das Schachspiel immer noch auf andere Gedanken bringen, und tatsächlich fühlte er sich schon ein klein wenig besser. Das Spiel gab ihm das Gefühl, wieder am Hebel zu sitzen und nach wie vor schlau genug zu sein, um sie alle an der Nase herumzuführen. Allein wie er jetzt spielte ... Dabei war diese Tussi wirklich alles andere als schlecht.

Ihr Spiel hatte etwas Unorthodoxes und Kreatives an sich, mit dem sie es den meisten Anwesenden ganz sicher gezeigt hätte. Aber er, Arvid Wrange, würde sie fertigmachen. Seine Taktik war so clever und ausgeklügelt, dass sie nicht einmal bemerkte, wie er dabei war, ihre Dame einzusperren. Heimtückisch rückte er vor, und jetzt schlug er ihre Königin, ohne dafür mehr als einen Springer opfern zu müssen, und sagte in einem coolen, ein bisschen flirtenden Ton, der hoffentlich seine Wirkung auf sie hatte: »Sorry, Baby. *Your queen is down.*«

Aber es kam nichts zurück, kein Lächeln, kein einziges Wort, nichts. Die Punktussi erhöhte lediglich das Tempo, als wollte sie ihrer Erniedrigung ein schnelles Ende setzen. Gut, warum nicht? Er machte gern kurzen Prozess mit ihr, um sich anschließend ein paar Drinks mit ihr zu genehmigen, ehe er sie flachlegte. Vielleicht würde er im Bett nicht besonders nett zu ihr sein, aber wahrscheinlich wäre sie ihm hinterher trotzdem dankbar. So eine schlecht gelaunte Fotze hatte sicher schon lange keinen Sex mehr gehabt. Noch dazu war sie coole Typen wie ihn ganz sicher nicht gewohnt – die noch dazu auf einem solchen Niveau spielten. Er beschloss, ein bisschen anzugeben und sie in die Geheimnisse der höheren Schachtheorie einzuweisen. Dazu kam es allerdings nicht.

Denn irgendetwas stimmte hier nicht. Urplötzlich begegnete er einem Widerstand in seinem Spiel, den er nicht ganz zu fassen vermochte, einer neuen Zähigkeit. Lange beruhigte er sich damit, dass es nur Einbildung wäre oder das Ergebnis einiger unvorsichtiger Züge. Sicher würde er alles wieder ausbügeln, wenn er sich nur ausreichend konzentrierte, und deshalb mobilisierte er jetzt seinen Killerinstinkt. Doch es wurde nur noch schlimmer.

Er fühlte sich in die Ecke getrieben. Egal wie sehr er sich anstrengte – sie schlug immer zurück, und am Ende musste er einsehen, dass das Machtverhältnis unwiderruflich gekippt war. Wie konnte das sein? Er hatte ihre Königin geschlagen, doch statt seinen Vorteil zu nutzen, befand er sich plötzlich in einer katastrophal schlechten Lage. Was war passiert? Sie hatte doch wohl kein Damenopfer gebracht? So früh in der Partie? Das war ein Ding der Unmöglichkeit. So etwas las man nur in Büchern. Das war nichts, was man in einem kleinen Schachklub in Vasastan erlebte, und definitiv nichts, was gestörte, gepiercte Punkladys ausheckten, schon gar nicht gegenüber einem so großen Spieler wie ihm. Und trotzdem sah er keine Rettung mehr.

In vier oder fünf Zügen wäre er besiegt, und deshalb sah er keinen anderen Ausweg, als seinen König mit dem Zeigefinger umzustoßen und einen Glückwunsch zu murmeln. Am liebsten hätte er sich Ausreden ausgedacht, aber irgendetwas sagte ihm, dass das seine Lage nur mehr verschlimmern würde. Bereits jetzt ahnte er, dass seine Unterlegenheit keineswegs nur eine Folge unglücklicher Umstände war, und gegen seinen Willen packte ihn erneut die Angst. Wer zur Hölle war sie?

Vorsichtig sah er ihr in die Augen, und plötzlich wirkte sie kein bisschen mehr wie eine mürrische, unsichere kleine Dreckstussi. Sie sah ihn eiskalt an – wie ein Raubtier, das seine Beute belauerte. Er hatte das unbestimmte Gefühl, als würde seine Niederlage sich gleich als Anfang von etwas noch viel Schlimmerem entpuppen, und er warf einen Blick zur Tür.

»Du gehst nirgendshin«, sagte sie.

»Wer bist du?«, fragte er.

»Niemand Besonderes.«

»Also sind wir uns noch nie begegnet?«

»Nicht direkt.«

»Aber fast, oder wie?«

»Wir sind uns in deinen schlimmsten Albträumen begegnet, Arvid.«

»Willst du mich verarschen?«

»Eigentlich nicht.«

»Was willst du dann?«

»Was glaubst du denn, was ich will?«

»Wie soll ich das wissen?«

Er hatte keine Ahnung, warum er solche Angst hatte.

»Frans Balder wurde letzte Nacht ermordet«, sagte sie emotionslos.

»Stimmt ... ja ... hab ich gelesen«, stammelte er.

»Schlimm, oder?«

»Ja, wirklich.«

»Besonders für dich, nicht wahr?«

»Warum sollte das für mich besonders schlimm sein?«

»Weil du ihn verraten hast, Arvid. Weil du ihm den Judaskuss gegeben hast.«

Ihm wurde innerlich eiskalt.

»Blödsinn«, fauchte er.

»Ganz und gar nicht. Ich hab deinen Computer gehackt und deine Verschlüsselung geknackt, und da stand es schwarz auf weiß. Und weißt du, was?«, fuhr sie fort.

Ihm blieb die Luft weg.

»Ich bin mir sicher, dass du heute Morgen aufgewacht bist und dich gefragt hast, ob dich Schuld an seinem Tod trifft. Was diese Frage betrifft, kann ich dir helfen. Ja, es ist deine Schuld. Wärst du nicht so gierig und verbittert und erbärmlich gewesen und hättest du seine Entwicklung nicht an Solifon verkauft, wäre Frans Balder noch am Leben. Ich sollte dich warnen: So etwas macht mich rasend, Arvid. Ich werde dir Schmerzen zufügen. Und ich werde damit anfangen, dich genauso zu foltern wie du die Frauen, die du im Netz gefunden hast.«

»Bist du total krank im Hirn?«

»Vermutlich ja. Zumindest ein bisschen«, antwortete sie. »Ich habe eine Empathiestörung. Und einen Hang zur übertriebenen Gewalt. So was in der Richtung.«

Sie packte seine Hand mit solcher Kraft, dass er vor Schreck erstarrte.

»Ehrlich gesagt sieht es verdammt schlecht für dich aus, Arvid, und weißt du, was ich in diesem Moment tue? Warum ich so nachdenklich wirke?«, fuhr sie fort.

»Nein.«

»Ich überlege mir, was ich noch alles mit dir anstellen könnte. Ich denke an ein Leid von biblischem Ausmaß. Deshalb bin ich gerade ein bisschen abgelenkt.«

»Was willst du von mir?«

»Ich will mich rächen – hab ich mich nicht deutlich genug ausgedrückt?«

»Das ist doch Blödsinn.«

»Ganz und gar nicht, und ich glaube, das weißt du auch. Tatsache ist aber, dass es einen Ausweg gibt.«

»Was soll ich tun?«

Er wusste nicht, warum er das gesagt hatte. *Was soll ich tun?* War das nicht gleichbedeutend mit einem Geständnis, einer Kapitulation? Am liebsten hätte er es sofort wieder zurückgenommen und stattdessen die Tussi unter Druck gesetzt, nur um zu sehen, ob sie tatsächlich Beweise hatte oder nur bluffte. Doch er brachte es nicht über sich. Und erst im Nachhinein wurde ihm klar, dass es nicht nur an ihren Drohungen oder der unheimlichen Kraft in ihrer Hand gelegen hatte.

Es war die Schachpartie gewesen. Das Damenopfer. Deswegen hatte er sich im Schockzustand befunden. Sein Unterbewusstsein hatte ihm gesagt, dass ein Mädchen, das auf eine solche Weise Schach spielte, auch über Beweise für seine Machenschaften verfügen konnte.

»Was soll ich tun?«, wiederholte er.

»Du wirst mich jetzt hinausbegleiten, und dann wirst du mir alles erzählen, Arvid. Du wirst mir in allen Einzelheiten erzählen, wie du Frans Balder verraten hast.«

»Das ist ein Wunder«, sagte Jan Bublanski, als er in Hanna Balders Küche stand und die zerknitterte Zeichnung betrachtete, die Mikael Blomkvist aus dem Müll gefischt hatte.

»Jetzt überschlag dich mal nicht gleich«, sagte Sonja Modig, die direkt neben ihm stand, und gewiss hatte sie recht.

Auf dem Papier war nicht viel mehr zu sehen als ein paar Schachfelder, und genau wie Mikael am Telefon angemerkt hatte, war die Zeichnung merkwürdig mathematisch, als hätte sich der Junge mehr für die Geometrie und Doppelungen in den Spiegeln interessiert als für den bedrohlichen Schatten darüber. Dennoch verspürte Bublanski ein Kribbeln. Immer wieder hatte man ihm erklärt, dass August Balder zurückgeblieben sei und wie wenig er ihnen behilflich sein könne. Doch jetzt hatte der Junge eine Zeichnung angefertigt, die Bublanski mehr Hoffnung gab als alles andere, was diese Ermittlung bislang zutage gefördert hatte, und diese Feststellung berührte ihn und bestätigte einmal mehr seine Überzeugung, dass man niemanden unterschätzen und seine Vorurteile öfter einer Überprüfung unterziehen sollte.

Selbstverständlich wussten sie nicht mit Sicherheit, ob August Balder dabei gewesen war, den Augenblick des Mordes festzuhalten. Der Schatten konnte – zumindest theoretisch – auch aus einer anderen Situation stammen, und es gab keine Garantie, dass der Junge das Gesicht des Täters gesehen hatte und tatsächlich zu zeichnen vermochte, aber … Tief in seinem Herzen glaubte Jan Bublanski daran, und zwar nicht nur weil die Zeichnung bereits in ihrem jetzigen Zustand virtuos war.

Er hatte auch die anderen Werke des Jungen studiert, Kopien davon angefertigt und sie mitgebracht, und darauf waren nicht nur eine Kreuzung und eine Ampel zu sehen, sondern auch ein verlebter Mann mit dünnen Lippen, der aus Sicht der Polizei sozusagen auf frischer Tat ertappt worden war: Der Mann ging eindeutig über Rot. Sein Gesicht war deutlich erkennbar wiedergegeben, und Amanda Flod aus Bublanskis Ermittlergruppe hatte ihn augenblicklich als den arbeitslosen Schauspieler Roger Winter identifiziert, der wegen Alkohol am Steuer und Körperverletzung verurteilt worden war.

Die fotografische Schärfe in August Balders Zeichnungen war ein Traum für jeden Ermittler. Doch natürlich wusste auch Jan Bublanski, dass er sich keine allzu großen Hoffnungen machen durfte. Womöglich war der Täter maskiert gewesen, oder Augusts Erinnerung an sein Gesicht verblasste bereits. Es gab eine ganze Reihe denkbarer Szenarien, und Bublanski sah Sonja Modig mit einer gewissen Wehmut an.

»Du meinst, das ist reines Wunschdenken«, sagte er.

»Für einen Mann, der neuerdings an Gott zweifelt, siehst du jedenfalls ziemlich schnell Wunder.«

»Ja, vielleicht.«

»Aber der Sache nachzugehen ist definitiv einen Versuch wert, da stimme ich dir zu.«

»Gut, dann lass uns den Jungen besuchen.«

Bublanski verließ die Küche und nickte Hanna Balder zu, die in sich versunken im Wohnzimmer saß und an einer Tablettenpackung nestelte.

Lisbeth Salander und Arvid Wrange liefen wie zwei alte Bekannte Arm in Arm durch den Vasapark. Aber der Schein trog. Arvid war panisch, und Lisbeth lenkte ihn zu einer Bank. Das Wetter war nicht gerade ideal, um im Freien zu sitzen und Tauben zu füttern. Der Wind hatte wieder aufgefrischt, die Temperaturen waren erneut gesunken, und Arvid Wrange fror. Aber Lisbeth war der Meinung, die Bank müsse für ihre Besprechung reichen, und sie packte ihn fest am Arm und sorgte dafür, dass er sich setzte.

»Na gut«, sagte sie. »Lass uns die Sache nicht unnötig in die Länge ziehen.«

»Hältst du meinen Namen aus all dem raus?«

»Ich will dir nichts versprechen, Arvid, aber die Chancen, dass du wieder in dein mieses Leben zurückkehren kannst, steigen erheblich, wenn du auspackst.«

»Okay«, begann er. »Sagt dir Darknet was?«

»Ja«, antwortete sie.

Das war die Untertreibung des Tages. Niemand kannte das Darknet so gut wie Lisbeth Salander. Das Darknet war der gesetzlose Untergrund des Internets. Ohne eine spezielle, verschlüsselte Software erhielt man keinen Zutritt. Die Anonymität der User war dort garantiert, niemand konnte einen googeln oder irgendwelche Spuren nachverfolgen.

Deshalb tummelten sich dort auch eine Menge Dealer, Terroristen, Betrüger, Gangster, illegale Waffenhändler, Bombenleger, Zuhälter und *Black hats*. Nirgends im digitalen Bereich wurden so viele schmutzige Geschäfte gemacht. Wenn es eine Internet-Hölle gab, dann war es dort.

Eigentlich war das Darknet per se nichts Bösartiges. Das wusste Lisbeth besser als jeder andere. In Zeiten, da Spionageorganisationen und die großen Softwarehersteller jeden Schritt verfolgten, den man im Internet unternahm, brauchten auch unbescholtene Menschen einen Ort, an dem niemand sie beobachtete, und deshalb war das Darknet mittlerweile auch zu einem Zufluchtsort für Dissidenten, Whistleblower und geheime Informanten geworden. Im Darknet konnten Oppositionelle sprechen und protestieren, ohne von ihrer Regierung ins Visier genommen zu werden, und hier hatte Lisbeth Salander ihre zwielichtigsten Untersuchungen und Angriffe vorgenommen.

Ja, Lisbeth Salander kannte das Darknet gut. Sie kannte seine Seiten und Suchmaschinen und seinen etwas altmodischen, trägen Organismus fernab des bekannten, sichtbaren Internets.

»Hast du Balders Technologie im Darknet zum Verkauf angeboten?«, fragte sie.

»Nein, nein, ich hab eigentlich nur planlos rumgesucht. Ich war so wütend… Weißt du, Frans hat mich kaum eines Blickes gewürdigt. Er hat mich wie Luft behandelt. Und offen gestanden hatte er für seine eigene Technologie auch nicht viel übrig. Er wollte bloß forschen – an einer Anwendung war er überhaupt nicht interessiert. Uns allen war klar, dass man damit unendlich viel Kohle hätte machen und dass wir stinkreich hätten werden können. Ihm aber war das Geld schnuppe. Er wollte einfach nur mit seiner Entwicklung rumspielen und experimentieren wie ein Kind, und eines Abends, als ich ein bisschen was getrunken hatte, hab ich eben auf so einer Nerd-Seite die Frage gepostet: ›Wer würde ordentlich für revolutionäre KI-Technologie zahlen?‹«

»Und, hast du eine Antwort bekommen?«

»Es hat ein bisschen gedauert. In der Zwischenzeit hatte ich schon wieder ganz vergessen, dass ich überhaupt danach gefragt hatte. Aber am Ende hat jemand namens Bogey zurückgeschrieben und Fragen gestellt. Ziemlich sachkundige Fragen. Erst hab ich total unvorsichtig geantwortet, als wäre es nur ein dummes Spiel. Später hab ich dann begriffen, dass ich mich in etwas verstrickt hatte, und hatte auf einmal furchtbare Panik, Bogey könnte das Programm klauen.«

»Ohne dass du was dafür bekommen hättest.«

»Ich hab einfach nicht kapiert, auf welches Wagnis ich mich eingelassen hatte. Ich tippe mal, das war ein klassischer Fall... Um Frans' Entwicklung verkaufen zu können, war ich gezwungen, auch was darüber zu erzählen. Wenn ich aber zu viel erzählt hätte, hätte ich sie quasi schon verloren. Und Bogey hat mich total gebauchpinselt. Am Ende hat er genau gewusst, wo wir saßen und mit welcher Software wir arbeiteten.«

»Er wollte euch hacken.«

»Vermutlich ja. Und dann hat er über einen Umweg rausgefunden, wie ich heiße. Das hat mir echt den Rest gegeben. Ich war komplett paranoid und hab ihm gesagt, dass ich einen Rückzieher machen will. Aber da war es schon zu spät. Bogey hat mir zwar nicht gedroht, jedenfalls nicht direkt. Er hat nur davon gefaselt, dass wir zusammen große Dinger drehen und einen Haufen Kohle verdienen könnten, und am Ende hab ich mich dann darauf eingelassen, ihn bei diesem chinesischen Restaurantschiff am Söder Mälarstrand zu treffen. An dem Tag war es kalt und windig. Ich weiß noch, dass ich ewig dort stand und fror. Aber er kam nicht, jedenfalls nicht in der ersten halben Stunde, und da hab ich mir natürlich überlegt, ob er mich erst ausgespäht hat.«

»Aber dann ist er trotzdem aufgetaucht?«

»Ja, und am Anfang war ich vollkommen perplex. Ich konnte nicht glauben, dass er es war. Er sah aus wie ein Junkie oder Penner, und hätte ich nicht diese Patek-Philippe-Uhr an seinem Handgelenk bemerkt, hätte ich ihm wahrscheinlich ein paar Münzen zugesteckt. Er hatte eklige Narben und selbst gemachte Tattoos, und seine Arme schlenkerten ganz komisch, wenn er ging, und auch sein Trenchcoat sah total lächerlich aus. Irgendwie wirkte er so, als hätte er eine Zeit lang auf der Straße gelebt, und das Allermerkwürdigste war, dass er darauf auch noch stolz zu sein schien. Im Grunde verrieten nur die Uhr und seine handgenähten Schuhe, dass er sich aus der Gosse hochgearbeitet hatte. Davon abgesehen schien er an seinen Wurzeln festhalten zu wollen, und als ich ihm später alles überreicht hatte und wir den Deal mit ein paar Flaschen Wein besiegelten, fragte ich ihn nach seinem Hintergrund.«

»Und ich hoffe für dich, dass er dir ein paar Details verraten hat.«

»Falls du ihn ausfindig machen willst, muss ich dich allerdings warnen …«

»Ich brauche keine Warnung, Arvid. Ich brauche Fakten.«

»Na gut. Er war natürlich auf der Hut«, fuhr er fort. »Aber ein bisschen was hab ich trotzdem herausgefunden. Vermutlich konnte er sich nicht zurückhalten. Er ist in einer russischen Großstadt aufgewachsen. Wo genau, hat er nicht gesagt. Alle Zeichen hätten gegen ihn gestanden, meinte er, einfach alles. Seine Mutter war eine drogensüchtige Hure. Sein Vater hätte jeder sein können. Schon als Kleinkind landete er in einem fürchterlichen Kinderheim. Dort gab es so einen Irren, der ihn in der Küche auf eine Schlachtbank legte und mit einem zersplitterten Stock verprügelte. Mit elf Jahren lief er dort weg und lebte anschließend auf der Straße. Er hat mir erzählt, dass er in Keller und Hauseingänge eingebrochen ist, um sich ein bisschen aufzuwärmen. Und er hat sich mit billigem Wodka betäubt und Lösungsmittel und Kleber geschnüffelt und ist missbraucht und geschlagen worden. Aber eines ist ihm trotzdem klar geworden.«

»Und was?«

»Dass er Talent hatte. Wofür andere Stunden brauchten, erledigte er binnen Sekunden. Er war ein Einbrecherkönig. Das war sein Stolz, seine Identität. Vorher war er nur ein obdachloses Drecksbalg gewesen, das von allen verachtet und bespuckt worden war. Doch auf einmal war er der Typ, der überall hineinkam, und schon bald war er davon fast schon besessen. Tag und Nacht träumte er davon, ein neuer Houdini zu werden, nur umgekehrt: Er wollte nicht ausbrechen, er wollte einbrechen, und er hat trainiert, um noch besser zu werden, manchmal bis zu zwölf Stunden am Tag. Am Ende war er eine Legende der Straße, so hat er es jedenfalls ausgedrückt, und er hat immer größere Aktionen unternommen und dabei Computer benutzt, die er geklaut und umgebaut hatte. Er hat einfach alles gehackt und damit einen Haufen Kohle verdient. Nur ist alles für Drogen und anderen Mist draufgegangen, und er ist immer wieder ausgeraubt und ausgenutzt wurden. Wenn er seine Dinger gedreht hat, war er kristallklar im Kopf, aber anschließend hat er sich zugedröhnt und irgendwo in der Ecke gelegen, und dann ist immer jemand gekommen, um auf ihm herumzutrampeln. Er hat gesagt, er sei Genie und Volltrottel in einem gewesen. Doch eines Tages hat sich alles geändert. Er wurde gerettet und aus seiner Hölle befreit.«

»Was ist passiert?«

»Er hat in irgendeinem Abrisshaus gelegen und geschlafen und schlimmer ausgesehen denn je. Aber als er die Augen wieder aufgeschlagen und in das gelbliche Licht geblinzelt hat, stand plötzlich ein Engel vor ihm.«

»Ein Engel?«

»So hat er es formuliert: ein Engel. Vielleicht war es ja auch nur der Kontrast zu allem anderen da drinnen – den Kanülen, dem Müll, den Kakerlaken. Was weiß ich. Jedenfalls hat er gesagt, es sei die schönste Frau gewesen, der er je begegnet war. So schön, dass er sie fast nicht ansehen konnte – und in diesem Moment glaubte er, er würde sterben, und spürte eine große, schicksalsschwere Feierlichkeit. Stattdessen erklärte ihm die Frau, sie werde ihn reich und glücklich machen. Als wär das die natürlichste Sache der Welt! Aber wenn ich ihn richtig verstanden habe, hat sie ihr Versprechen tatsächlich gehalten. Sie hat ihm neue Zähne bezahlt und ihm einen Platz in einer Entzugsklinik besorgt. Und sie hat es ihm ermöglicht, Informatik zu studieren.«

»Und seitdem hackt er Computer und geht für diese Frau auf Beutezug.«

»So ungefähr. Er wurde ein neuer Mensch … oder vielleicht nicht ganz. Sicher ist er in gewisser Weise immer noch der alte abgerissene Penner und Dieb. Aber er meinte, er würde keine Drogen mehr nehmen und seine gesamte Freizeit darauf verwenden, sich über neue Technologien schlauzumachen. Vieles findet er im Darknet, und er behauptete von sich, dass er steinreich sei.«

»Und diese Frau – hat er noch mehr über sie gesagt?«

»Nein, da war er irre vorsichtig. Er hat sich so vage und ehrfürchtig über sie geäußert, dass ich mich schon gefragt habe, ob sie nicht eine reine Fantasiefigur war, eine Halluzination. Irgendwie glaube ich aber doch, dass es sie gibt. Wenn er von ihr gesprochen hat, hab ich die Angst fast spüren können. Er hat gesagt, er würde lieber sterben, als sie zu verraten, und dann hat er mir ein russisches Patriarchenkreuz aus Gold gezeigt, das sie ihm geschenkt hat – so ein Kreuz, das einen Querbalken mehr hat und deshalb sowohl nach oben als auch nach unten zeigt, du weißt schon. Er hat erzählt, dass das symbolisch für die beiden Räuber stehen würde, die neben Jesus ans Kreuz geschlagen waren. Der eine Räuber glaubte an ihn und stieg in den Himmel auf. Der andere verhöhnte ihn und stürzte in die Hölle.«

»Und das hätte ihn auch erwartet, wenn er sie verraten hätte.«

»So ungefähr.«

»Also hat sie sich selbst als Jesus angesehen?«

»In diesem Zusammenhang hatte das Kreuz wohl nicht konkret was mit dem Christentum zu tun. Es ging eher um die Botschaft, die sie vermitteln wollte.«

»Treue oder Höllenqualen.«

»In der Art.«

»Und trotzdem sitzt du hier, Arvid, und plauderst aus dem Nähkästchen.«

»Ich hatte doch keine Wahl...«

»Hoffentlich haben sie dich gut bezahlt.«

»Doch... ziemlich.«

»Und anschließend wurde Balders Technologie an Solifon und Truegames weiterverkauft.«

»Ja, aber was ich nicht verstehe... wenn ich jetzt darüber nachdenke...«

»Was verstehst du nicht?«

»Wie du das wissen kannst.«

»Du warst so ungeschickt, Eckerwald von Solifon eine Mail zu schreiben, erinnerst du dich nicht mehr?«

»Aber ich hab doch nichts geschrieben, was darauf hingedeutet hätte, dass ich ihnen die Technologie verkauft habe. Ich habe mir die Formulierungen gut überlegt.«

»Für mich hat es gereicht«, sagte sie und stand auf, und in diesem Moment schien er regelrecht in sich zusammenzufallen.

»Hallo, was ist denn jetzt? Hältst du meinen Namen aus der Sache raus?«

»Kannst du nur hoffen«, antwortete sie und ging mit schnellen, zielstrebigen Schritten Richtung Odenplan.

Als Bublanski in der Torsgatan die Treppe hinabstieg, klingelte sein Telefon. Es war Professor Charles Edelman. Bublanski hatte versucht, ihn zu erreichen, seit er erfahren hatte, dass der Junge ein Savant war. Bei einer Recherche im Internet hatte Bublanski festgestellt, dass es sage und schreibe zwei schwedische Autoritäten auf diesem Gebiet gab, die überall zitiert wurden: Professor Lena Ek von der Universität in Lund und Charles Edelman vom Karolinska Institutet. Nachdem er zunächst keinen von beiden erreicht hatte, war er erst mal zu Hanna Balder gefahren. Nun aber rief Charles Edelman zurück, und er wirkte aufrichtig erschüttert. Er sei gerade in Budapest angekommen, sagte er, wo er einer Konferenz über die Speicherkapazität des Gehirns beiwohnen werde, und habe soeben erst auf CNN von dem Mord erfahren.

»Sonst hätte ich mich selbstverständlich sofort bei Ihnen gemeldet«, erklärte er.

»Wieso denn das?«

»Weil Frans Balder mich gestern Abend angerufen hat.«

Bublanski, der darauf trainiert war, auf vermeintlich zufällige Zusammenhänge zu reagieren, zuckte zusammen.

»Aus welchem Grund hat er denn angerufen?«

»Er wollte mit mir über seinen Sohn und dessen Begabung sprechen.«

»Kannten Sie sich?«

»Nein, gar nicht. Er hat sich nur bei mir gemeldet, weil er sich Sorgen um seinen Sohn machte, und ich war ehrlich gestanden baff.«

»Und warum?«

»Na, weil es ausgerechnet Frans Balder war. Uns Neurologen ist er natürlich ein Begriff. Wir sagen immer, dass er das Gehirn auf die gleiche Weise zu verstehen sucht wie wir – mit dem einzigen Unterschied, dass er es auch nachbauen und verbessern will.«

»Ja, das ist mir bekannt.«

»Vor allem aber hatte ich gehört, er wäre ein sehr schwieriger, verschlossener Mensch – als wäre er selbst eine Maschine, wurde manchmal gescherzt. Nichts als logische Kreise. Aber mir gegenüber war er sehr emotional, und das hat mich ehrlich gesagt einigermaßen schockiert. Es war so … tja, ich weiß nicht … als würden Sie plötzlich Ihren toughsten Kollegen weinen hören, und ich weiß noch genau, wie ich dachte, da muss noch etwas anderes passiert sein. Noch mehr als das, worüber wir gesprochen haben.«

»Mit Ihrer Einschätzung lagen Sie durchaus richtig. Er hatte gerade erfahren, dass er in Lebensgefahr war«, erklärte Bublanski.

»Aber auch abgesehen davon hätte er wohl allen Grund dazu gehabt, aufgewühlt zu sein. Offenbar waren die Zeichnungen seines Sohnes herausragend, und das ist in diesem Alter wirklich außergewöhnlich, selbst bei Savants. Noch seltener ist es, wenn eine mathematische Begabung hinzukommt.«

»Mathematische Begabung?«

»Ja, Balder zufolge ist sein Sohn auch mathematisch talentiert. Darüber könnte ich jetzt lange reden …«

»Wieso?«

»Weil es mich extrem verwundert hat – und dann doch wieder nicht. Heute wissen wir, dass das Savant-Syndrom teilweise erblich ist, und hier haben wir einen Vater, der durch seine hoch entwickelten Algorithmen zur Legende geworden ist. Andererseits treten eine mathematische und eine künstlerische Begabung bei diesen Kindern normalerweise nie zusammen auf.«

»Ist das Schöne am Leben nicht, dass es uns hin und wieder in Staunen versetzt?«

»Zu wahr, Herr Kommissar … Aber womit kann ich Ihnen eigentlich behilflich sein?«

Bublanski führte sich all das vor Augen, was draußen in

Saltsjöbaden passiert war, und ihm war intuitiv klar, dass es nicht schaden konnte, ein wenig vorsichtig zu sein.

»Lassen Sie mich nur sagen, dass wir dringend auf Ihre Hilfe und Ihre Expertise angewiesen sind.«

»Der Junge ist Zeuge des Mords geworden, nicht wahr?«

»Ja.«

»Und jetzt soll ich ihn dazu bringen, das Gesehene zu zeichnen?«

»Dazu sage ich lieber nichts.«

Charles Edelman stand an der Rezeption des Konferenzhotels Boscolo in Budapest, unweit der glitzernden Donau. Die Empfangshalle erinnerte an eine Oper: pompös mit hohen Decken und altmodischen Kuppeln und Säulen. Er hatte sich auf eine Woche mit Vorträgen und Abendessen gefreut – doch jetzt verzog er das Gesicht und raufte sich das Haar. Er hatte seinen jungen Dozenten Martin Wolgers empfohlen.

»Ich kann Ihnen leider nicht persönlich behilflich sein, weil ich morgen einen wichtigen Vortrag halten muss«, hatte er zu Kommissar Bublanski gesagt – und das stimmte tatsächlich. Er hatte sich wochenlang auf diesen Vortrag vorbereitet, in dem er mehrere führende Gedächtnisforscher angreifen wollte. Doch als er aufgelegt hatte und den Blick von Lena Ek auffing, die gerade mit einem Sandwich in der Hand an ihm vorbeiging, bereute er seinen Entschluss. Neid auf den jungen Martin flammte in ihm auf, der noch nicht einmal fünfunddreißig war und unverschämt fotogen und sich außerdem gerade einen Namen machte.

Charles Edelman verstand nicht genau, was gerade geschehen war. Der Kriminalkommissar hatte sich merkwürdig kryptisch ausgedrückt. Vermutlich hatte er befürchtet, abgehört zu werden. Trotzdem war es nicht schwer gewesen, den groben Zusammenhang zu erfassen. Der Junge war ein geschickter Zeichner und hatte einen Mord bezeugt. Das konnte eigentlich nur eins bedeuten, und je länger Edelman darüber nachdachte, umso mehr grämte es ihn. Wichtige Vorträge würde er in seinem Leben noch oft halten können, aber in einer Mordermittlung dieses Kalibers als Berater tätig zu sein – eine solche Chance würde er kein zweites Mal bekommen. Wie er es auch drehte und wendete, war der Auftrag, den er Martin so leichtfertig überlassen hatte, wesentlich interessanter als alles, was er hier in Budapest erleben würde. Und wer weiß, vielleicht würde er ihm auch ein wenig Ruhm einbringen.

Er sah die Schlagzeile schon vor sich: »Renommierter Neurologe hilft Polizei, einen Mord aufzuklären«, oder, noch besser: »Edelmans Forschung führt zu Durchbruch bei Mörderjagd.« Wie hatte er so bescheuert sein und diese Bitte ausschlagen können? War das nicht idiotisch gewesen? Er zückte sein Handy und rief Jan Bublanski an.

Jan Bublanski beendete das Gespräch. Sonja Modig und er hatten einen Parkplatz unweit der Stadtbibliothek gefunden und überquerten gerade die Straße. Das Wetter war mal wieder deprimierend, und Bublanski fror an den Händen.

»Hat er sich umentschieden?«

»Ja. Er lässt den Vortrag sausen.«

»Wann kann er hier sein?«

»Da schaut er gerade nach. Spätestens morgen Vormittag.«

Sie waren auf dem Weg zur Odens Kinder- und Jugendstation am Sveavägen, um den Leiter Torkel Lindén zu treffen. Eigentlich sollte es bei ihrem Treffen nur um die praktischen Umstände in Bezug auf August Balders Zeugenaussage gehen – jedenfalls hatte Bublanski das so angekündigt. Doch obwohl Torkel Lindén nichts über ihr wahres Anliegen wusste, war er am Telefon merkwürdig abweisend gewesen und hatte erwidert, der Junge dürfe jetzt »unter keinen Umständen gestört werden«. Bublanski hatte instinktiv

Lindéns Feindseligkeit gespürt und war so dumm gewesen, ebenso unwirsch darauf zu reagieren. Das war kein guter Start gewesen.

Wie sich herausstellte, war Torkel Lindén entgegen Bublanskis Erwartung keine große, imposante Person. Er war kaum größer als einen Meter fünfzig und hatte kurzes schwarzes Haar, das möglicherweise gefärbt war. Seine verkniffenen Lippen unterstrichen seine strenge Ausstrahlung. Er trug schwarze Jeans, einen schwarzen Rollkragenpullover und um den Hals ein kleines Kreuz an einer Kette. Seine Erscheinung wirkte fast schon priesterlich, und seine Feindseligkeit trat jetzt ganz offen zutage.

Lindéns Augen funkelten überheblich, und schlagartig war Bublanski sich wieder seiner jüdischen Identität bewusst – wie so oft, wenn er mit einer solchen Art von Geringschätzung konfrontiert war. Vermutlich war der Blick des Mannes auch eine moralische Machtdemonstration. Torkel Lindén wollte ihnen zeigen, dass er was Besseres war, weil er die psychische Gesundheit des Jungens an erste Stelle setzte, anstatt ihn für polizeiliche Zwecke auszunutzen, und Bublanski wusste sich keinen anderen Rat, als ihre Begegnung so beflissen wie nur möglich einzuleiten.

»Sehr erfreut«, sagte er.

»Soso«, erwiderte Torkel Lindén.

»O ja – und zu freundlich, dass Sie bereit waren, uns so kurzfristig zu empfangen. Wir würden Sie wirklich nicht überfallen, wenn unser Anliegen nicht von allergrößter Wichtigkeit wäre.«

»Ich vermute, dass Sie den Jungen irgendwie verhören wollen.«

»Nicht direkt«, antwortete Bublanski schon nicht mehr ganz so bemüht. »Wir wollten vielmehr... Also, ich muss betonen, dass das, was ich jetzt sage, unbedingt unter uns bleiben muss. Es ist eine Frage der Sicherheit.«

»Diskretion ist für uns eine Selbstverständlichkeit. Hier gibt es keine undichten Stellen«, entgegnete Torkel Lindén, als wollte er damit andeuten, dass es sich bei der Polizei anders verhielt.

»Ich möchte mich nur vergewissern, dass der Junge hier in Sicherheit ist«, erwiderte Bublanski knapp.

»Das ist also Ihre Priorität?«

»Ja, in der Tat«, antwortete Bublanski noch barscher, »und ich meine es ernst: Nichts von dem, was ich jetzt sage, darf auf irgendeine Weise weiterverbreitet werden – am allerwenigsten per E-Mail oder Telefon. Können wir uns hier irgendwo ungestört unterhalten?«

Sonja Modig war auf den ersten Blick nicht gerade begeistert von der Einrichtung. Sicher war auch das Schluchzen im Hintergrund ein Grund dafür. Irgendwo in der Nähe weinte ununterbrochen und verzweifelt ein kleines Mädchen, während sie in einem Zimmer saßen, das schwach nach Putzmittel und noch etwas anderem roch, womöglich Weihrauch. An der Wand hing ein Kreuz, und auf dem Boden lag ein abgewetzter brauner Teddy. Davon abgesehen vermittelte der Raum nicht gerade eine Atmosphäre der Geborgenheit, und der sonst so gutmütige Bublanski war offensichtlich drauf und dran zu explodieren, weshalb Sonja Modig das Kommando übernahm und sachlich und ruhig die Lage erläuterte.

»Soweit wir informiert sind«, schloss sie ihre Ausführungen, »hat einer Ihrer Mitarbeiter, der Psychologe Einar Forsberg, August das Zeichnen untersagt.«

»Ja, das war seine fachliche Einschätzung, die ich selbstredend teile. Es tut dem Jungen nicht gut«, antwortete Torkel Lindén.

»Allerdings könnte man doch sagen, dass es dem Jungen gerade grundsätzlich nicht gut geht. Er hat immerhin gesehen, wie sein Vater ermordet wurde.«

»Wir wollen seinen Zustand aber nicht noch verschlimmern, oder?«

»Nein, das stimmt natürlich. Aber die Zeichnung, die August nicht vollenden durfte, könnte der Durchbruch für unsere Ermittlungen sein, und deshalb müssen wir leider darauf bestehen. Wir werden dafür sorgen, dass eine fachkundige Person zugegen ist.«

»Das kann ich nicht zulassen.«

Sonja traute ihren Ohren kaum.

»Wie bitte?«, fragte sie.

»Bei allem Respekt für Ihre Arbeit«, sagte Torkel Lindén, »hier im Oden helfen wir schutzlosen Kindern. Das ist für uns gleichermaßen Beruf wie Berufung. Wir sind nicht der verlängerte Arm der Polizei. So ist es nun mal, und darauf sind wir stolz. Solange die Kinder hier sind, sollen sie sich sicher sein, dass ihre Bedürfnisse für uns oberste Priorität haben.«

Sonja Modig legte eine Hand auf Bublanski Oberschenkel, damit er jetzt nichts Unüberlegtes tat.

»Wir können das auch problemlos per Gerichtsbeschluss durchsetzen«, sagte sie. »Aber darauf würden wir natürlich gern verzichten.«

»Schlau von Ihnen.«

»Erlauben Sie mir stattdessen eine Frage«, fuhr sie fort. »Wissen Einar Forsberg und Sie tatsächlich so hundertprozentig, was für August am besten ist oder warum dieses Mädchen hier im Hintergrund die ganze Zeit weint? Kann es nicht vielleicht sein, dass wir alle einen Weg finden müssen, um uns auszudrücken? Sie und ich, wir können sprechen und schreiben. Wir können einen Anwalt kontaktieren. August hat diese Möglichkeit nicht. Stattdessen kann er zeichnen, und er scheint uns damit etwas sagen zu wollen. Sollten wir ihn wirklich daran hindern? Könnte das nicht genauso inhuman sein, wie ein Kind am Sprechen zu hindern? Sollten wir

August nicht vielmehr erlauben zu vermitteln, was ihn mehr als alles andere zu quälen scheint?«

»Unserer Einschätzung nach ...«

»Nein«, fiel sie ihm ins Wort. »Hören Sie mit Ihrer Einschätzung auf. Wir stehen mit einer Person in Kontakt, die diese Problematik hierzulande am besten von allen beurteilen kann: Charles Edelman, Professor der Neurologie, und er ist gerade auf dem Weg von Ungarn hierher, um den Jungen zu treffen. Wäre es nicht angemessen, dass wir ihn in dieser Sache entscheiden lassen?«

»Wir könnten ihn natürlich anhören«, antwortete Torkel Lindén widerwillig.

»Wir hören ihn nicht nur an. Wir lassen ihn entscheiden.«

»Ich verspreche Ihnen, dass ich einen konstruktiven Dialog mit ihm führen werde. Von Fachmann zu Fachmann.«

»Gut. Was macht August gerade?«

»Er schläft. Er war vollkommen erschöpft, als er zu uns kam.«

Sonja ahnte, dass nichts Gutes dabei herauskäme, wenn sie jetzt vorschlagen würde, den Jungen zu wecken.

»Dann kommen wir morgen Vormittag mit Professor Edelman wieder. Ich hoffe, dass wir in dieser Frage alle gut zusammenarbeiten werden.«

16. KAPITEL

Am Abend des 21. November
und am Morgen des 22. November

Gabriella Grane hatte sich die Hände vors Gesicht geschlagen. Sie hatte seit vierzig Stunden nicht geschlafen, und Schuldgefühle quälten sie, die vom Schlafmangel verstärkt wurden. Seit diesem Morgen gehörte sie einer Säpo-Gruppe an, die sich in einer Art Schattenermittlung mit dem Mord an Frans Balder beschäftigte. Offiziell ging es um die größere innenpolitische Bedeutung, insgeheim aber war man bis ins kleinste Detail in die Arbeit der Ermittler involviert.

Die Gruppe bestand zunächst aus dem Leiter Mårten Nielsen, der die formale Verantwortung innehatte und gerade von einem einjährigen Aufenthalt an der University of Maryland zurückgekehrt war. Er war zweifellos intelligent und belesen, stand für Gabriellas Geschmack aber politisch zu weit rechts. Mårten war einer der wenigen gut ausgebildeten Schweden, der mit ganzem Herzen die amerikanischen Republikaner unterstützte und sogar ein gewisses Verständnis für die Tea-Party-Bewegung zum Ausdruck brachte. Außerdem war er ein leidenschaftlicher Kriegshistoriker, der Vorlesungen an der Militärakademie hielt und dem man trotz seiner jungen Jahre – er war gerade einmal neununddreißig – ein großes internationales Kontaktnetz nachsagte.

Dennoch fiel es ihm oft schwer, sich durchzusetzen, und so lag die Führung in Wirklichkeit eher bei Ragnar Olofsson, der älter und selbstsicherer war und Mårten schon mit einem boshaften kleinen Seufzer oder einer kritischen Falte zwischen den buschigen Augenbrauen zum Verstummen bringen konnte. Erschwerend hinzu kam für Mårten außerdem, dass auch Kommissar Lars Åke Grankvist Teil der Gruppe war.

Ehe er zur Säpo gekommen war, hatte Lars Åke sich einen legendären Ruf als Mordermittler in der Reichskripo erarbeitet – zumindest in der Hinsicht, dass er angeblich jeden unter den Tisch saufen konnte und seinem herben Charme sei Dank in jeder Stadt eine Geliebte hatte. Insgesamt gesehen war es alles andere als leicht, sich in diesem Grüppchen zu behaupten, und Gabriella wurde im Laufe des Nachmittags zunehmend stiller. Das lag allerdings weniger an den Kollegen und deren Hahnenkämpfen, sondern an einem Gefühl der Unsicherheit, das sich in ihr breitmachte. Immer öfter hatte sie das Gefühl, weniger zu wissen als je zuvor.

So hatte sie einsehen müssen, dass die Beweise einer vermeintlichen Hackerattacke bei Frans Balder mehr als fadenscheinig waren. Im Grunde gab es nicht mehr als eine Erklärung von Stefan Molde von der FRA, und nicht einmal er war sich seiner Sache ganz sicher gewesen. Gabriella fand seine Analyse ganz und gar nicht stichhaltig. Frans Balder hatte sein Urteil vor allem auf die Erkenntnisse einer Hackerin gegründet, die er selbst angestellt hatte, die in den Ermittlungen aber nicht namentlich erwähnt wurde. Immerhin hatte Balders Assistent Linus Brandell sie lebhaft beschreiben können. Vermutlich hatte Balder Gabriella gegenüber damals schon so einiges verschwiegen, ehe er sich in die USA verdrückt hatte.

War es beispielsweise ein Zufall, dass er ausgerechnet eine Stelle bei Solifon angenommen hatte?

Die Unsicherheit nagte an Gabriella, und obendrein war sie stinksauer, dass jede weitere Hilfe aus Fort Meade auszubleiben schien. Alona Casales war urplötzlich nicht mehr erreichbar, wodurch der Zugang zur NSA für sie erneut verschlossen war. Aber so würde auch sie selbst nichts Neues in Erfahrung bringen. Genau wie Mårten und Lars Åke fühlte sie sich von Ragnar Olofsson in den Schatten gestellt, der von seiner Quelle bei der Abteilung für Gewaltverbrechen ständig mit neuen Informationen versorgt wurde und sie postwendend an die Säpo-Chefin Helena Kraft weitergab.

Gabriella gefiel das nicht, und sie hatte vergebens darauf hingewiesen, dass dieser Austausch nicht nur das Risiko einer undichten Stelle erhöhte, sondern auch ihre eigene Selbstständigkeit einschränkte. Statt eigenhändig zu recherchieren, gingen sie nur mehr den Informationen nach, die von Bublanskis Team zu ihnen durchsickerten.

»Wir sind wie schlechte Schüler, die bei einer Prüfung darauf warten, dass man ihnen die Antworten zuflüstert, anstatt den eigenen Kopf anzustrengen«, hatte sie vor versammelter Mannschaft gesagt und sich damit nicht unbedingt beliebter gemacht.

Jetzt saß sie allein in ihrem Büro und war fest entschlossen, auf eigene Faust zu arbeiten. Sie wollte versuchen, den größeren Zusammenhang zu erkennen und irgendwie weiterzukommen. Vielleicht würde es zu nichts führen, andererseits konnte es aber auch nicht schaden, wenn sie eigene Wege ging, anstatt sich wie alle anderen mit Brotkrumen zufriedenzugeben. Draußen auf dem Gang hörte sie Schritte, ein lautes, energisches Klappern von Absätzen, das Gabriella inzwischen nur allzu gut kannte. Es war Helena Kraft, die soeben im grauen Armani-Kostüm, die Haare zu einem strammen Knoten hochgesteckt, Gabriellas Büro betrat. Die Chefin bedachte sie mit einem mitfühlenden Blick. Es gab Momente, in denen Gabriella diese Vorzugsbehandlung kaum ertragen konnte.

»Wie geht es dir?«, fragte Helena Kraft. »Kannst du überhaupt noch stehen?«

»Kaum.«

»Ich habe vor, dich nach diesem Gespräch nach Hause zu schicken. Du musst ins Bett. Wir brauchen eine Analystin mit wachem Verstand.«

»Klingt vernünftig.«

»Weißt du, was Erich Maria Remarque einmal gesagt hat?«

»Dass es im Schützengraben nicht gerade nett zugeht oder so ähnlich.«

»Ha, nein. Dass sich immer die falschen Leute schuldig fühlen. Diejenigen, die auf der Welt wirklich Leid verursachen, kümmert das nicht, aber wer für das Gute einsteht, den plagt das Gewissen. Du hast keinen Grund, dich schlecht zu fühlen, Gabriella. Du hast getan, was du konntest.«

»Da bin ich mir nicht so sicher. Trotzdem danke.«

»Hast du die Sache von Balders Sohn gehört?«

»Nur flüchtig, über Ragnar.«

»Morgen früh um zehn treffen Kommissar Bublanski, Kriminalinspektorin Sonja Modig und ein Professor namens Charles Edelman den Jungen in der Odens Kinder- und Jugendstation am Sveavägen. Vielleicht können sie ihn ja zu neuen Zeichnungen bewegen.«

»Da drücke ich die Daumen. Trotzdem gefällt es mir nicht, dass wir das schon wieder wissen.«

»Ganz ruhig. Paranoid zu sein ist mein Job. Von diesem Treffen haben nur Leute erfahren, die den Mund halten können.«

»Dann verlasse ich mich darauf.«

»Ich hab da was, was ich dir zeigen möchte.«

»Was denn?«

»Aufnahmen von dem Typen, der Balders Alarmanlage gehackt hat.«

»Die hab ich schon gesehen. Ich hab sie sogar bis ins kleinste Detail studiert.«

»Wirklich?«, fragte Helena Kraft und reichte ihr die verschwommene Vergrößerung eines Handgelenks.

»Was ist damit?«

»Schau noch mal genau hin. Was siehst du?«

Gabriella tat wie geheißen und sah zwei Dinge vor sich: die exklusive Uhr, die sie schon zuvor bemerkt hatte, und darunter, in dem schmalen Ausschnitt zwischen den Handschuhen und der Jacke, ein paar Striche, die wie eine amateurhafte Tätowierung aussahen.

»Zwei Gegensätze. Ein billiges Tattoo und eine schweineteure Uhr«, antwortete sie dann.

»Mehr als das«, sagte Helena Kraft. »Das ist eine Patek Philippe von 1951, das Modell 2499 aus der ersten oder zweiten Serie.«

»Sagt mir nichts.«

»Es ist eine der wertvollsten Armbanduhren, die es gibt. Vor einigen Jahren ist eine solche Uhr in Genf bei einer Christie's-Auktion für über zwei Millionen Dollar verkauft worden.«

»Machst du Witze?«

»Nein. Und der Käufer war nicht irgendwer, sondern Jan van der Waal – Anwalt bei Dackstone & Partner. Er hat sie im Auftrag eines Mandanten gekauft.«

»Dackstone & Partner, die Anwälte von Solifon?«

»Genau die.«

»Das gibt's ja nicht.«

»Wir wissen natürlich nicht, ob die Uhr auf dem Überwachungsfoto dieselbe ist, die in Genf verkauft wurde, und wir konnten auch nicht ermitteln, wer dieser Mandant war. Aber es ist trotzdem ein Anfang, Gabriella. Ein magerer Typ, der wie ein Junkie aussieht und eine kostbare Uhr trägt – das dürfte die Zielgruppe ein bisschen eingrenzen.«

»Weiß Bublanski davon?«

»Ja, sein Mitarbeiter Jerker Holmberg hat es entdeckt. Aber jetzt will ich, dass du dich um dein Gehirn kümmerst. Geh nach Hause und schlaf. Fang morgen damit an.«

Der Mann, der sich Jan Holtser nannte, saß zu Hause in seiner Wohnung an der Korkeavuorenkatu in Helsinki unweit der Esplanadi und blätterte in einem Fotoalbum mit Aufnahmen seiner Tochter Olga, die mittlerweile zweiundzwanzig war und in Danzig Medizin studierte.

Olga war groß, dunkelhaarig und temperamentvoll – und das Beste, was ihm in seinem Leben passiert war, wie er zu sagen pflegte. Er tat es nicht nur, weil es gut klang und ihm das Image eines verantwortungsvollen Vaters verlieh. Er wollte auch daran glauben. Aber vermutlich traf es inzwischen nicht mehr hundertprozentig zu. Denn Olga hatte begonnen zu ahnen, womit er sein Geld verdiente.

»Arbeitest du für Verbrecher?«, hatte sie ihn eines Tages gefragt und sich seither geradezu manisch den »Schwachen und Schutzlosen« gewidmet, wie sie es ausdrückte.

Sozialromantischer Blödsinn, hatte Jan gedacht. So etwas passte gar nicht zu Olgas Charakter. Er hatte es für einen Teil ihres Loslösungsprozesses gehalten und geglaubt, dass sie hinter all dem salbungsvollen Geschwafel von den Armen und Kranken immer noch aus demselben Holz geschnitzt wäre wie er. Olga war einmal eine vielversprechende Sprinterin gewesen. Sie war eins sechsundachtzig groß, muskulös und von einer explosiven Energie, und früher hatte sie gern Actionfilme gesehen und zugehört, wie er von seinen Kriegserinnerungen erzählte. In der Schule hatten alle gewusst, dass man sich besser nicht mit ihr anlegte. Sie hatte zurückgeschlagen wie eine Kriegerin. Nein, Olga war definitiv nicht dafür geschaffen, sich um die Bekloppten und Benachteiligten zu kümmern.

Trotzdem wollte sie später für Ärzte ohne Grenzen arbeiten oder nach Kalkutta gehen wie eine verdammte Mutter Teresa. Jan Holtser konnte das nur schwer ertragen. Seiner Meinung nach gehörte die Welt den Starken. Gleichzeitig liebte er seine Tochter, was auch immer sie von sich gab, und morgen würde sie ihn zum ersten Mal seit einem halben Jahr für ein paar Tage besuchen. Er hatte sich fest vorgenommen, diesmal ein wenig feinfühliger zu sein als sonst und ihr keine Vorträge über Stalin und andere große Führer oder sonstige ihr verhasste Themen zu halten.

Stattdessen wollte er wieder eine engere Bindung zu ihr aufbauen. Er war sich sicher, dass sie ihn brauchte. Und noch sicherer war er sich, dass er sie brauchte. Es war acht Uhr abends, und er ging in die Küche, presste drei Apfelsinen aus, goss Smirnoff in ein Glas und mixte sich einen Screwdriver. Es war schon sein dritter an diesem Tag. Wenn er einen Auftrag erledigt hatte, konnte er mitunter sechs oder sieben davon in sich hineinkippen, und vielleicht würde er das heute auch tun. Er war müde, fühlte sich beschwert von all der Last, die man auf seine Schultern geladen hatte, und er musste dringend abschalten. Minutenlang stand er reglos mit seinem Drink in der Hand da und träumte von einem anderen Leben. Doch der Mann, der sich Jan Holtser nannte, gab sich einer Illusion hin.

Der friedliche Moment nahm ein jähes Ende, als Juri Bogdanow auf seinem abhörsicheren Handy anrief. Im ersten Moment hoffte Jan, dass Juri nur ein bisschen von der Anspannung loswerden wollte, die jeder Auftrag unweigerlich in ihnen weckte. Stattdessen hatte der Kollege ein sehr konkretes Anliegen, und er klang fast schon verlegen.

»Ich habe mit T gesprochen«, sagte er, und in Jan brandeten Gefühle auf – in erster Linie wohl Eifersucht. Warum rief Kira Juri an und nicht ihn? Auch wenn es Juri war, der das große Geld beischaffte und mit feinen Geschenken und höheren Summen belohnt wurde, war Jan doch immer davon überzeugt gewesen, dass er selbst Kira am nächsten stand. Aber Jan Holtser spürte auch Unruhe. War irgendetwas schiefgelaufen?

»Gibt es Probleme?«, fragte er.

»Der Einsatz ist noch nicht vorbei.«

»Wo bist du?«

»In der Stadt.«

»Dann komm verdammt noch mal hierher und erklär mir, was du meinst.«

»Ich hab uns einen Tisch im ›Postres‹ reserviert.«

»Ich habe keine Lust auf diese Luxusrestaurants für Empor-kömmlinge wie dich. Schaff deinen Hintern her.«

»Ich hab noch nichts gegessen.«

»Dann koch ich dir was.«

»Na gut. Wir haben eine lange Nacht vor uns.«

Jan Holtser wollte keine weitere Nacht durcharbeiten, und noch viel weniger wollte er seiner Tochter mitteilen, dass er morgen nicht zu Hause sein würde. Aber er hatte keine Wahl. So gewiss er sich seiner Liebe zu Olga auch war, so sicher wusste er: Man durfte Kira keine Bitte ausschlagen.

Sie besaß eine schattenhafte Macht über ihn, und sosehr er sich bemühte, trat er ihr gegenüber doch nie so selbstbe-wusst auf, wie er es sich gewünscht hätte. Sie verwandelte ihn in einen kleinen Jungen, und er hätte sich ein Bein aus-gerissen, um sie lächeln zu sehen oder, besser noch, sie zu verführen.

Kira war umwerfend schön und wusste dies auszunutzen wie keine Zweite. Sie beherrschte das Spiel mit der Macht perfekt, und sie zog alle Register. Sie konnte schwach und hilflos sein, aber auch unbeugsam, hart, kalt wie Eis, mitunter sogar durch und durch böse. Niemand konnte wie sie den Sadismus in ihm hervorlocken.

Es mochte schon sein, dass sie nicht übermäßig intelligent war, jedenfalls nicht im klassischen Sinne, was viele auch betonten, vielleicht weil sie sie entzaubern wollten. Aber dieselben Menschen waren ihr hoffnungslos ausgeliefert, sobald sie ihr gegenüberstanden. Kira legte sie alle aufs Kreuz und ließ selbst die toughsten Kerle erröten und kichern wie Schulkinder.

Jetzt war es neun Uhr abends, und Juri saß ihm gegenüber und verschlang das Lammfilet, das er für ihn zubereitet hatte. Merkwürdigerweise waren seine Tischmanieren beinahe akzeptabel. Das war ganz sicher Kiras Einfluss zu verdanken. Aus Juri war in vielerlei Hinsicht etwas geworden – und doch wieder nicht. So gespreizt er immer tat, konnte er sein früheres Leben als Kleinkrimineller und Junkie trotzdem nie ganz abschütteln. Obwohl er inzwischen ein studierter Informatiker und schon lange clean war, sah er immer noch ausgezehrt aus, und seine Bewegungen und sein schlackernder Gang verrieten nach wie vor, dass er einst auf der Straße gelebt hatte.

»Wo hast du deine protzige Uhr gelassen?«, fragte Jan.

»Die musste ich ablegen.«

»Bist du in Ungnade gefallen?«

»Wir sind beide in Ungnade gefallen.«

»Ist es so schlimm?«

»Vielleicht, vielleicht auch nicht.«

»Aber der Job ist noch nicht fertig, sagst du?«

»Nein, da ist noch dieser Junge.«

»Welcher Junge?«

Jan stellte sich dumm.

»Den du so edelmütig verschont hast.«

»Was soll mit ihm sein? Er ist zurückgeblieben.«

»Mag sein, aber jetzt hat er angefangen zu zeichnen.«

»Wie, zu zeichnen?«

»Er ist ein Savant.«

»Ein was?«

»Du solltest zwischendurch auch mal was anderes lesen als deine dämlichen Waffenzeitschriften.«

»Wovon redest du?«

»Ein Savant ist ein Autist oder ein anderswie Behinderter mit einer ganz speziellen Begabung. Dieser Junge kann zwar nicht vernünftig denken oder reden, scheint aber ein fotografisches Gedächtnis zu haben. Und dieser Kommissar Bublanski glaubt, er könnte dich vielleicht zeichnen – und zwar präzise wie auf einem Foto. Womöglich hofft die Polizei, die Zeichnung anschließend durch irgendein Gesichtserkennungsprogramm zu jagen, und dann hast du ein Problem, stimmt's? Oder findet man dich nicht in den Registern von Interpol?«

»Schon, aber Kira meint doch wohl nicht…«

»Doch, genau das meint sie. Wir müssen uns um den Jungen kümmern.«

Jan war irritiert. Abermals sah er den leeren, gläsernen Blick des Jungen vor sich, der ihn so unangenehm berührt hatte.

»Ohne mich«, sagte er, glaubte aber selbst nicht daran.

»Ich weiß, dass du ein Problem mit Kindern hast. Mir gefällt das ja auch nicht, aber ich fürchte, uns bleibt nichts anderes übrig. Außerdem solltest du dankbar sein. Kira hätte genauso gut dich opfern können.«

»Im Prinzip schon.«

»Siehst du. Ich hab die Tickets schon in der Tasche. Wir nehmen morgen um sechs Uhr dreißig den ersten Flug nach Arlanda, und von dort aus geht's weiter zur Odens Kinder- und Jugendstation am Sveavägen.«

»Also ist der Junge in einem Heim?«

»Ja, deshalb ist auch ein bisschen Planung nötig. Ich ess nur noch auf, dann leg ich los.«

Der Mann, der sich Jan Holtser nannte, schloss die Augen und fragte sich, wie er das Olga erklären sollte.

Lisbeth Salander stand am nächsten Tag um fünf Uhr morgens auf und hackte sich in den Supercomputer NSF MRI am New Jersey Institute of Technology. Sie brauchte alle Rechnerkapazität, die sie bekommen konnte. Anschließend öffnete sie ihr eigenes Programm zur Faktorisierung mit elliptischen Kurven und machte sich daran, die verschlüsselte Datei zu knacken, die sie bei der NSA heruntergeladen hatte. Aber sosehr sie sich auch bemühte, es wollte ihr nicht gelingen, und eigentlich hatte sie das auch nicht erwartet. Es handelte sich um ein überaus ausgeklügeltes RSA-Kryptosystem. Ein RSA – benannt nach den Erfindern Rivest, Shamir und Adleman – bestand aus einem Schlüsselpaar, einem öffentlichen und einem privaten, und basierte auf der eulerschen Phi-Funktion und Fermats kleinem Satz, vor allem aber auf der simplen Tatsache, dass zwei größere Primzahlen leicht miteinander multipliziert werden können. Es macht Pling, und schon spuckt der Rechner das Ergebnis aus. Diesen Weg jedoch rückwärts zu gehen und herauszufinden, aus welchen Primzahlen das Produkt bestand, war nahezu unmöglich. In Primfaktorzerlegung waren Computer bislang nicht besonders gut, und darüber hatten sowohl Lisbeth als auch die Geheimdienste dieser Welt schon oft geflucht.

Normalerweise galt das Zahlfaktorsieb als die erfolgreichste Methode. Allerdings war Lisbeth schon seit einigen Jahren der Ansicht, dass die Elliptische-Kurven-Kryptografie zu besseren Ergebnissen führte. Deshalb hatte sie in endlosen Nächten ein entsprechendes Faktorisierungsprogramm entwickelt. In diesen frühen Morgenstunden wurde ihr jedoch klar, dass sie es weiter würde präzisieren müssen, um dem

Durchbruch auch nur ansatzweise näherzukommen, und nach drei weiteren Arbeitsstunden legte sie eine Pause ein, ging in die Küche, nahm ein paar Schlucke Orangensaft direkt aus dem Tetrapak und aß zwei aufgewärmte Piroggen.

Anschließend setzte sie sich wieder an ihren Computer und hackte sich in Mikael Blomkvists Laptop, um nachzusehen, ob er mittlerweile auf etwas Interessantes gestoßen war.

Er hatte ihr zwei neue Fragen gestellt. Also war er doch kein so hoffnungsloser Fall. *Welcher seiner Assistenten hat Frans Balder verraten?*, hatte er unter anderem geschrieben, und das war eine durchaus berechtigte Frage.

Trotzdem antwortete sie ihm nicht – aber nicht, weil sie sich Sorgen um Arvid Wrange machte. Sie war inzwischen bereits einen Schritt weitergekommen und hatte herausgefunden, wer der hohläugige Exjunkie war, mit dem Wrange Kontakt gehabt hatte. Der Typ nannte sich Bogey, und Trinity aus der Hacker Republic hatte sich daran erinnern können, dass genau dieses Handle vor einigen Jahren auf mehreren Hackerseiten in Erscheinung getreten war. Natürlich musste das nicht unbedingt etwas bedeuten. Bogey war kein einzigartiger oder besonders origineller Alias. Lisbeth hatte seine Einträge jedoch zurückverfolgt und gelesen und das Gefühl gehabt, auf der richtigen Spur zu sein, vor allem weil Bogey in einem schwachen Moment verraten hatte, er habe in Moskau Informatik studiert.

Das Jahr seines Examens oder andere Daten über ihn hatte Lisbeth nicht herausbekommen. Dafür hatte sie aber etwas noch viel Besseres gefunden, nämlich ein paar nerdige Details, wie etwa dass Bogey auf exklusive Uhren stand und auf französische Siebzigerjahrefilme mit dem Gentleman-Dieb Arsène Lupin, obwohl das eigentlich nicht seiner Generation entsprach.

Anschließend hatte Lisbeth auf allen erdenklichen Websites für ehemalige und derzeitige Studenten der Universität

Moskau nachgefragt, ob irgendjemand einen mageren, hohl-
äugigen Exjunkie kannte, der früher einmal Straßenkind und
Meisterdieb gewesen war und sich gerne Arsène-Lupin-Filme
ansah. Es hatte nicht lange gedauert, bis sie eine Antwort
bekam.

»Klingt nach Juri Bogdanow«, schrieb ein Mädchen namens Galina.

Galina zufolge hatte Juri an der Universität einen geradezu legendären Ruf. Nicht nur weil er die Computer sämtlicher Dozenten gehackt und gegen jeden von ihnen irgendein
Druckmittel in der Hand gehabt, sondern auch weil er ständig
irgendwelche Wetten angezettelt hatte: Hundert Rubel, dass
ich es schaffe, in das Haus da drüben einzusteigen.

Wer ihn nicht kannte, hielt das für leicht verdientes Geld.
Aber Juri kam überall hinein. Mit dem Dietrich konnte er
jede Tür öffnen, und wenn es ihm ausnahmsweise mal nicht
gelang, kletterte er Fassaden und Mauern hoch. Er war dafür
bekannt, waghalsig zu sein – und niederträchtig. Einmal hieß
es, er habe einen Hund totgetreten, der ihn bei der Arbeit
gestört hatte, und ständig beklaute er die Leute, meist aus
reiner Boshaftigkeit. Vielleicht, so argwöhnte Galina, sei er
ja Kleptomane. Gleichzeitig habe er aber auch als Hackergenie und analytisches Spitzentalent gegolten, und nach dem
Examen habe ihm die Welt offengestanden. Er wolle seinen
eigenen Weg gehen, hatte er Galina zufolge gesagt. Und natürlich brauchte Lisbeth nicht lange, um herauszufinden, was er
nach dem Studium getrieben hatte – zumindest der offiziellen
Version zufolge.

Wie sich herausstellte, war Juri Bogdanow heute vierund-
dreißig Jahre alt. Er hatte Russland verlassen und wohnte in
der Budapester Straße 8 in Berlin, nicht weit vom Gourmet-
restaurant »Hugos« entfernt. Er leitete eine *White hat*-Firma
namens Outcast Security, die mit ihren sieben Angestellten
im vergangenen Geschäftsjahr zweiundzwanzig Millionen

Euro umgesetzt hatte. Es war geradezu ironisch – wenn vielleicht auch nur logisch –, dass er eine Tarnfirma betrieb, die Industriekonzerne ausgerechnet vor Personen wie ihm beschützen sollte. Seit seinem Examen im Jahr 2009 hatte er sich augenscheinlich nichts mehr zuschulden kommen lassen, und er schien ein beachtliches Netzwerk zu haben. Im Aufsichtsrat von Outcast Security saß unter anderem Iwan Gribanow, der Duma-Abgeordnete und Großaktionär bei Gazprom. Doch darüber hinaus fand Lisbeth nichts über Juri Bogdanow heraus, was sie irgendwie weitergebracht hätte.

Mikael Blomkvist hatte ihr noch eine zweite Frage gestellt.

Odens Kinder- und Jugendstation am Sveavägen – ist man dort sicher?

Warum er sich für diese Einrichtung interessierte, erklärte er nicht. Aber sie kannte Mikael Blomkvist gut genug, um zu wissen, dass er nicht irgendwelche willkürlichen Fragen stellte, und normalerweise war er auch ein Mann der klaren Worte.

Wenn er sich derart kryptisch ausdrückte, dann gab es dafür einen Grund, und wenn er schrieb, dass er den Satz wieder löschen wollte, handelte es sich eindeutig um sensible Informationen. Irgendetwas an dieser Einrichtung musste folglich von Bedeutung sein, und im Nu hatte Lisbeth herausgefunden, dass gegen das Oden diverse Anzeigen vorlagen. Kinder waren vernachlässigt oder schlichtweg vergessen worden und hatten sich selbst Schaden zugefügt. Die private Einrichtung wurde von Torkel Lindén und seiner Firma Care Me betrieben, und wenn man früheren Angestellten Glauben schenkte, war Lindéns Führungsstil autoritär, er duldete keinen Widerspruch, und weil nur die allernötigsten Anschaffungen getätigt wurden, war seine Gewinnspanne enorm.

Torkel Lindén war ein ehemaliger Spitzenturner, unter anderem schwedischer Meister am Reck. Außerdem war er ein leidenschaftlicher Jäger und Mitglied der Freunde Christi, die eine reaktionäre Haltung gegenüber Homosexuellen vertraten. Lisbeth besuchte die Seiten des schwedischen Jagdverbands und der Freunde Christi, um zu sehen, ob irgendeine interessante Veranstaltung bevorstand. Anschließend schickte sie Torkel Lindén zwei falsche, aber äußerst zuvorkommende Einladungsmails, die aussahen, als wären sie von den jeweiligen Organisationen verschickt worden. Beiden E-Mails waren PDF-Dateien angehängt, die eine raffinierte Spyware enthielten. Sobald Torkel Lindén sie öffnete, würde das Programm automatisch aktiviert.

Um 8 Uhr 23 hatte sie sich schließlich Zugang zum Server von Oden verschafft und machte sich umgehend an die Arbeit, und ihr Verdacht bestätigte sich: August Balder war am gestrigen Nachmittag dort aufgenommen worden. In seiner Krankenakte stand unter einer Schilderung der tragischen Hintergründe:

Infantiler Autismus, kognitiv beeinträchtigt. Wirkt unruhig und durch den Tod des Vaters schwer traumatisiert. Engmaschige Beobachtung erforderlich. Ist im Umgang schwer einschätzbar. Puzzle zur Beschäftigung. Darf nicht zeichnen! Neigt zu zwanghaften Handlungen und destruktivem Verhalten. Beschluss des Psychologen Forsberg bestätigt durch TL.

Darunter hatte man, offenbar etwas später, hinzugefügt:

Prof. Charles Edelman, Komm. Bublanski und Krim.insp. Modig werden den Jungen am Mittwoch, den 22. November, um 10 Uhr besuchen. TL anwesend. Zeichnen nur unter Aufsicht.

Und weiter unten war zu lesen:

Treffpunkt geändert. Der Junge wird von TL und Prof. Edelman zur Mutter Hanna Balder in die Torsgatan begleitet, wo Bublanski und Modig dazustoßen. Zugrunde liegt die Einschätzung, der Junge könne in seiner heimischen Umgebung besser zeichnen.

Lisbeth machte sich kurz über Professor Charles Edelman schlau, und als sie sein Fachgebiet sah, verstand sie den Zusammenhang sofort. Offenbar ging es um eine Art Zeugenaussage auf Papier. Warum sonst sollten Bublanski und Sonja Modig an den Zeichenkünsten des Jungen interessiert sein? Und warum hatte Mikael Blomkvist seine Frage derart vorsichtig formuliert?

Es durfte auf keinen Fall etwas nach außen dringen. Der Täter durfte nicht erfahren, dass der Junge ihn möglicherweise zeichnen würde.

Sicherheitshalber überprüfte Lisbeth, wie vorsichtig Torkel Lindén in seiner Korrespondenz gewesen war. Zum Glück gab es in dieser Hinsicht nichts zu beanstanden: nirgends eine Notiz über den Jungen und seine Zeichnungen. Allerdings hatte er am gestrigen Abend um 23 Uhr 10 eine E-Mail von Charles Edelman erhalten, in der Sonja Modig und Jan Bublanski in Kopie gesetzt gewesen waren. Offenbar war der Treffpunkt auf diese Nachricht hin geändert worden. Charles Edelman hatte geschrieben:

Sehr geehrter Herr Lindén,
es ist sehr freundlich von Ihnen, mich in Ihrer Einrichtung zu empfangen. Das weiß ich wirklich zu schätzen. Dennoch fürchte ich, Ihnen weitere Umstände bereiten zu müssen. Nach meiner Einschätzung haben wir die besten Chancen, ein gutes Ergebnis zu erzielen, wenn wir den Jungen in

einer Umgebung zeichnen lassen, in der er sich sicher und geborgen fühlt. Damit will ich natürlich in keiner Weise Ihre Institution kritisieren, über die ich schon viel Gutes gehört habe.

Einen Scheiß hast du, dachte Lisbeth und las weiter.

Aus diesem Grund würde ich vorschlagen, dass wir den Jungen morgen Vormittag zu seiner Mutter Hanna Balder in die Torsgatan bringen. Grund hierfür ist die in der Forschung belegte Annahme, die Gegenwart der Mutter habe einen positiven Einfluss auf Kinder mit Inselbegabungen. Wenn Sie und der Junge um 9 Uhr 15 vor dem Hauseingang am Sveavägen warten, kann ich Sie dorthin mitnehmen. Dann haben wir vorab auch die Gelegenheit, uns ein wenig auszutauschen, unter Kollegen.
Mit freundlichem Gruß
Charles Edelman

Um 7 Uhr 01 und um 7 Uhr 14 hatten Jan Bublanski beziehungsweise Sonja Modig auf die E-Mail geantwortet. Es gebe gute Gründe, auf Edelmans Expertise zu vertrauen und seinem Rat zu folgen, schrieben sie. Torkel Lindén hatte gerade erst – um 7 Uhr 57 – bestätigt, dass er mit dem Jungen vor der Haustür auf Charles Edelman warten werde.

Lisbeth Salander runzelte die Stirn. Dann ging sie in die Küche, holte sich ein paar Scheiben alten Zwieback aus dem Schrank und sah nachdenklich auf den Slussen und den Riddarfjärden hinaus.

Der Treffpunkt hatte sich also geändert.

Statt in der Einrichtung zu zeichnen, sollte der Junge in die Wohnung seiner Mutter gebracht werden. Das hätte einen *positiven Einfluss,* hatte Edelman geschrieben – *die Gegenwart der Mutter habe einen positiven Einfluss.* Irgendetwas an diesem Satz gefiel Lisbeth nicht. Klang er nicht ein wenig gestelzt? Und der Satzanfang war noch schlimmer:

Grund hierfür ist die in der Forschung belegte Annahme…

Das klang altmodisch und umständlich, und natürlich schrieben viele Akademiker erbärmlich, und sie wusste auch nichts darüber, wie Charles Edelman sich für gewöhnlich ausdrückte. Aber musste einer der weltweit führenden Neurologen wirklich darauf hinweisen, dass irgendetwas in der Forschung belegt war? Würde jemand wie er nicht selbstsicherer auftreten?

Lisbeth ging zu ihrem Computer und überflog einige von Edelmans Aufsätzen. Dem Anschein nach ließ sich selbst in den sachlichsten Abschnitten ein alberner Hauch von Eitelkeit erahnen. Aber sprachlich ungelenk oder psychologisch plump war Edelman nicht, im Gegenteil, er wirkte scharfsinnig, und als sie sich wieder der E-Mail widmete und den SMTP-Server überprüfte, von dem sie verschickt worden war, stutzte sie. Der Server hieß »Birdino« und war ihr kein Begriff, und das durfte eigentlich nicht sein. Sie schickte eine Reihe von Anfragen dorthin, um zu verstehen, was sich dahinter verbarg, und im nächsten Augenblick hatte sie es schwarz auf weiß. Es war ein Mail-Relay-Server, von dem jedweder Absender E-Mails von jeder x-beliebigen Adresse verschicken konnte.

Die E-Mail von Edelman war mit anderen Worten gefälscht. Dass Bublanski und Modig sie augenscheinlich zur Kenntnis bekommen hatten, diente lediglich der Verschleierung. Die E-Mail hatte beide nie erreicht, und deshalb brauchte sie es auch gar nicht erst zu überprüfen, sondern wusste sofort: Die Antworten der Ermittler und ihre Zustimmung zum veränderten Plan waren ebenfalls Bluff. Und was das hieß, war nur zu klar: Es bedeutete nicht nur, dass jemand so getan hatte, als wäre er Edelman, sondern auch, dass es irgendwo eine undichte Stelle gab. Vor allem aber wollte jemand den Jungen auf den Sveavägen hinauslocken. Jemand wollte, dass er schutzlos auf der Straße stand, um… Ja, was? Um ihn zu kidnappen oder aus dem Weg zu räumen?

Lisbeth sah auf die Uhr. Es war schon fünf vor neun. In nur zwanzig Minuten würden sich Torkel Lindén und August Balder nach draußen begeben und auf jemanden warten, der unter Garantie nicht Charles Edelman war – und ganz gewiss auch nicht in freundlicher Absicht kam. Was sollte sie tun?

Die Polizei alarmieren? Davon hielt Lisbeth nicht viel. Schon gar nicht, solange die Gefahr bestand, dass Informationen durchsickerten. Sie ging auf die Homepage des Oden und versuchte, dort Torkel Lindéns Telefonnummer ausfindig zu machen. Sie landete am Empfang. Lindén sei gerade in einer Besprechung. Daraufhin versuchte sie es auf seiner Handynummer, aber dort sprang nur die Mailbox an, und sie fluchte und schrieb ihm sowohl eine SMS als auch eine E-Mail: Er solle ja nicht mit dem Jungen auf die Straße gehen, unter keinen Umständen. Sie unterschrieb mit Wasp, weil ihr nichts Besseres einfiel.

Dann warf sie sich ihre Lederjacke über und rannte hinaus, machte jedoch prompt wieder kehrt, lief in ihre Wohnung zurück und packte ihren Laptop mit der verschlüsselten Datei und ihre Pistole, eine Beretta 92, in ihre schwarze Sporttasche. Dann hetzte sie wieder hinaus und überlegte kurz, ob sie ihren BMW M6 Convertible nehmen sollte, der in der Garage Staub ansetzte, beschloss dann aber, ein Taxi zu rufen, weil das vermutlich schneller gehen würde. Doch sie bereute es sofort. Das Taxi ließ auf sich warten, und als es endlich kam, stellte sich heraus, dass der Berufsverkehr immer noch in vollem Gange war.

Die Autos krochen dahin. Die Centralbron war komplett verstopft. Ob es einen Unfall gegeben hatte? Es ging nur schleichend vorwärts – während die Minuten dahinrasten. Es wurde fünf nach neun. Zehn nach. Die Zeit wurde immer knapper. Schlimmstenfalls war es bereits zu spät. Denn am wahrscheinlichsten war ja, dass Torkel Lindén und der Junge schon ein bisschen früher auf den Sveavägen getreten waren und es dem potenziellen Täter bereits gelungen war, sie anzugreifen.

Sie wählte erneut Lindéns Nummer. Jetzt ertönte ein Freizeichen, aber es meldete sich niemand, und sie fluchte erneut und dachte an Mikael Blomkvist. Sie hatte schon seit Ewigkeiten nicht mehr mit ihm gesprochen, aber jetzt rief sie ihn an, und er meldete sich mürrisch. Erst als er verstand, dass sie es war, wurde er munter.

»Lisbeth, bist du das?«

»Halt die Klappe und hör mir zu.«

Mikael stand in der Redaktion in der Götgatan und hatte miese Laune, was nicht nur damit zusammenhing, dass er schon wieder schlecht geschlafen hatte. Es lag auch an TT. Ausgerechnet die seriöse, sonst so zurückhaltende Nachrichtenagentur hatte eine Meldung verbreitet, in der kurz gesagt behauptet wurde, Mikael sabotiere die Ermittlungen im Mordfall Balder, indem er entscheidende Informationen zurückhalte, die er in *Millennium* zu veröffentlichen gedenke.

Angeblich verfolgte er damit das Ziel, die Zeitschrift vor dem finanziellen Ruin zu retten und seinen »beschädigten Ruf« wiederherzustellen. Mikael hatte gewusst, dass ein solcher Artikel in Planung war. Noch am Vorabend hatte er ein längeres Gespräch mit dem TT-Redakteur Harald Wallin geführt, aber er hatte sich nicht vorstellen können, dass das Ergebnis so verheerend ausfallen würde, insbesondere da es nur idiotische Andeutungen und haltlose Vorwürfe enthielt.

Nichtsdestotrotz war es Harald Wallin gelungen, einen nahezu sachlich und glaubwürdig klingenden Text zusammenzuschustern. Offenbar hatte der Kerl gute Quellen innerhalb des Serner-Konzerns und bei der Polizei. Zwar lautete die Überschrift vergleichsweise harmlos: »Staatsanwaltschaft kritisiert Blomkvist«, und Mikael wurde verhältnismäßig viel Platz eingeräumt, um zu den Anschuldigungen Stellung zu nehmen. Und wenn es bei der TT-Meldung geblieben wäre, hätte sich der Schaden auch in Grenzen gehalten. Aber derjenige seiner Feinde, der diese Geschichte platziert hatte, hatte offenbar um die Dynamik in der Nachrichtenwelt gewusst. Wenn ein so seriöses Medium wie TT eine Meldung dieser Art publizierte, war es für die anderen nicht bloß legitim, auf den Zug aufzuspringen. Dann war es sogar geboten, härtere Saiten aufzuziehen. Wenn TT fauchte, durfte die Boulevardpresse brüllen und lärmen. Das war ein journalistisches Grundprinzip, und deshalb war Mikael Blomkvist an diesem Morgen prompt zu Internetschlagzeilen erwacht wie »Blomkvist sabotiert Mordermittlung« und »Blomkvist lässt Mörder laufen, um sein Magazin zu retten«. Ein Kommentator namens Gustav Lund, der wetterte, er sei die Heuchelei satt, schrieb sogar in seiner Einleitung: »Ausgerechnet Mikael Blomkvist, der sich immer ein bisschen feiner gibt als wir anderen, hat sich jetzt als der größte Zyniker von allen erwiesen.«

»Wir können nur hoffen, dass sie uns jetzt nicht mit juristischen Maßnahmen drohen«, sagte Layouter und *Millennium*-Teilhaber Christer Malm, der neben Mikael stand und nervös Kaugummi kaute.

»Wir müssen hoffen, dass sie nicht auch noch die Marine zur Verstärkung rufen«, antwortete Mikael.

»Was?«

»Sollte ein Scherz sein. Das ist doch alles aus der Luft gegriffen.«

»Natürlich. Aber mir gefällt diese Stimmungsmache nicht.«

»Die gefällt niemandem. Aber wir können nichts anderes tun, als die Zähne zusammenzubeißen und ganz normal weiterzuarbeiten.«

»Dein Handy vibriert.«

»Das macht es schon die ganze Zeit.«

»Wäre es nicht klüger ranzugehen, damit sie sich nicht noch mehr Blödsinn ausdenken?«

»Ja, ja«, brummelte Mikael Blomkvist, nahm den Anruf entgegen und meldete sich ziemlich unfreundlich.

Am anderen Ende war eine junge Frau. Er glaubte die Stimme zu kennen, aber weil er mit etwas ganz anderem gerechnet hatte, konnte er sie zunächst nicht einordnen.

»Wer ist da?«, fragte er.

»Salander«, antwortete die Stimme, und da breitete sich ein Lächeln auf seinem Gesicht aus.

»Lisbeth, bist du das?«

»Halt die Klappe und hör mir zu«, sagte sie, und er gehorchte.

Der Stau löste sich allmählich auf, und der Taxifahrer, ein junger Iraker namens Ahmed, der den Krieg aus nächster Nähe erlebt und sowohl seine Mutter als auch seine beiden Brüder bei einem Terroranschlag verloren hatte, war inzwischen auf den Sveavägen eingebogen und fuhr rechts am Konserthuset vorbei. Lisbeth, die es rasend machte, derart tatenlos durch die Gegend kutschiert zu werden, schickte Torkel Lindén eine weitere SMS und versuchte, jemanden vom Personal des Oden zu erreichen, um ihn zu warnen, doch nirgends kam sie durch, und sie fluchte ein drittes Mal laut und hoffte inständig, dass Mikael mehr Erfolg hätte.

»Ist Eile angesagt?«, fragte Ahmed vorne auf dem Fahrersitz.

»Ja«, antwortete sie und lächelte unwillkürlich, als er prompt über eine rote Ampel raste.

Anschließend konzentrierte sie sich nur noch auf die letzten Meter, die vor ihnen lagen. Ein Stück entfernt konnte sie linker Hand bereits die Handelshochschule und die Stadtbibliothek erahnen. Jetzt war es nicht mehr weit. Sie hielt nach den Hausnummern auf der rechten Seite Ausschau, und jetzt sah sie die Adresse – und zum Glück lag dort noch niemand tot am Boden. Es war ein ganz normaler, düsterer Novembertag, und die Menschen waren auf dem Weg zur Arbeit. Aber…

Lisbeth warf Ahmed achtlos ein paar Hundertkronenscheine hin und starrte zu der niedrigen, grün gesprenkelten Mauer auf der anderen Straßenseite hinüber.

Dort stand ein kräftiger Mann mit Mütze und dunkler Sonnenbrille und konzentrierte sich auf den Hauseingang direkt gegenüber. Irgendetwas stimmte nicht mit seiner Körperhaltung. Seine rechte Hand war im Jackenaufschlag verborgen, doch es sah aus, als wäre der Arm angespannt, wie in Bereitschaft, und als Lisbeth erneut zum Hauseingang sah, öffnete sich dort die Tür.

Sie schob sich langsam auf, als wäre sie höllisch schwer oder als zögerte derjenige, der dahinterstand, und Lisbeth schrie Ahmed zu, er müsse sofort bremsen. Dann sprang sie, noch ehe das Taxi zum Stehen gekommen war, hinaus, während der Mann auf der anderen Straßenseite die rechte Hand hob und eine Pistole mit Zielfernrohr auf die langsam aufgleitende Tür richtete.

17. KAPITEL

22. November

Dem Mann, der sich Jan Holtser nannte, gefiel die Situation nicht. Der Platz war zu offen, und es war die falsche Tageszeit. Zu viele Menschen waren unterwegs, und obwohl er sich so gut wie möglich verkleidet hatte, bereiteten ihm das Tageslicht und die Flaneure hinter ihm im Park riesiges Unbehagen. Mehr denn je war ihm bewusst, wie sehr er es hasste, Kinder zu töten. Aber daran ließ sich nun mal nichts ändern, und in gewisser Weise musste er auch akzeptieren, dass er sich das alles selbst eingebrockt hatte.

Er hatte den Jungen unterschätzt, und jetzt musste er den Fehler wiedergutmachen. Diesmal durfte er sich nicht von seinen Wunschvorstellungen oder Dämonen leiten lassen. Er musste sich auf seinen Auftrag konzentrieren und wieder zu dem Profi werden, der er eigentlich war. Vor allem aber durfte er nicht an Olga denken oder an diesen gläsernen Blick, der ihn in Balders Schlafzimmer getroffen hatte.

Er musste sich auf den Hauseingang auf der anderen Straßenseite konzentrieren und auf die Remington, die er unter seiner Windjacke versteckte und jeden Moment hervorziehen würde. Aber warum tat sich nichts? Sein Mund war völlig ausgetrocknet. Der Wind war schneidend und nasskalt, am

Straßenrand und auf den Bürgersteigen lag Schnee, und ständig eilten Menschen auf dem Weg zur Arbeit an ihm vorbei. Er nahm seine Pistole fester in den Griff und warf einen Blick auf die Uhr.

Es war 9 Uhr 16, gleich 9 Uhr 17. Doch noch immer war niemand in dem Hauseingang dort drüben zu sehen, und er fluchte innerlich: War etwas schiefgegangen? An und für sich hatte er keine andere Garantie als Juris Wort. Normalerweise war das allerdings mehr als ausreichend. Wenn es um Computer ging, konnte Juri zaubern, und gestern Abend hatte er sich sofort an die Arbeit gemacht und seine schwedischen Kontakte um sprachlichen Rat gebeten und Fake-E-Mails geschrieben, während Jan sich in alles andere vertieft hatte: Fotos von der Umgebung, die Wahl der Waffe und die Flucht von dort mit einem Mietwagen, den Dennis Wilton vom Svavelsjö MC unter falschem Namen für sie organisiert hatte und der nun ein paar Hausecken weiter mit Juri am Steuer bereitstand.

Jan ahnte eine Bewegung in seinem Rücken und zuckte zusammen. Doch da war nichts, nur zwei junge Männer, die ein wenig zu dicht an ihm vorbeigegangen waren. Überhaupt schien das Gewimmel um ihn herum zuzunehmen, und auch das gefiel ihm nicht. Die Situation behagte ihm weniger denn je. In der Ferne bellte ein Hund, und es roch nach irgendetwas, vielleicht nach dem Frittierfett von McDonald's. Aber dann ... Endlich kamen im Türspalt auf der anderen Straßenseite ein kleiner Mann im grauen Mantel und neben ihm ein Junge in einer roten Daunenjacke und mit wirrem Haar zum Vorschein. Wie immer bekreuzigte Jan sich mit der linken Hand und legte den Finger auf den Abzug. Doch was war das?

Die Tür ging nicht mehr weiter auf. Der Mann zögerte und blickte auf sein Handy. Komm schon, dachte Jan, mach endlich auf!

Am Ende wurde die Tür tatsächlich weiter aufgeschoben,

und sie traten hinaus. Jan hob die Pistole, fixierte das Gesicht des Jungen im Fernrohr und sah wieder diesen glasigen Blick. Mit einem Mal war er sich sicher. Er wollte diesen Jungen wirklich töten. Er wollte diesen beunruhigenden Blick für immer auslöschen. Doch im selben Moment geschah etwas.

Eine junge Frau schoss aus dem Nichts auf die Tür zu und warf sich über den Jungen, und er schoss – und traf. Jedenfalls hatte er irgendetwas getroffen. Er schoss wieder und wieder – doch der Junge und die Frau hatten sich bereits hinter ein Auto gerollt. Jan Holtser holte tief Luft und sah sich um. Dann stürmte er wie bei einem Kommandoeinsatz quer über die Straße.

Noch einmal wollte er nicht versagen.

Torkel Lindén hatte kein gutes Verhältnis zu Telefonen. Im Gegensatz zu seiner Frau Saga, die bei jedem Anruf erwartungsvoll aufsprang, weil sie sich einen neuen Auftrag oder irgendein anderes schönes Angebot erhoffte, bekam er beim Klingeln eines Telefons immer Beklemmungen. Natürlich hing das mit all den Klagen zusammen.

Die Einrichtung und er standen ständig in der Kritik, und im Grunde lag das in der Natur der Sache. Das Oden war nun einmal eine Kriseneinrichtung, da kochten Gefühle leicht hoch. Insgeheim wusste er aber auch, dass es gute Gründe für die Vorwürfe gab. Er hatte es mit seinen Einsparungen ein bisschen zu weit getrieben, und manchmal würde er am liebsten hinwerfen und die anderen sich selbst überlassen. Hin und wieder bekam er aber auch Lob – zuletzt von keinem Geringeren als von Professor Edelman.

Anfangs war er über den Professor verärgert gewesen. Er mochte es nicht, wenn sich Außenstehende in seine Arbeit einmischten. Nach dessen anerkennenden Worten in der E-Mail war er jedoch versöhnlicher gestimmt, und wer weiß, vielleicht würde Edelman sich ja sogar dafür einsetzen, dass der

Junge noch eine Weile im Oden blieb? Das wäre ein Lichtblick für Torkel Lindén, auch wenn er sich nicht richtig sicher war, warum. Meistens hielt er sich lieber von den Kindern fern.

Doch August Balder hatte etwas Geheimnisvolles an sich, was Lindén faszinierte, und er hatte sich vom ersten Moment an über die Polizei und ihre Forderungen aufgeregt. Er wollte August für sich haben und sich vielleicht ein bisschen von seiner Mystik anstecken lassen oder zumindest herausfinden, was das für endlose Zahlenreihen waren, die der Junge auf die Bärchenzeitschrift im Spielzimmer gekritzelt hatte. Aber das würde nicht leicht werden. August Balder schien jede Form der Annäherung abzulehnen, und jetzt weigerte er sich auch noch, mit auf die Straße zu gehen. Er war wieder einmal furchtbar störrisch, und Torkel musste ihn förmlich hinausschleifen.

»Jetzt komm schon«, brummte er – als sein Handy vibrierte. Irgendjemand versuchte hartnäckig, ihn zu erreichen.

Er hatte keine Lust, den Anruf anzunehmen. Sicher drohte ihm nur wieder Ärger, eine neue Beschwerde. Trotzdem warf er kurz vor der Haustür erneut einen Blick auf das Display. Er hatte mehrere SMS erhalten, von einer unterdrückten Nummer und mit merkwürdigem Inhalt, den er als Scherz oder Verhöhnung auffasste. Er solle nicht hinausgehen, stand dort. Unter keinen Umständen solle er raus auf die Straße gehen.

Die Nachrichten waren vollkommen unbegreiflich, und jetzt schien August auch noch flüchten zu wollen. Torkel packte ihn hart am Arm, öffnete zögernd die Tür und zerrte den Jungen hinaus, und für einen kurzen Moment war alles normal. Menschen liefen vorbei wie jeden Tag, und er wunderte sich erneut über die SMS, aber noch bevor er seine Gedanken zu Ende führen konnte, kam etwas von links an ihm vorbeigeschossen und stürzte sich auf August. Im selben Augenblick hörte er Schüsse.

Torkel Lindén wusste sofort, dass er in Gefahr war. Als er

erschrocken über die Straße blickte, sah er, dass auf der anderen Seite ein Mann stand: groß und durchtrainiert, und jetzt rannte er quer über den Sveavägen direkt auf sie zu. Und was zum Teufel hielt er da in der Hand? War das eine Waffe?

Ohne einen Gedanken an August zu verschwenden, versuchte Torkel Lindén, sich rückwärts durch die Tür zu zwängen, und für einen Moment schien es ihm auch zu gelingen. Doch er sollte nicht in Sicherheit kommen.

Lisbeth hatte instinktiv reagiert und sich über den Jungen geworfen, um ihn zu beschützen. Sie hatte sich verletzt, als sie auf den Bürgersteig gekracht war, zumindest fühlte es sich so an. Ein stechender Schmerz durchzuckte ihre Schulter und Brust. Aber sie hatte keine Zeit, darüber nachzudenken. Sie riss das Kind an sich und suchte mit ihm gemeinsam hinter einem Auto Deckung, und da lagen sie nun und keuchten schwer, während irgendjemand weiter auf sie schoss. Anschließend wurde es still, unheilverkündend still, und als Lisbeth unter dem Auto hindurch über die Straße spähte, sah sie die Beine des Schützen – starke Beine, die in rasender Geschwindigkeit den Sveavägen überquerten, und sie dachte einen Moment darüber nach, die Beretta aus ihrer Tasche zu holen und das Feuer zu erwidern.

Doch das würde ihr kaum rechtzeitig gelingen – dafür … Auf der Straße schlich gerade ein riesiger Volvo vorbei, und sie sprang auf, packte den Jungen, stürmte auf das Auto zu, riss die hintere Tür auf und hechtete mit August unterm Arm hinein.

»Fahr!«, schrie sie und sah im selben Moment, dass Blut auf die Rückbank sickerte. Entweder ihres oder das des Jungen.

Jacob Charro war zweiundzwanzig Jahre alt und stolzer Besitzer eines Volvo XC60, den er mit seinem Vater als Bürgen auf Raten gekauft hatte. Jetzt gerade war er auf dem Weg nach Uppsala, um mit seinen Cousins, seinem Onkel und seiner Tante zu Mittag zu essen, und er freute sich schon darauf. Er konnte es kaum erwarten, ihnen zu erzählen, dass er in die A-Mannschaft von Syrianska aufgerückt war.

Im Radio lief »Wake Me Up« von Avicii, und er trommelte mit den Fingern aufs Lenkrad, während er am Konserthuset und an der Handelshochschule vorbeifuhr. Ein Stück weiter vorne war irgendetwas auf der Straße los. Leute rannten in alle Richtungen. Ein Mann schrie, Autos fuhren plötzlich ruckartig, und deshalb bremste er ab, ohne sich große Sorgen zu machen. Wenn dort ein Unfall passiert wäre, könnte er vielleicht den Retter spielen. Jacob Charro träumte ständig davon, zum Helden zu werden.

Aber dann bekam er plötzlich doch Angst, was vermutlich an dem Mann lag, der von links über die Straße stürmte wie ein angreifender Soldat. Seine Bewegungen wirkten erbarmungslos, und Jacob wollte gerade das Gaspedal durchdrücken, als er einen heftigen Ruck an der hinteren Tür des Autos spürte. Jemand verschaffte sich dort Zutritt – und Jacob brüllte irgendetwas. Aber der Eindringling – eine junge Frau mit einem Kind im Schlepptau – schrie nur zurück: »Fahr!«

Er zögerte einen Moment. Wer waren diese Menschen? Vielleicht wollten sie ihn überfallen und ihm das Auto klauen? Er konnte keinen klaren Gedanken fassen. Die Situation war einfach zu verrückt. Dann wurde er schlagartig zum Handeln gezwungen. Die Heckscheibe zerbarst. Jemand hatte auf sie geschossen – und er gab heftig Gas und jagte mit rasendem Herzen über die rote Ampel auf die Odengatan zu.

»Was soll das?«, schrie er. »Was ist hier los?«

»Schnauze!«, fauchte die Frau zurück. Im Rückspiegel sah er, wie sie den kleinen Jungen mit den großen, erschrockenen Augen schnell und routiniert wie eine Krankenschwester abtastete, und erst da erkannte er, dass dort hinten nicht nur alles voller Glassplitter war, sondern auch voller Blut.

»Ist er getroffen worden?«

»Ich weiß nicht – fahr einfach nur, fahr! Oder nein, bieg links ab... Jetzt!«

»Okay, okay«, sagte er panisch, bog scharf links in den Vanadisvägen ein und raste Richtung Vasastan, während er sich fragte, ob sie verfolgt wurden und ob man sie erneut beschießen würde.

Er duckte sich hinter das Lenkrad und spürte den Windzug von der zersplitterten Scheibe. Verdammt, wo war er da hineingeraten, und wer war diese Frau? Er betrachtete sie im Rückspiegel. Sie war schwarzhaarig und gepierct, ihr Blick war finster, und für einen Moment hatte er das Gefühl, dass er für sie überhaupt nicht existierte. Aber dann murmelte sie etwas vor sich hin, was beinahe fröhlich klang.

»Gute Nachrichten?«, fragte er.

Sie antwortete nicht. Stattdessen zog sie die Lederjacke aus, packte ihr weißes T-Shirt, und dann... was zum Teufel... Mit einem heftigen Ruck riss sie sich den Stoff vom Leib und saß plötzlich mit nacktem Oberkörper da, ohne BH, und eine Sekunde lang starrte er perplex auf ihre Brüste, vor allem aber auf das ganze Blut, das in einem kleinen schwarzen Strom über ihren Bauch und auf die Jeans sickerte.

Sie war irgendwo unterhalb der Schulter getroffen worden, unweit des Herzens, und das T-Shirt wollte sie, wie ihm jetzt klar wurde, als Verband benutzen. Sie wickelte es fest um die Wunde, damit die Blutung gestoppt würde, und anschließend zog sie wieder ihre Lederjacke an. Sie sah martialisch aus, vor allem nachdem jetzt auch ihre Wange und die Stirn blutverschmiert waren, als hätte sie Kriegsbemalung aufgelegt.

»Die gute Nachricht war also, dass du angeschossen wurdest und nicht der Junge«, sagte er.

»So in der Art«, antwortete sie.

»Soll ich dich ins Karolinska fahren?«

»Nein«, antwortete sie.

Lisbeth hatte ein Ein- und Austrittsloch entdeckt. Die Kugel musste geradewegs durch ihre Schulter hindurchgegangen sein. Sie blutete stark, und der Schmerz pulsierte bis hinauf in die Schläfen. Aber sie glaubte nicht, dass eine Schlagader verletzt worden war, sonst wäre es schlimmer gewesen, zumindest hoffte sie das. Sie warf einen Blick über die Schulter. Wahrscheinlich hatte der Mörder irgendein Fluchtfahrzeug in der Nähe geparkt, doch es schien sie niemand zu verfolgen... Mit etwas Glück waren sie schnell genug geflohen.

Sie sah hastig auf den Jungen hinab – August.

Er hatte die Hände vor der Brust verschränkt und wiegte seinen Oberkörper vor und zurück, und Lisbeth war schlagartig klar, dass sie irgendwas unternehmen musste. Sie fegte die Glassplitter von seinen Beinen, und für einen Moment hielt August still. Lisbeth wusste allerdings nicht, ob das ein gutes Zeichen war. Sein Blick war starr und stumpf, und sie nickte ihm zu und versuchte, so zu tun, als hätte sie alles unter Kontrolle. Vermutlich gelang es ihr nicht. Ihr war schlecht und schwindlig, und ihr improvisierter Verband war bereits jetzt blutdurchtränkt. Sie befürchtete, bald das Bewusstsein zu verlieren, und versuchte deshalb, sich so schnell wie möglich einen Plan zurechtzulegen. Eins stand fest: Die Polizei war keine Alternative. Schließlich hatte die den Jungen direkt in die Arme des Täters getrieben und schien die Lage nicht im Griff zu haben. Aber was sollte Lisbeth stattdessen tun?

In diesem Auto konnten sie auf gar keinen Fall weiterfahren. Sie waren am Tatort gesehen worden, und mit seiner defekten Heckscheibe würde der Wagen die Aufmerksamkeit der Leute auf sich ziehen. Sie musste dafür sorgen, dass der Typ sie nach Hause in die Fiskargatan brachte, damit sie ihren BMW nehmen konnten, der auf ihre zweite Identität, Irene Nesser, zugelassen war. Aber wie sollte sie die Kraft aufbringen, selbst zu fahren?

Es ging ihr beschissen.

»Fahr zur Västerbron!«, befahl sie.

»Okay, okay«, sagte der Typ hinterm Steuer.

»Hast du was zu trinken?«

»Eine Flasche Whisky, die ich eigentlich meinem Onkel mitbringen…«

»Gib her«, kommandierte sie und riss ihm die Flasche Grant's aus der Hand. Sie bekam sie nur mit großer Mühe auf, riss die provisorische Bandage ab, goss Whisky auf die Schusswunde und nahm selbst ein paar ordentliche Schlucke aus der Flasche. Sie war kurz davor, August auch etwas anzubieten, als ihr klar wurde, dass dies wohl keine allzu gute Idee gewesen wäre. Kinder tranken keinen Whisky. Nicht einmal Kinder, die unter Schock standen. Ihre Gedanken wurden immer wirrer.

»Zieh dein Hemd aus«, sagte sie zu dem Fahrer.

»Was?«

»Ich brauch was anderes, um mir die Schulter zu verbinden.«

»Okay, aber…«

»Keine Widerrede.«

»Wenn ich euch helfe, muss ich wenigstens wissen, warum auf euch geschossen wurde. Seid ihr Verbrecher?«

»Ich versuche nur, den Jungen hier zu beschützen, mehr nicht. Ein paar Dreckskerle sind hinter ihm her.«

»Und warum?«

»Geht dich nichts an.«

»Also ist er nicht dein Sohn.«

»Nein, ich kenne ihn nicht.«

»Warum hilfst du ihm dann?«

Lisbeth zögerte.

»Wir haben gemeinsame Feinde«, sagte sie schließlich, und da streifte sich der Typ widerwillig und unter einigen Mühen seinen Pullover mit dem V-Ausschnitt über den Kopf, während er mit der linken Hand das Auto lenkte.

Dann knöpfte er sein Hemd auf, zog es aus und reichte es

Lisbeth, die es sich sorgfältig um die Schulter wickelte, während sie erneut zu August hinüberschielte. Er war immer noch merkwürdig reglos und starrte mit unbewegter Miene auf seine schmalen Beine hinab, und Lisbeth fragte sich abermals, was sie tun sollte.

Natürlich konnten sie sich bei ihr zu Hause in der Fiskargatan verstecken. Abgesehen von Mikael Blomkvist kannte niemand die Adresse, und auch in den öffentlichen Melderegistern ließ sich die Wohnung nicht mit ihrem Namen in Verbindung bringen. Aber sie wollte kein unnötiges Risiko eingehen. Es hatte eine Zeit gegeben, in der sie im ganzen Land als Wahnsinnige verschrien gewesen war. Ihr neuer Feind war offenbar geschickt darin, Informationen zutage zu fördern, und es war nicht unwahrscheinlich, dass irgendjemand sie am Sveavägen erkannt hatte. Die Polizei würde bald wieder jeden Stein umdrehen, um sie zu finden. Sie brauchte ein neues Versteck, das mit keiner ihrer Identitäten in Zusammenhang gebracht werden konnte, und dafür brauchte sie Hilfe. Nur von wem? Holger?

Holger Palmgren, ihr ehemaliger Vormund, hatte sich fast gänzlich von seinem Schlaganfall erholt und wohnte jetzt in einer Zweizimmerwohnung am Liljeholmstorget. Holger war der Einzige, der sie wirklich kannte. Er war unerschütterlich loyal und würde alles in seiner Macht Stehende tun, um ihr zu helfen. Gleichzeitig war er aber auch alt und ängstlich, und sie wollte ihn nicht ohne Not in Schwierigkeiten bringen.

Dann war da natürlich noch Mikael, an dem es eigentlich nichts auszusetzen gab. Trotzdem scheute sie davor zurück, ihn noch mal zu kontaktieren – vielleicht gerade weil es an ihm nichts auszusetzen gab. Er war viel zu gutherzig und korrekt und all das. Aber ... das konnte man ihm schließlich nicht vorwerfen. Jedenfalls nicht sehr. Sie rief ihn an. Er meldete sich nach dem ersten Freizeichen und klang erleichtert.

»Hallo! Gut, deine Stimme zu hören! Was ist passiert?«

»Kann ich jetzt nicht erzählen.«

»Sie sagen, ihr seid angeschossen worden. Hier sind Blut-flecken…«

»Dem Jungen geht es gut.«

»Und dir?«

»Okay.«

»Also bist du getroffen worden.«

»Warte kurz, Blomkvist…«

Sie waren mittlerweile an der Västerbron angekommen.

»Fahr da bei der Bushaltestelle rechts ran.«

»Wollt ihr aussteigen?«

»Du musst aussteigen. Gib mir dein Telefon und warte draußen, während ich weiterrede. Verstanden?«

»Ja, ja.«

Er sah sie verwirrt an, gab ihr aber sein Handy. Dann bremste er und stieg aus. Lisbeth nahm ihr Telefon wieder ans Ohr.

»Was ist denn da los?«, fragte Mikael.

»Kümmer dich nicht darum«, sagte sie. »Ich möchte, dass du ab sofort immer ein Android-Handy dabeihast, ein Samsung zum Beispiel. Irgendeins werdet ihr doch wohl in der Redaktion haben?«

»Ja, ich glaube, es gibt ein paar…«

»Gut. Dann geh sofort auf Google Play und lad dir eine RedPhone-App und eine Threema-App für SMS herunter. Wir müssen abhörsicher kommunizieren können.«

»Okay.«

»Wenn mich nicht alles täuscht, kriegst du das nicht alleine hin. Die Person, die dir dabei hilft, muss Stillschweigen bewahren. Da darf es keine Schwachstellen geben.«

»Natürlich.«

»Außerdem… darf das Telefon nur im Notfall benutzt werden. Davon abgesehen muss unsere Kommunikation ab sofort über einen speziellen Link auf deinem Computer laufen.

Deshalb will ich, dass du oder derjenige, der dir hilft, auf www.pgpi.org geht und ein Verschlüsselungsprogramm für E-Mails runterlädt. Das müsst ihr gleich als Erstes machen – und dann müsst ihr ein sicheres Versteck für den Jungen und für mich finden, das nicht mit dir oder *Millennium* in Verbindung gebracht werden kann, und mir die Adresse in einer verschlüsselten Mail schicken.«

»Lisbeth, es ist nicht deine Aufgabe, den Jungen in Sicherheit zu bringen.«

»Ich traue der Polizei nicht.«

»Dann müssen wir jemand anders finden, dem du traust. Der Junge ist Autist und braucht eine spezielle Betreuung, und ich glaube nicht, dass du die Verantwortung für ihn übernehmen solltest, vor allem nicht jetzt, da du verletzt bist...«

»Willst du jetzt Müll reden, oder willst du mir helfen?«

»Natürlich will ich dir helfen.«

»Gut. Dann guck in fünf Minuten in LISBETHS KASTEN nach. Ich schick dir weitere Anweisungen, die du anschließend sofort löschen musst.«

»Lisbeth, hör zu, du musst ins Krankenhaus. Du musst dich behandeln lassen. Ich hör dir an...«

Sie legte auf und rief den jungen Fahrer wieder herein. Dann nahm sie ihren Laptop, hackte sich mithilfe ihres Handys in Mikaels Computer und schrieb eine Anweisung zum Download und zur Installation des Verschlüsselungsprogramms.

Anschließend bat sie den Typen, sie zum Mosebacke torg zu fahren. Das war zwar riskant, aber sie sah keine andere Möglichkeit. Die Stadt draußen verschwamm zusehends vor ihren Augen.

Mikael Blomkvist fluchte vor sich hin. Er stand auf dem Sveavägen unweit der Leiche und der Absperrung, die gerade von den Streifenpolizisten errichtet wurde, die am schnellsten vor Ort gewesen waren. Seit Lisbeth ihn das erste Mal angerufen hatte, war er fieberhaft aktiv gewesen. Er war in ein Taxi gesprungen und hatte alles getan, um zu verhindern, dass der Junge und der Leiter der Einrichtung auf die Straße traten. Doch es war ihm lediglich gelungen, eine andere Angestellte der Odens Kinder- und Jugendstation zu erreichen, Birgitta Lindgren, die sofort ins Treppenhaus gestürmt war, dann aber nur noch hatte mit ansehen können, wie ihr Chef mit einer tödlichen Schussverletzung im Kopf gegen die Haustür gefallen war. Als Mikael zehn Minuten später angekommen war, war Birgitta Lindgren völlig außer sich gewesen. Trotzdem hatten sie und eine Frau namens Ulrika Franzén, die gerade auf dem Weg zum nahe gelegenen Albert-Bonniers-Verlag gewesen war, Mikael den Handlungsverlauf ausführlich schildern können.

Noch ehe sein Telefon geklingelt hatte, hatte Mikael begriffen, dass Lisbeth August Balder das Leben gerettet hatte. Sie war mitsamt dem Jungen in ein vorbeifahrendes Auto gesprungen. Der Fahrer dürfte kaum erfreut darüber gewesen sein, umso weniger, als man ihn daraufhin auch noch beschossen hatte. Vor allem aber hatte Mikael die Blutflecken auf der Straße und dem Bürgersteig gesehen, und obwohl er nach dem Telefonat ein wenig beruhigter war, machte er sich doch große Sorgen. Lisbeth hatte wirklich mitgenommen geklungen, und trotz allem war sie so bockig wie eh und je, was ihn im Grunde wenig erstaunte.

Obwohl sie vermutlich angeschossen worden war, wollte sie den Jungen eigenmächtig in Sicherheit bringen. Im Hinblick auf ihre eigenen Erfahrungen war das nur zu verständlich. Nur sollten er und die Zeitschrift ihr wirklich dabei helfen? So heldenhaft sie auf dem Sveavägen auch gehandelt hatte – streng juristisch gesehen kam die Aktion vermutlich einem Kidnapping gleich, und dabei durfte er ihr nicht helfen. Sie hatten ohnehin schon genug Ärger mit den Medien und dem Staatsanwalt.

Trotzdem war es immer noch Lisbeth – und er hatte es ihr versprochen. Es war klar, dass er ihr helfen musste, auch wenn Erika durchdrehen würde und alles Mögliche passieren könnte, und deshalb holte er tief Luft und nahm sein Handy zur Hand. Aber er kam nicht einmal dazu, eine Nummer zu wählen, denn schon im nächsten Augenblick rief eine vertraute Stimme nach ihm. Jan Bublanski. Er rannte in einem völlig aufgelösten Zustand über den Bürgersteig. Neben ihm her liefen Kriminalinspektorin Sonja Modig und ein großer, sportlicher Mann Mitte fünfzig, bei dem es sich um den von Lisbeth erwähnten Professor handeln musste.

»Wo ist der Junge?«, keuchte Bublanski.

»Er ist in einem roten Volvo Richtung Norden verschwunden. Jemand hat ihn gerettet.«

»Wer?«

»Ich werde Ihnen erzählen, was ich weiß«, sagte Mikael und wusste in diesem Moment ganz und gar nicht, was er erzählen durfte oder sollte, »aber erst muss ich noch telefonieren.«

»Nein, erst müssen Sie mit uns reden! Wir müssen eine landesweite Fahndung einleiten!«

»Reden Sie mit der Frau da drüben. Ulrika Franzén heißt sie. Sie weiß mehr. Sie hat alles gesehen und kann sogar den Täter beschreiben. Ich bin erst zehn Minuten später angekommen.«

»Und der Mann, der den Jungen gerettet hat?«

»Die Frau. Von ihr kann Ulrika Franzén ebenfalls eine Beschreibung abgeben. Aber jetzt müssen Sie mich entschuldigen ...«

»Wie kommt es, dass Sie wussten, was passieren würde?«, fauchte Sonja Modig unerwartet wütend. »Im Radio heißt es, Sie hätten in der Notrufzentrale angerufen, noch bevor die ersten Schüsse fielen.«

»Ich habe einen Tipp bekommen.«

»Von wem?«

Mikael holte tief Luft und sah Sonja Modig unverwandt in die Augen.

»Egal was für ein Dreck heute über mich in den Zeitungen steht: Ich möchte, so gut ich kann, mit Ihnen zusammenarbeiten.«

»Ich habe Ihnen immer vertraut. Aber jetzt bin ich zum ersten Mal an einem Punkt, wo ich ins Zweifeln komme.«

»Okay, das respektiere ich. Aber dann müssen Sie auch respektieren, dass ich Ihnen ebenfalls nicht vertraue. Es gibt eine undichte Stelle bei Ihnen, das haben Sie sicher schon bemerkt. Sonst wäre diese Sache nicht passiert«, sagte er und zeigte auf Torkel Lindéns leblosen Körper.

»Das stimmt. Und das ist schrecklich«, warf Bublanski ein.

»Na dann. Jetzt muss ich wie gesagt telefonieren«, sagte Mikael und entfernte sich ein Stück, damit er ungestört sprechen konnte.

Doch diesen Anruf würde er nicht mehr tätigen. Schlagartig war ihm klar geworden, dass es jetzt wohl an der Zeit war, ein Sicherheitsbewusstsein zu entwickeln. Er teilte Bublanski und Modig mit, dass er leider sofort in die Redaktion müsse, ihnen aber selbstverständlich jederzeit zur Verfügung stehe. Zu seiner Verwunderung packte Sonja Modig ihn am Arm.

»Erst erzählen Sie uns, wie Sie wissen konnten, dass so etwas passieren würde«, sagte sie scharf.

»Da muss ich mich leider auf den Quellenschutz berufen«, antwortete Mikael und lächelte gequält.

Anschließend winkte er ein Taxi herbei und fuhr, tief in Gedanken versunken, zur Redaktion. Für komplexere EDV-Lösungen hatte *Millennium* schon seit geraumer Zeit die Beraterfirma Tech Source engagiert, ein Team aus jungen Frauen, die ihnen in der Regel schnell und effektiv zu Hilfe kamen, aber die wollte er nicht in den Fall hineinziehen. Auch Christer Malm wollte er nicht um Rat bitten, obwohl er sich innerhalb der Redaktion am besten mit EDV-Kram auskannte. Stattdessen kam ihm Andrei in den Sinn. Andrei hatte bereits Einblick in den Fall und war halbwegs geschickt im Umgang mit Computern. Mikael beschloss, ihn zu fragen, und ermahnte sich selbst, dass er für Andreis Festanstellung kämpfen würde, sobald Erika und er aus diesem ganzen Schlamassel wieder raus wären.

Erikas Morgen war schon vor den Schüssen am Sveavägen ein Albtraum gewesen, und das lag natürlich an der verdammten TT-Meldung, die wie eine Fortsetzung der früheren Hetzjagd auf Mikael wirkte. Einmal mehr krochen all die neidzerfressenen, verbitterten Seelen aus ihren Löchern und spuckten Galle über Mail, auf Twitter und in all den Kommentarfeldern im Internet, und diesmal sprang auch der rassistische Pöbel auf den Zug auf, vermutlich weil *Millennium* sich seit Jahren gegen jede Form von Fremdenfeindlichkeit und Rassismus starkgemacht hatte.

Am schlimmsten war, dass all das ihre Arbeit in der Redaktion erschwerte. Die Leute schienen plötzlich weniger gewillt zu sein, Informationen an die Zeitschrift weiterzugeben. Obendrein kursierte das Gerücht, Oberstaatsanwalt Richard Ekström bereite derzeit eine Hausdurchsuchung bei *Millennium* vor. Erika glaubte nicht daran. Eine Hausdurchsuchung bei einer Zeitung war eine heikle Angelegenheit, vor allem vor dem Hintergrund des Quellenschutzes.

Dennoch musste sie Christer Malm recht geben. Die Stimmung war tatsächlich so unbehaglich geworden, dass sogar Juristen und ansonsten grundvernünftige Menschen auf dumme Gedanken kommen konnten, und sie überlegte gerade, welche Gegenmaßnahmen sie ergreifen sollten, als Mikael zur Tür hereinstürmte. Zu ihrem Erstaunen wollte er gar nicht mit ihr reden, sondern marschierte schnurstracks auf Andrei Zander zu und zerrte ihn in ihr Büro, und nach einer Weile ging sie hinterher.

Als sie eintrat, wirkte Andrei angespannt und hoch konzentriert. Sie schnappte die Abkürzung PGP auf. Seit sie einen Kurs über IT-Sicherheit besucht hatte, wusste sie, was das war. Sie sah, wie Andrei sich auf einem Block Notizen machte. Dann ging er, ohne sie auch nur eines Blickes zu würdigen, zu Mikaels Laptop, der draußen in der Redaktion stand.

»Worum ging es gerade?«

Im Flüsterton erzählte er es ihr. Sie nahm die Neuigkeiten nur bedingt gelassen auf. Sie konnte kaum fassen, was geschehen war, und Mikael musste sich mehrfach wiederholen.

»Du willst also, dass ich ein Versteck für sie finde?«, fragte sie.

»Es tut mir leid, dass ich dich da mit reinziehe, Erika«, antwortete er, »aber mir fällt einfach sonst niemand ein, der so viele Leute mit einem Sommerhäuschen kennt wie du.«

»Ich weiß nicht, Mikael, ich weiß wirklich nicht...«

»Wir dürfen sie nicht im Stich lassen, Erika! Lisbeth wurde angeschossen. Die beiden sind in einer verzweifelten Lage.«

»Wenn sie verletzt ist, muss sie ins Krankenhaus.«

»Aber sie weigert sich. Sie will um jeden Preis den Jungen beschützen.«

»Damit er in aller Ruhe den Mörder zeichnen kann.«

»Ja.«

»Das ist eine zu große Verantwortung, Mikael, und ein zu großes Risiko! Wenn den beiden etwas zustößt, fällt das auf uns zurück, und das würde der Zeitschrift endgültig den Hals brechen. Zeugenschutz ist nicht unsere Aufgabe. Das hier ist Sache der Polizei – überleg doch mal, wie viele ermittlungstechnische und psychologische Fragen diese Zeichnungen aufwerfen könnten! Die Sache muss sich anders lösen lassen.«

»Ja, sie ließe sich ganz sicher anders lösen – wenn wir es mit einer anderen Person zu tun hätten als mit Lisbeth Salander.«

»Manchmal habe ich derart die Nase voll davon, dass du sie immer verteidigst.«

»Ich versuche nur, die Situation realistisch einzuschätzen. Die Behörden haben August im Stich gelassen und ihn in Lebensgefahr gebracht, und ich weiß, dass so was Lisbeth rasend macht.«

»Und deshalb müssen wir uns mit dem, was sie tut, abfinden, meinst du?«

»Wir sind leider dazu gezwungen. Sie ist verdammt sauer, und sie ist irgendwo da draußen unterwegs und hat keinen Ort, an den sie gehen kann.«

»Dann bring sie doch nach Sandhamn.«

»Die Verbindung zwischen Lisbeth und mir ist zu offensichtlich. Sobald herauskommt, dass sie es war, werden sie sofort all meine Adressen abklopfen.«

»Na gut.«

»Was heißt das?«

»Ich werde was finden.«

Sie konnte ihre Worte selbst kaum fassen. Aber so war es eben mit Mikael – wenn er sie um etwas bat, konnte sie einfach nicht Nein sagen, und sie wusste, dass es ihm umgekehrt genauso ging. Er hätte alles für sie getan.

»Wunderbar, Ricky. Und wo?«

Sie dachte fieberhaft darüber nach, aber ihr kam einfach keine Idee. In ihrem Kopf herrschte totale Flaute. Kein einziger Name, kein Gesicht tauchte auf, als hätte sie nie ein Kontaktnetzwerk besessen.

»Ich muss darüber nachdenken«, sagte sie.

»Denk schnell und gib die Adresse und die Wegbeschreibung anschließend an Andrei. Er weiß, was zu tun ist.«

Erika musste dringend frische Luft schnappen und ging auf die Götgatan hinaus. Sie spazierte Richtung Medborgarplatsen, während ihr ein Name nach dem anderen durch den Kopf ging, ohne dass ihr auch nur einer davon geeignet erschienen wäre. Es stand zu viel auf dem Spiel, und bei allen, die ihr einfielen, sah sie Fehler und Mängel. Andererseits wollte sie diejenigen, auf die sie sich hundertprozentig verlassen konnte, nicht mit der Frage belasten, vielleicht weil sie sich selbst dadurch belastet fühlte. Dann wieder... Es ging um einen kleinen Jungen, auf den man geschossen hatte, und sie hatte es versprochen. Sie musste eine Lösung finden.

In der Ferne waren die Sirenen eines Polizeiwagens zu hören, und sie sah hinüber zum Park, zu der U-Bahn-Haltestelle und zur Moschee auf der Anhöhe. Ein junger Mann ging an ihr vorbei und steckte hastig ein paar Dokumente ein, als müsste er sie geheim halten, und da plötzlich... Gabriella Grane. Zunächst wunderte sie sich über ihren Geistesblitz. Gabriella war keine enge Freundin, und sie arbeitete bei einer Behörde, die von ihren Mitarbeitern unbedingte Gesetzestreue verlangte. Schon indem sie Erikas Vorschlag überdachte, würde sie ihre Arbeitsstelle gefährden, trotzdem... Der Gedanke ließ Erika nicht mehr los.

Gabriella war eine äußerst integre und verantwortungsvolle Person. Außerdem hatte sich Erika eine Erinnerung aufgedrängt. Es war im Sommer gewesen, in der Dämmerung, bei einem Krebsessen in Gabriellas Sommerhaus auf Ingarö. Gabriella und sie hatten auf einer Hollywoodschaukel auf der Terrasse gesessen und zwischen den Bäumen hindurch aufs Wasser hinausgeblickt.

»Hierher will ich fliehen, wenn die Hyänen mich jagen«, hatte Erika gesagt, ohne genau zu wissen, auf welche Hyänen sie da anspielte, aber vermutlich hatte sie sich damals müde und ausgebrannt gefühlt, und irgendwie war ihr dieses Haus wie der ideale Rückzugsposten vorgekommen.

Es lag auf einem kleinen Hügel und war durch den Hang und die Bäume blickgeschützt, und sie wusste noch genau, dass Gabriella antwortete, sie könne es als Versprechen nehmen: »Wenn die Hyänen angreifen, bist du hier immer willkommen, Erika.« Jetzt hatte sie sich wieder daran erinnert, und sie fragte sich, ob sie Gabriella anrufen sollte.

Vielleicht war es zu frech, sie einfach zu fragen. Aber einen Versuch war es wert, beschloss sie, und deshalb kramte sie ihr Adressbuch hervor und marschierte in die Redaktion zurück und benutzte die verschlüsselte RedPhone-App, die Andrei auch für sie besorgt hatte.

18. KAPITEL

22. November

Gabriella Grane war gerade auf dem Weg zu einer eilig ein-
berufenen Besprechung mit Helena Kraft und ihrer Säpo-
Arbeitsgruppe, bei der es um das Drama im Sveavägen gehen
sollte, als ihr privates Handy summte. Obwohl sie wütend
war – oder vielleicht gerade deshalb –, nahm sie den Anruf
entgegen.

»Ja?«

»Hier ist Erika.«

»Oh, hallo! Du, ich hab leider gerade keine Zeit. Wir hören
uns später!«

»Ich hätte eine…«, hob Erika an, aber da hatte Gabriella
bereits aufgelegt. Sie hatte jetzt keine Zeit für Plaudereien
unter Freundinnen und betrat den Besprechungsraum mit
einer Miene, als wollte sie einen Krieg erklären. Entscheidende Informationen waren nach außen gesickert, und jetzt
war ein zweiter Mensch tot und ein weiterer vermutlich
schwer verletzt, und mehr denn je wollte sie alle dort drinnen zur Hölle jagen. Sie waren derart fahrlässig gewesen und
so darauf erpicht, an neue Informationen zu gelangen, dass
sie den Kopf verloren hatten. Eine halbe Minute lang hörte
sie kaum ein Wort von dem, was die anderen sagten, so sehr

war sie in ihrem Zorn gefangen. Plötzlich aber horchte sie auf.

In der Runde wurde erwähnt, dass Mikael Blomkvist einen Notruf abgesetzt hatte, noch ehe die Schüsse im Sveavägen gefallen waren. Das war in der Tat bemerkenswert, und zudem hatte gerade Erika Berger bei ihr angerufen, die normalerweise nicht einfach so störte, schon gar nicht während der Arbeitszeit. Sollte sie etwas Wichtiges, ja vielleicht sogar Entscheidendes auf dem Herzen gehabt haben? Gabriella stand auf und entschuldigte sich.

»Gabriella, es ist enorm wichtig, dass du jetzt zuhörst«, sagte Helena Kraft ungewohnt scharf.

»Ich muss telefonieren«, erwiderte Gabriella, der es in diesem Augenblick egal war, was die Säpo-Chefin von ihr dachte.

»Und was soll das für ein Telefonat sein?«

»Ein Telefonat«, sagte sie bloß und ließ ihre Kollegen zurück, marschierte in ihr Büro und rief Erika Berger an.

Erika bat Gabriella, gleich wieder aufzulegen und sie stattdessen auf dem Samsung-Telefon anzurufen. Als Erika ihre Freundin wieder an der Strippe hatte, hörte sie sofort, dass etwas anders war. In Gabriellas Stimme schwang nichts von dem sonst so fröhlichen, freundschaftlichen Enthusiasmus mit. Stattdessen klang sie unruhig, als ahnte sie bereits, dass Erika ihr etwas Ernstes zu sagen hatte.

»Hallo«, sagte sie nur. »Ich hab eigentlich immer noch keine Zeit, aber es geht um August Balder, nicht wahr?«

Erika zuckte zusammen.

»Woher weißt du das?«

»Ich arbeite an dem Fall und hab gerade gehört, dass Mikael vorab wusste, was im Sveavägen passieren würde.«

»Ihr habt es also schon erfahren.«

»Ja, und wir würden natürlich zu gern wissen, wie das passieren konnte.«

»Sorry. Da muss ich auf den Quellenschutz verweisen.«

»Okay. Aber was wolltest du vorhin? Warum hast du angerufen?«

Erika schloss die Augen und holte tief Luft. Wie hatte sie nur so naiv sein können?

»Ich fürchte, ich muss mich an jemand anders wenden«, sagte sie. »Ich will dich nicht in einen moralischen Konflikt stürzen.«

»Ich trage gern jeden moralischen Konflikt aus, Erika. Aber ich verkrafte es nicht, wenn du mir etwas verschweigst. Dieser Fall ist für mich wichtiger, als du es dir vorstellen kannst.«

»Ist das so?«

»Ja, so ist es, und Tatsache ist, dass ich ebenfalls vorab einen Tipp bekommen habe. Ich wusste, dass eine ernste Bedrohung gegen Balder vorlag, aber es ist mir nicht gelungen, den Mord zu verhindern, und damit muss ich für den Rest meines Lebens klarkommen. Also komm schon, raus mit der Sprache.«

»Ich fürchte, ich kann nicht, Gabriella. Es tut mir leid. Ich möchte nicht, dass du unseretwegen in Schwierigkeiten gerätst.«

»Ich bin Mikael in jener Nacht in Saltsjöbaden begegnet.«

»Davon hat er gar nichts gesagt.«

»Ich war der Meinung, dass ich nicht gerade davon profitieren würde, wenn ich mich zu erkennen gegeben hätte.«

»Vielleicht gar nicht so dumm.«

»Wir müssen uns in diesem Dilemma gegenseitig helfen.«

»Wohl wahr. Ich kann Mikael bitten, dich später anzurufen. Aber jetzt muss ich mich erst dringend um mein Problem kümmern.«

»Ich weiß genau wie ihr, dass es bei der Polizei eine undichte Stelle gibt. Ich verstehe, dass man in einer solchen Situation besondere Allianzen schmieden muss.«

»Das stimmt. Aber wie gesagt, es tut mir leid. Ich muss jetzt weitermachen …«

»Okay«, sagte Gabriella enttäuscht. »Ich werde so tun, als hätte dieses Gespräch nie stattgefunden. Also, viel Glück!«

»Danke«, erwiderte Erika und suchte weiter in ihrem Adressbuch.

Gedankenverloren kehrte Gabriella in die Besprechung zurück. Was hatte Erika gewollt? Sie verstand es nicht, und trotzdem glaubte sie etwas zu ahnen, was in ihrem Kopf allerdings kein klares Bild ergeben wollte. Kaum hatte sie den Konferenzraum wieder betreten, verstummten die Stimmen, und alle sahen sie an.

»Worum ging es?«, fragte Helena Kraft.

»Nichts, nur ein privates Gespräch.«

»Das du unbedingt annehmen musstest?«

»Das ich unbedingt annehmen musste. Wo waren wir stehen geblieben?«

»Wir sprachen darüber, was am Sveavägen passiert ist, aber wie ich schon betont habe: Bisher sind unsere Informationen nur sehr lückenhaft«, sagte der Abteilungsleiter Ragnar Olofsson. »Die Situation ist nach wie vor chaotisch. Aber es scheint auch, als würden wir unseren Informanten aus Bublanskis Gruppe verlieren. Der Kommissar ist wohl vollkommen paranoid nach allem, was passiert ist.«

»Mit Recht«, warf Gabriella scharf ein.

»Schon … ja, darüber haben wir auch gesprochen. Wir werden natürlich nicht aufgeben, bis wir herausgefunden haben, wie der Schütze wissen konnte, dass der Junge in dieser Einrichtung war und dass er genau in diesem Moment aus der Tür treten würde. Wir werden keinen Aufwand scheuen, das brauche ich wohl kaum zu betonen. Gleichzeitig muss ich aber darauf hinweisen, dass der Hinweis nicht notwendigerweise aus Polizeikreisen stammen muss. Die Information war an verschiedenen Stellen bekannt: in der Einrichtung natürlich, aber auch bei der Mutter und ihrem Lebensgefährten, Lasse Westman – und in der *Millennium*-Redaktion. Eine Hackerattacke können wir natürlich auch nicht ausschließen. Darauf komme ich noch zurück. Aber wenn ihr erlaubt, würde ich erst mit meinem Bericht fortfahren.«

»Natürlich.«

»Wir waren gerade dabei, Mikael Blomkvists Rolle zu diskutieren, und dieser Punkt macht uns Sorgen. Wie kann er von dem Attentat gewusst haben, ehe es überhaupt stattgefunden hat? So wie ich es sehe, muss er eine Quelle haben, die den Kriminellen selbst nahesteht, und in diesem Fall gäbe es keinen Grund, übertriebene Rücksicht auf den Quellenschutz zu nehmen. Wir müssen erfahren, woher er sein Wissen bezieht.«

»Insbesondere jetzt, da er verzweifelt genug zu sein scheint und für eine gute Story wahrscheinlich alles täte«, warf Mårten Nielsen ein.

»Der gute Mårten hat anscheinend auch astreine Quellen. Er liest die Boulevardpresse«, kommentierte Gabriella säuerlich.

»Nicht die Boulevardpresse, meine Liebe. TT! Eine Instanz, der selbst wir von der Säpo ein gewisses Vertrauen entgegenbringen.«

»Es war ein platzierter Verleumdungsartikel, und das weißt du genauso gut wie ich«, konterte Gabriella.

»Aber ich wusste nicht, dass du derart auf Blomkvist abfährst.«

»Idiot!«

»Schluss jetzt«, ging Helena dazwischen. »Was ist denn das hier für ein Kindergarten? Mach weiter, Ragnar. Was wissen wir über den Tathergang?«

»Als Erste waren die Streifenpolizisten Erik Sandström und Tord Landgren vor Ort«, fuhr Ragnar Olofsson fort. »Derzeit beziehe ich meine Informationen von ihnen. Sie waren um Punkt 9 Uhr 24 dort, und zu diesem Zeitpunkt war alles schon vorbei. Torkel Lindén war tot, von einem Schuss in den Kopf getroffen, und der Junge… Tja, was das angeht, sind wir uns nicht ganz sicher. Einige Zeugen sagen aus, er sei ebenfalls getroffen worden. Auf dem Bürgersteig und auf der Straße waren Blutflecken. Aber das ist noch keine gesicherte Erkenntnis. Der Junge verschwand in einem roten Volvo – wir haben zumindest Teile des Kennzeichens und das Fahrzeugmodell. Ich tippe, den Halter des Fahrzeugs haben wir schnell ermittelt.«

Gabriella fiel auf, dass Helena Kraft sich penibel Notizen machte, wie auch schon bei früheren Besprechungen.

»Was genau ist eigentlich passiert?«, fragte sie.

»Nach Aussage zweier Studenten von der Handelshochschule, die auf der anderen Seite des Sveavägen standen, sah es aus wie ein Krieg zwischen zwei verfeindeten kriminellen Banden, die es beide auf den Jungen abgesehen hatten. August Balder.«

»Klingt ziemlich weit hergeholt.«

»Da wäre ich mir nicht so sicher.«

»Und wieso?«, hakte Helena Kraft nach.

»Wir haben es auf beiden Seiten mit Profis zu tun. Der Schütze hat offenbar an der niedrigen grünen Mauer auf der anderen Seite des Sveavägen direkt am Observatorielunden gestanden und den Hauseingang beobachtet. Vieles spricht dafür, dass es derselbe Mann war, der auch Balder erschossen hat. Dabei hat niemand deutlich sein Gesicht gesehen. Möglicherweise war er irgendwie maskiert. Aber er scheint sich mit der gleichen Effektivität und Schnelligkeit bewegt zu haben wie Balders Mörder. Und auf der gegnerischen Seite war diese Frau…«

»Was wissen wir über sie?«

»Nicht viel. Sie trug eine schwarze Lederjacke und dunkle Jeans. Sie war jung, hatte schwarzes Haar, und irgendjemand hat erwähnt, sie sei gepierct gewesen. Ein bisschen rockig oder punkig sah sie aus – und irgendwie explosiv. Sie kam aus dem Nichts angeschossen und hat sich über den Jungen geworfen, um ihn zu beschützen. Sämtliche Zeugen stimmen darin überein, dass es keine normale Fußgängerin war. Die Frau kam herbeigestürmt, als hätte sie dafür trainiert oder eine solche Situation zumindest nicht zum ersten Mal erlebt. Sie hat extrem zielstrebig agiert. Und dann ist da auch noch dieses Auto, der Volvo. Dazu haben wir widersprüchliche Angaben. Einige Zeugen sagen, es habe ausgesehen, als sei es nur zufällig vorbeigekommen, und die Frau und der Junge seien mehr oder weniger während der Fahrt hineingehechtet. Andere – vor allem die beiden Studenten – glauben, das Auto sei Teil der Aktion gewesen. Jedenfalls befürchte ich, dass wir jetzt auch noch eine Entführung am Hals haben.«

»Was sollte denn der Sinn dahinter sein?«

»Das dürft ihr mich nicht fragen.«

»Diese Frau hat den Jungen also nicht nur gerettet, sondern auch gekidnappt«, fasste Gabriella zusammen.

»Sieht ganz so aus, oder? Ansonsten hätte sie sich doch längst bei uns gemeldet.«

»Wie kam sie zum Tatort?«

»Das wissen wir noch nicht. Aber ein Zeuge, der ehemalige Chefredakteur einer Gewerkschaftszeitung, hat ausgesagt, die Frau habe irgendwie bekannt oder berühmt ausgesehen«, fuhr Ragnar Olofsson fort und fügte noch irgendetwas hinzu.

Aber da hörte Gabriella schon nicht mehr hin. Sie war regelrecht erstarrt. Zalatschenkos Tochter, dachte sie. Das muss Zalatschenkos Tochter gewesen sein. Und natürlich wusste sie, dass ihre Schlussfolgerung nicht fair war. »Wie der Vater, so die Tochter« galt hier nicht, im Gegenteil. Die Tochter hasste ihren Vater. Aber Gabriella betrachtete sie nun mal seit Jahren als seine Tochter – seit sie damals über die Zalatschenko-Affäre alles gelesen hatte, was sie finden

konnte, und während Ragnar Olofsson jetzt seinen Spekulationen nachhing, fand sie, dass sich die vielen Details allmählich zu einem stimmigen Bild zusammenfügten. Schon gestern
hatte sie einige Berührungspunkte zwischen dem alten Netzwerk des Vaters und jener Gruppe entdeckt, die sich jetzt Spiders nannte, hatte ihren Verdacht allerdings abgetan, weil sie
geglaubt hatte, es gäbe Grenzen dafür, wie weit die Kompetenzen von Kriminellen reichen konnten. Dass schmuddelige
Rocker in Lederwesten, die am liebsten in Pornos blätterten,
sich urplötzlich auf Spitzentechnologie verlegten, war ihr ein
wenig zu weit hergeholt erschienen. Dennoch war ihr der
Gedanke gekommen, und Gabriella hatte da bereits überlegt,
ob dieses Mädchen, das Linus Brandell dabei geholfen hatte,
die Hackerattacke aufzudecken, möglicherweise Zalatschenkos Tochter gewesen sein mochte. In einem Säpo-Dokument
über die Frau war vermerkt gewesen: »Hacker? Computer-
kompetenz?«, und auch wenn es Fragen gewesen waren, die
eher zufällig aufgetaucht waren, weil Zalatschenkos Tochter ein erstaunlich gutes Zeugnis für ihre Arbeit bei Milton
Security bekommen hatte, stand fest, dass diese Frau viel Zeit
damit verbracht hatte, das Verbrechersyndikat ihres Vaters zu
erforschen.

Am auffälligsten war jedoch, dass es erwiesenermaßen eine
Verbindung zwischen ihr und Mikael Blomkvist gab. Wie
genau die aussah, war unklar, aber Gabriella glaubte kein
bisschen an die bösartigen Spekulationen um Erpressung
oder Sadomaso-Sex. Aber es gab diese Verbindung – und
Mikael Blomkvist wie auch diese Frau, deren Beschreibung
auf Zalatschenkos Tochter durchaus zutraf und die diversen
Zeugen bekannt vorgekommen war, schienen im Voraus über
die Schüsse am Sveavägen Bescheid gewusst zu haben. Und
anschließend hatte auch noch Erika Berger angerufen und
über etwas Wichtiges im Zusammenhang mit der Tat sprechen wollen. Zeigte nicht alles in ein und dieselbe Richtung?

»Ich hab da über eine Sache nachgedacht«, sagte Gabriella womöglich viel zu laut und fiel Ragnar Olofsson ins Wort.

»Ja?«, erwiderte er gereizt.

»Ich habe mich gefragt…«, fuhr sie fort und wollte gerade ihre Theorie darlegen, als ihr etwas bewusst wurde, was sie innehalten ließ.

Im Grunde war es nichts Besonderes. Helena Kraft hatte wieder eifrig mitgeschrieben, was Ragnar Olofsson gesagt hatte, und eigentlich war es doch nur gut, dass die Chefin selbst so aufmerksam war. Aber irgendetwas an dem dienstbeflissenen Kratzen ihres Stifts veranlasste Gabriella zu der Überlegung, ob eine oberste Chefin, deren Aufgabe es schließlich war, die größeren Zusammenhänge zu erkennen, wirklich derart pedantisch auf jedes Detail reagieren sollte. Ohne zu wissen, warum, wurde sie von Unruhe gepackt.

Vielleicht lag es daran, dass sie gerade kurz davor gewesen war, anhand von losen Annahmen eine flüchtige Person zu identifizieren. Vermutlich aber hatte es eher damit zu tun, dass Helena Kraft plötzlich bemerkt hatte, dass sie beobachtet worden war, und beschämt weggesehen hatte, ja vielleicht sogar ein wenig errötet war. In diesem Moment hatte Gabriella beschlossen, ihren Satz nicht zu beenden.

»Oder besser gesagt…«

»Gabriella?«

»Ach, nichts«, sagte sie und hatte plötzlich das dringende Bedürfnis, von hier zu verschwinden. Und obwohl sie wusste, dass es keinen guten Eindruck machen würde, wenn sie jetzt den Besprechungsraum ein zweites Mal verließe, tat sie genau das und marschierte zur Toilette.

Anschließend starrte sie ihr Gesicht im Spiegel an und versuchte zu verstehen, was sie soeben gesehen hatte. War Helena Kraft wirklich errötet und, wenn ja, was hatte das zu bedeuten? Ganz sicher nichts, entschied sie, ganz und gar nichts, und selbst wenn sie in Helenas Gesicht tatsächlich so etwas wie Scham oder Schuld erahnt hatte, konnte es auch um irgendetwas anderes gegangen sein, um irgendeinen peinlichen Gedanken, der ihr durch den Kopf geschossen war. Sie war sich darüber im Klaren, dass sie Helena Kraft im Grunde nicht gut kannte, aber sie glaubte dennoch zu wissen, dass Helena niemals ein Kind in den sicheren Tod schicken würde, um irgendeinen Vorteil daraus zu ziehen. Nein, das war unmöglich.

Gabriella war einfach nur paranoid, ein klassischer, übertrieben ängstlicher Spion, der überall verdeckte Spitzel sah, selbst hinter dem eigenen Spiegelbild. »Dummkopf«, murmelte sie und lächelte sich selbst entnervt zu, als wollte sie den ganzen Blödsinn einfach abtun und wieder in die Realität zurückkehren. Aber damit war es nicht getan. Denn in diesem Moment glaubte sie in ihren Augen eine tiefere Wahrheit zu erkennen.

Sie sah plötzlich, dass sie Helena Kraft sehr ähnlich war. Sie waren beide ehrgeizig und erfolgreich und wünschten sich die Anerkennung ihrer Vorgesetzten, und das war keineswegs nur ein positiver Zug. Wenn man in einer ungesunden Umgebung arbeitete, riskierte man bei einer solchen Veranlagung, selbst krank zu werden. Und wer weiß, vielleicht verleitete der Wunsch, anderen zu gefallen, die Menschen ja genauso oft zu Verbrechen und moralischen Grenzverletzungen wie Tücke oder Gier.

Die Leute wollten sich anpassen, aber sie wollten sich auch beweisen und begingen dafür unbeschreibliche Dummheiten, und plötzlich fragte sie sich, ob es nicht genauso zugegangen war. Zumindest hatte Hans Faste – denn der war wohl ihr Informant in Bublanskis Gruppe – Informationen an sie weitergegeben, weil es nun mal seine Aufgabe war und weil er Pluspunkte bei der Säpo sammeln wollte, und Ragnar Olofsson hatte dafür gesorgt, dass Helena Kraft von jedem noch so kleinen Detail erfuhr, weil sie eben seine Chefin war und

er einen guten Eindruck bei ihr machen wollte, und dann…
tja. Vielleicht hatte dann auch Helena Kraft ihr Wissen wei-
tergetragen, weil sie sich hatte profilieren wollen. Aber bei
wem? Beim Polizeichef, bei der Regierung oder bei irgendeinem ausländischen Geheimdienst, vorzugsweise einem amerikanischen oder britischen, der wiederum…

Gabriella führte den Gedanken nicht weiter und fragte
sich abermals, ob sie nicht einfach nur Gespenster sah. Doch
selbst wenn es so war, wurde sie das Misstrauen gegenüber
ihren Kollegen nicht mehr los. Und sie dachte, dass zwar auch
sie ihr Können unter Beweis stellen wollte, aber nicht notwendigerweise nach Säpo-Art. Sie wollte, dass August Balder
überlebte, und anstelle von Helena Kraft sah sie auf einmal
Erika Berger vor sich, eilte in ihr Büro und nahm ihr Blackphone zur Hand – dasselbe Telefon, das sie auch bei ihren
Gesprächen mit Frans Balder benutzt hatte.

Erika war wieder hinausgegangen, stand vor der Buchhand-
lung auf der Götgatan und fragte sich, ob sie etwas Dummes
getan hatte. Aber Gabriella Grane hatte so geschickt argumentiert, dass Erika keine Chance gehabt hatte, und das war
vermutlich der Nachteil daran, wenn man zu intelligente
Freundinnen hatte. Sie durchschauten einen problemlos.

Gabriella hatte sich nicht nur Erikas Anliegen ausrechnen können. Sie hatte Erika auch davon überzeugt, dass sie
das Versteck niemals verraten würde, ganz gleich wie sehr es
gegen ihre Berufsehre verstieß. Sie habe Schuld auf sich geladen, hatte Gabriella gesagt, und deshalb wolle sie jetzt helfen
und werde ihr per Boten die Schlüssel zu ihrem Sommerhaus
auf Ingarö zukommen lassen und über den kryptierten Link,
den Andrei Zander gemäß Lisbeths Anweisungen eingerichtet
hatte, eine Wegbeschreibung schicken.

Ein Stück weiter brach auf der Götgatan ein Bettler
zusammen, woraufhin die PET-Flaschen aus seinen beiden

Plastiktüten über den Bürgersteig kullerten, und Erika eilte hinüber zu ihm, doch der Mann kam sofort wieder auf die Beine. Er wollte sich nicht helfen lassen. Erika lächelte ihn wehmütig an und setzte ihren Weg zur Redaktion fort.

Als sie ankam, sah Mikael aufgewühlt und aufgerieben aus. Die Haare standen ihm zu Berge, und das Hemd hing aus seiner Hose. Sie hatte ihn schon lange nicht mehr so erschöpft gesehen, und trotzdem machte sie sich keine Sorgen. Wenn seine Augen auf diese Weise strahlten, war er nicht mehr aufzuhalten. Dann war er in eine Phase absoluter Konzentration eingetreten, die so lange nicht enden würde, bis er seiner Story auf den Grund gekommen wäre.

»Hast du ein Versteck gefunden?«, fragte er.

Sie nickte.

»Am besten, du sagst gar nichts darüber. Wir sollten den Kreis derer, die es wissen, möglichst klein halten«, sagte er.

»Klingt vernünftig. Wollen wir trotzdem hoffen, dass es nur eine kurzfristige Lösung ist. Es gefällt mir nicht, dass der Junge in Lisbeths Obhut ist.«

»Vielleicht tun sie sich ja gegenseitig gut, wer weiß.«

»Was hast du der Polizei gesagt?«

»Viel zu wenig.«

»Nicht gerade die günstigste Lage, um etwas zurückzuhalten.«

»Nein, nicht direkt.«

»Vielleicht wäre Lisbeth ja dazu bereit, etwas preiszugeben, damit du ein bisschen Ruhe hast.«

»Ich möchte sie jetzt ungern unter Druck setzen. Ich mache mir Sorgen um sie. Kannst du Andrei bitten, sie zu fragen, ob wir einen Arzt dort hinschicken sollen?«

»Mach ich. Aber du…«

»Ja…«

»Allmählich glaube ich auch, dass sie das Richtige tut«, sagte Erika.

»Woher der plötzliche Sinneswandel?«

»Weil ich ebenfalls so meine Quellen habe. Und das Polizeipräsidium scheint derzeit nicht gerade ein sicherer Ort zu sein«, sagte sie und marschierte entschlossenen Schrittes zu Andrei Zander.

19. KAPITEL

Am Abend des 22. November

Jan Bublanski stand allein in seinem Büro. Hans Faste hatte am Ende zugegeben, dass er die ganze Zeit über die Säpo informiert hatte, und Bublanski hatte ihn, ohne sich seine Verteidigungsrede überhaupt anzuhören, von den Ermittlungen suspendiert. Doch obwohl er damit einen weiteren Beweis dafür erhalten hatte, dass Faste ein illoyaler Karrierist war, konnte Bublanski sich nur schwer vorstellen, dass er auch Informationen an diese Kriminellen weitergegeben hatte. Überhaupt fiel ihm die Vorstellung schwer, dass irgendjemand dazu in der Lage sein könnte.

Gewiss gab es auch bei der Polizei korrupte, verderbte Existenzen. Einen kleinen behinderten Jungen an einen Mörder auszuliefern war allerdings was anderes, und er weigerte sich zu glauben, dass jemand aus der Truppe dazu in der Lage wäre. Vielleicht war die Information auf andere Weise durchgesickert. Sie konnten abgehört oder gehackt worden sein, auch wenn sie in keinem Computer vermerkt hatten, dass August Balder möglicherweise den Täter würde zeichnen können, und erst recht nicht, dass er sich in der Odens Kinder- und Jugendstation befunden hatte. Bublanski hatte versucht, die Säpo-Chefin Helena Kraft zu erreichen, um diesen

Sachverhalt mit ihr zu klären. Doch obwohl er betont hatte, wie wichtig es sei, hatte sie sich nicht zurückgemeldet.

Er hatte auch aufgeregte Anrufe von der schwedischen Außenhandelsstelle und aus dem Wirtschaftsministerium erhalten, und auch wenn niemand es so direkt gesagt hatte, schien ihre Sorge nicht in erster Linie dem Jungen oder dem weiteren Verlauf des Dramas am Sveavägen zu gelten, sondern dem Programm, an dem Frans Balder gearbeitet hatte und das in der Mordnacht offenbar tatsächlich gestohlen worden war.

Obwohl einige der besten Datentechniker der Polizei und drei Informatiker von der Universität Linköping und der Technischen Hochschule in Stockholm im Haus in Saltsjöbaden gewesen waren, hatte man von seiner Entwicklung nicht die geringste Spur gefunden, weder in den Computern noch in seinen Dokumenten.

»Also ist uns jetzt zu allem Überfluss auch noch eine künstliche Intelligenz flöten gegangen«, brummte Bublanski vor sich hin und musste aus irgendeinem Grund an eine alte Rätselaufgabe denken, die sein verschmitzter Cousin Samuel den verwirrten Gleichaltrigen in der Synagoge gestellt hatte – ein Paradoxon: Wenn Gott wirklich allmächtig ist, kann er dann etwas erschaffen, das klüger ist als er selbst?

Jan Bublanski wusste noch, dass dieses Rätsel allenthalben als respektlos und sogar blasphemisch angesehen worden war, denn es war von jener zweideutigen Qualität, bei der die Antwort, ganz gleich was man sagte, immer falsch war. Aber Bublanski wollte sich jetzt nicht weiter in diese Problematik vertiefen. An seiner Tür klopfte es. Es war Sonja Modig, die ihm mit einer gewissen Feierlichkeit ein weiteres Stück Schweizer Orangenschokolade überreichte.

»Danke«, sagte er. »Was gibt's Neues?«

»Wir glauben zu wissen, wie die Täter Torkel Lindén und den Jungen auf die Straße gelockt haben. Sie haben gefälschte

E-Mails in Charles Edelmans und unserem Namen geschrieben und ein Treffen dort draußen vereinbart.«

»So etwas geht also auch?«

»Es ist nicht mal besonders schwer.«

»Unheimlich!«

»Das stimmt. Es gibt uns allerdings immer noch keinen Aufschluss darüber, woher sie wussten, dass der Junge im Oden war, und wie sie erfahren haben, dass wir Professor Charles Edelman zurate ziehen wollten.«

»Ich tippe mal, wir müssen auch unsere eigenen Computer untersuchen lassen.«

»Wird gerade gemacht.«

»Ist es wirklich so weit gekommen, Sonja?«

»Was meinst du?«

»Dass man nichts mehr schreiben oder sagen kann, ohne das Risiko einzugehen, dass man dabei überwacht wird.«

»Ich weiß nicht... Ich hoffe nicht. Draußen wartet übrigens Jacob Charro darauf, von uns befragt zu werden.«

»Wer soll das sein?«

»Ein ziemlich guter Fußballer von Syrianska. Und außerdem derjenige, der August Balder und die Frau vom Sveavägen weggefahren hat.«

Sonja Modig saß mit einem jungen, muskulösen Mann mit kurzem dunklem Haar und markanten Wangenknochen im Befragungsraum. Er trug einen ockerfarbigen Pullover mit V-Ausschnitt ohne Hemd darunter und wirkte aufgeregt, aber irgendwie auch ein bisschen stolz.

»Die Befragung des Zeugen Jacob Charro, zweiundzwanzig Jahre alt, wohnhaft in Norsborg, beginnt am 22. November um 18 Uhr 35. Erzählen Sie uns bitte, was an diesem Vormittag passiert ist«, sagte Sonja Modig einleitend.

»Tja, also...«, begann Jacob Charro. »Ich bin den Sveavägen entlanggefahren und hab gemerkt, dass dort auf der

Straße irgendetwas los war. Ich hab gedacht, vielleicht ein Unfall oder so, deshalb bin ich vom Gas gegangen. Aber dann hab ich einen Mann gesehen, der von links über die Straße rannte. Er stürmte einfach los, ohne auf den Verkehr zu achten, und ich weiß noch, dass ich dachte: Das ist ein Terrorist.«

»Wie kamen Sie darauf?«

»Weil er von einem heiligen Zorn getrieben zu sein schien.«

»Können Sie ihn beschreiben?«

»Nicht unbedingt... Aber anschließend hab ich gedacht, dass er irgendwie unnatürlich aussah.«

»Wie das?«

»Als wäre es nicht sein richtiges Gesicht. Er trug eine Art runde Sonnenbrille, die irgendwie um seine Augen herum befestigt war. Und auch die Wangen sahen komisch aus, als hätte er etwas im Mund, und dann dieser Schnurrbart und die Augenbrauen, die Hautfarbe...«

»Glauben Sie, er war maskiert?«

»Irgendwie so, ja. Aber ich kam nicht richtig dazu, darüber nachzudenken. Im nächsten Moment wurde meine Hintertür aufgerissen, und dann... Was soll ich sagen? Es war einer dieser Augenblicke, in denen einfach viel zu viel passiert – als würde einem die ganze Welt auf den Kopf fallen. Plötzlich saßen fremde Leute in meinem Auto, und die Heckscheibe war zersplittert. Ich stand unter Schock.«

»Was haben Sie getan?«

»Ich hab wie ein Irrer Gas gegeben. Ich glaub, die Frau, die in mein Auto gesprungen war, hatte mir das zugerufen, und ich war so verschreckt, dass ich kaum wusste, was ich tat. Ich hab nur dem Befehl gehorcht.«

»Dem Befehl?«

»Ja, so hat es sich zumindest angefühlt. Ich hab geglaubt, wir würden verfolgt, und ich hab keinen anderen Ausweg gesehen, als ihr einfach zu gehorchen. Ich bin so abgebogen, wie sie es gesagt hat. Außerdem war irgendwas mit ihrer

Stimme. Sie hat so kalt und konzentriert geklungen, dass ich mich daran festgeklammert hab. Mir kam es vor, als wäre ihre Stimme das einzig Kontrollierte in diesem ganzen Wahnsinn.«

»Sie haben gesagt, dass Sie zu wissen glauben, wer die Frau war?«

»Ja, aber noch nicht in dem Moment, nicht gleich. Am Anfang hab ich nur gedacht, wie irre diese ganze Sache war. Und ich hatte Todesangst. Noch dazu ist da hinten das Blut in Strömen geflossen.«

»Hat der Junge geblutet oder die Frau?«

»Erst wusste ich es nicht, und sie schien es auch nicht zu wissen. Aber dann hab ich auf einmal ein ›Yes!‹ gehört. Sie hat das gesagt, als wäre etwas Tolles passiert.«

»Und was war das?«

»Die Frau hat entdeckt, dass sie selbst angeschossen worden war und nicht der Junge, und ich weiß noch, dass ich darüber nachgedacht hab. Es war ungefähr wie: Hurra, ich bin angeschossen! Und es war wirklich keine kleine Wunde. So fest sie sich auch verbunden hat, sie konnte die Blutung nicht stoppen. Es floss nur so heraus, und die Frau wurde immer bleicher. Es ging ihr echt beschissen.«

»Und trotzdem war sie froh, dass sie getroffen worden war und nicht der Junge.«

»Genau. So wie es eine Mutter gewesen wäre.«

»Aber sie war nicht die Mutter des Kindes.«

»Auf keinen Fall. Sie kannten sich nicht, und das wurde auch immer deutlicher. Die Frau hatte keine Ahnung von Kindern. Sie kam nicht mal auf die Idee, den Jungen zu umarmen oder ihn zu trösten. Sie hat ihn eher wie einen Erwachsenen behandelt und im selben Ton mit ihm geredet wie mit mir. Kurze Zeit sah es sogar so aus, als wollte sie ihm Whisky zu trinken geben.«

»Whisky?«, fragte Bublanski.

»Ich hatte eine Flasche dabei, die ich meinem Onkel schenken wollte, aber ich hab sie ihr gegeben, weil sie die Wunde desinfizieren wollte... und einen kleinen Schluck davon trinken. Sie hat dann aber ziemlich ordentlich zugelangt.«

»Und wie hat sie den Jungen Ihrer Meinung nach im Großen und Ganzen behandelt?«, fragte Sonja Modig.

»Ehrlich gesagt, weiß ich nicht richtig, was ich darauf antworten soll. Wie ein Wunder an Sozialkompetenz kam sie mir nicht gerade vor. Mich hat sie wie einen Angestellten behandelt, und sie hatte wie gesagt keinen Schimmer, wie man mit Kindern umgeht, aber trotzdem...«

»Ja?«

»Trotzdem glaube ich, dass sie eigentlich ein guter Mensch ist. Ich würde sie nicht unbedingt als Kindermädchen engagieren, wenn Sie verstehen, was ich meine, aber sie war echt okay.«

»Sie meinen also, das Kind ist bei ihr in sicheren Händen?«

»Ich würde schon sagen, dass dieses Mädchen völlig durchdrehen und gefährlich sein kann. Aber dieser kleine Junge... August heißt er, oder?«

»Ja, genau.«

»Also, um diesen August zu beschützen, würde sie ihr Leben aufs Spiel setzen. So würde ich es einschätzen.«

»Wie haben Sie sich getrennt?«

»Sie hat mich gebeten, sie zum Mosebacke torg zu fahren.«

»Wohnt sie da?«

»Das weiß ich nicht. Sie hat sonst nichts gesagt. Sie wollte nur dahin – ich hatte das Gefühl, dass sie da vielleicht irgendwo ein Auto stehen hatte. Aber davon abgesehen hat sie kein überflüssiges Wort verloren. Sie hat mich gebeten, ihr meinen Namen und meine Kontodaten zu geben – damit sie mir den Schaden am Wagen ersetzen kann, hat sie gesagt, und noch ein bisschen mehr.«

»Sah sie so aus, als hätte sie Geld?«

»Also, wenn ich sie nur nach ihrem Aussehen beurteilen

würde, wäre ich mir sicher, dass sie in irgendeiner Bruchbude wohnt. Aber so wie sie sich benahm … Ich weiß nicht. Es würde mich nicht wundern, wenn sie Kohle hätte. Sie machte irgendwie den Eindruck, als würde sie einfach tun, was sie will.«

»Was ist dann passiert?«

»Sie hat den Jungen gebeten auszusteigen.«

»Und hat er es getan?«

»Er war wie gelähmt. Er hat nur seinen Oberkörper vor- und zurückgeschaukelt und sich nicht vom Fleck gerührt. Da wurde ihr Ton dann ein bisschen schärfer. Sie hat gesagt, es sei lebenswichtig oder so, und da ist er rausgekrochen, die Arme steif vor sich ausgestreckt wie ein Schlafwandler.«

»Haben Sie gesehen, wohin die beiden gegangen sind?«

»Nur dass sie nach links abgebogen sind. Richtung Slussen. Aber der Frau ging es eindeutig übel. Sie stolperte die ganze Zeit und sah aus, als würde sie jeden Moment umkippen.«

»Klingt nicht gut. Und der Junge?«

»Dem schien es auch nicht toll zu gehen. Sein Blick war ganz wässrig, und ich hatte während der ganzen Fahrt Angst, dass er durchdrehen würde oder so. Aber als er ausstieg, schien er die Lage zu akzeptieren. Jedenfalls fragte er mehrmals: ›Wohin? Wohin?‹«

Sonja Modig und Bublanski sahen einander an.

»Sind Sie sich da sicher?«

»Warum sollte ich es nicht sein?«

»Ich meine – kann es sein, dass Sie nur geglaubt haben, er würde das sagen? Zum Beispiel weil er irgendwie ratlos aussah?«

»Warum hätte ich mir das einbilden sollen?«

»Weil August Balders Mutter sagt, der Junge könne überhaupt nicht sprechen«, antwortete Sonja Modig.

»Machen Sie Witze?«

»Nein, und es klingt komisch, dass er ausgerechnet unter diesen Umständen seine ersten Worte gesagt haben soll.«

»Aber ich hab gehört, was ich gehört hab.«

»Gut. Und was hat die Frau daraufhin geantwortet?«

»›Weg‹, glaub ich. ›Weg von hier.‹ So was in der Art. Dann wäre sie fast zusammengeklappt, aber das hab ich ja schon erwähnt. Außerdem hat sie zu mir gesagt, ich solle von dort verschwinden.«

»Was Sie auch getan haben.«

»Schnell wie der Teufel. Ich bin einfach nur losgeheizt.«

»Und dann ist Ihnen aufgegangen, wen Sie da gefahren haben.«

»Ich hatte ja schon kapiert, dass dieser Junge der Sohn von diesem Genie war, über das in allen Zeitungen berichtet wird. Aber diese Frau … Sie kam mir vage bekannt vor. Sie hat mich an irgendwas erinnert, und am Ende konnte ich nicht mehr weiterfahren. Ich war vollkommen zittrig und hab auf dem Ringvägen geparkt, ungefähr in Höhe von Skanstull. Ich bin ins Clarion Hotel und hab ein Bier getrunken und versucht, mich wieder zu beruhigen, und da ist es mir eingefallen. Es war das Mädchen, das vor ein paar Jahren wegen Mordes gesucht, aber später von sämtlichen Anklagen freigesprochen wurde, und dann kam stattdessen raus, dass sie als Kind in der Psychiatrie ziemlich heftigen Übergriffen ausgesetzt gewesen war. Ich erinnere mich noch ziemlich gut daran, weil ich zu der Zeit einen Kumpel hatte, dessen Vater in Syrien gefoltert worden war und der hier fast das Gleiche durchgemacht hatte – Elektroschocks und solche Sachen. Nur weil er mit seinen Erinnerungen nicht klargekommen war. Es war so, als wäre er hier gleich noch mal gefoltert worden.«

»Sind Sie sich da wirklich sicher?«

»Dass er gefoltert wurde?«

»Nein, dass sie es war, Lisbeth Salander.«

»Ich hab mir im Internet noch mal die Bilder von damals angeguckt – kein Zweifel. Und andere Sachen stimmen auch, wissen Sie …«

Jacob zögerte, als würde er sich schämen.

»Sie hat ihr T-Shirt ausgezogen, weil sie eine Bandage daraus machen wollte, und als sie sich ein bisschen weggedreht hat, um ihre Schulter zu verbinden, hab ich gesehen, dass sie einen großen Drachen auf den Rücken tätowiert hatte, der bis zur Schulter reichte. Dieses Tattoo war in irgendeinem alten Zeitungsartikel erwähnt.«

Erika Berger war mit zwei Kisten Lebensmitteln, Papier und Stiften, ein paar komplizierten Puzzles und einigem mehr zu Gabriellas Ferienhaus nach Ingarö gefahren, doch dort war von August und Lisbeth keine Spur, und zu erreichen waren sie auch nicht. Lisbeth meldete sich weder über die RedPhone-App, noch antwortete sie über den verschlüsselten Link, und Erika verging fast vor Sorge.

Wie sie es auch drehte und wendete, diese Funkstille konnte nichts Gutes bedeuten. Es stimmte zwar, dass Lisbeth Salander sich nichts aus überflüssigen Phrasen oder aus beruhigenden Worten machte. Aber jetzt hatte sie von sich aus um ein sicheres Versteck gebeten. Außerdem trug sie die Verantwortung für ein Kind, und wenn sie sich jetzt nicht bei ihnen zurückmeldete, musste es wirklich schlecht um sie stehen. Schlimmstenfalls lag Lisbeth irgendwo und starb an ihrer Verletzung.

Erika fluchte und ging auf die Terrasse – dieselbe Terrasse, auf der Gabriella und sie gesessen und davon geträumt hatten, sich genau hier vor der Welt zu verstecken. Das war gerade erst ein paar Monate her und kam ihr doch unendlich fern vor. Jetzt standen hier draußen keine Tische, keine Stühle, keine Flaschen mehr, nirgends Geräusche, nur Schnee, Äste und Unrat, den der Sturm herbeigetragen hatte. Alles Leben schien den Ort verlassen zu haben, und die Erinnerung an das damalige Krebsessen verstärkte den Eindruck von Ödnis umso mehr. Das Fest lag wie ein Schatten über allem.

Erika ging in die Küche und füllte den Kühlschrank mit

Essen, das sich in der Mikrowelle erhitzen ließ – Frikadellen, Packungen mit Spaghetti bolognese und Bœuf Stroganoff, Fischgratins und Kartoffelklöße sowie eine Menge noch schlimmeres Fast Food, zu dessen Kauf Mikael ihr geraten hatte: Billys Pan Pizza, Piroggen, Pommes frites, Cola, eine Flasche Tullamore Dew, eine Stange Zigaretten und drei Tüten Chips, Naschzeug, drei Schokoladenkuchen und Lakritzstangen. Auf den großen runden Küchentisch legte sie Zeichenpapier, Stifte, einen Radiergummi, ein Lineal und einen Zirkel und malte auf das oberste Blatt in vier warmen Farben eine Sonne und eine Blume und schrieb »Willkommen« darauf.

Das Haus, das auf einer Anhöhe unweit des Strandes stand, lag gut geschützt hinter Nadelbäumen und hatte vier Zimmer. Die große Küche vor den Glastüren zur Veranda war das Herz des Hauses. Abgesehen von dem runden Küchentisch standen hier auch ein Schaukelstuhl und zwei durchgesessene Sofas, die dank zweier neuer roter Decken trotzdem frisch und einladend aussahen. Es war rundum gemütlich.

Und vermutlich war es auch ein gutes Versteck. Erika ließ die Tür offen, legte die Schlüssel wie vereinbart in die oberste Schublade in der Flurkommode und stieg die lange Holztreppe hinab, die den einzigen Zugang zum Haus darstellte, wenn man mit dem Auto kam.

Der Himmel war dunkel und unruhig, der Wind hatte wieder aufgefrischt, und sie war bedrückt, zumal sie während der Autofahrt auch an Hanna Balder hatte denken müssen. Erika hatte sie nie kennengelernt und früher nicht gerade zu ihren Fans gehört. Damals hatte Hanna oft Frauen gespielt, von denen die Männer glaubten, sie wären leicht zu haben – sexy und zugleich auf eine verkorkste Weise unschuldig, und für Erika war es geradezu typisch gewesen, dass die Filmbranche genau diese Frauenrolle so gern einsetzte. All dies traf mittlerweile allerdings auf Augusts Mutter nicht mehr zu, und Erika schämte sich für ihren früheren Irrtum. Sie hatte Hanna

Balder zu hart beurteilt, wie man es leicht bei Frauen tat, die schon früh einen großen Durchbruch erlebt hatten.

Wenn Hanna heute ein seltenes Mal in größeren Produktionen zu sehen war, glänzte in ihren Augen ein zurückgehaltener Kummer, der ihren Rollen Tiefe verlieh, und vielleicht – was wusste Erika schon – war diese Sorge echt. Hanna Balder hatte es offenbar nicht leicht gehabt, und die letzten vierundzwanzig Stunden waren für sie definitiv die Hölle gewesen. Seit dem Morgen hatte Erika darauf gepocht, man solle Hanna informieren und sie zu August bringen. Die Sache hatte sich zu einer Angelegenheit ausgewachsen, in der ein Kind seine Mutter brauchte.

Doch Lisbeth, die zu dieser Zeit noch mit ihnen kommuniziert hatte, hatte sich dieser Idee vehement widersetzt. Noch kenne niemand die undichte Stelle, hatte sie geschrieben, und es sei nicht unmöglich, dass sie sich im Umfeld der Mutter und vor allem Lasse Westmans befinde, dem niemand über den Weg traute und der sein Haus gerade nicht mehr zu verlassen schien, damit er der Pressemeute draußen nicht begegnete. Die Lage war aussichtslos, und Erika hoffte inständig, dass sie diese Geschichte journalistisch so angemessen und besonnen schildern würden, dass weder die Zeitschrift noch jemand anders davon Schaden nahm.

An Mikaels Können zweifelte sie jedenfalls nicht, nicht wenn er so glühte wie jetzt gerade. Und noch dazu wurde er von Andrei Zander unterstützt. Erika hatte eine große Schwäche für Andrei. Er war ein hübscher junger Mann, der manchmal irrtümlich für schwul gehalten wurde. Vor nicht allzu langer Zeit hatte er bei einem Abendessen zu Hause bei Greger und ihr seine Lebensgeschichte erzählt, was ihre Sympathie für ihn nur mehr verstärkt hatte.

Mit elf Jahren hatte Andrei seine Eltern bei einer Bombenexplosion in Sarajewo verloren und anschließend bei einer Tante in Tensta gewohnt, die nichts von seinen intellektuellen

Fähigkeiten geahnt und auch nicht begriffen hatte, welch tiefe Wunden er in sich trug. Andrei war nicht in der Nähe gewesen, als seine Eltern starben. Trotzdem hatte sein Körper reagiert, als litte er unter posttraumatischem Stress, und bis heute hasste er laute Geräusche und hastige Bewegungen. Er mochte keine verlassenen Gepäckstücke in Restaurants oder an anderen öffentlichen Orten, und er verabscheute Kriege und Gewalt mit einer Leidenschaft, wie Erika es noch nie erlebt hatte.

Als Jugendlicher hatte er sich in seine eigene Welt geflüchtet, war in Fantasy-Literatur versunken, hatte Gedichte und Biografien gelesen, Sylvia Plath, Borges und Tolkien vergöttert, alles über Computer gelernt und davon geträumt, ein großer Autor zu werden, der herzzerreißende Romane über die Liebe und menschliche Tragödien schrieb. Er war ein unverbesserlicher Romantiker, der stets darauf hoffte, eines Tages seine Wunden mit großen Passionen zu heilen. Er hatte sich nicht im Geringsten darum geschert, was draußen in der Welt geschehen war – bis er eines Abends einen offenen Vortrag an der Journalistenschule in Stockholm besucht und Mikael Blomkvist reden gehört hatte, und das sollte sein Leben verändern.

Irgendwas in Mikaels Pathos brachte ihn dazu, den Blick zu heben und eine Welt voller Ungerechtigkeit, Intoleranz und Korruption zu sehen, und statt rührseliger Romane wollte er fortan gesellschaftskritische Reportagen schreiben. Kurz darauf klopfte er bei *Millennium* an und bat darum, dort irgendetwas tun zu dürfen – Kaffee kochen, Korrektur lesen, Botendienste. Er wollte um jeden Preis dabei sein. Er wollte der Redaktion angehören, und Erika, die von Anfang an die Glut in seinen Augen gesehen hatte, überließ ihm einige kleinere Aufgaben: Notizen, Recherchearbeiten und kürzere Porträts. Vor allem aber riet sie ihm, an die Universität zu gehen, und er studierte mit derselben Energie, wie er auch alles andere anging, was er sich vornahm. Er belegte Seminare in Politologie, Medienkommunikation, Wirtschaft, Friedens- und Konfliktforschung und arbeitete währenddessen vertretungsweise bei *Millennium,* und wahrscheinlich würde einmal ein genauso hochkarätiger Investigativreporter aus ihm werden, wie Mikael einer war.

Im Unterschied zu so vielen anderen Kollegen war er aber alles andere als tough. Er war ein Romantiker geblieben. Er träumte nach wie vor von der großen Liebe, und Mikael und Erika hatten sich schon oft seinen Liebeskummer anhören müssen. Andrei zog Frauen an, aber der Reihe nach verließen sie ihn auch wieder. Vielleicht wirkte seine Sehnsucht zu verzweifelt, vielleicht erschreckte die Intensität seiner Gefühle viele von ihnen, und vermutlich erzählte er auch allzu leichtfertig von seinen Schwächen und Fehlern. Er war viel zu offen und durchschaubar, zu gutherzig, wie Mikael zu sagen pflegte.

Erika glaubte trotzdem, dass Andrei drauf und dran war, seine jugendliche Verletzlichkeit abzulegen. Sein krampfhafter Ehrgeiz, Menschen berühren zu wollen, der seine Texte oft überladen wirken ließ, war einer neuen, effektiveren Sachlichkeit gewichen, und sie wusste, dass er alles geben würde, jetzt, da er die Chance bekommen hatte, Mikael bei der Balder-Story zu unterstützen.

Mikael, so war der Plan, sollte die große, tragende Geschichte schreiben. Andrei sollte ihm bei der Recherche helfen, aber auch ein paar ergänzende Zusatzartikel und Porträts verfassen, und Erika fand, dass bisher alles vielversprechend aussah. Als sie in der Hökens gata parkte und die Redaktion betrat, saßen Andrei und Mikael dann auch wie erwartet zutiefst konzentriert bei der Arbeit. Zwar brummelte Mikael ab und zu vor sich hin, und sie erkannte in seinen Augen nicht mehr nur diese funkelnde Zielstrebigkeit. Er hatte auch etwas Gequältes an sich, und das wunderte sie kein bisschen. Mikael hatte erbärmlich geschlafen. Die Medien gingen ihn hart an, und er war von der Polizei befragt worden und hatte genau das tun müssen, was man ihm öffentlich vorwarf: Informationen zurückhalten. Und das war ihm nicht leichtgefallen.

Im Grunde war er nämlich durch und durch gesetzestreu, ein mustergültiger Bürger. Aber wenn ihn irgendetwas dazu brachte, die Grenzen des Legalen zu überschreiten, dann war das Lisbeth Salander. Mikael geriet lieber selbst in Verruf, als sie auch nur in einem einzigen Punkt zu verraten, und deshalb hatte er bei der Polizei gesessen und immer wieder gesagt: »Ich muss mich auf den Quellenschutz berufen.« Es war wenig verwunderlich, dass ihn der Gedanke an die möglichen Folgen nervös machte, aber dennoch... In erster Linie konzentrierte er sich auf seine Story, und genau wie Erika machte er sich viel mehr Sorgen um Lisbeth und den Jungen als um seine eigene Situation. Nachdem sie ihn eine Weile betrachtet hatte, ging sie zu ihm.

»Wie läuft's?«

»Was? Doch... gut. Wie war es draußen?«

»Ich hab die Betten gemacht und den Kühlschrank aufgefüllt.«

»Gut. Und kein Nachbar hat dich beobachtet?«

»Ich habe keine Menschenseele gesehen.«

»Warum brauchen die zwei so lange?«, fragte er.

»Keine Ahnung. Es macht mich ganz krank.«

»Wir können nur hoffen, dass sie sich bei Lisbeth zu Hause ausruhen.«

»Ja, hoffen wir's. Was hast du sonst noch rausgefunden?«

»Einiges.«

»Das klingt gut.«

»Aber...«

»Ja?«

»Es ist nur so, dass...«

»Was denn?«

»Irgendwie habe ich das Gefühl, ich würde in der Zeit

zurückgeworfen. Oder an Orte zurückkehren, wo ich schon einmal war.«

»Das musst du genauer erklären«, sagte sie.

»Ich werde...«

Mikael warf einen Blick auf seinen Bildschirm.

»Ich muss der Sache erst noch tiefer auf den Grund gehen. Wir reden später«, sagte er, und sie ließ ihn in Ruhe und bereitete sich darauf vor, erst mal nach Hause zu fahren, jederzeit bereit, wieder auszurücken.

20. KAPITEL

23. November

Es war eine ruhige Nacht gewesen, beklemmend ruhig, und um acht Uhr morgens stand ein grüblerischer Jan Bublanski vor seinem Team im Konferenzraum. Nachdem er Hans Faste rausgeworfen hatte, war er sich ziemlich sicher, wieder frei sprechen zu können. Jedenfalls hatte er hier, bei seinen Kollegen, ein sichereres Gefühl als bei der Kommunikation per Computer oder Handy.

»Ihr begreift sicher alle den Ernst der Lage«, sagte er einleitend. »Vertrauliche Informationen sind nach außen gelangt. Infolgedessen ist ein Mensch gestorben. Ein kleiner Junge schwebt in Lebensgefahr. Obwohl wir fieberhaft daran arbeiten, haben wir immer noch nicht herausgefunden, wie es dazu gekommen ist.

Die undichte Stelle könnte bei uns zu finden sein, bei der Säpo oder in der Odens Kinder- und Jugendstation, im Umkreis von Professor Edelman oder der Mutter und ihrem Partner, Lasse Westman. Wir wissen einfach nichts mit Sicherheit, und deshalb müssen wir extrem vorsichtig sein, wenn nicht paranoid.«

»Wir können auch gehackt oder abgehört worden sein. Immerhin scheinen wir es hier mit Kriminellen zu tun zu haben, die mit neuen Technologien auf eine ganz andere Weise umgehen als wir«, ergänzte Sonja Modig.

»Genau, und das ist eigentlich noch unheimlicher«, fuhr Bublanski fort. »Wir müssen jetzt in sämtlichen Bereichen Vorsicht walten lassen. Wir dürfen am Telefon nichts Wichtiges sagen, egal wie großartig unsere Vorgesetzten unser neues Handysystem finden.«

»Das tun sie doch nur, weil die Umstellung so teuer war«, murrte Jerker Holmberg.

»Vielleicht sollten wir auch über unsere eigene Rolle nachdenken«, fuhr Bublanski fort. »Ich habe gerade mit einer begabten jungen Analystin von der Säpo gesprochen, Gabriella Grane – vielleicht kennt ihr sie ja. Sie hat erwähnt, dass der Loyalitätsbegriff für uns Polizisten nicht ganz so leicht zu definieren ist, wie man meinen sollte. Schließlich haben wir alle unterschiedliche Loyalitäten, nicht wahr? Es gibt die offensichtliche – dem Gesetz gegenüber. Außerdem müssen wir gegenüber der Allgemeinheit loyal sein, gegenüber unseren Kollegen, aber auch den Vorgesetzten und gegenüber uns selbst und unserer Karriere. Und manchmal, das wissen wir alle, kollidiert das miteinander. Manchmal schützt man einen Kollegen und verletzt dadurch seine Loyalität gegenüber der Allgemeinheit, und manchmal hat man einen Befehl von oben erhalten, so wie Hans Faste, und diese Loyalität steht im Widerspruch zu jener, die er uns gegenüber hätte zeigen müssen. Aber von nun an – und das meine ich wirklich ernst – möchte ich nur noch von einer einzigen Loyalität hören, und zwar der gegenüber unserer Ermittlung. Wir müssen die Schuldigen fassen und dafür sorgen, dass es keine weiteren Opfer gibt. Stimmt ihr mir da zu? Dass es keine Rolle spielt, ob der Ministerpräsident persönlich oder der Chef der CIA anruft – ihr werdet keinen Piep sagen, versprochen?«

»Ja«, antworteten sie unisono.

»Ausgezeichnet. Wie wir inzwischen wissen, war die Frau,

die am Sveavägen eingegriffen hat, keine Geringere als Lisbeth Salander, und wir arbeiten intensiv daran, sie ausfindig zu machen«, fuhr Jan Bublanski fort.

»Wir müssen mit ihrem Namen an die Medien gehen«, ging Curt Svensson dazwischen. »Wir brauchen die Hilfe der Öffentlichkeit.«

»Ich weiß, dass es in dieser Frage unterschiedliche Meinungen gibt. Deshalb würde ich das gern noch mal mit euch besprechen. Zunächst einmal brauche ich wohl nicht darauf hinzuweisen, dass Salander von uns und von den Medien schon einmal ziemlich schlecht behandelt worden ist.«

»Das spielt hier aber keine Rolle«, entgegnete Curt Svensson.

»Nun… Es ist nicht auszuschließen, dass auch noch andere Leute sie auf dem Sveavägen erkannt haben und ihr Name jederzeit an die Öffentlichkeit gelangen könnte. Dann hat sich diese Frage ohnehin erledigt. Aber erst will ich noch daran erinnern, dass Lisbeth Salander dem Jungen das Leben gerettet hat und dieser Einsatz unseren Respekt verdient.«

»Daran besteht kein Zweifel. Aber anschließend hat sie ihn mehr oder weniger gekidnappt«, kam es erneut von Curt Svensson.

»Unsere Informationen lassen eher darauf schließen, dass sie den Jungen beschützen wollte«, warf Sonja Modig ein. »Lisbeth Salander hat schlechte Erfahrungen mit den Behörden gemacht. Ihre ganze Kindheit über ist sie von der schwedischen Vormundschaft misshandelt worden. Und sollte sie, genau wie wir, den Verdacht haben, dass es irgendwo bei der Polizei eine undichte Stelle gibt, wird sie uns nicht freiwillig kontaktieren, da können wir uns sicher sein.«

»Das hat noch weniger mit der Sache zu tun.«

Curt Svensson blieb stur.

»In gewisser Weise hast du recht«, fuhr Sonja fort. »Darin stimmen Jan und ich ja auch mit dir überein. Das einzig Wesentliche in diesem Zusammenhang ist, ob es ermittlungstechnische

Gründe gibt, mit ihrem Namen rauszugehen, oder nicht. Die Sicherheit des Jungen muss an erster Stelle stehen. Aber auch was das betrifft, sind wir uns unsicher.«

»Das kann ich gut verstehen«, sagte Jerker Holmberg mit einer leisen Nachdenklichkeit, die alle sofort aufhorchen ließ. »Wenn die Leute nach Salander Ausschau halten, gerät zwangsläufig auch der Junge ins Fadenkreuz. Trotzdem bleibt eine Reihe von Fragen – in erster Linie die vielleicht etwas feierliche Frage: Was ist richtig? Und da muss ich doch darauf hinweisen, dass wir es nicht akzeptieren können, wenn Lisbeth Salander den Jungen versteckt, selbst wenn es eine undichte Stelle bei uns geben sollte. August Balder ist für unsere Ermittlungen wichtig, und unabhängig davon können wir ein Kind besser beschützen, als es diese junge Frau mit ihrem gestörten Gefühlsleben kann.«

»Sicher«, brummte Bublanski.

»Genau«, fuhr Jerker fort. »Und selbst wenn es kein Kidnapping im eigentlichen Sinne war, selbst wenn das alles nur in allerbester Absicht geschieht, können die Schäden für das Kind trotzdem enorm sein. Nach allem, was passiert ist, kann es der Psyche des Jungen nur schaden, wenn er auf der Flucht ist.«

»Zu wahr, zu wahr«, murmelte Bublanski. »Die Frage ist dennoch, wie wir mit unserem Wissen umgehen.«

»Was das betrifft, bin ich der gleichen Meinung wie Curt. Wir müssen sofort mit Namen und Bild raus. Das kann uns wertvolle Tipps einbringen.«

»Durchaus«, sagte Bublanski. »Aber es kann genauso gut dem Täter Tipps einbringen. Wir müssen davon ausgehen, dass die Mörder ihre Jagd auf den Jungen noch nicht aufgegeben haben, ganz im Gegenteil. Und ich habe starke Zweifel daran, dass wir der Sicherheit des Jungen dienen, wenn wir mit alldem an die Öffentlichkeit gehen.«

»Aber wir wissen auch nicht, ob wir ihn beschützen, indem

wir es nicht tun«, konterte Jerker Holmberg. »Um solche Schlüsse zu ziehen, fehlen uns noch zu viele Puzzleteile. Arbeitet Salander beispielsweise im Auftrag von jemandem, und verfolgt sie vielleicht noch einen anderen Plan mit dem Jungen, als ihn zu beschützen?«

»Und wie konnte sie wissen, dass der Junge und Torkel Lindén genau in diesem Moment auf die Straße kommen würden?«, fragte Curt Svensson.

»Sie kann sich zufällig vor Ort befunden haben.«

»Unwahrscheinlich.«

»Im Leben passieren oft unwahrscheinliche Dinge«, entgegnete Bublanski. »Genau das zeichnet es ja aus. Aber es stimmt schon, es sieht nicht so aus, als wäre sie zufällig dort gewesen. Nicht wenn man die Umstände in Betracht zieht.«

»Wie beispielsweise, dass auch Mikael Blomkvist wusste, dass etwas passieren würde«, warf Amanda Flod ein.

»Und dass es eine Verbindung zwischen Blomkvist und Salander gibt«, ergänzte Jerker Holmberg.

»Richtig.«

»Mikael Blomkvist wusste, dass sich der Junge in der Odens Kinder- und Jugendstation befand, oder?«

»Ja, die Mutter hatte es ihm erzählt«, antwortete Bublanski. »Die Mutter, der es jetzt natürlich nicht unbedingt gut geht, wie ihr euch vorstellen könnt. Ich habe gerade lange mit ihr telefoniert. Trotzdem hätte Blomkvist unter normalen Umständen nicht wissen können, dass der Junge und Torkel Lindén auf die Straße gelockt werden sollten.«

»Könnte er Zugang zu den Oden-Computern gehabt haben?«, fragte Amanda Flod nachdenklich.

»Ich kann mir nicht vorstellen, dass Mikael Blomkvist einen Computer hackt«, sagte Sonja Modig.

»Aber Salander?«, überlegte Jerker Holmberg. »Was wissen wir eigentlich über sie? Wir haben ja schon eine ziemlich umfangreiche Akte vorliegen, und als wir das letzte Mal mit ihr zu tun hatten, hat sie uns trotzdem in sämtlichen Bereichen überrascht. Vielleicht trügt der Schein jetzt wieder.«

»Genau«, stimmte Curt Svensson ihm zu. »Da gibt es immer noch zu viele offene Fragen.«

»Im Grunde haben wir nichts als offene Fragen. Und genau deshalb müssen wir streng nach Vorschrift vorgehen.«

»Ich wusste gar nicht, dass wir für solche Fälle eine Vorschrift haben«, sagte Bublanski mit einem Sarkasmus, den er selbst nicht mochte.

»Ich meinte doch nur, dass wir es als das einstufen müssen, was es tatsächlich ist: die Entführung eines Kindes. Seit ihrem Verschwinden sind fast vierundzwanzig Stunden vergangen, und wir haben immer noch kein Wort von ihnen gehört. Wir gehen mit dem Namen und einem Bild an die Öffentlichkeit, und dann bearbeiten wir sorgfältig alle Hinweise, die reinkommen«, sagte Jerker Holmberg mit Nachdruck und schien allmählich die Kollegen überzeugt zu haben. Bublanski schloss die Augen.

Wie sehr er dieses Team liebte. Er verspürte eine größere Zusammengehörigkeit mit ihnen als mit seinen Geschwistern und seinen Eltern. Und doch sah er sich jetzt gezwungen zu widersprechen.

»Wir versuchen mit allen uns zur Verfügung stehenden Mitteln, sie zu finden. Aber vorerst warten wir noch damit, den Namen und das Foto zu veröffentlichen. Das würde die Stimmung nur anheizen, und ich will den Tätern keine Anhaltspunkte liefern.«

»Außerdem fühlst du dich schuldig«, bemerkte Jerker nicht ohne Wärme.

»Außerdem fühle ich mich schuldig«, sagte Jan Bublanski und musste wieder an seinen Rabbi denken.

Mikael Blomkvist war tief besorgt um Lisbeth und den Jungen und hatte deshalb schon seit vielen Stunden nicht mehr geschlafen. Immer wieder hatte er versucht, Lisbeth über seine RedPhone-App anzurufen, aber sie war nicht ans Telefon gegangen. Jetzt saß er erneut in der Redaktion, flüchtete sich in die Arbeit und wollte begreifen, was er übersehen hatte. Schon vor geraumer Zeit hatte ihn das Gefühl beschlichen, dass ihm irgendetwas entgangen war – etwas, was ein ganz neues Licht auf die Geschichte werfen könnte. Vielleicht betrog er sich aber auch nur selbst. Vielleicht war es reines Wunschdenken, und er wollte etwas Größeres hinter all dem erkennen, was gar nicht vorhanden war. Das Letzte, was Lisbeth ihm über den verschlüsselten Link geschickt hatte, waren die Worte:

Juri Bogdanow, Blomkvist. Finde was über ihn heraus. Er war derjenige, der Balders Technologie an Solifon verkauft hat.

Im Internet gab es diverse Bilder von Bogdanow, auf denen er teure Nadelstreifenanzüge trug. Aber so maßgeschneidert sie auch waren, schienen sie ihm doch nicht zu passen – es sah aus, als hätte er sie auf dem Weg zu einem Fotoshooting geklaut. Bogdanow hatte langes, strähniges Haar, eine vernarbte Haut, dunkle Schatten unter den Augen und amateurhafte Tätowierungen, die unter dem Ärmel seines Hemdes zu erahnen waren. Sein Blick war schwarz, intensiv und stechend. Er war groß, aber mager. Vermutlich wog er nicht viel mehr als sechzig Kilo.

Insgesamt sah er aus wie ein alter Knastbruder, vor allem aber hatte seine Körpersprache etwas, was Mikael von den Überwachungsbildern wiedererkannte, die man ihm draußen bei Balder in Saltsjöbaden gezeigt hatte. Dieser Mann hatte die gleiche kaputte, rohe Ausstrahlung. In den wenigen Interviews, die er im Zusammenhang mit seinen unternehmerischen Erfolgen in Berlin gegeben hatte, hatte er angedeutet, dass er mehr oder weniger auf der Straße aufgewachsen sei.

»Eigentlich war ich dazu verdammt, zugrunde zu gehen und eines Tages mit einer Kanüle im Arm zu verrecken. Aber ich habe mich aus der Gosse hochgekämpft. Ich bin intelligent, und ich bin ein beinharter Fighter«, hatte er ganz unbescheiden gesagt.

Sein Lebenslauf schien diese Behauptung zu bestätigen – abgesehen von dem Gefühl, dass er sich vielleicht nicht unbedingt allein aus der Gosse hochgekämpft hatte. Es gab einige Hinweise darauf, dass ihm mächtige Menschen dabei geholfen hatten, die auf seine Begabung aufmerksam geworden waren. In einem deutschen Technologie-Magazin hatte sich der Geschäftsführer eines Kreditinstituts über Bogdanow geäußert: »Er hat einen magischen Blick. Er sieht Schwachstellen in Sicherheitssystemen, die kein anderer erkennt. Er ist ein Genie.«

Offenbar war Bogdanow ein Superhacker, auch wenn er nach außen das Bild eines *White hat* pflegte, einer Person, die der guten, gesetzestreuen Seite diente und die Firmen gegen viel Geld half, Mängel in ihrer IT-Sicherheit aufzuspüren. An seinem eigenen Unternehmen Outcast Security wirkte rein gar nichts suspekt – nichts weckte den geringsten Verdacht, dass es sich um eine Tarnfirma handeln könnte. Die Vorstandsmitglieder waren allesamt integre, gut ausgebildete Menschen mit blütenweißen Westen. Aber damit gab Mikael sich nicht zufrieden. Andrei und er nahmen jede einzelne Person unter die Lupe, die auch nur ansatzweise etwas mit Bogdanows Unternehmen zu tun hatte, und stießen bei ihrer Recherche auf einen Mann namens Orlow, der für kurze Zeit stellvertretend in der Geschäftsführung wirksam gewesen war, und das erschien ihnen einigermaßen merkwürdig. Wladimir Orlow hatte nichts mit IT am Hut, sondern war als Kleinhändler in der Baubranche tätig. Als junger Mann war er auf der Krim ein vielversprechender Schwergewichtsboxer gewesen, und auf den Bildern, die Mikael im Internet finden konnte, sah er verlebt und brutal aus – nicht gerade wie jemand, den junge Mädchen gern zum Tee zu sich nach Hause einluden.

Unbestätigten Angaben zufolge war er wegen grober Körperverletzung und Kuppelei verurteilt worden. Er war zweimal verheiratet gewesen. Beide Ehefrauen waren gestorben, doch nirgends war die Todesursache erwähnt. Wirklich interessant in diesem Zusammenhang war aber, dass er als stellvertretender Geschäftsführer der unbedeutenden, längst abgewickelten Firma Bodin Bygg & Import erwähnt wurde, die im Verkauf von Baumaterial tätig gewesen war.

Ihr Besitzer war Karl Axel Bodin alias Alexander Zalatschenko gewesen, und dieser Name hatte Mikael eine böse Welt in Erinnerung gerufen – und seine größte Enthüllungsstory. Zalatschenko war Lisbeths Vater gewesen – der Mann, der seine Frau umgebracht und der Tochter sowohl Mutter als auch Kindheit geraubt hatte. Zalatschenko war Lisbeths finsterer Schatten, das schwarze Herz hinter ihrem brennenden Rachedurst.

War es Zufall, dass er jetzt in ihrem Material auftauchte? Mikael wusste besser als jeder andere, dass man auf alle möglichen Zusammenhänge stieß, wenn man nur tief genug wühlte. Das Leben hielt immer und überall merkwürdige Korrespondenzen bereit. Die Sache war nur … Wenn es um Lisbeth Salander ging, glaubte er nicht an Zufälle.

Wenn sie einem Chirurgen die Finger brach oder sich im Zusammenhang mit einem Diebstahl bahnbrechender KI-Technologie engagierte, hatte sie nicht nur genau darüber nachgedacht. Sie hatte auch einen Grund, ein Motiv. Lisbeth vergaß kein Unrecht und keine Kränkung. Sie übte Vergeltung und sorgte für Gerechtigkeit. Ob ihr Engagement in dieser Geschichte etwas mit ihrem eigenen Hintergrund zu tun hatte? Undenkbar war es nicht.

Mikael hob den Blick vom Bildschirm und sah Andrei an. Andrei nickte. Draußen auf dem Gang roch es schwach nach

Essen. Auf der Götgatan war das Wummern von Rockmusik zu hören. Außerdem heulte der Sturm, und der Himmel war noch immer dunkel und unruhig. Mikael klickte eher aus Routine und ohne große Erwartungen noch einmal auf den verschlüsselten Link. Dann aber strahlte er, ja er stieß sogar einen kleinen Freudenschrei aus. Dort stand:

Jetzt okay. Machen uns auf zum Versteck.

Er schrieb sofort:

Großartig zu hören. Fahr vorsichtig!

Aber er konnte es nicht lassen, noch etwas hinzuzufügen:

Lisbeth, wen jagen wir hier eigentlich?

Sie antwortete postwendend:

Das wirst du schon noch herausfinden, smartass!

Okay war übertrieben. Lisbeth fühlte sich ein bisschen besser, aber sie war immer noch in einer elenden Verfassung. Den halben gestrigen Tag über war sie sich kaum über Raum und Zeit im Klaren gewesen und hatte sich nur mit größter Mühe aus dem Bett gequält, um August mit Essen und Trinken zu versorgen. Sie hatte ihn auch mit Stiften und Papier ausgestattet, damit er den Mörder zeichnen konnte. Doch als sie jetzt wieder auf ihn zuging, sah sie schon von Weitem, dass er nichts gezeichnet hatte.

Vor ihm auf dem Sofatisch lagen zwar überall Blätter, aber er hatte nur darauf herumgekritzelt, irgendwelche langen Krakelreihen, und sie sah eher zerstreut nach, worum es sich dabei handelte. Es waren endlose Zahlenreihen, und obwohl sie erst rein gar nichts verstand, wurde sie zunehmend interessierter, und plötzlich stieß sie einen Pfiff aus.

»Unglaublich«, murmelte sie.

Sie hatte soeben schwindelerregend große Zahlen erblickt, die ihr erst nichts gesagt hatten. Doch zusammen mit anderen Zahlen bildeten sie plötzlich ein wohlbekanntes Muster, und als sie weiterblätterte und schließlich auf die einfache Zahlenreihe 641, 647, 653 und 659 stieß, bestand kein Zweifel mehr: Es waren sogenannte »sexy prime quadruplets« – Primzahlen, deren Bezeichnung davon herrührte, dass ihr Abstand jeweils sechs betrug.

August hatte auch Primzahlzwillinge aufgeschrieben, ja alle möglichen Primzahlenkombinationen, und da musste sie grinsen.

»Du Angeber«, sagte sie. »Cool!«

Aber August antwortete nicht und würdigte sie keines Blickes. Er blieb einfach nur auf Knien vor dem Sofatisch sitzen, als wollte er immer weiter Zahlen aufschreiben. Lisbeth erinnerte sich vage daran, einmal etwas über Savants und Primzahlen gelesen zu haben, aber sie dachte nicht weiter darüber nach. Für tiefer gehende Überlegungen fühlte sie sich viel zu schlecht. Stattdessen schlurfte sie ins Bad, wo sie zwei Vibramycintabletten schluckte, die schon mehrere Jahre in ihrem Schrank gelegen hatten.

Seit sie hier zu Hause eine Bruchlandung hingelegt hatte, behandelte sie sich selbst mit einem Antibiotikum. Jetzt packte sie ihre Pistole, ihren Computer und ein bisschen Wechselkleidung ein und bat den Jungen aufzustehen. Doch er wollte nicht, er hielt nur krampfhaft seinen Stift fest, und einen Moment lang stand sie ratlos vor ihm. Dann sagte sie ein wenig strenger: »Steh auf!«, und diesmal gehorchte er.

Sicherheitshalber tarnte Lisbeth sich mit einer Perücke und einer dunklen Sonnenbrille. Dann zogen sie sich ihre Jacken an, nahmen den Aufzug hinab zur Tiefgarage und fuhren in

Lisbeths dunklem BMW Richtung Ingarö. Sie lenkte mit der rechten Hand. Die linke Schulter war fest verbunden und schmerzte. Auch ihre Brust tat weh. Sie hatte immer noch Fieber und war ein paarmal gezwungen, an den Straßenrand zu fahren, um sich auszuruhen. Endlich erreichten sie den Strand und den Bootssteg in Stora Barnvik auf Ingarö und stiegen gemäß Gabriellas Anweisungen die lange Holztreppe hinauf. Als sie das Haus erreicht hatten, fiel Lisbeth erschöpft auf das Bett im Schlafzimmer neben der Wohnküche. Sie fröstelte und zitterte.

Trotzdem stand sie kurze Zeit später erneut auf, setzte sich mit ihrem Laptop an den Küchentisch und versuchte, die verschlüsselte Datei zu knacken, die sie bei der NSA heruntergeladen hatte. Natürlich gelang es ihr auch diesmal nicht, nicht einmal ansatzweise. Neben ihr am Tisch saß August und starrte mit leerem Blick auf all die Stifte und das Papier, das Erika stapelweise für ihn dagelassen hatte, doch aus irgendeinem Grund schien er nicht länger in der Lage zu sein, Primzahlreihen aufzuschreiben, geschweige denn einen Mörder zu zeichnen. Vielleicht stand er einfach zu sehr unter Schock.

Der Mann, der sich Jan Holtser nannte, saß in einem Hotelzimmer im Clarion Hotel Arlanda und telefonierte mit seiner Tochter Olga. Wie erwartet glaubte sie ihm kein Wort.

»Hast du Angst vor mir?«, fragte sie. »Hast du Angst, ich würde dir die Pistole auf die Brust setzen?«

»Nein, nein, auf keinen Fall«, antwortete er. »Ich war nur gezwungen...«

Er hatte keine Ahnung, wie er es formulieren sollte. Olga wusste, dass er ihr etwas verheimlichte, und deshalb beendete er das Gespräch schneller, als ihm lieb gewesen wäre. Neben ihm im Hotelzimmer saß Juri und fluchte. Er hatte Frans Balders Computer mittlerweile zum hundertsten Mal durchsucht, ohne irgendetwas zu finden. »Kein beschissenes bisschen!«, wie er es ausdrückte.

»Also hab ich einen Computer ohne Inhalt geklaut«, stellte Jan Holtser fest.

»Ganz genau.«

»Wozu hatte der Professor ihn dann bei sich?«

»Eindeutig, um etwas ganz Besonderes damit anzustellen. Ich kann sehen, dass eine große Datei, die wahrscheinlich mit anderen Computern verbunden war, gelöscht wurde. Aber egal was ich versuche, ich kann sie nicht wiederherstellen. Dieser Typ wusste genau, was er tat.«

»Aussichtslos«, sagte Jan Holtser.

»Verdammt aussichtslos«, bestätigte Juri.

»Und das Telefon? Das Blackphone?«

»Es gibt eine Handvoll Anrufe, die ich nicht zurückverfolgen kann, vermutlich von Geheimdiensten. Viel mehr beunruhigt mich aber eine andere Sache.«

»Was denn?«

»Ein längeres Gespräch, das der Professor geführt hat, kurz bevor du sein Haus gestürmt hast. Er hat mit einem Mitarbeiter des MIRI telefoniert, des Machine Intelligence Research Institute.«

»Und was ist daran so beunruhigend?«

»Zum einen natürlich der Zeitpunkt – ich hab das Gefühl, es war eine Art Krisengespräch. Zum anderen aber auch das MIRI an sich: Dieses Institut arbeitet daran, intelligente Computer daran zu hindern, dem Menschen gefährlich zu werden, und ... keine Ahnung, aber das klingt nicht gut. Mir scheint, als hätte Balder dem MIRI entweder etwas von seiner Forschung zur Verfügung gestellt, oder ...«

»Ja?«

»Den ganzen Dreck über uns weitererzählt – was immer er genau wusste.«

»Das wäre übel.«

Juri nickte, und Jan Holtser fluchte in sich hinein. Nichts war nach Plan verlaufen, und keiner von ihnen war Scheitern gewohnt. Jetzt hatten sie gleich zweimal hintereinander versagt – und dann auch noch wegen eines Kindes, eines zurückgebliebenen Kindes. Allein das war lästig, aber es war noch nicht das Schlimmste.

Das Schlimmste war, dass Kira auf dem Weg hierher war und noch dazu völlig außer sich. Auch das waren sie nicht gewohnt, ganz im Gegenteil, normalerweise verwöhnte Kira sie mit ihrer kühlen Eleganz, die allem, was sie tat, eine Aura der Unbesiegbarkeit verlieh. Diesmal aber war sie rasend gewesen, vollkommen außer Kontrolle, und hatte geschrien, sie seien erbärmliche, inkompetente Idioten. Aber eigentlich waren es nicht die verfehlten Schüsse, die den zurückgebliebenen Jungen vielleicht, vielleicht aber auch nicht getroffen hatten. Der wahre Grund ihres Zorns war die Frau, die wie aus dem Nichts aufgetaucht war und August Balder gerettet hatte. Sie war es, die Kira derart aus der Fassung gebracht hatte.

Sowie Jan angefangen hatte, sie zu beschreiben – soweit er sie überhaupt hatte sehen können –, hatte Kira ihn mit Fragen bombardiert. Als sie die richtigen Antworten erhalten hatte – oder die falschen, je nachdem, wie man es betrachtete –, war sie außer sich geraten und hatte gebrüllt, Jan hätte die Frau umbringen müssen und dass dies alles so verdammt typisch und zum Verzweifeln sei. Weder Jan noch Juri hatten verstanden, warum sie derart heftig reagiert hatte. Keiner von ihnen hatte sie je so toben gesehen.

Andererseits wussten sie im Grunde nicht viel über Kira. Jan Holtser würde nie vergessen, wie er in einer Suite im Hotel d'Angleterre in Kopenhagen drei-, viermal hintereinander Sex mit ihr gehabt hatte und die beiden anschließend im Bett gelegen und Champagner getrunken hatten. Wie so oft hatten sie über seine Kriegseinsätze und Auftragsmorde geredet. Damals hatte er ihr mit der Hand über Schulter und Arm gestreichelt und eine dreigeteilte Narbe auf ihrem Handgelenk entdeckt.

»Wo hast du die denn her, meine Schöne?«, hatte er gefragt und einen vernichtenden, hasserfüllten Blick geerntet.

Anschließend hatte sie ihn nie wieder in ihr Bett gelassen. Er interpretierte das als Strafe für seine Frage. Kira kümmerte sich um sie und gab ihnen Geld. Aber weder er noch Juri, noch irgendjemand anders aus ihren Kreisen durfte sie nach ihrer Vergangenheit fragen. So war nun mal das ungeschriebene Gesetz, und keiner von ihnen hätte es wohl auch nur ansatzweise versucht. Sie war ihre Wohltäterin, und sie mussten sich ihren Launen fügen und in ständiger Ungewissheit leben, ob sie sie zärtlich oder kühl behandeln, sie zurechtweisen oder ihnen eine unvorhergesehene, brennende Ohrfeige verpassen würde.

Vor ihm schlug Juri den Laptop zu und nahm einen Schluck von seinem Drink. Im Augenblick versuchten sie beide, sich mit dem Trinken zurückzuhalten, so gut es ging, damit Kira ihnen das nicht auch noch vorwerfen konnte. Doch es war hoffnungslos, der Frust und das Adrenalin trieben sie unweigerlich zum Alkohol. Jan nestelte nervös an seinem Handy herum.

»Hat Olga dir nicht geglaubt?«, fragte Juri.

»Kein bisschen. Und bald wird sie vermutlich auch noch eine Kinderzeichnung von mir auf allen Titelseiten sehen.«

»Ich glaube nicht an diese Zeichnung. Das Ganze kommt mir eher vor wie ein frommer Wunsch der Polizei.«

»Also sollten wir das Kind grundlos erschießen.«

»Das würde mich nicht wundern. Müsste Kira nicht längst hier sein?«

»Sie kann jeden Moment auftauchen.«

»Wer, glaubst du, war das?«

»Wen meinst du?«

»Diese Tussi, die aus dem Nichts aufgetaucht ist.«

»Keine Ahnung«, antwortete Jan. »Ich bin mir nicht mal sicher, ob Kira es selber weiß. Ich glaube eher, dass sie sich wegen irgendetwas anderem Sorgen macht.«

»Ich tippe trotzdem, dass wir zusehen müssen, sie beide umzulegen.«

»Und ich fürchte, dabei wird es nicht bleiben.«

August ging es nicht gut, so viel stand fest. Auf seinem Hals glühten rote Flecken, und er krampfte die Fäuste zusammen. Lisbeth, die neben ihm am Küchentisch in Ingarö saß und an der RSA-Entschlüsselung arbeitete, fürchtete fast schon, er könnte wieder einen Anfall erleiden. Stattdessen griff er zu einem schwarzen Stift.

Im selben Moment rüttelte eine Sturmbö an den großen Fensterscheiben, und August zögerte kurz und fuhr mit der linken Hand über den Tisch, immer vor und zurück – doch dann begann er zu zeichnen. Hier und da ein Strich, dann kleine Kreise – Knöpfe, vermutete Lisbeth –, dann eine Hand, Details eines Kinns, ein aufgeknöpftes Hemd. Seine Bewegungen wurden immer schneller, und ganz allmählich entspannten sich der Rücken und die Schultern des Jungen, als wäre endlich eine alte Wunde verheilt. Dennoch wirkte der Junge nicht ausgeglichen.

Sein Blick war gequält, und hin und wieder zuckte er heftig zusammen. Aber irgendetwas in ihm hatte sich gelöst, und jetzt nahm er einen anderen Stift zur Hand und zeichnete einen Eichenholzboden und darauf unendlich viele Puzzleteile, die am Ende vielleicht eine glitzernde Stadt bei Nacht ergeben würden. Schon jetzt stand fest, dass es keine fröhliche Zeichnung sein würde.

Die Hand und das aufgeknöpfte Hemd gehörten zu einem kräftigen Mann mit Bierbauch. Er stand in der Hüfte wie ein Klappmesser gebeugt da und schlug auf einen kleinen

Menschen auf dem Boden ein, der aus einem einzigen Grund nicht selbst zu sehen war: weil die Szene aus seiner Perspektive dargestellt war. Er selbst steckte die Schläge ein. Es war ein grausames Bild, daran bestand kein Zweifel.

Aber es schien nichts mit dem Mord zu tun zu haben, obwohl auch diese Zeichnung einen Täter offenbarte. In ihrer Mitte kam ein vor Wut rasendes, verschwitztes Gesicht zum Vorschein, auf dem jede noch so kleine bittere, vergrämte Falte exakt eingefangen war. Lisbeth erkannte es auf einen Blick, obwohl sie selten fernsah oder ins Kino ging.

Es war das Gesicht des Schauspielers Lasse Westman. Augusts Stiefvater.

Sie beugte sich zu dem Jungen hinüber und sagte bebend vor Zorn: »Das darf er dir nie wieder antun, nie wieder!«

21. KAPITEL

23. November

Alona Casales wusste sofort, dass etwas im Argen war, als Jonny Ingrams schlaksige Gestalt auf Ed the Ned zusteuerte. Allein schon seine unsichere Körperhaltung verriet, dass er nichts Gutes im Sinn hatte.

Normalerweise war ihm das egal. Wenn er anderen Menschen ein Messer in den Rücken stieß, wirkte Jonny Ingram oft regelrecht schadenfroh. Doch nicht bei Ed – vor ihm hatten selbst die hohen Tiere Respekt. Ed machte den Leuten die Hölle heiß, wenn sie sich mit ihm anlegten, und Jonny Ingram mochte keine Szenen, und noch viel weniger mochte er es, eine jämmerliche Figur abzugeben. Wenn er Ed Ärger machen wollte, stand ihm allerdings genau das bevor.

Er würde zittern wie ein Grashalm im Wind, denn im Gegensatz zum starken, temperamentvollen Ed war Jonny Ingram ein feingliedriges Oberschichtensöhnchen mit dürren Beinen und einer gezierten Körpersprache. Gleichzeitig war er ein Machtmensch erster Güte und hatte Einfluss in wichtigen Kreisen, sei es in Washington oder in der freien Wirtschaft. Er saß direkt unter dem NSA-Chef Charles O'Connor in der Direktion, und auch wenn er oft lächelte und großzügig Komplimente verteilte, reichte sein Lächeln doch nie bis zu den Augen. Er war gefürchtet wie sonst kaum jemand.

Er hatte gegen jeden Kollegen irgendein Druckmittel in der Hand und war unter anderem für die Überwachung strategischer Technologien verantwortlich – im Klartext: Industriespionage –, jenem Teil der NSA, der die amerikanische Hightechindustrie dabei unterstützte, im globalen Wettbewerb mitzuhalten.

Als er jetzt in seinem schicken Anzug vor Ed stand, sackte er geradezu in sich zusammen, und obwohl Alona dreißig Meter von den beiden entfernt saß, ahnte sie, was gleich passieren würde: Ed war kurz davor, an die Decke zu gehen. Sein bleiches, abgearbeitetes Gesicht hatte sich rot verfärbt, und im nächsten Moment richtete er sich mit seinem schiefen Rücken und seinem vorstehenden Bauch auf und brüllte Ingram an: »Sie dämlicher Idiot!«

Niemand außer Ed hätte es gewagt, Jonny Ingram einen dämlichen Idioten zu nennen. Alona liebte ihn dafür.

August fing mit einer neuen Zeichnung an.

Er zog einige hastige Striche über das Papier und drückte so fest auf, dass erst einmal die Spitze des schwarzen Stifts abbrach. Genau wie beim letzten Mal zeichnete er schnell, ein Detail hier, ein anderes dort, verstreute Einzelteile, die sich einander annäherten, bis sie schließlich eine Einheit bildeten. Es war wieder derselbe Raum, doch diesmal hatte das Puzzle ein anderes, leichter erkennbares Motiv – ein vorbeirasender roter Wagen vor einem kreischenden Publikum auf einer Tribüne –, und neben den Puzzleteilen standen diesmal zwei Männer.

Der eine war wieder Lasse Westman. Auf dieser Zeichnung trug er ein T-Shirt und Shorts, und seine blutunterlaufenen Augen schielten ein wenig. Er sah betrunken aus und wacklig auf den Beinen, aber nicht weniger aggressiv, und aus seinem

Mund triefte Speichel. Die andere Gestalt auf dem Bild war noch furchteinflößender. Aus seinen wässrigen Augen leuchtete purer Sadismus. Er wirkte ebenfalls schwer alkoholisiert, war unrasiert und hatte schmale, kaum vorhandene Lippen, und er schien August zu treten, obwohl der Junge wie schon beim letzten Mal nicht auf dem Bild zu sehen, in seiner Abwesenheit aber doch unerhört präsent war.

»Wer ist der andere?«, fragte Lisbeth.

August antwortete nicht. Aber seine Schultern bebten, und er verknotete seine Beine unter dem Tisch.

»Wer ist der andere?«, wiederholte Lisbeth etwas strenger, und August schrieb mit einer kindlichen, leicht zittrigen Handschrift auf die Zeichnung:

ROGER

Roger. Das sagte Lisbeth nichts.

Einige Stunden später in Fort Meade, nachdem seine Hackerjungs brav ihren Müll weggeräumt hatten und davongeschlurft waren, kam Ed zu Alona. Merkwürdigerweise sah er überhaupt nicht mehr wütend oder gekränkt aus, eher ein wenig trotzig, und nicht einmal sein krummer Rücken schien ihn gerade zu quälen. Einer seiner Hosenträger hatte sich vom Hosenbund gelöst, und er hielt ein Notizbuch in der Hand.

»Na, alter Junge«, sagte sie, »jetzt bin ich aber neugierig. Was ist passiert?«

»Ich hab frei«, antwortete er, »und reise mit dem nächsten Flieger nach Stockholm.«

»Ausgerechnet Stockholm! Ist es da nicht kalt um diese Jahreszeit?«

»Kälter denn je, so wie es aussieht.«

»Aber du fährst nicht wirklich in den Urlaub.«

»Unter uns gesagt: nein.«

»Das macht mich nur noch neugieriger.«

»Jonny Ingram hat uns jede weitere Nachforschung verboten. Wir sollen den Hacker laufen lassen und uns damit begnügen, ein paar Sicherheitslecks zu stopfen. Anschließend soll die Sache in Vergessenheit geraten.«

»Wie zum Teufel kann er so etwas befehlen?«

»Er will keine schlafenden Hunde wecken, sagt er, und riskieren, dass etwas über die Attacke an die Öffentlichkeit dringt. Es wäre eine Katastrophe, wenn das herauskäme, ganz zu schweigen von der Schadenfreude, die so was wecken würde, und all den Mitarbeitern, die man rauswerfen müsste – und zwar mich zuallererst –, um das Gesicht zu wahren.«

»Das heißt, er hat dir gedroht?«

»Das kannst du laut sagen. Man würde mich öffentlich diskreditieren und in Grund und Boden klagen.«

»Du scheinst trotzdem keine große Angst davor zu haben.«

»Ich mach ihn fertig.«

»Und wie soll das gehen? Dieser Schnösel hat doch überall seine Kontakte.«

»Ich bin auch ganz gut vernetzt. Außerdem ist Ingram nicht der Einzige, der irgendein Druckmittel gegen andere in der Hand hat. Dieser verdammte Hacker war immerhin so freundlich, in unseren Datenbanken herumzustöbern und uns auf unsere eigenen Machenschaften hinzuweisen.«

»Ein bisschen absurd ist das aber schon, oder?«

»Na klar. Aber es braucht eben einen Schurken, um einen anderen Schurken auffliegen zu lassen. Im ersten Moment kam mir das nicht mal komisch vor, jedenfalls nicht im Vergleich zu allem anderen, womit wir uns beschäftigen. Aber als wir dann anfingen, uns näher damit zu befassen, hat es sich als reinster Sprengstoff entpuppt.«

»Inwiefern?«

»Jonny Ingrams engste Mitarbeiter durchleuchten nicht nur die Geschäftsgeheimnisse anderer, um damit unseren eigenen

Konzernen zu helfen. Manchmal verkaufen sie sie auch. Und das Geld, liebe Alona, landet nicht immer auf den Konten der Organisation.«

»Sondern in ihrer eigenen Tasche?«

»Genau. Und was das betrifft, hätte ich jetzt schon genügend Beweise, um Joacim Barclay und Brian Abbot in den Knast zu bringen.«

»Du liebe Güte!«

»Leider ist es mit Ingram etwas komplizierter. Ich bin mir sicher, dass er der Kopf hinter dem Ganzen ist, sonst würde die Geschichte keinen Sinn ergeben. Aber noch hab ich nichts in der Hand, und das ärgert mich und macht diese ganze Operation riskant. Aber es wäre durchaus möglich, dass irgendwas Konkretes gegen ihn in dieser Datei steckt, die unser Hacker heruntergeladen hat. Obwohl ich es bezweifle. Davon abgesehen werden wir sie wohl nicht knacken können. Sie ist geschützt mit irgendeinem vertrackten RSA-Kryptosystem.«

»Und was hast du stattdessen vor?«

»Ich will die Schlinge um ihn enger ziehen. Allen und jedem zeigen, dass seine eigenen Mitarbeiter mit Schwerstkriminellen unter einer Decke stecken.«

»Mit den Spiders beispielsweise.«

»Mit den Spiders, ja. Da sind ein paar richtig finstere Gestalten dabei. Es würde mich nicht wundern, wenn sie auch etwas mit dem Mord an deinem schwedischen Professor zu tun haben. Jedenfalls hätten sie ein großes Interesse an seinem Tod gehabt.«

»Du machst Witze!«

»O nein. Dein Professor besaß Wissen, das sie hätte auffliegen lassen können.«

»Gottverdammte Scheiße!«

»Das kannst du wohl laut sagen.«

»Und jetzt willst du wie so ein kleiner Privatdetektiv nach Stockholm fliegen und dort herumschnüffeln?«

»Nicht wie ein Privatdetektiv, Alona. Ich habe dabei volle Rückendeckung, und wenn ich schon mal da bin, kann ich unserem Hackergenie auch gleich eine gehörige Abreibung verpassen. Sie wird anschließend nicht mehr gerade stehen können.«

»Ich muss mich wohl verhört haben. Sagtest du ›sie‹?«

»Ich sagte ›sie‹, meine Liebe. Sie.«

Augusts Zeichnung versetzte Lisbeth zurück in die Vergangenheit. Wieder musste sie an die Faust denken, die rhythmisch und ausdauernd auf eine Matratze schlug.

Sie erinnerte sich erneut an die dumpfen Schläge, das Schnaufen und das Weinen aus dem benachbarten Schlafzimmer. Sie erinnerte sich an die Zeit in der Lundagatan, als sie keine andere Zuflucht hatte als ihre Comics und ihre Rachefantasien. Dann schüttelte sie die finsteren Gedanken ab. Sie versorgte ihre Wunde, wechselte die Bandage und überprüfte noch einmal, ob ihre Pistole geladen war. Dann rief sie wieder den PGP-Link auf.

Andrei Zander hatte sich nach ihrem Befinden erkundigt, und sie antwortete ihm kurz. Draußen rüttelte der Sturm an Bäumen und Büschen. Nachdem sie einen Whisky getrunken und ein Stück Schokolade gegessen hatte, ging sie auf die Terrasse und weiter den Hang hinab. Sorgfältig sondierte sie das Gelände, insbesondere einen kleinen Felsvorsprung in Ufernähe. Sogar ihre Schritte bis dorthin zählte sie und prägte sich jede noch so winzige Eigenart in der Landschaft ein.

Als sie wieder zurückkehrte, hatte August eine weitere Zeichnung von Lasse Westman und Roger angefertigt. Womöglich musste er das alles endlich einmal loswerden, mutmaßte Lisbeth. Vom Augenblick des Mordes hatte er allerdings immer noch nichts gezeichnet, keinen einzigen Strich. War dieses Erlebnis in seinem Gehirn blockiert?

Lisbeth hatte das beklemmende Gefühl, ihnen würde die

Zeit davonlaufen. Besorgt sah sie zu August und seiner neuen Zeichnung hinüber – und zu den enormen Zahlen, die er am Rand notiert hatte. Als sie sich den Aufbau dieser Zahlen näher ansah, stieß sie plötzlich auf eine Reihe, die offensichtlich nicht mit den anderen zusammenhing.

Sie war relativ kurz – 23058430081399521 28 –, und eines konnte Lisbeth sofort sehen: Es war keine Primzahl, sondern eher – und ihre Miene hellte sich auf – eine Zahl, die in perfekter Harmonie aus der Summe all ihrer positiven Divisoren bestand. Mit anderen Worten war es eine vollkommene Zahl – genau wie die 6, die man durch 3, 2 und 1 teilen konnte, und 3 + 2 + 1 ergab genau 6. Sie musste lächeln. Und dann hatte sie einen eigenartigen Einfall.

»Das musst du mir erklären«, sagte Alona.

»Werde ich auch«, antwortete Ed. »Aber auch wenn ich weiß, dass es nicht nötig ist, musst du mir trotzdem vorher hoch und heilig versprechen, mit niemandem darüber zu reden.«

»Versprochen, du Flegel!«

»Gut. Es ist nämlich so: Nachdem ich Jonny Ingram die eine oder andere Wahrheit an den Kopf geworfen hatte – allerdings mehr zur Show –, hab ich ihm am Ende recht gegeben. Ich hab sogar so getan, als wäre ich dankbar dafür, dass er unserer Untersuchung ein Ende bereitet hat. Wir würden ohnehin nicht weiterkommen, habe ich behauptet – und in gewisser Hinsicht stimmt das sogar. Rein technisch gesehen haben wir unsere Möglichkeiten ausgeschöpft. Wir haben alles getan und sogar noch ein bisschen mehr, aber es führte zu nichts. Der Hacker hatte überall falsche Fährten ausgelegt und leitete uns auf immer neue Irrwege und in immer neue Labyrinthe. Einer meiner Jungs meinte, wenn wir wider alle Erwartungen doch ans Ziel kämen, würden wir es wahrscheinlich nicht mal merken, sondern uns einbilden, dass auch das bloß eine neue Falle wäre. Bei diesem Hacker mussten wir mit allem rechnen – nur nicht mit Fehlern und irgendeiner Blöße. Es stimmt also schon: Auf normalem Weg hatten wir keine Chance mehr.«

»Aber üblicherweise hältst du nicht viel vom normalen Weg.«

»Nein, ich glaube eher an die Schleichwege. In Wahrheit haben wir also nicht aufgegeben. Wir haben mit unseren Hackerkontakten dort draußen geredet und mit unseren Freunden in Softwareunternehmen. Haben ein paar ausgeklügelte Suchen, Abhöraktion und eigene Hacks durchgeführt. Verstehst du? Eine derart avancierte Attacke setzt immer eine umfassende Recherche voraus. Da werden bestimmte Fachfragen gestellt, bestimmte Websites besucht, und so etwas entgeht uns nicht. Vor allem aber gab es eine Sache, die uns vorangebracht hat, und das war das Know-how dieses Hackers. Er war so versiert, dass es den Kreis der Verdächtigen stark eingrenzte. Das ist in etwa so, als würde ein Krimineller plötzlich hundert Meter in 9,6 Sekunden laufen. Da weiß man ganz sicher, dass Bolt oder irgendein anderer Topsprinter dahinterstecken muss.«

»Von einem so hohen Niveau sprechen wir also?«

»Ja. Einiges an dieser Attacke lässt mich einfach nur staunen, dabei habe ich schon viel gesehen. Jedenfalls haben wir deshalb enorm viel Zeit investiert, um mit anderen Hackern und Profis zu sprechen, und haben ein bisschen rumgefragt: Wer hat das Zeug dazu, etwas richtig, richtig Großes auf die Beine zu stellen? Wer sind aktuell die Stars? Das heißt, wir stellten diese Fragen natürlich ein wenig geschickter, damit niemand darauf schließen konnte, was eigentlich passiert war. Und lange kamen wir auch nicht weiter. Es war ja ohnehin nur ein Schuss ins Blaue. Niemand wusste etwas oder wollte mit seinem Wissen rausrücken. Natürlich wurden ein paar Namen genannt, aber keiner davon schien uns der richtige zu sein. Eine Zeit lang haben wir uns auf einen Russen konzentriert – Juri Bogdanow. Ein ehemaliger Junkie und Dieb mit magischen Fingern. Er kommt überall rein. Er hackt, was er will. Schon als er noch als verlotterter Penner auf den Straßen von Sankt Petersburg gelebt hat, nur Haut und Knochen, vierzig Kilo, und Autos geknackt hat, haben die Sicherheitsfirmen sich um ihn gerissen. Sogar die Polizei und die Geheimdienste wollten ihn haben, damit ihnen bloß nicht irgendwelche kriminellen Organisationen zuvorkamen. Aber diesen Kampf haben sie verloren. Heute ist Bogdanow clean und erfolgreich und wiegt immerhin fünfzig Kilo. Wir sind uns ziemlich sicher, dass er zu deiner Bande gehört, Alona, und das war auch einer der Gründe, warum wir uns für ihn interessiert haben. Was dieser Hacker in unserem System gesucht hat, hat uns wiederum gezeigt, dass es da eine Verbindung zu den Spiders geben muss. Aber dann...«

»Habt ihr euch gefragt, warum ausgerechnet einer ihrer eigenen Leute uns diese neuen Hinweise geben und Zusammenhänge aufzeigen sollte.«

»Ganz genau. Wir haben also weitergesucht, und nach einer Weile tauchte noch eine andere Gruppe auf.«

»Und zwar?«

»Sie nennt sich Hacker Republic und hat draußen einen echt guten Ruf. Besteht aus lauter Toptalenten, die sich alle superakkurat und wachsam verschlüsseln. Aus gutem Grund, muss man wohl sagen. Wir – und viele andere – versuchen immer wieder, solche Gruppen zu infiltrieren. Nicht nur weil wir herausfinden wollen, was sie so treiben. Wir brauchen solche Leute auch. Brillante Hacker sind nun mal begehrt.«

»Jetzt, nachdem wir sowieso alle kriminell geworden sind.«

»Ha, ja, könnte man so sagen. Wie auch immer, diese Hacker Republic hat enormes Potenzial. Das haben uns viele bestätigt. Aber nicht nur das. Es gab auch Gerüchte, dass sie etwas Großes geplant hatten. Außerdem soll jemand namens Bob the Dog, den wir eindeutig mit der Gruppe in Verbindung bringen konnten, einen unserer Kollegen ausgeschnüffelt haben – Richard Fuller heißt er. Kennst du ihn?«

»Nein.«

»Ein ziemlich selbstgefälliger Typ, manisch-depressiv. Er ist mir schon lange ein Dorn im Auge, weil er ein Sicherheitsrisiko darstellt. Er wird übermütig und nachlässig, sobald er seine manischen Schübe hat. Für eine Hackergang stellt er das perfekte Opfer dar, aber um so jemandem auf die Spur zu kommen, braucht man Insiderinformationen. Fullers psychische Gesundheit ist ja nicht gerade Allgemeingut. Nicht mal seine Mutter weiß von seinen Problemen. Aber ich bin mir sicher, dass sie nicht über Fuller Zugang zu uns bekommen haben. Wir haben jede einzelne Datei untersucht, die in letzter Zeit bei ihm eingegangen ist, und nichts gefunden. Wir haben ihn ganz genau unter die Lupe genommen. Trotzdem glaube ich, dass Richard Fuller Teil des ursprünglichen Plans der Hacker Republic war. Es ist zwar nicht so, dass ich irgendwelche Beweise gegen diese Gruppe hätte, aber mein Bauchgefühl sagt mir, dass sie hinter der Attacke stecken, vor allem seit wir wissen, dass wir gewisse andere Organisationen ausschließen können.«

»Du hast gesagt, es sei eine Frau…«

»Ja, richtig. Als wir die Gruppe eingekreist hatten, haben wir versucht, so viel wie möglich über sie herauszufinden, wobei es nicht immer ganz leicht war, die vielen Mythen und Gerüchte von den Tatsachen zu unterscheiden. Aber eine Behauptung tauchte so regelmäßig auf, dass ich am Ende nicht mehr daran gezweifelt habe.«

»Und zwar?«

»Dass der größte Star der Hacker Republic jemand namens Wasp ist.«

»Wasp?«

»Genau. Ich will dich jetzt nicht mit den technischen Details langweilen, aber Wasp ist in gewissen Kreisen eine Legende, unter anderem wegen ihres Talents, etablierte Methoden auf den Kopf zu stellen. Irgendjemand hat gesagt, man könne Wasps Handschrift in einer Hackerattacke erkennen wie Mozarts Handschrift in einer kurzen Melodie. Wasp hat einen unverkennbaren Stil, und das war tatsächlich das Erste, was einer meiner Jungs gesagt hat, nachdem er die Attacke analysiert hatte: Das hier unterscheidet sich von allem, worauf wir bislang gestoßen sind. Es hat eine ganz neue Schöpfungshöhe. Es wirkt irgendwie schräg und überraschend, ist aber trotzdem zielgerichtet und effektiv.«

»Ein Genie also?«

»Zweifellos, und deshalb haben wir im Netz nach allem gesucht, was es über Wasp zu finden gab, um hinter den Alias zu kommen, aber es hat uns nicht überrascht, als das nicht funktionierte. Es würde dieser Person einfach nicht ähnlich sehen, Fehler zu machen. Aber weißt du, was ich stattdessen gemacht habe?« Er klang unverhohlen stolz.

»Nein?«

»Ich habe mich schlaugemacht, wofür das Wort steht.«

»Abgesehen von seiner buchstäblichen Bedeutung? Wespe?«

»Ganz genau. Dabei hab ich gar nicht unbedingt geglaubt, dass es zu irgendetwas führen würde. Aber wie ich schon gesagt habe – wenn man auf der Hauptstraße nicht weiterkommt, versucht man es auf den verschlungenen Nebenwegen. Man weiß nie, was man dort findet, und natürlich stellte sich heraus, dass Wasp alles Mögliche bedeuten konnte. Ein britisches Kampfflugzeug aus dem Ersten Weltkrieg. Der Titel einer Komödie von Aristophanes, der Titel eines bekannten Kurzfilms aus dem Jahr 1915, der eines Satiremagazins aus San Francisco aus dem neunzehnten Jahrhundert. Und dann natürlich das Akronym für ›White Anglo-Saxon Protestant‹ und einiges mehr. Aber all diese Referenzen kamen mir irgendwie zu abgehoben vor für unser Hackergenie, und es passte nicht zur Szene. Aber weißt du, was gepasst hat?«

»Nein.«

»Das, worauf man im Internet am häufigsten stößt, wenn man nach Wasp sucht: die Superheldin aus den *Marvel Comics* – eine der Gründerinnen der Avengers.«

»Über die man auch Filme gedreht hat.«

»Ganz genau. Das Team um Tor, Iron Man, Captain America und so weiter. In den Originalcomics ist Wasp sogar eine Zeit lang deren Anführerin. Wasp ist eine ziemlich coole Figur, muss ich sagen. Sie sieht rockig und rebellisch aus, trägt schwarz-gelbe Klamotten und Insektenflügel, hat kurzes schwarzes Haar und ist echt großschnäuzig – ein Mädchen, das auch mal zuschlägt, wenn es in der schwächeren Position ist, das seine Größe verändern und wachsen und schrumpfen kann. Sämtliche Informanten, mit denen wir Kontakt aufgenommen hatten, waren felsenfest der Überzeugung, dass es sich um genau diese Wasp handeln musste. Die Person hinter dem Namen muss deshalb noch nicht unbedingt ein *Marvel Comic*-Fan sein – oder jedenfalls nicht mehr. Diesen Alias gibt es schon lange. Vielleicht ist es auch irgendeine Reminiszenz an ihre Kindheit oder ein ironisches Augenzwinkern. Immerhin habe ich meine Katze auch Peter Pan getauft, obwohl ich diese selbstgefällige Figur, die nicht erwachsen werden will, nicht ausstehen kann. Trotzdem…«

»Ja?«

»…ist mir aufgefallen, dass dieses kriminelle Netzwerk, nach dem Wasp gesucht hat, ebenfalls Decknamen aus den *Marvel Comics* verwendet – und sogar mehr als das. Hattest du nicht gesagt, dass sie sich manchmal sogar Spider Society nennen?«

»Ja, aber ich würde das mehr als Spielerei auffassen, mit der sie sich über uns, die wir sie abhören, lustig machen.«

»Ja, da stimme ich dir durchaus zu, aber auch Spielereien

können uns Hinweise geben oder auf einen ernsteren Hintergrund verweisen. Weißt du, was diese Spider Society in den *Marvel Comics* charakterisiert?«

»Nein?«

»Dass sie gegen die sogenannte Sisterhood of the Wasp kämpft.«

»Okay, verstehe. Das ist allerdings ein bemerkenswertes Detail. Aber ich begreife immer noch nicht, wie euch das weiterbringen konnte.«

»Wart ab, du wirst es schon noch erfahren. Was hältst du davon, mich zu meinem Auto zu begleiten? Ich muss zum Flughafen.«

Mikael Blomkvist fielen bereits die Augen zu. Es war noch gar nicht besonders spät, aber er spürte am ganzen Leib, dass er mit seiner Kraft am Ende war. Er musste nach Hause gehen und ein paar Stunden schlafen und später in der Nacht oder früh am nächsten Morgen wieder loslegen. Vielleicht würde es ihm sogar guttun, unterwegs ein paar Bier zu trinken. Vor Übermüdung pochte es in seinen Schläfen, und er würde erst ein paar Erinnerungen und Sorgen vertreiben müssen. Vielleicht konnte er ja Andrei überreden, ihm ein bisschen Gesellschaft zu leisten. Er sah zu dem Kollegen hinüber.

Andrei sah dermaßen jung und dynamisch aus, dass es kaum zu ertragen war. Er tippte so energisch auf seiner Tastatur herum, als wäre er gerade erst gekommen, und hin und wieder blätterte er hastig durch seine Aufzeichnungen, dabei war er bereits seit fünf Uhr morgens in der Redaktion. Jetzt war es Viertel vor sechs am Abend, und allzu viele Pausen hatte er nicht gemacht.

»Was meinst du, Andrei? Wollen wir noch eine Kleinigkeit essen und ein Bier trinken gehen und dabei über unsere Reportage sprechen?«

Im ersten Moment schien Andrei die Frage gar nicht zu

verstehen. Dann hob er den Kopf und sah plötzlich überhaupt nicht mehr dynamisch aus.

»Was ... tja ... vielleicht«, antwortete er zögernd.

»Das werte ich als Ja«, sagte Mikael. »Was hältst du von der Volksoper?«

Das nahe gelegene Restaurant der Volksoper an der Hornsgatan lockte viele Journalisten und Kreative an.

»Es ist nur ...«, sagte Andrei zögerlich.

»Was denn?«

»Ich soll noch das Porträt dieses Bukowskis-Kunsthändlers schreiben, der in Malmö am Hauptbahnhof in einen Zug gestiegen und dann spurlos verschwunden ist. Erika fand, das könnte ins nächste Heft passen.«

»Du liebe Güte, die Frau lässt dir aber auch keine Ruhe!«

»Ach, das würde ich so nicht sagen. Aber irgendwie bekomme ich den Text nicht richtig hin – er liest sich wahnsinnig umständlich und steif.«

»Soll ich ihn mir mal ansehen?«

»Sehr gern. Aber erst will ich noch ein bisschen damit weiterkommen. Wenn du ihn in diesem Zustand zu sehen bekämst, würde ich mich in Grund und Boden schämen.«

»Dann warten wir damit. Aber jetzt komm, Andrei, lass uns wenigstens einen Happen essen. Wenn es unbedingt sein muss, kannst du ja anschließend wieder hierher zurückkommen und weiterarbeiten«, sagte Mikael und sah Andrei auffordernd an.

An diesen Moment sollte er später noch lange zurückdenken. Andrei trug ein braun kariertes Jackett und ein weißes Hemd, das bis oben zugeknöpft war. Er sah aus wie ein Filmstar. Mehr denn je erinnerte er an den jungen Antonio Banderas – an einen zaudernden Banderas.

»Ich muss das hier erst auf die Reihe kriegen«, entgegnete er zögernd. »Ich hab noch Essen im Kühlschrank, das ich mir später in der Mikrowelle warm machen kann.«

Mikael fragte sich kurz, ob er in seiner Position als älterer Kollege Andrei dazu verdonnern durfte, auf ein Bier mitzukommen. Stattdessen sagte er: »Na gut, dann sehen wir uns morgen. Wie geht es den beiden da draußen überhaupt? Immer noch keine Zeichnung vom Mörder?«

»Sieht nicht so aus.«

»Dann müssen wir morgen irgendeine andere Lösung finden. Pass auf dich auf«, sagte Mikael noch, stand auf und zog seinen Mantel an.

Lisbeth meinte sich zu erinnern, vor einiger Zeit in *Science* etwas über Savants gelesen zu haben. In dem Artikel hatte sich der Zahlentheoretiker Enrico Bombieri auf eine Anekdote aus Oliver Sacks' Buch *Der Mann, der seine Frau mit einem Hut verwechselte* bezogen, in der zwei autistische Zwillinge mit kognitiven Defiziten ganz entspannt dagesessen und einander unglaublich hohe Primzahlen zugerufen hatten, als hätten sie diese in einer Art inneren mathematischen Landschaft vor sich gesehen oder sogar eine geheimnisvolle Abkürzung zum Mysterium der Zahlen gefunden.

Zwar lagen Welten zwischen dem, was den Zwillingen gelungen war, und dem, was Lisbeth erreichen wollte. Trotzdem glaubte sie eine Verbindung zu erkennen und beschloss, es zu versuchen, so wenig sie insgeheim auch daran glaubte. Sie nahm sich die verschlüsselte NSA-Datei vor und öffnete ihr Programm zur Faktorisierung mit elliptischen Kurven. Dann wandte sie sich wieder August zu. Er reagierte, indem er mit seinem Oberkörper vor- und zurückschaukelte.

»Primzahlen. Du magst doch Primzahlen«, sagte sie.

August sah sie nicht an und hörte nicht mit dem Schaukeln auf.

»Ich mag sie auch«, sagte sie. »Aber es gibt da eine Sache, die mich gerade besonders interessiert, und die heißt Primfaktorzerlegung. Weißt du, was das ist?«

August wiegte weiter den Oberkörper vor und zurück und starrte auf den Tisch. Er sah nicht aus, als würde er irgendetwas begreifen.

»Bei der Primfaktorzerlegung wird eine Zahl als Produkt aus Primzahlen dargestellt, und mit Produkt meine ich in diesem Zusammenhang das Ergebnis einer Multiplikation. Kannst du mir folgen?«

August verzog keine Miene, und Lisbeth fragte sich bereits, ob sie nicht einfach den Mund halten sollte.

»Nach dem Fundamentalsatz der Arithmetik kann jede natürliche Zahl auf individuelle Art in Primfaktoren zerlegt werden – und das ist ehrlich gesagt ziemlich irre. Eine so einfache Zahl wie 24 können wir auf allen möglichen Wegen errechnen, zum Beispiel indem wir 12 mit 2 multiplizieren, 3 mit 8 oder 4 mit 6. Und trotzdem gibt es nur eine einzige Möglichkeit, sie in Primfaktoren zu zerlegen, und das ist 2 mal 2 mal 2 mal 3. Verstehst du? Jede Zahl hat ihre eigene, einzigartige Faktorisierung. Das Problem ist nur, dass es zwar einfach ist, Primzahlen zu multiplizieren und dabei sogar große Zahlen herauszubekommen. Im Gegensatz dazu ist es aber oft fast aussichtslos, den umgekehrten Weg zu gehen und von der Summe wieder auf die einzelnen Primzahlen zurückzukommen. Und genau das hat ein gemeiner Mensch in einer geheimen Nachricht ausgenutzt, die ich jetzt dringend lesen muss. Verstehst du? Es ist ein bisschen so, als würde man Säfte mischen oder einen Drink. Leicht herzustellen – aber nur schwer wieder rückgängig zu machen.«

August nickte nicht und sagte kein Wort. Aber wenigstens hielt er seinen Körper jetzt wieder ruhig.

»Wollen wir mal sehen, wie gut du bei der Primfaktorzerlegung bist? Na, wie wär's?«

August rührte sich nicht.

»Das heißt bestimmt Ja. Lass uns mit der 456 anfangen.«

Sein Blick wurde glasig und abwesend, und Lisbeth fragte sich mehr denn je, ob die Idee nicht vollkommen absurd war.

Draußen war es kühl und windig. Mikael hatte trotzdem das Gefühl, die Kälte täte ihm gut. Wenigstens wurde er so wieder ein bisschen wacher. Es waren nicht allzu viele Leute draußen unterwegs, und unwillkürlich musste er an seine Tochter Pernilla denken und an ihre Absicht, »ernsthaft schreiben« zu wollen. An Lisbeth und an den Jungen. Was sie wohl gerade machten?

Als er die Hornsgatan bergauf lief, starrte er kurz auf ein Reklameplakat in einem Schaufenster. Fröhliche, sorglose Menschen bei einer Cocktailparty. Es kam ihm vor, als wäre es schon Ewigkeiten her, dass er zuletzt so unbekümmert und mit einem Drink in der Hand auf einem Fest gestanden hatte. Für einen kurzen Moment sehnte er sich ganz weit weg. Dann zuckte er zusammen. Er hatte plötzlich das Gefühl, beobachtet zu werden. Er sah sich um. Falscher Alarm. Womöglich nur die Folge all dessen, was er in den letzten Tagen erlebt hatte.

Die einzige Person, die hinter ihm stand, war eine strahlend schöne Frau in einem leuchtend roten Rock und mit offenen dunkelblonden Haaren, die ihn schüchtern und ein wenig unsicher anlächelte. Er lächelte zurück und wollte schon weitergehen, doch aus irgendeinem Grund konnte er den Blick nicht von der Frau abwenden, als fürchtete er, dass sie sich jeden Moment in etwas anderes, Alltäglicheres zurückverwandeln könnte.

Stattdessen blendete ihn ihre Schönheit mit jeder Sekunde mehr. Sie war wie eine Königin, eine Berühmtheit, die sich versehentlich unter das gemeine Volk verirrt hatte. Tatsächlich hätte Mikael sie in diesem Augenblick, in diesem ersten Moment der Verwunderung, kaum beschreiben, ja nicht ein einziges aussagekräftiges Merkmal an ihr nennen können. Sie sah aus wie die personifizierte Wandelbarkeit, ein makelloses Model aus irgendeinem Hochglanzmagazin.

»Kann ich Ihnen irgendwie helfen?«, fragte er.

»Nein, nein«, antwortete sie und wirkte erneut etwas verunsichert, doch selbst ihre Unsicherheit war überaus charmant.

Sie war keine Frau, die man für schüchtern gehalten hätte. Sie sah eher so aus, als läge ihr die Welt zu Füßen.

»Na dann, schönen Abend noch«, sagte er und wollte sich schon umwenden, als sie sich nervös räusperte.

»Sind Sie nicht Mikael Blomkvist?«, fragte sie noch verlegener und sah auf die Pflastersteine hinab.

»Doch, der bin ich«, antwortete er und lächelte.

Er bemühte sich, genauso höflich zu ihr zu sein wie zu jeder anderen Person.

»Ich wollte nur sagen, dass ich Sie schon immer bewundert habe«, fuhr sie fort, hob vorsichtig den Kopf und sah ihm mit einem dunklen Blick direkt in die Augen.

»Das freut mich zu hören. Allerdings habe ich schon lange nichts Vernünftiges mehr geschrieben. Mit wem habe ich die Ehre?«

»Ich heiße Rebecka Svensson«, antwortete sie. »Eigentlich wohne ich inzwischen in der Schweiz.«

»Und jetzt sind Sie auf Heimatbesuch?«

»Ja, leider nur ganz kurz. Ich vermisse Schweden. Ich vermisse sogar den November in Stockholm.«

»Da muss Ihre Sehnsucht aber wirklich groß sein.«

»Tja, das stimmt. Aber so ist das wohl mit dem Heimweh, nicht wahr?«

»Was denn?«

»Dass man selbst die negativen Dinge vermisst.«

»Das ist wohl wahr.«

»Aber wissen Sie, wie ich meine Sehnsucht lindere? Ich verfolge die schwedischen Medien. Ich glaube, ich habe in den letzten Jahren nicht einen *Millennium*-Artikel verpasst«, fuhr sie fort.

Er warf ihr einen neugierigen Blick zu. Jedes ihrer Kleidungsstücke – von den hochhackigen Schuhen bis hin zum blau karierten Kaschmirschal – war teuer und exklusiv. Rebecka Svensson sah nicht gerade aus wie die typische *Millennium*-Leserin. Doch es gab keinen Grund, Vorurteile gegen reiche Exilschweden zu hegen.

»Arbeiten Sie in der Schweiz?«, fragte er.

»Ich bin Witwe.«

»Verstehe.«

»Manchmal langweile ich mich schier zu Tode. Was haben Sie heute noch vor?«

»Ich wollte etwas trinken gehen und einen Happen essen«, sagte er und ärgerte sich im selben Moment über seine Antwort. Sie hatte zu einladend geklungen, zu vorhersehbar, aber wenigstens war sie aufrichtig gewesen. Genau das hatte er vorgehabt.

»Darf ich Ihnen Gesellschaft leisten?«, fragte sie.

»Gerne«, antwortete er zögernd, und sie berührte flüchtig seine Hand – vermutlich unbeabsichtigt. Zumindest wollte er das glauben. Sie wirkte immer noch schüchtern. Langsam gingen sie an den Galerien vorbei die Hornsgatan hinauf.

»Schön, mit Ihnen hier entlangzuspazieren«, sagte sie.

»Ein wenig überraschend.«

»Ja, nicht gerade das, womit ich gerechnet habe, als ich heute Morgen aufgewacht bin.«

»Womit haben Sie denn gerechnet?«

»Dass es ein genauso trister Tag würde wie immer.«

»Ich weiß nicht, ob ich heute der Richtige bin, um Sie aufzumuntern«, sagte er. »Meine Arbeit nimmt mich gerade ziemlich in Beschlag.«

»Arbeiten Sie zu viel?«

»Vermutlich, ja.«

»Dann können Sie eine kleine Pause bestimmt gut gebrauchen«, sagte sie und schenkte ihm ein bezauberndes Lächeln, das von einer plötzlichen Sehnsucht oder einem Versprechen erfüllt zu sein schien – und in diesem Moment kam ihm irgendetwas an ihr bekannt vor, als hätte er dieses Lächeln schon einmal gesehen, allerdings in einer anderen Form, in einer Art Zerrspiegel.

»Sind wir uns schon mal begegnet?«, fragte er.

»Das glaube ich nicht. Abgesehen davon, dass ich Sie schon tausendmal auf Bildern und im Fernsehen gesehen habe, natürlich.«

»Haben Sie früher in Stockholm gelebt?«

»Nur als kleines Mädchen.«

»Und wo haben Sie da gewohnt?«

Sie deutete vage die Hornsgatan hinab.

»Es war eine schöne Zeit«, sagte sie. »Unser Vater hat sich damals um uns gekümmert. Ich denke immer noch oft daran zurück.«

»Lebt er noch?«

»Nein, er ist leider viel zu jung gestorben.«

»Mein Beileid.«

»Ja, ich vermisse ihn wirklich. Wohin sind wir eigentlich unterwegs?«

»Ich weiß nicht«, sagte er. »Es gibt ein Pub hier in der Nähe, ein Stück weiter die Bellmansgatan entlang: das ›Bishops Arms‹. Ich kenne den Besitzer. Ein angenehmer Laden.«

»Sicher…«

Wieder hatte sie diesen scheuen Gesichtsausdruck, und sie streifte beim Gehen erneut seine Hand. Diesmal war er sich nicht mehr ganz so sicher, ob es unbeabsichtigt geschehen war.

»Oder ist das nicht fein genug?«

»Doch, doch, natürlich«, antwortete sie schnell. »Ich habe in Kneipen nur so oft das Gefühl, dass man mich anstarrt. Ich hab schon viele schlechte Erfahrungen gemacht…«

»Das kann ich mir vorstellen.«

»Hätten Sie nicht vielleicht...«

»Was?«

Sie sah erneut zu Boden und errötete – im ersten Moment dachte er sogar, er hätte sich verguckt. Erwachsene Menschen erröteten doch wohl nicht auf diese Weise? Aber Rebecka Svensson aus der Schweiz, die nach sieben Millionen Dollar roch, war tatsächlich rot geworden wie ein kleines Schulmädchen.

»Hätten Sie nicht vielleicht Lust, mich stattdessen auf ein Glas Wein zu sich nach Hause einzuladen?«, fuhr sie fort. »Das fände ich gemütlicher.«

»Doch...« Er zögerte. Er musste dringend schlafen, um morgen wieder fit zu sein. Dennoch antwortete er verhalten: »Doch, natürlich. Ich habe noch eine Flasche Barolo zu Hause«, und für einen Moment rechnete er damit, dass sich trotz allem gleich der übliche Enthusiasmus einstellen würde, als stünde ihm ein schwindelerregendes Abenteuer bevor.

Aber er wurde seine Unsicherheit nicht los. Zuerst verstand er nicht, warum. Normalerweise tat er sich in solchen Dingen nicht schwer, und natürlich war er derlei weibliche Avancen gewöhnt. Zwar war es diesmal ungeheuer schnell gegangen, aber auch das war nicht das erste Mal gewesen, und Mikael hatte in dieser Frage eine recht pragmatische Einstellung. Also war es nicht die Geschwindigkeit, mit der alles geschehen war – oder vielmehr nicht nur. An Rebecka Svensson war irgendetwas seltsam. Oder täuschte er sich?

Sie war nicht nur jung und umwerfend schön und sollte eigentlich etwas anderes zu tun haben, als sich einen verschwitzten, abgearbeiteten Journalisten mittleren Alters aufzureißen. Aber auch ihre Blicke und dieser ständige Wechsel zwischen Wagemut und Schüchternheit und ihre mehr oder weniger zufälligen Berührungen störten ihn. Alles, was er im ersten Moment als so unwiderstehlich empfunden hatte, erschien ihm plötzlich einfach nur berechnend.

»Wie schön! Ich werde Sie auch wirklich nicht lange stören. Ich möchte Sie nicht von Ihrer Reportage abhalten«, sagte sie.

»Ich übernehme die volle Verantwortung für unfertige Reportagen«, antwortete er und versuchte sich an einem Lächeln.

Ihm war klar, dass es gezwungen aussehen würde, und im selben Moment nahm er etwas Seltsames in ihrem Blick wahr: eine plötzliche eisige Kälte, die sich binnen einer Sekunde wieder zurück ins Gegenteil verkehrte, in Zärtlichkeit, Wärme – als würde ein großer Schauspieler sein Repertoire vorführen. Mehr denn je war er überzeugt davon, dass irgendwas mit ihr nicht stimmte. Was genau, bekam er nicht zu fassen, und er wollte seinen Verdacht auch nicht äußern, zumindest nicht fürs Erste. Er wollte vielmehr verstehen, was hier gerade vor sich ging. Er spürte, dass es wichtig werden könnte.

Sie bogen in die Bellmansgatan ein, obwohl er insgeheim nicht länger vorhatte, sie mit zu sich nach Hause zu nehmen. Aber er brauchte Zeit, um der Sache auf den Grund zu gehen, und sah sie erneut an. Sie war wirklich auffallend schön. Doch es war nicht allein ihre Schönheit, die ihn im ersten Augenblick so fasziniert hatte. Da war noch etwas anderes, etwas nicht Greifbares, das seine Gedanken plötzlich zu einer anderen Sphäre lenkte als dem Glamour der Modezeitschriften. Rebecka Svensson erschien ihm wie ein Rätsel, dessen Lösung er besser kennen sollte.

»Schönes Viertel«, sagte sie.

»Ja, nicht schlecht«, antwortete er gedankenverloren und sah zum »Bishops Arms« hinüber.

Schräg gegenüber an der Kreuzung zur Tavastgatan stand ein magerer, großer Mann mit schwarzer Baseballkappe und dunkler Sonnenbrille und studierte einen Stadtplan. Man hätte ihn leicht für einen Touristen halten können. Er hielt eine braune Reisetasche in der Hand, trug weiße Sneakers und eine schwarze Lederjacke mit einem breiten, aufgestellten Fellkragen, und unter normalen Umständen hätte Mikael ihn nicht weiter beachtet.

Doch mittlerweile war er kein unvoreingenommener Betrachter mehr, und genau deshalb erkannte er in den Bewegungen des Mannes etwas Nervöses, Aufgesetztes. Natürlich mochte das daran liegen, dass Mikael von Anfang an misstrauisch gewesen war. Aber er hatte doch den Eindruck, dass die zerstreute Handhabung der Karte gespielt war – und jetzt hob der Typ auch noch den Kopf und sah direkt zu ihnen herüber.

Eine Sekunde lang studierte er die beiden aufmerksam. Dann vertiefte er sich augenscheinlich wieder in seine Karte – wenn auch nicht sonderlich geschickt. Er wirkte angestrengt, schien sein Gesicht unter der Kappe verstecken zu wollen, und seine Haltung – dieser gebeugte, halb verdeckte Kopf – bescherte Mikael erneut ein mulmiges Gefühl.

Er wandte sich Rebecka Svensson zu, sah ihr lange und intensiv in die dunklen Augen und erhielt einen zärtlichen Blick zurück, den er erst nicht erwiderte. Er betrachtete sie lediglich unbewegt und konzentriert, und plötzlich gefror ihre Miene. Erst da musste er lächeln.

Er lächelte, weil er plötzlich den Zusammenhang erkannt hatte.

22. KAPITEL

Am Abend des 23. November

Lisbeth stand vom Küchentisch auf. Sie wollte August nicht länger stören. Auf den Schultern des Jungen schien schon genug zu lasten, und ihre Idee war offensichtlich von Anfang an dämlich gewesen.

Es war so typisch für sie, dass sie so große Hoffnungen in einen armen Savant setzte! Was August bisher getan hatte, war doch beeindruckend genug. Sie ging auf die Terrasse hinaus und betastete vorsichtig die Schusswunde, die noch immer wehtat. Plötzlich hörte sie hinter sich ein Geräusch, ein hastiges Kratzen auf Papier, drehte sich wieder um und marschierte zurück an den Küchentisch. Im nächsten Moment musste sie grinsen.

August hatte Folgendes geschrieben:

$2^3 \times 3 \times 19$

Sie setzte sich zu ihm und sagte, diesmal ohne August anzusehen: »Okay. Ich bin beeindruckt. Und jetzt wird es ein bisschen schwieriger. Wir nehmen die 18206927.«

August kauerte über dem Tisch, und Lisbeth überlegte kurz, ob es nicht anmaßend von ihr war, ihm eine achtstellige Zahl hinzuwerfen. Aber wenn sie überhaupt eine Chance haben wollten, müssten sie noch viel höher gehen. Es wunderte sie nicht, dass August erneut nervös mit dem Oberkörper zu schaukeln begann. Doch dann beugte er sich Sekunden später vor und schrieb:

9419 × 1933

»Wow! Und was hältst du von 971230541?«

983 × 991 × 997, schrieb August.

»Hervorragend«, sagte Lisbeth, und so ging es immer weiter.

Alona und Ed standen auf dem betriebsamen Parkplatz vor dem schwarzen, quadratischen NSA-Hauptgebäude mit seinen verspiegelten Fenstern. Das große Radom mit all seinen Satellitenantennen war nicht weit entfernt. Ed spielte nervös mit seinem Autoschlüssel und blickte zu dem Elektrozaun und dem angrenzenden Wald hinüber, doch Alona wollte ihn noch nicht sofort losfahren lassen.

»Das ist doch vollkommen verrückt.«

»Es ist bemerkenswert, das stimmt«, sagte er.

»Also zeichnen sich sämtliche Decknamen, die wir in dieser Spider-Gruppe aufgeschnappt haben – Thanos, Enchantress, Alkhema, Cyclone – dadurch aus, dass sie ...«

»In dieser alten Comicserie Wasps Feinde sind. Genau.«

»Wahnsinn.«

»Ein Psychologe wüsste dazu sicher was Interessantes beizutragen.«

»Das muss eine tief verwurzelte Fixierung sein.«

»Ja, kein Zweifel. Es klingt nach einem enormen Hass.«

»Du passt doch hoffentlich gut auf dich auf?«

»Vergiss nicht, dass ich ein ehemaliges Gangmitglied bin.«

»Das ist Jahre her, Ed – und viele Kilos!«

»Das Gewicht spielt keine Rolle. Wie heißt es so schön? Man kann einen Menschen aus dem Ghetto holen ...«

»Aber nicht das Ghetto aus dem Menschen.«

»Das wird man nie wieder los. Außerdem werde ich von der FRA in Stockholm unterstützt. Sie haben das gleiche Interesse wie ich, diesen Hacker ein für alle Mal unschädlich zu machen.«

»Und was ist, wenn Jonny Ingram das herausfindet?«

»Das wäre nicht gut ... Aber wie du dir vielleicht vorstellen kannst, habe ich diesbezüglich ein paar Vorkehrungen getroffen und sogar das eine oder andere Wort mit O'Connor gewechselt.«

»Ich hab's geahnt. Kann ich noch irgendetwas für dich tun?«

»Ich wüsste da wirklich was.«

»Schieß los!«

»Jonny Ingrams Leute scheinen uneingeschränkt Einblick in die schwedischen Ermittlungen zu haben.«

»Du hast den Verdacht, dass sie die Polizei abhören?«

»Oder sie haben dort einen Informanten – wahrscheinlich irgendeinen Streber beim schwedischen Nachrichtendienst. Wenn ich dich mit meinen beiden besten Hackern zusammenbringe, könntest du der Sache etwas gründlicher nachgehen ...«

»Klingt riskant.«

»Okay, vergiss es.«

»Auf keinen Fall! Die Sache gefällt mir!«

»Danke, Alona. Ich schick dir nähere Informationen.«

»Und jetzt gute Reise«, sagte sie.

Ed schnaubte ein wenig trotzig, stieg dann ins Auto und fuhr davon.

Mikael konnte sich nicht einmal erklären, wie er darauf gekommen war. Vermutlich hatte ihn irgendetwas in Rebecka

Svenssons Gesicht darauf gebracht. Es war ihm fremd und zugleich bekannt erschienen, und vielleicht hatte ihn gerade die Harmonie ihrer Gesichtszüge an sein genaues Gegenteil erinnert. Und nachdem er bei seiner Recherche ohnehin eine erste Ahnung bekommen und diverse Verdachtsmomente entdeckt hatte, war er so schließlich auf die Antwort gekommen. Zwar war er sich alles andere als sicher, aber er hatte keinen Zweifel, dass hier gerade irgendetwas gehörig faul war.

Der Mann oben an der Kreuzung, der jetzt mit seinem Stadtplan und der braunen Tasche davonschlenderte, war eindeutig dieselbe Gestalt, die er auf den Aufnahmen der Überwachungskamera in Saltsjöbaden gesehen hatte, und das konnte kein Zufall sein. Mikael blieb sekundenlang reglos stehen und dachte fieberhaft nach. Dann wandte er sich an Rebecka Svensson und sagte so selbstsicher wie nur möglich: »Ihr Freund geht gerade.«

»Mein Freund?«, fragte sie aufrichtig erstaunt. »Wie meinen Sie das?«

»Der Typ da vorne.« Er zeigte auf den mageren Rücken des Mannes, der mit fahrigen Bewegungen die Tavastgatan entlang verschwand.

»Wollen Sie mich auf den Arm nehmen? Ich kenne niemanden in Stockholm.«

»Was wollen Sie von mir?«

»Ich möchte dich ein bisschen besser kennenlernen, Mikael«, sagte sie und fingerte nervös an ihrer Bluse herum, als wollte sie einen Knopf aufmachen.

»Hören Sie auf!«, fuhr er sie an und wollte ihr gerade seinen Verdacht mitteilen, als sie ihn so verletzt, fast schon verstört ansah, dass er den Faden verlor und für einen Moment tatsächlich glaubte, er hätte sich getäuscht.

»Bist du mir böse?«, fragte sie und sah zu ihm auf.

»Nein, aber …«

»Was dann?«

»Ich traue Ihnen nicht«, antwortete er und klang dabei frostiger als beabsichtigt.

Sie lächelte wehmütig. »Du scheinst heute nicht ganz du selbst zu sein, oder, Mikael? Dann müssen wir uns wohl ein andermal wiedersehen.«

Sie küsste ihn so flüchtig und schnell auf die Wange, dass er es nicht hätte verhindern können, winkte zum Abschied kokett und verschwand auf ihren hohen Absätzen den Hügel hinauf, so selbstbewusst, als könnte nichts auf der Welt sie aus der Ruhe bringen. Eine Sekunde lang überlegte er, ob er sie aufhalten und einer Art Kreuzverhör unterziehen sollte. Er wollte allerdings nicht so recht glauben, dass dabei irgendetwas Konstruktives herauskommen würde. Stattdessen beschloss er, ihr zu folgen.

Er wusste, dass es wahnsinnig war, aber er sah keine andere Lösung, und deshalb ließ er sie erst hinter dem höchsten Punkt der Hornsgatan verschwinden, ehe er ihr nachsetzte. Er eilte auf die Kreuzung zu, fest davon überzeugt, dass sie noch nicht weit gekommen sein konnte. Doch sowohl sie als auch der Mann war weg – die beiden waren wie vom Erdboden verschluckt. Abgesehen von einem schwarzen BMW, der gerade ein Stückchen entfernt einparkte, und einem Typen mit Ziegenbart und Afghanenpelz, der ihm auf der gegenüberliegenden Straßenseite entgegenschlenderte, war die Straße leer.

Wo waren die beiden? Es gab hier nirgends Nebenstraßen, in die man hätte einbiegen können, keine versteckten Gassen. Waren sie in einem Hauseingang verschwunden? Er ging weiter in Richtung Torkel Knutssonsgatan, spähte nach rechts und links. Weit und breit nichts zu sehen. Dann kam er an dem Laden vorbei, der früher »Samirs gryta« geheißen hatte – sein ehemaliges Stammlokal – und in dem sich jetzt ein libanesischer Imbiss namens »Tabbouli« befand. Natürlich mochten sie dorthin geflüchtet sein, aber er konnte sich nicht vorstellen, wie sie das so schnell geschafft haben sollten.

Er war ihr direkt auf den Fersen gewesen. Wo zum Teufel steckte sie? Standen der Mann und sie in diesem Moment irgendwo und beobachteten ihn? Zweimal sah er sich hastig um, weil er glaubte, jemand wäre plötzlich hinter ihn getreten, und zwischendurch überkam ihn ein kalter Schauder, weil er sich einbildete, jemand würde ihn durch ein Zielfernrohr beobachten. Aber soweit er es beurteilen konnte, war es nur falscher Alarm.

Der Mann und die Frau waren nirgends mehr zu sehen. Als er am Ende aufgab und wieder nach Hause spazierte, hatte er trotzdem das Gefühl, einer Gefahr entkommen zu sein. Er hatte keine Ahnung, wie realistisch dieser Eindruck war, aber sein Herz pochte wie wild, und seine Kehle war trocken. Normalerweise war er wirklich nicht schreckhaft, doch jetzt fürchtete er sich in dieser nahezu menschenleeren Straße. Er verstand es einfach nicht.

Immerhin fiel ihm ein, an wen er sich wenden konnte. Er würde zu Holger Palmgren Kontakt aufnehmen, Lisbeths altem Vormund. Aber erst würde er seiner Bürgerpflicht nachkommen. Wenn der Mann, den er gesehen hatte, wirklich derselbe war wie auf den Aufnahmen von Frans Balders Überwachungskamera und es auch nur eine minimale Chance gab, ihn zu finden, musste die Polizei davon in Kenntnis gesetzt werden. Er rief Jan Bublanski an. Es war nicht leicht, den Kommissar zu überzeugen. Es war nicht einmal leicht gewesen, sich selbst zu überzeugen. Aber offensichtlich besaß er ein gewisses Vertrauenskapital, auf das er zurückgreifen konnte, auch wenn er der Polizei gegenüber in letzter Zeit sehr sparsam mit seinem Wissen umgegangen war.

»Warum sollte er sich in Ihrem Viertel aufhalten?«

»Das weiß ich nicht, aber ich tippe mal, dass es nicht schaden kann, sich dort ein wenig umzusehen.«

»Nein, das sicher nicht.«

»Dann bleibt mir nur, Ihnen viel Glück zu wünschen ...«

»Es ist nach wie vor unheimlich, dass wir August Balder noch nicht gefunden haben«, sagte Bublanski und klang dabei ein wenig vorwurfsvoll.

»Es ist nach wie vor unheimlich, dass es bei Ihnen eine undichte Stelle gibt«, entgegnete Mikael.

»Ich kann Ihnen versichern, dass wir *unsere* undichte Stelle inzwischen identifiziert haben.«

»Ach, wirklich? Das ist ja fantastisch.«

»Ich fürchte, so fantastisch ist es nicht ... Wir glauben nämlich, dass es mehrere undichte Stellen gegeben hat, von denen die meisten verhältnismäßig harmlos waren – bis auf eine möglicherweise.«

»Dann müssen Sie wohl dafür sorgen, auch die ausfindig zu machen.«

»Wir tun, was wir können. Aber allmählich haben wir den Verdacht ...«

»Welchen Verdacht?«

»Ach, nichts.«

»Na gut, Sie müssen es mir nicht erzählen.«

»Wir leben in einer kranken Welt.«

»Wirklich?«

»Wir leben in einer Welt, in der der Paranoide der Gesunde ist.«

»Da mögen Sie durchaus recht haben. Einen schönen Abend noch, Herr Kommissar!«

»Schönen Abend, Blomkvist. Und machen Sie bloß keine Dummheiten.«

»Ich werde mich bemühen«, erwiderte Mikael.

Mikael überquerte den Ringvägen und ging zur U-Bahn. Er nahm die rote Linie Richtung Norsborg und stieg in Liljeholmen aus, wo Holger Palmgren seit etwa einem Jahr in einer kleinen, modernen, barrierefreien Wohnung lebte. Holger

Palmgren hatte besorgt geklungen, als er Mikaels Stimme am Telefon gehört hatte. Nachdem Mikael ihm versichert hatte, dass es Lisbeth gut gehe – er hoffte, dass er in diesem Punkt tatsächlich die Wahrheit gesagt hatte –, war Palmgren sofort sehr entgegenkommend gewesen.

Holger Palmgren war ein pensionierter Anwalt und mehrere Jahre lang Lisbeths gesetzlicher Vertreter gewesen, nachdem sie im Alter von dreizehn in die Kinderpsychiatrie der St.-Stefans-Klinik in Uppsala gesperrt worden war. Mittlerweile war er alt und nach mehreren Schlaganfällen gesundheitlich angeschlagen. Seit einiger Zeit bewegte er sich nur mehr mithilfe eines Rollators, und manchmal bereitete ihm sogar das Schwierigkeiten.

Seine linke Gesichtshälfte hing herab, und seine linke Hand konnte er kaum bewegen. Aber sein Geist war hellwach und sein Gedächtnis hervorragend, wenn es um Ereignisse ging, die weit zurücklagen – vor allem aber, wenn es um Lisbeth ging. Niemand kannte sie so gut wie er.

Holger Palmgren hatte etwas geschafft, was allen anderen Psychiatern und Psychologen misslungen war, sofern sie es denn überhaupt versucht hatten. Nach einer höllischen Kindheit, in deren Folge das Mädchen allen Erwachsenen und Behördenvertretern zutiefst misstraut hatte, war es Holger Palmgren geglückt, ihr Vertrauen zu gewinnen und sie zum Reden zu bringen – für Mikael ein kleines Wunder. Lisbeth war der Albtraum jedes Therapeuten. Doch Holger gegenüber hatte sie ihre schmerzlichsten Kindheitserinnerungen geschildert, und das war auch der Grund, warum Mikael jetzt am Liljeholmstorget 96 den Türcode eingab, den Aufzug in den fünften Stock nahm und die Klingel drückte.

»Mein alter Freund«, begrüßte ihn Holger Palmgren in der Tür. »Welch Freude, Sie zu sehen! Aber Sie scheinen mir ein bisschen blass um die Nase?«

»Ich habe schlecht geschlafen.«

»Kein Wunder, wenn man beschossen wird! Ich hab es in der Zeitung gelesen. Schreckliche Geschichte!«

»Das kann man wohl sagen.«

»Ist noch etwas anderes passiert?«

»Das werde ich Ihnen gleich erzählen«, sagte Mikael, setzte sich auf ein hübsches gelbes Sofa direkt neben der Balkontür und wartete auf Holger, der sich mühsam in einen Rollstuhl hievte.

Anschließend umriss Mikael in groben Zügen, was geschehen war. Als er an dem Punkt angelangte, wie er in der Bellmansgatan zu seiner Einsicht – oder zumindest der Vermutung – gekommen war, fiel Holger Palmgren ihm ins Wort:

»Was haben Sie da gesagt?«

»Ich glaube, es war Camilla.«

Holger war vollkommen erstarrt.

»*Die* Camilla?«

»Genau die.«

»Großer Gott«, sagte Holger. »Und was ist dann passiert?«

»Sie ist spurlos verschwunden. Aber anschließend hatte ich das Gefühl, mein Gehirn würde gleich überkochen.«

»Das kann ich verstehen. Ich habe immer gedacht, Camilla sei ein für alle Mal von der Bildfläche verschwunden.«

»Und ich hatte beinahe schon vergessen, dass es zwei waren.«

»Und was für zwei! Zwei Zwillingsschwestern, die einander bis aufs Blut gehasst haben.«

»Irgendwo tief in meinem Hinterkopf wusste ich es natürlich«, fuhr Mikael fort. »Aber ich musste erst wieder daran erinnert werden, um ernsthaft darüber nachzudenken. Wie gesagt, ich hatte mich schon die ganze Zeit gefragt, warum Lisbeth sich in dieser Angelegenheit so engagiert hatte. Warum sie als alte Superhackerin sich für einen so simplen Fall von Industriespionage interessieren sollte.«

»Und jetzt wollen Sie, dass ich Ihnen helfe, es zu verstehen.«

»So ungefähr.«

»Na gut«, begann Holger. »Die ursprüngliche Geschichte kennen Sie, oder? Die Mutter, Agneta Salander, war Kassiererin im Konsum Zinkensdamm und lebte mit ihren beiden Töchtern in der Lundagatan. Womöglich hätten sie sogar ein schönes Leben haben können. Sie hatten zwar nicht viel Geld, und Agneta war jung und hatte nie die Chance auf eine Ausbildung gehabt. Aber sie war eine liebevolle und aufmerksame Mutter. Sie wollte ihren Töchtern wirklich eine gute Kindheit ermöglichen. Das Problem war nur ...«

»Dass der Vater hin und wieder vorbeikam.«

»Ja. Hin und wieder kam der Vater, Alexander Zalatschenko, und seine Besuche endeten immer auf die gleiche Weise: Er vergewaltigte und verprügelte Agneta, während die Töchter im Nachbarzimmer saßen und alles mit anhören mussten. Eines Tages fand Lisbeth ihre Mutter bewusstlos am Boden ...«

»Und da rächte sie sich zum ersten Mal.«

»Zum zweiten Mal – beim ersten Mal hatte sie Zalatschenko ein Messer in die Schulter gerammt.«

»Stimmt. Aber diesmal warf sie einen mit Benzin gefüllten Milchkarton in sein Auto und zündete es an.«

»Ganz genau. Zalatschenko ging wie eine Fackel in Flammen auf und erlitt schwerste Brandverletzungen. Ein Fuß musste amputiert werden. Lisbeth selbst wurde in die Kinderpsychiatrie gesperrt.«

»Und ihre Mutter landete im Pflegeheim Äppelviken.«

»Ja – und das war für Lisbeth das Schmerzlichste an der Geschichte. Die Mutter war damals gerade erst neunundzwanzig, aber sie wurde nie wieder sie selbst. Vierzehn Jahre lebte sie mit schweren Hirnschäden und unter qualvollen Schmerzen. Zeitweise konnte sie gar nicht mehr mit ihrer Umgebung kommunizieren. Lisbeth besuchte sie, so oft sie konnte, und träumte davon, dass die Mutter eines Tages wieder gesund werden würde, damit sie miteinander reden und sich umeinander kümmern konnten. Aber so kam es nicht. Das ist die größte Tragödie in Lisbeths Leben: dabei zusehen zu müssen, wie ihre Mutter dahinsiechte und starb.«

»Ja, ich weiß. Das ist furchtbar. Aber Camillas Part in der Geschichte habe ich nie richtig verstanden.«

»Der ist auch komplizierter – und zu einem gewissen Grad, glaube ich, muss man auch nachsichtig mit dem Mädchen sein. Camilla war ja ebenfalls noch ein Kind, und ehe sie sich dessen überhaupt bewusst war, wurde sie zu einer Spielfigur.«

»Was ist passiert?«

»Sie haben in diesem Konflikt unterschiedliche Seiten gewählt, könnte man sagen. Die beiden sind zweieiige Zwillinge und waren sich nie besonders ähnlich – weder äußerlich noch im Charakter. Lisbeth wurde zuerst geboren. Camilla kam zwanzig Minuten später auf die Welt und war anscheinend schon als Baby eine Augenweide. Während Lisbeth ein zorniges kleines Wesen war, riefen bei Camillas Anblick alle sofort: ›Ach, was für ein niedliches kleines Mädchen!‹, und es war sicher kein Zufall, dass Zalatschenko von Anfang an eine größere Nachsicht mit ihr hatte. Ich nenne es Nachsicht, weil von etwas anderem zumindest anfangs nicht die Rede sein konnte. Agneta war nur eine Hure für ihn, und als logische Folge waren die Kinder nichts weiter als Hurenbälger, Gewürm, das ihm im Weg war. Trotzdem…«

»Ja?«

»Trotzdem fiel sogar Zalatschenko auf, dass eines seiner Kinder auffallend hübsch war. Lisbeth hat manchmal gesagt, dass es in ihrer Familie irgendeinen genetischen Defekt gegeben haben muss, und auch wenn diese Aussage medizinisch natürlich anzuzweifeln ist, muss man doch feststellen, dass Zalatschenko extrem unterschiedliche Nachkommen gezeugt hat. Lisbeths Halbbruder Ronald sind Sie ja mal begegnet, oder? Er war blond, riesengroß und litt unter kongenitaler

Analgesie, einer angeborenen Schmerzunempfindlichkeit, und konnte damit ideal als Waffe und Mörder eingesetzt werden, wohingegen Camilla... tja. In ihrem Fall bestand der genetische Defekt wohl einfach darin, dass sie so einzigartig war, fast schon absurd schön, und je älter sie wurde, desto schlimmer wurde es. Ich sage schlimmer, weil ich fest davon überzeugt bin, dass das ein Unglück war. Verglichen mit ihrer Zwillingsschwester, die immer säuerlich und wütend aussah, kam Camillas Schönheit umso deutlicher zur Geltung. Mitunter verzogen die Erwachsenen das Gesicht, wenn sie Lisbeth ansahen. Dann aber entdeckten sie Camilla und strahlten und waren schier aus dem Häuschen. Verstehen Sie, wie sie das beeinflusst haben muss?«

»Es muss schrecklich für sie gewesen sein.«

»Ich meine damit nicht Lisbeth – ich glaube, so etwas wie Neid ist ihr fremd. Wenn es nur um Schönheit gegangen wäre, hätte sie das ihrer Schwester sicherlich gegönnt. Nein, ich meine Camilla. Können Sie sich vorstellen, was mit einem nicht gerade empathischen Kind passiert, wenn es die ganze Zeit hört, wie wunderbar und göttlich es doch ist?«

»Das Lob steigt ihm zu Kopf.«

»Vor allem gibt es ihm ein Gefühl von Macht. Wenn es lacht, schmelzen wir dahin. Tut es das jedoch nicht, fühlen wir uns ausgeschlossen und setzen alles daran, es wieder strahlen zu sehen. Camilla hat früh gelernt, das auszunutzen. Sie wurde eine wahre Meisterin der Manipulation. Sie hatte große, ausdrucksvolle Rehaugen...«

»Die hat sie immer noch.«

»Lisbeth hat mal erzählt, wie Camilla stundenlang vor dem Spiegel saß, um ihren Blick zu trainieren. Ihre Augen waren eine Wunderwaffe. Sie konnte andere Menschen allein mit ihrem Blick für sich gewinnen, aber auch zurückweisen. Sie brachte Kinder wie Erwachsene dazu, sich an einem Tag auserwählt und besonders zu fühlen und am nächsten verstoßen und schlecht. Es war eine böse Gabe, und wie Sie sich sicher vorstellen können, war sie in der Schule ungemein beliebt. Alle wollten mit ihr befreundet sein, was sie auf jede erdenkliche Weise ausnutzte. Sie sorgte dafür, dass die Klassenkameraden ihr jeden Tag kleine Geschenke mitbrachten: Murmeln, Süßigkeiten, Münzen, Perlen, Broschen. Und wer es nicht tat oder sich ganz allgemein nicht so benahm, wie sie es wollte, wurde am nächsten Tag nicht mehr begrüßt und keines Blickes gewürdigt, und jeder, der sich einmal in ihrem Glanz gesonnt hatte, wusste genau, wie weh das tat. Die anderen Kinder taten alles, um ihr zu gefallen. Sie krochen vor ihr zu Kreuze – alle bis auf eine, natürlich.«

»Ihre Schwester.«

»Genau. Und deshalb hat Camilla ihre Klassenkameraden auch gegen Lisbeth aufgehetzt. Lisbeth wurde erbittert gemobbt, man hat ihr den Kopf in die Toilette gesteckt und sie als Missgeburt beschimpft – und Schlimmeres. Die Mitschüler machten so lange weiter, bis Lisbeth schließlich ihr wahres Gesicht zeigte. Aber das ist eine andere Geschichte, die Ihnen wohl bekannt ist.«

»Lisbeth ist nicht gerade der Mensch, der die andere Wange hinhält.«

»Nein, nicht direkt. Rein psychologisch betrachtet ist aber das Wesentliche an dieser Geschichte, dass Camilla gelernt hat, ihre Umgebung zu manipulieren und zu beherrschen. Am Ende hatte sie alle unter Kontrolle – bis auf zwei wichtige Menschen in ihrem Leben: Lisbeth und den Vater. Und das ärgerte sie zutiefst. Sie brachte eine Menge Energie auf, um auch diesen Kampf zu gewinnen, aber das setzte ganz andere Strategien voraus. Lisbeth konnte sie nicht auf ihre Seite ziehen, und ich glaube, das war auch gar nicht ihre Absicht. In ihren Augen war Lisbeth einfach nur seltsam, ein bockiges, schlecht gelauntes Kind. Der Vater dagegen ...«

»War durch und durch böse.«

»Er war böse – aber auch das Kraftfeld der Familie. Er war derjenige, um den sich alles drehte, auch wenn er selten da war. Der abwesende Vater… Manchmal haben solche Väter selbst in normaleren Familienkonstellationen eine geradezu mythische Bedeutung für ein Kind. Aber bei den beiden war es weit mehr als das.«

»Wie meinen Sie das?«

»Ich meine, dass Camilla und Zalatschenko eine unheilige Allianz bildeten. Ich glaube, noch ehe Camilla es selbst begriff, war sie eigentlich nur an einer einzigen Sache interessiert: an Macht. Und natürlich hatte ihr Vater viele Defizite, aber Macht besaß er nun mal, das können viele bezeugen, nicht zuletzt diese armen Leute von der Säpo. Sie konnten noch so entschieden Absagen erteilen oder Forderungen an ihn stellen. Sobald sie ihm von Angesicht zu Angesicht gegenüberstanden, verwandelten sie sich in eine Herde zitternder Schafe. Zalatschenko war Angst einflößend, und dass man ihm nichts anhaben konnte, egal wie oft er bei den Behörden angezeigt wurde, verstärkte diese Aura umso mehr. Die Säpo hielt ihm den Rücken frei, und das spürte Lisbeth natürlich. Irgendwann kam sie zu dem Schluss, dass sie die Sache selbst in die Hand nehmen musste. Camilla sah das allerdings ganz anders.«

»Sie wollte genauso werden wie er.«

»Ja, das ist meine Vermutung. Der Vater war ihr großes Vorbild – sie wollte die gleiche Überlegenheit und Stärke ausstrahlen. Aber vielleicht wollte sie am allermeisten erreichen, dass er sie *sah*. Sie wollte von ihm als würdige Tochter anerkannt werden.«

»Sie muss aber doch gewusst haben, wie grausam er die Mutter behandelt hat.«

»Natürlich wusste sie das. Und trotzdem ergriff sie Partei für ihren Vater. Sie stellte sich auf die Seite des Stärkeren, auf die Seite der Macht, könnte man sagen. Schon als Kind soll sie häufig gesagt haben, sie hasse schwache Menschen.«

»Sie meinen, sie hat auch ihre Mutter gehasst?«

»Ja, leider fürchte ich, dass es so war. Und eine Sache hat mir Lisbeth mal erzählt, die ich nie wieder vergessen habe.«

»Und die wäre?«

»Das hab ich noch nie jemandem erzählt…«

»Wäre es dann nicht jetzt an der Zeit?«

»Doch, vielleicht, aber dann brauche ich erst mal eine kleine Stärkung. Was halten Sie von einem guten Cognac?«

»Das klingt nicht übel. Bleiben Sie nur sitzen, dann hole ich die Gläser und die Flasche«, sagte Mikael und ging auf einen Barschrank aus Mahagoni zu, der in der Ecke neben der Küchentür stand.

Er war gerade dabei, die Flaschen in Augenschein zu nehmen, als sein iPhone klingelte. Es war Andrei Zander – zumindest stand sein Name auf dem Display. Doch als Mikael den Anruf entgegennehmen wollte, war am anderen Ende niemand. Vermutlich hatte sich Andreis Handy in seiner Tasche entsperrt, dachte Mikael, goss zerstreut zwei Gläser Rémy Martin ein und setzte sich wieder zu Holger Palmgren.

»Erzählen Sie«, sagte er.

»Ich weiß gar nicht, wo ich anfangen soll. Aber soweit ich es verstanden habe, geschah es an einem schönen Sommertag, als Camilla und Lisbeth mal wieder in ihrem Kinderzimmer eingesperrt waren.«

23. KAPITEL

Am Abend des 23. November

August war wieder in seine Starre verfallen. Er hatte die Aufgaben nicht lösen können. Die Zahlen waren zu groß geworden, und statt nach dem Stift zu greifen, knetete er die Hände, bis seine Handrücken ganz weiß waren. Dann schlug er unvermittelt den Kopf gegen die Tischplatte. Lisbeth hätte ihn trösten müssen oder zumindest dafür sorgen, dass er sich nicht wehtat. Doch sie nahm nicht mehr wahr, was um sie herum geschah. Sie dachte nur noch an ihre verschlüsselte Datei. Allmählich war ihr klar geworden, dass sie auf diesem Wege auch nicht weiterkommen würde, und eigentlich war das nicht verwunderlich. Warum sollte August etwas gelingen, woran selbst Supercomputer scheiterten? Sie hatte sich von Anfang an falsche Hoffnungen gemacht. Was er bisher geschafft hatte, war schon beeindruckend genug. Trotzdem war sie enttäuscht. Sie ging hinaus und betrachtete für eine Weile die karge, verwilderte Landschaft. Am Fuß des steilen Hangs lagen der Strand und ein schneefleckiges Feld mit einer verlassenen Tanzscheune.

An schönen Sommertagen wimmelte es dort unten sicherlich von Leuten. Doch jetzt lag alles einsam und verlassen da. Die Boote waren an Land gezogen worden, und keine

Menschenseele war zu sehen. In den Häusern auf der anderen Seite der Bucht leuchteten nirgends Lichter, und wieder wehte ein scharfer Wind. Lisbeth gefiel es hier. Jedenfalls gefiel es ihr jetzt, als Versteck, Ende November.

Zwar würde sie nicht von Motorengeräuschen gewarnt werden, wenn unangemeldeter Besuch käme. Der einzige Parkplatz lag unten am Badestrand, und um zum Haus zu gelangen, musste man die Holztreppe hinaufsteigen. Im Schutz der Dunkelheit würde man unbemerkt die Stufen hinaufschleichen können. Trotzdem glaubte sie, dass sie in dieser Nacht schlafen würde, und das war auch dringend nötig. Noch immer war sie von der Schusswunde geschwächt, und bestimmt war sie auch deshalb so enttäuscht, auch wenn sie insgeheim doch nie daran geglaubt hatte. Als sie wieder ins Haus zurückkehrte, verstand sie aber, dass es auch noch einen anderen Grund gab.

»Normalerweise kümmert sich Lisbeth nicht ums Wetter oder darum, was sonst um sie herum passiert«, fuhr Holger Palmgren fort. »Sie blendet alles Nebensächliche aus. Aber dieses eine Mal erwähnte sie tatsächlich, dass die Sonne in der Lundagatan und im Skinnarviksparken schien. Sie hörte Kinder lachen. Hinter ihrem Fenster waren die Menschen glücklich – vielleicht wollte sie das ja sagen. Sie wollte auf den Kontrast hinweisen. Andere Menschen aßen Eis, spielten Ball, ließen Drachen steigen, während Camilla und sie selbst eingesperrt in ihrem Kinderzimmer saßen und mit anhören mussten, wie Zalatschenko ihre Mutter verprügelte und vergewaltigte. Ich glaube, das war kurz bevor Lisbeth ernsthaft zurückschlug. Die Chronologie ist mir nicht völlig klar. Es gab schließlich viele Vergewaltigungen, die immer nach dem gleichen Muster abliefen: Zala tauchte nachmittags oder abends auf, war angetrunken, und manchmal zerzauste er Camillas Haar und sagte: ›Wie kann ein so hübsches

Mädchen nur eine so ekelhafte Schwester haben?‹ Dann schloss er die Töchter in ihrem Zimmer ein und setzte sich in die Küche, um weiterzusaufen. Er trank Wodka, und anfangs saß er oft nur schweigend da und schmatzte wie ein hungriges Tier. Dann murmelte er etwas vor sich hin – ›Wie geht es meiner kleinen Hure heute?‹ – und klang dabei fast liebevoll. Aber irgendwann machte Agneta etwas falsch, oder, besser gesagt, Zalatschenko lauerte nur darauf, dass sie einen Fehler beging. Dann kam der erste Schlag, in der Regel eine Ohrfeige, gefolgt von dem Satz: ›Ich hätte gedacht, dass meine kleine Hure heute ein bisschen freundlicher wäre.‹ Anschließend zerrte er sie ins Schlafzimmer, wo er weiter auf sie einprügelte, nach einer Weile auch mit bloßen Fäusten. Lisbeth konnte es am Geräusch erkennen. Sie wusste genau, was für Schläge es waren und wo sie trafen. Und sie spürte es fast wie am eigenen Leib. Nach den Schlägen kamen die Tritte. Zala trat zu, schleuderte die Mutter gegen die Wand, und dabei schrie er. Schlampe. Nutte. Hure. Das geilte ihn auf. Sie leiden zu sehen erregte ihn. Erst wenn die Mutter am ganzen Körper blaue Flecken hatte und blutete, vergewaltigte er sie, und wenn er kam, stieß er noch schlimmere Beleidigungen aus. Dann war es für einen Moment still. Abgesehen von Agnetas unterdrücktem Schluchzen und seinen eigenen Atemzügen war nichts mehr zu hören, bis er wieder aufstand, weitertrank und vor sich hin brummelte und fluchte und auf den Boden spuckte. Manchmal schloss er sogar die Tür wieder auf und erzählte den Mädchen: ›Jetzt ist eure Mama wieder lieb.‹ Dann ging er und schlug die Tür hinter sich zu. Das war das übliche Muster. Aber an diesem Tag passierte etwas.«

»Was?«

»Das Zimmer der Mädchen war ziemlich klein. Sosehr sie auch versuchten, sich aus dem Weg zu gehen … Die Betten standen ziemlich nah beieinander, und während der Übergriffe auf die Mutter saßen sie meistens auf ihrer jeweiligen

Matratze einander gegenüber. Sie sagten nur selten etwas, und meist vermieden sie jeden Blickkontakt. Diesmal starrte Lisbeth vor allem durch das Fenster hinaus auf die Lundagatan, und wahrscheinlich konnte sie deshalb vom Sommer und den Kindern draußen erzählen. Dann aber wandte sie sich zu ihrer Schwester um – und in diesem Moment sah sie es.«

»Was?«

»Die rechte Hand ihrer Schwester. Sie war zur Faust geballt und schlug auf die Matratze, und natürlich hatte das an sich erst mal nichts zu bedeuten. Vielleicht war es nur ein nervöses oder zwanghaftes Verhalten. So interpretierte Lisbeth es auch zunächst. Aber dann bemerkte sie, dass die Schwester ihre Hand im Rhythmus der dumpfen Schläge aus dem Schlafzimmer bewegte, und sah Camilla ins Gesicht. Die Augen der Schwester leuchteten vor Erregung, und was am schaurigsten war: In diesem Moment ähnelte sie Zala, und auch wenn Lisbeth es zunächst nicht glauben wollte, bestand kein Zweifel daran, dass Camilla lächelte. Sie versuchte, ein höhnisches Grinsen zu unterdrücken, und in diesem Augenblick verstand Lisbeth, dass ihre Schwester sich nicht nur beim Vater anbiedern und seiner Großspurigkeit nacheifern wollte. Nein, sie stand auch hinter seinen Gewalttaten. Sie feuerte ihn geradezu an.«

»Das klingt vollkommen wahnsinnig.«

»Aber so war es. Und wissen Sie, wie Lisbeth reagiert hat?«

»Nein?«

»Sie ist ganz ruhig geblieben, hat sich neben Camilla gesetzt und mit einer beinahe zärtlichen Geste deren Hand genommen. Vermutlich hat Camilla gar nicht verstanden, was da passierte. Vielleicht glaubte sie sogar, die Schwester würde Trost und Nähe suchen. Das wäre ja auch nicht weiter erstaunlich gewesen. Lisbeth schob den Ärmel von Camillas Bluse hoch, und im nächsten Moment schlug sie ihre Fingernägel bis auf die Knochen in das Handgelenk und riss eine entsetzliche Wunde hinein. Das Blut strömte aufs Bett, und Lisbeth zog Camilla auf den Boden und schwor, die Schwester und den Vater zu töten, wenn die Misshandlungen und Vergewaltigungen nicht aufhörten. Anschließend sah Camillas Arm aus, als wäre sie von einem Tiger angefallen worden.«

»Du lieber Himmel!«

»Sie können sich wohl vorstellen, wie sehr die Schwestern einander gehasst haben. Sowohl Agneta als auch die Sozialbehörden machten sich Sorgen, dass etwas noch viel Schlimmeres passieren könnte. Man trennte die beiden, eine Zeit lang war Camilla sogar an einem anderen Ort untergebracht. Aber natürlich hat das nicht gereicht. Früher oder später würden sie wieder aneinandergeraten. Aber wie Sie ja wissen, kam es nie so weit. Stattdessen passierte etwas anderes. Agneta hatte schwere Hirnverletzungen erlitten, Zalatschenko brannte wie eine Fackel, und Lisbeth wurde eingesperrt. Wenn ich es richtig verstanden habe, haben sich die beiden Schwestern seither nur ein einziges Mal wiedergesehen, Jahre später, und diese Begegnung hätte wohl beinahe ein schlimmes Ende genommen, ohne dass ich weitere Einzelheiten kenne. Aber seither ist Camilla verschwunden. Ihre letzte Spur führt zu einer Pflegefamilie in Uppsala – Familie Dahlgren. Wenn Sie möchten, kann ich Ihnen die Telefonnummer geben. Aber mit achtzehn oder neunzehn packte Camilla ihre Koffer und verließ das Land und hat nie wieder etwas von sich hören lassen. Und deshalb wäre ich fast umgefallen, als Sie vorhin sagten, Sie hätten sie gesehen. Nicht einmal Lisbeth mit ihrem Talent, gewisse Leute ausfindig zu machen, ist es je gelungen, sie aufzuspüren.«

»Das heißt, sie hat es versucht?«

»Allerdings. Zuletzt, soweit ich weiß, als es darum ging, das Erbe ihres Vaters aufzuteilen.«

»Das wusste ich nicht.«

»Das hat sie nur mal nebenbei erwähnt. Natürlich wollte

sie kein Öre von ihm haben. Für sie wäre es Blutgeld gewesen. Trotzdem witterte sie Lunte. Es ging um insgesamt vier Millionen Kronen, den Hof in Gosseberga, Wertpapiere und irgendein marodes Industriegebäude in Norrtälje und ein Sommerhäuschen. Auf jeden Fall nicht gerade wenig, aber ...«

»Er hätte mehr haben müssen.«

»Ja. Schließlich wusste niemand besser als Lisbeth, dass er über ein ganzes Imperium geherrscht hatte. Vier Millionen – das war allenfalls die Portokasse.«

»Sie meinen, Lisbeth hatte den Verdacht, dass Camilla den großen Anteil geerbt hatte ...«

»Ja, und ich glaube, dass sie das irgendwie herausfinden und bestätigen wollte. Allein der Gedanke, dass das Geld ihres Vaters nach seinem Tod weiter Schaden anrichten würde, war für Lisbeth die reinste Folter. Aber sie kam mit ihren Recherchen lange nicht weiter.«

»Camilla muss ihre Identität geschickt verschleiert haben.«

»Ja, vermutlich.«

»Glauben Sie, Camilla könnte auch den Menschenhandel weitergeführt haben?«

»Vielleicht, vielleicht auch nicht. Oder sie hat etwas ganz Neues angefangen.«

»Aber was sollte das sein?«

Holger Palmgren schloss die Augen und nahm einen großen Schluck von seinem Cognac.

»Das weiß ich nicht, Mikael. Aber als Sie von Frans Balder erzählt haben, kam mir so eine Idee. Wissen Sie, warum Lisbeth so gut mit Computern umgehen kann? Wissen Sie, wie alles angefangen hat?«

»Nein, keine Ahnung.«

»Dann werde ich es Ihnen erzählen. Ich frage mich, ob darin nicht vielleicht der Schlüssel zu Ihrer Geschichte liegen könnte.«

Als Lisbeth wieder hereinkam und August in einer verkrampften, starren, unnatürlichen Haltung am Küchentisch sitzen sah, wurde ihr schlagartig bewusst, dass der Junge sie an sie selbst als Kind erinnerte.

So, wie er sich jetzt fühlen musste, hatte sie sich in der Lundagatan gefühlt, bis ihr eines Tages klar geworden war, dass es keinen anderen Weg mehr für sie gab, als viel zu früh erwachsen zu werden und sich an ihrem Vater zu rächen. Es war nicht leicht gewesen; eine Bürde, die kein Kind je tragen sollte. Und doch war es der Anfang eines richtigen, eines würdevollen Lebens gewesen. Kein Mensch sollte ungestraft das tun dürfen, was Zalatschenko oder Frans Balders Mörder getan hatten. Niemand, der so böse war, sollte ungeschoren davonkommen. Deshalb ging sie jetzt zu August und sagte feierlich, als würde sie ihm einen wichtigen Auftrag erteilen: »Jetzt legst du dich schlafen. Und wenn du wieder aufwachst, wirst du den Mörder deines Vaters zeichnen. Hast du mich verstanden?«

Der Junge nickte und trottete ins Schlafzimmer, und Lisbeth klappte ihren Laptop auf und machte sich auf die Suche nach Informationen über den Schauspieler Lasse Westman und seine Freunde.

»Ich glaube, Zalatschenko selbst hatte nicht viel mit Computern am Hut«, fuhr Holger Palmgren fort. »Er war einfach eine andere Generation. Aber vielleicht nahmen seine schmutzigen Geschäfte solche Ausmaße an, dass er gezwungen war, eine Datenbank anzulegen. Oder vielleicht musste er auch seine Buchführung von seinen Komplizen fernhalten. Eines Tages kam er mit einer IBM-Maschine in die Lundagatan und stellte sie auf den Schreibtisch neben das Fenster. Ich glaube, zu dieser Zeit hatte kein anderes Familienmitglied je einen Computer gesehen. Zumindest hätte Agneta nicht annähernd die Möglichkeit gehabt, sich so etwas Extravagantes zu leisten. Zalatschenko erklärte damals, er würde jeden, der die Kiste auch nur berührte, bei lebendigem Leib zerfleischen. Rückblickend war das rein pädagogisch gesehen sogar gut. Es verstärkte den Anreiz nur umso mehr.«

»Die verbotene Frucht.«

»Damals war Lisbeth elf, glaube ich. Das war, bevor sie Camilla den Arm zerfetzte und ihren Vater mit Messern und Brandsätzen attackierte. Kurz bevor sie zu der Lisbeth wurde, wie wir sie heute kennen, könnte man vielleicht sagen. In dieser Phase grübelte sie nicht nur darüber nach, wie sie Zalatschenko unschädlich machen konnte. Sie fühlte sich auch unterfordert. Sie hatte keine Freunde, weil Camilla sie überall schlechtgemacht und dafür gesorgt hatte, dass sich ihr in der Schule niemand näherte, aber auch einfach, weil sie anders war. Ich weiß nicht, ob sie das damals schon verstanden hat. Ihre Lehrer und ihr übriges Umfeld haben es definitiv nicht verstanden. Aber sie war ein extrem talentiertes Kind, und schon allein aufgrund ihrer Begabung unterschied sie sich von anderen. Die Schule war todlangweilig für sie. Alles, was man dort lernte, war in ihren Augen simpel und selbstverständlich. Auf die meisten Aufgaben brauchte sie nur einen kurzen Blick zu werfen, um sie zu lösen, und meistens träumte sie sich im Unterricht irgendwo anders hin. Ich glaube zwar, dass sie sich schon zu dieser Zeit Hobbys gesucht hatte, um sich die Zeit zu vertreiben – Mathebücher für Ältere und solche Sachen. Aber im Grunde langweilte sie sich. Meistens beschäftigte sie sich mit Comics, mit ihren *Marvel*-Alben, die eigentlich weit unter ihrem Niveau lagen, aber möglicherweise eine andere, therapeutische Funktion hatten.«

»Wie meinen Sie das?«

»Eigentlich mag ich es nicht, Menschen zu psychologisieren. Lisbeth würde mich hassen, wenn sie das jetzt hören würde. Aber in diesen Serien gibt es eine Menge Superhelden, die gegen das Böse kämpfen. Sie nehmen die Dinge selbst in die Hand, sie rächen sich und sorgen für Gerechtigkeit. Vielleicht waren die Comics deshalb eine so passende Lektüre für sie, was weiß ich. Vielleicht haben ihr diese Geschichten in ihrer Überdeutlichkeit zu einer tieferen Einsicht verholfen.«

»Sie meinen, Lisbeth hat verstanden, dass sie endlich erwachsen und selbst Superheldin werden musste?«

»Ja, gewissermaßen – innerhalb ihres eigenen Horizonts. Damals wusste sie natürlich noch nicht, dass Zalatschenko ein sowjetischer Topspion gewesen war und dass ihm seine Geheimnisse zu einer Sonderstellung in Schweden verholfen hatten. Und sie wusste ganz sicher nicht, dass es eine Spezialabteilung beim schwedischen Geheimdienst gab, die ihre Hand über ihn hielt. Doch genau wie Camilla ahnte sie, dass der Vater eine Art Immunität genoss. Eines Tages tauchte ein Herr im grauen Mantel bei ihnen zu Hause auf und warnte sie, dass dem Vater auf keinen Fall etwas zustoßen dürfe. Lisbeth ahnte wohl schon früh, dass es keinen Zweck hätte, Zalatschenko bei der Polizei oder bei den Sozialbehörden anzuzeigen. Da würde bestenfalls ein neuer Kerl im grauen Mantel auftauchen. Nein, Lisbeth wusste nichts über den Vater. Sie wusste nichts von Nachrichtendiensten und Verdunklungsaktionen. Aber sie spürte tief im Innern die Machtlosigkeit ihrer Familie, und das tat ihr fürchterlich weh. Machtlosigkeit kann eine vernichtende Kraft sein, Mikael, und ehe Lisbeth groß genug war, um etwas dagegen zu unternehmen, brauchte sie Zufluchtsorte, an denen sie Kraft tanken konnte. Die Welt der Superhelden war ein solcher Ort. In meiner Generation betrachten viele diese Heftchen als Schund. Ich weiß aber, was Literatur – egal ob Comicstrip oder berühmter Klassiker – für eine Bedeutung haben kann, und ich weiß auch, dass Lisbeth besonders von einer jungen Heldin namens Janet van Dyne fasziniert war.«

»Van Dyne?«

»Genau – ein junges Mädchen, dessen Vater ein reicher

443

Wissenschaftler war. Er wurde ermordet – von Aliens, wenn ich mich recht erinnere –, und um sich zu rächen, suchte Janet van Dyne einen Kollegen des Vaters auf, der ihr in seinem Labor übermenschliche Kräfte verlieh. Sie bekam Flügel, konnte plötzlich schrumpfen und wachsen und einiges mehr. Sie wurde knallhart, war in Schwarz und Gelb gekleidet – wie eine Wespe. Und deshalb nannte sie sich auch Wasp – ein zorniges Wesen, das sich von niemandem mehr unterkriegen ließ.«

»Ach, das war mir neu. Daher kommt also ihr Alias?«

»Nicht nur der Alias, glaube ich. Ich wusste rein gar nichts über diese Welt – schließlich war ich nur ein alter Onkel, der nicht einmal Phantom und Superman auseinanderhalten konnte. Doch als ich das erste Mal ein Bild von Wasp sah, habe ich gestutzt. Sie hat tatsächlich Ähnlichkeit mit Lisbeth. Und so ist es eigentlich immer noch. Ich glaube, sie hat sich von der Figur beeinflussen lassen, auch wenn ich dieser Tatsache nicht allzu viel Gewicht beimessen würde. Immerhin geht es um eine Comicheldin, und Lisbeth lebt in hohem Maße in der Wirklichkeit. Ich weiß aber, dass Lisbeth viel über Janet van Dynes Verwandlung zu Wasp nachgedacht hat. Sie hat intuitiv verstanden, dass sie gezwungen war, sich selbst auf drastische Weise zu verändern: vom Kind und Opfer zu jemandem, der sich gegen einen hoch ausgebildeten Spion und durch und durch rücksichtslose Menschen zur Wehr setzen musste. Dieser Gedanke hat sie Tag und Nacht beschäftigt. Deshalb war Wasp in dieser Übergangsphase auch eine wichtige Figur für sie, eine fiktive Inspirationsquelle, und das hat Camilla irgendwann herausgefunden. Dieses Mädchen hatte ein geradezu unheimliches Talent, die Schwächen anderer Menschen aufzuspüren. Mit ihren Spinnenfingern ertastete sie bei anderen die wunden Punkte und ging zum Angriff über, und deshalb fing sie prompt an, Wasp lächerlich zu machen, wo es nur ging, und ging sogar noch einen Schritt weiter. Sie fand heraus, wer Wasps Feinde in der Comicserie waren, und nahm deren Namen an – Thanos und wie sie alle heißen.«

»Haben Sie Thanos gesagt?« Schlagartig war Mikael hellwach.

»Ich glaube, ja, so hieß er. Ein männlicher Charakter, ein Barbar, der sich in den Tod verliebt, der sich ihm in Frauengestalt offenbart, und dieser Frau will er sich als würdig erweisen – so etwa ging wohl die Geschichte. Allein um Lisbeth zu provozieren, hat Camilla für ihn Partei ergriffen und sogar ihre Clique zur Spider Society erklärt. Diese Gruppe gehörte zu den Erzfeinden der Sisterhood of the Wasp.«

»Tatsächlich?«, fragte Mikael gedankenverloren.

»Ja. Das war natürlich kindisch – aber deshalb noch lange nicht unschuldig. Die Feindschaft zwischen den beiden Schwestern war so groß, dass diese Namen schon damals einen grausamen Beigeschmack hatten. Wissen Sie, es war wie in einem Krieg, in dem Symbole aufgebläht werden, bis sie selbst eine tödliche Wirkung entfalten.«

»Könnten sie immer noch eine Bedeutung haben?«

»Die Namen, meinen Sie?«

»Ja, ich glaube schon...«

Mikael wusste selbst nicht recht, worauf er hinauswollte, doch er hatte das unbestimmte Gefühl, etwas Wichtigem auf der Spur zu sein.

»Das weiß ich leider nicht«, sagte Holger Palmgren. »Schließlich sind die beiden inzwischen erwachsen. Aber man sollte nicht vergessen, dass dies eine Zeit in ihrem Leben war, in der gewisse Entscheidungen gefällt wurden und Veränderungen stattfanden. Im Nachhinein kann man auch kleinen Details eine schicksalhafte Bedeutung zuschreiben. Es ging ja nicht nur um Lisbeth, die ihre Mutter verloren hatte und dann in die Kinderpsychiatrie eingewiesen wurde. Auch Camillas Welt lag in Trümmern. Sie hatte ihr Zuhause verloren, und der Vater, den sie so glühend verehrte, war schwer verletzt worden. Wie Sie ja auch wissen, wurde Zalatschenko nach dem Brandanschlag nie wieder der Alte, und Camilla wurde bei einer Pflegefamilie untergebracht, die meilenweit entfernt von jener Welt lebte, in der sie so selbstverständlich im Mittelpunkt gestanden hatte. Es muss auch für sie schmerzhaft gewesen sein, und ich habe nicht den geringsten Zweifel, dass sie Lisbeth seither aus tiefster Seele hasst.«

»Es wirkt unbestritten so«, sagte Mikael.

Holger Palmgren nahm einen Schluck Cognac.

»Wie gesagt, man sollte diese Zeit im Leben der Schwestern nicht unterschätzen. Sie befanden sich geradezu im Krieg – und irgendwie wussten sie wohl beide, dass gerade alles um sie herum zusammenbrach. Ich glaube, sie hatten sich sogar darauf vorbereitet.«

»Aber auf unterschiedliche Weise.«

»Allerdings. Lisbeth sprühte vor Intelligenz, und in ihrem Kopf formierten sich infernalische Pläne und Strategien. Aber sie war allein. Camilla war nicht besonders scharfsinnig, jedenfalls nicht im traditionellen Sinne. Sie hatte keine außergewöhnlich hohe Auffassungsgabe. Abstrakte Gedankengänge verstand sie nicht. Aber sie wusste die Menschen zu manipulieren. Sie konnte sie verzaubern, aber auch ausnutzen wie keine Zweite, und deshalb war sie im Gegensatz zu Lisbeth nie allein. Sie hatte immer Menschen um sich, die ihre Aufträge ausführten. Wenn Camilla herausfand, dass ihre Schwester etwas gut konnte, was für sie selbst eine potenzielle Gefahr darstellte, versuchte Camilla nie, ihr nachzueifern. Sie wusste ganz einfach, dass sie diesbezüglich keine Chance hatte.«

»Und was tat sie stattdessen?«

»Stattdessen suchte sie sich einen oder besser gleich mehrere Experten, die sich auf dem besagten Gebiet gut auskannten, und schlug mit deren Hilfe zurück. Sie hatte immer Handlanger, Komplizen, die alles für sie taten. Ach, verzeihen Sie, jetzt greife ich den Ereignissen vor.«

»Ja, was passierte denn nun mit Zalatschenkos Computer?«

»Wie ich schon sagte, war Lisbeth unterfordert. Außerdem schlief sie schlecht. Nachts lag sie wach und sorgte sich um ihre Mutter. Agneta hatte nach den Vergewaltigungen immer wieder schwere Blutungen, und trotzdem ging sie nie zum Arzt. Wahrscheinlich schämte sie sich, und phasenweise versank sie in schweren Depressionen. Dann hatte sie nicht mehr die Kraft, zur Arbeit zu gehen und sich um ihre Töchter zu kümmern – wofür Camilla sie umso mehr verachtete. Mama ist schwach, sagte sie. Und in ihrer Welt war Schwäche das Schlimmste, was es gab. Lisbeth dagegen ...«

»Ja?«

»Sie sah einen Menschen, den sie liebte, ja den einzigen Menschen, den sie je geliebt hatte, und sie sah ein furchtbares Unrecht. Und in den Nächten lag sie wach und grübelte. Es stimmt zwar, dass sie nur ein Kind war. Gleichzeitig war sie aber auch zunehmend überzeugt davon, dass sie der einzige Mensch auf der Welt war, der die Mutter davor bewahren konnte, vom Vater totgeschlagen zu werden. Daran und an vieles mehr dachte Lisbeth nachts, und am Ende stand sie auf – vorsichtig, versteht sich, um Camilla nicht zu wecken. Vielleicht ertrug sie ihre eigenen Gedanken auch nicht mehr. Vielleicht wollte sie sich nur etwas zu lesen holen. Das spielt keine Rolle. Wichtig ist nur, dass ihr Blick in jener Nacht auf den Computer fiel, der neben dem Fenster zur Lundagatan stand. Zu dieser Zeit wusste sie kaum, wie man einen Computer überhaupt einschaltete. Natürlich fand sie es schnell heraus, und plötzlich wurde sie von einer fieberhaften Energie erfasst. Es war, als würde diese Maschine ihr zuflüstern: ›Erkunde meine Geheimnisse!‹ Natürlich kam sie nicht weit – jedenfalls nicht sofort. Der Computer war passwortgesichert, und sie versuchte es immer und immer wieder. Der Vater wurde ja Zala genannt. Sie versuchte es mit Zala666 und ähnlichen Kombinationen – mit allem Möglichen. Doch nichts davon klappte. Sie saß nächtelang vor dem Computer und schlief in der Schule oder am Nachmittag zu Hause. Aber in einer Nacht erinnerte sie sich plötzlich wieder an ein Zitat, das der Vater einmal auf Deutsch auf einen Zettel in der Küche notiert hatte. *Was mich nicht umbringt, macht mich stärker.* Zu jener Zeit hatte der Satz keine Bedeutung für sie gehabt, aber sie wusste, dass er für den Vater wichtig gewesen war, und deshalb versuchte sie es damit. Auch das funktionierte nicht – es waren zu viele Buchstaben. Sie probierte es mit Nietzsche, dem Urheber des Zitats. Und plötzlich war sie drin. Eine neue, geheime Welt eröffnete sich ihr. Später hat sie das mal als den Moment beschrieben, der sie für immer verändern sollte. Sie wuchs an dem Gedanken, die Barrieren niederreißen zu können, die man für sie errichtet hatte. Alles zu erforschen, was eigentlich geheim bleiben sollte. Allerdings begriff sie anfangs gar nichts. Alles war auf Russisch: Aufstellungen, Zahlenkolonnen... Ich nehme an, dass dort die Gewinne aus Zalatschenkos Machenschaften im Menschenhandel aufgeführt waren. Ich weiß nicht, wie viel sie damals schon wusste und was sie erst später herausgefunden hat. Aber auf jeden Fall erfuhr sie schon zu diesem frühen Zeitpunkt, dass Zalatschenko nicht allein ihrer Mutter Gewalt antat. Er zerstörte auch das Leben anderer Frauen, und das machte sie rasend. Und es hat sie gewissermaßen zu der Lisbeth gemacht, die wir heute kennen – die Männer hasst, die ...«

»... Frauen hassen.«

»Ganz genau. Aber es machte sie auch stärker, und sie verstand, dass es jetzt kein Zurück mehr gab. Sie war gezwungen, dem Treiben ihres Vaters ein Ende zu setzen, und sie forschte an anderen Computern weiter – in der Schule zum Beispiel. Sie schlich sich ins Lehrerzimmer, und manchmal behauptete sie sogar, sie würde bei irgendwelchen Freunden übernachten, die sie gar nicht hatte, und blieb stattdessen heimlich in der Schule, wo sie bis zum Morgengrauen an einem

Schulcomputer saß. Sie brachte sich alles übers Programmieren und Hacken bei, und ich nehme an, es war so wie bei anderen Wunderkindern, wenn sie ihre Berufung finden: Lisbeth war wie verhext. Sie spürte, dass sie genau hierfür geboren war. Und viele, die sie in der digitalen Welt kennenlernte, interessierten sich für sie, so wie sich die ältere Generation immer schon auf junge Talente gestürzt hat, sei es, um sie zu fördern oder um sie auszubremsen. Sie stieß auf Widerstand und wurde auch hier verleumdet, weil sich viele daran störten, dass sie die Dinge unkonventionell anging oder jedenfalls mit ganz neuen Methoden arbeitete. Manchen imponierte sie damit aber auch, und sie fand neue Freunde, unter anderem diesen Plague. Ja, ihre ersten richtigen Freundschaften knüpfte sie im Cyberspace. Vor allem aber fühlte sie sich zum ersten Mal im Leben frei. Ihr wuchsen Flügel, genau wie Wasp. Sie war an nichts mehr gebunden.«

»Hat Camilla denn verstanden, wie gut Lisbeth wurde?«

»Zumindest hat sie es geahnt. Und ich weiß nicht, ich will nur ungern spekulieren, aber manchmal sehe ich Camilla als Lisbeths dunkle Seite, als ihren Schatten.«

»*The bad twin.*«

»Ja, so ungefähr. Ich bezeichne Menschen eigentlich nicht gern als böse, vor allem keine jungen Frauen. Und trotzdem denke ich oft so über sie. Allerdings habe ich es nie geschafft, dieser Angelegenheit weiter nachzugehen, jedenfalls nicht gründlich. Wenn Sie das tun wollen, würde ich Ihnen raten, zuallererst Margareta Dahlgren anzurufen. Das war die Pflegemutter, die Camilla nach der Katastrophe in der Lundagatan bei sich aufgenommen hat. Margareta wohnt inzwischen in Stockholm, in Solna, glaube ich. Sie ist Witwe – noch so eine tragische Geschichte.«

»Inwiefern?«

»Ja, auch das ist möglicherweise interessant: Ihr Mann Kjell, der Programmierer bei Ericsson war, hat sich erhängt, nachdem Camilla die Familie verlassen hatte. Und ein Jahr später hat auch die neunzehnjährige Tochter der Dahlgrens Selbstmord verübt, indem sie von Bord einer Fähre nach Finnland sprang. Jedenfalls ist man bei den Ermittlungen zu diesem Ergebnis gekommen. Das Mädchen hatte wohl persönliche Probleme, fühlte sich hässlich und übergewichtig. Aber Margareta hat nie an diese Erklärung geglaubt und sogar einen Privatdetektiv engagiert. Sie war von Camilla regelrecht besessen, und um ehrlich zu sein, wurde sie mir auf Dauer zu anstrengend. Ich schäme mich ein bisschen dafür. Margareta nahm Kontakt zu mir auf, kurz nachdem Sie die Zalatschenko-Reportage veröffentlicht hatten. Damals war ich, wie Sie ja wissen, gerade erst aus der Reha-Klinik am Erstaviken entlassen worden. Ich war nervlich und körperlich vollkommen erschöpft, und Margareta hat geredet und geredet, bis mir der Schädel brummte. Wenn ich nur ihre Nummer auf dem Display sah, war ich schlagartig müde, und ich hab versucht, ihr aus dem Weg zu gehen. Wenn ich jetzt darüber nachdenke, verstehe ich sie immer besser. Ich glaube, sie würde sich freuen, mit Ihnen sprechen zu können. Ich gebe Ihnen einfach ihre Telefonnummer. Nur noch kurz – sind Sie sich sicher, dass Lisbeth und der Junge in Sicherheit sind?«

»Ja, das bin ich«, antwortete Mikael. Ich hoffe es zumindest sehr, dachte er, ehe er aufstand und Holger zum Abschied umarmte.

Als er draußen auf dem Liljeholmstorget angekommen war, zerrte der Sturm an ihm. Er zog den Mantel enger um sich und dachte an Camilla, an Lisbeth und aus irgendeinem Grund an Andrei Zander und beschloss, ihn anzurufen und zu hören, was aus der Geschichte mit dem verschwundenen Kunsthändler geworden war. Aber Andrei ging nicht mehr ans Telefon.

24. KAPITEL

Am Abend des 23. November

Andrei Zander hatte Mikael angerufen, weil er seinen Entschluss bereute. Natürlich wollte er ein Bier mit seinem Kollegen trinken gehen. Er wusste selbst nicht mehr, wie er das hatte ausschlagen können. Mikael Blomkvist war sein großes Vorbild und der Grund, warum er überhaupt im Journalismus gelandet war. Doch als Andrei endlich dessen Nummer wählte, meldete sich seine Schüchternheit zurück, und er legte wieder auf. Vielleicht hatte Mikael inzwischen etwas Besseres vor? Andrei wollte wegen Nichtigkeiten niemandem auf den Geist gehen, am allerwenigsten Mikael Blomkvist.

Stattdessen arbeitete er weiter. Aber sosehr er sich auch anstrengte, es funktionierte nicht. Seine Formulierungen klangen steif, und nach einer Weile beschloss er, eine Pause einzulegen und hinauszugehen, und deshalb räumte er seinen Schreibtisch auf und kontrollierte ein letztes Mal, ob auch wirklich jedes Wort auf dem verschlüsselten Link gelöscht war. Anschließend verabschiedete er sich von Emil Grandén, dem einzigen Mitarbeiter, der noch in der Redaktion war.

Im Grunde war an Emil Grandén nichts auszusetzen. Er war sechsunddreißig Jahre alt und hatte für die Sendung *Kalla fakta* bei TV4 und für *Svenska Morgonposten* gearbeitet und war im vergangenen Jahr als Investigativer Reporter des Jahres mit dem Großen Journalistenpreis ausgezeichnet worden. Dennoch wurde Andrei den Eindruck nicht los, dass Emil ein bisschen zu großspurig und überheblich war, zumindest einer jungen Aushilfe wie Andrei gegenüber.

»Ich bin mal kurz draußen«, rief Andrei.

Emil blickte auf und sah kurz aus, als müsste er ihm dringend noch etwas mit auf den Weg geben, käme aber nicht mehr darauf, was es gewesen war, und erwiderte dann nur nachdenklich: »Okay.«

In diesem Moment fühlte Andrei sich erbärmlich, auch wenn er es sich nicht recht erklären konnte. Vielleicht war Emils herablassendes Verhalten daran schuld, vermutlich aber vor allem der Artikel über den Kunsthändler. Warum bereitete er ihm solche Schwierigkeiten? Sicher lag es daran, dass er in erster Linie Mikael bei der Balder-Reportage helfen wollte und ihm alles andere momentan nebensächlich erschien. Aber war er nicht womöglich auch ein Feigling? Warum hatte er Mikael nicht einen Blick auf seine bisherige Fassung werfen lassen? Niemand konnte so wie Mikael mit ein paar wenigen Federstrichen oder dezenten Kürzungen eine Reportage aufpolieren. Egal. Morgen würde er sicher alles mit klarerem Blick sehen, und dann würde er Mikael den Text zum Lesen geben, ganz gleich wie schlecht er war.

Andrei schloss die Tür zur Redaktion und ging zum Aufzug. Im nächsten Moment zuckte er zusammen. Ein Stück weiter unten auf der Treppe war irgendetwas los, was er zunächst nur schwer einschätzen konnte. Ein dürrer, hohläugiger Mann belästigte eine schöne junge Frau. Andrei stand wie erstarrt da. Er hatte immer schon schwer mit Gewalt umgehen können. Seit seine Eltern in Sarajewo ermordet worden waren, war er schreckhaft, und er hasste Auseinandersetzungen. Doch jetzt stand seine Selbstachtung auf dem Spiel. Vor jemandem wegzulaufen, der einen bedrohte, war etwas anderes, als einen Mitmenschen in Not im Stich zu lassen. Er rannte los und schrie: »Aufhören! Lassen Sie sie los!«, was sich als ein fataler Fehler erwies.

Der hohläugige Typ zog ein Messer und murmelte irgendetwas Bedrohliches auf Englisch, und Andreis Knie wurden weich. Trotzdem nahm er seinen ganzen Mut zusammen und zischte wie in einem schlechten Actionfilm zurück: »Get lost! You will only make yourself miserable«, und tatsächlich zog sich der Typ nach wenigen Sekunden mit eingekniffenem Schwanz zurück, und Andrei blieb mit der Frau allein. So fing es an – auch das wie in einem Film.

Was dann kam, verlief zunächst allerdings eher stockend. Die Frau war offenkundig aufgewühlt und verängstigt. Sie sprach so leise, dass Andrei sich ganz nah zu ihr hinüberbeugen musste, um zu verstehen, was sie sagte, und es dauerte eine Weile, bis er begriff, was passiert war. Offenbar hatte diese Frau eine Ehehölle hinter sich, und obwohl sie inzwischen geschieden war und eine neue Identität angenommen hatte, war es dem Exmann gelungen, sie aufzuspüren, und er hatte einen seiner Handlanger geschickt, um sie zu schikanieren.

»Es ist heute schon das zweite Mal, dass sich dieser Kerl auf mich stürzt«, sagte sie.

»Warum waren Sie hier?«

»Ich wollte ihm entkommen und bin unten durch die Tür geschlüpft, aber er war zu schnell.«

»Das ist ja schrecklich!«

»Ich weiß gar nicht, wie ich Ihnen danken soll.«

»Keine Ursache.«

»Ich bin diese Männer so leid«, sagte sie.

»Ich bin einer von den Guten«, erwiderte er etwas zu vorschnell und kam sich sofort lächerlich vor, und es wunderte ihn kein bisschen, dass die Frau nicht weiter darauf einging, sondern nur beschämt die Treppe hinunterstarrte.

Es war ihm peinlich, dass er versucht hatte, sich mit einer

so billigen Phrase selber anzupreisen. Doch plötzlich – als er gerade dachte, sie würde ihn stehen lassen – hob sie den Kopf und schenkte ihm ein schüchternes Lächeln.

»Das glaube ich. Ich heiße Linda.«

»Andrei.«

»Freut mich, dich kennenzulernen, Andrei, und vielen Dank noch mal.«

»Ich hab zu danken.«

»Wofür?«

»Weil du…«

Er beendete den Satz nicht. Er spürte sein Herz schlagen. Sein Mund war trocken, und er warf einen Blick ins Treppenhaus.

»Andrei?«

»Willst du, dass ich dich nach Hause bringe?«

Auf der Stelle bereute er die Frage. Sie würde sie bestimmt falsch verstehen. Aber sie lächelte erneut, auf die gleiche betörend unsichere Art wie zuvor, und antwortete, es würde ihr tatsächlich Sicherheit geben, ihn an ihrer Seite zu wissen, und so gingen sie hinaus in Richtung Slussen. Sie erzählte ihm, dass sie sich in einem großen Haus in Djursholm mehr oder weniger verbarrikadiert habe. Das könne er gut verstehen, erwiderte er, oder zumindest teilweise; er habe mal einen Artikel über Gewalt gegen Frauen geschrieben.

»Bist du Journalist?«, fragte sie.

»Ich arbeite für *Millennium*.«

»Oh!«, rief sie. »Wirklich? Eine fantastische Zeitschrift!«

»Ja, sie hat schon einiges in Gang gesetzt«, sagte er bescheiden.

»Allerdings! Vor einiger Zeit habe ich einen wunderbaren Text über einen kriegsversehrten Iraker gelesen, der als Reinigungskraft in einer Kneipe in der Innenstadt gearbeitet hat und entlassen wurde und plötzlich ohne alles dastand. Heute ist er der Besitzer einer ganzen Restaurantkette. Ich hab geweint, als ich diese Reportage gelesen habe. Sie war so wunderbar geschrieben und hat solchen Mut gemacht, weil sie gezeigt hat, dass es immer eine Möglichkeit gibt, neu anzufangen.«

»Die Reportage habe ich geschrieben.«

»Wirklich?«, fragte sie. »Ich fand sie großartig!«

Andrei hatte nur selten Komplimente für seine Texte bekommen und erst recht nicht von fremden Frauen. Wenn es um *Millennium* ging, wollten die Leute immer sofort über Mikael Blomkvist sprechen, und eigentlich hatte Andrei gar nichts dagegen. Insgeheim aber träumte er davon, dass man eines Tages auch ihn zur Kenntnis nehmen würde, und jetzt hatte diese bildschöne Linda ihn einfach so gelobt, ohne dass er es herausgefordert hätte.

Er war so glücklich und stolz, dass er im Überschwang vorschlug, im alteingesessenen »Papagallo«, an dem sie gerade vorbeigingen, etwas trinken zu gehen, und zu seiner großen Freude antwortete sie: »Was für eine tolle Idee!« Sie betraten das Restaurant. Andreis Herz klopfte noch immer heftig, und er versuchte, ihrem Blick auszuweichen.

Ihre Augen brachten ihn fast um den Verstand, und er konnte es kaum fassen, als sie sich an einen Tisch unweit der Bar setzten, Linda ihre Hand ausstreckte und er sie ergriff und lächelte und kaum noch wahrnahm, was um ihn herum geschah und worüber sie redeten. Er wusste nur noch, dass Emil Grandén anrief und er zu seiner Verwunderung auf den Anruf pfiff und das Telefon stumm stellte. Ausnahmsweise musste die Zeitschrift einmal warten.

Er wollte nur noch Lindas Gesicht ansehen, darin versinken. Sie war so attraktiv, dass es ihm schier den Atem raubte, und gleichzeitig so zart und zerbrechlich wie ein aus dem Nest gefallenes Vögelchen.

»Ich verstehe gar nicht, wie jemand dir etwas antun kann«, sagte er.

»Und trotzdem passiert es mir die ganze Zeit«, antwortete sie, und kurz schoss ihm durch den Kopf, dass er es insgeheim womöglich doch verstand.

Eine Frau wie sie lockte Psychopathen an, weil sonst niemand wagte, auf sie zuzugehen und sie anzusprechen. Die anderen plagten sich wahrscheinlich viel zu sehr mit ihren Minderwertigkeitskomplexen, und deshalb hatten nur die Dreckskerle ausreichend Mut, ihre Tentakel nach ihr auszustrecken.

»Wie schön, hier mit dir zu sitzen«, sagte er.

»Wie schön, hier mit *dir* zu sitzen«, wiederholte sie und streichelte vorsichtig seine Hand. Dann bestellten sie zwei Gläser Rotwein und redeten wild drauflos, und er bemerkte kaum, dass sein Telefon immer wieder klingelte – und dass er zum ersten Mal in seinem Leben einen Anruf von Mikael Blomkvist ignorierte.

Kurze Zeit später stand sie auf, nahm seine Hand und führte ihn hinaus. Er fragte nicht, wohin sie gingen. Er hatte das Gefühl, dass er ihr überallhin folgen würde. Sie war das wunderbarste Wesen, das ihm je begegnet war, und hin und wieder lächelte sie ihn unsicher und doch verführerisch an, und mit einem Mal schien jeder Pflasterstein dort draußen etwas Großes, Revolutionäres zu verheißen. Man kann ein ganzes Leben für einen Spaziergang wie diesen leben, dachte er und nahm die Stadt und die Kälte um sich herum kaum mehr wahr.

Er war wie berauscht von ihrer Nähe und allem, was ihn erwartete. Aber vielleicht – er wusste es nicht genau – weckte genau das sein Misstrauen, auch wenn er es erst für seine typische Skepsis gegenüber jeglicher Form von Glück hielt. Dennoch tauchte in seinem Kopf plötzlich die Frage auf, ob dies alles nicht viel zu gut war, um wahr sein zu können.

Er sah Linda aufmerksam an, und mit einem Mal erkannte er in ihrem Gesicht nicht mehr nur sympathische Züge. Als sie am Katarinahissen vorbeikamen, glaubte er sogar eine eisige Kälte in ihren Augen zu sehen, und er warf einen nervösen Blick auf das aufgepeitschte Wasser.

»Wohin gehen wir?«, fragte er.

»Eine Freundin von mir hat eine kleine Wohnung in der Mårten Trotzigs gränd, die ich benutzen darf. Vielleicht können wir dort ja noch ein Gläschen trinken?«, fragte sie, und er lächelte, als wäre das die wundervollste Idee, von der er je gehört hatte.

Trotzdem war er zunehmend verwirrt. Vor Kurzem erst hatte er sich für sie starkmachen müssen, doch jetzt auf einmal hatte sie die Initiative übernommen. Er warf einen hastigen Blick auf sein Handy und sah, dass Mikael Blomkvist zweimal angerufen hatte. Diesmal wollte er zurückrufen. Was immer auch geschah, er durfte das Magazin nicht im Stich lassen.

»Okay«, sagte er. »Aber erst muss ich noch kurz telefonieren – ich bin gerade an einer wichtigen Story dran.«

»Nein, Andrei«, sagte sie mit einem Mal erstaunlich bestimmt. »Du rufst jetzt niemanden mehr an. Heute Abend gibt es nur noch dich und mich.«

»Okay«, sagte er wieder, wenn auch ein wenig unangenehm berührt.

Sie kamen auf den Järntorget hinaus, wo trotz des Unwetters erstaunlich viele Menschen unterwegs waren, und Linda senkte den Kopf, als wollte sie dort nicht gesehen werden. Andrei blickte nach rechts zur Österlånggatan und zu der Statue von Evert Taube. Dort stand der Skalde unerschütterlich mit einem Notenblatt in der Hand und blickte durch seine dunkle Sonnenbrille gen Himmel. Ob er ihr vorschlagen sollte, dass sie sich lieber morgen treffen sollten?

»Vielleicht…«, begann er.

Doch weiter kam er nicht, denn im nächsten Moment zog sie ihn an sich und küsste ihn. Sie küsste ihn mit einer Kraft, die ihn alles, was er gerade noch gedacht hatte, vergessen ließ, und dann zog sie ihn immer schneller hinter sich her, nach links auf die Västerlånggatan, dann jäh nach rechts in eine dunkle Gasse. Folgte ihnen jemand? Nein, die Schritte und die Stimmen kamen von weiter her. Linda und er waren allein. Oder nicht? Sie gingen an einem Fenster mit roten Rahmen und schwarzen Fensterläden vorbei und kamen zu einer grauen Tür, die Linda mit einiger Mühe öffnete, mit einem Schlüssel, den sie zuvor aus ihrer Handtasche gezogen hatte. Verwundert registrierte er, dass ihre Hände zitterten. Hatte sie immer noch Angst vor ihrem Exmann und seinem Komplizen?

Sie stiegen eine dunkle Steintreppe hinauf. Ihre Schritte hallten von den Wänden wider, und er bemerkte einen schwachen Geruch von Fäulnis. Auf einer Treppenstufe im dritten Stock lag eine Spielkarte, eine Pik Dame. Die Karte erschien ihm wie ein schlechtes Omen – warum, wusste er nicht. Es war sicher nur irgendein dummer Aberglaube. Er versuchte, den Gedanken beiseitezuschieben und sich darüber zu freuen, dass sie einander begegnet waren. Linda atmete schwer, ihre rechte Hand war zur Faust geballt. Draußen auf der Gasse hörte er einen Mann lachen. Doch nicht etwa über ihn? Blödsinn. Er war bloß nervös. Trotzdem hatte er das Gefühl, dass sie Stufe um Stufe vorwärtsgingen, ohne je ans Ziel zu gelangen. War dieses Haus wirklich so hoch? Nein, endlich waren sie da. Lindas Freundin wohnte ganz oben unterm Dach.

An der Tür stand »Orlow«, und Linda zückte erneut ihren Schlüsselbund. Diesmal zitterte ihre Hand nicht.

Mikael Blomkvist saß in einer altmodisch eingerichteten Wohnung im Prostvägen in Solna, unmittelbar neben dem großen Friedhof. Genau wie Holger Palmgren vorausgesagt hatte, war Margareta Dahlgren ohne eine Sekunde des Zögerns, bereit gewesen, ihn zu empfangen. Am Telefon hatte sie tatsächlich ein wenig manisch geklungen. Wie sich jetzt herausstellte, war sie eine elegante, etwas zu dünne Dame in den Sechzigern. Sie trug einen hübschen gelben Pullover und eine schwarze Hose mit Bügelfalten. Womöglich hatte sie sich noch schnell schick für ihn gemacht. Ihre Schuhe hatten hohe Absätze, und hätte ihr Blick nicht so nervös geflackert, hätte er sie fast für eine Frau von Welt halten können.

»Sie wollen also etwas über Camilla erfahren«, sagte sie.

»Vor allem über ihr Leben in den letzten Jahren – falls Sie denn irgendwas darüber wissen«, antwortete er.

»Ich weiß noch genau, wie sie zu uns kam«, sagte sie, als hätte sie ihn nicht gehört. »Mein Mann Kjell fand damals, auch wir sollten einen Beitrag für die Gesellschaft leisten und unsere kleine Familie erweitern. Wir hatten ja nur ein Kind – unsere arme Moa. Damals war sie vierzehn Jahre alt und wohl ein bisschen einsam. Wir dachten, wir würden ihr einen Gefallen tun, wenn wir eine Pflegetochter in ihrem Alter aufnähmen.«

»Wussten Sie, was in der Familie Salander vorgefallen war?«

»Wir wussten nicht alles – aber uns war natürlich klar, dass dort irgendwas Schreckliches, Traumatisches passiert sein musste, dass die Mutter krank war und der Vater schwere Brandverletzungen erlitten hatte. Wir waren tief ergriffen von der Geschichte, und wir hatten erst mit einem vollkommen labilen Wesen gerechnet, das all unsere Liebe und Zuversicht benötigen würde. Aber wissen Sie, was stattdessen kam?«

»Nein?«

»Das bezauberndste Mädchen, was wir je gesehen hatten. Sie war nicht nur unglaublich hübsch. Oh, Sie hätten sie zu dieser Zeit hören sollen! Sie wirkte klug und reif und erzählte die herzzerreißendsten Geschichten – wie ihre geisteskranke Schwester die Familie terrorisiert hätte. Ja, ja, inzwischen weiß ich natürlich, wie wenig das der Wahrheit entsprach. Aber wie hätten wir damals an ihr zweifeln können? Ihre

Augen loderten vor Überzeugung, und wenn wir sagten: ›Wie schrecklich – du armes Kind!‹, erwiderte sie immer nur: ›Es ist natürlich nicht leicht, aber ich liebe meine Schwester trotzdem. Sie kann ja nichts dafür. Jetzt ist sie in Behandlung.‹ Das klang so erwachsen und empathisch … und eine Zeit lang hatten wir fast das Gefühl, sie würde sich um uns kümmern und nicht umgekehrt. Unsere ganze Familie erstrahlte in ihrem Glanz, als hätte etwas Glamouröses in unseren Alltag Einzug gehalten und alles schöner und größer gemacht, und wir blühten auf, vor allem Moa. Sie legte allmählich größeren Wert auf ihr Äußeres und wurde in der Schule immer beliebter. Ich hätte damals alles für Camilla getan, und mein Mann Kjell … tja. Was soll ich sagen? Er war auf einmal ein ganz neuer Mensch. In der ersten Zeit hat er gestrahlt und gelacht und sogar wieder mit mir geschlafen – bitte verzeihen Sie meine Offenheit. Vielleicht hätte ich mir da bereits Gedanken machen sollen. Aber ich habe geglaubt, das wäre nur die Freude darüber, dass unsere Familie so wunderbar harmonisch war. Eine Zeit lang waren wir glücklich – so wie alle Menschen, wenn sie Camilla begegnen. Anfangs sind sie glücklich. Aber dann … wollen sie nur noch sterben. Nach einiger Zeit mit ihr will man ganz einfach nicht mehr weiterleben.«

»Ist es so schlimm?«

»Ja, so schlimm ist es.«

»Was ist passiert?«

»Sie hat uns regelrecht vergiftet. Ganz langsam übernahm sie die Kontrolle über unsere Familie. Aus heutiger Sicht kann ich wirklich nicht mehr sagen, wann das Fest aufhörte und der Albtraum anfing. Es war so unmerklich und schrittweise passiert, dass wir eines Tages aufwachten und plötzlich feststellen mussten, dass alles in Trümmern lag: unser Vertrauen, die Geborgenheit, das Fundament unserer Familie. Moas Selbstwertgefühl, das anfangs einen solchen Auftrieb erlebt hatte, war auf einmal wie weggefegt. Nachts lag sie wach und weinte und behauptete in einem fort, sie sei hässlich und schlecht und habe es nicht verdient weiterzuleben. Erst später haben wir festgestellt, dass ihr Sparkonto geplündert worden war. Ich weiß bis heute nicht sicher, was damals vorgefallen ist, aber ich bin felsenfest davon überzeugt, dass Camilla sie erpresst hat. Erpressung war für sie genauso natürlich wie das Atmen. Gegen jeden hatte sie irgendein Druckmittel in der Hand. Lange habe ich gedacht, sie würde Tagebuch führen, aber nein, stattdessen schrieb sie alles Negative nieder, was sie über die Menschen in ihrer Umgebung in Erfahrung brachte, und katalogisierte es. Und Kjell... dieser dämliche, bescheuerte Kjell... Wissen Sie, ich hab ihm wirklich geglaubt, als er gesagt hat, er habe Schlafprobleme und müsse deshalb ins Gästezimmer in den Keller ziehen. In Wirklichkeit hat er sich dort mit Camilla getroffen. Seit sie sechzehn war, schlich sie nach unten und hatte perversen Sex mit ihm. Ich sage pervers, weil ich ihnen irgendwann auf die Schliche gekommen bin. Ich wunderte mich über die Schnittwunden auf Kjells Brust. Damals hat er es natürlich nicht zugegeben. Er hatte irgendeine merkwürdige Erklärung dafür, und irgendwie ist es mir tatsächlich gelungen, meinen Verdacht zu verdrängen. Aber wissen Sie, was wirklich dahintersteckte? Kjell hat es am Ende zugegeben. Camilla hat ihn gefesselt und mit einem Messer traktiert. Er meinte, das habe sie befriedigt. Manchmal habe ich fast gehofft, dass es stimmte. Das mag jetzt merkwürdig klingen – aber manchmal habe ich tatsächlich gehofft, dass sie wirklich etwas davon hatte und ihn nicht bloß quälen und sein Leben zerstören wollte.«

»Hat sie ihn auch erpresst?«

»Allerdings. Aber in dieser Hinsicht sind bis heute Fragen offen. Camilla hat ihn so sehr gedemütigt, dass er mir die ganze Wahrheit nicht einmal mehr erzählen konnte, als längst alles in Trümmern lag. Kjell war in unserer Familie immer der Fels in der Brandung gewesen. Wenn wir uns verfahren, wenn wir Wasser im Keller hatten oder einer von uns krank wurde, war er immer der Besonnene, der Geistesgegenwärtige. Das wird schon wieder, hat er immer mit dieser wunderbaren Stimme gesagt, von der ich heute noch träume. Aber nach ein paar Jahren mit Camilla war er ein Wrack. Er konnte keine Straße mehr überqueren, ohne sich hundertmal umzusehen. Bei der Arbeit brachte er nicht die geringste Motivation mehr auf und saß nur noch mit hängendem Kopf da. Einer seiner engsten Mitarbeiter, Mats Hedlund, rief mich eines Tages an und erzählte mir im Vertrauen, dass eine interne Ermittlung gegen Kjell eingeleitet worden sei, weil er im Verdacht stand, Geschäftsgeheimnisse weiterverkauft zu haben. Es klingt vollkommen absurd – Kjell war der rechtschaffenste Mensch, den ich je kennengelernt habe. Und falls er wirklich etwas weiterverkauft haben sollte, wo war dann das Geld geblieben? Wir hatten weniger denn je. Auch sein Konto war irgendwann leer geräumt – und unser gemeinsames Konto zum Großteil ebenfalls.«

»Wie ist er gestorben?«

»Er hat sich erhängt, ohne auch nur ein einziges Wort des Abschieds zu hinterlassen. Ich hab ihn eines Tages gefunden, als ich von der Arbeit heimkam. Er baumelte von der Decke des Gästezimmers im Keller – ja, im selben Zimmer, in dem sich Camilla mit ihm verlustiert hatte. Damals arbeitete ich als Chefökonomin, ich hatte ein gutes Gehalt und eine steile Karriere vor mir. Aber nach Kjells Selbstmord ist für Moa und mich alles zusammengebrochen. Ich will das gar nicht groß vertiefen – Sie wollen ja wissen, was aus Camilla wurde. Aber es tat sich ein bodenloser Abgrund vor uns auf. Moa fing an, sich zu ritzen, und aß kaum noch etwas. Eines Tages fragte sie mich, ob ich auch glauben würde, sie sei Abschaum. Herrgott, Herzchen, habe ich geantwortet, wie kommst du denn darauf? Da meinte sie, das habe Camilla gesagt. Camilla habe gesagt, dass alle fänden, Moa sei Abschaum. Jeder, der sie sehe, finde sie eklig. Ich nahm alle Hilfe in Anspruch, die ich bekommen konnte: Psychologen, Ärzte, kluge Freundinnen, Prozac. Nichts davon half. An einem wunderschönen Frühlingstag, als das restliche Schweden gerade irgendeinen lächerlichen Triumph beim Eurovision Song Contest feierte, sprang Moa von der Finnlandfähre, und mit ihrem Leben endete auch meines. So hat es sich jedenfalls angefühlt. Ich habe all meine Lebenslust verloren und war lange wegen schwerer Depressionen in der Psychiatrie. Aber irgendwann… ich weiß nicht… hat sich meine Lähmung und Trauer schließlich in Wut verwandelt, und ich hatte das Gefühl, ich müsste den Ursachen nachgehen. Was war in unserer Familie schiefgelaufen? Was für eine böse Macht hatte sich bei uns eingeschlichen? Ich habe Nachforschungen über Camilla angestellt. Nicht weil ich sie wiedersehen wollte – das auf keinen Fall. Aber ich wollte sie verstehen, vielleicht so wie die Eltern eines Mordopfers irgendwann den Mörder und sein Motiv verstehen wollen.«

»Was haben Sie herausgefunden?«

»Erst mal rein gar nichts. Sie hatte alle Spuren hinter sich verwischt. Es war, als würde ich einen Schatten jagen, ein Phantom, und ich kann Ihnen nicht sagen, wie viel Geld ich für Privatdetektive und andere zwielichtige Gestalten ausgegeben habe, die mir versprochen hatten zu helfen. Ich bin einfach nicht weitergekommen, und das hat mich wahnsinnig gemacht. Ich war wie besessen. Ich habe kaum noch geschlafen, und meine Freundinnen hielten es irgendwann mit mir nicht mehr aus. Es war eine schlimme Zeit. Ich wurde als versponnene Querulantin abgetan, und vielleicht ist das immer noch so – ich weiß ja nicht, was Holger Palmgren zu Ihnen gesagt hat… Aber dann wurde Ihre Reportage über Zalatschenko veröffentlicht, und natürlich hat mir der Name im ersten Moment nichts gesagt. Aber irgendwann habe ich eins und eins zusammengezählt. Ich habe von seiner schwedischen

Identität erfahren – Karl Axel Bodin – und von seiner Zusammenarbeit mit dem Svavelsjö MC, und da sind mir all die schrecklichen Abende gegen Ende wieder eingefallen – damals, als Camilla sich schon lange von uns abgewandt hatte. In dieser Zeit wurde ich regelmäßig von Motorradlärm geweckt, und von meinem Schlafzimmerfenster aus konnte ich diese Lederwesten mit dem grässlichen Symbol herumfahren sehen. Es hat mich nicht mal mehr gewundert, dass sie mit solchen Leuten zu tun hatte – ich hatte, was sie betraf, keinerlei Illusionen mehr. Aber damals ahnte ich noch nicht, dass es da um ihre Herkunft ging: Sie war die potenzielle Anwärterin auf das Erbe ihres Vaters.«

»Sie wollte seine Geschäfte übernehmen?«

»In der Tat. In ihrer schmutzigen Welt kämpfte sie tatsächlich für Gleichberechtigung oder zumindest für ihre eigenen Rechte, und ich weiß, dass das viele andere Frauen in diesem Motorradklub schwer beeindruckt hat, vor allem Kajsa Falk.«

»Wer ist das?«

»Ein hübsches, ziemlich selbstbewusstes Mädchen. Kajsa war mit einem der Bosse zusammen. Während des letzten Jahres war sie oft bei uns zu Hause, und irgendwie mochte ich sie. Sie hatte große blaue Augen und einen leichten Silberblick, und hinter ihrer toughen Erscheinung verbarg sich ein verletzliches menschliches Wesen. Nachdem ich Ihre Reportage gelesen hatte, habe ich Kajsa kontaktiert. Natürlich verriet sie Camilla nicht mit einem Wort. Sie war nicht unfreundlich, ganz und gar nicht, und mir fiel auf, dass sie ihren Stil verändert hatte. Die Rockerbraut hatte sich zur Geschäftsfrau gemausert. Aber sie schwieg beharrlich, und erst dachte ich, das sei nur eine weitere Einbahnstraße.«

»War es aber nicht.«

»Nein. Vor einem knappen Jahr hat Kajsa von sich aus wieder Kontakt zu mir aufgenommen – und diesmal hatte sie sich noch einmal verändert. Sie hatte gar nichts Cooles oder Distanziertes mehr an sich. Sie wirkte eher gehetzt, nervös. Wenig später wurde sie auf dem Stora-Mossens-Sportplatz in Bromma tot aufgefunden. Man hatte sie erschossen. Bei unserem Treffen hatte sie erzählt, dass es nach Zalatschenkos Tod einen Erbstreit gegeben habe. Camillas Zwillingsschwester Lisbeth sei dabei mehr oder weniger leer ausgegangen – offenbar hatte sie nicht mal den kleinen Anteil annehmen wollen, den sie hätte bekommen können. Der überwiegende Teil des Vermögens fiel den beiden überlebenden Zalatschenko-Söhnen in Berlin zu, der Rest ging an Camilla. Und zwar in weiten Teilen wohl auch der Menschenhandel, über den Sie in Ihrer Reportage so eindringlich geschrieben haben. Das hätte mir fast das Herz zerrissen. Ich habe meine Zweifel, dass Camilla sich um diese Frauen geschert hat oder auch nur das geringste Mitgefühl mit ihnen hatte. Allerdings wollte sie wohl nichts mit dieser Art von Geschäft zu tun haben. Nur Verlierer beschäftigen sich mit so einem Dreck, hat sie zu Kajsa gesagt. Sie hatte eine andere, modernere Vision davon, was diese Verbrecherorganisation tun sollte, und nach harten Verhandlungen hat sie einem ihrer Halbbrüder ihre Anteile verkauft. Anschließend verschwand sie nach Moskau – mitsamt ihrem Vermögen und ein paar Mitarbeitern, die ihr nahestanden, darunter auch Kajsa Falk.«

»Wissen Sie, welche neuen Geschäftsfelder sie im Sinn hatte?«

»Kajsa hat nie genug Einblick erhalten, um das zur Gänze nachzuvollziehen, aber wir hatten einen Verdacht. Ich glaube, es hatte mit den Geschäftsgeheimnissen von Ericsson zu tun. Heute bin ich mir ziemlich sicher, dass Camilla Kjell wirklich dazu brachte, etwas Wertvolles zu verkaufen, vermutlich indem sie ihn erpresste. Außerdem habe ich erfahren, dass sie schon während der ersten Jahre bei uns irgendwelche Computernerds in ihrer Schule anheuerte und sie bat, meinen

Computer zu hacken. Kajsa meinte, Camilla sei davon wie besessen gewesen – allerdings nicht so, dass sie es selbst gelernt hätte. Aber sie hat ständig davon geredet, was man verdienen könnte, indem man Konten und Server hackt und Ideen klaut und solche Sachen. Deshalb glaube ich, dass sie mit so etwas weitergemacht hat.«

»Und das trifft wohl auch zu.«

»Ja. Vermutlich läuft das Ganze auf einem ziemlich hohen Niveau ab. Camilla würde sich nie mit weniger zufriedengeben. Kajsa hat erzählt, dass Camilla sich im Handumdrehen Zutritt zu diversen einflussreichen Kreisen in Moskau verschafft habe, unter anderem wurde sie die Geliebte eines Duma-Abgeordneten, irgendeines reichen, mächtigen Typen, und mit seiner Hilfe hat sie eine merkwürdige Schar aus Topinformatikern und Kriminellen an sich gebunden. Anscheinend hat Camilla sie alle um den Finger gewickelt. Und sie wusste genau, was die wunden Punkte in der dortigen Wirtschaft waren.«

»Und zwar?«

»Beispielsweise die Tatsache, dass Russland nicht viel mehr als eine einzige große Tankstelle ist. Die Russen exportieren Öl und Gas, produzieren aber selbst nichts Nennenswertes. Russland braucht neue Technologien.«

»Und die wollte sie bereitstellen?«

»Zumindest hat sie diesen Anschein erweckt. Aber natürlich verfolgte sie dabei auch ihre eigene Agenda, und ich weiß, dass Kajsa unglaublich beeindruckt war, wie es Camilla gelingen konnte, gewisse Leute um sich zu scharen und sich politischen Rückhalt zu sichern. Kajsa wäre ihr gegenüber sicher für alle Zeiten loyal geblieben, wenn sie nicht so eingeschüchtert gewesen wäre.«

»Was ist passiert?«

»Die beiden lernten einen ehemaligen Elitesoldaten kennen, einen Major, glaube ich, und diese Begegnung hat Kajsa den Boden unter den Füßen weggerissen. Vertraulichen Informationen zufolge, die Camillas Liebhaber besaß, hatte dieser Mann ein paar dubiose Aufträge für die russische Regierung ausgeführt – Morde, um es klar zu sagen. Unter anderem hat er eine bekannte Journalistin erschossen. Irina Asarowa. Ich nehme an, Sie kennen sie. Sie hatte das Regime in mehreren Artikeln und Büchern scharf angegriffen.«

»Ja, natürlich, sie war eine Heldin. Eine schreckliche Geschichte!«

»Genau. Doch bei diesem Auftrag muss irgendetwas schiefgelaufen sein. In einem Vorort südöstlich von Moskau wollte Irina Asarowa in einer geheimen Wohnung in einer Seitenstraße einen Regimekritiker treffen, und der Major hätte sie erschießen sollen, sobald sie wieder aus der Tür trat. Doch ohne dass jemand davon erfahren hätte, war Irinas Schwester schwer an einer Lungenentzündung erkrankt, und plötzlich hatte sie ihre zwei acht und zehn Jahre alten Nichten in ihrer Obhut. Und als sie und die beiden Mädchen aus der Tür traten, erschoss der Major alle drei. Er schoss ihnen mitten ins Gesicht, woraufhin er in Ungnade fiel. Ganz sicher nicht, weil irgendjemandem die Mädchen wichtig gewesen wären – aber die Geschichte sorgte für einen gewissen öffentlichen Aufruhr, und es stand zu befürchten, dass die ganze Operation auffliegen und der Regierung schaden würde. Ich glaube, der Major hatte eine Heidenangst, zur Verantwortung gezogen zu werden. Überhaupt bekam er etwa zur selben Zeit eine Menge Probleme. Seine Frau ließ ihn sitzen, und er war plötzlich mit seiner halbwüchsigen Tochter allein, und ich glaube, er drohte sogar aus seiner Wohnung zu fliegen. Für Camilla war das natürlich die perfekte Ausgangssituation: ein kaltblütiger Mensch, der sich in eine verzwickte Lage manövriert hatte und den sie für sich instrumentalisieren konnte.«

»Also hat sie auch ihn angeworben.«

»Ja. Die beiden trafen sich. Kajsa war dabei und augenblicklich von diesem Typen fasziniert. Er war kein bisschen so, wie sie ihn sich vorgestellt hatte – er ähnelte nicht im Geringsten den Männern vom Svavelsjö MC, von denen sie genau wusste, dass sie Morde begangen hatten. Natürlich war er gut trainiert und sah gefährlich aus. Zugleich aber war er auch kultiviert und höflich, hat sie erzählt. Auf gewisse Weise sogar verletzlich und sensibel. Kajsa spürte, dass er tatsächlich darunter litt, diese Kinder erschossen zu haben. Er war zwar eindeutig ein Mörder – ein Mann, der im Tschetschenienkrieg als Folterspezialist eingesetzt worden war. Trotzdem hatte er moralische Grundsätze, und deshalb war Kajsa auch so unangenehm berührt, als Camilla ihre Klauen nach ihm ausfuhr. Und zwar offenbar buchstäblich. Angeblich hat sie ihre Nägel über seine Brust gezogen und wie eine Katze gefaucht: ›Ich will, dass du für mich tötest!‹ Ihre Worte waren sexuell stark aufgeladen – mit einer erotischen Macht. Offenbar hat sie mit geradezu teuflischem Geschick den Sadismus dieses Mannes hervorgelockt. Und je scheußlicher die Einzelheiten waren, die er ihr aus seiner mörderischen Vergangenheit erzählte, umso erregter soll sie gewesen sein. Ich weiß nicht, ob ich es richtig verstanden habe, aber anscheinend war es das und nichts anderes, was Kajsa eine Todesangst eingejagt hat. Nicht der Mörder selbst – sondern Camilla. Wie sie mit ihrer Schönheit und Anziehungskraft das Ungeheuer in ihm weckte und seinen sonst so melancholischen Blick zum Glühen brachte, bis er wie ein irres Raubtier aussah.«

»Sie sind mit diesen Informationen nie zur Polizei gegangen.«

»Ich habe Kajsa immer wieder darum bekniet. Ich habe ihr gesagt, dass sie gehetzt wirke und garantiert Schutz benötige. Aber sie erwiderte nur, den hätte sie bereits. Außerdem hat sie mir verboten, mit der Polizei zu sprechen, und ich war so dumm, auf sie zu hören. Nach ihrem Tod habe ich den Ermittlern erzählt, was ich wusste, aber ich bin mir nicht sicher, ob sie mir glaubten. Vermutlich eher nicht. Ich wusste ja nur vom Hörensagen von einem namenlosen Mann aus einem anderen Land, und Camilla war längst aus allen Registern verschwunden. Ich habe nie erfahren, unter welcher Identität sie heute lebt. Und meine Aussage hat nie zu etwas geführt. Der Mord an Kajsa ist immer noch nicht aufgeklärt.«

»Ich verstehe«, sagte Mikael.

»Tun Sie das wirklich?«

»Ich denke schon«, antwortete er und wollte gerade seine Hand auf Margareta Dahlgrens Arm legen, um sein Mitgefühl auszudrücken, doch das Summen seines Telefons hielt ihn ab.

Er hoffte, es wäre Andrei. Aber es war ein Mann namens Stefan Molde. Erst nach einigen Sekunden fiel Mikael wieder ein, dass es sich dabei um den Computerexperten des Nachrichtendiensts handelte, der mit Linus Brandell in Kontakt gestanden hatte.

»Worum geht es?«, fragte er.

»Es geht um ein Treffen mit einem ranghohen Beamten, der auf dem Weg nach Schweden ist und Sie morgen früh im Grand Hôtel treffen will.«

Mikael machte Margareta Dahlgren gegenüber eine entschuldigende Geste.

»Ich habe einen ziemlich vollen Terminkalender«, sagte er, »und wenn ich überhaupt jemanden treffe, möchte ich zumindest den Namen kennen und wissen, was sein Anliegen ist.«

»Der Kollege heißt Edwin Needham, und es geht um eine gewisse Wasp, die einer schweren Straftat verdächtigt wird.«

Mikael spürte, wie Panik in ihm aufstieg.

»In Ordnung«, sagte er. »Um wie viel Uhr?«

»Um fünf Uhr morgens würde es ihm gut passen.«

»Das ist ja wohl ein Scherz.«

»Leider gibt es bei dieser ganzen Geschichte nicht allzu viel zu lachen. Ich würde Ihnen empfehlen, pünktlich zu sein. Mr. Needham empfängt Sie auf seinem Zimmer. Ihr Handy müssen Sie an der Rezeption abgeben, und Sie werden einer Leibesvisitation unterzogen.«

»Verstehe«, sagte Mikael mit wachsendem Unbehagen.

Dann stand er auf und verabschiedete sich von Margareta Dahlgren im Prostvägen in Solna.

Teil III
Asymmetrische Probleme
24. November – 3. Dezember

Manchmal ist es leichter, etwas zu verbinden,
als es wieder voneinander zu lösen.

Computer können heutzutage Primzahlen mit
Millionen von Stellen multiplizieren,
aber die Prozedur umzukehren ist nahezu
unmöglich. Schon Zahlen mit nur
hundert Stellen verursachen enorme Probleme.

Verschlüsselungsalgorithmen wie das RSA
machen sich diese Schwierigkeiten bei
der Primfaktorzerlegung zunutze. Die Primzahl ist
zum Freund der Geheimnisse geworden.

25. KAPITEL

In der Nacht
und am Morgen des 24. November

Lisbeth brauchte nicht lange, um herauszufinden, welchen Roger August zu Papier gebracht hatte. Auf einer Homepage mit ehemaligen Schauspielern vom sogenannten Revolutionsteatern in Vasastan fand sie jüngere Ausgaben des Mannes. Er hieß Roger Winter und stand im Ruf, krankhaft eifersüchtig und gewalttätig zu sein. In seiner Jugend hatte er in ein paar bedeutenden Kinofilmen mitgespielt, doch in letzter Zeit war er zunehmend in Vergessenheit geraten und inzwischen sogar weniger bekannt als sein an den Rollstuhl gefesselter Bruder Tobias, ein ziemlich unverblümter Biologieprofessor, der sich in aller Öffentlichkeit von seinem Bruder distanziert hatte.

Lisbeth notierte sich Roger Winters Adresse. Anschließend hackte sie sich in den Supercomputer NSF MRI und öffnete ihr Computerprogramm, mit dem sie ein dynamisches System entwickeln wollte, um jene elliptischen Kurven zu finden, mit denen sich ihre Aufgabe am besten lösen ließ, und zwar mit möglichst wenigen Iterationen. Aber sosehr sie es auch versuchte, sie kam der Lösung keinen Schritt näher. Der Inhalt der NSA-Datei blieb für sie unerreichbar, und am Ende stand sie auf und warf einen

Blick ins Schlafzimmer zu August. Und fluchte. Der Junge war wach, saß auf dem Bett und kritzelte gerade etwas auf ein Blatt Papier, das auf dem Nachttisch lag. Als sie näher herantrat, sah sie, dass es neue Primfaktorzerlegungen waren. Als sie streng sagte: »Das hat keinen Zweck. Auf diesem Weg kommen wir nicht weiter«, und August daraufhin wieder begann, hysterisch mit dem Oberkörper zu schaukeln, befahl sie ihm, sich zusammenzureißen und endlich einzuschlafen.

Es war schon spät. Auch sie selbst brauchte dringend ein bisschen Ruhe, und sie legte sich auf das benachbarte Bett, bekam aber kein Auge zu. August wälzte sich hin und her und wimmerte, und am Ende beschloss sie, noch einmal mit ihm zu reden. Das Beste, was ihr einfiel, war: »Weißt du, was elliptische Kurven sind?«

Natürlich bekam sie darauf keine Antwort. Trotzdem versuchte Lisbeth, es ihm so einfach und nachvollziehbar wie möglich zu erklären.

»Verstehst du's jetzt?«

Doch auch diesmal kam keine Antwort.

»Na gut«, fuhr sie fort. »Nehmen wir zum Beispiel die Zahl 3034267. Die Primfaktoren kennst du, das ist mir inzwischen klar. Man kann sie aber auch herausfinden, indem man elliptische Kurven verwendet. Nehmen wir beispielsweise die Kurve $y^2 = x^3 - x + 4$ und darauf den Punkt $P = (1,2)$.«

Sie kritzelte die Gleichung auf ein neues Blatt, doch August schien ihr nicht folgen zu wollen. Wieder musste sie an die beiden autistischen Zwillinge denken, von denen sie gelesen hatte. Auf irgendwelchen geheimnisvollen Wegen kamen sie auf gigantische Primzahlen und waren trotzdem nicht in der Lage, einfachste Gleichungen zu lösen. Vielleicht verhielt es sich bei August ähnlich. Vielleicht war er eher eine Rechenmaschine als ein echtes mathematisches Talent, und davon abgesehen war es momentan ohnehin egal. Ihre Schussverletzung tat wieder weh, und sie musste schlafen. Sie musste all die bösen Kindheitsdämonen vertreiben, die beim Anblick des Jungen wieder in ihr erwacht waren.

Es war schon nach Mitternacht, als Mikael Blomkvist nach Hause kam, und obwohl er in aller Herrgottsfrühe würde aufstehen müssen, setzte er sich erst einmal an seinen Computer und googelte Edwin Needham. Es gab tatsächlich mehrere Männer, die so hießen, unter anderem einen erfolgreichen Rugbyspieler, der nach seiner Leukämie-Erkrankung ein viel beachtetes Comeback gefeiert hatte. Des Weiteren fand Mikael einen Experten für Kläranlagen und einen anderen, der sich gern mit albernen Grimassen auf Partys fotografieren zu lassen schien. Keiner von ihnen erweckte bei Mikael den Eindruck, als könnte er Wasps Identität geknackt haben und sie nun einer Straftat bezichtigen. Doch er stieß auch noch auf einen anderen Edwin Needham, einen Informatiker, der am MIT promoviert hatte. Zumindest war er in der passenden Branche – doch auch er schien nicht der Richtige zu sein. Zwar hatte er inzwischen einen Chefposten bei Safeline inne, einem der führenden Anbieter von Antivirenprogrammen, und eine solche Firma interessierte sich mit Sicherheit für Hacker. Doch in Interviews redete dieser Ed, wie er genannt wurde, immer nur von Marktanteilen und neuen Produkten. Keine seiner Aussagen hob sich von dem üblichen Verkäufergeschwafel ab – nicht einmal wenn er zu seinen Hobbys befragt wurde, dem Bowling und Fliegenfischen. Er liebe die Natur, sagte er, und den Wettbewerb … Die einzige Gefahr, die von ihm auszugehen schien, war wohl, dass er die Leute zu Tode langweilte.

Mikael fand sogar ein Bild von ihm, auf dem er grinsend und mit nacktem Oberkörper einen großen Lachs in die Kamera hielt, eine Aufnahme, wie es sie unter Angelfreunden zu Tausenden gab. Das Foto war genauso langweilig wie alles andere, und doch … Allmählich fragte er sich, ob all dieses Langweilige, Nichtssagende bloß eine Masche war. Er sah sich das Material noch einmal an, und ihm kam zusehends der Verdacht, einem Konstrukt aufzusitzen, einer Fassade, und langsam, aber sicher war er davon überzeugt: Dies war der richtige Mann. Roch er nicht förmlich nach Ermittlungsbehörde oder Geheimdienst? Nach CIA oder NSA? Mikael rief noch einmal das Bild mit dem Lachs auf, und diesmal meinte er, noch etwas ganz anderes darin zu sehen.

Er sah einen beinharten Typen, der den Langweiler lediglich spielte. Seine Haltung – wie er dastand und spielerisch in die Kamera grinste – strahlte etwas Unnachgiebiges aus, jedenfalls bildete Mikael sich das ein, und er musste erneut an Lisbeth denken und fragte sich, ob er sie warnen sollte. Aber eigentlich gab es noch keinen Grund, sie zu beunruhigen, insbesondere nachdem er nichts Konkretes in der Hand hatte. Stattdessen beschloss er, ins Bett zu gehen. Er musste ein paar Stunden schlafen und für sein frühes Treffen mit Ed Needham einen halbwegs klaren Kopf haben.

Gedankenverloren putzte er sich die Zähne, zog sich aus und legte sich ins Bett, und erst da fiel ihm auf, wie unglaublich müde er war. Binnen Sekunden sank er in den Schlaf und träumte, dass er in den Fluss gezogen wurde, in dem Ed Needham gestanden hatte, und beinahe darin ertrank. Später würde er sich nur noch vage daran erinnern, zwischen zappelnden, wild mit den Schwanzflossen peitschenden Lachsen auf dem Grund des Flusses entlanggekrochen zu sein. Er konnte nicht lange geschlafen haben, als er mit einem Ruck wieder aufwachte und das Gefühl hatte, irgendetwas Wichtiges übersehen zu haben. Auf dem Nachttisch lag sein Telefon. Unwillkürlich wanderten seine Gedanken zu Andrei. Er war die ganze Zeit über in seinem Unterbewusstsein gewesen.

Linda hatte die Tür von innen doppelt verriegelt, und das war im Grunde nicht weiter verwunderlich. Eine Frau mit ihrem Schicksal musste wohl auf ihre Sicherheit achten. Trotzdem hatte Andrei ein ungutes Gefühl, aber er redete sich ein, dass es an der Wohnung läge. Sie sah nicht annähernd so aus, wie er erwartet hatte. Gehörte sie wirklich einer Freundin?

Das Bett war verhältnismäßig breit, und das Gestell bestand aus einem Kopf- und Fußteil mit Gitterstäben aus blankem Stahl. Der Überwurf war schwarz. Das Ganze erinnerte eher an eine Bahre oder an ein Grab. Die Bilder an den Wänden fand er widerwärtig. Es waren vor allem Fotos von Männern mit Waffen – und überhaupt hatte die ganze Wohnung etwas Steriles, Kaltes an sich. Man hatte einfach nicht das Gefühl, dass hier jemand Sympathisches wohnte.

Andererseits war er bestimmt einfach nur nervös und übertrieb mal wieder maßlos. Vielleicht versuchte er auch nur, sich eine Ausrede zurechtzulegen, um wieder abhauen zu können. Ein Mann flieht vor dem, was er liebt – hatte Oscar Wilde nicht so etwas gesagt? Er sah zu Linda hinüber. Noch immer war er sich sicher, dass er noch nie eine so bezaubernd schöne Frau gesehen hatte, und allein das konnte einem schon genug Angst machen. Doch jetzt kam sie in ihrem engen blauen Kleid, das sich um ihre Kurven schmiegte, auch noch auf ihn zu, und als hätte sie seine Gedanken gelesen, fragte sie:

»Möchtest du lieber nach Hause gehen, Andrei?«

»Ich habe gerade wahnsinnig viel zu tun…«

»Das verstehe ich«, erwiderte sie und gab ihm einen Kuss. »Tja, dann musst du jetzt wohl dringend deiner Arbeit nachgehen.«

»Vielleicht wäre es besser«, murmelte er, während sie sich gleichzeitig an ihn presste und ihn erneut mit einer solchen Nachdrücklichkeit küsste, dass er sich nicht einmal mehr wehren konnte.

Er wollte ihren Kuss gerade erwidern, als sie ihm einen so heftigen Stoß versetzte, dass er rückwärts auf das Bett fiel, und eine Sekunde lang hatte er Angst, doch dann sah er zu ihr auf. Sie lächelte, genau wie zuvor, vielleicht ein kleines bisschen fordernder. Sie begehrte ihn. Sie wollte mit ihm schlafen, und er ließ zu, dass sie sich rittlings auf ihn setzte, sein Hemd aufriss und mit ihren Nägeln über seinen Bauch kratzte, während in ihren Augen eine immer intensivere Glut flackerte und ihre Brüste sich unter dem Kleid im Takt ihres Atems hoben und senkten. Dann flüsterte sie ihm etwas zu.

»Jetzt, Andrei.«

»Jetzt«, wiederholte er verunsichert. Sie knöpfte seine Hose auf.

»Mach die Augen zu. Beweg dich nicht«, sagte sie, und er tat wie geheißen. Sie klimperte mit einem Gegenstand, dann hörte er ein Klicken und spürte, wie sich etwas Metallenes um seine Handgelenke legte. Von solchen Spielchen hielt er nichts, und außerdem ging ihm das alles viel zu schnell. Blitzartig, als hätte sie dabei eine enorme Routine, hatte sie seine Hände an dem Bettgestell fixiert, und ehe er sichs versah, fesselte sie auch seine Beine mit einem Seil und zog es fest.

»Vorsicht«, stieß er hervor.

»Ja, ja.«

»Gut«, murmelte er, und sie bedachte ihn mit einem Blick, der ihm nun nicht mehr ganz so freundlich vorkam. Dann sagte sie mit feierlicher Stimme etwas, und er glaubte, er habe sich verhört.

»Wie bitte?«, fragte er.

»Und jetzt wirst du mein Messer zu spüren kriegen, Andrei«, wiederholte sie ungerührt und verschloss seinen Mund mit einem großen Stück Klebeband.

Mikael versuchte sich einzureden, dass er sich keine Sorgen zu machen brauchte. Warum sollte Andrei etwas zugestoßen sein? Niemand – außer Erika und ihm – wusste, dass Andrei beteiligt gewesen war, als sie für Lisbeth und den Jungen ein sicheres Versteck organisiert hatten. Sie waren extrem vorsichtig gewesen, sobald sie Informationen weitergegeben hatten, vorsichtiger denn je. Trotzdem … Warum war der Junge nicht zu erreichen?

Andrei war niemand, der einfach nicht ans Telefon ging, im Gegenteil, normalerweise meldete er sich schon nach dem ersten Klingeln, wenn Mikael anrief. Doch jetzt herrschte Funkstille, und das war doch merkwürdig? Oder aber … Mikael versuchte erneut, sich einzureden, dass Andrei einfach nur zu viel gearbeitet und Zeit und Raum vergessen oder schlimmstenfalls sein Handy verlegt hatte. Mehr steckte sicher nicht dahinter. Aber irgendetwas war trotz allem merkwürdig … Immerhin war Camilla nach all den Jahren aus dem Nichts wieder aufgetaucht. Irgendetwas braute sich zusammen, und wie hatte Kommissar Bublanski es gesagt?

Wir leben in einer Welt, in der der Paranoide der Gesunde ist.

Mikael streckte sich erneut nach seinem Telefon auf dem Nachttisch und wählte Andreis Nummer. Doch auch diesmal meldete er sich nicht, und Mikael beschloss kurzerhand, Emil Grandén zu wecken, der ganz in Andreis Nähe in Röda bergen in Vasastan wohnte. Emil klang fast schon betreten, versprach aber, sofort zu Andrei hinüberzulaufen und nachzusehen, ob er zu Hause war. Zwanzig Minuten später rief er zurück. Er habe ewig an Andreis Tür gehämmert, sagte er. »Er ist ganz sicher nicht zu Hause.«

Mikael legte auf, zog sich an und verließ die Wohnung. Durch ein menschenleeres, sturmgepeitschtes Södermalm rannte er zum Redaktionsgebäude in der Götgatan. Mit ein wenig Glück würde Andrei dort auf dem Sofa liegen und tief schlafen. Es wäre nicht das erste Mal, dass er bei der Arbeit eingeschlafen war. Hoffentlich war das die Erklärung.

Trotzdem nahm Mikaels Unbehagen zu, und als er die Tür aufschloss und die Alarmanlage ausstellte, lief ihm ein Schauder über den Rücken, als rechnete er bereits mit einem Bild der Verwüstung. Doch obwohl er sich gründlich umsah, konnte er nichts Ungewöhnliches erkennen. In seinem verschlüsselten Mailprogramm waren sämtliche Angaben wie vereinbart sorgfältig gelöscht worden. Alles war, wie es sein sollte. Nur Andrei lag nicht auf dem Sofa und schlief.

Das Redaktionssofa sah genauso verschlissen und leer aus wie sonst auch, und Mikael versank für einen kurzen Moment in Gedanken. Dann rief er Emil Grandén noch einmal an.

»Emil«, sagte er. »Es tut mir leid, dass ich dich mitten in der Nacht so terrorisiere, aber die ganze Geschichte macht mich allmählich paranoid.«

»Kann ich verstehen.«

»Du hast vorhin irgendwie merkwürdig geklungen, als ich Andrei erwähnt habe. Gibt es irgendwas, was du mir nicht erzählt hast?«

»Nichts, was du nicht ohnehin schon wüsstest«, antwortete Emil.

»Wie meinst du das?«

»Nur dass ich auch mit dieser Dame von der Datenschutzbehörde gesprochen habe.«

»Wie, auch?«

»Willst du damit sagen, dass du nicht...«

»Nein!«, fiel Mikael ihm ins Wort und hörte, wie Emil am anderen Ende der Leitung die Luft wegblieb. Mikael war auf der Stelle klar, dass etwas Furchtbares passiert sein musste.

»Raus damit, Emil, und zwar schnell!«

»Also...«

»Ja?«

»Lina Robertsson, eine freundliche, sehr kompetente Mitarbeiterin von der Datenschutzbehörde, hat mich angerufen. Sie meinte, ihr würdet bereits miteinander in Kontakt stehen und hättet euch darauf geeinigt, in Anbetracht der Ereignisse den Schutz deines Computers hochzusetzen. Es ginge um sensible Personendaten...«

»Und?«

»Und anscheinend hatte sie dir nicht die richtigen Empfehlungen gegeben, worüber sie ganz unglücklich war. Sie sagte, sie würde sich für ihre mangelnde Professionalität entschuldigen und wäre überaus besorgt, dass der Schutz nicht reichen würde, und deshalb wollte sie so schnell wie möglich mit der Person Kontakt aufnehmen, die die Verschlüsselung für dich eingerichtet hat.«

»Und was hast du zu ihr gesagt?«

»Dass ich nichts darüber wisse – mal abgesehen davon, dass ich gesehen hätte, wie Andrei irgendetwas an deinem Computer gemacht hat.«

»Du hast ihr also empfohlen, mit Andrei Kontakt aufzunehmen.«

»Zu dem Zeitpunkt war ich gerade in der Stadt unterwegs und hab ihr nur gesagt, dass Andrei sicher noch in der Redaktion sei und sie ihn dort erreichen könne. Das war aber auch schon alles.«

»Verdammt, Emil!«

»Aber sie klang wirklich …«

»Es ist mir scheißegal, wie sie klang. Ich hoffe, du hast Andrei anschließend über das Gespräch informiert.«

»Nicht gleich … Wir haben alle ja gerade ziemlich viel zu tun.«

»Aber dann hast du ihn informiert.«

»Na ja … Er ist abgehauen, bevor ich etwas zu ihm sagen konnte.«

»Also hast du ihn angerufen.«

»Ich hab's mehrmals versucht, aber er ist nicht ans Telefon gegangen.«

»Okay«, antwortete Mikael mit eiskalter Stimme, legte ohne ein weiteres Wort auf und wählte Jan Bublanskis Nummer. Erst beim zweiten Versuch hatte er den verschlafenen Kommissar am Telefon, und Mikael wusste keinen anderen

Rat, als ihm die ganze Geschichte zu erzählen. Sämtliche Details – bis auf Lisbeths und Augusts Versteck.

Dann informierte er Erika.

Lisbeth Salander war tatsächlich eingeschlafen und trotzdem in Alarmbereitschaft. Sie war immer noch voll bekleidet, trug sogar ihre Lederjacke und Stiefel. Zwischendurch wurde sie immer wieder wach – vom Sturm, der draußen tobte, und von August, der im Schlaf wimmerte –, schlief dann aber sofort wieder ein oder döste vor sich hin und hatte kurze, merkwürdig realistische Träume.

Jetzt gerade sah sie vor sich, wie der Vater ihre Mutter verprügelte, und selbst im Schlaf spürte sie den wilden Zorn ihrer Kindheit, und zwar so deutlich, dass sie davon aufwachte. Es war Viertel vor vier am Morgen, und auf dem Nachttisch lagen genau wie zuvor die Blätter, auf die August und sie ihre Zahlen geschrieben hatten.

Draußen schneite es wieder, aber zumindest der Sturm schien sich etwas gelegt zu haben, und es waren keine verdächtigen Geräusche zu hören, nur der pfeifende Wind und die knarrenden Bäume.

Trotzdem war ihr mulmig zumute, und sie glaubte zunächst, es liege an dem Traum, der noch immer wie ein Schatten über ihr hing. Dann schreckte sie zusammen. Das Bett neben ihr war leer. August war verschwunden. Lautlos stand Lisbeth auf, zog hastig ihre Beretta aus der Tasche und schlich in das große Zimmer vor der Terrasse.

Im nächsten Augenblick atmete sie erleichtert aus. August saß am Esstisch und war mit irgendwas beschäftigt. Sie beugte sich diskret, um nicht zu stören, über seine Schulter. Diesmal hatte er weder neue Primfaktoren notiert noch Lasse Westmans und Roger Winters Übergriffe gezeichnet, sondern ein Schachbrettmuster, das von verspiegelten Türen eines Kleiderschranks reflektiert wurde, und darüber ließ sich eine bedrohliche Gestalt mit ausgestreckter Hand erahnen. Es war der Täter, der endlich Form annahm.

Lisbeth lächelte in sich hinein. Dann zog sie sich wieder zurück und setzte sich aufs Bett, zog ihren Pullover aus, wickelte die Bandage ab und inspizierte ihre Schusswunde. Sie sah immer noch nicht gut aus, und Lisbeth fühlte sich nach wie vor matt und benommen. Sie schluckte zwei Antibiotikatabletten und versuchte, sich ein wenig auszuruhen, und vielleicht schlief sie tatsächlich kurz ein. Später sollte sie sich vage daran erinnern, dass Zala und Camilla ihr im Traum erschienen waren. Doch kurz darauf nahm sie etwas wahr – sie verstand nicht genau, was. Sie hatte lediglich das Gefühl, dass jemand in der Nähe war. Draußen flatterte ein Vogel auf. Im großen Zimmer hörte sie August schwer und gequält atmen. Lisbeth wollte gerade aufstehen, als ein gellender Schrei die Luft zerschnitt.

Als Mikael am frühen Morgen die Redaktion verließ, um ein Taxi zum Grand Hôtel zu nehmen, hatte er immer noch nichts von Andrei gehört. Erneut versuchte er, sich einzureden, dass er nur überreagierte und der junge Kollege jeden Moment aus der Wohnung irgendeines Mädchens oder eines Kumpels, bei dem er übernachtet hatte, zurückrufen würde. Doch die Unruhe wollte sich einfach nicht legen. Draußen auf der Götgatan, wo es wieder schneite und jemand einen einsamen Damenschuh auf dem Bürgersteig vergessen hatte, zog er sein Samsung-Handy aus der Tasche und rief über die RedPhone-App Lisbeth an.

Sie ging nicht ans Telefon, was ihn nicht gerade beruhigte. Er versuchte es noch einmal und schrieb am Ende eine Nachricht über Threema: *Camilla ist hinter euch her. Ihr müsst euer Versteck verlassen!* Dann kam ein Taxi aus Richtung Hökens gata auf ihn zu. Er wunderte sich kurz darüber, dass der Taxifahrer bei seinem Anblick zusammenzuckte. Allerdings sah

Mikael in diesem Moment wohl auch erschreckend entschlossen aus, und obendrein ging er nicht im Geringsten auf die Versuche des Fahrers ein, Small Talk zu betreiben, sondern saß nur stumm und mit nervösem Blick im Dunkeln auf der Rückbank. Stockholm schien fast völlig verwaist zu sein.

Der Sturm hatte sich ein wenig gelegt, trotzdem waren auf dem Wasser immer noch Schaumkronen zu sehen. Mikael warf einen Blick hinüber zum Grand Hôtel auf der anderen Seite der Bucht und fragte sich kurz, ob er das Treffen mit Mr. Needham nicht einfach sausen lassen und stattdessen zu Lisbeth fahren oder zumindest dafür sorgen sollte, dass eine Polizeipatrouille dort vorbeifuhr. Aber das konnte er nicht tun, ohne sie vorab zu informieren. Wenn es immer noch eine undichte Stelle gäbe, könnte es katastrophale Folgen haben, die Information weiterzugeben. Er öffnete erneut seine Threema-App und schrieb: *Soll ich Hilfe holen?*

Natürlich bekam er keine Antwort. Er zahlte, stieg gedankenverloren aus dem Taxi und ging durch die Drehtür des Hotels. Es war zwanzig Minuten nach vier und er somit fast eine Dreiviertelstunde zu früh dran, aber irgendetwas brannte in ihm, und ehe er wie vereinbart zur Rezeption hinüberging und seine Telefone abgab, rief er noch einmal Erika an und bat sie zu versuchen, Lisbeth zu erreichen und mit der Polizei in Kontakt zu bleiben und die Entscheidungen zu treffen, die sie für notwendig erachtete.

»Sobald du etwas hörst, ruf im Grand Hôtel an und frag nach Mr. Needham.«

»Wer soll das sein?«

»Eine Person, die mich treffen will.«

»Um diese Zeit?«

»Um diese Zeit«, sagte er und ging zur Rezeption.

Edwin Needham wohnte in Zimmer 654, und Mikael klopfte an. Die Tür ging auf, und hinter der Schwelle stand ein Mann, der regelrecht vor Schweiß und Zorn zu dampfen schien. Er ähnelte seinem Anglerbild aus dem Internet ungefähr so, wie ein verkaterter Diktator, der soeben aus dem Bett gefallen war, seiner idealisierten Statue glich. Ed Needham hielt einen Drink in der Hand, sah grimmig und zerzaust aus und erinnerte an eine Bulldogge.

»Mr. Needham«, sagte Mikael.

»Nennen Sie mich Ed«, entgegnete Needham. »Tut mir leid, dass ich Sie zu dieser unchristlichen Zeit herbestellt habe, aber es ist dringend.«

»Ja, scheint so«, kommentierte Mikael trocken.

»Haben Sie eine Ahnung, warum ich hier bin?«

Mikael schüttelte den Kopf und setzte sich in den Sessel neben dem Schreibtisch, wo eine Flasche Gin und ein Schweppes Tonic standen.

»Nein, wie sollten Sie das auch wissen?«, fuhr Ed fort. »Andererseits weiß man bei Typen wie Ihnen nie so genau … Ich habe Sie natürlich überprüft, und eigentlich hasse ich es, Leuten zu schmeicheln. So was hinterlässt jedes Mal einen schalen Geschmack auf der Zunge. Aber Sie sind auf Ihrem Gebiet eine echte Größe, was?«

Mikael lächelte angestrengt.

»Es wäre nett, wenn Sie zur Sache kämen«, sagte er.

»Immer mit der Ruhe. Ich werde nicht um den heißen Brei herumreden. Ich nehme an, Sie wissen, wo ich arbeite.«

»Ich bin mir nicht ganz sicher«, antwortete Mikael wahrheitsgemäß.

»Im Puzzle Palace, SIGINT City. Ich arbeite für den größten Spucknapf dieser Welt.«

»Die NSA.«

»Richtig. Und können Sie sich überhaupt vorstellen, wie irrsinnig es ist, sich mit uns anzulegen? Können Sie das, Mikael Blomkvist?«

»Ja, ich glaube, ich kann es mir vorstellen«, antwortete er.

»Und können Sie sich vorstellen, wo Ihre Freundin meiner Meinung nach eigentlich hingehört?«

»Nein.«

»Ins Gefängnis. Und zwar lebenslänglich.«

Mikael verzog den Mund und hoffte, ein ruhiges, gefasstes kleines Lächeln zustande zu bringen, doch in Wirklichkeit überschlugen sich seine Gedanken, und obwohl er sich darüber im Klaren war, dass alles Mögliche passiert sein mochte und er keine voreiligen Schlüsse ziehen durfte, dachte er sofort: Hat Lisbeth die NSA gehackt? Schon allein der Gedanke machte ihn nervös. Nicht genug damit, dass sie dort draußen in ihrem Versteck saß und von Mördern gejagt wurde. Hatte sie jetzt auch noch sämtliche Geheimdienste der USA gegen sich aufgebracht? Das klang … tja. Wie eigentlich? Unwahrscheinlich?

Wenn etwas Lisbeth auszeichnete, dann die Tatsache, dass sie nichts tat, ohne zuvor eine gründliche Konsequenzanalyse zu erstellen. Sie tat nichts Unüberlegtes, Impulsives, und deshalb konnte er sich auch nicht vorstellen, dass sie etwas so Idiotisches angestellt haben sollte, wie die NSA zu hacken, wenn auch nur das geringste Risiko bestanden hätte, dabei erwischt zu werden. Natürlich war sie auch zu gefährlichen Aktionen fähig, das stimmte, aber die Risiken, die sie dabei einging, standen stets im Verhältnis zum Nutzen, und Mikael wollte einfach nicht glauben, dass sie in das Datensystem der NSA eingedrungen war, nur um sich von dieser galligen Bulldogge einbuchten zu lassen.

»Ich glaube, Sie ziehen übereilte Schlüsse«, sagte Mikael.

»Im Leben nicht, Junge. Aber ich nehme an, Sie haben bemerkt, dass ich das Wort ›eigentlich‹ benutzt habe.«

»Ja, hab ich.«

»Ein ätzendes Wort, oder? Passt in jeder Situation. Eigentlich trinke ich morgens nie, und trotzdem sitze ich hier mit meinem Gin Tonic, haha! Ich will damit nur sagen, dass Sie

Ihrer Freundin helfen können, sofern Sie gleichzeitig in gewissen Belangen mir behilflich sind.«

»Ich höre«, sagte Mikael.

»Wie nett. Aber zuallererst möchte ich eine Garantie von Ihnen, dass ich unter Quellenschutz stehe.«

Mikael sah ihn erstaunt an. Das hatte er nicht erwartet.

»Sind Sie eine Art Whistleblower?«

»Um Gottes willen, nein! Ich bin ein loyaler alter Bluthund.«

»Aber Sie handeln in diesem Moment nicht im offiziellen Auftrag der NSA.«

»Man könnte sagen, dass ich derzeit meine eigenen Absichten verfolge. Dass ich ein wenig Stellung beziehe. Na, wie sieht's aus?«

»Sie stehen unter Quellenschutz.«

»Gut. Und ich muss mich auch versichern, dass das, was ich Ihnen jetzt gleich erzähle, unter uns bleibt. Das mag natürlich komisch klingen. Warum in aller Welt erzähle ich einem Investigativreporter eine brandheiße Story, nur um ihn anschließend dazu zu verpflichten, die Klappe zu halten?«

»Das könnte man sich fragen.«

»Ich habe meine Gründe, und das Allermerkwürdigste ist, dass ich glaube, Sie nicht einmal darum bitten zu müssen. Ich habe Grund zu der Annahme, dass Sie Ihre Freundin beschützen wollen, und ich glaube, dass für Sie ein ganz anderer Aspekt dieser Geschichte wichtig ist. Und es ist durchaus möglich, dass ich Ihnen dabei helfen kann, wenn Sie bereit sind, mit mir zusammenzuarbeiten.«

»Das wird sich zeigen«, sagte Mikael reserviert.

»Na gut. Vor einigen Tagen wurde unser Intranet gehackt – im Volksmund auch NSANet genannt. Das ist Ihnen ein Begriff?«

»Ansatzweise, ja.«

»Das NSANet wurde nach dem 11. September entwickelt, um einerseits die Zusammenarbeit unserer nationalen

Geheimdienste und anderseits der Spionageorganisationen in den angelsächsischen Ländern, den sogenannten Five Eyes, zu verbessern. Es ist ein geschlossenes System mit seinen eigenen Routern, Ports und Bridges, das vom übrigen Internet komplett unabhängig ist. Von dort aus administrieren wir via Satellit und Glasfaserkabel unsere Signals Intelligence, und dort befinden sich auch unsere großen Datenbanken und natürlich sämtliche vertraulichen Analysen und Berichte, von der Einstufung *Moray* für das am wenigsten Geheime bis hin zu *Umbra Ultra Top Secret* – Dokumente, die nicht einmal der Präsident einsehen darf. Das System wird von Texas aus verwaltet, was im Übrigen totaler Schwachsinn ist. Nach den letzten Aktualisierungen und Überprüfungen betrachte ich es trotzdem als mein Baby. Sie müssen wissen – ich habe mir dafür den Arsch aufgerissen, Mikael. Ich habe mich krummgelegt, damit kein Mensch es je missbrauchen oder hacken kann, und heute lässt jede noch so kleine Anomalie, jeder noch so winzige Verstoß dort drinnen meinen Alarm anschlagen. Aber glauben Sie nicht, ich würde daran allein arbeiten. Wir haben einen ganzen Stab von unabhängigen Experten, die das System überwachen. Niemand kann heute auch nur einen Schritt im Netz tun, ohne Fußspuren zu hinterlassen. Alles wird registriert und analysiert. Da drinnen kann man nicht eine Taste drücken, ohne dass es aufgezeichnet wird. Und trotzdem ...«

»Ist es jemandem gelungen.«

»Ja, und wahrscheinlich hätte ich das irgendwie noch verkraftet – es gibt schließlich immer Schwächen. Schwächen sind dazu da, dass wir sie finden und daraus lernen. Schwächen halten uns wach und schärfen unsere Aufmerksamkeit. Aber es war nicht nur die Tatsache, *dass* sie uns gehackt hat. Es war die Art und Weise, *wie* sie es getan hat. Sie hat unsere Server im Netz angegriffen und eine verdammt ausgeklügelte Brücke gebaut, und so kam sie über einen unserer

Systemadministratoren ins Intranet. Allein dieser Teil der Operation war schon ein Meisterstück. Aber damit war es noch nicht getan, noch lange nicht. Sie hat sich tatsächlich in einen Ghostuser verwandelt.«

»In einen was?«

»Ein Gespenst, ein Phantom, das dort drinnen herumgespukt hat, ohne dass wir es gemerkt haben.«

»Und ohne dass Ihr Alarmsystem angeschlagen hätte.«

»Dieses teuflische Genie hat eine Spyware eingeschleust, die anders gewesen sein muss als alles, was wir bisher kannten. Sonst wäre unser System sofort darauf angesprungen. Das Programm hat ihren Status permanent aktualisiert, und sie hat immer größere Zugriffsrechte erhalten, Passwörter und Codes mit strengster Geheimhaltungsstufe in sich aufgesaugt, unsere Register und Datenbanken, und dann – bingo!«

»Was, bingo?«

»Fand sie das, wonach sie suchte, und von diesem Moment an wollte sie plötzlich kein Ghostuser mehr sein. Da wollte sie uns stattdessen zeigen, worauf sie gestoßen war, und erst da schlug mein Warnsystem an. Genau in dem Moment, als sie es wollte.«

»Und worauf ist sie gestoßen?«

»Auf unsere Doppelmoral, Mikael, unser falsches Spiel. Und deshalb sitze ich jetzt auch mit Ihnen hier, statt es mir in Maryland auf meinem fetten Hintern bequem zu machen und die Marines auf sie zu hetzen. Sie ist eine Diebin, die nur deshalb bei uns eingebrochen ist, weil sie uns zeigen wollte, dass sich in unserem Haus längst Diebesgut befindet. Aber sowie wir das entdeckt hatten, wurde sie zu einer ernsthaften Gefahr. Sie war so gefährlich, dass einige unserer höchsten Bosse sie lieber davonkommen lassen wollten.«

»Aber Sie wollten das nicht.«

»Nein, ich wollte das nicht. Ich wollte sie an einen Laternenmast binden und ihr bei lebendigem Leib die Haut abziehen.

Leider war ich gezwungen, meine Suche einzustellen – und das, Mikael, hat mich rasend gemacht. Es kann sein, dass ich jetzt wie die Ruhe selbst aussehe, aber eigentlich... wie gesagt, eigentlich...«

»Sind Sie fuchsteufelswild.«

»Genau. Und deshalb habe ich Sie auch zu dieser unchristlichen Zeit hierherbestellt. Ich will Ihre Freundin Wasp erwischen, bevor sie außer Landes flieht.«

»Warum sollte sie fliehen?«

»Weil sie ständig auf irgendwelche irrsinnigen Ideen kommt.«

»Ich weiß nicht...«

»Doch, das wissen Sie genau.«

»Und was veranlasst Sie zu der Annahme, dass sie Ihr Hacker sein sollte?«

»Das kann ich Ihnen gern erzählen.«

Doch weiter kam er nicht.

Das Zimmertelefon klingelte, und Ed hob ab. Es war ein Mitarbeiter der Rezeption, der nach Mikael Blomkvist fragte. Ed gab den Hörer an ihn weiter und sah im nächsten Augenblick, dass der Journalist eine alarmierende Nachricht erhalten haben musste, und deshalb wunderte es ihn auch nicht, dass der Schwede nur mehr eine vage Entschuldigung murmelte und aus dem Zimmer stürzte. Es wunderte ihn nicht – und trotzdem hatte er nicht vor, es einfach hinzunehmen. Er riss seinen Mantel vom Haken und nahm die Verfolgung auf.

Ein Stück weiter den Korridor entlang rannte Blomkvist davon wie ein Sprinter, und obwohl Ed nicht wusste, was passiert war, ahnte er, dass es irgendetwas mit dieser Geschichte zu tun haben musste. Wenn es um Wasp und Balder ging, dann wollte er vor Ort sein. Weil der Journalist allerdings nicht einmal die Geduld aufbrachte, auf den Aufzug zu warten, sondern schnurstracks die Treppe hinunterfegte, kam er kaum hinterher. Als Ed schließlich keuchend in der Lobby stand, hatte Mikael Blomkvist dort bereits seine Telefone abgeholt und hielt sich eins davon ans Ohr, während er durch die Drehtür hinaus auf die Straße eilte.

»Was ist passiert?«, fragte Ed, als Mikael aufgelegt hatte und verzweifelt versuchte, ein Taxi heranzuwinken, das weiter unten am Wasser entlangfuhr.

»Probleme!«, antwortete Mikael.

»Ich kann Sie fahren.«

»Einen Dreck können Sie. Sie haben getrunken.«

»Wir können zumindest mein Auto nehmen.«

Mikael hielt kurz inne und starrte Ed an.

»Was wollen Sie?«, fragte er.

»Ich will, dass wir einander helfen.«

»Ihre Hackerin können Sie schön selbst verhaften.«

»Ich habe überhaupt nicht die Befugnis, jemanden zu verhaften.«

»Okay. Wo steht Ihr Auto?«

Sie rannten weiter zum Nationalmuseum, wo Eds Mietwagen parkte, und Mikael Blomkvist erklärte knapp, dass sie in den Schärengarten hinausfahren würden, nach Ingarö. Die genaue Wegbeschreibung werde er noch in Erfahrung bringen, sagte er – und dass er nicht vorhabe, sich an das Tempolimit zu halten.

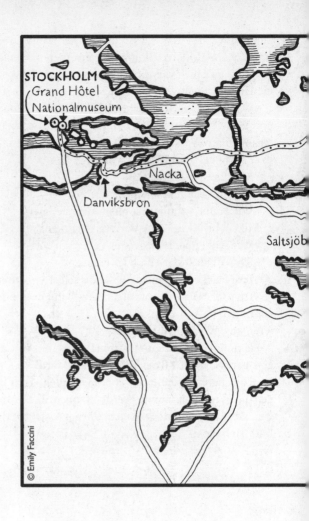

26. KAPITEL

Am Morgen des 24. November

August schrie, und im selben Moment hörte Lisbeth schnelle Schritte von der Schmalseite des Hauses, griff sofort nach ihrer Pistole und sprang auf. Ihr war elend zumute, aber das durfte jetzt keine Rolle spielen. Als sie zur Zimmertür rannte, sah sie, wie auf der Veranda ein hochgewachsener Mann auftauchte, und für einen Moment glaubte sie, sie hätte einen Vorteil, eine Sekunde Vorsprung. Doch dann änderte sich die Situation dramatisch.

Der Mann zögerte keine Sekunde, nicht einmal von den Glastüren ließ er sich abhalten, sondern sprang geradewegs hindurch und schoss, ohne auch nur mit der Wimper zu zucken, auf den Jungen. Lisbeth erwiderte sofort das Feuer. Womöglich hatte sie sogar schon einen Wimpernschlag früher geschossen, sie wusste es nicht mehr, sie wusste nur noch, dass sie in diesem Moment mit betäubender Wucht mit dem Eindringling zusammenkrachte und auf ihm landete – direkt neben dem runden Esstisch, an dem der Junge gerade noch gesessen hatte. Ohne zu zögern, verpasste sie dem Mann eine Kopfnuss. Sie traf ihn mit solcher Kraft, dass ihr Kopf sirrte, und kam nur schwankend wieder auf die Füße.

Der Raum drehte sich, ihr Oberteil war blutbefleckt. War

sie wieder getroffen worden? Doch sie hatte keine Zeit, darüber nachzudenken. Wo war August? Der Tisch war leer – nur die Stifte lagen noch dort. Die Zeichnungen, die Primzahlrechnungen. Wo zur Hölle steckte er? Vom Kühlschrank her hörte sie ein Winseln. Und tatsächlich: Dort saß er, zitternd, die Knie an die Brust gezogen. Offenbar hatte er sich gerade noch rechtzeitig weggeduckt.

Lisbeth wollte schon auf ihn zustürzen, als sie erneut beunruhigende Geräusche hörte: gedämpfte Stimmen, knackende Äste. Noch mehr Leute waren auf dem Weg hierher.

Sie hatten keine Zeit mehr zu verlieren. Sie mussten weg von hier. Wenn es tatsächlich ihre Schwester war, dann kam sie nicht allein. So war es schon immer gewesen. Während Lisbeth die Einzelkämpferin gewesen war, hatte Camilla stets eine ganze Gruppe um sich geschart – und deshalb musste Lisbeth jetzt genau wie damals schlauer und schneller sein. Wie in Blitzlicht getaucht sah sie in ihrem Kopf das Gelände vor sich – und im nächsten Moment stürmte sie auf August zu. »Los!«, schrie sie, doch August rührte sich nicht vom Fleck, als wäre er am Boden festgefroren, und da riss Lisbeth ihn mit einem Ruck hoch und verzog das Gesicht. Jede Bewegung schmerzte. Aber sie durften nicht länger hierbleiben – und vermutlich war das August mittlerweile auch klar, denn er wand sich los, woraufhin Lisbeth auf den Esstisch zusprang, den Computer an sich riss und dann in Richtung Terrasse stürmte, vorbei an dem am Boden liegenden Mann, der sich im selben Moment benebelt aufrappelte und versuchte, Augusts Bein zu packen.

Lisbeth dachte kurz darüber nach, ob sie ihn töten sollte. Stattdessen versetzte sie ihm zwei heftige Tritte in Bauch und Hals und kickte seine Waffe weg, rannte mit August auf die Terrasse hinaus, über den Hang und auf die Klippen zu – und blieb dann wie angewurzelt stehen. Die Zeichnung. Sie hatte nicht gesehen, wie weit August gekommen war. Sollte sie kehrtmachen? Nein, die anderen würden jeden Moment hier sein. August und sie mussten fliehen. Aber dann ... Die Zeichnung war schließlich ebenfalls eine Waffe – und die Ursache für diesen ganzen Wahnsinn. Sie ließ August und ihren Computer auf dem Felsvorsprung zurück, den sie gestern Abend erst in Augenschein genommen hatte. Dann stürzte sie wieder den Berg hinauf, ins Haus hinein und auf den Esstisch zu. Wo war diese verdammte Zeichnung? Überall nur Lasse-Westman-Skizzen und reihenweise Primzahlen.

Da – da war sie. Oberhalb der Schachfelder und der Spiegel war eine bleiche Gestalt mit einer auffälligen Narbe auf der Stirn zu sehen, die Lisbeth sofort wiederkannte. Der Mann, der wimmernd vor ihr auf dem Boden lag, hatte dieselbe Narbe. Hastig nahm sie ihr Handy, fotografierte die Zeichnung und mailte sie an Jan Bublanski und Sonja Modig, und dann kritzelte sie noch etwas auf das Blatt. Im selben Augenblick wusste sie, dass das ein Fehler gewesen war.

Sie war umzingelt.

Lisbeth hatte ihm und Erika die gleiche Nachricht geschickt. Sie hatte aus einem einzigen Wort bestanden: *HILFE!* Das ließ sich nicht mehr missverstehen. Nicht, wenn es von Lisbeth kam. Sosehr Mikael auch darüber nachdachte, kam er doch jedes Mal wieder zum selben Ergebnis: Die Täter hatten Lisbeth aufgespürt, und im schlimmsten Fall war sie im selben Moment angegriffen worden, als sie ihnen geschrieben hatte. Sowie er den Stadsgårdskajen hinter sich gelassen und den Värmdöleden erreicht hatte, trat er das Gaspedal durch.

Auf dem Beifahrersitz des neuen silberfarbenen Audi A8 saß Ed Needham und machte ein grimmiges Gesicht. Hin und wieder tippte er auf seinem Handy herum. Warum Mikael ihn überhaupt mitgenommen hatte, wusste er nicht genau – vielleicht hatte er herausfinden wollen, was der Typ gegen Lisbeth in der Hand hatte. Nein, es gab auch noch einen anderen

Grund. Womöglich konnte Ed ihnen tatsächlich nützlich sein. Zumindest aber konnte er ihre Lage nicht mehr verschlimmern – sie war schon jetzt dramatisch genug. Und er brauchte Hilfe. Er brauchte jede Hilfe, die er kriegen konnte. Die Polizei war zwar verständigt, aber die Einsatztruppe würde auf keinen Fall schnell genug zusammengestellt werden – vor allem in Anbetracht der spärlichen Informationen. Erika hielt den Kontakt zu ihnen. Immerhin kannte sie den Weg.

Als sie die Danviksbron hinauffuhren, sagte Ed Needham etwas, doch Mikael hörte nicht einmal mehr hin. Er war mit seinen Gedanken ganz woanders. Was war mit Andrei – was hatten sie mit ihm gemacht? Mikael sah ihn vor sich, wie er grübelnd und unschlüssig in der Redaktion gesessen hatte. Der junge Antonio Banderas. Warum zum Teufel war er nicht auf ein Bier mitgekommen? Mikael versuchte noch einmal, ihn zu erreichen. Dann versuchte er es bei Lisbeth – doch nirgends ging jemand ans Telefon. Dafür hörte er diesmal, was Ed gerade wiederholte.

»Soll ich Ihnen erzählen, was ich weiß?«

»Ja … vielleicht … tun Sie das«, antwortete er.

Doch auch diesmal kamen sie nicht weit. Mikaels Handy klingelte. Es war Jan Bublanski.

»Wir beide haben später noch ein Hühnchen miteinander zu rupfen, das verstehen Sie hoffentlich. Und gehen Sie davon aus, dass Ihr Verhalten ein rechtliches Nachspiel haben wird.«

»Ja, schon klar.«

»Aber ich rufe eigentlich an, weil ich Ihnen ein paar Informationen geben will. Wir wissen, dass Lisbeth Salander um 4 Uhr 22 noch gelebt hat. Hat sie Sie davor oder danach alarmiert?«

»Davor, kurz davor.«

»Okay …«

»Woher haben Sie die genaue Uhrzeit?«

»Salander hat uns etwas geschickt. Etwas Unglaubliches.«

»Und was?«

»Eine Zeichnung. Und ich muss sagen, dass sie all unsere Erwartungen übertrifft.«

»Also hat Lisbeth den Jungen zum Zeichnen bewegt.«

»Allerdings. Ich weiß natürlich nicht, welche juristischen Einwände ein gewiefter Verteidiger gegen so einen Beweis vorbringen könnte, aber für mich steht außer Frage, dass es sich bei dem Mann auf der Zeichnung um den Mörder handelt. Das Bild ist unglaublich gut gemacht – wieder mit dieser mathematischen Präzision. Tatsächlich steht ganz unten auf der Seite sogar noch eine Gleichung mit x- und y-Koordinaten. Keine Ahnung, ob das mit unserem Fall zu tun hat. Die Zeichnung habe ich an Interpol weitergeschickt, damit sie sie durch ihr Gesichtserkennungsprogramm jagen. Wenn dieser Mann in irgendeiner Datenbank registriert ist, hat er verloren.«

»Werden Sie damit auch an die Presse gehen?«

»Wir ziehen es in Erwägung.«

»Wann sind Ihre Leute vor Ort?«

»So schnell es geht... Warten Sie mal!«

Mikael hörte im Hintergrund ein Telefon klingeln, und Bublanski sprach eine knappe Minute an einem anderen Apparat. Als er wieder da war, sagte er knapp: »Von der Insel ist ein Schusswechsel gemeldet worden. Ich fürchte, es sieht nicht gut aus.«

Mikael holte tief Luft.

»Und es gibt keine Neuigkeiten von Andrei?«, fragte er.

»Wir haben versucht, sein Telefon zu orten, sind aber nicht weiter als bis zu einer Basisstation in Gamla Stan gekommen. Seit einiger Zeit empfangen wir gar keine Signale mehr. Als wäre sein Handy kaputt – oder nicht länger in Betrieb.«

Mikael legte auf und trat wieder aufs Gas. Mit hundertachtzig Sachen jagte er durch die Nacht und fasste nur zögerlich für Ed Needham zusammen, was er soeben erfahren hatte.

Doch irgendwann hielt er es nicht mehr aus. Er musste auf andere Gedanken kommen.

»Was haben Sie denn nun herausgefunden?«

»Über Wasp?«

»Ja.«

»Lange gar nichts. Wir waren davon überzeugt, dass wir nicht weiterkommen würden. Trotzdem haben wir alles getan, was in unserer Macht stand, und noch ein wenig mehr. Wir haben jeden Stein einzeln umgedreht, und trotzdem kamen wir nicht voran, und irgendwie fand ich das sogar logisch.«

»Inwiefern?«

»Ein Hacker, der zu so einer Attacke fähig ist, ist selbstverständlich auch dazu in der Lage, seine Spuren zu verwischen. Ich war schon ziemlich früh der Ansicht, dass wir auf normalem Wege kaum mehr weiterkommen würden. Aber deshalb wollte ich noch lange nicht aufgeben, und am Ende hab ich auf unsere Untersuchungen gepfiffen und bin stattdessen zu der großen Frage übergegangen: Wer wäre grundsätzlich zu so einer Operation in der Lage? Ich wusste, dass die Antwort darauf unsere einzige Chance sein würde. Das Niveau des Angriffs war derart hoch, dass es nicht viele geben konnte, die so etwas zustande bringen würden. Was das betrifft, wurde dem Hacker ausgerechnet sein Talent zum Verhängnis. Außerdem untersuchten wir die Spyware selbst, und sie ...«

Ed Needham sah wieder auf sein Handy.

»Ja?«

»Sie hatte so ihre künstlerischen Besonderheiten ... und Besonderheiten sind aus unserer Sicht natürlich gut. Man könnte sagen, dass wir ein Werk auf höchstem Niveau mit einer individuellen künstlerischen Handschrift vor uns hatten, und jetzt mussten wir nur noch den Urheber finden. Also haben wir angefangen, dem Hackerkollektiv dort draußen Fragen zu stellen, und irgendwann tauchte ein bestimmter

Name, ein Handle, immer häufiger auf. Können Sie sich vorstellen, was das war?«

»Kann sein…«

»Es war Wasp. Es fielen auch noch andere Namen, aber Wasp war bei Weitem am interessantesten, ja tatsächlich auch wegen des Namens an sich… aber das ist eine längere Geschichte, mit der ich Sie nicht langweilen will. Aber dieser Name…«

»Stammt aus derselben Comicserie wie die Decknamen innerhalb der Organisation, die für Frans Balders Tod verantwortlich ist.«

»Stimmt genau. Sie wissen also davon?«

»Ja, und ich weiß auch, dass solche Zusammenhänge sehr verlockend sein können. Wenn man nur lange genug sucht, sieht man plötzlich überall Gemeinsamkeiten.«

»Zu wahr – das wissen wir besser als alle anderen. Wir ereifern uns über Zusammenhänge, die in Wahrheit bedeutungslos sind, und übersehen dabei jene, die wirklich wichtig wären. Deshalb habe ich dem Namen auch erst nicht allzu viel Bedeutung beigemessen. Wasp konnte vieles bedeuten. Außerdem hatte ich inzwischen so viele Legenden über diese Person gehört, dass ich ihre Identität so oder so knacken wollte – aber dafür mussten wir weit in der Zeit zurückgehen. Wir haben alte Dialoge von Hackerseiten rekonstruiert, wir haben jedes Wort von Wasp gelesen, das sich im Netz aufspüren ließ, und jede Operation studiert, von der wir wussten, dass ihre Signatur dahintersteckte. Wir lernten Wasp ein bisschen besser kennen. Irgendwann waren wir uns sicher, dass es sich um eine Frau handeln musste – auch wenn sie sich nicht gerade typisch weiblich ausdrückte. Und wir erfuhren, dass sie aus Schweden stammte. Mehrere ihrer früheren Einträge waren auf Schwedisch verfasst. An und für sich waren das natürlich noch nicht viele Hinweise, denen man nachgehen konnte – aber gerade weil sie Schwedin war, war eine Sache doch auffällig: die Verbindung zu der Organisation, der sie nachspürte. Und dass Frans Balder ebenfalls Schwede war, machte die Spur natürlich nicht gerade weniger heiß. Ich habe Leute vom schwedischen Nachrichtendienst kontaktiert, und sie haben ihre Register durchsucht, und tatsächlich…«

»Was?«

»…fanden sie etwas, was letztendlich zu einem ersten Durchbruch führte. Vor vielen Jahren hat die Behörde eine Hackerattacke untersucht, hinter der ebenjene Wasp gesteckt hatte. Das ist lange her. Damals war Wasp noch nicht besonders geschickt in Sachen Verschlüsselung.«

»Worum ging es da?«

»Die Kollegen von der FRA waren darauf aufmerksam geworden, dass jemand namens Wasp versucht hatte, an Informationen über Geheimdienst-Aussteiger anderer Länder zu gelangen, und das reichte, um bei der FRA Alarm auszulösen. Der Nachrichtendienst leitete eine Untersuchung ein, die zu einem Computer in der Kinderpsychiatrie in Uppsala führte. Als User war ein Oberarzt namens Teleborian registriert. Aber aus irgendeinem Grund – vermutlich weil er den schwedischen Geheimdiensten gewisse Dienste erwies – war er über jeden Verdacht erhaben. Stattdessen konzentrierte sich die FRA auf ein paar Pfleger, die verdächtig erschienen, weil sie… tja… ganz einfach weil sie Ausländer waren. Selten dämlich und klischeehaft. Natürlich kam nichts dabei raus.«

»Das kann ich mir vorstellen.«

»Na ja, jedenfalls bat ich einen FRA-Kollegen darum, mir das ganze alte Material zu schicken, und wir sind alles noch mal aus einem anderen Blickwinkel durchgegangen. Wissen Sie, um ein guter Hacker zu sein, müssen Sie nicht groß und dick sein und sich jeden Morgen rasieren. Ich habe eine ganze Reihe Zwölf-, Dreizehnjähriger kennengelernt, die das irrsinnig gut können, und deshalb war es für mich selbstverständlich, mir jedes Kind genau anzusehen, das sich zu jener Zeit in dieser Klinik befand. Der Akte war die komplette Patientenliste beigefügt, und ich habe drei meiner Jungs damit beauftragt, sie gründlich unter die Lupe zu nehmen. Und wissen Sie, was wir entdeckt haben? Unter den Patienten war die Tochter des ehemaligen Spions und Schwerverbrechers Zalatschenko, den meine Kollegen von der CIA damals besonders im Visier hatten, und von da an wurde es wirklich interessant. Wie Sie womöglich auch wissen, gibt es gewisse Überschneidungen zwischen dem Netzwerk, das die Hackerin untersucht hat, und Zalatschenkos altem Imperium.«

»Das muss noch nicht bedeuten, dass Wasp deswegen die NSA gehackt hat.«

»Natürlich nicht. Aber wir haben uns dieses Mädchen näher angeguckt, und was soll ich sagen? Sie hat einen spannenden Hintergrund, nicht wahr? Zwar wurden auf mysteriöse Weise massenhaft Informationen über sie aus öffentlichen Quellen gelöscht. Trotzdem konnten wir mehr als genug finden. Und ich weiß nicht, vielleicht täusche ich mich auch, aber ich hatte das Gefühl, dass irgendein einschneidendes Erlebnis der Auslöser für all das war – eine Art Urtrauma. Eine kleine Wohnung in Stockholm, eine alleinerziehende Mutter, die im Supermarkt an der Kasse sitzt und darum kämpft, dass sie und ihre Kinder über die Runden kommen... Auf dieser Ebene ziemlich weit weg von unserer großen Welt, und doch...«

»Ist diese große Welt allgegenwärtig.«

»Ja. Und doch weht dort der eisige Wind der großen Politik herein, sobald der Vater zu Besuch kommt. Mikael, Sie wissen nichts von mir...«

»Nein.«

»... aber ich weiß verdammt gut, was es für ein Kind bedeutet, aus nächster Nähe Zeuge von Gewalttaten zu werden.«

»Wirklich?«

»Ja, und ich weiß noch viel besser, wie es sich anfühlt, wenn die Gesellschaft keinen Finger rührt, um die Schuldigen zur Rechenschaft zu ziehen. Das tut weh, Mann, es tut entsetzlich weh – und es wundert mich kein bisschen, dass die meisten Kinder, die so etwas erleben, dazu verdammt sind, in der Gosse zu landen. Wenn sie heranwachsen, entwickeln sie meistens selbst destruktive Verhaltensmuster.«

»Ja, leider.«

»Doch einige wenige werden auch stark wie Bären und stellen sich auf die Hinterbeine und schlagen zurück. Wasp ist so jemand, nicht wahr?«

Mikael nickte nachdenklich und trat noch ein bisschen mehr aufs Gas.

»Man hat sie in ein Irrenhaus gesteckt und wieder und wieder versucht, ihren Widerstand zu brechen. Aber sie hat ein ums andere Mal aufbegehrt, und wissen Sie, was ich glaube?«, fuhr Ed fort.

»Nein.«

»Dass sie mit jedem Mal stärker wurde. Dass sie sich gegen die Höllenqualen stemmte und daran wuchs. Ehrlich gesagt glaube ich auch, dass sie inzwischen brandgefährlich ist und nichts von dem vergessen hat, was ihr je widerfahren ist. All das hat sich in sie hineingeätzt, verstehen Sie? Vielleicht ist es der ganze Wahnsinn aus ihrer Kindheit, der diesen Stein ins Rollen gebracht hat.«

»Schon möglich.«

»Exakt. Wir haben zwei Schwestern, die auf unterschiedliche Weise von etwas Schrecklichem beeinflusst und zu erbitterten Feindinnen wurden, und vor allem haben wir das Erbe eines weitreichenden kriminellen Imperiums.«

»Lisbeth gehört nichts davon. Sie hasst alles, was mit ihrem Vater zu tun hat.«

»Wer wüsste das besser als ich, Mikael. Aber was wurde denn aus dem Erbe? Ist es das, wonach sie gesucht hat? Ist es nicht das, was sie vernichten will – genau wie damals seinen Ursprung?«

»Worauf wollen Sie hinaus?«, fragte Mikael scharf.

»Vielleicht will ich im Grunde das Gleiche wie Wasp. Ich will Gerechtigkeit.«

»Und Sie wollen Ihre Hackerin fassen.«

»Ich möchte sie treffen und ihr die Leviten lesen und jede beschissene kleine Sicherheitslücke stopfen. Vor allem aber will ich gewissen Leuten eins auswischen, die mich daran gehindert haben, meinen Job zu machen, nur weil Wasp drohte, sie auffliegen zu lassen. Und ich habe Anlass zu glauben, dass Sie mir in diesem Punkt helfen werden.«

»Und warum?«

»Weil Sie ein guter Journalist sind. Und gute Journalisten können es nicht ertragen, dass schmutzige Geheimnisse geheim bleiben.«

»Und Wasp?«

»Wasp soll singen – sie soll mehr ausplaudern als je in ihrem Leben, und dabei werden Sie mir helfen.«

»Sonst...«

»Sonst werde ich einen Weg finden, sie einzubuchten und ihr das Leben ein weiteres Mal zur Hölle zu machen, das verspreche ich Ihnen.«

»Aber erst einmal wollen Sie nur mit ihr reden.«

»Ja. Niemand soll je wieder in mein System vordringen können, Mikael, und deshalb muss ich verstehen, wie sie das hingekriegt hat. Ich möchte, dass Sie ihr das ausrichten. Ich bin bereit, Ihre Freundin laufen zu lassen, wenn sie sich mit mir hinsetzt und mir erklärt, wie sie diesen Hack zustande gebracht hat.«

»Ich richte es ihr aus. Hoffen wir nur...«, begann Mikael.

»...dass sie noch lebt«, führte Ed seinen Satz zu Ende, während sie weiter in Richtung Ingarö rasten.

Es war 4 Uhr 48. Zwanzig Minuten waren vergangen, seit Lisbeth Alarm geschlagen hatte.

Jan Holtser hatte sich selten so getäuscht.

Er litt unter der romantischen Vorstellung, dass er schon von Weitem erkannte, ob ein Mann einen Nahkampf oder eine schwere körperliche Prüfung überstehen würde, und im Gegensatz zu Orlow und Bogdanow war er nicht überrascht gewesen, dass der Plan mit Mikael Blomkvist gescheitert war. Sie waren sich ganz sicher gewesen: Den Mann, der Kira nicht auf der Stelle Hals über Kopf verfiel, hatte die Welt noch nicht gesehen. Holtser hingegen hatte, auch wenn er den Journalisten in Saltsjöbaden nur eine schwindelerregende Sekunde lang aus der Ferne gesehen hatte, seine Zweifel gehabt. Mikael Blomkvist sah aus wie jemand, der Probleme machte. Er sah aus wie jemand, den man nicht leicht überlistete oder überrumpelte. Und alles, was Jan seither von ihm gesehen und gehört hatte, hatte diesen ersten Eindruck nur mehr bestätigt.

Der jüngere Journalist war eine andere Geschichte. Er hatte schon von Weitem ausgesehen wie das Paradebeispiel eines fügsamen, verweichlichten Mannes. Und dennoch traf nichts weniger auf ihn zu. Andrei Zander hatte länger gekämpft als jeder andere, den Jan bisher gefoltert hatte. Er hatte den grausamsten Schmerzen getrotzt. In seinen Augen hatte eine Standhaftigkeit geleuchtet, deren Fundament ein höheres Prinzip zu sein schien, und Jan hatte lange befürchtet, dass sie gezwungen sein würden aufzugeben, weil Andrei Zander lieber jedes erdenkliche Leid ertrug, als irgendetwas preiszugeben. Erst als Kira damit gedroht hatte, Mikael Blomkvist und Erika Berger von *Millennium* der gleichen Folter zu unterziehen, war Andrei am Ende zusammengebrochen.

Inzwischen war es halb vier am Morgen. Es war einer jener Augenblicke, die Jan für immer in sich tragen würde. Schnee fiel auf die Dachfenster. Das Gesicht des jungen Mannes war ausgezehrt und hohläugig. Das Blut war von seiner Brust auf Mund und Wangen hochgespritzt. Seine Lippen, die so lange zugeklebt gewesen waren, waren rissig und verschorft. Er war ein menschliches Wrack. Trotzdem konnte man immer noch erkennen, wie attraktiv er war – und unwillkürlich musste Jan an Olga denken. Wie er ihr wohl gefallen würde?

 War dieser Journalist nicht genau so ein gebildeter Mensch, der sich gegen Ungerechtigkeiten zur Wehr setzte und sich für all die Bettler und Aussätzigen starkmachte, die auch Olga so wichtig waren? Daran und an andere Dinge in seinem Leben musste Holtser denken. Dann bekreuzigte er sich – auf die russische Art, bei der ein Weg ins Himmelreich, der andere in die Hölle führte – und spähte zu Kira hinüber. Sie war schöner denn je.

 Ihre Augen funkelten. Sie saß auf einem Hocker neben dem Bett und trug ihr teures blaues Kleid, das weitgehend von Blutspritzern verschont geblieben war, und sagte auf Schwedisch etwas zu Andrei, was geradezu zärtlich klang. Dann nahm sie seine Hand, und er drückte sie. Es gab wohl keinen anderen Trost für ihn. Draußen in der Gasse heulte der Wind. Kira nickte und lächelte Jan zu. Neue Schneeflocken landeten auf dem Fensterblech.

Anschließend machten sie sich in einem Landrover auf den Weg nach Ingarö. Jan fühlte sich leer. Ihm behagte nicht, wie sich die Dinge entwickelt hatten. Trotzdem konnte er nicht darüber hinwegsehen, dass es sein eigener Fehler gewesen war, der sie zu alledem getrieben hatte. Deshalb saß er auch die meiste Zeit nur schweigend da und hörte Kira zu, die nach wie vor merkwürdig erregt war und mit einem glühenden Hass von dieser Frau sprach, zu der sie gerade unterwegs waren. Für Jan kein gutes Zeichen. Wäre er in der Position gewesen, hätte er ihr geraten, auf der Stelle umzukehren und das Land zu verlassen.

 Stattdessen schwieg er, während weiter Schnee fiel und sie durch die Dunkelheit fuhren. Manchmal, wenn er Kira und ihre funkelnden, eiskalten Augen betrachtete, fand er sie wirklich furchterregend. Doch er verdrängte den Gedanken, und ihm dämmerte, dass er ihr zumindest in einer Sache recht geben musste, nein, sie hatte sogar verblüffend oft richtiggelegen.

Sie hatte nicht nur erraten, wer auf dem Sveavägen dazwischengefunkt und August Balder gerettet hatte. Sie hatte auch genau gewusst, wer wissen würde, wo sich der Junge und diese Frau versteckten. Der Name, den sie erwähnt hatte, war kein Geringerer als Mikael Blomkvist gewesen. Keiner von ihnen hatte die Logik ihrer Argumentation verstanden. Warum sollte ein renommierter schwedischer Journalist eine Frau verstecken, die aus dem Nichts auftauchte und ein Kind von einem Tatort entführte? Doch je länger sie sich mit Kiras Theorie auseinandergesetzt hatten, umso mehr Details hatten sich bewahrheitet. Wie sich herausgestellt hatte, unterhielt die Frau – Lisbeth Salander – nicht bloß eine enge Verbindung zu diesem Journalisten. Irgendetwas musste auch in der Redaktion von *Millennium* vorgefallen sein.

Am Morgen nach dem Mord in Saltsjöbaden hatte Juri Mikael Blomkvists Computer gehackt, um nachzuvollziehen, warum Frans Balder ihn mitten in der Nacht zu sich bestellt hatte. Damals hatte ihm diese Aufgabe keine Probleme bereitet. Doch seit gestern Vormittag kam er nicht länger an die Daten des Journalisten heran. Er konnte sich nicht mehr daran erinnern, wann so etwas zuletzt passiert war. Und war es Juri je zuvor missglückt, in Blomkvists Mailprogramm vorzudringen? Nein, da war sich Jan ganz sicher. Also musste Mikael Blomkvist von einem Tag auf den anderen sehr viel vorsichtiger geworden sein – und zwar ziemlich genau ab dem Zeitpunkt, als die Frau und der Junge vom Sveavägen verschwunden waren.

An und für sich war das zwar noch lange keine Garantie dafür, dass Blomkvist wusste, wo Salander und das Kind sich aufhielten. Aber je mehr Zeit verstrich, desto mehr Indizien wiesen darauf hin, und davon abgesehen schien Kira gar keine handfesten Beweise zu brauchen. Sie wollte auf Blomkvist losgehen, und als das nicht funktionierte, nahm sie sich einfach einen anderen Mitarbeiter der Zeitschrift vor. Vor allem aber wollte sie mit einem an Besessenheit grenzenden Ehrgeiz die Frau und das Kind finden, und schon da hätten sie Unrat wittern müssen. Trotzdem musste Jan ihr dankbar sein.

Kiras Motiv war ihm zwar nicht in allen Details klar, aber in erster Linie ging es ihm darum, dass er seine Rechnung begleichen durfte. Dass sie das Kind töten würden, war gut für ihn. Kira hätte genauso gut ihn opfern können. Stattdessen hatte sie sich entschieden, ein beträchtliches Risiko einzugehen und ihn zu verschonen, und das freute ihn, auch wenn er in diesem Moment vor allem Unbehagen verspürte.

Er versuchte, neue Kraft zu schöpfen, indem er an Olga dachte. Was auch passierte, sie durfte unter keinen Umständen aufwachen und eine Zeichnung von ihrem Vater auf sämtlichen Titelseiten sehen, und er redete sich immer wieder ein, dass sie bisher Glück gehabt hatten und das Schwerste inzwischen hinter ihnen lag. Sofern Andrei Zander ihnen die richtige Adresse gegeben hatte, dürfte der restliche Auftrag ein Kinderspiel sein. Immerhin waren sie drei schwer bewaffnete Männer, vier, wenn man Juri mitzählte, der sonst die meiste Zeit hinter seinem Computer hockte.

Abgesehen von ihm und Juri waren noch Orlow und Dennis Wilton mit dabei, ein Gangster, der früher beim Svavelsjö MC gewesen war, inzwischen aber regelmäßig für Kira arbeitete und ihnen auch bei der Planung sämtlicher Schritte hier in Schweden geholfen hatte. Sie waren also drei trainierte Männer plus Juri und Kira und hatten nur eine Frau zur Gegnerin, die vermutlich gerade schlief und außerdem ein Kind in ihrer Obhut hatte. Das sollte also kein Problem sein. Sie würden blitzschnell zuschlagen, den Auftrag ausführen und dann das

Land verlassen. Trotzdem lag Kira ihnen fast schon manisch in den Ohren: »Ihr dürft Salander nicht unterschätzen!«

Sie hatte es bereits so oft gesagt, dass sogar Juri, der sonst immer ihrer Meinung war, genervt war. Natürlich hatte auch Jan auf dem Sveavägen gesehen, dass diese Frau sportlich, wendig und vor allen Dingen furchtlos war. Aber wenn man Kira Glauben schenken wollte, war sie eine Art Superwoman, und das war lächerlich. Jan war noch nie einer Frau begegnet, die sich mit ihm hätte messen können, ja nicht einmal mit Orlow. Trotzdem versicherte er Kira, dass er vorsichtig sein würde. Er versprach, zuerst hinaufzugehen und sich eine Strategie zurechtzulegen, einen Plan. Sie würden nichts überstürzen oder in eine Falle tappen. Das bestätigte er ihr gegenüber immer wieder, und als sie am Ende bei einer kleinen Bucht neben einem Hügel und einem verlassenen Bootssteg parkten, übernahm er wie vereinbart das Kommando, befahl den anderen, sich im Schutz des Autos fertig zu machen, während er selbst vorausging, um auszukundschaften, wo das Haus lag. Offenbar war es nicht leicht zu finden.

Jan Holtser mochte den frühen Morgen. Er mochte die Stille und das Gefühl des Übergangs, das in der Luft lag. Er schlich mit vornübergebeugtem Oberkörper vorwärts und lauschte. Er war von einer beruhigenden Dunkelheit umgeben. Keine Menschenseele war zu sehen, nirgends auch nur eine Lampe. Er passierte die Bootsbrücke und ging am Fuß des Hügels entlang, bis er zu einem Holzzaun und einem wackligen Gatter direkt neben einer Fichte und einem wild gewachsenen Dornbusch kam. Er öffnete das Gatter und stieg eine steile Holztreppe mit einem Geländer rechter Hand hinauf, und schon kurz darauf konnte er die Umrisse des Hauses erahnen.

Es lag völlig im Dunkeln hinter ein paar Fichten und Espen versteckt. Nach Süden hin öffnete sich eine Terrasse mit

Glastüren, die leicht zu durchbrechen sein dürften. Auf den ersten Blick konnte er keine Schwierigkeiten ausmachen. Sie würden problemlos durch die Glastüren hineinstürmen und den Feind unschädlich machen.

Er bewegte sich beinahe lautlos voran, und für einen Moment überlegte er, ob er den Auftrag nicht gleich in Eigenregie abschließen sollte. Vielleicht war das sogar seine moralische Verpflichtung. Er allein hatte sie in diese Lage gebracht, und deshalb musste er die Sache womöglich auch allein wieder ins Reine bringen. Dieser Job konnte doch nicht schwerer sein als andere, die er in seiner Laufbahn schon erledigt hatte, ganz im Gegenteil.

Hier gab es weder Polizisten wie bei Balder noch Wachleute oder eine Alarmanlage. Zwar hatte er sein Maschinengewehr nicht dabei, aber das würde er auch nicht brauchen. Ein solches Gewehr war völlig übertrieben – das Resultat von Kiras überdrehten Fantasien. Er hatte seine Pistole bei sich, seine Remington, und die würde vollkommen reichen. Und obwohl er sonst immer so planvoll vorging, setzte er sich spontan in der ihm ureigenen Effizienz in Bewegung.

Hastig schlich er an der Schmalseite des Hauses vorbei zur Terrasse und zu den Glastüren. Dann erstarrte er. Erst verstand er nicht, warum – es hätte alles sein können: ein Geräusch, eine Bewegung, eine plötzliche Gefahr. Er warf einen flüchtigen Blick zu dem rechteckigen Fenster über ihm. Von dieser Position aus konnte er nicht hineinsehen. Dennoch hielt er inne und war zunehmend verunsichert. War es das falsche Haus?

Er beschloss, sicherheitshalber näher heranzugehen und hineinzuspähen, und da… fühlte er sich trotz der Dunkelheit wie festgenagelt. Er wurde beobachtet. Augen, die ihn schon einmal angesehen hatten, starrten ihn von einem Tisch dort drinnen glasig an, und spätestens in diesem Moment hätte er handeln müssen. Er hätte zur Terrasse rennen, hineinstürmen und schießen müssen. Er hätte seinen Killerinstinkt spüren müssen. Trotzdem zögerte er erneut und war nicht einmal mehr in der Lage, seine Waffe zu ziehen. Angesichts dieses Blicks fühlte er sich wie ausgeliefert, und womöglich hätte er noch länger in derselben Position verharrt, wenn der Junge nicht etwas getan hätte, was Jan ihm niemals zugetraut hätte.

August stieß einen gellenden Schrei aus, und erst da riss Jan sich wieder zusammen und rannte auf die Terrasse zu, sprang geradewegs durch die Glastür und schoss. Er war sich sicher, präzise gezielt zu haben. Ob er tatsächlich getroffen hatte, konnte er jedoch nicht mehr erkennen.

Denn im selben Augenblick flog eine schattengleiche, explosive Gestalt so schnell auf ihn zu, dass er sich kaum mehr umdrehen, geschweige denn eine vernünftige Verteidigungsposition einnehmen konnte. Das Letzte, woran er sich erinnern würde, war, dass er erneut den Abzug seiner Pistole durchdrückte und das Feuer erwidert wurde. Im nächsten Moment krachte er mit seinem ganzen Gewicht auf den Boden, und auf ihm landete eine junge Frau mit einem so wütenden Blick, wie er es noch nie erlebt hatte. Instinktiv reagierte er mit der gleichen Wut. Er hob die Pistole, doch die Frau gebärdete sich wie ein wildes Tier, saß auf ihm, neigte ihren Kopf... und *bang!* Jan wusste nicht, wie ihm geschah. Dann verlor er das Bewusstsein.

Als er wieder zu sich kam, konnte er Blut schmecken, und unter seinem Pullover spürte er etwas Klebriges, Nasses. Er musste getroffen worden sein. Jetzt liefen die Frau und das Kind an ihm vorbei, und er versuchte noch, das Bein des Jungen zu packen – als er erneut angegriffen wurde und ihm im nächsten Augenblick die Luft wegblieb.

Er ahnte, dass das sein Ende war. Er war besiegt worden – und von wem? Von einem Mädchen. Diese Einsicht und die Schmerzen übermannten ihn, als er zwischen den Glassplittern am Boden lag, in seinem Blut, die Augen niederschlug, schwer atmete und hoffte, dass bald alles vorbei wäre. Dann nahm er wieder etwas wahr – in einiger Entfernung waren Stimmen zu hören, und als er seine Augen wieder aufschlug, sah er zu seiner Verwunderung die Frau. War sie nicht längst geflüchtet? Nein – sie stand mit ihren dürren Kinderbeinen in der Küche und schien mit irgendetwas beschäftigt zu sein. Verzweifelt versuchte er, sich aufzurichten. Wo war seine Waffe? Kaum dass er sich aufgerappelt hatte, erahnte er Orlow hinter dem Fenster und wollte gerade erneut auf die Frau losgehen. Doch dazu kam es nicht.

Die Frau schien regelrecht in die Luft zu gehen. Zumindest erlebte er es so. Sie riss eine Handvoll Blätter an sich und sprintete mit einer enormen Kraft los, machte von der Terrasse aus einen Hechtsprung in den Wald hinein, und kurz darauf hallten Schüsse durch die Dunkelheit. Als wollte er die anderen unterstützen, murmelte er still: »Tötet die Schweine!« Er selbst konnte nichts mehr dazu beitragen. Er war nur mit großer Mühe überhaupt wieder auf die Füße gekommen und hatte keine Kraft mehr, sich um das ganze Chaos dort draußen zu kümmern. Er stand einfach nur da, taumelte und hoffte, dass Orlow und Wilton die Frau und das Kind niedermähen würden, und versuchte, sich irgendwie daran zu klammern und eine Art Genugtuung zu fühlen. Doch in Wahrheit musste er sich vor allem darauf konzentrieren, sich auf den Beinen zu halten. Er schielte nur mehr apathisch auf die Tischplatte.

Dort lagen Stifte, Blätter, und erst starrte er darauf hinab, ohne irgendwas zu verstehen. Dann war ihm plötzlich, als legte sich eine kalte Hand um sein Herz. Er sah sich selbst, oder vielmehr: Er sah einen bösen Menschen, einen Dämon mit bleichem Gesicht, der seine Hand erhoben hatte, um zu töten. Erst Sekunden später begriff er, dass er selbst der Dämon war, und fuhr zusammen, vor Schreck wie gelähmt.

Trotzdem konnte er den Blick nicht mehr von der Zeichnung abwenden. Sie zog ihn geradezu hypnotisch an, und im selben Moment entdeckte er, dass darunter eine Gleichung stand, und dann hatte noch jemand mit nachlässiger Handschrift etwas danebengekritzelt.

Mailed to police 04.22!

27. KAPITEL

Am Morgen des 24. November

Als Aram Barzani vom Sondereinsatzkommando um 4 Uhr 52 Gabriella Granes Ferienhaus betrat, sah er einen hochgewachsenen, schwarz gekleideten Mann neben dem runden Küchentisch am Boden liegen.

Wachsam trat Aram ein paar Schritte näher. Das Haus wirkte verlassen, aber er wollte kein Risiko eingehen. Erst vor wenigen Minuten hatten sie von einem Schusswechsel hier oben Nachricht erhalten, und von draußen auf dem Felsplateau riefen seine Kollegen aufgeregt herüber.

»Hier! Hier!«

Aram hatte keine Ahnung, worum es ihnen ging, und für einen Moment zögerte er. Sollte er zu ihnen hinausrennen? Er beschloss, vorerst im Haus zu bleiben und zu prüfen, in welchem Zustand der Mann war, der inmitten von Glassplittern in einer Blutlache lag. Auf dem Tisch daneben hatte jemand ein Blatt Papier zerrissen und Farbstifte zertrümmert. Der Mann am Boden machte eine kraftlose Handbewegung, als wollte er sich bekreuzigen. Dann murmelte er etwas – ein Gebet vielleicht. Was er sagte, klang russisch, doch Aram konnte nur den Namen »Olga« verstehen. Er gab dem Mann zu verstehen, dass ein Notarzt auf dem Weg hierher sei.

»They were sisters«, hauchte der Mann.

Er wirkte so verwirrt, dass Aram seiner Aussage keine größere Bedeutung beimaß. Stattdessen durchsuchte er die Kleidung des Verletzten und stellte fest, dass er selbst zwar unbewaffnet, aber wohl von einem Schuss in den Bauch getroffen worden war. Sein Pullover war blutdurchtränkt, und er sah beunruhigend blass aus. Aram fragte ihn, was passiert sei, bekam aber keine Antwort. Erst nach einer Weile flüsterte der Mann einen weiteren merkwürdigen Satz auf Englisch.

»My soul was captured in a drawing.«

Er schien kurz davor, das Bewusstsein zu verlieren.

Aram blieb noch ein paar Minuten bei ihm, um sicherzugehen, dass er ihnen keine Probleme bereiten würde. Als er schließlich darüber informiert wurde, dass die Sanitäter gleich eintreffen würden, ließ er ihn allein zurück und lief zu den Felsen hinüber. Er wollte wissen, weshalb die Kollegen gerufen hatten. Es schneite immer noch, der Boden war gefroren und spiegelglatt. Weiter unten im Tal konnte er Stimmen und Motorengeräusche eintreffender Fahrzeuge hören. Noch immer war es dunkel, und zusätzlich behinderten große Findlinge und struppige Nadelbäume die Sicht. Es war eine dramatische Landschaft. Der Hang vor ihm fiel steil ab. Eine böse Vorahnung beschlich ihn. Mit einem Mal war es verdächtig still. Er hatte keinen Schimmer, wo seine Kollegen abgeblieben waren.

Dabei standen sie gar nicht weit von ihm entfernt – direkt am Hang hinter einer großen, wildgewachsenen Espe –, und als er sie schließlich entdeckte, zuckte er heftig zusammen. Eigentlich sah ihm das gar nicht ähnlich. Trotzdem wurde ihm angst und bange, als er erkannte, dass sie mit ernsten Blicken auf die Erde starrten. Was war dort vorgefallen? War der autistische Junge tot?

Langsam ging er näher. Er musste an seine eigenen Jungs denken, sechs und neun Jahre alt und verrückt nach Fußball.

Sie taten nichts anderes, sprachen von nichts anderem. Björn und Anders. Dilvan und er hatten ihnen schwedische Namen gegeben, weil sie der Überzeugung gewesen waren, dass das die beiden im Leben weiterbringen würde. Was waren das nur für Menschen, die hierhergekommen waren, um ein Kind zu töten? Eine plötzliche Wut überkam ihn, er rief nach den Kollegen, und im nächsten Moment stieß er einen Seufzer der Erleichterung aus.

Das war kein Junge, der dort auf dem Boden lag. Es waren zwei Männer, die anscheinend ebenfalls von Bauchschüssen getroffen worden waren. Einer von ihnen – ein kräftiger, brutaler Typ mit Pockennarben und Boxernase – versuchte, sich ein wenig aufzurichten, wurde aber sofort daran gehindert. Aus seinem Gesicht sprach die Demütigung, und seine rechte Hand zitterte heftig vor Schmerz oder Zorn. Um den anderen Mann, der eine Lederjacke trug und die Haare zu einem Pferdeschwanz zusammengebunden hatte, schien es deutlich schlechter bestellt zu sein. Er lag reglos da und starrte in den dunklen Himmel.

»Keine Spur von dem Kind?«, fragte Aram.

»Nein, nichts«, antwortete sein Kollege Klas Lind.

»Und von der Frau?«

»Auch nicht.«

Aram war sich nicht sicher, ob das ein gutes Zeichen war, und wollte lieber keine weiteren Fragen stellen. Allerdings schien auch keiner seiner Kollegen ein klares Bild davon zu haben, was eigentlich passiert war. Sicher war nur, dass dreißig, vierzig Meter weiter unten am Hang zwei Maschinengewehre vom Typ Barrett REC7 lagen. Vermutlich gehörten sie den beiden Männern. Wie die Waffen dorthin gekommen waren, war allerdings unklar. Der Mann mit den Pockennarben hatte nur unverständlich vor sich hin gemurmelt.

In den folgenden fünfzehn Minuten durchforsteten Aram und seine Kollegen das Gelände, ohne jedoch auf etwas anderes zu stoßen als auf Spuren eines Kampfes. Unterdessen trafen immer mehr Menschen am Tatort ein: Sanitäter, die Kriminalinspektorin Sonja Modig, drei Männer von der Spurensicherung, ein paar Streifenpolizisten sowie der Journalist Mikael Blomkvist in Begleitung eines amerikanischen Mannes mit Bürstenschnitt und bulliger Figur, der aus irgendeinem Grund allen sofort Respekt einflößte. Um 5 Uhr 25 erfuhren sie, dass es einen Zeugen gab, der unten am Strand neben dem Parkplatz darauf wartete, dass man ihn befragte. Der Mann wollte KG genannt werden. Eigentlich hieß er Karl-Gustaf Matzon und hatte gerade erst einen Neubau am gegenüberliegenden Ufer erworben. Klas Lind warnte die Kollegen: Sie sollten nicht alles für bare Münze nehmen, was er sagte. »Der Alte erzählt ziemliche Räuberpistolen.«

Sonja Modig und Jerker Holmberg standen bereits auf dem Parkplatz und versuchten nachzuvollziehen, was passiert war. Was sie bisher wussten, war allerdings viel zu fragmentarisch, und nun hofften sie, dass KG Matzon Klarheit in den Hergang der Ereignisse bringen würde.

Doch als sie ihn am Strand stehen sahen, kamen ihnen Zweifel. KG Matzon hatte einen gezwirbelten Schnurrbart und trug einen Tirolerhut, grün karierte Hosen und eine rote Canada-Goose-Jacke. Er sah aus wie ein Clown.

»KG Matzon?«, fragte Sonja Modig.

»Höchstpersönlich«, sagte er und erzählte ihnen ungefragt – vielleicht weil er verstand, dass er etwas für seine Glaubwürdigkeit tun musste –, dass er den Verlag True Crimes leite, der Bücher über aufsehenerregende reale Verbrechen herausgab.

»Ausgezeichnet. Diesmal brauchen wir allerdings eine sachliche Aussage von Ihnen, keinen Werbetext für eines Ihrer Bücher«, sagte Sonja Modig sicherheitshalber, aber das hatte KG Matzon natürlich längst begriffen. Schließlich sei er ein »seriöser Mensch«.

Am heutigen Morgen sei er schrecklich früh aufgewacht, sagte er, und habe »der Ruhe gelauscht«. Doch um kurz vor halb fünf habe er auf einmal etwas gehört, was er sofort als Schuss erkannt habe. Daraufhin sei er in seine Klamotten geschlüpft und auf seine Terrasse geeilt, von der aus er Aussicht auf den Strand, den Hügel und den Parkplatz habe, auf dem sie gerade standen.

»Und was haben Sie gesehen?«

»Nichts. Es herrschte eine unheimliche Stille. Und dann explodierte die Luft. Es klang, als wäre der Krieg ausgebrochen.«

»Sie haben einen Schusswechsel gehört?«

»Ja, das Knattern von Maschinengewehren. Vom Hügel auf der anderen Seite der Bucht. Ich habe völlig perplex in die entsprechende Richtung gestarrt. Hab ich schon erwähnt, dass ich Vogelbeobachter bin?«

»Nein, haben Sie nicht.«

»Wissen Sie, so was trainiert die Augen. Ich bin der reinste Falke, was das angeht. Ich bin es gewohnt, kleine Details über eine weite Entfernung zu erkennen, und sicher habe ich deshalb auch sofort einen kleinen Punkt auf dem Klippenabsatz dort oben bemerkt. Sehen Sie ihn? Der Absatz verschwindet sozusagen in den Berg hinein und bildet eine Art Tasche.«

Sonja sah zum Hang empor und nickte.

»Erst hab ich nicht verstanden, was das war«, fuhr KG Matzon fort. »Aber dann habe ich gesehen, dass da ein Kind hockte – ein Junge, glaube ich. Er saß dort oben in der Hocke und zitterte, jedenfalls hab ich mir das so vorgestellt, und dann auf einmal … Gott, das werde ich nie vergessen!«

»Was denn?«

»Dann kam jemand heruntergerannt, eine junge Frau, und sie warf sich bäuchlings in die Luft und kam mit einer solchen Wucht auf, dass sie fast von der Klippe gestürzt wäre. Anschließend saßen sie dort zusammen, sie und der Junge, und haben einfach nur auf das Unausweichliche gewartet, aber dann...«

»Ja?«

»Dann sind zwei Männer mit Maschinengewehren aufgetaucht und haben wie wild um sich geschossen, und wie Sie sich bestimmt vorstellen können, hab ich mich daraufhin einfach nur schleunigst auf den Boden geworfen. Ich hatte Angst, ich könnte selbst getroffen werden, aber ich konnte es trotzdem nicht lassen, hin und wieder den Kopf zu heben. Wissen Sie, aus meiner Perspektive waren der Junge und die Frau frei sichtbar. Für die Männer dort oben waren sie versteckt – jedenfalls vorübergehend. Trotzdem wusste ich sofort, dass es nur eine Frage der Zeit war, bis man sie entdecken würde, und dass es keinen Fluchtweg gab. Sobald sie unter dem Felsplateau herausgetreten wären, hätten die Männer sie entdeckt und umgebracht. Es war wirklich eine ausweglose Situation.«

»Trotzdem haben wir weder den Jungen noch die Frau dort oben gefunden«, sagte Sonja.

»Das ist es ja gerade! Die Männer kamen immer näher, und am Ende waren sie so nah, dass die Frau und das Kind fast schon den Atem gehört haben müssen. Die Männer standen genau so, dass sie die beiden sofort entdeckt hätten, wenn sie sich auch nur einen einzigen Millimeter vorgebeugt hätten. Aber da...«

»Ja?«

»Sie werden mir nicht glauben. Dieser Typ vom Einsatzkommando hat mir auch nicht geglaubt.«

»Reden Sie weiter. Über die Glaubwürdigkeit entscheiden wir später.«

»Als die Männer kurz innegehalten haben, um zu lauschen, oder vielleicht auch, weil sie geahnt haben, dass sie jetzt ganz dicht dran waren, sprang die Frau mit einem Satz auf und hat auf sie geschossen. *Peng, peng!* Dann ist sie auf die Männer zugestürzt, hat ihnen die Waffen aus den Händen gerissen und den Berg hinuntergeschleudert. Es sah aus wie in einem Actionfilm! Und anschließend ist sie gerannt, oder, besser gesagt, sie rannte und rutschte zusammen mit dem Jungen bergab, auf einen BMW zu, der dort auf dem Parkplatz stand. Kurz bevor sie in das Auto gestiegen sind, hab ich noch gesehen, dass die Frau etwas in der Hand hielt. Eine Tasche oder einen Computer.«

»Und dann sind sie in diesem BMW weggefahren?«

»Mit einer affenartigen Geschwindigkeit! Wohin, weiß ich allerdings nicht.«

»Okay.«

»Aber die Geschichte ist noch nicht vorbei.«

»Wie meinen Sie das?«

»Dort unten stand noch ein anderes Fahrzeug – ein Range Rover, glaube ich. Ein großes Auto, schwarz, neueres Modell.«

»Was war damit?«

»Erst hatte ich es gar nicht bemerkt, und anschließend war ich damit beschäftigt, die Polizei zu alarmieren. Aber als ich gerade auflegen wollte, hab ich zwei Personen die Holztreppe dort drüben herunterrennen sehen, einen großen, mageren Mann und eine Frau. Ich konnte sie nicht richtig erkennen, dazu waren sie einfach zu weit weg. Trotzdem kann ich zwei Dinge über die Frau sagen.«

»Und was?«

»Sie war ein kapitaler Zwölfender – und sie war wütend.«

»Zwölfender im Sinne von…«

»Glamourös, exklusiv, so was in der Art. Das konnte man sogar von Weitem sehen. Aber auch dass sie vor Wut außer sich war. Unmittelbar bevor sie in den Range Rover gestiegen ist, hat sie dem Mann eine Ohrfeige verpasst, und das Merkwürdige war: Er hat noch nicht mal darauf reagiert. Hat nur genickt, als hätte er nichts anderes verdient. Dann sind sie davongerast. Der Mann saß am Steuer.«

Sonja Modig machte sich ein paar Notizen. Sie würde so schnell wie möglich eine landesweite Fahndung nach dem Range Rover und dem BMW einleiten müssen.

Gabriella Grane trank einen Cappuccino zu Hause in ihrer Küche in der Villagatan und war verhältnismäßig gefasst. Vermutlich stand sie aber unter Schock.

Helena Kraft hatte um ein Gespräch um acht in ihrem Büro gebeten. Gabriella nahm an, dass sie nicht nur entlassen würde, sondern dass ihr jetzt auch noch rechtliche Konsequenzen drohten, und damit waren ihre Aussichten, je wieder einen anderen Job zu finden, so gut wie passé. Sie war erst dreiunddreißig, und ihre Karriere war im Eimer.

Dabei war das noch lange nicht das Schlimmste. Ihr war von Anfang an klar gewesen, dass sie gegen Gesetze verstieß, und war das Risiko bewusst eingegangen. Sie hatte wirklich geglaubt, dass dies die beste Möglichkeit wäre, um Frans Balders Sohn zu beschützen. Doch jetzt hatte es bei ihrem Ferienhaus einen Schusswechsel gegeben, und niemand wusste, wo der Junge war. Womöglich war er schwer verletzt oder schon tot. Gabriella hatte das Gefühl, von Schuldgefühlen schier zerrissen zu werden – erst der Vater und nun auch noch der Sohn. Sie stand auf und sah auf die Uhr. Es war Viertel nach sieben. Sie sollte sich allmählich auf den Weg machen und ihren Schreibtisch aufräumen, ehe sie Helena treffen würde. Sie nahm sich fest vor, würdevoll aufzutreten und sich weder zu entschuldigen noch darum zu betteln, dass sie bleiben durfte. Sie wollte stark sein oder zumindest stark *wirken*. Ihr Blackphone klingelte, aber sie hatte keine Lust, den Anruf entgegenzunehmen. Stattdessen schlüpfte sie in ihre Stiefel und den Prada-Mantel und legte sich ein extravagantes rotes Halstuch um. Wenn sie schon unterging, dann wenigstens mit Stil, und deshalb stellte sie sich auch noch kurz vor den Spiegel im Flur, um ihr Make-up nachzubessern.

Mit einem Anflug von Galgenhumor warf sie sich selbst ein Victoryzeichen zu, genau wie Nixon es vor seinem Abgang getan hatte. Im nächsten Moment klingelte ihr Blackphone erneut, und diesmal meldete sie sich widerwillig. Es war Alona Casales von der NSA.

»Ich hab es schon gehört«, sagte sie. Natürlich hatte sie es schon gehört. »Wie geht es dir?«

»Was glaubst du?«

»Du fühlst dich wie der schlechteste Mensch der Welt.«

»Ja, so ungefähr.«

»Der nie wieder einen Job finden wird.«

»Du triffst den Nagel auf den Kopf, Alona.«

»Dann kann ich dir ja mitteilen, dass du keinen Grund hast, dich zu schämen. Du hast richtig gehandelt.«

»Willst du mich auf den Arm nehmen?«

»Das scheint mir nicht der beste Moment zu sein, um Scherze zu machen. Ihr hattet einen Spitzel unter euch.«

Gabriella hielt den Atem an.

»Wer ist es?«

»Mårten Nielsen.«

Gabriella erstarrte.

»Habt ihr dafür Beweise?«

»Und ob. Ich schicke sie dir in ein paar Minuten.«

»Warum sollte Mårten uns verraten?«

»Ich vermute fast, dass er es nicht als Verrat betrachtet.«

»Als was dann?«

»Als Zusammenarbeit mit dem Großen Bruder vielleicht? Als Pflicht gegenüber der führenden Nation unter den freien demokratischen Ländern? Was weiß ich.«

»Also hat er euch Informationen zugespielt?«

»Er hat eher dafür gesorgt, dass wir uns selbst davon bedienen konnten, indem er uns über eure Server und Sicherheitssysteme informiert hat, und normalerweise wäre das auch nicht viel schlimmer gewesen als der ganze andere Mist, mit dem wir uns tagaus, tagein beschäftigen. Wir hören ja inzwischen alles ab – von der Plauderei unter Nachbarn bis hin zu Telefongesprächen zwischen Regierungschefs.«

»Aber diesmal ist es weiter nach draußen gesickert?«

»Diesmal ist es nach draußen gesickert wie durch ein Sieb – und ich weiß, dass du dich nicht gerade an die offiziellen Regeln gehalten hast, aber moralisch gesehen hast du alles richtig gemacht, davon bin ich überzeugt, und ich werde dafür sorgen, dass das auch deine Vorgesetzten erfahren. Du hast von Anfang an verstanden, dass bei euch irgendwas faul war. Deshalb konntest du deine Karten innerhalb der Organisation nicht offenlegen. Und trotzdem hast du dich nicht vor der Verantwortung gedrückt.«

»Aber ... es ist schiefgegangen.«

»Manchmal geht eben was schief – ganz unabhängig davon, wie akribisch man ist.«

»Danke, Alona, das ist wirklich nett von dir. Aber wenn August Balder etwas zugestoßen sein sollte, werde ich mir das trotzdem nie verzeihen.«

»Gabriella, dem Jungen geht es gut. Er macht gerade einen kleinen Ausflug mit Fräulein Salander, um potenzielle Verfolger abzuhängen.«

Gabriella war wie vor den Kopf gestoßen.

»Wie meinst du das?«

»Dass er unverletzt ist, Herzchen. Und dass mit seiner Hilfe der Mörder seines Vaters verhaftet und identifiziert werden konnte.«

»Willst du mir damit sagen, dass August Balder lebt?«

»Genau das.«

»Aber woher weißt du das?«

»Ich hab da eine Quelle an einem strategisch günstigen Ort platziert, könnte man sagen.«

»Alona ...«

»Ja?«

»Wenn das stimmt, hast du mir gerade mein Leben zurückgegeben.«

Nachdem sie das Gespräch beendet hatten, rief Gabriella Grane ihre Chefin an und bestand darauf, dass auch Mårten Nielsen bei ihrem Treffen anwesend sein würde. Widerwillig ließ Helena Kraft sich darauf ein.

Es war gerade erst halb acht, als Ed Needham und Mikael Blomkvist die Treppe zu Gabriella Granes Ferienhaus hinunterstiegen und auf den Audi zusteuerten, der auf dem Parkplatz unten am Ufer stand. Um sie herum lag eine dichte Schneedecke. Keiner von ihnen sagte ein Wort. Um halb sechs hatte Mikael eine SMS von Lisbeth bekommen, die wie üblich kurz gehalten gewesen war: *August unverletzt. Tauchen eine Zeit lang unter.*

Auch diesmal hatte Lisbeth ihren eigenen Gesundheitszustand nicht erwähnt, aber immerhin war die Mitteilung über den Jungen beruhigend. Anschließend hatte Mikael in einer langen Befragung mit Sonja Modig und Jerker Holmberg zusammengesessen und Punkt für Punkt geschildert, was er und die Kollegen aus der Redaktion in den vergangenen Tagen unternommen hatten. Die beiden Ermittler waren ihm nicht gerade übertrieben wohlwollend begegnet. Trotzdem hatte er das Gefühl gehabt, dass sie ihn bis zu einem gewissen Grad verstanden. Jetzt – eine Stunde später – ging er am Bootssteg und am Fuß des Hangs entlang. Ein Stück entfernt verschwand ein Reh im Wald. Mikael rutschte hinter das Steuer des Audi und wartete auf Ed, der ein paar Meter zurückgefallen war. Offenbar litt der Amerikaner unter Rückenschmerzen.

Auf dem Weg in Richtung Brunn gerieten sie unerwartet in einen Stau. Einige Minuten lang bewegte sich gar nichts mehr vorwärts, und Mikaels Gedanken wanderten erneut zu Andrei. Noch immer hatte er kein Lebenszeichen von sich gegeben.

»Könnten Sie bitte irgendeinen guten Radiosender anmachen?«, fragte Ed.

Mikael tippte 107.1 ein, und kurz darauf hörten sie James Brown röhren, was für eine Sexmaschine er sei.

»Geben Sie mir Ihre Telefone«, fuhr Ed fort.

Wortlos überreichte Mikael ihm seine Handys, und Ed legte sie direkt unter dem Lautsprecher auf die Rückbank. Offenbar hatte er vor, etwas Heikles zu besprechen, und Mikael hatte nichts dagegen. Er würde seine Story schreiben, koste es, was es wolle, und war für alle Hinweise, die er bekommen konnte, dankbar. Gleichzeitig wusste er besser als die meisten, dass ein Investigativreporter auch immer Gefahr lief, zum Spielball anderer Interessen zu werden.

Niemand gab Informationen weiter, ohne dabei eigene Absichten zu verfolgen. Manchmal war das Motiv tatsächlich etwas so Edles wie Gerechtigkeitssinn – der Wille, auf Korruption oder Missbrauch hinzuweisen. Meistens aber ging es um Macht – darum, seine Widersacher zu demütigen und so die eigene Position aufzuwerten. Deshalb musste ein Journalist sich stets die Frage nach dem Warum stellen: Warum bekomme ich all das zu hören?

Mitunter mochte es sogar in Ordnung sein, zur Spielfigur zu werden, jedenfalls bis zu einem gewissen Grad. Jede Enthüllung hatte unweigerlich zur Folge, dass die Stellung einer Partei geschwächt und der Einfluss einer anderen gestärkt wurde. Auf jeden Machthaber, der gestürzt wurde, folgte ein neuer, der aber nicht zwangsläufig besser sein musste. Wenn der Journalist also ein Teil des Spiels war, musste er die Hintergründe kennen und sich vor Augen führen, dass aus einem solchen Kampf in der Regel nicht nur ein Akteur siegreich hervorging.

Aber das galt nicht nur für den Journalisten und für das freie Wort, für das er einstand. Es galt auch für die Demokratie im Allgemeinen. Selbst wenn Informationen aus niederem

Antrieb weitergegeben wurden – aus Gier, aus Machthunger –, konnte das zu etwas Gutem führen: nämlich dass Missstände offengelegt und letztlich beseitigt wurden. Der Journalist war allerdings dazu verpflichtet, die Mechanismen dahinter zu durchdringen und mit jeder Zeile, jeder Frage, jeder Überprüfung der Fakten um seine Integrität zu kämpfen. Und so beschloss Mikael, Ed Needham kein Wort abzukaufen, auch wenn er längst eine gewisse Verbundenheit mit ihm verspürte und sogar an seinem rauen Charme Gefallen gefunden hatte.

»Dann schießen Sie mal los«, sagte er.

»Man könnte es vielleicht so ausdrücken«, begann Ed. »Es gibt eine Art von Wissen, die Menschen zum Handeln verleitet. Eher als anderes Wissen.«

»Wissen, das man zu Geld machen kann?«

»Richtig. Aus der Wirtschaft kennen wir das Prinzip: dass Insiderinformationen fast immer genutzt werden, auch wenn die Weitergabe strafbar ist. Aktienkurse steigen fast immer schon vor der Bekanntgabe von positiven Firmennachrichten.«

»Das stimmt.«

»In der Welt der Geheimdienste sind wir lange davon verschont geblieben – aus einem simplen Grund: Die Geheimnisse, die wir verwalteten, waren ganz einfach anderer Natur. Die Brisanz lag woanders. Aber seit Ende des Kalten Krieges hat sich in dieser Hinsicht viel verändert. Industriespionage wird immer wichtiger. Und auch ganz allgemein nimmt die Überwachung von Menschen und Firmen zu. Wir sitzen heutzutage ganz unweigerlich auf einer Menge Stoff, mit dem man reich werden kann – manchmal sogar über Nacht.«

»Und das wird ausgenutzt, meinen Sie?«

»Dass es ausgenutzt wird, ist nichts Neues. Wir betreiben Spionage, um unsere heimische Industrie zu unterstützen – um unseren Konzernen Vorteile zu verschaffen und sie über die Stärken und Schwächen der Konkurrenz ins Bild zu setzen. Industriespionage ist längst Teil unseres patriotischen

Auftrags. Aber genau wie die nachrichtendienstliche Tätigkeit bewegt man sich damit in einer Grauzone. Wann wird die Hilfe zur Straftat?«

»Tja, wann?«

»Genau das ist das Problem, und hier hat in der letzten Zeit eindeutig ein Umdenken stattgefunden. Was vor einigen Jahrzehnten noch als gesetzeswidrig oder unmoralisch galt, ist inzwischen Usus. Mithilfe von Anwälten werden Spionage und Datenklau legalisiert, und wir von der NSA waren auch nicht viel besser, muss ich sagen, vielleicht sogar …«

»Schlimmer?«

»Immer mit der Ruhe, lassen Sie mich ausreden«, fuhr Ed fort. »Nein, ich würde sagen, dass wir trotz allem eine gewisse Moral aufrechterhalten. Aber wir sind eine große Organisation mit Zehntausenden Angestellten, und natürlich gibt es darunter auch schwarze Schafe, sogar in den höchsten Ämtern, und die würde ich Ihnen gerne nennen.«

»Aus reinem Wohlwollen, versteht sich«, sagte Mikael mit leisem Sarkasmus.

»Haha, na ja, das vielleicht nicht gerade. Aber hören Sie mir erst mal zu. Wenn Personen, die bei uns auf derart hohen Posten sitzen, die Grenzen der Legalität überschreiten – was, glauben Sie, passiert dann?«

»Nichts Gutes.«

»Sie werden zu einer ernst zu nehmenden Konkurrenz für die Organisierte Kriminalität.«

»Der Staat und die Mafia haben schon immer im selben Ring gekämpft«, gab Mikael zu bedenken.

»Natürlich. Und beide handeln nach ihren eigenen Gesetzen – verkaufen Drogen, geben Menschen Deckung oder töten, so wie in unserem Fall. Ein anderes Problem entsteht aber, wenn sie in ein und demselben Bereich gemeinsame Sache machen.«

»Und das ist in diesem Fall passiert?«

»Ja, leider. Wie Sie wissen, gibt es bei Solifon eine Abteilung unter der Leitung von Zigmund Eckerwald, die sich einzig und allein damit beschäftigt herauszufinden, was die Konkurrenten im Bereich der Spitzentechnologie so treiben.«

»Und nicht nur das.«

»Nein, sie stehlen auch und verkaufen, was sie stehlen, und das wirft natürlich ein ziemlich schlechtes Licht auf Solifon, vielleicht sogar auf die gesamte Nasdaq.«

»Und auf die NSA.«

»Ganz richtig. Denn es hat sich herausgestellt, dass unsere schwarzen Schafe – es sind vor allem die zwei höchsten Chefs in der Abteilung für Industriespionage, Joacim Barclay und Brian Abbot … Die Details werde ich Ihnen später nennen. Jedenfalls nehmen diese Typen und ihre Untergebenen die Hilfe von Eckerwald und seiner Gang in Anspruch und helfen ihnen im Gegenzug, indem sie im großen Stil Abhöraktionen für sie fahren. Solifon sagt ihnen, wo sie die wichtigen Innovationen vermuten, und diese verdammten Idioten bei uns beschaffen daraufhin die Zeichnungen und technischen Details.«

»Und das Geld, das dabei einkassiert wird, landet nicht immer in der Staatskasse.«

»Es ist noch viel schlimmer, mein Freund. Wenn man als staatlicher Angestellter so etwas tut, macht man sich angreifbar, umso mehr, als Eckerwald und seine Bande auch Schwerverbrechern helfen. Wobei sie am Anfang vermutlich nicht wussten, dass die anderen kriminell waren.«

»Aber so war es?«

»Allerdings, und noch dazu waren sie nicht auf den Kopf gefallen. Sie hatten Hacker von einem Niveau rekrutiert, von dem ich nur träumen kann, und ihr eigentliches Geschäft bestand darin, die erlangten Informationen zu nutzen. Jetzt können Sie sich vielleicht ausrechnen, was daraufhin passierte: Als sie begriffen, womit sich unsere Leute bei der NSA beschäftigten, sahen sie ihre Stunde gekommen.«

»Die perfekte Erpressungssituation.«

»Ja, sie hatten uns wirklich in der Hand, und das haben sie natürlich nach allen Regeln der Kunst ausgenutzt. Unsere Kollegen hatten ja nicht nur große Firmen beklaut, sie hatten auch kleinere Familienunternehmen ausspioniert, einsame Erfinder, die ums Überleben kämpften. Wenn das herausgekommen wäre, hätte das keinen besonders guten Eindruck gemacht, und so kam es irgendwann zu der bedauerlichen Situation, dass unsere Kollegen nicht nur Eckerwald und seiner Bande helfen mussten, sondern auch diesen Verbrechern.«

»Sie meinen die Spiders?«

»Exakt. Und vielleicht waren sämtliche Parteien damit sogar eine Zeit lang glücklich. Schließlich ging es um große Geschäfte, und alle wurden dabei steinreich. Aber dann taucht plötzlich dieses kleine Genie auf, dieser Professor Balder, und ist beim Schnüffeln genauso talentiert wie bei allem anderen, womit er sich befasst. Jedenfalls erfährt er auf diesem Weg von den Machenschaften oder zumindest von einem Teil davon – und da geraten alle in Panik. Sie müssen dringend etwas unternehmen. Wie der genaue Entscheidungsweg war, weiß ich nicht, aber ich nehme an, unsere Leute haben gehofft, dass sich das alles auf juristischem Wege klären lassen würde, mit den üblichen Drohgebärden der Anwälte. Diese Hoffnung nutzt einem aber nicht viel, wenn man mit Verbrechern in einem Boot sitzt. Das bevorzugte Mittel der Spiders ist nun mal die Gewalt, und sie haben unsere Leute zu einem späten Zeitpunkt sogar in ihre Pläne eingeweiht, nur um sie noch enger an sich zu binden.«

»Du liebe Güte!«

»Das kann man wohl sagen. Und trotzdem ist es nur eine kleine Eiterbeule am Körper unserer Organisation. Wir haben uns die übrigen Tätigkeiten genau angesehen, und die sind ...«

»Ein Ausbund an Moral, na klar«, fauchte Mikael. »Da

pfeif ich drauf. Hier geht es um Menschen, die vor nichts zurückschrecken.«

»Die Gewalt folgt einer eigenen Logik. Was man angefangen hat, muss man zu Ende bringen. Aber wissen Sie, was das Lustigste in diesem Zusammenhang ist?«

»Ich kann rein gar nichts Lustiges daran erkennen.«

»Dann sagen wir eben: das Paradoxe. Das Paradoxe ist, dass ich von alldem nichts erfahren hätte, wenn es die Hackerattacke auf unser Intranet nicht gegeben hätte.«

»Noch ein guter Grund, die Hackerin in Ruhe zu lassen.«

»Das werde ich ja auch tun, solange sie mir erzählt, wie sie es angestellt hat.«

»Warum ist Ihnen das so wichtig?«

»Ich will einfach begreifen, wie sie es gemacht hat, um meinerseits gewisse Maßnahmen durchführen zu können. Anschließend werde ich sie in Ruhe lassen. Ehrenwort.«

»Ich weiß nicht, wie viel dieses Versprechen wert ist. Aber es gibt da noch eine Sache, die Rätsel aufwirft«, sagte Mikael.

»Schießen Sie los.«

»Sie haben zwei Namen genannt, Barclay und Abbot. Sind Sie sich sicher, dass nur die beiden verantwortlich sind? Wer trägt denn die Verantwortung für diese Abteilung für Industriespionage? Das muss doch eines Ihrer allerhöchsten Tiere sein, oder nicht?«

»Den Namen kann ich Ihnen leider nicht nennen. Der unterliegt der Geheimhaltungspflicht.«

»Dann muss ich das wohl akzeptieren.«

»Ja, müssen Sie«, sagte Ed ungerührt. Im nächsten Moment setzte sich der Verkehr wieder in Bewegung.

28. KAPITEL

Am Nachmittag des 24. November

Professor Charles Edelman stand auf dem Parkplatz des Karolinska Institutet und fragte sich, worauf er sich da eingelassen hatte. Es war ihm weder klar, noch hatte er die Zeit dafür. Trotzdem hatte er den Auftrag angenommen, der ihn zwingen würde, eine Reihe von Besprechungen, Vorlesungen und Konferenzen abzusagen.

Und doch fühlte er sich merkwürdig euphorisch. Er war nicht nur von dem Jungen fasziniert, sondern auch von der jungen Frau, die aussah, als wäre sie in irgendeiner dunklen Gasse in eine Schlägerei geraten, die aber einen nagelneuen BMW fuhr und mit eiskalter Autorität mit ihm gesprochen hatte. Ohne überhaupt nachzudenken, hatte er gesagt: »Ja, gut, warum nicht?«, obwohl das natürlich unklug und überhastet gewesen war. Immerhin hatte er sich einen letzten Rest Unabhängigkeit bewahrt, indem er ihr Angebot einer Kostenübernahme abgelehnt hatte.

Er werde auch seine Reise und sein Hotelzimmer selbst bezahlen, hatte er gesagt, vermutlich weil er sich schuldig gefühlt hatte. Sicher war nur, dass er dem Jungen gegenüber ein großes Wohlwollen verspürte, dass August seine wissenschaftliche Neugier geweckt hatte. Ein Savant, der mit

einer fotografischen Präzision zeichnen und Zahlen in Primfaktoren zerlegen konnte, war mehr als faszinierend. Zu seiner Verwunderung ließ er dafür sogar das Nobelpreis-Dinner
sausen. Diese junge Frau hatte seine Vernunft vernebelt.

Hanna Balder saß mit einer Zigarette in der Hand in ihrer
Küche in der Torsgatan. Sie hatte das Gefühl, in den letzten
Tagen nichts anderes getan zu haben, als unruhig herumzusit-
zen und zu rauchen. Zwar hatte sie in dieser Zeit ungewohnt
viel Hilfe und Unterstützung erfahren, aber was nützte das
schon, wenn sie gleichzeitig mehr Prügel bezog denn je. Lasse
Westman ertrug ihre Nervosität nicht. Vermutlich stand sie
damit seinem eigenen Märtyrertum im Weg.

Ständig brauste er auf und schrie: »Bringst du es nicht
mal fertig, auf dein Balg aufzupassen?«, schwang dabei seine
Fäuste oder schubste sie quer durch die Wohnung wie eine
Puppe. Sicher würde er gleich wieder ausflippen, weil sie versehentlich Kaffee über eine Theaterrezension verschüttet hatte,
von der er meinte, sie sei zu wohlwollend gegenüber Kollegen
ausgefallen, die er nicht leiden konnte.

»Was hast du jetzt schon wieder gemacht, verdammt?«,
fuhr er sie an.

»Entschuldige«, sagte sie hastig, »ich wisch es sofort auf.«

Aber sie konnte ihm an den Mundwinkeln ansehen, dass
das nicht reichen würde. Sie wusste, dass er zuschlagen
würde, noch ehe er es selbst wusste, und deshalb war sie auch
so gut auf seine Ohrfeige vorbereitet, dass sie keinen Mucks
von sich gab, ja nicht einmal mit dem Kopf zuckte. Sie spürte
nur, wie ihr die Tränen in die Augen stiegen und ihr Herz wie
verrückt schlug. Aber eigentlich ging es gar nicht darum. Die
Ohrfeige war nur der auslösende Faktor gewesen. Am frühen Morgen hatte sie einen Anruf bekommen, den sie selbst
kaum verstanden hatte: August sei gefunden worden, aber
gleich wieder verschwunden und »vermutlich unverletzt«.

Vermutlich. Hanna wusste nicht einmal, ob sie nach dieser Nachricht beruhigt oder noch beunruhigter sein sollte.

Sie hatte kaum noch die Kraft gehabt, richtig zuzuhören, und seither waren bereits mehrere Stunden vergangen, ohne dass sie etwas Neues gehört hätte. Doch dann gab sie sich einen Ruck, und ohne sich darum zu kümmern, ob sie sich dadurch noch mehr Prügel einhandeln würde, ging sie ins Wohnzimmer. Sie hörte Lasse hinter sich keuchen. Auf dem Boden lag immer noch Augusts Zeichenpapier, und irgendwo dort draußen in der Ferne schrillte die Sirene eines Krankenwagens. Im Treppenhaus waren Schritte zu hören. War jemand auf dem Weg zu ihnen? Ja tatsächlich, es klingelte an der Tür.

»Mach nicht auf! Das ist doch wieder nur irgendein dämlicher Reporter«, zischte Lasse.

Eigentlich hatte Hanna die Tür auch gar nicht aufmachen wollen. Momentan bereitete ihr jede Interaktion mit anderen Menschen Unbehagen. Aber sie konnte das Klingeln doch nicht einfach ignorieren, oder? Vielleicht wollte die Polizei sie ja noch mal befragen, oder vielleicht … tja. Vielleicht wussten sie inzwischen mehr, hatten gute oder schlechte Nachrichten für sie. Sie ging zur Tür und musste plötzlich wieder an Frans denken.

Sie erinnerte sich wieder daran, wie er dort draußen gestanden hatte, um August abzuholen. An seine Augen und den fehlenden Bart und an die Sehnsucht nach ihrem früheren gemeinsamen Leben, dem Leben vor Lasse Westman, als die Telefone noch geklingelt hatten, die Angebote hereingeströmt waren und sie noch nicht in die Fänge der Angst geraten war. Sie schob die Tür einen Spaltbreit auf, ohne die Sicherheitskette zu lösen, und zuerst sah sie gar nichts – nur die Aufzugstür und rotbraune Wände. Dann wurde sie wie von einem Stromstoß durchzuckt, und einen Augenblick lang wollte sie es kaum glauben. Es war tatsächlich August. Sein Haar war wirr und verfilzt, seine Kleidung schmutzig, und an den Füßen trug er ein Paar viel zu große Turnschuhe, aber er betrachtete sie mit derselben ernsten Miene wie immer, und da riss sie die Sicherheitskette beiseite und zog die Tür auf. Obwohl sie eigentlich nicht damit gerechnet hatte, dass August allein auftauchen würde, zuckte sie zusammen. Neben ihm stand eine toughe junge Frau in einer Lederjacke, mit Schürfwunden im Gesicht und Erde im Haar, und starrte zu Boden. Sie hielt eine große Reisetasche in der Hand.

»Ich bin hier, um Ihren Sohn zurückzubringen«, sagte sie, ohne aufzusehen.

»O mein Gott«, war das Einzige, was Hanna hervorbrachte. »O mein Gott!«

Ein paar Sekunden lang stand sie vollkommen hilflos in der Tür. Dann begannen ihre Schultern zu beben. Sie sank auf die Knie, und auch wenn sie wusste, dass August Umarmungen hasste, schlang sie die Arme um ihn und murmelte: »Mein Junge, mein Junge!«, bis ihr die Tränen kamen, und das Merkwürdige war: August ließ nicht nur zu, dass sie ihn an sich drückte. Er schien auch kurz davor, etwas zu sagen – als hätte er das inzwischen ebenfalls gelernt. Aber er kam nicht mehr dazu. Denn im nächsten Augenblick tauchte Lasse Westman hinter Hanna im Türrahmen auf.

»Was zum Teufel… Ah, da ist er ja«, brummte er und sah aus, als würde er am liebsten sofort weiterprügeln.

Doch dann nahm er sich zusammen – ein fast schon applausverdächtiger Schauspieleinsatz. Mit einem Mal strahlte er regelrecht von jener souveränen Überlegenheit, die Frauen sonst so ungemein beeindruckte.

»Und dann bekommen wir den Jungen auch noch bis an die Haustür geliefert«, fuhr er fort. »Nicht übel! Geht es ihm gut?«

»Einigermaßen«, antwortete die Frau vor der Tür mit einer seltsam tonlosen Stimme und stapfte mit ihrer großen

Reisetasche und in lehmverschmierten schwarzen Stiefeln ungebeten in die Wohnung.

»Na klar, tun Sie sich keinen Zwang an«, kommentierte Lasse säuerlich. »Immer hereinspaziert!«

»Ich bin hier, um dir beim Packen zu helfen, Lasse«, sagte die Frau, immer noch mit derselben emotionslosen Stimme.

Hanna glaubte fast, sie hätte sich verhört, und Lasse war anzumerken, dass er den Satz ebenso wenig zu begreifen schien. Er stand nur einfältig mit offenem Mund da.

»Was haben Sie gesagt?«, fragte er dann.

»Dass du ausziehen sollst.«

»Wollen Sie mich auf den Arm nehmen?«

»Alles andere als das. Du ziehst jetzt sofort aus und wirst nie wieder in Augusts Nähe kommen. Du siehst ihn heute zum letzten Mal.«

»Sie sind ja wirklich vollkommen durchgeknallt ...«

»Ganz im Gegenteil. Ich bin ungeheuer großzügig. Eigentlich hatte ich nämlich vor, dich die Treppe runterzustoßen und dir höllische Schmerzen zuzufügen. Aber stattdessen habe ich dir sogar eine Reisetasche mitgebracht, damit du ein paar Hemden und Unterhosen einpacken kannst.«

»Was bist du eigentlich für eine Missgeburt?«, keifte Lasse gleichermaßen erstaunt und wütend, richtete sich bedrohlich auf und marschierte auf die Frau zu, und Hanna dachte kurz, er würde sie gleich schlagen.

Aber irgendetwas schien ihn zurückzuhalten. Vielleicht waren es die Augen der Frau oder die einfache Tatsache, dass sie nicht reagierte wie erwartet. Statt zurückzuweichen und Angst zu zeigen, lächelte sie nur kühl, zog einige zerknitterte Blätter aus der Innentasche ihrer Jacke und hielt sie Lasse hin.

»Wenn du und dein Kumpel Roger mal Sehnsucht nach August haben solltet, könnt ihr ja hier draufgucken und in alten Zeiten schwelgen«, sagte sie.

Die Geste brachte Lasse vollkommen aus der Fassung.

Verwirrt sah er sich ein Blatt Papier nach dem anderen an. Anschließend verzog er das Gesicht, und Hanna konnte ihre Neugier nicht mehr zügeln und spähte ebenfalls darauf. Es waren Zeichnungen, und die oberste zeigte... Lasse. Lasse, der die Fäuste erhoben hatte und dem der Wahnsinn und die Boshaftigkeit ins Gesicht geschrieben standen. Später würde sie sich all dies kaum mehr erklären können – aber in diesem Augenblick verstand sie nicht nur, was vorgefallen war, wann immer August mit Lasse und Roger hatte allein bleiben müssen. Schlagartig sah sie auch ihr eigenes Leben vor sich, und zwar klarer und nüchterner denn je.

Genau so – mit dem gleichen verzerrten, wütenden Gesichtsausdruck – hatte Lasse Westman sie selbst Hunderte Male angesehen, zuletzt vor noch nicht einmal einer Minute, und mit einem Mal war ihr klar, dass niemand so etwas ertragen durfte – weder August noch sie selbst. Sie wich zurück. Die fremde Frau sah sie aufmerksam an, und Hanna erwiderte schüchtern deren Blick. Zu behaupten, dass sie sich in diesem Moment nähergekommen wären, wäre zu viel gesagt, aber auf irgendeiner Ebene waren sie übereingekommen. »Oder, Hanna?«, fragte die Frau. »Er soll doch ausziehen?«

Die Frage war fast schon lebensgefährlich. Hanna sah auf Augusts große Turnschuhe hinab.

»Was hat er denn für Schuhe an?«

»Meine.«

»Und warum?«

»Wir mussten heute früh ein wenig übereilt aufbrechen.«

»Und was haben Sie gemacht?«

»Wir haben uns versteckt.«

»Ich verstehe nicht ganz...«, begann sie, wurde dann aber von Lasse unterbrochen.

»Sag dieser Psychopathin, dass die Einzige, die diese Wohnung verlässt, sie selber ist«, brüllte er und zerrte brutal an ihr.

»Doch, ja«, antwortete Hanna.

»Dann mach es auch, verdammt!«

Aber dann... Sie hätte es wirklich nicht erklären können. Vielleicht hatte es etwas mit Lasses Verhalten zu tun, womöglich war es aber auch die Standhaftigkeit, die diese junge Frau mit ihrer Körperhaltung und ihrem eiskalten Blick ausstrahlte. Plötzlich hörte Hanna sich selbst sagen: »Verschwinde, Lasse! Und komm nie wieder zurück!«

Sie glaubte selbst kaum, was sie gerade gesagt hatte. Es war, als hätte eine fremde Stimme aus ihr gesprochen. Und dann ging alles rasend schnell. Lasse hob die Hand, um erneut auf Hanna loszugehen, aber der Schlag kam nicht – jedenfalls nicht von ihm. Die junge Frau hatte blitzschnell reagiert und ihm wie eine professionelle Boxerin zwei, drei Fausthiebe ins Gesicht verpasst. Anschließend versetzte sie ihm einen gezielten Tritt gegen die Beine.

»Was zum Teufel...«, brachte er hervor – mehr nicht.

Er fiel nach hinten, und die junge Frau stellte sich über ihn. Im Nachhinein sollte Hanna sich wieder und wieder daran erinnern, was Lisbeth in diesem Moment sagte. Es war, als hätten ihr diese Worte ein Stück von sich selbst wiedergegeben, und erst da begriff sie, wie lange und sehnlich sie sich gewünscht hatte, dass Lasse Westman aus ihrem Leben verschwände.

Bublanski sehnte sich nach Rabbi Goldman.

Er sehnte sich nach Sonja Modigs Orangenschokolade, nach seinem neuen Dux-Bett und einer anderen Jahreszeit. Aber erst einmal musste er Ordnung in seine Ermittlung bringen.

Zu einem gewissen Teil war er zufrieden. August Balder war angeblich unverletzt und auf dem Weg zu seiner Mutter. Der Mörder seines Vaters war gefasst – dank des Jungen und dank Lisbeth Salander, auch wenn immer noch nicht sicher war, ob der Mann überleben würde. Er war schwer verletzt und lag auf der Intensivstation im Krankenhaus Danderyd. Er hieß Boris Lebedew, hatte aber lange unter dem Decknamen Jan Holtser gelebt, zuletzt in Helsinki. Er war ein ehemaliger Major und Elitesoldat der sowjetischen Armee und schon in mehreren Mordermittlungen als Verdächtiger aufgetaucht, aber man hatte ihm nie etwas nachweisen können. Offiziell leitete er eine Sicherheitsfirma und war sowohl finnischer als auch russischer Staatsbürger. Vermutlich hatte sich jemand in die Behördencomputer gehackt und seine Meldedaten bearbeitet.

Auch die beiden anderen Personen, die man in der Nähe des Ferienhauses gefunden hatte, waren anhand von Fingerabdrücken identifiziert worden: Dennis Wilton, ein altbekannter Gangster aus dem Svavelsjö MC, der schon wegen schweren Raubes und schwerer Körperverletzung im Gefängnis gesessen hatte, sowie Wladimir Orlow, ein Russe, der in Deutschland wegen Zuhälterei verurteilt worden war. Er war zweimal verheiratet gewesen. Beide Ehefrauen waren unter ungeklärten Umständen ums Leben gekommen. Bisher hatte sich keiner der Männer dazu geäußert, was vorgefallen war, oder überhaupt irgendein Wort gesagt, und Bublanski hatte keine großen Hoffnungen, dass sich das ändern würde. Solche Kerle plauderten üblicherweise nicht gerne mit der Polizei. Andererseits gehörten die Vernehmungen nun einmal zu den Spielregeln.

Was Bublanski nicht gefiel, war sein Eindruck, dass diese Männer lediglich Fußvolk waren und jemand über sie Kommando führte und dass es offenbar Verbindungen in die höchsten und mächtigsten Kreise gab – sowohl in Russland als auch in den USA. Bublanski hatte kein Problem damit, dass ein Journalist mehr über seinen Fall wusste als er selbst. Diesbezüglich war er nicht eitel. Er wollte lediglich weiterkommen und nahm dankbar Informationen entgegen, ganz gleich von wem sie stammten. Doch Mikael Blomkvists weitreichende Einsicht in den Fall führte Bublanski nur umso deutlicher ihr eigenes Versagen vor Augen. Die undichte Stelle; die Gefahr, der sie den Jungen ausgesetzt hatten. Darüber würde er für immer wütend sein. Vielleicht störte es ihn deshalb so sehr, dass die Säpo-Chefin Helena Kraft plötzlich so hartnäckig versuchte, ihn zu erreichen. Und nicht nur sie. Auch die IT-Beauftragten der Landeskripo wollten mit ihm sprechen, und Oberstaatsanwalt Richard Ekström sowie ein Professor namens Steven Warburton vom Machine Intelligence Research Institute, kurz MIRI, aus Stanford. Amanda Flod zufolge wollte Letzterer ihn auf »eine ernste Gefahr« aufmerksam machen.

Bublanski störte sich daran, und er störte sich auch noch an tausend anderen Dingen. Zu allem Überfluss klopfte es jetzt auch noch an der Tür. Es war Sonja Modig. Sie sah müde aus, und sie war ungeschminkt. Irgendwie hatte ihr Gesicht etwas Neues, Nacktes.

»Alle drei Verhafteten werden zurzeit operiert«, teilte sie ihm mit. »Es wird eine Zeit lang dauern, bis wir sie wieder vernehmen können.«

»Bis wir wieder vergeblich versuchen können, sie zu vernehmen, meinst du wohl.«

»Ja, mag sein. Aber ich hab tatsächlich einen kleinen Schwatz mit Lebedew halten können. Vor der OP war er kurz wieder bei Bewusstsein.«

»Und was hat er gesagt?«

»Dass er mit einem Priester reden will.«

»Warum müssen eigentlich alle Irren und Mörder religiös sein?«

»Während alle vernünftigen Kommissare an ihrem Gott zweifeln, meinst du?«

»Also…«

»Jedenfalls wirkte Lebedew resigniert, und das könnte

meiner Meinung nach sogar vielversprechend sein«, fuhr Sonja fort. »Als ich ihm die Zeichnung gezeigt habe, hat er nur traurig abgewinkt.«

»Er hat nicht behauptet, dass das Ganze erstunken und erlogen wäre?«

»Nein. Er hat nur die Augen zugemacht und angefangen, von einem Priester zu reden.«

»Hast du verstanden, was dieser amerikanische Professor will, der andauernd hier anruft?«

»Nein... aber er besteht darauf, mit dir zu sprechen. Ich glaube, es geht um Balders Forschung.«

»Und dieser junge Journalist... Zander?«

»Über ihn wollte ich eigentlich mit dir sprechen. Irgendwie hab ich kein gutes Gefühl.«

»Was wissen wir bisher?«

»Dass er am Tag seines Verschwindens lange gearbeitet hat und am späten Abend in Begleitung einer auffallend schönen Frau mit rotblonden oder dunkelblonden Haaren und teurer, exklusiver Kleidung gesehen wurde.«

»Das wusste ich noch gar nicht.«

»Ein junger Typ hat sie gesehen – ein Bäcker im Skansen, Ken Eklund, der im selben Haus wohnt, in dem auch die *Millennium*-Redaktion untergebracht ist. Er fand, sie hätten verliebt ausgesehen – zumindest Zander.«

»Du meinst, es könnte eine Art Honigfalle gewesen sein?«

»Ja, das ist denkbar.«

»Und diese Frau... Ist das möglicherweise dieselbe Person, die auch auf Ingarö gesehen wurde?«

»Das überprüfen wir gerade. Aber ich finde es beunruhigend, dass sie anscheinend auf dem Weg nach Gamla Stan gewesen sind.«

»Verstehe...«

»Nicht nur, weil wir Zanders Handysignal dort zuletzt aufgefangen haben. Orlow, dieser Dreckskerl – der mich nur anspuckt, wenn ich ihn befragen will –, hat eine Wohnung in der Mårten Trotzigs gränd.«

»Waren wir schon dort?«

»Nein, noch nicht. Aber die Kollegen sind auf dem Weg dorthin. Wir haben es gerade erst erfahren. Die Wohnung war auf eine seiner Firmen angemeldet.«

»Dann hoffen wir mal, dass wir dort nichts Schlimmes finden.«

»Ja, hoffen wir's.«

Lasse Westman lag im Flur seiner Wohnung in der Torsgatan und wusste nicht, warum er solche Angst hatte. Das war doch nur eine blöde Tussi – eine gepiercte Punktussi, die ihm noch nicht mal bis zur Brust reichte. Eigentlich hätte er sie aus der Wohnung werfen können wie eine kleine Ratte. Und trotzdem war er wie gelähmt, und das lag nicht an ihrer Kampftechnik und auch nicht daran, dass sie ihren Fuß auf seinen Bauch gestellt hatte. Es war etwas anderes, weniger Greifbares, das in ihrem Blick und ihrer ganzen Erscheinung lag. Ein paar Minuten lang lag er still da, wie ein hilfloser Idiot, und hörte ihr zu.

»Ich bin gerade wieder daran erinnert worden«, sagte sie, »dass es in meiner Familie einen fatalen Defekt gibt. Wir sind zu allem fähig, zu den unfassbarsten Grausamkeiten. Bestimmt ist das eine Art genetische Störung. Ich persönlich habe dieses Problem mit Männern, die Frauen und Kindern wehtun. Wenn ich so etwas mitbekomme, dann kann ich echt gefährlich werden. Sowie ich Augusts Zeichnungen von Roger und dir gesehen habe, wollte ich euch an den Kragen. Ich könnte dir jetzt einen Vortrag darüber halten, aber ich finde, August hat schon genug miterlebt, und deshalb sehe ich eine winzige Chance, dass ihr beide halbwegs glimpflich davonkommt.«

»Ich bin …«, hob Lasse an.

»Ruhe!«, fauchte sie. »Das hier ist keine Verhandlung und

auch kein Gespräch. Ich bestimme die Regeln und sonst niemand. Juristisch gesehen ist die Sache nicht schwer. Frans war so schlau, August die Wohnung zu vererben. Davon abgesehen gilt Folgendes: Du packst deine Sachen innerhalb von höchstens vier Minuten und verschwindest. Sollte Roger oder solltest du zurückkommen oder irgendwie sonst Kontakt zu August aufnehmen, dann werde ich euch derart fertigmachen, dass ihr für den Rest des Lebens keinen Spaß mehr habt. Und ich bereite eine Anzeige wegen Kindesmisshandlung gegen euch beide vor. Wie du bestimmt weißt, sind diese Zeichnungen nicht der einzige Beweis. Es gibt Zeugenaussagen von Psychologen und anderen Experten. Ich werde Kontakt aufnehmen zu den Boulevardzeitungen und ihnen erzählen, dass ich Beweismaterial habe, das ihr Bild vom damaligen Fall Renata Kapusinski bestätigt und sogar vertieft. Was hast du ihr damals gleich wieder angetan, Lasse? War es nicht so, dass du ihr die Wange zerbissen und ihr gegen den Kopf getreten hast?«

»Sie werden wirklich an die Presse gehen …«

»Ich werde an die Presse gehen und dir und deinem Freund allen erdenklichen Schaden zufügen. Aber vielleicht – ich sagte vielleicht! – werdet ihr der schlimmsten Schmach noch mal entgehen, wenn ihr euch nie wieder in Hannas und Augusts Nähe blicken lasst und nie wieder einer Frau oder einem Kind Gewalt antut. Im Grunde seid ihr mir scheißegal. Ich will nur, dass August euch nie wiedersehen muss. Und deshalb verschwindest du jetzt. Und wenn du dich so strebsam wie ein ängstlicher kleiner Mönch verhältst, dann kommst du vielleicht noch mal mit einem blauen Auge davon. Aber ehrlich gesagt hab ich da meine Zweifel. Bei Gewalt gegen Frauen ist die Rückfallquote leider hoch, das weißt du ja selber, und natürlich bist du ein Riesenarschloch und ein fieses Schwein. Aber mit etwas Glück – wer weiß … Hast du verstanden?«

»Ich habe verstanden«, sagte er und hasste sich dafür, doch

er sah keine andere Möglichkeit, als ihr zuzustimmen und zu gehorchen, und deshalb stand er auf, ging ins Schlafzimmer und packte eilig ein paar Klamotten ein. Dann nahm er seinen Mantel und sein Telefon und trat zur Tür hinaus. Er hatte keine Ahnung, wohin er gehen sollte.

So erbärmlich wie in diesem Augenblick hatte er sich in seinem ganzen Leben nicht gefühlt, und jetzt wehte ihn draußen auch noch ein unangenehmer Schneeregen schräg von der Seite an.

Lisbeth hörte, wie die Wohnungstür zuschlug und Lasses Schritte im Treppenhaus verhallten. Sie sah August an. Er stand reglos da, die Arme eng an den Körper gepresst, und starrte sie eindringlich an. Sie fühlte sich unbehaglich. Hatte sie nicht gerade eben noch die Kontrolle gehabt? Plötzlich war sie nur noch unsicher. Und was in aller Welt war mit Hanna Balder los?

Sie schien den Tränen nahe, und August... fing jetzt auch noch an, den Kopf zu schütteln und irgendwas zu murmeln. Doch diesmal waren es keine Primzahlen. Lisbeth wollte nichts lieber, als zu verschwinden. Aber sie blieb, ihr Auftrag war noch nicht erledigt, und deshalb zog sie jetzt zwei Flugtickets, einen Hotelgutschein und ein dickes Bündel Kronen- und Euroscheine aus der Tasche.

»Ich möchte aus der Tiefe meines Herzens...«, fing Hanna an, doch Lisbeth fiel ihr ins Wort.

»Ruhe. Hier sind zwei Flugtickets nach München. Der Flieger geht heute Abend um Viertel nach sieben, es eilt also ein bisschen. Ein Shuttle wird Sie direkt zum Schloss Elmau bringen, einem netten Hotel in der Nähe von Garmisch-Partenkirchen. Sie werden unter dem Namen Müller in einem Familienzimmer im obersten Stockwerk wohnen und dort fürs Erste drei Monate lang bleiben. Ich habe Charles Edelman kontaktiert und ihm eingeschärft, dass hierbei absolutes

Stillschweigen unerlässlich ist. Er wird Sie regelmäßig besuchen und dafür sorgen, dass August die nötige Betreuung und Unterstützung bekommt. Edelman kümmert sich auch um einen geeigneten qualifizierten Unterricht für August.«

»Ist das Ihr Ernst?«

»Ruhe!«, sagte Lisbeth noch einmal. »Das ist mein voller Ernst. Die Polizei hat jetzt zwar Augusts Zeichnung, und der Mörder ist gefasst. Aber seine Auftraggeber laufen immer noch frei herum, und keiner kann voraussehen, was sie planen. Deshalb müssen Sie diese Wohnung auf der Stelle verlassen. Ich habe jetzt anderes zu tun, aber ich kümmere mich gleich noch um einen Fahrer, der Sie nach Arlanda bringt. Er sieht vielleicht ein bisschen merkwürdig aus... aber er ist in Ordnung. Sie können ihn Plague nennen. Haben Sie verstanden?«

»Ja, aber...«

»Kein Aber. Hören Sie mir lieber genau zu: Während Ihres gesamten Aufenthalts dürfen Sie weder Ihre Kreditkarte noch Ihr normales Handy benutzen. Ich habe ein abhörsicheres Telefon für Sie besorgt, ein Blackphone, falls Sie mich erreichen müssen. Meine Nummer ist dort bereits eingespeichert. Sämtliche Hotelkosten übernehme ich. Außerdem bekommen Sie ein paar Hunderttausend Kronen in bar für unvorhergesehene Ausgaben. Noch Fragen?«

»Das klingt total verrückt.«

»Nein.«

»Aber wie können Sie sich das leisten?«

»Ich kann es mir eben leisten.«

»Wie können wir...«

Weiter kam sie nicht. Sie sah vollkommen verwirrt aus und schien nicht mehr zu wissen, was sie noch glauben sollte. Dann brach sie urplötzlich in Tränen aus.

»Wie können wir Ihnen bloß danken?«

»Danken?« Lisbeth wiederholte das Wort, als hätte sie es gerade zum ersten Mal gehört, und als Hanna mit geöffneten

Armen auf sie zukam, wich sie, den Blick zu Boden gerichtet, einen Schritt zurück und sagte: »Reißen Sie sich zusammen. Reißen Sie sich zusammen und hören Sie auf, sich mit Tabletten oder Gott weiß was zuzudröhnen. So können Sie mir danken.«

»Natürlich, auf jeden Fall…«

»Und wenn irgendjemand auf die Idee kommen sollte, dass August in ein Heim oder in irgendeine Einrichtung gehört, dann wehren Sie sich, hart und erbittert. Zielen Sie immer auf den schwächsten Punkt des Gegners. Werden Sie eine Kriegerin.«

»Eine Kriegerin?«

»Genau. Niemand darf…«

Lisbeth hielt inne. Ihr war klar, dass das nicht gerade brillante Abschiedsworte waren, aber sie mussten reichen, und deshalb drehte sie sich um und ging zur Tür. Allerdings kam sie nicht weit. August murmelte erneut etwas vor sich hin, und diesmal konnten sie beide hören, was der Junge sagte.

»Geh nicht. Geh nicht.«

Auch darauf wusste Lisbeth nichts zu erwidern. Sie sagte nur knapp: »Du kommst schon zurecht«, und fügte eher zu sich selbst hinzu: »Danke für den Schrei heute Morgen.« Dann war es für einen Moment still, und Lisbeth fragte sich, ob sie noch etwas sagen sollte, entschied sich aber dagegen, drehte sich erneut um und schlüpfte aus der Tür.

Hinter ihr rief Hanna Balder: »Ich kann Ihnen gar nicht sagen, was das für mich bedeutet!«

Aber Lisbeth hörte es nicht mehr. Sie rannte bereits die Treppen hinab, um zu ihrem Auto zu kommen. Als sie auf die Västerbron fuhr, rief Mikael Blomkvist über die RedPhone-App an und erzählte ihr, dass ihr die NSA auf die Schliche gekommen sei.

»Dann richte ihnen aus, dass ich ihnen ebenfalls auf die Schliche gekommen bin«, brummelte sie nur.

Anschließend besuchte sie Roger Winter und jagte auch ihm einen Heidenschreck ein, ehe sie nach Hause zurückkehrte und sich erneut an die verschlüssélte NSA-Datei setzte, ohne der Lösung auch nur einen Schritt näherzukommen.

Ed und Mikael hatten den ganzen Tag im Zimmer des Grand Hôtel hart gearbeitet. Ed hatte tatsächlich eine fantastische Geschichte für ihn gehabt, und endlich konnte Mikael die exklusive Reportage schreiben, die er, Erika und *Millennium* so dringend brauchten. Das war an und für sich gut. Trotzdem wurde er sein mulmiges Gefühl nicht los, was nicht allein daran lag, dass Andrei immer noch verschwunden war. Irgendetwas war an Ed nicht koscher. Warum war er überhaupt aufgetaucht, und warum brachte er all diese Energie auf, um einer kleinen schwedischen Zeitschrift zu helfen, die meilenweit von allen Machtzentren der USA entfernt lag?

Natürlich konnte man die Situation als Geben und Nehmen interpretieren. Mikael hatte versprochen, die Hackerattacke nicht zu erwähnen, und immerhin halbherzig zugesagt, dass er versuchen werde, Lisbeth zu einem Treffen zu überreden. Aber als Erklärung reichte das noch lange nicht aus, und deshalb nahm Mikael sich nun umso mehr Zeit, Ed zuzuhören und zwischen den Zeilen zu lesen.

Ed benahm sich, als ginge er ein beträchtliches Risiko ein. Die Gardinen waren vorgezogen, die Telefone lagen in sicherer Entfernung. Ein Hauch von Paranoia hing über dem Hotelzimmer. Auf dem Hotelbett lag ein geheimes Dokument, das Mikael zwar lesen, aber nicht kopieren und auch nicht daraus zitieren durfte, und hin und wieder unterbrach Ed seinen Bericht, um Aspekte des Quellenschutzes mit Mikael zu diskutieren. Er schien geradezu manisch davon besessen, auf keinen Fall als Informant enttarnt zu werden. Zwischendurch horchte er immer wieder nervös auf Schritte vom Korridor, und einige Male spähte er durch einen Schlitz in der Gardine, um zu prüfen, ob auch niemand dort draußen stand und sie observierte. Trotzdem... Mikael wurde den Verdacht nicht los, dass das meiste davon Theater war.

Er hatte zunehmend das Gefühl, dass Ed die Situation komplett unter Kontrolle hatte und ganz genau wusste, was er gerade tat, und eigentlich nicht einmal übertriebene Angst davor hatte, abgehört zu werden. Vermutlich war sein Handeln von höherer Stelle abgesegnet, schoss es Mikael durch den Kopf. Vielleicht war sogar ihm selbst irgendeine Rolle zugedacht worden, auch wenn er dieses Schauspiel immer noch nicht durchblickte.

Deshalb war es nicht nur interessant, was Ed erzählte, sondern auch, was er nicht erzählte und was er mit der Veröffentlichung zu erreichen suchte. Eindeutig war er von beträchtlichem Zorn getrieben. »Ein paar verfluchte Idioten« von der Abteilung zur Überwachung strategischer Technologien hatten Ed daran gehindert, die Hackerin festzunageln, die in ihr System eingedrungen war, nur weil sie nicht selbst mit heruntergelassenen Hosen erwischt werden wollten, und das mache ihn rasend, sagte er, und Mikael sah keinen Grund, ihm in diesem Punkt zu misstrauen oder daran zu zweifeln, dass Ed diese Leute tatsächlich vernichten oder, wie er es ausdrückte, »sie unter meinen Stiefeln zerquetschen und zermalmen wollte«.

Gleichzeitig war da aber auch etwas in seinem Bericht, was Mikael verdächtig vorkam. Manchmal hatte er das Gefühl, Ed kämpfe mit einer Art Selbstzensur, und hin und wieder stand Mikael auf und ging zur Rezeption, um einfach nur nachzudenken oder Erika und Lisbeth anzurufen. Erika ging jedes Mal sofort ans Telefon, und obwohl sie beide im Hinblick auf die Story guter Dinge waren, lag eine düstere Schwere über ihren Gesprächen. Andrei war immer noch nicht aufgetaucht.

Und auch Lisbeth meldete sich nicht zurück. Erst um 17 Uhr 20 erreichte er sie. Sie klang konzentriert, abweisend und teilte ihm lediglich kurz mit, der Junge sei nun bei seiner Mutter in Sicherheit.

»Und wie geht es dir?«, fragte er.

»Okay.«

»Unverletzt?«

»Im Großen und Ganzen.«

Mikael holte tief Luft.

»Hast du dich ins NSANet gehackt, Lisbeth?«

»Hast du mit Ed the Ned gesprochen?«

»Kein Kommentar.«

Nicht einmal Lisbeth durfte er es erzählen. Der Quellenschutz war ihm heilig.

»Dann ist Ed ja doch nicht so dumm«, erwiderte sie, als hätte er gerade etwas ganz anderes zu ihr gesagt.

»Du bist es also gewesen.«

»Kann sein.«

Mikael hätte ihr am liebsten eine Standpauke gehalten und sie gefragt, was in aller Welt sie sich dabei gedacht hatte. Trotzdem sagte er so neutral wie möglich: »Sie sind bereit, dich laufen zu lassen, wenn du dich mit ihnen triffst und ihnen erzählst, wie du es angestellt hast.«

»Wie schon gesagt: Sie sind nicht die Einzigen, die jemand anderem auf die Schliche gekommen sind.«

»Was meinst du damit?«

»Dass ich mehr weiß, als sie vermuten.«

»Aha«, sagte Mikael nachdenklich. »Aber könntest du dir denn vorstellen …«

»Ed zu treffen?«

Was soll's, dachte Mikael. Schließlich wollte Ed sich ihr ja selber zu erkennen geben.

»Ja. Ed zu treffen.«

»Er muss ein ziemliches Großmaul sein.«

»Das stimmt. Aber könntest du dir vorstellen, ihn zu treffen, sofern er uns garantiert, dass du nicht verhaftet wirst?«

»Eine solche Garantie gibt es nicht.«

»Wäre es für dich in Ordnung, wenn ich meine Schwester Annika kontaktieren und sie bitten würde, als dein Rechtsbeistand dabei zu sein?«

»Ich hab andere Sachen zu tun«, sagte sie, als wollte sie nicht mehr darüber reden, und da konnte er nicht länger an sich halten.

»Diese Geschichte, an der wir gerade dran sind...«

»Was ist damit?«

»Ich weiß nicht, ob ich sie so ganz verstehe.«

»Wo liegt das Problem?«, fragte Lisbeth.

»Es fängt damit an, dass ich nicht verstehe, warum Camilla nach all den Jahren wieder aufgetaucht ist.«

»Ich nehme an, sie hat auf den richtigen Moment gewartet.«

»Wie meinst du das?«

»Sie hat die ganze Zeit gewusst, dass sie zurückkommen und sich für all das rächen würde, was ich ihr und Zala angetan habe. Aber sie konnte es erst tun, nachdem sie in allen Bereichen stark genug geworden war. Für Camilla gibt es nichts Wichtigeres auf der Welt, als stark zu sein, und irgendwann sah sie wohl endlich die Gelegenheit, um gleich zwei Fliegen mit einer Klappe zu schlagen. Jedenfalls vermute ich das. Aber das musst du sie schon selbst fragen, wenn ihr das nächste Mal ein Gläschen trinken geht.«

»Hast du mit Holger gesprochen?«

»Dazu war ich viel zu beschäftigt.«

»Sie ist gescheitert, Lisbeth. Und du bist noch mal mit heiler Haut davongekommen – zum Glück«, fuhr Mikael fort.

»Ich bin davongekommen.«

»Hast du keine Angst, dass sie zurückkehren könnte?«

»Der Gedanke hat mich gestreift.«

»Na gut. Aber du weißt, dass zwischen mir und Camilla nicht mehr war, als dass wir gemeinsam ein Stück die Hornsgatan entlangspaziert sind?«

Lisbeth ließ die Frage unbeantwortet. »Ich kenne dich, Mikael«, sagte sie stattdessen. »Und jetzt hast du auch noch Ed getroffen. Ich nehme an, vor ihm muss ich mich ab sofort ebenfalls verstecken.«

Mikael lächelte in sich hinein.

»Ja«, antwortete er. »Und du hast wohl recht: Wir sollten uns nicht allzu sehr auf ihn verlassen. Ich fürchte sogar, dass ich kurz davor bin, mich zu seinem Handlanger machen zu lassen.«

»Das klingt nicht gerade nach einer passenden Rolle für dich, Mikael.«

»Nein, und deshalb wüsste ich zu gern, was du herausgefunden hast, als du ihr System durchforstet hast.«

»Eine Menge schmutziger Dinge.«

»Eckerwalds und Spiders Verhältnis zur NSA ...«

»Und noch ein bisschen mehr.«

»... wovon du mir gerne erzählen würdest.«

»Wenn du dich anständig benommen hättest, hätte ich es dir längst erzählt«, sagte sie ein wenig spöttisch, als könnte sie sich eine gewisse Schadenfreude nicht verkneifen.

Er musste kichern. Endlich war ihm klar, was Ed Needham vorhatte.

Die Erkenntnis war so berauschend, dass es ihm schwerfiel, sich nichts anmerken zu lassen, als er in das Hotelzimmer zurückkehrte und bis zehn Uhr abends mit dem Amerikaner weiterarbeitete.

29. KAPITEL

Am Morgen des 25. November

Wladimir Orlows Wohnung in der Mårten Trotzigs gränd war sauber und aufgeräumt, das Bett war frisch bezogen und das Laken gewechselt, der Wäschekorb im Bad leer. Und trotzdem gab es Anzeichen dafür, dass hier irgendetwas vorgefallen war. Die Nachbarn gaben an, dass am Morgen Umzugshelfer da gewesen seien, und bei näherer Untersuchung wurden Blutspuren am Boden und an der Wand über dem Kopfteil des Bettes sichergestellt. Ein Abgleich mit den DNA-Proben aus Andreis Wohnung ergab, dass es das Blut des jungen Journalisten war.

Nachdem keiner der Verhafteten die Herkunft der Spuren erklären konnte oder wollte, konzentrierten sich Bublanski und sein Team darauf, mehr über die Frau herauszufinden, die zusammen mit Andrei Zander gesehen worden war. Die Medien hatten seitenweise über das Drama auf Ingarö und Andrei Zanders Verschwinden berichtet, und nicht nur die Boulevardzeitungen, sondern auch *Svenska Morgonposten* und *Metro* hatten Porträtfotos des Journalisten veröffentlicht. Zwar hatte noch keiner der Reporter den Zusammenhang hergestellt. Trotzdem wurde bereits spekuliert, ob Andrei möglicherweise ermordet worden sein könnte, und normalerweise kurbelte so etwas das Gedächtnis derer an, die zuvor etwas Verdächtiges bemerkt hatten. Doch in diesem Fall schien es beinahe umgekehrt zu sein.

Die Zeugenaussagen, die aufgenommen und als glaubwürdig eingestuft worden waren, blieben merkwürdig vage, und alle – bis auf Mikael Blomkvist und den Bäcker vom Skansen – schienen sich zu dem Hinweis verpflichtet gefühlt zu haben, dass diese Frau sich sicher keines Verbrechens schuldig gemacht hätte. Alle, die ihr begegnet waren, hatten einen ausnehmend guten Eindruck von ihr. Ein älterer Kellner namens Sören Karlsten, der Andrei Zander und die Frau im Restaurant »Papagallo« in der Götgatan bedient hatte, hatte sogar lang und breit mit seiner guten Menschenkenntnis geprahlt und war vollkommen überzeugt davon, dass diese Frau »keiner Fliege etwas zuleide tun« könnte. »Die hatte Klasse!«

Wenn man den Zeugen Glauben schenken wollte, hatte sie alles Mögliche. Bublanski ahnte, dass es schwer werden würde, ein Phantombild von ihr zu erstellen. Die Schilderungen derer, die sie gesehen hatten, waren so unterschiedlich, als würden sie in Wirklichkeit nur Wunschvorstellungen ausdrücken. Es war geradezu absurd. Zudem hatten sie bisher kein einziges Bild von irgendeiner Überwachungskamera gefunden. Allerdings war sich Mikael Blomkvist sicher, dass es sich bei der Frau um Camilla Salander handelte, um Lisbeths Zwillingsschwester – und wie sich herausstellte, hatte es diese Person vor langer Zeit tatsächlich gegeben, doch seit einigen Jahren fand sich in keinem einzigen Register auch nur eine vage Spur von ihr, als hätte sie von einem Tag auf den anderen aufgehört zu existieren. Wenn Camilla Salander wirklich noch am Leben war, hatte sie eine neue Identität angenommen, und das behagte Bublanski nicht – erst recht nicht, nachdem er in Erfahrung gebracht hatte, dass es in ihrer einstigen Pflegefamilie zu zwei ungeklärten Todesfällen gekommen, die Untersuchung damals aber mehr als mangelhaft gewesen war und reihenweise Indizien und Spuren zu enthalten schien, denen man nie nachgegangen war.

Bublanski hatte die Ermittlungsakte gelesen und sich für seine Kollegen geschämt, weil sie offenbar im Angesicht der Tragödie aus falschem Respekt den augenfälligsten Fragen nicht auf den Grund gegangen waren – warum sowohl die Tochter als auch der Vater kurz vor ihrem Tod ihre Konten geplündert hatten und er, bevor er erhängt aufgefunden worden war, einen Brief an seine Pflegetochter mit den Worten begonnen hatte: »Camilla, warum ist es dir so wichtig, mein Leben zu zerstören?«

Die Frau, die jeden einzigen Zeugen verzaubert zu haben schien, war gleichzeitig von einer beunruhigenden Finsternis umgeben.

Inzwischen war es acht Uhr morgens, und Bublanski saß in seinem Büro im Polizeipräsidium und war immer noch tief in den alten Ermittlungsakten versunken, von denen er hoffte, sie könnten Licht in ihren aktuellen Fall bringen. Ihm war sehr wohl bewusst, dass es hundert andere Dinge gab, zu denen er noch nicht gekommen war, und daher zuckte er schuldbewusst und gleichzeitig gereizt zusammen, als ihm Besuch angekündigt wurde.

Sonja Modig hatte die Frau bereits vernommen. Trotzdem hatte sie darauf bestanden, mit ihm persönlich zu sprechen, und anschließend fragte er sich, ob er in diesem Moment vielleicht besonders empfänglich gewesen war, weil er insgeheim mit nichts als neuen Problemen und Schwierigkeiten gerechnet hatte. Die Dame, die in seiner Bürotür auftauchte, war nicht besonders groß, aber sie hatte die Haltung einer Königin und einen dunklen, intensiven Blick, in dem eindeutig ein wenig Wehmut lag. Sie war vielleicht zehn Jahre jünger als er, trug einen grauen Mantel und ein an einen Sari erinnerndes rotes Kleid.

»Mein Name ist Farah Sharif«, sagte sie. »Ich bin Professorin der Informatik und war eine enge Freundin von Frans Balder.«

»Ah, richtig«, sagte Bublanski und war mit einem Mal verlegen. »Bitte, setzen Sie sich doch. Und verzeihen Sie dieses Durcheinander.«

»Ich hab schon bedeutend Schlimmeres gesehen.«

»Ach, tatsächlich? Sie sind nicht zufällig Jüdin?«

Natürlich war das idiotisch. Höchstwahrscheinlich war Farah Sharif keine Jüdin, und darüber hinaus ging ihn ihre Religionszugehörigkeit auch gar nichts an. Aber die Frage war ihm einfach herausgerutscht. Es war ihm furchtbar peinlich.

»Wie bitte? Nein ... Ich bin Iranerin – und Muslima, wenn überhaupt noch irgendwas. Ich lebe seit 1979 hier.«

»Verstehe ... Ich hab mal wieder Unsinn geredet. Was verschafft mir die Ehre?«

»Ich war wohl etwas zu naiv, als ich mit Ihrer Kollegin Sonja Modig geredet habe.«

»Wie meinen Sie das?«

»Weil ich inzwischen weitere Informationen habe. Ich habe ein langes Gespräch mit Professor Steven Warburton geführt.«

»Stimmt – er hat versucht, mich zu erreichen, aber hier war es so chaotisch, dass ich noch keine Zeit hatte zurückzurufen.«

»Steven ist Professor der Kybernetik in Stanford und ein führender Wissenschaftler auf dem Gebiet der technologischen Singularität. Er arbeitet für das Machine Intelligence Research Institute. Dort erforschen sie, wie wir Menschen es schaffen können, dass uns die künstliche Intelligenz unterstützt und sich nicht gegen uns wendet.«

»Das klingt doch gut«, erwiderte Bublanski, dem jedes Mal unwohl wurde, wenn dieses Thema aufkam.

»Steven lebt ein bisschen in seiner eigenen Welt ... Er hat erst gestern erfahren, was Frans zugestoßen ist, deshalb hat er nicht früher angerufen. Aber er hat mir erzählt, dass er noch am Montag mit Frans telefoniert hat.«

»Und worum ging es bei diesem Gespräch?«

»Um seine Forschung. Wissen Sie, nachdem Frans in die USA gegangen war, hat er ein wahnsinniges Geheimnis um alles gemacht. Nicht einmal ich, die ihm sehr nahestand, habe gewusst, womit er sich beschäftigte, obwohl ich so hochmütig war zu glauben, dass ich zumindest ein bisschen was davon verstehen würde. Wie sich jetzt allerdings herausgestellt hat, habe ich mich getäuscht.«

»In welcher Hinsicht?«

»Ich will versuchen, nicht zu technisch zu werden. Aber es scheint ganz so, als hätte Frans nicht nur sein altes KI-Programm weiterentwickelt, sondern auch neue Algorithmen und neues topologisches Material für Quantencomputer.«

»Für mich war selbst das zu technisch.«

»Quantencomputer sind Datenmaschinen, die auf den Grundlagen der Quantenmechanik funktionieren. Noch ist das etwas ganz Neues – Google und die NSA haben enorme Summen in so eine Maschine investiert, die jetzt schon in gewissen Bereichen fünfunddreißigtausendmal schneller ist als jeder normale Computer. Solifon, wo Frans ja angestellt war, arbeitet an einem ähnlichen Projekt, aber ironischerweise – wenn meine Informationen stimmen – sind sie damit nicht annähernd so weit gekommen.«

»Okay…«

»Der große Vorteil an Quantencomputern ist, dass sich die grundlegenden Einheiten, die Qubits, superpositionieren können.«

»Wie bitte?«

»Sie können nicht nur die Zustände eins und null annehmen wie traditionelle Computer. Sie können beides gleichzeitig sein. Das Problem ist allerdings, dass solche Maschinen nur dann wirklich ordentlich funktionieren, wenn spezielle

Rechenmethoden und eine tief greifende Kenntnis der Physik zugrunde liegen – vor allem auf dem Gebiet der Quantendekohärenz. Und was das angeht, sind wir noch nicht sehr weit gekommen. Bisher sind Quantencomputer viel zu spezialisiert und schwerfällig. Frans hingegen – wie soll ich das am besten erklären? – hat allem Anschein nach Methoden entwickelt, um sie geschmeidiger, beweglicher und lernfähiger zu machen, und stand offenbar mit einer Reihe von Experimentatoren in Kontakt, also Personen, die seine Ergebnisse testen und verifizieren sollten. Er hat Großes erreicht – jedenfalls hätte es groß sein können. Trotzdem war er nicht stolz darauf, und deshalb hat er auch Steven Warburton angerufen. Ihm war nicht wohl bei dieser Sache.«

»Aber warum?«

»Ehrlich gesagt weiß ich es nicht mit Sicherheit. Vermutlich hatte es damit zu tun, dass er von irgendeiner schmutzigen Geschichte Wind bekommen hatte – von Industriespionage. Andererseits habe ich diesbezüglich einen starken Verdacht. Es ist schließlich kein Geheimnis, dass verschiedene Organisationen dabei sind, Quantencomputer zu entwickeln. Für die NSA wäre so etwas der Hauptgewinn. Mit einem effektiven Quantenrechner könnten sie auf lange Sicht sämtliche Verschlüsselungen, sämtliche digitalen Sicherheitssysteme knacken. Und in einer solchen Situation könnte sich niemand mehr vor dem wachenden Auge der Organisation schützen.«

»Das klingt beängstigend«, sagte Bublanski so nachdrücklich, dass es ihn selbst erstaunte.

»Aber es gibt tatsächlich ein Szenario, das noch schlimmer wäre: wenn so etwas in die Hände von Kriminellen fiele«, fuhr Farah Sharif fort.

»Ich verstehe, worauf Sie hinauswollen.«

»Deshalb würde es mich natürlich interessieren, was Sie bei diesen Männern beschlagnahmt haben, die heute früh verhaftet wurden.«

»Leider nichts in dieser Richtung, fürchte ich«, sagte er. »Aber diese Typen scheinen mir auch nicht gerade intellektuelle Ausnahmeerscheinungen zu sein. Ich bezweifle, dass sie eine Mathearbeit aus der Mittelstufe bestehen würden.«

»Also ist das wahre Computergenie entkommen?«

»Leider ja. Dieses Genie und eine weitere verdächtige Person sind uns entwischt. Vermutlich haben sie mehrere Identitäten ...«

»Sehr beunruhigend.«

Bublanski nickte und sah in Farahs dunkle Augen, die ihn flehend anblickten, und vielleicht kam ihm gerade deshalb ein erster hoffnungsvoller Gedanke.

»Ich weiß zwar nicht, was es bedeutet ...«, hob er an.

»Was?«

»Wir haben diverse Computerexperten damit beauftragt, Balders Rechner zu durchsuchen. Das war nicht leicht, wie Sie sich vorstellen können ... und wenn man weiß, wie seine Sicherheitsvorkehrungen aussahen. Aber wir hatten Glück, könnte man wohl sagen. Unsere Experten haben festgestellt, dass ein Computer gestohlen wurde.«

»Ich hab's geahnt«, sagte sie. »Verdammt!«

»Immer mit der Ruhe, ich bin ja noch nicht fertig. Außerdem haben wir nachvollziehen können, dass dieser Computer mit mehreren anderen Rechnern verbunden und diese wiederum wohl zeitweise an einen Supercomputer in Tokio angeschlossen waren.«

»Das klingt realistisch.«

»Genau, und nur deshalb konnten wir auch sehen, dass eine riesige Datei – oder jedenfalls irgendwas Großes – erst kürzlich gelöscht wurde. Wir konnten sie zwar nicht mehr wiederherstellen, aber dass sie gelöscht wurde, scheint unbestritten zu sein.«

»Sie meinen, Frans hat seine eigene Forschungsarbeit zerstört?«

»Ehrlich gesagt habe ich noch keinen Schluss daraus gezogen. Aber tatsächlich kam mir der Gedanke, als Sie mir gerade all das erzählt haben.«

»Könnte denn nicht auch der Täter die Datei gelöscht haben?«

»Sie meinen, dass er sie erst kopiert und dann von Balders Computer entfernt hat?«

»Ja, genau.«

»Das kann ich mir nicht vorstellen. Der Mörder war nur kurz im Haus. Für so etwas hätte er niemals die Zeit gehabt – und bestimmt auch nicht das Know-how.«

»Na gut. Das klingt zumindest halbwegs beruhigend«, fuhr Farah Sharif zögerlich fort. »Es ist nur ... Irgendwie kann ich das nicht so recht mit Frans' Charakter übereinbringen. Das wäre fast, als ob ... ich weiß nicht ... als ob er sich den Arm abgehackt hätte, oder, noch schlimmer, als hätte er das Leben eines Freunds geopfert. Oder ein zukünftiges Leben.«

»Manchmal muss man eben Opfer bringen«, erwiderte Bublanski grüblerisch, »und das zerstören, mit dem man lebt und das man liebt.«

»Oder es gibt irgendwo noch eine Kopie.«

»Oder es gibt irgendwo noch eine Kopie«, wiederholte er nachdenklich und streckte aus einem Impuls heraus die Hand aus.

Doch Farah Sharif verstand die Geste nicht. Sie blickte ihn lediglich erwartungsvoll an, als rechnete sie damit, dass er ihr gleich etwas hinüberreichen würde. Bublanski beschloss, sich nicht davon beirren zu lassen.

»Wissen Sie, was mein Rabbi sagt?«

»Nein?«

»Er sagt, was den Menschen ausmache, seien die Widersprüche. Wir sehnen uns nach der Heimat und doch in die Ferne. Ich habe Frans Balder nie kennengelernt, und vielleicht wäre er der Meinung gewesen, dass ich nur ein alter Narr bin. Aber ich weiß immerhin eins: Wir können unsere Arbeit gleichermaßen fürchten wie lieben, so wie Frans Balder auch seinen Sohn geliebt zu haben scheint und gleichzeitig vor ihm geflohen ist. Lebendig zu sein, Professor Sharif, heißt, nicht stimmig zu sein, sich in viele Richtungen zu verzweigen. Und ich frage mich, ob sich Ihr Freund nicht in einer Art Umbruchphase befand. Vielleicht hat er sein Lebenswerk wirklich zerstört. Vielleicht hat er erst am Ende seine ganze Widersprüchlichkeit offenbart und ist zu einem wahren Menschen geworden, im besten Sinne des Wortes.«

»Meinen Sie wirklich?«

»Ich weiß es nicht. Aber er hatte sich verändert, oder nicht? Ihm war gerichtlich untersagt worden, sich um den eigenen Sohn zu kümmern. Trotzdem hat er genau das getan – und er hat seinen Sohn sogar dazu gebracht, aufzublühen und zu zeichnen.«

»Das ist wahr, Herr Kommissar.«

»Sagen Sie doch Jan.«

»Gut. Jan.«

»Manchmal nennen mich die Leute auch Bubbla...«

»Weil Sie so übersprudelnd und lebendig sind?«

»Ha, nein. Das glaube ich ganz sicher nicht. Aber eines weiß ich genau.«

»Und das wäre?«

»Dass Sie eine...«

Er brachte den Satz nicht fertig, aber das war auch gar nicht nötig. Farah Sharif schenkte ihm ein Lächeln, das Bublanski den Glauben an Gott und an das Leben wiedergab.

Um acht Uhr morgens war Lisbeth Salander aus ihrem großen Bett in der Fiskargatan gestiegen. Sie hatte wieder kaum geschlafen, doch das hatte nicht allein daran gelegen, dass sie sich zuvor wieder vergebens mit der NSA-Datei abgemüht hatte. Zwischendurch hatte sie immer wieder nach Schritten auf der Treppe gelauscht und ihre Alarmanlage und die Kameraüberwachung im Treppenhaus überprüft. Sie wusste ebenso wenig wie jeder andere, ob ihre Schwester noch im Lande war.

Nach der schmachvollen Niederlage auf Ingarö war es durchaus denkbar, dass die Schwester einen neuen Angriff vorbereitete, diesmal mit noch mehr Wucht. Auch die NSA konnte ihre Wohnung stürmen Diesbezüglich machte sie sich keinerlei Illusionen. Doch an diesem Morgen verdrängte sie den Gedanken, ging entschlossenen Schrittes ins Bad und inspizierte ihre Schussverletzung.

Sie fand, die Wunde sah allmählich besser aus, aber das war zugegebenermaßen nur die halbe Wahrheit. Trotzdem beschloss sie in einem Anfall von Wahnsinn, zum Boxklub an der Hornsgatan zu gehen.

Böses musste mit Bösem vertrieben werden.

Anschließend saß sie völlig erschöpft in der Umkleidekabine und war kaum noch fähig zu denken. Ihr Handy summte. Sie ignorierte es. Sie ging in die Dusche und ließ das heiße Wasser über ihren Körper rinnen, und erst in diesem Augenblick tauchte Augusts Zeichnung wieder in ihrem Bewusstsein auf. Diesmal war es jedoch nicht die Darstellung des Mörders, die sie beschäftigte, sondern das, was ganz unten auf dem Papier gestanden hatte.

Lisbeth hatte das vollendete Werk im Ferienhaus auf Ingarö nur für ein paar kurze Sekunden angesehen und sich dann allein darauf konzentriert, es an Jan Bublanski und Sonja Modig zu schicken. Falls ihr überhaupt etwas daran aufgefallen war, dann die Details der Darstellung. Als sie sich das Bild jetzt in Erinnerung rief und es mit annähernd fotografischer Präzision vor Augen hatte, interessierte sie sich jedoch nur mehr für die Gleichung, die unter der Zeichnung gestanden hatte. Grübelnd trat sie aus der Dusche, konnte dann aber ihren eigenen Gedanken kaum noch folgen, weil Obinze vor den Umkleidekabinen einen solchen Krach veranstaltete.

»Halt den Mund«, schrie sie ihn an. »Ich denke!«

Aber es half nicht viel. Obinze war völlig außer sich, und jeder andere Mensch außer Lisbeth hätte das auch verstanden. Beim Training hatte er sich noch darüber gewundert, wie müde und kraftlos sie auf die Sandsäcke eingedroschen hatte, und er hatte sich schon Sorgen gemacht, als sie irgendwann den Kopf hatte hängen lassen und das Gesicht vor Schmerz verzerrt hatte. Am Ende war er in einem Überraschungsmanöver auf sie zugestürzt, hatte den Ärmel ihres T-Shirts hochgerissen und die Schussverletzung entdeckt. Daraufhin war er völlig ausgeflippt – und offenkundig hatte er sich immer noch nicht wieder beruhigt.

»Du bist völlig bescheuert, weißt du das? Total irre!«, schrie er.

Sie konnte nicht einmal mehr antworten. Alle Energie war aus ihr herausgesickert, und was sie auf der Zeichnung gesehen hatte, verblasste in ihren Gedanken. Vollkommen erschöpft sank sie auf die Umkleidebank neben Jamila Achebe, ein drahtiges Mädchen, gegen das Lisbeth hin und wieder boxte und mit dem sie auch ins Bett ging, und zwar meistens in dieser Reihenfolge. Wenn sie im Ring gegeneinander antraten, fühlte es sich oft an wie ein wildes Vorspiel. Manchmal waren sie schon unter der Dusche nicht mehr anständig. Keine von ihnen hielt viel von Etikette.

»Ich finde, der Schreihals da draußen hat recht. Du bist doch krank im Kopf«, sagte Jamila.

»Kann schon sein«, erwiderte Lisbeth.

»Diese Wunde sieht wirklich schlimm aus.«

»Die wird schon heilen.«

»Trotzdem musstest du unbedingt boxen...«

»Sieht so aus.«

»Gehen wir zu mir?«

Lisbeth antwortete nicht. Ihr Handy summte erneut, und sie zog es aus der schwarzen Sporttasche und warf einen Blick auf das Display. Drei SMS mit ein und demselben Inhalt von einer unterdrückten Nummer. Als Lisbeth sie las, ballte sie die Fäuste und sah schlagartig aus, als wäre sie zu allem fähig, und Jamila beschloss, lieber an einem anderen Tag mit ihr ins Bett zu gehen.

Bereits um sechs Uhr morgens war Mikael mit ein paar glänzenden Formulierungen im Kopf aufgewacht, und auf dem Weg zur Redaktion entstand der Artikel in seinen Gedanken wie von allein. Sobald er bei *Millennium* angekommen war, versank er in tiefe Konzentration und nahm kaum wahr, was um ihn herum vor sich ging, auch wenn er hin und wieder abschweifte und an Andrei denken musste.

Obwohl er die Hoffnung noch nicht aufgeben wollte, ahnte er, dass Andrei sein Leben für diese Geschichte geopfert hatte, und versuchte, dem Kollegen mit jedem Satz, den er jetzt schrieb, ein Denkmal zu setzen. Frans Balders Ermordung und die Geschichte seines Sohnes August würden nur einen Teil der Story darstellen: dass ein achtjähriger autistischer Junge hatte mit ansehen müssen, wie sein Vater erschossen wurde, und trotz seiner Behinderung einen Weg gefunden hatte, um sich zur Wehr zu setzen. Darüber hinaus wollte Mikael aber auch auf einer anderen Ebene über jene neue Welt der Überwachung und Spionage schreiben, in der die Grenzen zwischen dem Legalen und dem Illegalen allmählich verwischten. Und diese Geschichte schrieb sich mit Leichtigkeit. Die Worte sprudelten nur so aus ihm heraus. Trotzdem war die Sache nicht ganz unproblematisch.

Über einen Kontakt bei der Polizei hatte Mikael Einsicht in den ungelösten Mordfall Kajsa Falk erhalten – jene junge Frau, die mit einer der Führungskräfte im Svavelsjö MC liiert gewesen war. Auch wenn der Täter nie ermittelt worden war und die Befragten sich nicht gerade als redselig erwiesen hatten, hatte Mikael doch aus den Aussagen herauslesen können, dass der Rockerklub von einem gewaltsamen Konflikt entzweit worden war und Unsicherheit unter den Mitgliedern Einzug gehalten hatte – eine schleichende Angst, die von einer gewissen »Lady Zala« herrührte, wie die Zeugen sie genannt hatten.

Allen Bemühungen zum Trotz hatte die Polizei nicht herausfinden können, wofür der Spitzname stand. Doch Mikael bezweifelte nicht einen einzigen Augenblick, dass es sich bei »Lady Zala« um Camilla handelte und dass sie für eine ganze Reihe neuerlicher Verbrechen verantwortlich war – sowohl in Schweden als auch im Ausland. Nur beweisen konnte er es nicht, und das störte ihn gewaltig. In seinem Artikel benannte er sie deshalb auch bis auf Weiteres mit ihrem Decknamen Thanos.

Doch weder Camilla noch ihre Verbindungen zur russischen Duma stellten das größte Problem dar. In erster Linie beunruhigte Mikael die Erkenntnis, dass Ed Needham niemals nach Schweden gekommen wäre und streng geheime Informationen herausgegeben hätte, wenn er damit nicht von etwas noch viel Größerem hätte ablenken wollen. Ed war nicht dumm, und er wusste, dass auch Mikael nicht dumm war. Deshalb war sein Bericht in keinem Punkt besonders beschönigend gewesen. Ganz im Gegenteil. Er hatte ein zusehends unvorteilhaftes Bild der NSA gezeichnet. Und doch… Als Mikael seine Notizen noch einmal genauer durchging, dämmerte es ihm, dass Ed trotz allem eine Spionageorganisation geschildert hatte, die einwandfrei funktionierte und halbwegs anständig arbeitete – wenn man einmal von jener kriminellen Eiterbeule, der Abteilung zur Überwachung strategischer Technologien, absah, dieselbe Abteilung, die Ed daran gehindert hatte, die Hackerin dingfest zu machen.

Bestimmt hatte der Amerikaner mit seiner Aussage nur einzelnen Mitarbeitern erheblichen Schaden zufügen wollen, aber nicht der gesamten Organisation. Er hatte eher eine sanfte Bruchlandung herbeiführen wollen, als den unaufhaltsamen Crash noch zu beschleunigen, und deshalb war Mikael auch nicht sonderlich erstaunt, als Erika hinter ihm auftauchte und ihm mit besorgtem Gesichtsausdruck eine TT-Meldung überreichte.

»Ist unsere Story damit geplatzt?«, fragte sie.

Die Meldung, die ursprünglich von AP stammte, begann so:

Zwei leitende Angestellte der NSA, Joacim Barclay und Brian Abbot, wurden unter dem Verdacht schwerer wirtschaftskrimineller Handlungen mit unmittelbarer Wirkung freigestellt. Jetzt steht ihnen ein Prozess bevor.

»Das ist eine Schande für unsere Organisation, und wir haben keine Kosten und Mühen gescheut, um das Problem zu beheben und die Schuldigen zur Rechenschaft zu ziehen. Wer für die NSA arbeitet, muss höchste moralische Standards aufweisen. Während des Gerichtsverfahrens werden wir die größtmögliche Transparenz walten lassen, sofern davon die nationale Sicherheit nicht beeinträchtigt wird«, so NSA-Chef Admiral Charles O'Connor gegenüber AP.

Abgesehen von Admiral O'Connors Statement war die Meldung nicht besonders aufschlussreich. Weder wurde darin der Mord an Balder erwähnt noch irgendetwas anderes, was mit den Ereignissen in Stockholm in Zusammenhang stand. Trotzdem verstand Mikael natürlich, was Erika meinte. Jetzt, da die Nachricht draußen war, würden sich *Washington Post* und *New York Times* und die gesamte Meute renommierter

US-amerikanischer Journalisten auf die Story stürzen, und es war unmöglich vorauszusehen, was sie herausfinden würden.

»Nicht gut«, sagte er gefasst. »Aber das war zu erwarten.«

»Wirklich?«

»Das ist Teil derselben Strategie, die auch dazu geführt hat, dass sie mich aufgesucht haben. *Damage control.* Sie wollen die Kontrolle wieder übernehmen.«

»Wie meinst du das?«

»Es gibt einen Grund, warum Ed Needham mit mir geredet hat. Ich hab sofort geahnt, dass daran irgendetwas faul war. Warum musste dieser Typ nach Stockholm kommen, um mit mir zu sprechen, noch dazu um fünf Uhr morgens?«

Erika war wie immer unter höchster Verschwiegenheitspflicht über Mikaels Quelle und die Faktenlage informiert worden.

»Du glaubst also, sein Handeln war von oben abgesegnet?«

»Den Verdacht hatte ich von Anfang an. Trotzdem habe ich nicht sofort verstanden, was genau er da im Sinn hatte. Ich hatte lediglich das Gefühl, dass diese ganze Sache nicht völlig stimmig war. Bis ich mit Lisbeth gesprochen habe.«

»Und da hast du es verstanden?«

»Da erst hab ich kapiert, dass Ed sehr wohl genau wusste, was sie bei ihrem Hack herausgefunden hatte. Außerdem hatte er guten Grund zu befürchten, dass ich davon erfahren würde. Er wollte den Schaden begrenzen, so gut er eben konnte.«

»Und trotzdem hat er dir nicht gerade eine Bilderbuchgeschichte erzählt.«

»Er hat verstanden, dass ich mich nicht mit einer schöngefärbten Version zufriedengeben würde. Ich nehme an, er hat mir haargenau so viel erzählt, bis ich zufrieden war, bis ich meine Exklusivgeschichte hatte und dem Ganzen nicht weiter nachgehen würde.«

»Aber damit ist er wohl auf die Nase gefallen.«

»Hoffen wir's zumindest. Allerdings sehe ich keinen Weg, wie ich in dieser Sache weiterkommen sollte. Die NSA ist eine verschlossene Tür.«

»Sogar für einen alten Bluthund wie Blomkvist?«

»Sogar für ihn.«

30. KAPITEL

25. November

Auf dem Display ihres Telefons hatte gestanden: *Nächstes Mal, Schwester, nächstes Mal!* Sie hatte die Mitteilung gleich dreimal erhalten und wusste nicht, ob daran ein technischer Fehler schuld war oder bloßer Übereifer.

Die Nachricht war eindeutig von Camilla, enthielt jedoch nichts, was Lisbeth nicht längst verstanden hätte. Die Ereignisse auf Ingarö hatten ihren alten Hass wieder auflodern lassen. Ja, es würde definitiv ein »nächstes Mal« geben. Camilla würde nicht aufgeben, nachdem sie einmal so dicht dran gewesen war. Für nichts auf der Welt.

Deshalb war es auch nicht der Inhalt der SMS gewesen, der Lisbeth im Boxklub dazu veranlasst hatte, die Fäuste zu ballen. Es waren die Gedanken, die sie in ihr geweckt hatte, und die Erinnerung daran, was sie am Vortag am frühen Morgen auf dem Hang unterhalb des Sommerhauses gesehen hatte. Dort, wo August und sie unter dem schmalen Felsvorsprung gehockt hatten, während es geschneit hatte und die Kugeln über sie hinweggepfiffen waren. August hatte weder Jacke noch Schuhe getragen und am ganzen Leib gezittert, und Lisbeth war sich in jeder Sekunde bewusst gewesen, wie dramatisch unterlegen sie den anderen waren.

Sie war allein mit einem Kind, um das sie sich kümmern musste, und hatte nur eine lächerliche Pistole bei sich, während diese Irren dort oben zu mehreren und mit Maschinengewehren bewaffnet waren. Sie musste ihre Angreifer überraschen, sonst würden August und sie wie Lämmer abgeschlachtet werden. Sie lauschte auf die Schritte der Männer und auf die Richtung, aus der die Salven kamen, und am Ende hörte sie sogar ihren Atem und das Rascheln ihrer Kleidung.

Das Merkwürdige aber war: Als sie ihre Chance am Ende gekommen sah, zögerte sie, ließ wichtige Zeit verstreichen, zerbrach erst einen kleinen Ast vor ihnen auf dem Felsabsatz. Erst danach richtete sie sich auf und stand plötzlich direkt vor den Männern, und in diesem Augenblick konnte sie nicht länger warten. Sie musste jene Millisekunde der Überraschung ausnutzen, und deshalb schoss sie sofort, zwei-, dreimal hintereinander. Sie wusste schon lange, dass sich solche Augenblicke mit einer Glut ins Gedächtnis einbrannten, als wären nicht nur Körper und Muskeln in höchster Alarmbereitschaft, sondern auch ihre Beobachtungsgabe.

Jedes Detail leuchtete mit einer eigentümlichen Schärfe, und sie sah jede Veränderung in der Landschaft wie durch den Zoom einer Kamera, registrierte die Verwunderung und den Schrecken in den Augen der Männer und natürlich auch die Waffen, die sie blindlings abfeuerten – und die ihr Ziel nur knapp verfehlten.

Den stärksten Eindruck aber machte etwas anderes auf sie. Eine Kontur weiter oben auf dem Berg, die sie nur im Augenwinkel wahrnahm und die für sich genommen noch keine Bedrohung ausmachte. Trotzdem hinterließ sie bei Lisbeth einen tieferen Eindruck als die Männer, die sie angeschossen hatte. Es war der Umriss ihrer Schwester. Lisbeth hätte sie aus kilometerweiter Entfernung wiedererkannt, obwohl sie sich seit Jahren nicht mehr gesehen hatten. Es war, als würde sie die Luft um sich herum vergiften, und anschließend fragte sich Lisbeth, ob sie nicht auch die Schwester hätte erschießen können.

Camilla war ein wenig zu lange stehen geblieben, und natürlich war es unvorsichtig von ihr gewesen, überhaupt auf die Anhöhe hinauszutreten. Vermutlich hatte sie ganz einfach der Versuchung nicht widerstehen können, die Hinrichtung ihrer Schwester mit anzusehen. Lisbeth wusste noch, wie sie den Abzug gehalten und diesen alten, brennenden Zorn in ihrer Brust gespürt hatte. Dennoch hatte sie eine halbe Sekunde zu lang gezögert, und mehr war nicht nötig gewesen: Camilla hatte sich hinter einen Stein geduckt, und dann war eine magere Gestalt oben auf der Terrasse aufgetaucht und hatte angefangen zu schießen, und da war Lisbeth zurück zum Felsvorsprung gelaufen und mit August im Schlepptau zum Auto gerannt.

Als sie jetzt auf dem Heimweg vom Boxklub an all das zurückdachte, spannte sich Lisbeths Körper an wie vor einem neuen Kampf, und allmählich wurde ihr klar, dass sie vielleicht nicht nach Hause gehen, sondern zumindest für eine Weile außer Landes verschwinden sollte. Doch irgendetwas trieb sie zurück zu ihrem Computer, an den Schreibtisch – das Bild, das sie in der Dusche vor sich gesehen hatte, bevor sie Camillas SMS aufgerufen hatte, und das sich ihr jetzt trotz der Erinnerungen an Ingarö immer vehementer aufdrängte.

Auf dasselbe Papier, auf das August den Mörder seines Vaters gezeichnet hatte, hatte er auch eine Gleichung geschrieben – eine elliptische Kurve –, die schon beim ersten Anblick eine eigentümliche Faszination ausgestrahlt hatte. Doch erst jetzt, da sie sich wieder darauf konzentrierte, ging sie schneller und schob die Gedanken an Camilla mehr oder weniger beiseite. Die Gleichung lautete:

$N = 3034267$
$E: y^2 = x^3 - x - 20; P = (3,2)$

Die Formel war mitnichten einzigartig oder herausragend. Das Besondere daran war vielmehr, dass August von der Zahl ausgegangen war, die sie ihm auf gut Glück draußen in Ingarö genannt hatte. Er hatte weitergedacht, bis er eine erheblich bessere elliptische Kurve entwickelt hatte als jene, die sie auf das Blatt Papier auf dem Nachttisch gekritzelt hatte, als der Junge nicht hatte einschlafen wollen. Damals hatte sie keinerlei Reaktion oder Antwort erhalten und war in der Überzeugung ins Bett gegangen, dass August – genau wie diese Primzahlzwillinge, von denen sie gelesen hatte – kein abstraktes mathematisches Verständnis hatte, sondern eine reine primfaktorzerlegende Rechenmaschine war.

Doch sie hatte sich getäuscht. Nachdem August die ganze Nacht wach dagesessen und gezeichnet hatte, schien er ihre Aufgabe nicht bloß verstanden zu haben. Vielmehr hatte er ihr sogar auf die Finger geklopft und ihre mathematische Lösung verfeinert. Und deshalb zog sie nicht einmal ihre Stiefel und die Lederjacke aus, sondern stapfte geradewegs durch ihre Wohnung, öffnete ihr Programm mit den elliptischen Kurven und suchte die verschlüsselte NSA-Datei heraus.

Anschließend rief sie Hanna Balder an.

Hanna hatte bisher kaum geschlafen, weil sie ihre Tabletten zu Hause liegen gelassen hatte. Trotzdem taten das Hotel und die Natur ihr gut. Die dramatische Berglandschaft erinnerte sie daran, wie eingesperrt sie zuletzt gelebt hatte, und sie hatte das Gefühl, allmählich wieder gelassener zu werden. Die Angst, die sich in ihren Körper hineingefressen hatte, hatte ein bisschen nachgelassen. Womöglich war das aber nur reines Wunschdenken. Denn insgeheim fühlte sie sich in dieser neuen Umgebung auch ein klein wenig verloren.

Früher war sie mit natürlicher Grazie in solche Säle hineingeschwebt: *Seht her, hier komme ich!* Mittlerweile aber war sie scheu, nervös und bekam kaum einen Bissen runter, obwohl das Frühstück überwältigend aussah. August saß neben ihr, kritzelte zwanghaft Zahlen auf Papier und aß ebenfalls nichts, trank aber wenigstens eine Unmenge frisch gepressten Orangensaft.

Ihr neues abhörsicheres Telefon klingelte, und im ersten Augenblick erschrak sie, aber vermutlich war diese Frau dran, die sie hierhergeschickt hatte. Soweit sie wusste, hatte niemand außer ihr die Nummer, und sicher wollte sie sich bloß erkundigen, ob August und Hanna gut angekommen waren. Deshalb setzte sie zu einer überschwänglichen Lobeshymne an, wie fantastisch und wunderbar hier alles sei, doch zu ihrer Verblüffung wurde sie sofort barsch unterbrochen: »Wo sind Sie?«

»Beim Frühstück.«

»Dann unterbrechen Sie das bitte auf der Stelle und gehen auf Ihr Zimmer. August und ich müssen arbeiten.«

»Arbeiten?«

»Ich werde Ihnen ein paar Gleichungen schicken, die er sich ansehen soll. Alles klar?«

»Nein, ich verstehe nicht ganz…«

»Zeigen Sie August einfach nur die Gleichungen und rufen Sie mich anschließend an und erzählen mir, was er geschrieben hat.«

»Okay«, sagte Hanna verwirrt.

Dann nahm sie sich im Vorbeigehen ein paar Croissants und eine Zimtschnecke und begab sich mit August zu den Aufzügen.

Im Grunde hatte August ihr lediglich den Zugang eröffnet, aber das hatte genügt, denn jetzt erkannte sie ihre eigenen Fehler und konnte ihr Programm verbessern. Sie arbeitete stundenlang hoch konzentriert, bis der Himmel draußen bereits dunkel wurde und es erneut zu schneien begann. Aber dann plötzlich – es war einer dieser Momente, an die sie sich für immer erinnern würde – geschah etwas Seltsames mit der Datei. Sie zerfiel, änderte ihre Form. Es durchzuckte sie kurz, und triumphierend ballte sie die Faust.

Sie hatte den Schlüssel gefunden und das Dokument geknackt, und für eine Weile war sie vor Begeisterung kaum in der Lage, sich dem Inhalt zuzuwenden. Dann begann sie, ihn zu studieren, und kam aus dem Staunen nicht mehr heraus. War das überhaupt möglich? Die Brisanz all dessen überstieg alles, was sie sich je hätte vorstellen können. Dass man es dennoch niedergeschrieben hatte, ließ sich nur mit dem festen Glauben an die RSA-Algorithmen erklären. Doch hier eröffnete sich ihr nun schwarz auf weiß die ganze schmutzige Geschichte. Der Text war zwar nicht leicht zu interpretieren, er bestand aus einer Unmenge von Fachausdrücken, merkwürdigen Abkürzungen und kryptischen Andeutungen. Doch nachdem sie mit dem Thema halbwegs vertraut war, verstand sie ihn trotz allem. Sie hatte etwa vier Fünftel des Textes gelesen, als es an der Tür klingelte. Sie reagierte nicht.

Bestimmt war es nur der Postbote – irgendein größeres Päckchen passte nicht durch den Briefschlitz – oder sonst was Unwichtiges. Doch dann fiel ihr Camillas SMS wieder ein. Sie sah auf ihrem Computer nach, was die Kamera im Treppenhaus erfasste, und erstarrte.

Es war nicht Camilla, sondern ihr zweiter Plagegeist, den sie inzwischen fast vergessen hätte. Dieser verdammte Ed the Ned, dem es auf irgendeine Weise gelungen war, sie aufzuspüren. Er sah zwar anders aus als auf den Fotos im Internet, aber er war es, unverkennbar, und er wirkte übellaunig und entschlossen. Lisbeth dachte fieberhaft nach. Was sollte sie jetzt tun? Ihr fiel nichts Besseres ein, als die NSA-Datei auf ihren und Mikaels gemeinsamen PGP-Link zu schieben.

Anschließend fuhr sie den Computer runter und ging zur Tür.

Was war nur mit Bublanski los? Sonja Modig stand vor einem Rätsel. Dieser gequälte Gesichtsausdruck, den er in den vergangenen Wochen an den Tag gelegt hatte, war wie weggeblasen. Jetzt lächelte und summte er vor sich hin, und natürlich hatten sie allen Grund zur Freude. Der Mörder war gefasst. August Balder hatte unbeschadet zwei Mordversuche überstanden, und sie waren diversen Motiven und Verbindungen zum Forschungsunternehmen Solifon auf die Spur gekommen.

Gleichwohl waren noch viele Fragen offen, und der Bublanski, den sie kannte, jubelte nie zu früh. Eher haderte er selbst in der Stunde des Triumphs mit Selbstzweifeln, und deshalb verstand sie nicht, was plötzlich in ihn gefahren war. Mit einem Strahlen im Gesicht schwebte er über die Korridore, und selbst jetzt, da er in seinem Zimmer saß und das nichtssagende Protokoll von Zigmund Eckerwalds Vernehmung las, das ihnen die Polizei aus San Francisco übermittelt hatte, lag ein Lächeln auf seinen Lippen.

»Sonja, meine Liebe! Da bist du ja!«

Sie beschloss, seinen übertriebenen Enthusiasmus nicht zu kommentieren. Stattdessen kam sie sofort zum Punkt.

»Jan Holtser ist tot.«

»Oh.«

»Damit ist auch die letzte Hoffnung dahin, je einen Einblick in diese Spider-Sache zu erhalten«, fuhr Sonja fort.

»Du hast also wirklich geglaubt, dass er kurz davor war, sich zu öffnen ...«

»Es war immerhin möglich.«

»Und warum warst du so davon überzeugt?«

»Weil er komplett zusammenbrach, als seine Tochter bei ihm auftauchte.«

»Das weiß ich ja noch gar nicht – was ist passiert?«

»Die Tochter heißt Olga«, sagte Sonja. »Sie ist sofort aus Helsinki angereist, als sie gehört hat, was ihrem Vater zugestoßen ist. Aber als ich sie befragt habe und ihr klar wurde, dass Holtser versucht hatte, ein Kind zu töten, wurde sie fuchsteufelswild.«

»Wie?«

»Sie ist zu ihm ins Krankenzimmer gestürzt und hat aggressiv auf Russisch auf ihn eingeschimpft.«

»Hast du etwas verstanden?«

»Ja ... ich glaube, sie hat gesagt, dass der Alte einsam verrecken solle. Und dass sie ihn hasse.«

»Harte Worte.«

»Ja. Und anschließend hat sie gesagt, dass sie alles in ihrer Macht Stehende tun werde, um uns bei den Ermittlungen zu helfen.«

»Und Holtser – wie hat er reagiert?«

»Das meine ich ja gerade. Ich habe wirklich geglaubt, er könnte auspacken. Er war am Boden zerstört und hatte Tränen in den Augen. Eigentlich gebe ich nicht viel auf diese katholische Überzeugung – dass sich unsere moralische Größe im Angesicht des Todes offenbart. Trotzdem war es beinahe rührend, es zu sehen. Er, der so viel Böses getan hatte, war vollkommen am Ende.«

»Mein Rabbi ...«

»Nein, Jan, komm mir jetzt nicht mit deinem Rabbi. Lass mich ausreden. Holtser begann, davon zu sprechen, was für ein schlechter Mensch er gewesen sei, und da hab ich zu ihm gesagt, dass er als Christ sein Gewissen erleichtern und uns erzählen solle, für wen er gearbeitet hat. Und ich schwöre es, in diesem Augenblick war er kurz davor. Er zögerte, und sein Blick flackerte ein wenig, aber anstatt ein Geständnis abzulegen, fing er plötzlich an, von Stalin zu sprechen.«

»Von Stalin?«

»Ja. Dass Stalin sich nicht mit den Schuldigen zufriedengegeben, sondern auch die Kinder, Enkel, ja die ganze Familie umgebracht habe. Ich glaube, er wollte damit zum Ausdruck bringen, dass seine Chefin genauso war.«

»Also hatte er Angst um seine Tochter.«

»Ja, bestimmt – sosehr sie ihn auch hasste. Ich habe noch versucht, ihm zu verstehen zu geben, dass wir sie in ein Zeugenschutzprogramm aufnehmen könnten. Aber da war Holtser kaum mehr ansprechbar, und kurz darauf verlor er das Bewusstsein. Nur eine Stunde später war er tot.«

»Mehr haben wir nicht?«

»Nicht mehr, als dass eine mysteriöse Superintelligenz verschwunden ist und wir immer noch keine Spur von Andrei Zander haben.«

»Ich weiß, ich weiß.«

»Und dass alle stumm sind wie die Fische.«

»Ja, das hab ich auch schon gemerkt. Wir bekommen nichts geschenkt.«

»Nein – das heißt, doch. Eine Sache haben wir bekommen«, fuhr Sonja fort. »Der Mann, den Amanda Flod auf Augusts Zeichnung mit der Ampel erkannt hat – du erinnerst dich daran?«

»Dieser alternde Schauspieler.«

»Genau. Roger Winter. Ohne sich viel davon zu erhoffen, hat Amanda ihn befragt, um herauszufinden, ob er in irgendeiner Verbindung zu Balder oder dem Jungen stand. Roger Winter war der Schreck ins Gesicht geschrieben, und dann hat er die Beichte abgelegt.«

»Aha?«

»Ja, und zwar nicht gerade unschuldige Geschichten. Lasse Westman und Roger sind nämlich seit ihrer Jugend am Revolutionsteatern befreundet und haben sich oft nachmittags zu Hause in der Torsgatan getroffen, wenn Hanna gerade nicht da war. Sie haben palavert und gesoffen. An einem dieser Tage hatte der Junge ein dickes Mathebuch von seiner Mutter bekommen, das augenscheinlich seine Fähigkeiten überstieg. Trotzdem hat er wie manisch darin geblättert und irgendwelche aufgeregten Laute ausgestoßen. Lasse war genervt und hat dem Jungen daraufhin das Buch entrissen und es in den Müll geworfen. Und da ist August wohl vollkommen ausgeflippt. Er hatte eine Art Zusammenbruch – woraufhin Lasse ihn zusammengetreten hat.«

»Wie furchtbar!«

»Und das war erst der Anfang. Roger meinte, anschließend habe der Junge eine fast schon unheimliche Wandlung durchgemacht. Er habe sie mit einem irren Blick angestarrt, und eines Tages war Rogers Jeansjacke in Tausende winzig kleiner Stücke zerschnitten. Ein anderes Mal hatte jemand jedes einzelne Bier im Kühlschrank ausgekippt, die Schnapsflaschen zerschlagen und ... ich weiß nicht ...«

Sonja hielt inne.

»Was?«

»Es wurde wohl zu einer Art Stellungskrieg. Ich habe den Verdacht, dass Roger und Lasse sich im Suff alles Mögliche über den Jungen eingebildet haben und vielleicht tatsächlich Angst vor ihm hatten. Die Psychologie dahinter ist leicht zu verstehen. Vielleicht haben sie sich immer mehr in ihren Hass hineingesteigert, und manchmal haben sie ihn gemeinsam verprügelt. Roger sagte, dass er anschließend zwar ein schlechtes Gewissen gehabt, aber nie mit Lasse darüber geredet habe. Er habe nicht zuschlagen wollen, aber es eben auch nicht sein lassen können. Es sei gewesen, als hätte ihm jemand seine Kindheit zurückgegeben ...«

»Und was meinte er damit?«

»Da bin ich mir nicht sicher. Aber offenbar hat Roger Winter einen behinderten Bruder, der ihre ganze Kindheit über immer der fleißige, begabte Sohn gewesen ist, und während Roger in einem fort versagte, wurde der Bruder mit Lob, Auszeichnungen und Anerkennung überschüttet. Ich nehme an, dass ihn das sehr verbittert hat. Vielleicht hat Roger sich unbewusst an seinem Bruder rächen wollen. Ich weiß es nicht – oder aber ...«

»Ja?«

»Er hat da eine merkwürdige Formulierung gebraucht. Er habe das Gefühl gehabt, als wolle er sich selbst von seiner eigenen Scham freiprügeln.«

»Das ist doch krank.«

»Ja, und das Allermerkwürdigste war, dass er das alles einfach so zugegeben hat. Amanda sagt, er habe zu Tode verängstigt ausgesehen. Außerdem humpelte er und hatte zwei böse Veilchen. Sie hatte fast das Gefühl, er wäre zusammengeschlagen worden.«

»Merkwürdig.«

»Ja, oder? Aber da ist eine Sache, die mich fast noch mehr erstaunt«, fuhr Sonja Modig fort.

»Und die wäre?«

»Dass mein Chef, dieser grüblerische Schwarzmaler, plötzlich strahlt wie eine Sonne.«

Bublanski sah verschämt aus.

»Man merkt es mir also an.«

»Ja, man merkt es.«

»Tja, also«, stammelte er, »eigentlich ist nichts weiter passiert, als dass eine Frau meine Einladung zum Essen angenommen hat.«

»Du bist doch nicht etwa verliebt?«

»Wie gesagt, es ist nur ein Essen«, erwiderte Bublanski und wurde rot.

Ed mochte dieses Spiel nicht, auch wenn er es beherrschte. Es war ein bisschen so, als wäre er wieder in Dorchester: Was auch passierte – man durfte alles tun, nur nicht klein beigeben. Man durfte hart zuschlagen, man durfte seinen Gegner mit subtilen Machtspielchen psychisch zermürben. Warum also nicht?, fragte er sich.

Wenn Lisbeth Salander unbedingt so tough sein wollte, dann würde er das ebenfalls sein, und deshalb glotzte er sie an wie ein Schwergewichtsboxer im Ring, aber es half ihm nicht viel.

Sie starrte nur mit einem stahlgrauen, kalten Blick zurück und sagte kein Wort. Es war wie ein Duell, ein stummes, verbissenes Duell, und am Ende war Ed das Ganze leid. Er fand die Sache nur noch lächerlich. Diese Frau war längst enttarnt und überführt. Er hatte ihre geheime Identität geknackt und sie gefunden, und sie konnte froh sein, dass gerade nicht dreißig Marines bei ihr einmarschierten und sie verhafteten.

»Du hältst dich wohl für besonders cool, was?«, fragte er.

»Ich mag keinen unangemeldeten Besuch.«

»Und ich mag keinen unangemeldeten Besuch in meinem System. Also steht es jetzt eins zu eins. Aber vielleicht interessiert es dich ja, wie ich dich gefunden habe?«

»Ist mir egal.«

»Über deine Gesellschaft in Gibraltar. Ob es so schlau war, sie Wasp Enterprises zu nennen?«

»Sieht nicht so aus.«

»Dafür, dass du so ein kluges Mädchen bist, hast du dir ganz schön viele Fehler geleistet.«

»Dafür, dass du so ein kluger Junge bist, hast du dir einen ziemlich beschissenen Arbeitgeber ausgesucht.«

»Mag sein. Aber wir werden gebraucht. Die Welt da draußen ist böse.«

»Dank Typen wie Jonny Ingram.«

Das hatte er nicht erwartet. Wirklich nicht. Aber er ließ sich nichts anmerken – auch das konnte er gut.

»Du bist mir vielleicht ein Scherzkeks«, sagte er.

»Ja, wirklich. Morde in Auftrag zu geben und mit Verbrechern aus der russischen Duma zusammenzuarbeiten, um das dicke Geld zu machen und dann die eigene Haut zu retten – das ist wirklich zum Kaputtlachen, nicht wahr?«, fragte sie, und da verlor er für einen kurzen Moment die Fassung.

Wo zum Teufel hatte sie das her? Ihm wurde ganz schwindlig.

Doch dann begriff er, dass sie vermutlich bluffte, und sein Puls beruhigte sich wieder ein wenig. Er hatte ihr nur deshalb für einen kurzen Augenblick geglaubt, weil auch er sich in seinen finsteren Momenten durchaus hatte vorstellen können, dass Jonny Ingram zu so etwas fähig war. Nachdem er sich aber in dieser Sache so abgerackert hatte, wusste Ed besser als jeder andere, dass es dafür keine Beweise gab.

»Versuch nicht, mich zum Narren zu halten«, sagte er. »Ich sitze auf demselben Material wie du, wenn nicht auf noch viel mehr.«

»Da wäre ich mir nicht so sicher, Ed. Es sei denn, du kennst den Schlüssel zu Ingrams RSA-Algorithmus?«

Ed Needham starrte sie an. Das konnte einfach nicht wahr sein. Sie konnte die Verschlüsselung doch nicht geknackt haben? Das war unmöglich. Nicht einmal er – mit all seinen Ressourcen, all den Experten, die ihm zur Verfügung standen – hatte es für nötig befunden, es überhaupt nur zu versuchen.

Aber jetzt behauptete sie … Er weigerte sich, das zu glauben. Es musste auf anderem Wege passiert sein. Vielleicht hatte sie in Wirklichkeit einen Informanten in Ingrams Umfeld? Nein, das war genauso unwahrscheinlich.

Jäh riss sie ihn aus seinen Gedanken.

»Die Sache ist die, Ed«, sagte sie und klang jetzt anders, irgendwie autoritär. »Du hast Blomkvist gesagt, du würdest mich in Ruhe lassen, wenn ich dir erzähle, wie ich euer System gehackt habe. Mag sein, dass du es ernst meintest, mag aber auch sein, dass du nur bluffst oder nichts mehr zu sagen hast, wenn sich die Lage bei euch ändert. Du könntest ja gefeuert werden. Und ich sehe keinen Grund, warum ich dir oder denen, für die du arbeitest, über den Weg trauen sollte.«

Ed holte tief Luft und versuchte, sich zu wehren.

»Ich respektiere deine Einstellung«, erwiderte er. »Aber so eigentümlich es auch klingen mag – mein Wort halte ich immer. Nicht weil ich ein besonders netter Mensch wäre, absolut nicht. Ich bin ein rachsüchtiger Irrer, genau wie du, Mädchen. Aber ob du es glaubst oder nicht, ich hätte nicht überlebt, wenn ich Leute in bedrohlichen Situationen im Stich gelassen hätte. Allerdings solltest du besser nicht daran zweifeln, dass ich dir das Leben zur Hölle machen kann, wenn du nichts sagst. Und dann wirst du bereuen, dass du überhaupt geboren wurdest, glaub mir.«

»Gut«, sagte sie. »Du bist also ein tougher Typ. Aber du hast auch deinen Stolz, oder? Du willst um jeden Preis verhindern, dass meine Attacke an die Öffentlichkeit gelangt. Was das betrifft, muss ich dir leider mitteilen, dass ich auf alles vorbereitet bin. Jedes Wort darüber wird veröffentlicht werden, bevor du überhaupt meine Hand zu fassen bekommst, und auch wenn es mir eigentlich nicht gefällt, werde ich dich demütigen. Stell dir nur mal die Schadenfreude vor, die das dort draußen im Netz auslösen wird.«

»Alles Müll.«

»Ich hätte nicht überlebt, wenn ich Müll reden würde«, fuhr sie fort. »Ich hasse diesen Überwachungsstaat. Ich hab die Nase voll von Big Brother und von seinen Behörden. Aber ich bin trotzdem bereit, dir einen Gefallen zu tun, Ed. Wenn du den Mund hältst, werde ich dir Informationen zuspielen, die deine Position stärken und die dir dabei helfen werden, die schwarzen Schafe aus Fort Meade zu verjagen. Über meinen Hack gebe ich schon aus Prinzip nichts preis. Aber ich kann es dir ermöglichen, dich an dem Schwein zu rächen, das dich daran gehindert hat, mich dranzukriegen.«

Ed starrte die merkwürdige Frau vor ihm einfach nur an. Dann tat er etwas, worüber er sich selbst noch lange wundern sollte.

Er brach in Gelächter aus.

31. KAPITEL

2. und 3. Dezember

Ove Levin erwachte gut gelaunt nach einer langen Konferenz im Häringe Slott über die Digitalisierung von Medien. Der Abend hatte mit einem großen Fest geendet, Champagner und Schnaps waren in Strömen geflossen. Zwar hatte ein miesepetriger gescheiterter Gewerkschaftsfreund vom norwegischen *Kveldsbladet* gegrölt: »Je mehr Leute Serner feuert, umso schnieker und teurer werden die Partys!«, und eine kleine Szene veranstaltet, bei der Rotwein auf Oves maßgeschneidertem Jackett gelandet war. Aber so etwas ließ er sich gerne gefallen, umso mehr, als es ihm später in der Nacht geglückt war, Natalie Foss abzuschleppen, eine sechsundzwanzigjährige Controllerin und irre sexy, und es ihm trotz seines Alkoholkonsums gelungen war, sie sowohl in der Nacht als auch am Morgen durchzuvögeln.

Inzwischen war es bereits neun, sein Handy machte Krach, und sein Kater war schlimmer als befürchtet, vor allem im Hinblick darauf, was er alles zu tun hatte. Andererseits war er gerade in dieser Disziplin ein Kämpfer. *Work hard, play hard* lautete sein Motto, und Natalie … du lieber Himmel.

Wie viele Fünfzigjährige konnten schon behaupten, eine solche Klassefrau aufgerissen zu haben? Sicher nicht viele.

Aber jetzt musste er wirklich aufstehen. Ihm war schlecht und schwindlig, und er wankte ins Bad, um zu pinkeln. Anschließend wollte er noch schnell den Stand seiner Aktien überprüfen. Normalerweise war das an verkaterten Vormittagen immer ein guter Start, und deshalb rief er den Browser seines Handys auf, loggte sich in sein Onlinekonto ein, und erst verstand er es nicht. Das musste ein Fehler sein, ein technischer Defekt.

Sein Portfolio war ins Bodenlose gestürzt, und als er zitternd die einzelnen Aktienanteile aufrief, stellte er zudem etwas Seltsames fest. Sein stattlicher Solifon-Anteil war regelrecht implodiert. Jetzt begriff er gar nichts mehr und rief diverse Börsenseiten auf. Überall die gleiche Nachricht:

**Professor Balder im Auftrag der NSA
und Solifon ermordet**

**Enthüllungen der Zeitschrift *Millennium*
erschüttern die Welt**

Was genau er anschließend tat, verschwand im Nebel. Vermutlich schrie und fluchte er und schlug mit der Faust auf den Tisch. Er erinnerte sich noch vage, dass Natalie davon aufwachte und ihn fragte, was passiert sei. Mit Sicherheit erinnerte er sich nur mehr daran, dass er sich irgendwann über die Toilette gebeugt und sich in einem schier endlosen Schwall erbrochen hatte.

Gabriella Grane hatte ihren Schreibtisch bei der Säpo sorgfältig aufgeräumt. Sie würde niemals wiederkehren. Trotzdem saß sie jetzt schon ein Weilchen zurückgelehnt auf ihrem Schreibtischstuhl und las. Die *Millennium*-Titelseite sah nicht annähernd so aus, wie man es von einem Magazin erwartete, das gerade einen Jahrhundertskandal enthüllt hatte. An und für sich war die Seite hübsch. Schwarz, verstörend. Aber es fehlten die Bilder, und ganz oben war zu lesen:

Im Gedenken an Andrei Zander

Weiter unten:

Frans Balders Tod und wie die russische Mafia eine Kooperation mit der NSA und einer großen US-Computerfirma einging

Die Seite zwei bestand aus einem seitenfüllenden Porträt von Andrei, und obwohl Gabriella ihn nie kennengelernt hatte, war sie zutiefst ergriffen. Andrei sah attraktiv aus, wenn auch ein wenig zerbrechlich. Sein Lächeln war schüchtern und vorsichtig. Er strahlte zugleich Eindringlichkeit und Unsicherheit aus. In dem Begleittext zu dem Bild hatte Erika Berger geschrieben, dass Andreis Eltern in Sarajevo von einer Bombe getötet worden waren. Dass er die Zeitschrift *Millennium*, den Dichter Leonard Cohen und Antonio Tabucchis Roman *Erklärt Peirera* geliebt hatte. Dass er vom großen Glück geträumt hatte und von der großen Reportage. Seine Lieblingsfilme waren *Schwarze Augen* von Nikita Michalkow und *Tatsächlich... Liebe* von Richard Curtis gewesen. Er hatte niemals schlecht über andere Menschen gesprochen, auch wenn er Menschen gehasst hatte, die anderen Leid zufügten. Seine Reportage über Obdachlose in Stockholm bezeichnete Erika als modernen Klassiker. Sie schloss mit diesen Sätzen:

Während ich dies schreibe, zittern meine Hände. Gestern wurde unser Freund und Kollege Andrei Zander auf einem Frachtschiff im Hafen von Hammarby tot aufgefunden. Er wurde gefoltert und musste schlimme Qualen erleiden.

Ich werde diesen Schmerz mein ganzes Leben lang in mir tragen. Aber ich bin auch stolz.

Ich bin stolz auf das Privileg, dass ich mit ihm zusammenarbeiten durfte. Ich habe nie einen so leidenschaftlichen Journalisten und einen so durch und durch guten Menschen kennengelernt. Andrei wurde sechsundzwanzig Jahre alt. Er liebte das Leben und den Journalismus. Er wollte Unrecht aufdecken und den Schwachen und Heimatlosen helfen. Er wurde ermordet, weil er einen kleinen Jungen namens August Balder beschützen wollte, und wenn wir in dieser Ausgabe einen der größten Skandale unserer Zeit enthüllen, wollen wir Andrei dabei mit jedem Satz ein Denkmal setzen. In seiner langen Reportage schreibt Mikael Blomkvist:

»Andrei glaubte an die Liebe. Er glaubte an eine bessere Welt und an eine gerechtere Gesellschaft. Er war der Beste von uns allen.«

Die Reportage, die mehr als dreißig Seiten umfasste, war vermutlich der beste journalistische Text, den Gabriella Grane je gelesen hatte, und obwohl sie bei der Lektüre Zeit und Raum vergaß und hin und wieder sogar Tränen in den Augen hatte, musste sie doch lächeln, als sie auf den Satz stieß:

Die Säpo-Staranalystin Gabriella Grane bewies auf einzigartige Weise Zivilcourage.

Im Kern war die Geschichte einfach. Eine Gruppe unter der Führung von Commander Jonny Ingram – der dem NSA-Chef Charles O'Connor direkt unterstand und über enge Verbindungen ins Weiße Haus und zum Kongress verfügte – hatte sich an den Geschäftsgeheimnissen bereichert, die seine Organisation ausspioniert hatte, und war dabei von Konkurrenzanalysten aus der Forschungsabteilung Y bei Solifon unterstützt worden. Wenn es dabei geblieben wäre, hätte allein das schon einen Skandal ausgelöst, der aber bis zu einem gewissen Grad noch nachvollziehbar gewesen wäre.

Doch das Ganze hatte eine böse Dynamik entwickelt, als die kriminelle Vereinigung Spiders Teil des Dramas geworden war. Mikael Blomkvist konnte nachweisen, wie Jonny Ingram eine Zusammenarbeit mit dem berüchtigten Duma-Abgeordneten Iwan Gribanow und mit Thanos eingegangen war, der geheimnisvollen Führungsfigur der Spiders, und wie sie gemeinsam Ideen und neue Technologien von Hightechunternehmen gestohlen und für unvorstellbare Summen weiterverkauft hatten. Endgültig hatten sie jede moralische Grenze überschritten, als Professor Frans Balder ihnen auf die Schliche kam und sie beschlossen, ihn aus dem Weg zu räumen. Das war wirklich das Unfassbarste an der ganzen Geschichte. Einer der höchsten NSA-Bosse hatte gewusst, dass ein schwedischer Spitzenforscher ermordet werden sollte, und keinen Finger gerührt, um es zu verhindern.

Gleichzeitig – und hier offenbarte sich Mikael Blomkvists wahres Talent – zielte er nicht in erster Linie auf den politischen Skandal ab, sondern auf das menschliche Drama und die schleichende Erkenntnis, dass wir in einer kranken Welt leben, in der alle überwacht werden, ob groß oder klein, und in der jede Gelegenheit, etwas zu Geld zu machen, auch genutzt wird.

Erst als Gabriella fertig gelesen hatte, fiel ihr auf, dass jemand in der Tür stand. Es war Helena Kraft, wie immer akkurat gekleidet.

»Hallo.«

Sie musste wieder daran denken, wie sie ihre Chefin verdächtigt hatte, ein Spitzel zu sein. Dabei waren es nur ihre Dämonen gewesen. Was Gabriella für die Scham der Schuldigen gehalten hatte, war lediglich darauf zurückzuführen, dass sie sich angesichts der unprofessionellen Ermittlungen mitschuldig gefühlt hatte – zumindest hatte Helena es während ihres langen Gesprächs so formuliert, nachdem Mårten Nielsen gestanden hatte und verhaftet worden war.

»Hallo«, erwiderte Gabriella.

»Ich kann nicht oft genug wiederholen, wie unendlich leid es mir tut, dass du hier aufhörst«, sagte Helena.

»Alles hat seine Zeit.«

»Weißt du schon, was du jetzt machen willst?«

»Ich ziehe nach New York. Wie du weißt, hab ich schon lange ein Angebot von der UN, und ich möchte mich im Bereich der Menschenrechte engagieren.«

»Für uns ist das sehr bedauerlich, Gabriella. Aber es sei dir gegönnt.«

»Also ist mein Verrat vergeben?«

»Nicht von allen hier, darauf kannst du Gift nehmen. Aber für mich war er nichts weiter als ein Zeichen deines guten Charakters.«

»Danke, Helena.«

»Willst du noch etwas Nützliches tun, bevor du gehst?«

»Nicht heute. Ich wollte noch zu der Gedenkstunde für Andrei Zander in den Presseklub…«

»Das ist gut. Ansonsten bräuchte ich noch einen Bericht für die Regierung über dieses ganze Schlamassel… Aber erst mal werde ich ebenfalls mein Glas auf den jungen Zander erheben. Und auf dich, Gabriella.«

Alona Casales sah sich den Aufruhr aus einiger Entfernung an und grinste in sich hinein. Vor allem Admiral Charles O'Connor ließ sie nicht aus den Augen. Die Zeiten, da er durch die Büros geschritten war, als wäre er der Chef des mächtigsten Geheimdienstes der Welt, waren offensichtlich vorbei. Im Augenblick erinnerte er eher an einen eingeschüchterten Schuljungen. Andererseits wirkten auch alle anderen, die bei der NSA eine Machtposition innehatten, eingeschüchtert und kleinlaut. Alle – bis auf Ed natürlich.

Im Grunde sah auch Ed nicht glücklich aus. Er fuchtelte wieder mal wild mit den Armen. Er war verschwitzt und verbittert. Trotzdem strahlte er die ihm ureigene Autorität aus, und selbst O'Connor war anzumerken, dass er Angst vor ihm hatte. Und das war nicht weiter verwunderlich. Ed war mit wirklich brisanten Informationen von seiner Schwedenreise zurückgekehrt, hatte den Aufstand geprobt und Wiedergutmachung und Besserung auf allen Ebenen gefordert, und natürlich war ihm der NSA-Chef dafür nicht gerade dankbar gewesen. Wahrscheinlich hätte er Ed am liebsten sofort nach Sibirien geschickt.

Trotzdem konnte er nichts tun. Er wurde immer kleiner, als er sich Ed näherte, der sich typischerweise nicht mal die Mühe machte, zu ihm aufzusehen. Ed ignorierte den NSA-Chef wie all die anderen armen Schweine, für die er keine Zeit hatte, und man konnte nicht gerade behaupten, dass sich die Lage für O'Connor zum Besseren wendete, als das Gespräch schließlich begann.

Hauptsächlich schien Ed verächtlich zu schnauben, und obwohl Alona nichts hören konnte, hatte sie doch eine ziemlich genaue Vorstellung davon, was sie dort besprachen oder besser gesagt was sie nicht besprachen. Sie hatte lange mit Ed geredet und wusste, dass er mit keiner Silbe erwähnen würde, wie er an seine Informationen gekommen war, und dass er auch nicht vorhatte, in irgendeinem Punkt nachzugeben, und dafür schätzte sie ihn sehr.

Trotzdem spielte Ed nach wie vor ein riskantes Spiel, und Alona schwor sich hoch und heilig, für das Gute zu kämpfen und Ed in jeder erdenklichen Weise zu unterstützen, sofern er Probleme bekommen sollte. Außerdem hatte sie sich vorgenommen, Gabriella Grane anzurufen, einen letzten Versuch zu wagen und ihr ein Date vorzuschlagen, wenn es denn wirklich stimmte, dass Gabriella auf dem Weg hierher war.

Ed ignorierte den NSA-Chef eigentlich nicht bewusst. Aber er unterbrach seine derzeitige Beschäftigung – zwei seiner Controller zusammenzustauchen – auch nicht, nur weil der Admiral sich an ihn herangeschlichen hatte. Erst nach einer Minute drehte er sich zu ihm um und machte eine freundliche Bemerkung, nicht um sich einzuschleimen oder weil er sich für die Unaufmerksamkeit entschuldigen wollte, sondern weil er es tatsächlich ernst meinte.

»Sie haben sich auf der Pressekonferenz tapfer geschlagen.«

»Wirklich?«, erwiderte der Admiral. »Es war die reinste Hölle.«

»Dann seien Sie froh, dass ich Ihnen genug Zeit zur Vorbereitung gegeben habe.«

»Froh? Wollen Sie mich auf den Arm nehmen? Haben Sie nicht die Schlagzeilen im Internet gesehen? Die Zeitungen veröffentlichen ein Bild nach dem anderen, auf dem ich mit Ingram zu sehen bin. Ich werde mit in den Dreck gezogen.«

»Dann müssen Sie in Zukunft eben dafür sorgen, Ihre direkten Mitarbeiter besser im Blick zu haben.«

»Wie können Sie es wagen, so mit mir zu reden?«

»Ich rede verdammt noch mal so, wie ich es will. Die Firma steckt in der Krise, und ich bin der Sicherheitsbeauftragte. Ich werde nicht dafür bezahlt, höflich und nett zu sein, und hab auch keine Zeit dafür.«

»Passen Sie auf, was Sie sagen…«, begann der NSA-Chef, verlor aber im selben Moment den Faden, als Ed sich mit seiner bärengleichen Statur erhob – ob nun um seinen Rücken zu strecken oder um seine Autorität zu demonstrieren. »Ich habe Sie nach Schweden geschickt, um die Sache zu bereinigen«, fuhr der Admiral fort. »Und stattdessen geht alles in die Binsen. Die reinste Katastrophe!«

»Die Katastrophe war bereits in vollem Gange«, fauchte Ed. »Das wissen Sie genauso gut wie ich, und wenn ich nicht nach Stockholm gefahren wäre und mich abgerackert hätte, dann hätten wir nicht mal mehr genug Zeit gehabt, eine wasserdichte Strategie auszuarbeiten. Und ehrlich gesagt haben Sie es vielleicht nur dieser Tatsache zu verdanken, dass Sie noch auf Ihrem Posten sitzen.«

»Sie meinen also, ich sollte Ihnen auch noch dankbar sein?«

»Ja, in der Tat! Sie haben es immerhin geschafft, Ihre Dreckskerle gerade noch rechtzeitig vor der Veröffentlichung zu feuern.«

»Aber wie ist das dann alles in dieser schwedischen Zeitung gelandet?«

»Das habe ich Ihnen doch schon tausendmal erklärt.«

»Sie haben mir von Ihrem Hacker erzählt, aber ich hab nichts als Spekulationen und Geschwätz gehört.«

Ed hatte Wasp versprochen, sie aus dem ganzen Zirkus rauszuhalten, und dieses Versprechen wollte er auch halten.

»Das wäre dann allerdings ein ziemlich qualifiziertes Geschwätz«, antwortete er. »Der Hacker, wer auch immer es war, muss Ingrams Dateien geknackt und sie an *Millennium* weitergeleitet haben, und das ist schlimm, da stimme ich Ihnen zu. Aber wissen Sie, was noch viel schlimmer ist?«

»Nein.«

»Viel schlimmer ist, dass wir die Chance gehabt hätten, den Hacker festzunageln und ihm die Hölle heißzumachen und unsere Sicherheitslücken zu schließen. Aber dann wurde uns aus heiterem Himmel befohlen, unsere Untersuchung einzustellen. Und es war nicht gerade so, dass Sie sich in dieser Situation besonders für mich eingesetzt hätten.«

»Ich habe Sie nach Stockholm geschickt.«

»Aber meinen Jungs haben Sie freigegeben, und unsere Jagd ist daraufhin im Sande verlaufen. Jetzt sind die Spuren kalt. Selbstverständlich könnten wir die Suche wieder aufnehmen, aber was sollte es uns in dieser Situation noch nutzen, wenn herauskäme, dass uns ein dreckiger kleiner Hacker vorgeführt hat?«

»Wahrscheinlich nichts. Aber ich habe trotzdem vor, mit aller Härte gegen *Millennium* und diesen Blomström vorzugehen, das sage ich Ihnen.«

»Er heißt Blomkvist, Mikael Blomkvist, und meinetwegen, tun Sie das. Viel Glück, kann ich nur sagen. Ihre Popularität würde enormen Aufwind kriegen, wenn Sie auf schwedischem Boden einfielen und den größten Helden der dortigen Medienlandschaft verhafteten«, sagte Ed, und daraufhin brummelte der NSA-Chef nur irgendetwas Unverständliches vor sich hin und machte sich aus dem Staub.

Ed wusste genau, dass der Admiral keinen schwedischen Journalisten verhaften lassen würde. Charles O'Connor kämpfte um sein politisches Überleben und konnte sich solche waghalsigen Manöver nicht mehr leisten.

Er beschloss, Alona einen Besuch abzustatten und ein wenig mit ihr zu plaudern. Er war es leid, sich totzuschuften. Ihm war nach irgendetwas Leichtsinnigen zumute, und er schlug ihr eine Kneipentour vor.

»Lass uns ausgehen und auf den ganzen Mist hier anstoßen«, sagte er und lachte.

Hanna Balder stand auf dem kleinen Hügel vor dem Hotel Schloss Elmau. Sie schubste August an und sah ihm nach, wie er auf einem alten Holzschlitten, den sie sich vom Hotel geliehen hatten, den Hang hinabsauste. Als August unten neben einer braunen Scheune zum Stehen kam, stapfte sie in ihren Schneestiefeln zu ihm hinunter. Obwohl die Sonne hinter den Wolken hervorlugte, schneite es leicht, aber es war beinahe windstill. Weiter in der Ferne ragten die Gipfel der Alpen in den Himmel, und vor ihr erstreckte sich das weite Tal.

Hanna hatte in ihrem ganzen Leben noch nicht so vornehm gewohnt, und August erholte sich gut, nicht zuletzt dank Charles Edelmans Einsatz. Aber deshalb war es noch lange nicht leicht. Selbst jetzt, auf dem Hügel, hielt sie zweimal inne und fasste sich an die Brust. Der Entzug – ihre verdammten Tabletten hatten allesamt zur Gruppe der Benzodiazepine gehört – war schlimmer, als sie es sich vorgestellt hatte, und in den Nächten lag sie zusammengekrümmt da und konnte nicht anders, als ihr Leben in einem schonungslosen Licht zu betrachten. Manchmal stand sie auf, schlug mit der Faust gegen die Wand und weinte. Wieder und wieder verfluchte sie Lasse Westman und sich selbst.

Und doch gab es Momente, in denen sie sich eigentümlich befreit fühlte und die sie an Glück erinnerten. Manchmal, wenn August über seinen Gleichungen und Zahlenreihen saß und mitunter sogar – wenn auch einsilbig und merkwürdig betont – auf ihre Fragen antwortete, ahnte sie, dass sich etwas verändert hatte.

Sie verstand den Jungen nicht unbedingt besser. Er war ihr immer noch ein Rätsel, und manchmal sprach er in Zahlen zu ihr, in hohen Zahlen, die er zum Quadrat nahm, und er schien zu glauben, dass sie begreifen könnte, was er sagte. Aber irgendwas war zweifellos passiert, und sie würde nie vergessen, wie August am Schreibtisch in ihrem Hotelzimmer gesessen und lange, gewundene Gleichungen notiert hatte, die sie fotografiert und an diese Frau aus Stockholm weitergeschickt hatte. Am späten Abend desselben Tages war eine SMS auf Hanna Balders Blackphone eingegangen: *Richten Sie August aus, dass wir den Code geknackt haben!*

Sie hatte ihren Sohn noch nie so glücklich und stolz erlebt, und obwohl sie nicht verstanden hatte, worum es eigentlich gegangen war, und nie ein Wort darüber verloren hatte, nicht einmal gegenüber Charles Edelman, hatte dieser Moment eine wesentliche Bedeutung für sie. Auch sie war stolz, unerhört stolz.

Zudem hatte sie begonnen, sich intensiv mit dem Savant-Syndrom zu beschäftigen, und wenn Charles Edelman in ihrem Hotel blieb, saßen sie oft lange beisammen, sobald

August eingeschlafen war, und redeten bis in die frühen Morgenstunden über die Fähigkeiten ihres Sohnes und über vieles andere. Sie war sich allerdings nicht sicher, ob es eine so gute Idee gewesen war, mit Charles ins Bett zu gehen.

Andererseits war sie sich auch nicht sicher, ob es eine schlechte Idee gewesen war. Charles erinnerte sie an Frans, und ihr kam es so vor, als wären sie dabei, einander immer besser kennenzulernen und wie eine kleine Familie zusammenzuwachsen: sie, Charles und August, die strenge, aber trotzdem sympathische Lehrerin Charlotte Greber und der dänische Mathematiker Jens Nyrup, der sie inzwischen mehrmals besucht und festgestellt hatte, dass August aus irgendeinem Grund auf elliptische Kurven und die Primfaktorzerlegung fixiert war.

In gewisser Weise war der ganze Aufenthalt zu einer Entdeckungsreise in das bemerkenswerte Universum ihres Sohnes geworden, und als sie in dem leichten Schneefall den Hügel hinabschlenderte und August von seinem Schlitten aufstand, war sie sich zum ersten Mal seit einer Ewigkeit ganz sicher, dass sie eine bessere Mutter werden und wieder Ordnung in ihr Leben bringen würde.

Mikael verstand nicht, warum sein Körper sich so schwer anfühlte. Es war, als würde er durch Wasser waten. Dabei fand dort draußen gerade eine ausgelassene Feier statt, und alle waren wie im Siegesrausch. Jede Zeitung, jeder Radio- und jeder Fernsehsender wollte ein Interview mit ihm. Er stellte sich für keines zur Verfügung, und das war auch nicht mehr nötig. Wenn *Millennium* früher große Nachrichten veröffentlicht hatte, waren Erika und er sich mitunter nicht ganz sicher gewesen, ob die anderen Medien auf den Zug aufspringen würden. Damals hatten sie immer noch strategisch denken, in einem geeigneten Forum ein Statement abgeben und ihre exklusive Geschichte teilen müssen. Doch jetzt war all das nicht mehr notwendig.

Die Nachricht war wie eine Bombe eingeschlagen und hatte sich ganz von allein verbreitet, und als sich der NSA-Chef Charles O'Connor und die amerikanische Handelsministerin Stella Parker auf einer gemeinsamen Pressekonferenz mit Nachdruck für das Geschehene entschuldigt hatten, waren auch die letzten Zweifel ausgeräumt, dass ihre Geschichte übertrieben oder fehlerhaft gewesen sein könnte. Inzwischen diskutierte man auf sämtlichen Kommentarseiten der Welt lebhaft die Bedeutung und die Folgen der *Millennium*-Enthüllung.

Dem ganzen Wirbel und allen klingelnden Telefonen zum Trotz hatte Erika spontan beschlossen, ein Fest in der Redaktion zu organisieren. Sie hätten es sich verdient, hatte sie verkündet, dem Rummel zumindest für einen kurzen Moment zu entfliehen und das eine oder andere Glas zu erheben. Schon am Vormittag war die erste Auflage von fünfzigtausend Exemplaren ausverkauft gewesen, und mehrere Millionen Leser hatten ihre Homepage besucht, die es auch in englischer Sprache gab. Angebote über Buchverträge strömten herein, der Abonnentenstamm wuchs minütlich, Anzeigenkunden standen Schlange.

Außerdem hatten sie inzwischen ihre Anteile von Serner zurückgekauft. Trotz ihrer ohnehin schon hohen Arbeitsbelastung war es Erika ein paar Tage zuvor gelungen, das Geschäft unter Dach und Fach zu bringen. Leicht war es nicht gewesen. Die Serner-Vertreter waren über ihre verzweifelte Lage informiert gewesen und hatten dies aufs Äußerste ausgenutzt, und zeitweise hatte Mikael hinsichtlich einer Einigung schwarzgesehen. Erst in allerletzter Sekunde, als ihnen eine obskure Gesellschaft aus Gibraltar einen ansehnlichen Betrag gespendet hatte, was Mikael immer noch schmunzeln ließ, hatten sie die Norweger abfinden können. Im Hinblick auf die damalige Situation war der Preis zwar unverschämt hoch gewesen. Vierundzwanzig Stunden später hatte man das

Ganze jedoch nur mehr als Bombengeschäft bezeichnen können: als die Zeitschrift nämlich ihre Exklusivreportage veröffentlicht und die Marke *Millennium* erneut enorm an Ansehen gewonnen hatte. Deshalb waren sie jetzt wieder frei und unabhängig, auch wenn sie dieses Gefühl bisher kaum hatten genießen können.

Sogar während der Gedenkstunde für Andrei hatten die Journalisten und Fotografen ihnen keine Ruhe gelassen, und auch wenn sie ihnen ausnahmslos zu dem Erfolg hatten gratulieren wollen, hatte Mikael sich bedrängt und eingekreist gefühlt und war nicht ganz so freundlich und aufgeschlossen gewesen, wie er es sich vorgenommen hatte. Er hatte wieder mal erbärmlich geschlafen und war von Kopfschmerzen geplagt gewesen.

Am späten Nachmittag war die Redaktion dann hastig umgeräumt worden, und auf den zusammengeschobenen Schreibtischen waren Champagner, Wein, Bier und ein japanisches Buffet vom Cateringservice aufgebaut worden. Die Leute strömten herein, in erster Linie natürlich die Mitarbeiter und Freelancer, aber auch einige Freunde der Zeitung, nicht zuletzt Holger Palmgren, dem Mikael aus dem Aufzug half und der ihn gleich mehrmals umarmte.

»Unser Mädchen hat es mal wieder geschafft«, sagte Holger mit Tränen in den Augen.

»Sie schafft es jedes Mal«, erwiderte Mikael lächelnd, führte Holger zum Ehrenplatz auf dem Redaktionssofa und erteilte die Anweisung, sein Glas umgehend nachzufüllen, sobald es leer würde.

Es war schön, ihn hier zu sehen. Überhaupt war es schön, so viele alte und neue Freunde um sich zu haben: Gabriella Grane beispielsweise und Kommissar Bublanski. Eigentlich hätte er – im Hinblick auf ihre geschäftliche Beziehung und *Millenniums* Rolle als kritischer Beobachter der Polizei – gar nicht eingeladen werden dürfen, aber Mikael hatte darauf bestanden, und erstaunlicherweise unterhielt Bublanski sich das ganze Fest über angeregt mit Professorin Farah Sharif.

Mikael stieß mit ihnen an – und auch mit allen anderen. Er trug Jeans und sein bestes Jackett und trank ausnahmsweise ziemlich viel, aber es half alles nichts. Er wurde das Gefühl von Leere und Schwere einfach nicht los, und das hing natürlich mit Andrei zusammen. Andrei war jede Sekunde in seinen Gedanken. Wie der Kollege in der Redaktion gesessen hatte und beinahe noch auf ein Bier mitgekommen wäre, hatte sich ihm eingeprägt – als alltäglicher und doch lebensentscheidender Augenblick. Diese Erinnerung tauchte wieder und wieder in seinem Gedächtnis auf, und Mikael konnte sich nur schwer auf die Gespräche konzentrieren.

Er war die ganzen lobenden und schmeichelnden Worte leid. Nur Pernillas SMS – *Du schreibst ja doch ernsthaft!* – hatte ihn wirklich berührt, und hin und wieder warf er einen Blick zur Tür. Lisbeth war selbstverständlich auch eingeladen und wäre der Ehrengast gewesen. Dennoch ließ sie sich nicht blicken, und damit war auch nicht zu rechnen gewesen. Trotzdem hätte Mikael ihr wenigstens gern für ihre großzügige Unterstützung im Serner-Konflikt gedankt. Andererseits – was erwartete er eigentlich?

Lisbeths sensationelles Dokument über Ingram, Solifon und Gribanow hatte dafür gesorgt, dass er die ganze Geschichte hatte beweisen können und Ed the Ned und Solifon-Chef Nicolas Grant ihm höchstpersönlich die letzten fehlenden Details geliefert hatten. Mit Lisbeth hatte er seither trotzdem nur mehr ein einziges Mal gesprochen: als er sie, so gut es ging, über die RedPhone-App zu den Ereignissen auf Ingarö interviewt hatte.

Seither war eine Woche vergangen, und Mikael hatte keine Ahnung, wie sie seine Reportage fand. Vielleicht war sie wütend, weil er die Dinge zu sehr dramatisiert hatte – doch angesichts ihrer wortkargen Antworten war ihm nichts anderes übrig geblieben. Vielleicht ärgerte sie sich auch darüber, dass er Camilla nicht beim Namen genannt, sondern lediglich über eine schwedisch-russische Frau mit dem Decknamen Thanos geschrieben hatte. Oder sie war ganz einfach enttäuscht, weil er allgemein nicht hart genug mit den Verantwortlichen ins Gericht gegangen war. Er wusste es einfach nicht.

Obendrein überlegte Oberstaatsanwalt Richard Ekström anscheinend ernsthaft, Lisbeth wegen Freiheitsberaubung und widerrechtlicher Inbesitznahme anzuklagen, was die Sache natürlich auch nicht besser machte. Aber es war nun mal, wie es war – und am Ende winkte Mikael ab und verließ das Fest, ohne sich zu verabschieden.

Draußen auf der Götgatan war das Wetter scheußlich, und weil ihm nichts Besseres einfiel, las er die neuen SMS auf seinem Handy. Er hatte mittlerweile vollkommen den Überblick verloren. Es waren vor allem Glückwünsche und Interviewanfragen – und einige unmoralische Angebote. Lisbeth hatte sich immer noch nicht gemeldet, und er brummte verärgert in sich hinein. Dann schaltete er sein Handy aus und ging nach Hause. Seine Schritte waren erstaunlich schwer für einen Mann, der gerade erst die Reportage des Jahres veröffentlicht hatte.

Lisbeth saß auf ihrem roten Sofa in der Fiskargatan und starrte auf Gamla Stan und den Riddarfjärden hinaus. Ein knappes Jahr war vergangen, seit sie die Jagd auf ihre Schwester und das kriminelle Erbe ihres Vaters eröffnet hatte, und zweifellos war sie in mehrerer Hinsicht erfolgreich gewesen.

Sie hatte Camilla ausfindig gemacht und den Spiders einen schweren Schlag verpasst. Die Verbindungen zu Solifon und der NSA waren gekappt. In Russland stand der Duma-Abgeordnete Iwan Gribanow unter enormem Druck, Camillas Auftragskiller war tot, und ihr engster Vertrauter Juri Bogdanow und mehrere andere Informatiker hatten untertauchen müssen, weil nach ihnen gefahndet wurde. Dennoch – Camilla lebte. Vermutlich war sie außer Landes geflohen und sondierte jetzt von einem anderen Ort aus das Terrain, um sich neu aufzustellen.

Nichts war vorüber. Lisbeth hatte ihre Beute lediglich angeschossen, aber das reichte nicht. Nicht in diesem Fall. Verbissen richtete sie ihren Blick auf den Couchtisch, auf dem eine Schachtel Zigaretten und die ungelesene jüngste Ausgabe von *Millennium* lagen. Sie nahm die Zeitschrift in die Hand und legte sie wieder hin. Nach einer Weile griff sie erneut danach und vertiefte sich in Mikaels Reportage. Als sie den letzten Satz gelesen hatte, betrachtete sie einen Augenblick lang sein neues Autorenfoto. Dann stand sie abrupt auf, ging ins Bad und legte Make-up auf. Sie zog ein enges schwarzes T-Shirt und ihre Lederjacke an und trat hinaus in den Dezemberabend.

Sie fror. Natürlich war sie viel zu dünn angezogen. Aber sie kümmerte sich nicht groß darum und marschierte schnurstracks Richtung Mariatorget, bog allerdings kurz vorher in die Swedenborgsgatan ein und betrat das Restaurant »Süd«, wo sie sich an die Bar setzte und abwechselnd Bier und Whisky bestellte. Weil unter den Gästen zahlreiche Kulturschaffende und Journalisten waren, wurde sie auf der Stelle wiedererkannt und löste einige Diskussionen aus. Dem Gitarristen Johan Norberg, der sich mit einer Kolumne in der Zeitschrift *Vi* einen Namen gemacht hatte, weil er einen Sinn für kleine, aber wichtige Details hatte, schoss bei ihrem Anblick durch den Kopf, dass Lisbeth beim Trinken nicht aussah, als würde sie es genießen, sondern als wäre es Arbeit, die erledigt werden musste.

Ihre Bewegungen hatten etwas Zielstrebiges, und niemand wagte es, sich ihr zu nähern. Eine Frau namens Regine Richter, die als Verhaltenstherapeutin arbeitete und an einem Tisch im hinteren Teil des Restaurants saß, fragte sich, ob Lisbeth auch nur ein einziges anderes Gesicht um sich herum wahrnahm. Regine hätte jedenfalls nicht sagen können, ob Lisbeth auch nur einen Blick in den Raum geworfen oder ein Interesse an irgendeinem anderen Gast an den Tag gelegt hätte. Der Barkeeper Steffe Mild hatte den Eindruck, Lisbeth wollte sich auf irgendeinen Einsatz oder Angriff vorbereiten.

Um 21 Uhr 15 bezahlte sie bar und ging ohne ein weiteres Wort oder Nicken hinaus in die Nacht. Ein Mann mittleren Alters mit einer Mütze, Kenneth Höök, der weder besonders nüchtern noch generell zuverlässig war, wenn man seinen Exfrauen und Freunden Glauben schenkte, sah noch, wie sie den Mariatorget überquerte, als wäre sie »auf dem Weg zu einem Duell«.

Trotz der Kälte ging Mikael Blomkvist nur langsam nach Hause. Er war tief in seine finsteren Gedanken versunken, auch wenn sein Mundwinkel nach oben zuckte, als er vor dem »Bishops Arms« einem der alten Stammgäste begegnete.

»Also bist du doch noch nicht im Grab gelandet!«, grölte Arne – oder wie auch immer er nun hieß.

»Vielleicht noch nicht ganz«, erwiderte Mikael und überlegte eine Sekunde lang, ein letztes Bier im Pub zu trinken und noch ein bisschen mit Amir zu plaudern.

Aber er fühlte sich erbärmlich. Er wollte nur noch allein sein, und deshalb setzte er seinen Weg fort und steuerte auf seinen Hauseingang zu. Als er die Treppe hochstieg, befiel ihn ein diffuses Unbehagen. Vielleicht war es die Folge all dessen, was er erlebt hatte, und er versuchte, das Gefühl beiseitezuschieben, doch es verschwand nicht, vor allem nicht, nachdem im oberen Stockwerk auch noch die Lampe ausgefallen war. Dort war es stockfinster, er wurde langsamer, und plötzlich nahm er etwas wahr – eine Bewegung, wie er glaubte. Im nächsten Moment flammte etwas auf, ein schwacher Leuchtstreifen, vielleicht von einem Telefon, und unscharf, geradezu gespenstisch, konnte er eine magere Gestalt mit dunklem, funkelndem Blick im Treppenaufgang erahnen.

»Wer ist da?«, fragte er. Er hatte Angst.

Doch dann erkannte er sie. Es war Lisbeth, und obwohl er im ersten Moment strahlte und die Arme ausbreitete, war er bei näherem Hinsehen doch nicht ganz so erleichtert, wie es zu erwarten gewesen wäre.

Lisbeth sah wütend aus. Ihre Augen waren schwarz umrahmt, und ihr Körper wirkte angespannt, als stünde ihm ein heftiger Wutausbruch bevor.

»Bist du sauer?«, fragte er.

»Ziemlich.«

»Und warum?«

Lisbeth trat mit ihrem leuchtend weißen Gesicht einen Schritt auf ihn zu, und er musste an ihre Schussverletzung denken.

»Da komme ich einmal zu Besuch, und dann ist nicht mal jemand zu Hause«, sagte sie.

Er ging langsam auf sie zu.

»Das ist schon ein kleiner Skandal, was?«

»Ja, finde ich auch.«

»Und wenn ich dich jetzt hereinbitten würde?«

»Dann müsste ich wohl oder übel Ja sagen.«

»Dann sage ich: Willkommen«, erwiderte er, und zum ersten Mal seit Langem breitete sich ein Lächeln auf seinem Gesicht aus. Draußen fiel ein Stern vom Himmel.

Danksagung

Ein großer Dank geht an meine Agentin Magdalena Hedlund, an Stieg Larssons Vater Erland und seinen Bruder Joakim, an meine Verlegerinnen Eva Gedin und Susanna Romanus, an meinen Lektor Ingemar Karlsson sowie an Linda Altrov Berg und Catherine Mörk von der Norstedts Agency.

Mein Dank gilt auch David Jacoby, Sicherheitsexperte am Kaspersky Lab, Andreas Strömbergsson, Professor der Mathematik an der Universität Uppsala, und Fredrik Laurin, dem Leiter des Investigativteams von *Ekot*, Mikael Lagström, VP services bei Outpost24, den Autoren Daniel Goldberg und Linus Larsson sowie Menachem Harari.

Und natürlich meiner Anne.

GAMLA STAN

①	Slottet
②	Järntorget
③	M.Trotzigs gränd
④	Österlånggatan
⑤	Västerlånggatan

Stads-
biblioteket
Handels-
högskolan
ervatorie-
lunden
NORRMALM
Birger Jarlsgatan
Sveavägen
Stureplan
Konserthuset

ÖSTERMALM

Operan
Grand Hôtel
Nationalmuseum

**DJUR-
GÅRDEN**

adshuset
Slottet
**GAMLA
STAN**

**SKEPPS-
HOLMEN**

Riddarholmskyrkan
DDARHOLMEN

SALTSJÖN

Tavastgatan
SLUSSEN
Bellmansg.
Stadsgårdskajen
Katarinavägen
S:t Paulsgatan
Mariatorget
Högbergsg.
Fiskarg.
Mosebacke torg
Götgatan
SÖDERMALM
Synagoge
S:ta Maria Magdalena kyrka
**MEDBORGAR-
PLATSEN**

Ingarö
Saltsjöbaden

↓ Ⓣ **SKANSTULL**

Rådhuset – Amtsgericht	Stadsbiblioteket – Stadtbibliothek
Konserthuset – Konzerthaus	Tantolunden – Tantolunden Park
Stadshuset – Rathaus	Nationalmuseum – Nationalmuseum
Handelshögskolan – Handelshochschule	Polishuset – Polizeipräsidium
Observatorielunden – Observatorielunden Park	Slottet – Schloss

DAVID LAGERCRANTZ

VERFOLGUNG

Roman

Aus dem Schwedischen
von Ursel Allenstein

Im Frauengefängnis Flodberga herrscht ein strenges Regiment. Alle hören auf das Kommando von Benito Andersson, der unangefochtenen Anführerin der Insassinnen. Lisbeth Salander, die eine kurze Strafe absitzt, versucht tunlichst, den Kontakt zu vermeiden, doch als ihre Zellennachbarin gemobbt wird, geht sie dazwischen und gerät ins Visier von Benitos Gang. Unterdessen hat Holger Palmgren, Lisbeth Salanders langjähriger Mentor, Unterlagen zutage gefördert, die neues Licht auf Salanders Kindheit und ihren Missbrauch durch die Behörden werfen. Salander bittet Mikael Blomkvist, sie bei der Recherche zu unterstützen. Die Spuren führen sie zu Leo Mannheimer, einem Finanzanalysten aus sehr wohlhabendem Hause. Was hat dieser mit Lisbeth Salanders Vergangenheit zu tun? Und wie soll sie den immer schärfer werdenden Attacken von Benito und ihrer Gang entgehen?

Teil 1
Der Drache
12.–20. Juni

1489 ließ Sten Sture der Ältere eine Statue errichten, um seinen Sieg über den dänischen König in der Schlacht am Brunkeberg zu würdigen.

Die Statue – die in der Storkyrkan in Stockholm steht – zeigt den Ritter und Heiligen Georg, wie er auf einem Pferd sitzt und sein Schwert hebt. Unter ihm liegt ein sterbender Drache. In unmittelbarer Nähe steht eine Frau in burgundischer Tracht.

Von der Jungfrau, die der Ritter in dieser dramatischen Szene rettet, heißt es, sie sei Ingeborg Åkesdotter nachempfunden, der Ehefrau Sten Stures des Älteren. Die Jungfrau sieht seltsam ungerührt aus.

1. KAPITEL

12. Juni

Lisbeth Salander kam gerade aus dem Fitnessraum, als sie
von Alvar Olsen, dem Wachleiter des Sicherheitstrakts, auf
dem Flur aufgehalten wurde. Er wirkte irgendwie aufge-
kratzt, redete wild auf sie ein, gestikulierte und wedelte mit
ein paar Blättern vor ihrem Gesicht herum. Doch Lisbeth
hörte über seinen Wortschwall hinweg. Es war 19.30 Uhr.

19.30 Uhr war die schlimmste Zeit in Flodberga: Da
dröhnte draußen der Güterzug vorbei, die Wände wackelten,
Schlüssel klimperten, und es roch nach Schweiß und Parfüm.
Zu keinem Zeitpunkt war es hier gefährlicher. Gerade jetzt,
im Schutz des Eisenbahnlärms und des allgemeinen Durch-
einanders kurz vor dem Einschluss, kam es zu den schlimmsten Übergriffen. Wie immer ließ Lisbeth Salander den Blick
durch die Abteilung schweifen, und es war kein Zufall, dass
sie genau in diesem Moment Faria Kazi erblickte.

Faria Kazi kam aus Bangladesch, war jung und bildschön
und saß linker Hand in ihrer Zelle. Auch wenn Lisbeth von
ihrem Standpunkt aus nur einen Teil von Farias Gesicht
sehen konnte, bestand kein Zweifel, dass die junge Frau
geschlagen wurde. Ihr Kopf ruckte wieder und wieder zur
Seite, und auch wenn die Schläge nicht übertrieben brutal zu

sein schienen, hatten sie doch etwas Rituelles, Routinehaftes an sich. Was immer dort passierte, musste schon seit einer Weile so gehen. Darauf ließen sowohl die Art der Attacke als auch die Reaktion des Opfers schließen. Selbst von Weitem konnte man erkennen, dass es sich um eine Demütigung handelte, die bereits tief in Faria Kazis Bewusstsein vorgedrungen war und jeden Widerstand gebrochen hatte.

Weder versuchten ihre Hände, die Ohrfeigen abzuwehren, noch verriet ihr Blick Erstaunen; eher eine stille, anhaltende Furcht. Sie lebte mit dem Terror. Um das zu erkennen, brauchte Lisbeth nur ihr Gesicht anzuschauen, und es passte auch zu allem anderen, was sie in den vergangenen Wochen im Gefängnis beobachtet hatte.

»Da«, sagte sie und zeigte in Farias Zelle.

Doch als Alvar Olsen sich umdrehte, war schon wieder alles vorbei. Lisbeth verschwand in ihrer eigenen Zelle und schob die Tür hinter sich zu. Von draußen waren Stimmen und gedämpftes Gelächter zu hören – und der Güterzug, der nicht aufhörte zu dröhnen und zu rattern. Sie sah das blanke Waschbecken vor sich, das schmale Bett, das Regal und den Schreibtisch mit ihren quantenmechanischen Berechnungen. Sollte sie weiter versuchen, eine Schleifenquantengravitation zu finden? Sie blickte auf ihre Hand hinab, die etwas festhielt.

Es waren die Papiere, mit denen Alvar Olsen eben noch herumgewedelt hatte. Jetzt war sie doch ein bisschen neugierig. Allerdings entpuppten sie sich als Blödsinn – ein Intelligenztest. Zwei Kaffeespritzer auf dem Deckblatt. Sie schnaubte verächtlich.

Lisbeth hasste es, vermessen und geprüft zu werden. Sie ließ die Blätter zu Boden fallen, wo sie sich wie ein Fächer auf dem Beton verteilten. Für einen kurzen Moment vergaß sie sie sogar komplett, weil sie wieder an Faria Kazi denken musste. Lisbeth hatte nie gesehen, wer sie schlug. Trotzdem wusste sie es genau. Denn obwohl sie sich anfangs nicht darum geschert hatte, was hier um sie herum vorging, war sie gegen ihren Willen in das Gefängnisleben hineingezogen worden, hatte schrittweise die sichtbaren und unsichtbaren Zeichen gesehen und verstanden, wer in Wahrheit über die Abteilung herrschte.

Die Abteilung hieß einfach nur B. Oder Sicherheitstrakt. Sie galt als sicherster Ort in der gesamten Anstalt, und wer zu Besuch kam oder sich nur einen flüchtigen Überblick verschaffte, glaubte das bestimmt auch. Nirgends sonst im Gefängnis gab es derart viel Wachpersonal, derart viele Kontrollen und Resozialisierungsmaßnahmen. Doch wenn man genauer hinsah, ahnte man, dass hier etwas faul war. Die Wärter gaben sich zwar unnachgiebig und autoritär, manchmal auch mitleidig. Aber in Wahrheit waren sie alle feige Hunde. Sie hatten die Kontrolle aus der Hand gegeben und die Macht an den Feind abgetreten – an Benito Andersson und ihre Schergen.

Tagsüber hielt sich Benito zwar zurück und benahm sich fast wie eine Mustergefangene. Doch nach dem frühen Abendessen, wenn die Häftlinge ihre Angehörigen treffen oder trainieren durften, übernahm sie den Laden, und zu keiner Zeit war ihre Terrorherrschaft so stark zu spüren wie jetzt, kurz bevor die Zellen für die Nacht abgeschlossen wurden. Die Insassinnen stromerten zwischen den Zellen umher, Drohungen und Versprechen wurden geflüstert, Benitos Mafiaclan hielt sich auf der einen, ihre Opfer auf der anderen Seite.

Natürlich war es ein Skandal, dass sich Lisbeth Salander hier befand, ja, dass sie überhaupt im Gefängnis saß. Aber die Umstände hatten gegen sie gesprochen, und sie hatte, wenn sie ehrlich zu sich war, nicht sehr überzeugend gegen den Beschluss gekämpft. Ihr kam dies alles hauptsächlich wie eine idiotische Übergangsphase vor, und lange hatte sie gemeint, sie könnte genauso gut im Gefängnis sitzen wie anderswo.

Sie war wegen widerrechtlicher Eigenmacht und grober Fahrlässigkeit zu zwei Monaten Haft verurteilt worden, weil sie sich in das Drama rund um die Ermordung eines gewissen Professors Frans Balder eingemischt hatte, in deren Folge sie einen achtjährigen autistischen Jungen bei sich versteckt und die Zusammenarbeit mit der Polizei verweigert hatte, weil sie – zu Recht – der Meinung gewesen war, dass es in Ermittlerkreisen eine undichte Stelle gab. Dass sie Großartiges geleistet und das Leben des Kindes gerettet hatte, stellte niemand infrage. Trotzdem trieb Oberstaatsanwalt Richard Ekström den Prozess mit großem Pathos voran, und das Gericht folgte seiner Linie, obwohl einer der Schöffen anderer Meinung war und Lisbeths Anwältin Annika Giannini hervorragende Arbeit leistete. Weil Annika allerdings nicht sonderlich viel Unterstützung von Lisbeth bekam, war sie letztlich chancenlos.

Das ganze Gerichtsverfahren über schwieg Lisbeth bockig und weigerte sich auch, in Berufung zu gehen. Sie wollte den ganzen Rummel einfach nur hinter sich lassen und landete zunächst wie erwartet in der offenen Anstalt Björngärda Gård, wo sie große Freiheiten genoss. Dann gingen erste Hinweise ein, Lisbeth könne in Gefahr schweben – was nicht unbedingt erstaunlich war, wenn man bedachte, mit wem sie sich angelegt hatte. Also wurde sie in den Sicherheitstrakt von Flodberga verlegt.

Dies war nicht halb so ungewöhnlich, wie es vielleicht klingen mochte. Lisbeth war hier zwar mit den schlimmsten Verbrecherinnen des Landes zusammengepfercht, hatte aber nicht das Geringste dagegen einzuwenden. Sie war ständig von Wachpersonal umgeben, und tatsächlich waren schon seit Jahren keine Übergriffe oder Gewalttaten

Leseprobe: David Lagercrantz, Verfolgung

mehr aus dieser Abteilung gemeldet worden. Das Personal konnte sich sogar mit einer recht beeindruckenden Statistik über erfolgreich wiedereingegliederte Häftlinge brüsten – wenngleich diese Statistik aus der Zeit vor Benito Anderssons Ankunft stammte.

Von Beginn an war Lisbeth mit Anfeindungen konfrontiert gewesen, und auch das war nicht weiter verwunderlich. Sie unterschied sich deutlich von den anderen Gefangenen, war aus den Medien, aus Gerüchten und den speziellen Informationskanälen der Unterwelt bekannt. Erst vor wenigen Tagen hatte Benito ihr persönlich einen Zettel mit einer Frage zugesteckt: *Freund oder Feind?* Lisbeth hatte ihn nach einer Minute weggeworfen – hauptsächlich weil sie achtundfünfzig Sekunden lang keine Lust gehabt hatte, ihn zu lesen.

Machtkämpfe und Frontenbildung waren ihr egal. Sie beschränkte sich darauf, die Geschehnisse um sie herum zu beobachten und daraus zu lernen – aber inzwischen hatte sie mehr als genug gelernt. Mit leerem Blick starrte sie auf das Regal mit den quantenfeldtheoretischen Abhandlungen, die sie bestellt hatte, ehe sie sich ins Gefängnis begeben hatte. Im Schrank auf der linken Seite lagen zwei Sets Anstaltskleider mit Emblemen auf der Brust, Unterwäsche und zwei Paar Turnschuhe. Die Wände waren kahl – kein Foto, nicht die geringste Erinnerung an ein Leben außerhalb der Mauern. Für Inneneinrichtung interessierte sie sich hier ebenso wenig wie zu Hause in der Fiskargatan.

Draußen auf dem Flur wurden die Zellentüren abgeschlossen, und normalerweise war das eine Befreiung für sie. Wenn die Geräusche verhallten und es still wurde in der Abteilung, wandte sich Lisbeth der Mathematik zu – und ihrer Absicht, Quantenmechanik und Relativitätstheorie zusammenzubringen. Darüber vergaß sie sonst immer die Außenwelt. Doch heute war das anders. Sie war irritiert, und das lag nicht nur an dem Übergriff auf Faria Kazi oder all diesen korrupten Vorgängen hier drinnen.

Der wahre Grund war, dass sie sechs Tage zuvor Besuch von Holger Palmgren bekommen hatte, ihrem alten Vormund aus einer Zeit, da die Justiz der Meinung gewesen war, sie könne nicht auf sich selbst aufpassen. Der Besuch an sich war ein Drama gewesen: Holger verließ seine eigenen vier Wände nicht mehr, weil er von den Pflegern und Helfern abhängig war, die ihn in seiner Wohnung in Liljeholmen versorgten. Dennoch hatte er auf dem Besuch bestanden und war mit einem Fahrdienst gebracht und mit dem Rollstuhl ins Gefängnis geschoben worden und hatte in seine Sauerstoffmaske gekeucht. Trotzdem war es schön gewesen. Sie hatten über alte Zeiten gesprochen, und Holger war sentimental geworden und angerührt gewesen. Nur eins hatte Lisbeth gestört: Holger hatte erzählt, er sei von einer Frau namens Maj-Britt Torell aufgesucht worden, einer Sekretärin aus der Kinderpsychiatrie der St.-Stefans-Klinik, in der Lisbeth als Kind untergebracht gewesen war. Die Frau hatte in der Zeitung von Lisbeth gelesen und ihm Unterlagen gebracht, die ihrer Meinung nach von Interesse waren. Holger zufolge waren es nur alte Akten, in denen nachzulesen stand, wie Lisbeth mit Fixiergurten ans Bett gefesselt und grausam behandelt worden war. »Nichts, was Sie sehen müssten«, hatte er gesagt. Trotzdem mussten diese Dokumente irgendetwas Neues enthalten haben, denn nachdem Holger sich nach der Drachentätowierung erkundigt und Lisbeth die Dame mit dem geflammten Muttermal erwähnt hatte, hakte er nach: »Kam die nicht vom Register?«

»Was?«

»Vom Register für menschliche Erblehre und Eugenik in Uppsala? Ich dachte, das hätte ich gelesen.«

»Dann muss das aus neueren Papieren stammen«, sagte sie.

Leseprobe: David Lagercrantz, Verfolgung